CLASSIQUES & CIE LYCÉE

Émile Zola

La Curée (1872)

Collection dirigée par
Marc Robert

Notes et dossier
Anne Cassou-Noguès
agrégée de lettres modernes

Hatier

LA CURÉE

LIRE L'ŒUVRE

L'ŒUVRE DANS L'HISTOIRE

Conception graphique de la maquette :
c-album, Jean-Baptiste Taisne, Rachel Pfleger
Principe de couverture : Double
Mise en pages : Chesteroc Ltd
Iconographie : Hatier Illustration
Suivi éditional : Luce Camus

ISBN : 2-218-95884-7

L'ŒUVRE DANS UN GENRE

VERS L'ÉPREUVE

ARGUMENTER, COMMENTER, RÉDIGER

LA CURÉE

I

Au retour, dans l'encombrement des voitures qui rentraient par le bord du lac, la calèche [1] dut marcher au pas. Un moment, l'embarras devint tel, qu'il lui fallut même s'arrêter.

Le soleil se couchait dans le ciel d'octobre, d'un gris clair, strié à l'horizon de minces nuages. Un dernier rayon, qui tombait des massifs lointains de la cascade, enfilait la chaussée, baignant d'une lumière rousse et pâlie la longue suite des voitures devenues immobiles. Les lueurs d'or, les éclairs vifs que jetaient les roues semblaient s'être fixés le long des rechampis [2] jaune paille de la calèche, dont les panneaux gros bleu reflétaient des coins du paysage environnant. Et, plus haut, en plein dans la clarté rousse qui les éclairait par derrière, et qui faisait luire les boutons de cuivre de leurs capotes [3] à demi pliées, retombant du siège, le cocher et le valet de pied, avec leur livrée bleu sombre, leurs culottes mastic et leurs gilets rayés noir et jaune, se tenaient raides, graves et patients, comme des laquais de bonne maison qu'un embarras de voitures ne parvient pas à fâcher. Leurs chapeaux, ornés d'une cocarde noire, avaient une grande dignité. Seuls, les chevaux, un superbe attelage bai, soufflaient d'impatience.

---

1. *Calèche* : voiture à cheval, découverte et à quatre roues, munie à l'arrière d'une capote à soufflet et à l'avant d'un siège à dossier, tous deux mobiles. \ **2.** *Rechampis* : ornements dont la couleur se détache sur celle du fond. \ **3.** *Capotes* : toits ouvrants.

« Tiens, dit Maxime, Laure d'Aurigny, là-bas, dans ce coupé[1]... Vois donc, Renée. »

Renée se souleva légèrement, cligna les yeux, avec cette moue exquise que lui faisait faire la faiblesse de sa vue.

« Je la croyais en fuite, dit-elle... Elle a changé la couleur de ses cheveux, n'est-ce pas ?

– Oui, reprit Maxime en riant, son nouvel amant déteste le rouge. »

Renée, penchée en avant, la main appuyée sur la portière basse de la calèche, regardait, éveillée du rêve triste qui, depuis une heure, la tenait silencieuse, allongée au fond de la voiture, comme dans une chaise longue de convalescente. Elle portait, sur une robe de soie mauve, à tablier et à tunique, garnie de larges volants plissés, un petit paletot de drap blanc, aux revers de velours mauve, qui lui donnait un grand air de crânerie. Ses étranges cheveux fauve pâle, dont la couleur rappelait celle du beurre fin, étaient à peine cachés par un mince chapeau orné d'une touffe de roses du Bengale. Elle continuait à cligner des yeux, avec sa mine de garçon impertinent, son front pur traversé d'une grande ride, sa bouche dont la lèvre supérieure avançait, ainsi que celle des enfants boudeurs. Puis, comme elle voyait mal, elle prit son binocle, un binocle d'homme, à garniture d'écaille, et le tenant à la main, sans se le poser sur le nez, elle examina la grosse Laure d'Aurigny tout à son aise, d'un air parfaitement calme.

Les voitures n'avançaient toujours pas. Au milieu des taches unies, de teinte sombre, que faisait la longue file des coupés, fort nombreux au Bois par cette après-midi d'automne, brillaient le coin d'une glace, le mors d'un cheval, la poignée argentée d'une lanterne, les galons d'un laquais haut placé sur

1. *Coupé* : voiture fermée à deux places.

son siège. Çà et là, dans un landau[1] découvert, éclatait un bout d'étoffe, un bout de toilette de femme, soie ou velours. Il était peu à peu tombé un grand silence sur tout ce tapage éteint, devenu immobile. On entendait, du fond des voitures, les conversations des piétons. Il y avait des échanges de regards muets, de portières à portières ; et personne ne causait plus, dans cette attente que coupaient seuls les craquements des harnais et le coup de sabot impatient d'un cheval. Au loin, les voix confuses du Bois se mouraient.

Malgré la saison avancée, tout Paris était là : la duchesse de Sternich, en huit-ressorts[2] ; Mme de Lauwerens, en victoria[3] très correctement attelée ; la baronne de Meinhold, dans un ravissant cab[4] bai-brun ; la comtesse Vanska, avec ses poneys pie ; Mme Daste, et ses fameux stappers[5] noirs ; Mme de Guende et Mme Teissière, en coupé ; la petite Sylvia, dans un landau gros bleu. Et encore don Carlos, en deuil, avec sa livrée antique et solennelle ; Selim pacha, avec son fez et sans son gouverneur ; la duchesse de Rozan, en coupé-égoïste, avec sa livrée poudrée à blanc ; M. le comte de Chibray, en dog-cart[6] ; M. Simpson, en mail[7] de la plus belle tenue ; toute la colonie américaine. Enfin deux académiciens, en fiacre[8].

Les premières voitures se dégagèrent et, de proche en proche, toute la file se mit bientôt à rouler doucement. Ce fut comme un réveil. Mille clartés dansantes s'allumèrent, des éclairs rapides se croisèrent dans les roues, des étincelles jaillirent des harnais secoués par les chevaux. Il y eut sur le sol,

---

1. *Landau* : voiture dont la capote est composée de deux parties se repliant derrière les deux banquettes qui se font face. \ **2.** *Huit-ressorts* : voiture suspendue sur huit ressorts. \ **3.** *Victoria* : voiture découverte à quatre roues. \ **4.** *Cab* : sorte de cabriolet dans lequel le cocher est à l'arrière. \ **5.** *Stappers* : chevaux de trot à la démarche élégante. \ **6.** *Dog-cart* : voiture dont les deux roues élevées permettaient d'aménager la caisse pour y loger des chiens de chasse. \ **7.** *Mail* : berline à quatre chevaux, comportant des banquettes sur le toit. \ **8.** *Fiacre* : voiture à cheval que l'on loue pour une course. Y recourent ceux qui n'ont pas les moyens de posséder une voiture.

sur les arbres, de larges reflets de glace qui couraient. Ce pétillement des harnais et des roues, ce flamboiement des panneaux vernis dans lesquels brûlait la braise rouge du soleil couchant, ces notes vives que jetaient les livrées éclatantes perchées en plein ciel et les toilettes riches débordant des portières, se trouvèrent ainsi emportés dans un grondement sourd, continu, rythmé par le trot des attelages. Et le défilé alla, dans les mêmes bruits, dans les mêmes lueurs, sans cesse et d'un seul jet, comme si les premières voitures eussent tiré toutes les autres après elles.

Renée avait cédé à la secousse légère de la calèche se remettant en marche, et, laissant tomber son binocle, s'était de nouveau renversée à demi sur les coussins. Elle attira frileusement à elle un coin de la peau d'ours qui emplissait l'intérieur de la voiture d'une nappe de neige soyeuse. Ses mains gantées se perdirent dans la douceur des longs poils frisés. Une brise se levait. La tiède après-midi d'octobre qui, en donnant au Bois un regain de printemps, avait fait sortir les grandes mondaines en voiture découverte, menaçait de se terminer par une soirée d'une fraîcheur aiguë.

Un moment, la jeune femme resta pelotonnée, retrouvant la chaleur de son coin, s'abandonnant au bercement voluptueux de toutes ces roues qui tournaient devant elle. Puis, levant la tête vers Maxime, dont les regards déshabillaient tranquillement les femmes étalées dans les coupés et dans les landaus voisins :

« Vrai, demanda-t-elle, est-ce que tu la trouves jolie, cette Laure d'Aurigny ? Vous en faisiez un éloge, l'autre jour, lorsqu'on a annoncé la vente de ses diamants !... À propos, tu n'as pas vu la rivière [1] et l'aigrette [2] que ton père m'a achetées à cette vente ?

1. *Rivière* : collier de diamants. \ 2. *Aigrette* : bijou formé d'un faisceau de diamants dont la forme rappelle l'aigrette de certains oiseaux.

– Certes, il fait bien les choses, dit Maxime sans répondre, avec un rire méchant. Il trouve moyen de payer les dettes de Laure et de donner des diamants à sa femme. »

La jeune femme eut un mouvement d'épaules.

« Vaurien ! » murmura-t-elle en souriant.

Mais le jeune homme s'était penché, suivant des yeux une dame dont la robe verte l'intéressait. Renée avait reposé sa tête, les yeux demi-clos, regardant paresseusement des deux côtés de l'allée, sans voir. À droite, filaient doucement des taillis, des futaies basses, aux feuilles roussies, aux branches grêles ; par instants, sur la voie réservée aux cavaliers, passaient des messieurs à la taille mince, dont les montures, dans leur galop, soulevaient de petites fumées de sable fin. À gauche, au bas des étroites pelouses qui descendent, coupées de corbeilles [1] et de massifs, le lac dormait, d'une propreté de cristal, sans une écume, comme taillé nettement sur ses bords par la bêche des jardiniers ; et, de l'autre côté de ce miroir clair, les deux îles, entre lesquelles le pont qui les joint faisait une barre grise, dressaient leurs falaises aimables, alignaient sur le ciel pâle les lignes théâtrales de leurs sapins, de leurs arbres aux feuillages persistants dont l'eau reflétait les verdures noires, pareilles à des franges de rideaux savamment drapées au bord de l'horizon. Ce coin de nature, ce décor qui semblait fraîchement peint, baignait dans une ombre légère, dans une vapeur bleuâtre qui achevait de donner aux lointains un charme exquis, un air d'adorable fausseté. Sur l'autre rive, le Chalet des Îles, comme verni de la veille, avait des luisants de joujou neuf ; et ces rubans de sable jaune, ces étroites allées de jardin, qui serpentent dans les pelouses et tournent autour du lac, bordées de branches de fonte imitant des bois rustiques,

1. *Corbeilles* : massifs de fleurs, ronds ou ovales.

tranchaient plus étrangement, à cette heure dernière, sur le vert attendri de l'eau et du gazon.

Accoutumée aux grâces savantes de ces points de vue, Renée, reprise par ses lassitudes, avait baissé complètement les paupières, ne regardant plus que ses doigts minces qui enroulaient sur leurs fuseaux les longs poils de la peau d'ours. Mais il y eut une secousse dans le trot régulier de la file des voitures. Et, levant la tête, elle salua deux jeunes femmes couchées côte à côte, avec une langueur amoureuse, dans un huit-ressort qui quittait à grand fracas le bord du lac pour s'éloigner par une allée latérale. Mme la marquise d'Espanet, dont le mari, alors aide de camp de l'empereur, venait de se rallier[1] bruyamment au scandale de la vieille noblesse boudeuse, était une des plus illustres mondaines du second Empire, l'autre, Mme Haffner, avait épousé un fameux industriel de Colmar, vingt fois millionnaire, et dont l'Empire faisait un homme politique. Renée, qui avait connu en pension les deux inséparables, comme on les nommait d'un air fin, les appelait Adeline et Suzanne, de leurs petits noms. Et comme, après leur avoir souri, elle allait se pelotonner de nouveau, un rire de Maxime la fit se tourner.

« Non, vraiment, je suis triste, ne ris pas, c'est sérieux », dit-elle en voyant le jeune homme qui la contemplait railleusement, en se moquant de son attitude penchée.

Maxime prit une voix drôle.

« Nous aurions de gros chagrins, nous serions jalouse ! »

Elle parut toute surprise.

« Moi ! dit-elle. Pourquoi jalouse ? »

Puis elle ajouta, avec sa moue de dédain, comme se souvenant :

« Ah ! oui, la grosse Laure ! Je n'y pense guère, va. Si Aristide, comme vous voulez tous me le faire entendre, a payé les dettes

1. *Se rallier* : adhérer. Le marquis soutient désormais l'Empire et ne défend plus la monarchie comme le voudrait son appartenance à la noblesse.

de cette fille et lui a évité ainsi un voyage à l'étranger[1], c'est qu'il aime l'argent moins que je ne le croyais. Cela va le remettre en faveur auprès des dames… Le cher homme, je le laisse bien libre. »

Elle souriait, elle disait « le cher homme », d'un ton plein d'une indifférence amicale. Et subitement, redevenue très triste, promenant autour d'elle ce regard désespéré des femmes qui ne savent à quel amusement se donner, elle murmura :

« Oh ! je voudrais bien… Mais non, je ne suis pas jalouse, pas jalouse du tout. »

Elle s'arrêta, hésitante.

« Vois-tu, je m'ennuie », dit-elle enfin d'une voix brusque.

Alors elle se tut, les lèvres pincées. La file des voitures passait toujours le long du lac, d'un trot égal, avec un bruit particulier de cataracte[2] lointaine. Maintenant, à gauche, entre l'eau et la chaussée, se dressaient des petits bois d'arbres verts, aux troncs minces et droits, qui formaient de curieux faisceaux de colonnettes. À droite, les taillis, les futaies basses avaient cessé ; le Bois s'était ouvert en larges pelouses, en immenses tapis d'herbe, plantés çà et là d'un bouquet de grands arbres ; les nappes vertes se suivaient, avec des ondulations légères, jusqu'à la Porte de la Muette, dont on apercevait très loin la grille basse, pareille à un bout de dentelle noire tendu au ras du sol ; et, sur les pentes, aux endroits où les ondulations se creusaient, l'herbe était toute bleue. Renée regardait, les yeux fixes, comme si cet agrandissement de l'horizon, ces prairies molles, trempées par l'air du soir, lui eussent fait sentir plus vivement le vide de son être.

Au bout d'un silence, elle répéta, avec l'accent d'une colère sourde :

« Oh ! je m'ennuie, je m'ennuie à mourir.

---

1. *Un voyage à l'étranger* : l'exil pour échapper à des poursuites. \ **2.** *Cataracte* : chute d'eau.

– Sais-tu que tu n'es pas gaie, dit tranquillement Maxime. Tu as tes nerfs, c'est sûr. »

La jeune femme se rejeta au fond de la voiture.

« Oui, j'ai mes nerfs », répondit-elle sèchement.

Puis elle se fit maternelle.

« Je deviens vieille, mon cher enfant ; j'aurai trente ans bientôt. C'est terrible. Je ne prends de plaisir à rien... À vingt ans, tu ne peux savoir...

– Est-ce que c'est pour te confesser que tu m'as emmené ? interrompit le jeune homme. Ce serait diablement long. »

Elle accueillit cette impertinence avec un faible sourire, comme une boutade d'enfant gâté à qui tout est permis.

« Je te conseille de te plaindre, continua Maxime ; tu dépenses plus de cent mille francs par an pour ta toilette, tu habites un hôtel splendide, tu as des chevaux superbes, tes caprices font loi, et les journaux parlent de chacune de tes robes nouvelles comme d'un événement de la dernière gravité ; les femmes te jalousent, les hommes donneraient dix ans de leur vie pour te baiser le bout des doigts... Est-ce vrai ? »

Elle fit, de la tête, un signe affirmatif, sans répondre. Les yeux baissés, elle s'était remise à friser les poils de la peau d'ours.

« Va, ne sois pas modeste, poursuivit Maxime ; avoue carrément que tu es une des colonnes du second Empire. Entre nous, on peut se dire de ces choses-là. Partout, aux Tuileries [1], chez les ministres, chez les simples millionnaires, en bas et en haut, tu règnes en souveraine. Il n'y a pas de plaisir où tu n'aies mis les deux pieds, et si j'osais, si le respect que je te dois ne me retenait pas, je dirais... »

1. *Tuileries* : Louis Napoléon Bonaparte s'y installe dès février 1852. C'est déjà moins le président de la République que l'empereur qui décide, symboliquement, de faire sien l'ancien palais royal.

Il s'arrêta quelques secondes, riant ; puis il acheva cavalièrement sa phrase.

« Je dirais que tu as mordu à toutes les pommes [1]. »

Elle ne sourcilla pas.

« Et tu t'ennuies ! repris le jeune homme avec une vivacité comique. Mais c'est un meurtre !... Que veux-tu ? que rêves-tu donc ? »

Elle haussa les épaules, pour dire qu'elle ne savait pas. Bien qu'elle penchât la tête, Maxime la vit alors si sérieuse, si sombre, qu'il se tut. Il regarda la file des voitures qui, en arrivant au bout du lac, s'élargissait, emplissait le large carrefour. Les voitures, moins serrées, tournaient avec une grâce superbe ; le trot plus rapide des attelages sonnait hautement sur la terre dure.

La calèche, en faisant le grand tour pour prendre la file, eut une oscillation qui pénétra Maxime d'une volupté vague. Alors, cédant à l'envie d'accabler Renée :

« Tiens, dit-il, tu mériterais d'aller en fiacre ! Ce serait bien fait !... Eh ! regarde ce monde qui rentre à Paris, ce monde qui est à tes genoux. On te salue comme une reine, et peu s'en faut que ton bon ami, M. de Mussy, ne t'envoie des baisers. »

En effet, un cavalier saluait Renée. Maxime avait parlé d'un ton hypocritement moqueur. Mais Renée se tourna à peine, haussa les épaules. Cette fois, le jeune homme eut un geste désespéré.

« Vrai, dit-il, nous en sommes là ?... Mais, bon Dieu, tu as tout, que veux-tu encore ? »

Renée leva la tête. Elle avait dans les yeux une clarté chaude, un ardent besoin de curiosité inassouvie.

« Je veux autre chose, répondit-elle à demi-voix.

1. *Tu as mordu à toutes les pommes* : référence au péché originel. Maxime suggère par là que Renée a de nombreux vices.

– Mais puisque tu as tout, reprit Maxime en riant, autre chose, ce n'est rien… Quoi, autre chose ?

– Quoi ? » répéta-t-elle…

Et elle ne continua pas. Elle s'était tout à fait tournée, elle contemplait l'étrange tableau qui s'effaçait derrière elle. La nuit était presque venue ; un lent crépuscule tombait comme une cendre fine. Le lac, vu de face, dans le jour pâle qui traînait encore sur l'eau, s'arrondissait, pareil à une immense plaque d'étain[1] ; aux deux bords, les bois d'arbres verts dont les troncs minces et droits semblent sortir de la nappe dormante, prenaient, à cette heure, des apparences de colonnades violâtres, dessinant de leur architecture régulière les courbes étudiées des rives ; puis, au fond, des massifs montaient, de grands feuillages confus, de larges taches noires fermaient l'horizon. Il y avait là, derrière ces taches, une lueur de braise, un coucher de soleil à demi éteint qui n'enflammait qu'un bout de l'immensité grise. Au-dessus de ce lac immobile, de ces futaies basses, de ce point de vue si singulièrement plat, le creux du ciel s'ouvrait, infini, plus profond et plus large. Ce grand morceau de ciel sur ce petit coin de nature, avait un frisson, une tristesse vague ; et il tombait de ces hauteurs pâlissantes une telle mélancolie d'automne, une nuit si douce et si navrée, que le Bois, peu à peu enveloppé dans un linceul d'ombre, perdait ses grâces mondaines, agrandi, tout plein du charme puissant des forêts. Le trot des équipages, dont les ténèbres éteignaient les couleurs vives, s'élevait, semblable à des voix lointaines de feuilles et d'eaux courantes. Tout allait en se mourant. Dans l'effacement universel, au milieu du lac, la voile latine[2] de la grande barque de promenade se détachait, nette et vigoureuse, sur la lueur de braise du couchant. Et l'on

1. *Étain* : métal dont la couleur oscille entre le blanc et le gris. \ **2.** *Voile latine* : voile triangulaire à antenne.

ne voyait plus que cette voile, que ce triangle de toile jaune, élargi démesurément.

Renée, dans ses satiétés [1], éprouva une singulière sensation de désirs inavouables, à voir ce paysage qu'elle ne reconnaissait plus, cette nature si artistement mondaine, et dont la grande nuit frissonnante faisait un bois sacré, une de ces clairières idéales au fond desquelles les anciens dieux cachaient leurs amours géantes, leurs adultères et leurs incestes divins. Et, à mesure que la calèche s'éloignait, il lui semblait que le crépuscule emportait derrière elle, dans ses voiles tremblants, la terre du rêve, l'alcôve [2] honteuse et surhumaine où elle eût enfin assouvi son cœur malade, sa chair lassée.

Quand le lac et les petits bois, évanouis dans l'ombre, ne furent plus, au ras du ciel, qu'une barre noire, la jeune femme se retourna brusquement, et, d'une voix où il y avait des larmes de dépit, elle reprit sa phrase interrompue :

« Quoi ?... autre chose, parbleu ! je veux autre chose. Est-ce que je sais, moi ! Si je savais... Mais, vois-tu, j'ai assez de bals, assez de soupers, assez de fêtes comme cela. C'est toujours la même chose. C'est mortel... Les hommes sont assommants, oh ! oui, assommants... »

Maxime se mit à rire. Des ardeurs perçaient sous les mines aristocratiques de la grande mondaine. Elle ne clignait plus les paupières ; la ride de son front se creusait durement ; sa lèvre d'enfant boudeur s'avançait, chaude, en quête de ces jouissances qu'elle souhaitait sans pouvoir les nommer. Elle vit le rire de son compagnon, mais elle était trop frémissante pour s'arrêter ; à demi couchée, se laissant aller au bercement de la voiture, elle continua par petites phrases sèches :

1. *Satiété* : état, qui peut aller de l'indifférence au dégoût, dans lequel se trouve une personne dont les besoins sont amplement satisfaits. \ **2.** *Alcôve* : dans une chambre, renfoncement dans lequel est placé le lit. Par métaphore, lieu des rapports amoureux.

« Certes, oui, vous êtes assommants... Je ne dis pas cela pour toi, Maxime : tu es trop jeune... Mais si je te contais combien Aristide m'a pesé dans les commencements ! Et les autres donc ! ceux qui m'ont aimée... Tu sais, nous sommes deux bons camarades, je ne me gêne pas avec toi ; eh bien, vrai, il y a des jours où je suis tellement lasse de vivre ma vie de femme riche, adorée, saluée, que je voudrais être une Laure d'Aurigny, une de ces dames qui vivent en garçon[1]. »

Et comme Maxime riait plus haut, elle insista :

« Oui, une Laure d'Aurigny. Ça doit être moins fade, moins toujours la même chose. »

Elle se tut quelques instants, comme pour s'imaginer la vie qu'elle mènerait, si elle était Laure. Puis, d'un ton découragé :

« Après tout, reprit-elle, ces dames doivent avoir leurs ennuis, elles aussi. Rien n'est drôle, décidément. C'est à mourir... Je le disais bien, il faudrait autre chose ; tu comprends, moi, je ne devine pas ; mais autre chose, quelque chose qui n'arrivât à personne, qu'on ne rencontrât pas tous les jours, qui fût une jouissance rare, inconnue. »

Sa voix s'était ralentie. Elle prononça ces derniers mots, cherchant, s'abandonnant à une rêverie profonde. La calèche montait alors l'avenue qui conduit à la sortie du Bois. L'ombre croissait ; les taillis couraient, aux deux bords, comme des murs grisâtres ; les chaises de fonte, peintes en jaune, où s'étale, par les beaux soirs, la bourgeoisie endimanchée, filaient le long des trottoirs, toutes vides, ayant la mélancolie noire de ces meubles de jardin que l'hiver surprend ; et le roulement, le bruit sourd et cadencé des voitures qui rentraient, passait comme une plainte triste, dans l'allée déserte.

1. *Une de ces dames qui vivent en garçon* : femmes indépendantes, qui ne sont pas sous la tutelle d'un père ou d'un mari, et qui revendiquent les mêmes libertés que les hommes, en particulier dans leurs relations amoureuses.

Sans doute Maxime sentit tout le mauvais ton qu'il y avait à trouver la vie drôle. S'il était encore assez jeune pour se livrer à un élan d'heureuse admiration, il avait un égoïsme trop large, une indifférence trop railleuse, il éprouvait déjà trop de lassitude réelle, pour ne pas se déclarer écœuré, blasé [1], fini. D'ordinaire, il mettait quelque gloire à cet aveu.

Il s'allongea comme Renée, il prit une voix dolente.

« Tiens ! tu as raison, dit-il ; c'est crevant. Va, je ne m'amuse guère plus que toi ; j'ai souvent aussi rêvé autre chose... Rien n'est bête comme de voyager. Gagner de l'argent, j'aime encore mieux en manger, quoique ce ne soit pas toujours aussi amusant qu'on se l'imagine d'abord. Aimer, être aimé, on en a vite plein le dos, n'est-ce pas ?... Ah ! oui, on en a plein le dos !... »

La jeune femme ne répondant pas, il continua, pour la surprendre par une grosse impiété :

« Moi, je voudrais être aimé par une religieuse. Hein, ce serait peut-être drôle !... Tu n'as jamais fait le rêve, toi, d'aimer un homme auquel tu ne pourrais penser sans commettre un crime ? »

Mais elle resta sombre, et Maxime voyant qu'elle se taisait toujours, crut qu'elle ne l'écoutait pas. La nuque appuyée contre le bord capitonné [2] de la calèche, elle semblait dormir les yeux ouverts. Elle songeait, inerte, livrée aux rêves qui la tenaient ainsi affaissée, et par moments, de légers battements nerveux agitaient ses lèvres. Elle était mollement envahie par l'ombre du crépuscule ; tout ce que cette ombre contenait d'indécise tristesse, de discrète volupté, d'espoir inavoué, la pénétrait, la baignait dans une sorte d'air alangui [3] et morbide. Sans doute, tandis qu'elle regardait fixement le dos rond du

1. *Blasé* : état d'une personne qui a le sentiment d'avoir déjà tout vécu et qui n'éprouve plus de plaisir à rien. \ 2. *Capitonné* : rembourré. \ 3. *Alangui* : abattu, mou.

valet de pied assis sur le siège, elle pensait à ces joies de la veille, à ces fêtes qu'elle trouvait si fades, dont elle ne voulait plus ; elle voyait sa vie passée, le contentement immédiat de ses appétits, l'écœurement du luxe, la monotonie écrasante des mêmes tendresses et des mêmes trahisons. Puis, comme une espérance, se levait en elle, avec des frissons de désir, l'idée de cet « autre chose » que son esprit tendu ne pouvait trouver. Là, sa rêverie s'égarait. Elle faisait effort, mais toujours le mot cherché se dérobait dans la nuit tombante, se perdait dans le roulement continu des voitures. Le bercement souple de la calèche était une hésitation de plus qui l'empêchait de formuler son envie. Et une tentation immense montait de ce vague, de ces taillis que l'ombre endormait aux deux bords de l'allée, de ce bruit de roues et de cette oscillation molle qui l'emplissait d'une torpeur délicieuse. Mille petits souffles lui passaient sur la chair : songeries inachevées, voluptés innommées, souhaits confus, tout ce qu'un retour du Bois, à l'heure où le ciel pâlit, peut mettre d'exquis et de monstrueux dans le cœur lassé d'une femme. Elle tenait ses deux mains enfouies dans la peau d'ours, elle avait très chaud sous son paletot de drap blanc, aux revers de velours mauve. Comme elle allongeait un pied, pour se détendre dans son bien-être, elle frôla de sa cheville la jambe tiède de Maxime, qui ne prit même pas garde à cet attouchement. Une secousse la tira de son demi-sommeil. Elle leva la tête, regardant étrangement de ses yeux gris le jeune homme vautré en toute élégance.

À ce moment, la calèche sortit du Bois. L'avenue de l'Impératrice[1] s'allongeait toute droite dans le crépuscule, avec les deux lignes vertes de ses barrières de bois peint, qui allaient se toucher à l'horizon. Dans la contre-allée[2] réservée aux

1. *Avenue de l'Impératrice* : aujourd'hui avenue Foch \ **2.** *Contre-allée* : allée latérale, qui longe l'artère principale.

cavaliers, un cheval blanc, au loin, faisait une tache claire trouant l'ombre grise. Il y avait, de l'autre côté, le long de la chaussée, çà et là, des promeneurs attardés, des groupes de points noirs, se dirigeant doucement vers Paris. Et, tout en haut, au bout de la traînée grouillante et confuse des voitures, l'Arc de triomphe, posé de biais, blanchissait sur un vaste pan de ciel couleur de suie.

Tandis que la calèche remontait d'un trot plus vif, Maxime, charmé de l'allure anglaise du paysage, regardait, aux deux côtés de l'avenue, les hôtels, d'architecture capricieuse, dont les pelouses descendent jusqu'aux contre-allées; Renée, dans sa songerie, s'amusait à voir, au bord de l'horizon, s'allumer un à un les becs de gaz [1] de la place de l'Étoile, et à mesure que ces lueurs vives tachaient le jour mourant de petites flammes jaunes, elle croyait entendre des appels secrets, il lui semblait que le Paris flamboyant des nuits d'hiver s'illuminait pour elle, lui préparait la jouissance inconnue que rêvait son assouvissement.

La calèche prit l'avenue de la Reine-Hortense [2], et vint s'arrêter au bout de la rue Monceau, à quelques pas du boulevard Malesherbes, devant un grand hôtel situé entre cour et jardin. Les deux grilles chargées d'ornements dorés, qui s'ouvraient sur la cour, étaient chacune flanquées d'une paire de lanternes, en forme d'urnes également couvertes de dorures, et dans lesquelles flamboyaient de larges flammes de gaz. Entre les deux grilles, le concierge habitait un élégant pavillon, qui rappelait vaguement un petit temple grec.

Comme la voiture allait entrer dans la cour, Maxime sauta lestement à terre.

« Tu sais, lui dit Renée, en le retenant par la main, nous nous mettons à table à sept heures et demie. Tu as plus d'une heure pour aller t'habiller. Ne te fais pas attendre. »

1. *Becs de gaz* : réverbères à gaz. \ **2.** *Avenue de la Reine-Hortense* : aujourd'hui avenue Hoche.

Et elle ajouta avec un sourire :

« Nous aurons les Mareuil… Ton père désire que tu sois très galant avec Louise. »

Maxime haussa les épaules.

« En voilà une corvée ! murmura-t-il d'une voix maussade. Je veux bien épouser, mais faire sa cour, c'est trop bête… Ah ! que tu serais gentille, Renée, si tu me délivrais de Louise, ce soir. »

Il prit son air drôle, la grimace et l'accent qu'il empruntait à Lassouche[1], chaque fois qu'il allait débiter une de ses plaisanteries habituelles :

« Veux-tu, belle-maman chérie ? »

Renée lui secoua la main comme à un camarade. Et d'un ton rapide, avec une audace nerveuse de raillerie :

« Eh ! si je n'avais pas épousé ton père, je crois que tu me ferais la cour. »

Le jeune homme dut trouver cette idée très comique, car il avait déjà tourné le coin du boulevard Malesherbes, qu'il riait encore.

La calèche entra et vint s'arrêter devant le perron.

Ce perron, aux marches larges et basses, était abrité par une vaste marquise[2] vitrée, bordée d'un lambrequin[3] à franges et à glands d'or. Les deux étages de l'hôtel s'élevaient sur des offices[4], dont on apercevait, presque au ras du sol, les soupiraux carrés garnis de vitres dépolies. En haut du perron, la porte du vestibule avançait, flanquée de maigres colonnes prises dans le mur, formant ainsi une sorte d'avant-corps percé à chaque étage d'une baie arrondie, et montant jusqu'au toit, où il se terminait par un delta. De chaque côté, les étages

1. *Lassouche* : acteur comique qui connaissait alors un grand succès à Paris. \ **2.** *Marquise* : auvent qui protège le perron et la porte d'entrée. \ **3.** *Lambrequin* : bordure en tissu brodé. \ **4.** *Offices* : pièces attenantes à la cuisine dans lesquelles on prépare le service de la table.

avaient cinq fenêtres, régulièrement alignées sur leur façade, entourées d'un simple cadre de pierre. Le toit, mansardé, était taillé carrément, à larges pans presque droits.

Mais, du côté du jardin, la façade était autrement somptueuse. Un perron royal conduisait à une étroite terrasse qui régnait tout le long du rez-de-chaussée ; la rampe de cette terrasse, dans le style des grilles du parc Monceau, était encore plus chargée d'or que la marquise et les lanternes de la cour. Puis l'hôtel se dressait, ayant aux angles deux pavillons, deux sortes de tours engagées à demi dans le corps du bâtiment, et qui ménageaient à l'intérieur des pièces rondes. Au milieu, une autre tourelle, plus enfoncée, se renflait légèrement. Les fenêtres, hautes et minces pour les pavillons, espacées davantage et presque carrées sur les parties plates de la façade, avaient, au rez-de-chaussée, des balustrades de pierre, et des rampes de fer forgé et doré aux étages supérieurs. C'était un étalage, une profusion, un écrasement de richesses. L'hôtel disparaissait sous les sculptures. Autour des fenêtres, le long des corniches, couraient des enroulements de rameaux et de fleurs ; il y avait des balcons pareils à des corbeilles de verdure, que soutenaient de grandes femmes nues, les hanches tordues, les pointes des seins en avant ; puis, çà et là, étaient collés des écussons de fantaisie, des grappes, des roses, toutes les efflorescences possibles de la pierre et du marbre. À mesure que l'œil montait, l'hôtel fleurissait davantage. Autour du toit, régnait une balustrade sur laquelle étaient posées, de distance en distance, des urnes où des flammes de pierre flambaient. Et là, entre les œils-de-bœuf[1] des mansardes, qui s'ouvraient dans un fouillis incroyable de fruits et de feuillages, s'épanouissaient les pièces capitales de cette décoration étonnante, les frontons des

1. *Œils-de-bœuf* : fenêtres rondes ou ovales pratiquées dans un mur, en particulier au niveau des combles.

pavillons, au milieu desquels reparaissaient les grandes femmes nues, jouant avec des pommes, prenant des poses, parmi des poignées de joncs. Le toit, chargé de ces ornements, surmonté encore de galeries de plomb découpées, de deux paratonnerres et de quatre énormes cheminées symétriques, sculptées comme le reste, semblait être le bouquet de ce feu d'artifice architectural.

À droite, se trouvait une vaste serre, scellée au flanc même de l'hôtel, communiquant avec le rez-de-chaussée par la porte-fenêtre d'un salon. Le jardin, qu'une grille basse, masquée par une haie, séparait du parc Monceau, avait une pente assez forte. Trop petit pour l'habitation, si étroit qu'une pelouse et quelques massifs d'arbres verts l'emplissaient, il était simplement comme une butte, comme un socle de verdure, sur lequel se campait fièrement l'hôtel en toilette de gala. À la voir du parc, au-dessus de ce gazon propre, de ces arbustes dont les feuillages vernis luisaient, cette grande bâtisse, neuve encore et toute blafarde, avait la face blême, l'importance riche et sotte d'une parvenue [1], avec son lourd chapeau d'ardoises, ses rampes dorées, son ruissellement de sculptures. C'était une réduction du nouveau Louvre [2], un des échantillons les plus caractéristiques du style Napoléon III [3], ce bâtard opulent de tous les styles. Les soirs d'été, lorsque le soleil oblique allumait l'or des rampes sur la façade blanche, les promeneurs du parc s'arrêtaient, regardaient les rideaux de soie rouge drapés aux fenêtres du rez-de-chaussée ; et, au travers des glaces si larges et si claires qu'elles semblaient, comme les glaces des grands magasins modernes, mises là pour étaler au-dehors le faste

1. *Parvenue* : personne qui s'est élevée trop vite dans la hiérarchie sociale et qui n'a pas encore acquis le savoir-vivre de la classe à laquelle elle prétend appartenir. \ **2.** *Le nouveau Louvre* : un décret du 12 mars 1852 ordonne l'achèvement du Louvre. Le nouveau Louvre est terminé en 1857. \ **3.** *Style Napoléon III* : l'Opéra Garnier est un exemple de ce style éclectique qui se caractérise par une profusion outrancière d'ornements.

intérieur, ces familles de petits bourgeois apercevaient des coins de meubles, des bouts d'étoffes, des morceaux de plafonds d'une richesse éclatante, dont la vue les clouait d'admiration et d'envie au beau milieu des allées.

Mais, à cette heure, l'ombre tombait des arbres, la façade dormait. De l'autre côté, dans la cour, le valet de pied avait respectueusement aidé Renée à descendre de voiture. Les écuries, à bandes de briques rouges, ouvraient, à droite, leurs larges portes de chêne bruni, au fond d'un hangar vitré. À gauche, comme pour faire pendant, il y avait, collée au mur de la maison voisine, une niche très ornée, dans laquelle une nappe d'eau coulait perpétuellement d'une coquille que deux Amours tenaient à bras tendus. La jeune femme resta un instant au bas du perron, donnant de légères tapes à sa jupe, qui ne voulait pas descendre. La cour, que venaient de traverser les bruits de l'attelage, reprit sa solitude, son silence aristocratique, coupé par l'éternelle chanson de la nappe d'eau. Et seules encore, dans la masse noire de l'hôtel, où le premier des grands dîners de l'automne allait bientôt allumer les lustres, les fenêtres basses flambaient, toutes braisillantes[1], jetant sur le petit pavé de la cour, régulier et net comme un damier, des lueurs vives d'incendie.

Comme Renée poussait la porte du vestibule, elle se trouva en face du valet de chambre de son mari, qui descendait aux offices, tenant une bouilloire d'argent. Cet homme était superbe, tout de noir habillé, grand, fort, la face blanche, avec les favoris corrects d'un diplomate anglais, l'air grave et digne d'un magistrat.

« Baptiste, demanda la jeune femme, monsieur est-il rentré ?

1. *Braisillantes* : brillantes comme des braises.

– Oui, madame, il s'habille », répondit le valet avec une inclination de tête que lui aurait enviée un prince saluant la foule.

Renée monta lentement l'escalier, en retirant ses gants.

Le vestibule était d'un grand luxe. En entrant, on éprouvait une légère sensation d'étouffement. Les tapis épais qui couvraient le sol et qui montaient les marches, les larges tentures de velours rouge qui masquaient les murs et les portes, alourdissaient l'air d'un silence, d'une senteur tiède de chapelle. Les draperies tombaient de haut, et le plafond, très élevé, était orné de rosaces saillantes, posées sur un treillis de baguettes d'or. L'escalier, dont la double balustrade de marbre blanc avait une rampe de velours rouge, s'ouvrait en deux branches, légèrement tordues, et entre lesquelles se trouvait, au fond, la porte du grand salon. Sur le premier palier, une immense glace tenait tout le mur. En bas, au pied des branches de l'escalier, sur des socles de marbre, deux femmes de bronze doré, nues jusqu'à la ceinture, portaient de grands lampadaires à cinq becs, dont les clartés vives étaient adoucies par des globes de verre dépoli. Et, des deux côtés, s'alignaient d'admirables pots de majolique[1], dans lesquels fleurissaient des plantes rares.

Renée montait, et, à chaque marche, elle grandissait dans la glace ; elle se demandait, avec ce doute des actrices les plus applaudies, si elle était vraiment délicieuse, comme on le lui disait.

Puis, quand elle fut dans son appartement, qui était au premier étage, et dont les fenêtres donnaient sur le parc Monceau, elle sonna Céleste, sa femme de chambre, et se fit habiller pour le dîner. Cela dura cinq bons quarts d'heure.

1. *Majolique* : faïence italienne.

Lorsque la dernière épingle eut été posée, comme il faisait très chaud dans la pièce, elle ouvrit une fenêtre, s'accouda, s'oublia. Derrière elle, Céleste tournait discrètement, rangeant un à un les objets de toilette.

En bas dans le parc, une mer d'ombre roulait. Les masses couleur d'encre des hauts feuillages secoués par de brusques rafales, avaient un large balancement de flux et de reflux, avec ce bruit de feuilles sèches qui rappelle l'égouttement des vagues sur une plage de cailloux. Seuls, rayant par instants ce remous de ténèbres, les deux yeux jaunes d'une voiture paraissaient et disparaissaient entre les massifs, le long de la grande allée qui va de l'avenue de la Reine-Hortense[1] au boulevard Malesherbes. Renée, en face de ces mélancolies de l'automne, sentit toutes ses tristesses lui remonter au cœur. Elle se revit enfant dans la maison de son père, dans cet hôtel silencieux de l'île Saint-Louis, où depuis deux siècles les Béraud Du Châtel mettaient leur gravité noire de magistrats. Puis elle songea au coup de baguette de son mariage, à ce veuf qui s'était vendu pour l'épouser, et qui avait troqué son nom de Rougon contre ce nom de Saccard, dont les deux syllabes sèches avaient sonné à ses oreilles, les premières fois, avec la brutalité de deux râteaux ramassant l'or; il la prenait, il la jetait dans cette vie à outrance, où sa pauvre tête se détraquait un peu plus tous les jours. Alors, elle se mit à rêver, avec une joie puérile, aux belles parties de raquette qu'elle avait faites jadis avec sa jeune sœur Christine. Et, quelque matin, elle s'éveillerait du rêve de jouissance qu'elle faisait depuis dix ans, folle, salie par une des spéculations de son mari, dans laquelle il se noierait lui-même. Ce fut comme un pressentiment rapide. Les arbres se lamentaient à voix plus haute. Renée, troublée par ces pensées de

1. *Avenue de la Reine-Hortense* : aujourd'hui avenue Hoche.

honte et de châtiment, céda aux instincts de vieille et honnête bourgeoisie qui dormaient au fond d'elle ; elle promit à la nuit noire de s'amender[1], de ne plus tant dépenser pour sa toilette, de chercher quelque jeu innocent qui pût la distraire, comme aux jours heureux du pensionnat, lorsque les élèves chantaient : *Nous n'irons plus au bois*, en tournant doucement sous les platanes.

À ce moment, Céleste, qui était descendue, rentra et murmura à l'oreille de sa maîtresse :

« Monsieur prie madame de descendre. Il y a déjà plusieurs personnes au salon. »

Renée tressaillit. Elle n'avait pas senti l'air vif qui glaçait ses épaules. En passant devant son miroir, elle s'arrêta, se regarda d'un mouvement machinal. Elle eut un sourire involontaire, et descendit.

En effet, presque tous les convives étaient arrivés. Il y avait en bas sa sœur Christine, une jeune fille de vingt ans, très simplement mise[2] en mousseline[3] blanche ; sa tante Élisabeth, la veuve du notaire Aubertot, en satin noir, petite vieille de soixante ans, d'une amabilité exquise ; la sœur de son mari, Sidonie Rougon, femme maigre, doucereuse[4], sans âge certain, au visage de cire molle, et que sa robe de couleur éteinte effaçait encore davantage ; puis les Mareuil, le père, M. de Mareuil, qui venait de quitter le deuil de sa femme, un grand bel homme, vide, sérieux, ayant une ressemblance frappante avec le valet de chambre Baptiste, et la fille, cette pauvre Louise, comme on la nommait, une enfant de dix-sept ans, chétive[5], légèrement bossue, qui portait avec une grâce maladive une robe de foulard[6] blanc, à pois rouges ; puis tout

1. *S'amender* : se corriger. \ **2.** *Mise* : habillée. \ **3.** *Mousseline* : tissu, de coton, de soie ou de laine, qui se caractérise par sa finesse et sa légèreté. \ **4.** *Doucereuse :* d'une douceur fausse, affectée. \ **5.** *Chétive* : faible, fragile. \ **6.** *Foulard* : tissu très léger en soie ou en coton.

un groupe d'hommes graves, gens très décorés, messieurs officiels à têtes blêmes et muettes, et, plus loin, un autre groupe, des jeunes hommes, l'air vicieux, le gilet largement ouvert, entourant cinq ou six dames de haute élégance, parmi lesquelles trônaient les inséparables, la petite marquise d'Espanet, en jaune, et la blonde Mme Haffner, en violet. M. de Mussy, ce cavalier au salut duquel Renée n'avait pas répondu, était là également, avec la mine inquiète d'un amant qui sent venir son congé. Et, au milieu des longues traînes étalées sur le tapis, deux entrepreneurs, deux maçons enrichis, les Mignon et Charrier avec lesquels Saccard devait terminer une affaire le lendemain, promenaient lourdement leurs fortes bottes, les mains derrière le dos, crevant dans leur habit noir.

Aristide Saccard, debout auprès de la porte, tout en pérorant[1] devant le groupe des hommes graves, avec son nasillement et sa verve de méridional, trouvait le moyen de saluer les personnes qui arrivaient. Il leur serrait la main, leur adressait des paroles aimables. Petit, la mine chafouine[2], il se pliait comme une marionnette ; et de toute sa personne grêle, rusée, noirâtre, ce qu'on voyait le mieux, c'était la tache rouge du ruban de la Légion d'honneur qu'il portait très large.

Quand Renée entra, il y eut un murmure d'admiration. Elle était vraiment divine. Sur une première jupe de tulle, garnie, derrière, d'un flot de volants, elle portait une tunique de satin vert tendre, bordée d'une haute dentelle d'Angleterre, relevée et attachée par de grosses touffes de violettes ; un seul volant garnissait le devant de la jupe, où des bouquets de violettes, reliés par des guirlandes de lierre, fixaient une légère draperie de mousseline. Les grâces de la tête et du corsage étaient adorables, au-dessus de ces jupes d'une ampleur royale et

1. *Pérorant* : parlant fort, avec emphase. \ **2.** *Chafouine* : sournoise, rusée.

d'une richesse un peu chargée. Décolletée jusqu'à la pointe des seins, les bras découverts avec des touffes de violettes sur les épaules, la jeune femme semblait sortir toute nue de sa gaine de tulle et de satin, pareille à une de ces nymphes dont le buste se dégage des chênes sacrés; et sa gorge blanche, son corps souple était déjà si heureux de sa demi-liberté que le regard s'attendait toujours à voir peu à peu le corsage et les jupes glisser, comme le vêtement d'une baigneuse, folle de sa chair. Sa coiffure haute, ses fins cheveux jaunes retroussés en forme de casque, et dans lequel courait une branche de lierre, retenue par un nœud de violettes, augmentaient encore sa nudité, en découvrant sa nuque que des poils follets, semblables à des fils d'or, ambraient légèrement. Elle avait, au cou, une rivière à pendeloques [1], d'une eau admirable, et, sur le front, une aigrette [2] faite de brins d'argent, constellés de diamants. Et elle resta ainsi quelques secondes sur le seuil, debout dans sa toilette magnifique, les épaules moirées [3] par les clartés chaudes. Comme elle avait descendu vite, elle soufflait un peu. Ses yeux, que le noir du parc Monceau avait emplis d'ombre, clignaient devant ce flot brusque de lumière, lui donnaient cet air hésitant des myopes, qui était chez elle une grâce.

En l'apercevant, la petite marquise se leva vivement, courut à elle, lui prit les deux mains; et tout en l'examinant des pieds à la tête, elle murmurait d'une voix flûtée :

« Ah! chère belle, chère belle... »

Cependant, il y eut un grand mouvement, tous les convives vinrent saluer la belle Mme Saccard, comme on nommait Renée dans le monde. Elle toucha la main presque à tous les hommes. Puis elle embrassa Christine, en lui demandant des

1. *Pendeloques* : ornements suspendus au collier. \ **2.** *Aigrette* : bijou formé d'un faisceau de diamants dont la forme rappelle l'aigrette de certains oiseaux. \ **3.** *Moirées* : brillantes comme un tissu chatoyant.

nouvelles de son père, qui ne venait jamais à l'hôtel du parc Monceau. Et elle restait debout, souriante, saluant encore de la tête, les bras mollement arrondis, devant le cercle des dames qui regardaient curieusement la rivière et l'aigrette.

La blonde Mme Haffner ne put résister à la tentation ; elle s'approcha, regarda longuement les bijoux, et dit d'une voix jalouse :

« C'est la rivière et l'aigrette, n'est-ce pas ?... »

Renée fit un signe affirmatif. Alors toutes les femmes se répandirent en éloges ; les bijoux étaient ravissants, divins ; puis elles en vinrent à parler, avec une admiration pleine d'envie, de la vente de Laure d'Aurigny, dans laquelle Saccard les avait achetés pour sa femme ; elles se plaignirent de ce que ces filles[1] enlevaient les plus belles choses, bientôt il n'y aurait plus de diamants pour les honnêtes femmes. Et, dans leurs plaintes, perçait le désir de sentir sur leur peau nue un de ces bijoux que tout Paris avait vus aux épaules d'une impure illustre, et qui leur conteraient peut-être à l'oreille les scandales des alcôves[2] où s'arrêtaient si complaisamment leurs rêves de grandes dames. Elles connaissaient les gros prix, elles citèrent un superbe cachemire[3], des dentelles magnifiques. L'aigrette avait coûté quinze mille francs, la rivière cinquante mille francs. Mme d'Espanet était enthousiasmée par ces chiffres. Elle appela Saccard, elle lui cria :

« Venez donc qu'on vous félicite ! Voilà un bon mari ! »

Aristide Saccard s'approcha, s'inclina, fit de la modestie. Mais son visage grimaçant trahissait une satisfaction vive. Et il regardait du coin de l'œil les deux entrepreneurs, les deux maçons enrichis, plantés à quelques pas, écoutant sonner les

1. *Filles* : femmes entretenues par leurs amants. \ **2.** *Alcôve* : dans une chambre, renfoncement dans lequel est placé le lit. Par métaphore, lieu des rapports amoureux. \ **3.** *Cachemire* : grand châle en laine de chèvre du Cachemire.

chiffres de quinze mille et cinquante mille francs, avec un respect visible.

À ce moment, Maxime, qui venait d'entrer, adorablement pincé[1] dans son habit noir, s'appuya avec familiarité sur l'épaule de son père, et lui parla bas, comme à un camarade, en lui désignant les maçons d'un regard. Saccard eut le sourire discret d'un acteur applaudi.

Quelques convives arrivèrent encore. Il y avait au moins une trentaine de personnes dans le salon. Les conversations reprirent; pendant les moments de silence, on entendait, derrière les murs, des bruits légers de vaisselle et d'argenterie. Enfin, Baptiste ouvrit une porte à deux battants, et, majestueusement, il dit la phrase sacramentelle[2] :

« Madame est servie. »

Alors, lentement, le défilé commença. Saccard donna le bras à la petite marquise; Renée prit celui d'un vieux monsieur, un sénateur, le baron Gouraud, devant lequel tout le monde s'aplatissait avec une humilité grande; quant à Maxime, il fut obligé d'offrir son bras à Louise de Mareuil; puis venaient le reste des convives, en procession, et, tout au bout, les deux entrepreneurs, les mains ballantes.

La salle à manger était une vaste pièce carrée, dont les boiseries de poirier noirci et verni montaient à hauteur d'homme, ornées de minces filets d'or. Les quatre grands panneaux avaient dû être ménagés de façon à recevoir des peintures de nature morte; mais ils étaient restés vides, le propriétaire de l'hôtel ayant sans doute reculé devant une dépense purement artistique. On les avait simplement tendus de velours gros vert. Le meuble[3], les rideaux et les portières[4] de même étoffe, donnaient à la pièce un caractère sobre et

1. *Pincé* : serré dans un costume qui souligne sa minceur. \ **2.** *Sacramentelle* : rituelle. \ **3.** *Meuble* : mobilier. \ **4.** *Portières* : tentures qui recouvrent le panneau d'une porte.

grave, calculé pour concentrer sur la table toutes les splendeurs de la lumière.

Et, à cette heure, en effet, au milieu du large tapis persan, de teinte sombre, qui étouffait le bruit des pas, sous la clarté crue du lustre, la table, entourée de chaises dont les dossiers noirs, à filets d'or, l'encadraient d'une ligne sombre, était comme un autel, comme une chapelle ardente, où, sur la blancheur éclatante de la nappe, brûlaient les flammes claires des cristaux et des pièces d'argenterie. Au-delà des dossiers sculptés, dans une ombre flottante, à peine apercevait-on les boiseries des murs, un grand buffet bas, des pans de velours qui traînaient. Forcément, les yeux revenaient à la table, s'emplissaient de cet éblouissement. Un admirable surtout[1] d'argent mat, dont les ciselures luisaient, en occupait le centre ; c'était une bande de faunes enlevant des nymphes ; et, au-dessus du groupe, sortant d'un large cornet, un énorme bouquet de fleurs naturelles retombait en grappes. Aux deux bouts, des vases contenaient également des gerbes de fleurs ; deux candélabres, appareillés[2] au groupe du milieu, faits chacun d'un satyre courant, emportant sur l'un de ses bras une femme pâmée, et tenant de l'autre une torchère à dix branches, ajoutaient l'éclat de leurs bougies au rayonnement du lustre central. Entre ces pièces principales, les réchauds, grands et petits, s'alignaient symétriquement, chargés du premier service, flanqués par des coquilles contenant des hors-d'œuvre, séparés par des corbeilles de porcelaine, des vases de cristal, des assiettes plates, des compotiers montés, contenant la partie du dessert qui était déjà sur la table. Le long du cordon des assiettes, l'armée des verres, les carafes d'eau et de vins, les petites salières, tout le cristal du service était mince et léger

1. *Surtout* : pièce de vaisselle ou d'orfèvrerie que l'on place au milieu de la table en guise de décoration. \ **2.** *Appareillés* : assortis.

comme de la mousseline, sans une ciselure, et si transparent, qu'il ne jetait aucune ombre. Et le surtout, les grandes pièces semblaient des fontaines de feu ; des éclairs couraient dans le flanc poli des réchauds ; les fourchettes, les cuillers, les couteaux à manches de nacre, faisaient des barres de flammes ; des arcs-en-ciel allumaient les verres ; et, au milieu de cette pluie d'étincelles, dans une masse incandescente, les carafes de vin tachaient de rouge la nappe chauffée à blanc.

En entrant, les convives, qui souriaient aux dames qu'ils avaient à leur bras, eurent une expression de béatitude discrète. Les fleurs mettaient une fraîcheur dans l'air tiède. Des fumets légers traînaient mêlés aux parfums des roses. Et c'était la senteur âpre des écrevisses et l'odeur aigrelette des citrons qui dominaient.

Puis, quand tout le monde eut trouvé son nom, écrit sur le revers de la carte du menu, il y eut un bruit de chaises, un grand froissement de jupes de soie. Les épaules nues, étoilées de diamants, flanquées d'habits noirs qui en faisaient ressortir la pâleur, ajoutèrent leurs blancheurs laiteuses au rayonnement de la table. Le service commença, au milieu de petits sourires échangés entre voisins, dans un demi-silence que ne coupaient encore que le cliquetis assourdis des cuillers. Baptiste remplissait les fonctions de maître d'hôtel avec ses attitudes graves de diplomate ; il avait sous ses ordres, outre les deux valets de pied, quatre aides qu'il recrutait seulement pour les grands dîners. À chaque mets qu'il enlevait, et qu'il allait découper, au fond de la pièce, sur une table de service, trois des domestiques faisaient doucement le tour de la table, un plat à la main, offrant le mets par son nom, à demi-voix. Les autres versaient les vins, veillaient au pain et aux carafes. Les relevés [1]

1. *Relevés* : plats qui succèdent immédiatement au potage.

et les entrées s'en allèrent et se promenèrent ainsi lentement, sans que le rire perlé des dames devînt plus aigu.

Les convives étaient trop nombreux pour que la conversation pût aisément devenir générale. Cependant, au second service, lorsque les rôtis et les entremets eurent pris la place des relevés et des entrées, et que les grands vins de Bourgogne, le pommard, le chambertin, succédèrent au léoville et au château-lafitte, le bruit des voix grandit, des éclats de rire firent tinter les cristaux légers. Renée, au milieu de la table, avait, à sa droite le baron Gouraud, à sa gauche M. Toutin-Laroche, ancien fabricant de bougies, alors conseiller municipal, directeur du Crédit viticole [1], membre du conseil de surveillance de la Société générale des ports du Maroc, homme maigre et considérable, que Saccard, placé en face de Mme d'Espanet et Mme Haffner, appelait d'une voix flatteuse tantôt : « Mon cher collègue », et tantôt : « Notre grand administrateur. » Ensuite venaient les hommes politiques : M. Hupel de la Noue, un préfet qui passait huit mois de l'année à Paris ; trois députés, parmi lesquels M. Haffner étalait sa large face alsacienne ; puis M. de Saffré, un charmant jeune homme, secrétaire d'un ministre ; M. Michelin, chef du bureau de la voirie ; et d'autres employés supérieurs. M. de Mareuil, candidat perpétuel à la députation, se carrait [2] en face du préfet, auquel il faisait les yeux doux. Quant à M. d'Espanet, il n'accompagnait jamais sa femme dans le monde. Les dames de la famille étaient placées entre les plus marquants de ces personnages. Saccard avait cependant réservé sa sœur Sidonie, qu'il avait mise plus loin, entre les deux entrepreneurs, le sieur Charrier à droite, le sieur Mignon

1. *Crédit viticole* : inspiré du Crédit mobilier créé par les frères Pereire en 1852, qui connaît ses premières difficultés financières en 1867 et s'effondre en 1870. \ **2.** *Se carrait* : prenait l'air important.

à gauche, comme à un poste de confiance où il s'agissait de vaincre. Mme Michelin, la femme du chef de bureau, une jolie brune, toute potelée, se trouvait à côté de M. de Saffré, avec lequel elle causait vivement à voix basse. Puis, aux deux bouts de la table, était la jeunesse, des auditeurs au Conseil d'État[1], des fils de pères puissants, des petits millionnaires en herbe, M. de Mussy, qui jetait à Renée des regards désespérés, Maxime ayant à sa droite Louise de Mareuil, et dont sa voisine semblait faire la conquête. Peu à peu, ils s'étaient mis à rire très haut. Ce fut de là que partirent les premiers éclats de gaieté.

Cependant, M. Hupel de la Noue demanda galamment :

« Aurons-nous le plaisir de voir Son Excellence, ce soir ?

– Je ne crois pas, répondit Saccard d'un air important qui cachait une contrariété secrète. Mon frère est si occupé !... Il nous a envoyé son secrétaire, M. de Saffré, pour nous présenter ses excuses. »

Le jeune secrétaire, que Mme Michelin accaparait décidément, leva la tête en entendant prononcer son nom, et s'écria à tout hasard, croyant qu'on s'était adressé à lui :

« Oui, oui, il doit y avoir une réunion des ministres à neuf heures, chez le garde des Sceaux. »

Pendant ce temps, M. Toutin-Laroche, qu'on avait interrompu, continuait gravement, comme s'il eût péroré dans le silence attentif du conseil municipal :

« Les résultats sont superbes. Cet emprunt de la Ville[2] restera comme une des plus belles opérations financières de l'époque. Ah ! messieurs... »

---

1. *Auditeurs au Conseil d'État* : nommés par l'empereur et révocables par lui, ils traduisent sa volonté. \ **2.** *Emprunt de la Ville* : pour financer les travaux d'urbanisation, la ville de Paris lance de grands emprunts publics (soixante millions en 1855, cent trente millions en 1860).

Mais, ici, sa voix fut de nouveau couverte par des rires qui éclatèrent brusquement à l'un des bouts de la table. On entendait, au milieu de ce souffle de gaieté, la voix de Maxime, qui achevait une anecdote : « Attendez donc, je n'ai pas fini. La pauvre amazone[1] fut relevée par un cantonnier[2]. On dit qu'elle lui fait donner une brillante éducation pour l'épouser plus tard. Elle ne veut pas qu'un homme autre que son mari puisse se flatter d'avoir vu certain signe noir placé au-dessus de son genou. » Les rires reprirent de plus belle ; Louise riait franchement, plus haut que les hommes. Et doucement, au milieu de ces rires, comme sourd, un laquais allongeait en ce moment, entre chaque convive, sa tête grave et blême, offrant des aiguillettes de canard sauvage, à voix basse.

Aristide Saccard fut fâché du peu d'attention qu'on accordait à M. Toutin-Laroche. Il reprit, pour lui montrer qu'il l'avait écouté :

« L'emprunt de la Ville… »

Mais M. Toutin-Laroche n'était pas homme à perdre le fil d'une idée :

« Ah ! messieurs, continua-t-il quand les rires furent calmés, la journée d'hier a été une grande consolation pour nous, dont l'administration est en butte à tant d'ignobles attaques. On accuse le Conseil de conduire la Ville à sa ruine, et, vous le voyez, dès que la Ville ouvre un emprunt, tout le monde nous apporte son argent, même ceux qui crient.

– Vous avez fait des miracles, dit Saccard. Paris est devenu la capitale du monde.

– Oui, c'est vraiment prodigieux, interrompit M. Hupel de la Noue. Imaginez-vous que moi, qui suis un vieux Parisien, je ne reconnais plus mon Paris. Hier, je me suis perdu pour

1. *Amazone* : cavalière. \ 2. *Cantonnier* : ouvrier qui travaille à l'entretien des routes.

aller de l'Hôtel de Ville au Luxembourg. C'est prodigieux, prodigieux ! »

Il y eut un silence. Tous les hommes graves écoutaient maintenant.

« La transformation de Paris, continua M. Toutin-Laroche, sera la gloire du règne. Le peuple est ingrat : il devrait baiser les pieds de l'empereur. Je le disais ce matin au Conseil, où l'on parlait du grand succès de l'emprunt : « Messieurs, laissons dire ces braillards de l'opposition : bouleverser Paris, c'est le fertiliser. »

Saccard sourit en fermant les yeux, comme pour mieux savourer la finesse du mot. Il se pencha derrière le dos de Mme d'Espanet, et dit à M. Hupel de la Noue, assez haut pour être entendu :

« Il a un esprit adorable. »

Cependant, depuis qu'on parlait des travaux de Paris, le sieur Charrier tendait le cou, comme pour se mêler à la conversation. Son associé Mignon n'était occupé que de Mme Sidonie, qui lui donnait fort à faire. Saccard, depuis le commencement du dîner, surveillait les entrepreneurs du coin de l'œil.

« L'administration, dit-il, a rencontré tant de dévouements ! Tout le monde a voulu contribuer à la grande œuvre. Sans les riches compagnies qui lui sont venues en aide, la Ville n'aurait jamais pu faire si bien ni si vite. »

Il se tourna, et avec une sorte de brutalité flatteuse :

« Messieurs Mignon et Charrier en savent quelque chose, eux qui ont eu leur part de peine, et qui auront leur part de gloire. »

Les maçons enrichis reçurent béatement cette phrase en pleine poitrine. Mignon, auquel Mme Sidonie disait en minaudant : « Ah ! monsieur, vous me flattez ; non, le rose serait trop jeune pour moi… », la laissa au milieu de sa phrase pour répondre à Saccard :

« Vous êtes trop bon ; nous avons fait nos affaires. »

Mais Charrier était plus dégrossi. Il acheva son verre de pommard et trouva le moyen de faire une phrase :

« Les travaux de Paris, dit-il, ont fait vivre l'ouvrier.

– Dites aussi reprit M. Toutin-Laroche, qu'ils ont donné un magnifique élan aux affaires financières et industrielles.

– Et n'oubliez pas le côté artistique ; les nouvelles voies sont majestueuses, ajouta M. Hupel de la Noue, qui se piquait d'avoir du goût.

– Oui, oui, c'est un beau travail, murmura M. de Mareuil, pour dire quelque chose.

– Quant à la dépense, déclara gravement le député Haffner qui n'ouvrait la bouche que dans les grandes occasions, nos enfants la paieront, et rien ne sera plus juste. »

Et comme, en disant cela, il regardait M. de Saffré que la jolie Mme Michelin semblait bouder depuis un instant, le jeune secrétaire pour paraître au courant de ce qu'on disait, répéta :

« Rien ne sera plus juste en effet. »

Tout le monde avait dit son mot, dans le groupe que les hommes graves formaient au milieu de la table. M. Michelin, le chef de bureau, souriait, dodelinait de la tête ; c'était, d'ordinaire, sa façon de prendre part à une conversation ; il avait des sourires pour saluer, pour répondre, pour approuver, pour remercier, pour prendre congé, toute une jolie collection de sourires qui le dispensaient presque de jamais se servir de la parole, ce qu'il jugeait sans doute plus poli et plus favorable à son avancement.

Un autre personnage était également resté muet, le baron Gouraud, qui mâchait lentement comme un bœuf aux paupières lourdes. Jusque-là, il avait paru absorbé dans le spectacle de son assiette. Renée, aux petits soins pour lui, n'en obtenait que de légers grognements de satisfaction. Aussi futon surpris de le voir lever la tête et de l'entendre dire, en essuyant ses lèvres grasses :

« Moi qui suis propriétaire, lorsque je fais réparer et décorer un appartement, j'augmente mon locataire. »

La phrase de M. Haffner : « Nos enfants paieront », avait réussi à réveiller le sénateur. Tout le monde battit discrètement des mains, et M. de Saffré s'écria :

« Ah ! charmant, charmant, j'enverrai demain le mot aux journaux.

– Vous avez bien raison, messieurs, nous vivons dans un bon temps, dit le sieur Mignon, comme pour conclure, au milieu des sourires et des admirations que le mot du baron excitait. J'en connais plus d'un qui ont joliment arrondi leur fortune. Voyez-vous, quand on gagne de l'argent, tout est beau. »

Ces dernières paroles glacèrent les hommes graves. La conversation tomba net, et chacun parut éviter de regarder son voisin. La phrase du maçon atteignait ces messieurs, roide comme le pavé de l'ours[1]. Michelin, qui justement contemplait Saccard d'un air agréable, cessa de sourire, très effrayé d'avoir eu l'air un instant d'appliquer les paroles de l'entrepreneur au maître de la maison. Ce dernier lança un coup d'œil à Mme Sidonie, qui accapara de nouveau Mignon, en disant : « Vous aimez donc le rose, monsieur ?... » Puis Saccard fit un long compliment à Mme d'Espanet ; sa figure noirâtre, chafouine[2], touchait presque les épaules laiteuses de la jeune femme, qui se renversait avec de petits rires.

On était au dessert. Les laquais allaient d'un pas plus vif autour de la table. Il y eut un arrêt, pendant que la nappe achevait de se charger de fruits et de sucreries. À l'un des

1. *Le pavé de l'ours* : expression familière inspirée par une fable de La Fontaine et qui désigne une maladresse pourtant partie d'une bonne intention. \ **2.** *Chafouine* : sournoise, rusée.

bouts, du côté de Maxime, les rires devenaient plus clairs; on entendait la voix aigrelette de Louise dire : « Je vous assure que Sylvia avait une robe de satin bleu dans son rôle de Dindonnette » ; et une autre voix d'enfant ajoutait : « Oui, mais la robe était garnie de dentelles blanches. » Un air chaud montait. Les visages, plus roses, étaient comme amollis par une béatitude intérieure. Deux laquais firent le tour de la table, versant de l'alicante et du tokai[1].

Depuis le commencement du dîner, Renée semblait distraite. Elle remplissait ses devoirs de maîtresse de maison avec un sourire machinal. À chaque éclat de gaieté qui venait du bout de la table, où Maxime et Louise, côté à côte, plaisantaient comme de bons camarades, elle jetait de ce côté un regard luisant. Elle s'ennuyait. Les hommes graves l'assommaient. Mme d'Espanet et Mme Haffner lui lançaient des regards désespérés.

« Et les prochaines élections, comment s'annoncent-elles ? demanda brusquement Saccard à M. Hupel de la Noue.

– Mais très bien, répondit celui-ci en souriant; seulement je n'ai pas encore de candidats désignés[2] pour mon département. Le ministère hésite, paraît-il. »

M. de Mareuil, qui, d'un coup d'œil, avait remercié Saccard d'avoir entamé ce sujet, semblait être sur des charbons ardents. Il rougit légèrement, il fit des saluts embarrassés, lorsque le préfet, s'adressant à lui, continua :

« On m'a beaucoup parlé de vous dans le pays, monsieur. Vos grandes propriétés vous y font de nombreux amis, et l'on sait combien vous êtes dévoué à l'empereur. Vous avez toutes les chances.

---

1. *Alicante, tokai* : vins liquoreux fabriqués l'un à Alicante, en Espagne, l'autre en Hongrie. \ 2. *Candidat désigné* : candidat soutenu par le gouvernement et bénéficiant d'un traitement de faveur (affiche blanche…).

– Papa, n'est-ce pas que la petite Sylvia vendait des cigarettes à Marseille, en 1849 ? » cria à ce moment Maxime du bout de la table.

Et comme Aristide Saccard feignait de ne pas entendre, le jeune homme reprit d'un ton plus bas :

« Mon père l'a connue particulièrement. »

Il y eut quelques rires étouffés. Cependant, tandis que M. de Mareuil saluait toujours, M. Haffner avait repris d'une voix sentencieuse[1] :

« Le dévouement à l'empereur est la seule vertu, le seul patriotisme, en ces temps de démocratie intéressée. Quiconque aime l'empereur aime la France. C'est avec une joie sincère que nous verrions monsieur devenir notre collègue.

– Monsieur l'emportera, dit à son tour M. Toutin-Laroche. Les grandes fortunes doivent se grouper autour du trône. »

Renée n'y tint plus. En face d'elle, la marquise étouffait un bâillement. Et comme Saccard allait reprendre la parole :

« Par grâce, mon ami, ayez un peu pitié de nous, lui dit sa femme, avec un joli sourire, laissez-là votre vilaine politique. »

Alors, M. Hupel de la Noue, galant comme un préfet, se récria, dit que ces dames avaient raison. Et il entama le récit d'une histoire scabreuse[2] qui s'était passée dans son chef-lieu. La marquise, Mme Haffner et les autres dames rirent beaucoup de certains détails. Le préfet contait d'une façon très piquante, avec des demi-mots, des réticences[3], des inflexions de voix, qui donnaient un sens très polisson aux termes les plus innocents. Puis on parla du premier mardi de la duchesse, d'une bouffonnerie qu'on avait jouée la veille, de la mort d'un poète et des dernières courses d'automne. M. Toutin-Laroche, aimable à ses heures, compara les femmes à des roses, et M. de

1. *Sentencieuse* : solennelle (terme péjoratif). \ **2.** *Scabreuse* : indécente. \ **3.** *Réticences* : sous-entendus.

Mareuil, dans le trouble où l'avaient laissé ses espérances électorales, trouva des mots profonds sur la nouvelle forme des chapeaux. Renée restait distraite.

Cependant, les convives ne mangeaient plus. Un vent chaud semblait avoir soufflé sur la table, terni les verres, émietté le pain, noirci les pelures de fruits dans les assiettes, rompu la belle symétrie du service. Les fleurs se fanaient, dans les grands cornets d'argent ciselé. Et les convives s'oubliaient là un instant, en face des débris du dessert, béats, sans courage pour se lever. Un bras sur la table, à demi penchés, ils avaient le regard vide, le vague affaissement de cette ivresse mesurée et décente des gens du monde qui se grisent à petits coups. Les rires étaient tombés, les paroles se faisaient rares. On avait bu et mangé beaucoup, ce qui rendait plus grave encore la bande des hommes décorés. Les dames, dans l'air alourdi de la salle, sentaient des moiteurs leur monter au front et à la nuque. Elles attendaient qu'on passât au salon, sérieuses, un peu pâles, comme si leur tête eût légèrement tourné. Mme d'Espanet était toute rose, tandis que les épaules de Mme Haffner avaient pris des blancheurs de cire. Cependant, M. Hupel de la Noue examinait le manche d'un couteau; M. Toutin-Laroche lançait encore à M. Haffner des lambeaux de phrase, que celui-ci accueillait par des hochements de tête; M. de Mareuil rêvait en regardant M. Michelin, qui lui souriait finement. Quant à la jolie Mme Michelin, elle ne parlait plus depuis longtemps; très rouge, elle laissait pendre sous la nappe une main que M. de Saffré devait tenir dans la sienne, car il s'appuyait gauchement sur le bord de la table, les sourcils tendus, avec la grimace d'un homme qui résout un problème d'algèbre. Mme Sidonie avait vaincu, elle aussi; les sieurs Mignon et Charrier, accoudés tous deux et tournés vers elle, paraissaient ravis de recevoir ses confidences; elle avouait qu'elle adorait le laitage et qu'elle avait peur des revenants. Et Aristide Saccard, lui-même, les yeux demi-clos, plongé dans cette béatitude d'un maître de maison qui a conscience d'avoir grisé honnêtement ses convives, ne songeait point à quitter la table ; il contemplait, avec une tendresse respectueuse, le baron Gouraud, appesanti, digérant, allongeant sur la nappe blanche sa main droite, une main de vieillard sensuel, courte, épaisse, tachée de plaques violettes et couverte de poils roux.

Renée acheva machinalement les quelques gouttes de tokai qui restaient au fond de son verre. Des feux lui montaient à la face ; les petits cheveux pâles de son front et de sa nuque, rebelles, s'échappaient, comme mouillés par un souffle humide. Elle avait les lèvres et le nez amincis nerveusement, le visage muet d'un enfant qui a bu du vin pur. Si de bonnes pensées bourgeoises lui étaient venues en face des ombres du parc Monceau, ces pensées se noyaient, à cette heure, dans l'excitation des mets, des vins, des lumières, de ce milieu troublant où passaient des haleines et des gaietés chaudes. Elle n'échangeait plus de tranquilles sourires avec sa sœur Christine et sa tante Élisabeth, modestes toutes deux, s'effaçant, parlant à peine. Elle avait, d'un regard dur, fait baisser les yeux du pauvre M. de Mussy. Dans son apparente distraction, bien qu'elle évitât maintenant de se tourner, appuyée contre le dossier de sa chaise, où le satin de son corsage craquait doucement, elle laissait échapper un imperceptible frisson des épaules, à chaque nouvel éclat de rire qui lui venait du coin où Maxime et Louise plaisantaient, toujours aussi haut, dans le bruit mourant des conversations.

Et derrière elle, au bord de l'ombre, dominant de sa haute taille la table en désordre et les convives pâmés, Baptiste se tenait debout, la chair blanche, la mine grave, avec l'attitude dédaigneuse d'un laquais qui a repu ses maîtres. Lui seul, dans l'air chargé d'ivresse, sous les clartés crues du lustre qui jaunissaient, restait correct, avec sa chaîne d'argent au cou, ses yeux froids où la vue des épaules des femmes ne mettait pas une flamme, son air d'eunuque servant des Parisiens de la décadence et gardant sa dignité.

Enfin, Renée se leva, d'un mouvement nerveux. Tout le monde l'imita. On passa au salon, où le café était servi.

Le grand salon de l'hôtel était une vaste pièce longue, une sorte de galerie, allant d'un pavillon à l'autre, occupant toute la façade du côté du jardin. Une large porte-fenêtre s'ouvrait sur le perron. Cette galerie était resplendissante d'or. Le plafond, légèrement cintré[1], avait des enroulements capricieux courant autour de grands médaillons dorés, qui luisaient comme des boucliers. Des rosaces, des guirlandes éclatantes bordaient la voûte; des filets, pareils à des jets de métal en fusion, coulaient sur les murs, encadrant les panneaux, tendus de soie rouge; des tresses de roses, avec des gerbes épanouies au sommet, retombaient le long des glaces. Sur le parquet, un tapis d'Aubusson[2] étalait ses fleurs de pourpre. Le meuble[3] de damas[4] de soie rouge, les portières et les rideaux de même étoffe, l'énorme pendule rocaille[5] de la cheminée, les vases de Chine posés sur les consoles[6], les pieds des deux tables longues ornées de mosaïques de Florence, jusqu'aux jardinières placées dans les embrasures des fenêtres, suaient l'or, égouttaient l'or. Aux quatre angles se dressaient quatre grandes lampes posées sur des socles de marbre rouge, auxquels les attachaient des chaînes de bronze doré, tombant avec des grâces symétriques. Et, du plafond, descendaient trois lustres à pendeloques de cristal, ruisselants de gouttes de

1. *Cintré* : courbé en arc de cercle. \ **2.** *Aubusson* : manufacture française de tapisseries et de tapis, très ancienne et très prestigieuse. \ **3.** *Meuble* : mobilier. \ **4.** *Damas* : étoffe tissée dont les dessins apparaissent, à l'endroit, brillants sur fond mat et, à l'envers, mats sur fond brillant. \ **5.** *Rocaille* : style à la mode sous le règne de Louis XV et se caractérisant par des lignes tortueuses qui rappellent des coquillages. \ **6.** *Consoles* : petites tables dont les pieds sont en forme de S.

lumière bleues et roses, et dont les clartés ardentes faisaient flamber tout l'or du salon.

Les hommes se retirèrent bientôt dans le fumoir. M. de Mussy vint prendre familièrement le bras de Maxime, qu'il avait connu au collège, bien qu'il eût six ans de plus que lui. Il l'entraîna sur la terrasse, et après qu'ils eurent allumé un cigare, il se plaignit amèrement de Renée.

« Mais qu'a-t-elle donc, dites ? Je l'ai vue hier, elle était adorable. Et voilà qu'aujourd'hui elle me traite comme si tout était fini entre nous ? Quel crime ai-je pu commettre ? Vous seriez bien aimable, mon cher Maxime, de l'interroger, de lui dire combien elle me fait souffrir.

– Ah ! pour cela, non ! répondit Maxime en riant. Renée à ses nerfs, je ne tiens pas à recevoir l'averse. Débrouillez-vous, faites vos affaires vous-même. »

Et il ajouta, après avoir lentement exhalé la fumée de son havane :

« Vous voulez me faire jouer un joli rôle, vous ! »

Mais M. de Mussy parla de sa vive amitié, et il déclara au jeune homme qu'il n'attendait qu'une occasion pour lui prouver combien il lui était dévoué. Il était bien malheureux, il aimait tant Renée !

« Eh bien, c'est convenu, dit enfin Maxime, je lui dirais un mot ; mais, vous savez, je ne promets rien ; elle va m'envoyer coucher, c'est sûr. »

Ils rentrèrent dans le fumoir, ils s'allongèrent dans de larges fauteuils-dormeuses. Là, pendant une grande demi-heure, M. de Mussy conta ses chagrins à Maxime ; il lui dit pour la dixième fois comment il était tombé amoureux de sa belle-mère, comment elle avait bien voulu le distinguer ; et Maxime, en attendant que son cigare fût achevé, lui donnait des conseils, lui expliquait Renée, lui indiquait de quelle façon il devait se conduire pour la dominer.

Saccard étant venu s'asseoir à quelques pas des jeunes gens, M. de Mussy garda le silence et Maxime conclut en disant :

« Moi, si j'étais à votre place, j'agirais très cavalièrement. Elle aime ça. »

Le fumoir occupait, à l'extrémité du grand salon, une des pièces rondes formées par les tourelles. Il était de style très riche et très sobre. Tendu d'une imitation de cuir de Cordoue, il avait des rideaux et des portières[1] en algérienne, et, pour tapis, une moquette à dessins persans. Le meuble, recouvert de peau de chagrin[2] couleur bois, se composait de poufs, de fauteuils et d'un divan circulaire qui tenait en partie la rondeur de la pièce. Le petit lustre du plafond, les ornements du guéridon, la garniture de la cheminée, étaient en bronze florentin vert pâle.

Il n'était guère resté avec les dames que quelques jeunes gens et des vieillards à faces blanches et molles, ayant le tabac en horreur. Dans le fumoir, on riait, on plaisantait très librement. M. Hupel de la Noue égaya fort ces messieurs en leur racontant de nouveau l'histoire qu'il avait dite pendant le dîner, mais en la complétant par des détails tout à fait crus. C'était sa spécialité ; il avait toujours deux versions d'une anecdote, l'une pour les dames, l'autre pour les hommes. Puis, quand Aristide Saccard entra, il fut entouré et complimenté ; et, comme il faisait mine de ne pas comprendre, M. de Saffré lui dit, dans une phrase très applaudie, qu'il avait bien mérité de la patrie en empêchant la belle Laure d'Aurigny de passer aux Anglais[3].

« Non, vraiment, messieurs, vous vous trompez, balbutiait Saccard avec une fausse modestie.

1. *Portière* : tenture recouvrant le panneau d'une porte. \ **2.** *Peau de chagrin* : cuir grenu fait de peau de mouton, de chèvre ou d'âne. \ **3.** *De passer aux Anglais* : de s'exiler en Angleterre.

– Va, ne te défends donc pas ! lui cria plaisamment Maxime. À ton âge, c'est très beau. »

Le jeune homme, qui venait de jeter son cigare, entra dans le grand salon. Il était venu beaucoup de monde. La galerie était pleine d'habits noirs, debout, causant à demi-voix, et de jupes, étalées largement le long des causeuses [1]. Des laquais commençaient à promener des plats d'argent, chargés de glaces et de verres de punch.

Maxime qui désirait parler à Renée, traversa le grand salon dans sa longueur, sachant bien où il trouverait le cénacle [2] de ces dames. Il y avait, à l'autre extrémité de la galerie, faisant pendant au fumoir, une pièce ronde dont on avait fait un adorable petit salon. Ce salon, avec ses tentures, ses rideaux et ses portières de satin bouton d'or, avait un charme voluptueux, d'une saveur originale et exquise. Les clartés du lustre, très délicatement fouillé, chantaient une symphonie en jaune mineur, au milieu de toutes ces étoffes couleur de soleil. C'était comme un ruissellement de rayons adoucis, un coucher d'astre s'endormant sur une nappe de blés mûrs. À terre, la lumière se mourait sur un tapis d'Aubusson semé de feuilles sèches. Un piano d'ébène parqueté d'ivoire, deux petits meubles dont les glaces laissaient voir un monde de bibelots, une table Louis XVI, une console jardinière surmontée d'une énorme gerbe de fleurs, suffisaient à meubler la pièce. Les causeuses, les fauteuils, les poufs, étaient recouverts de satin bouton d'or capitonné [3], coupé par de larges bandes de satin noir brodé de tulipes voyantes. Et il y avait encore des sièges bas, des sièges volants, toutes les variétés élégantes et bizarres du tabouret. On ne voyait pas le bois de ces meubles ; le satin,

1. *Causeuses* : canapés à deux places. \ **2.** *Cénacle* : réunion (le terme est habituellement employé pour désigner des réunions d'hommes de lettres ou de philosophes… Il prend donc ici une connotation ironique). \ **3.** *Capitonné* : rembourré.

le capiton couvrait tout. Les dossiers se renversaient avec des rondeurs moelleuses de traversins. C'était comme des lits discrets où l'on pouvait dormir et aimer dans le duvet, au milieu de la sensuelle symphonie en jaune mineur.

Renée aimait ce petit salon, dont une des portes-fenêtres s'ouvrait sur la magnifique serre chaude scellée au flanc de l'hôtel. Dans la journée, elle y passait ses heures d'oisiveté [1]. Les tentures jaunes, au lieu d'éteindre sa chevelure pâle, la doraient de flammes étranges ; sa tête se détachait au milieu d'une lueur d'aurore, toute rose et blanche, comme celle d'une Diane blonde s'éveillant dans la lumière du matin ; et c'était pourquoi, sans doute, elle aimait cette pièce qui mettait sa beauté en relief.

À cette heure, elle était là avec ses intimes. Sa sœur et sa tante venaient de partir. Il n'y avait plus, dans le cénacle, que des têtes folles. Renversée à demi au fond d'une causeuse, Renée écoutait les confidences de son amie Adeline, qui lui parlait à l'oreille, avec des mines de chatte et des rires brusques. Suzanne Haffner était fort entourée ; elle tenait tête à un groupe de jeunes gens qui la serraient de très près, sans qu'elle perdît sa langueur d'Allemande, son effronterie provocante, nue et froide comme ses épaules. Dans un coin, Mme Sidonie endoctrinait à voix basse une jeune femme aux cils de vierge. Plus loin, Louise, debout, causait avec un grand garçon timide, qui rougissait ; tandis que le baron Gouraud, en pleine clarté, sommeillait dans son fauteuil, étalant ses chairs molles, sa carrure d'éléphant blême, au milieu des grâces frêles et de la soyeuse délicatesse des dames. Et, dans la pièce, sur les jupes de satin aux plis durs et vernis comme de la porcelaine, sur les épaules dont les blancheurs laiteuses

1. *Oisiveté* : loisir.

s'étoilaient de diamants, une lumière de féerie tombait en poussière d'or. Une voix fluette, un rire pareil à un roucoulement, sonnaient, avec des limpidités de cristal. Il faisait très chaud. Des éventails battaient lentement, comme des ailes, jetant à chaque souffle, dans l'air alangui, les parfums musqués des corsages.

Quand Maxime parut sur le seuil de la porte, Renée, qui écoutait la marquise d'une oreille distraite, se leva vivement, feignit d'avoir à remplir son rôle de maîtresse de maison. Elle passa dans le grand salon où le jeune homme la suivit. Là, elle fit quelques pas, souriante, donnant des poignées de main ; puis, attirant Maxime à l'écart :

« Eh ! dit-elle à demi-voix, d'un air ironique, la corvée est douce, et ce n'est plus si bête de faire sa cour.

– Je ne comprends pas, répondit le jeune homme qui allait plaider la cause de M. de Mussy.

– Mais il me semble que j'ai bien fait de ne pas te délivrer de Louise. Vous allez vite, tous les deux. »

Et elle ajouta, avec une sorte de dépit :

« C'était indécent, à table. »

Maxime se mit à rire.

« Ah ! oui, nous nous sommes conté des histoires. Je l'ignorais, cette fillette. Elle est drôle. Elle a l'air d'un garçon. »

Et comme Renée continuait à faire la grimace irritée d'une prude[1], le jeune homme qui ne lui connaissait pas de telles indignations, reprit avec sa familiarité souriante :

« Est-ce que tu crois, belle-maman, que je lui ai pincé les genoux sous la table ? Que diable, on sait se conduire avec une fiancée !... J'ai quelque chose de plus grave à te dire. Écoute-moi... Tu m'écoutes, n'est-ce pas ?... »

1. *Prude* : femme vertueuse et austère.

Il baissa encore la voix.

« Voilà… M. de Mussy est très malheureux, il vient de me le dire. Moi, tu comprends, ce n'est pas mon rôle de vous raccommoder, s'il y a de la brouille. Mais, tu sais, je l'ai connu au collège, et comme il avait l'air vraiment désespéré, je lui ai promis de te dire un mot… »

Il s'arrêta. Renée le regardait d'un air indéfinissable.

« Tu ne réponds pas ?… continua-t-il. C'est égal, ma commission est faite. Arrangez-vous comme vous voudrez… Mais, vrai, je te trouve cruelle. Ce pauvre garçon m'a fait de la peine. À ta place, je lui enverrais au moins une bonne parole. »

Alors, Renée qui n'avait pas cessé de regarder Maxime de ses yeux fixes, où brûlait une flamme vive, répondit :

« Va dire à M. de Mussy qu'il m'embête. »

Et elle se remit à marcher doucement au milieu des groupes, souriant, saluant, donnant des poignées de main. Maxime resta planté, d'un air surpris ; puis il eut un rire silencieux.

Peu désireux de remplir sa commission auprès de M. de Mussy, il fit le tour du grand salon. La soirée tirait à sa fin, merveilleuse et banale comme toutes les soirées. Il était près de minuit, le monde s'en allait peu à peu. Ne voulant pas rentrer se coucher sur une impression d'ennui, il se décida à chercher Louise. Il passait devant la porte de sortie, lorsqu'il vit, dans le vestibule, la jolie Mme Michelin, que son mari enveloppait délicatement dans une sortie de bal bleue et rose :

« Il a été charmant, charmant, disait la jeune femme. Pendant tout le dîner, nous avons causé de toi. Il parlera au ministre ; seulement, ce n'est pas lui que ça regarde… »

Et, comme, à côté d'eux, un laquais emmaillotait le baron Gouraud dans une grande pelisse fourrée :

« C'est ce gros père-là qui enlèverait l'affaire ! ajouta-t-elle à l'oreille de son mari, tandis qu'il lui nouait sous le menton le cordon du capuchon. Il fait ce qu'il veut au ministère. Demain, chez Mareuil, il faudra tâcher… »

M. Michelin souriait. Il emmena sa femme avec précaution, comme s'il eût tenu au bras un objet fragile et précieux. Maxime, après s'être assuré d'un coup d'œil que Louise n'était pas dans le vestibule, alla droit au petit salon. En effet, elle s'y trouvait encore, presque seule, attendant son père, qui avait dû passer la soirée dans le fumoir, avec les hommes politiques. Ces dames, la marquise, Mme Haffner, étaient parties. Il ne restait plus que Mme Sidonie, disant combien elle aimait les bêtes à quelques femmes de fonctionnaires.

« Ah ! voilà mon petit mari, s'écria Louise. Asseyez-vous là et dites-moi dans quel fauteuil mon père a pu s'endormir. Il se sera déjà cru à la Chambre. »

Maxime lui répondit sur le même ton, et les jeunes gens retrouvèrent leurs grands éclats de rire du dîner. Assis à ses pieds, sur un siège très bas, il finit par lui prendre les mains, par jouer avec elle, comme avec un camarade. Et, en vérité, dans sa robe de foulard[1] blanc à pois rouges, avec son corsage montant, sa poitrine plate, sa petite tête laide et futée de gamin, elle ressemblait à un garçon déguisé en fille. Mais, par instants, ses bras grêles, sa taille déviée, avaient des poses abandonnées, et des ardeurs passaient au fond de ses yeux pleins encore de puérilité, sans qu'elle rougît le moins du monde des jeux de Maxime. Et tous deux de rire, se croyant seuls, sans même apercevoir Renée, debout au milieu de la serre, à demi cachée, qui les regardait de loin.

Depuis un instant, la vue de Maxime et de Louise, comme elle traversait une allée, avait brusquement arrêté la jeune femme derrière un arbuste. Autour d'elle, la serre chaude,

1. *Foulard* : tissu très léger en soie ou en coton.

pareille à une nef d'église, et dont de minces colonnettes de fer montaient d'un jet soutenir le vitrail cintré, étalait ses végétations grasses, ses nappes de feuilles puissantes, ses fusées épanouies de verdure.

Au milieu, dans un bassin ovale, au ras du sol, vivait, de la vie mystérieuse et glauque des plantes d'eau, toute la flore aquatique des pays du soleil. Des Cyclanthus, dressant leurs panaches verts, entouraient, d'une ceinture monumentale, le jet d'eau, qui ressemblait au chapiteau tronqué de quelque colonne cyclopéenne. Puis, aux deux bouts, de grands Tornélia élevaient leurs broussailles étranges au-dessus du bassin, leurs bois secs, dénudés, tordus comme des serpents malades, et laissant tomber des racines aériennes, semblables à des filets de pêcheur pendus au grand air. Près du bord, un Pandanus de Java épanouissait sa gerbe de feuilles verdâtres, striées de blanc, minces comme des épées, épineuses et dentelées comme des poignards malais. Et, à fleur d'eau, dans la tiédeur de la nappe dormante doucement chauffée, des Nymphéa ouvraient leurs étoiles roses, tandis que des Euryales laissaient traîner leurs feuilles rondes, leurs feuilles lépreuses, nageant à plat comme des dos de crapauds monstrueux couverts de pustules.

Pour gazon, une large bande de Sélaginelle entourait le bassin. Cette fougère naine formait un épais tapis de mousse, d'un vert tendre. Et, au-delà de la grande allée circulaire, quatre énormes massifs allaient d'un élan vigoureux jusqu'au cintre[1] : les Palmiers, légèrement penchés dans leur grâce, épanouissaient leurs éventails, étalaient leurs têtes arrondies, laissaient pendre leurs palmes, comme des avirons lassés par leur éternel voyage dans le bleu de l'air ; les grands Bambous de l'Inde montaient droits, frêles et durs, faisant tomber de

1. *Cintre* : voûte en arc de cercle.

haut leur pluie légère de feuilles ; un Ravenala, l'arbre du voyageur, dressait son bouquet d'immenses écrans chinois ; et, dans un coin, un Bananier, chargé de ses fruits, allongeait de toutes parts ses longues feuilles horizontales, où deux amants pourraient se coucher à l'aise en se serrant l'un contre l'autre. Aux angles, il y avait des Euphorbes d'Abyssinie, ces cierges épineux, contrefaits, pleins de bosses honteuses, suant le poison. Et, sous les arbres, pour couvrir le sol, des fougères basses, les Adiantum, les Ptérides, mettaient leurs dentelles délicates, leurs fines découpures. Les Alsophila, d'espèce plus haute, étageaient leurs rangs de rameaux symétriques, sexangulaires, si réguliers, qu'on aurait dit de grandes pièces de faïence destinées contenir les fruits de quelque dessert gigantesque. Puis, une bordure de Bégonia et de Caladium entourait les massifs ; les Bégonia, à feuilles torses, tachées superbement de vert et de rouge ; les Caladium, dont les feuilles en fer de lance, blanches et à nervures vertes, ressemblent à de larges ailes de papillon ; plantes bizarres dont le feuillage vit étrangement, avec un éclat sombre ou pâlissant de fleurs malsaines.

Derrière les massifs, une seconde allée, plus étroite, faisait le tour de la serre. Là, sur des gradins, cachant à demi les tuyaux de chauffage, fleurissaient les Maranta, douces au toucher comme du velours, les Gloxinia, aux cloches violettes, les Dracena, semblables à des lames de vieille laque vernie.

Mais un des charmes de ce jardin d'hiver était, aux quatre coins, des antres de verdure, des berceaux[1] profonds, que recouvraient d'épais rideaux de lianes. Des bouts de forêt vierge avaient bâti, en ces endroits, leurs murs de feuilles, leurs fouillis impénétrables de tiges, de jets souples s'accrochant aux

1. *Berceaux* : constructions circulaires recouvertes d'une voûte de feuillage.

branches, franchissant le vide d'un vol hardi, retombant de la voûte comme des glands de tentures riches. Un pied de Vanille, dont les gousses mûres exhalaient des senteurs pénétrantes, courait sur la rondeur d'un portique garni de mousse ; les Coques du Levant tapissaient les colonnettes de leurs feuilles rondes ; les Bauhinia, aux grappes rouges, les Quisqualus, dont les fleurs pendaient comme des colliers de verroterie, filaient, se coulaient, se nouaient, ainsi que des couleuvres minces, jouant et s'allongeant sans fin dans le noir des verdures.

Et, sous les arceaux, entre les massifs, çà et là, des chaînettes de fer soutenaient des corbeilles, dans lesquelles s'étalaient des Orchidées, les plantes bizarres du plein ciel, qui poussent de toutes parts leurs rejets trapus, noueux et déjetés[1] comme des membres infirmes. Il y avait les Sabots de Vénus, dont la fleur ressemble à une pantoufle merveilleuse, garnie au talon d'ailes de libellules ; les Æridès, si tendrement parfumées ; les Stanhopéa, aux fleurs pâles, tigrées, qui soufflent au loin, comme des gorges amères de convalescent, une haleine âcre et forte.

Mais ce qui, de tous les détours des allées, frappait les regards, c'était un grand Hibiscus de la Chine, dont l'immense nappe de verdure et de fleurs couvrait tout le flanc de l'hôtel, auquel la serre était scellée. Les larges fleurs pourpres de cette mauve gigantesque, sans cesse renaissantes, ne vivent que quelques heures. On eût dit des bouches sensuelles de femmes qui s'ouvraient, les lèvres rouges, molles et humides, de quelque Messaline[2] géante, que des baisers meurtrissaient, et qui toujours renaissaient avec leur sourire avide et saignant.

1. *Déjetés* : déformés, diminués par l'âge ou la maladie. \ **2.** *Messaline* : impératrice romaine du Ier siècle après Jésus-Christ, dont les débauches sont restées célèbres.

Renée, près du bassin, frissonnait au milieu de ces floraisons superbes. Derrière elle, un grand sphinx de marbre noir, accroupi sur un bloc de granit, la tête tournée vers l'aquarium, avait un sourire de chat discret et cruel ; et c'était comme l'Idole sombre, aux cuisses luisantes, de cette terre de feu. À cette heure, des globes de verre dépoli éclairaient les feuillages de nappes laiteuses. Des statues, des têtes de femme dont le cou se renversait, gonflé de rires, blanchissaient au fond des massifs, avec des taches d'ombres qui tordaient leurs rires fous. Dans l'eau épaisse et dormante du bassin, d'étranges rayons se jouaient, éclairant des formes vagues, des masses glauques [1], pareilles à des ébauches de monstres. Sur les feuilles lisses du Ravenala, sur les éventails vernis des Lataniers, un flot de lueurs blanches coulait ; tandis que, de la dentelle des Fougères, tombaient en pluie fine des gouttes de clarté. En haut, brillaient des reflets de vitre, entre les têtes sombres de hauts Palmiers. Puis, tout autour, du noir s'entassait ; les berceaux, avec leurs draperies de lianes, se noyaient dans les ténèbres, ainsi que des nids de reptiles endormis.

Et sous la lumière vive, Renée songeait, en regardant de loin Louise et Maxime. Ce n'était plus la rêverie flottante, la grise tentation du crépuscule, dans les allées fraîches du Bois. Ses pensées n'étaient plus bercées et endormies par le trot de ses chevaux, le long des gazons mondains, des taillis où les familles bourgeoises dînent le dimanche. Maintenant un désir net, aigu, l'emplissait.

Un amour immense, un besoin de volupté, flottait dans cette nef close, où bouillait la sève ardente des tropiques. La jeune femme était prise dans ces noces puissantes de la terre, qui engendraient autour d'elle ces verdures noires, ces tiges colos-

1. *Glauques* : d'un vert qui évoque l'eau de mer.

sales ; et les couches âcres de cette mer de feu, cet épanouissement de forêt, ce tas de végétations, toutes brûlantes des entrailles qui les nourrissaient, lui jetaient des effluves troublants, chargés d'ivresse. À ses pieds, le bassin, la masse d'eau chaude, épaissie par les sucs des racines flottantes, fumait, mettait à ses épaules un manteau de vapeurs lourdes, une buée qui lui chauffait la peau, comme l'attouchement d'une main moite de volupté. Sur sa tête, elle sentait le jet des Palmiers, les hauts feuillages secouant leur arôme. Et plus que l'étouffement chaud de l'air, plus que les clartés vives, plus que les fleurs larges, éclatantes, pareilles à des visages riant ou grimaçant entre les feuilles, c'étaient surtout les odeurs qui la brisaient. Un parfum indéfinissable, fort, excitant, traînait, fait de mille parfums : sueurs humaines, haleines de femmes, senteurs de chevelures ; et des souffles doux et fades jusqu'à l'évanouissement, étaient coupés par des souffles pestilentiels, rudes, chargés de poisons. Mais, dans cette musique étrange des odeurs, la phrase mélodique qui revenait toujours, dominant, étouffant les tendresses de la Vanille et les acuités des Orchidées, c'était cette odeur humaine, pénétrante, sensuelle, cette odeur d'amour qui s'échappe le matin de la chambre close de deux jeunes époux.

Renée, lentement, s'était adossée au socle de granit. Dans sa robe de satin vert, la gorge et la tête rougissantes, mouillées des gouttes claires de ses diamants, elle ressemblait à une grande fleur, rose et verte, à un des Nymphéa[1] du bassin, pâmé par la chaleur. À cette heure de vision nette, toutes ses bonnes résolutions s'évanouissaient à jamais, l'ivresse du dîner remontait à sa tête, impérieuse, victorieuse, doublée par les flammes de la serre. Elle ne songeait plus aux fraîcheurs de la

1. *Nymphéa* : nénuphar.

nuit qui l'avaient calmée, à ces ombres murmurantes du parc, dont les voix lui avaient conseillé la paix heureuse. Ses sens de femme ardente, ses caprices de femme blasée s'éveillaient. Et, au-dessus d'elle, le grand Sphinx de marbre noir riait d'un rire mystérieux, comme s'il avait lu le désir enfin formulé qui galvanisait[1] ce cœur mort, le désir longtemps fuyant, « l'autre chose » vainement cherchée par Renée dans le bercement de sa calèche, dans la cendre fine de la nuit tombante, et que venait brusquement de lui révéler sous la clarté crue, au milieu de ce jardin de feu, la vue de Louise et Maxime, riant et jouant, les mains dans les mains.

À ce moment, un bruit de voix sortit d'un berceau[2] voisin, dans lequel Aristide Saccard avait conduit les sieurs Mignon et Charrier.

« Non, vrai, monsieur Saccard, disait la voix grasse de celui-ci, nous ne pouvons vous racheter cela à plus de deux cents francs le mètre. »

Et la voix aigre de Saccard se récriait :

« Mais, dans ma part, vous m'avez compté le mètre de terrain à deux cent cinquante francs.

– Eh bien ! écoutez, nous mettrons deux cent vingt-cinq francs. »

Et les voix continuèrent, brutales, sonnant étrangement sous les palmes tombantes des massifs. Mais elles traversèrent comme un vain bruit le rêve de Renée, devant laquelle se dressait, avec l'appel du vertige, une jouissance inconnue, chaude de crime, plus âpre que toutes celles qu'elle avait déjà épuisées, la dernière qu'elle eût encore à boire. Elle n'était plus lasse.

L'arbuste derrière lequel elle se cachait à demi, était une plante maudite, un Tanghin de Madagascar, aux larges feuilles

1. *Galvanisait* : animait d'une énergie soudaine. \ **2.** *Berceau* : construction circulaire recouverte d'une voûte de feuillage.

de buis, aux tiges blanchâtres, dont les moindres nervures distillent un lait empoisonné. Et, à un moment, comme Louise et Maxime riaient plus haut, dans le reflet jaune, dans le coucher de soleil du petit salon, Renée, l'esprit perdu, la bouche sèche et irritée, prit entre ses lèvres un rameau du Tanghin, qui lui venait à la hauteur des dents, et mordit une des feuilles amères.

II

Aristide Rougon s'abattit sur Paris, au lendemain du 2 Décembre, avec ce flair des oiseaux de proie qui sentent de loin les champs de bataille. Il arrivait de Plassans, une sous-préfecture du Midi, où son père venait enfin de pêcher dans l'eau trouble des événements[1] une recette particulière[2] longtemps convoitée. Lui, jeune encore, après s'être compromis[3] comme un sot, sans gloire ni profit, avait dû s'estimer heureux de se tirer sain et sauf de la bagarre. Il accourait, enrageant d'avoir fait fausse route, maudissant la province, parlant de Paris avec des appétits de loup, jurant « qu'il ne serait plus si bête » ; et le sourire aigu dont il accompagnait ces mots prenait une terrible signification sur ses lèvres minces.

Il arriva dans les premiers jours de 1852. Il amenait avec lui sa femme Angèle, une personne blonde et fade, qu'il installa dans un étroit logement de la rue Saint-Jacques, comme un meuble gênant dont il avait hâte de se débarrasser. La jeune femme n'avait pas voulu se séparer de sa fille, la petite

1. *Eau trouble des événements* : le 2 décembre 1851, le président de la Deuxième République, Louis Napoléon Bonaparte, prend le pouvoir par un coup d'État. \ **2.** *Une recette particulière* : il s'agit de points de vente de marchandises soumises à un monopole d'État (le tabac par exemple). Leur propriétaire est assuré d'un bon chiffre d'affaires, puisqu'il possède une clientèle captive. L'attribution de ces points de vente à des particuliers est le fruit de décisions politiques des autorités qui récompensent ainsi leurs partisans. Comme le père du héros, Pierre Rougon, a soutenu le coup d'État du 2 décembre (voir *La Fortune des Rougon*), le nouveau régime le remercie ainsi de sa fidélité. \ **3.** *Après s'être compromis* : après avoir défendu la République, au risque d'être poursuivi par le nouveau régime.

Clotilde, une enfant de quatre ans, que le père aurait volontiers laissée à la charge de sa famille. Mais il ne s'était résigné au désir d'Angèle qu'à la condition d'oublier au collège de Plassans leur fils Maxime, un galopin de onze ans, sur lequel sa grand-mère avait promis de veiller. Aristide voulait avoir les mains libres ; une femme et une enfant lui semblaient déjà un poids écrasant pour un homme décidé à franchir tous les fossés, quitte à se casser les reins ou à rouler dans la boue.

Le soir même de son arrivée, pendant qu'Angèle défaisait les malles, il éprouva l'âpre besoin de courir Paris, de battre de ses gros souliers de provincial ce pavé brûlant d'où il comptait faire jaillir des millions. Ce fut une vraie prise de possession. Il marcha pour marcher, allant le long des trottoirs, comme en pays conquis. Il avait la vision très nette de la bataille qu'il venait livrer, et il ne lui répugnait pas de se comparer à un habile crocheteur de serrures qui, par ruse ou par violence, va prendre sa part de la richesse commune qu'on lui a méchamment refusée jusque-là. S'il avait éprouvé le besoin d'une excuse, il aurait invoqué ses désirs étouffés pendant dix ans, sa misérable vie de province, ses fautes surtout, dont il rendait la société entière responsable. Mais à cette heure, dans cette émotion du joueur qui met enfin ses mains ardentes sur le tapis vert, il était tout à la joie, une joie à lui, où il y avait des satisfactions d'envieux et des espérances de fripon impuni. L'air de Paris le grisait, il croyait entendre, dans le roulement des voitures, les voix de Macbeth[1], qui lui criaient : Tu seras riche ! Pendant près de deux heures, il alla ainsi de rue en rue, goûtant les voluptés d'un homme qui se promène dans son

1. *Les voix de Macbeth* : dans la tragédie de Shakespeare, *Macbeth* (représenté pour la première fois en 1606), le héros, valeureux soldat, apprend par des sorcières qu'il sera roi un jour, alors que rien ne l'y prédestine. Ces prédictions l'amènent à assassiner le roi d'Écosse, Duncan Ier, afin de prendre sa place.

vice. Il n'était pas revenu à Paris depuis l'heureuse année qu'il y avait passée comme étudiant. La nuit tombait ; son rêve grandissait dans les clartés vives que les cafés et les magasins jetaient sur les trottoirs ; il se perdit.

Quand il leva les yeux, il se trouvait vers le milieu du faubourg Saint-Honoré. Un de ses frères, Eugène Rougon, habitait une rue voisine, la rue de Penthièvre. Aristide, en venant à Paris, avait surtout compté sur Eugène qui, après avoir été un des agents les plus actifs du coup d'État [1], était à cette heure une puissance occulte [2], un petit avocat dans lequel naissait un grand homme politique. Mais, par une superstition de joueur, il ne voulut pas aller frapper ce soir-là à la porte de son frère. Il regagna lentement la rue Saint-Jacques, songeant à Eugène avec une envie sourde, regardant ses pauvres vêtements encore couverts de la poussière du voyage, et cherchant à se consoler en reprenant son rêve de richesse. Ce rêve lui-même était devenu amer. Parti par un besoin d'expansion, mis en joie par l'activité boutiquière de Paris, il rentra, irrité du bonheur qui lui semblait courir les rues, rendu plus féroce, s'imaginant des luttes acharnées, dans lesquelles il aurait plaisir à battre et à duper cette foule qui l'avait coudoyé sur les trottoirs. Jamais il n'avait ressenti des appétits aussi larges, des ardeurs aussi immédiates de jouissance.

Le lendemain, au jour [3], il était chez son frère. Eugène habitait deux grandes pièces froides, à peine meublées, qui glacèrent Aristide. Il s'attendait à trouver son frère vautré en plein luxe. Ce dernier travaillait devant une petite table noire. Il se contenta de lui dire, de sa voix lente, avec un sourire :

« Ah ! c'est toi, je t'attendais. »

Aristide fut très aigre. Il accusa Eugène de l'avoir laissé

1. *Coup d'État* : coup d'État du 2 décembre 1851 qui met fin à la IIe République et jette les bases du Second Empire. \ **2.** *Occulte* : secrète. \ **3.** *Au jour* : dès le lever du jour.

végéter, de ne pas même lui avoir fait l'aumône d'un bon conseil, pendant qu'il pataugeait en province. Il ne devait jamais se pardonner d'être resté républicain jusqu'au 2 Décembre ; c'était sa plaie vive, son éternelle confusion. Eugène avait tranquillement repris sa plume. Quand il eut fini :

« Bah ! dit-il, toutes les fautes se réparent. Tu es plein d'avenir. »

Il prononça ces mots d'une voix si nette, avec un regard si pénétrant, qu'Aristide baissa la tête, sentant que son frère descendait au plus profond de son être. Celui-ci continua avec une brutalité amicale :

« Tu viens pour que je te place, n'est-ce pas ? J'ai déjà songé à toi, mais je n'ai encore rien trouvé. Tu comprends, je ne puis te mettre n'importe où. Il te faut un emploi où tu fasses ton affaire sans danger pour toi ni pour moi… Ne te récrie pas, nous sommes seuls, nous pouvons nous dire certaines choses… »

Aristide prit le parti de rire.

« Oh ! je sais que tu es intelligent, poursuivit Eugène, et que tu ne commettrais plus une sottise improductive… Dès qu'une bonne occasion se présentera, je te caserai. Si d'ici là tu avais besoin d'une pièce de vingt francs, viens me la demander. »

Ils causèrent un instant de l'insurrection du Midi, dans laquelle leur père avait gagné sa recette particulière. Eugène s'habillait tout en causant. Dans la rue, au moment de le quitter, il retint son frère un instant encore, il lui dit à voix plus basse :

« Tu m'obligeras en ne battant pas le pavé [1] et en attendant tranquillement chez toi l'emploi que je te promets… Il me serait désagréable de voir mon frère faire antichambre. »

1. *En ne battant pas le pavé* : en ne passant pas ton temps à courir partout pour rien.

Aristide avait du respect pour Eugène, qui lui semblait un gaillard hors ligne. Il ne lui pardonna pas ses défiances [1], ni sa franchise un peu rude ; mais il alla docilement s'enfermer rue Saint-Jacques. Il était venu avec cinq cents francs que lui avait prêtés le père de sa femme. Les frais du voyage payés, il fit durer un mois les trois cents francs qui lui restaient. Angèle était une grosse mangeuse ; elle crut, en outre, devoir rafraîchir sa toilette de gala par une garniture de rubans mauves. Ce mois d'attente parut interminable à Aristide. L'impatience le brûlait. Lorsqu'il se mettait à la fenêtre, et qu'il sentait sous lui le labeur géant de Paris, il lui prenait des envies folles de se jeter d'un bond dans la fournaise, pour y pétrir l'or de ses mains fiévreuses, comme une cire molle. Il aspirait ces souffles encore vagues qui montaient de la grande cité, ces souffles de l'Empire naissant, où traînaient déjà des odeurs d'alcôves [2] et de tripots financiers, des chaleurs de jouissances. Les fumets légers qui lui arrivaient lui disaient qu'il était sur la bonne piste, que le gibier courait devant lui, que la grande chasse impériale, la chasse aux aventures, aux femmes, aux millions, commençait enfin. Ses narines battaient, son instinct de bête affamée saisissait merveilleusement au passage les moindres indices de la curée [3] chaude dont la ville allait être le théâtre.

Deux fois, il alla chez son frère, pour activer ses démarches. Eugène l'accueillit avec brusquerie, lui répétant qu'il ne l'oubliait pas, mais qu'il fallait attendre. Il reçut enfin une lettre qui le priait de passer rue de Penthièvre. Il y alla, le cœur battant à grands coups, comme à un rendez-vous d'amour. Il trouva Eugène devant son éternelle petite

1. *Ses défiances* : sa méfiance, ses doutes. \ **2.** *Alcôve* : dans une chambre, renfoncement dans lequel est placé le lit. Par métaphore, lieu des rapports amoureux. \ **3.** *Curée* : fait de livrer aux chiens de chasse une portion de la bête qui a été prise.

table noire, dans la grande pièce glacée qui lui servait de bureau. Dès qu'il l'aperçut, l'avocat lui tendit un papier, en disant :

« Tiens, j'ai reçu ton affaire hier. Tu es nommé commissaire voyer[1] adjoint à l'Hôtel-de-Ville. Tu auras deux mille quatre cents francs d'appointements. »

Aristide était resté debout. Il blêmit et ne prit pas le papier, croyant que son frère se moquait de lui. Il avait espéré au moins une place de six mille francs. Eugène, devinant ce qui passait en lui, tourna sa chaise, et, se croisant les bras :

« Serais-tu un sot ? demanda-t-il avec quelque colère… Tu fais des rêves de fille, n'est-ce pas ? Tu voudrais habiter un bel appartement, avoir des domestiques, bien manger, dormir dans la soie, te satisfaire tout de suite aux bras de la première venue, dans un boudoir meublé en deux heures… Toi et tes pareils, si nous vous laissions faire, vous videriez les coffres avant même qu'ils fussent pleins. Eh ! bon Dieu ! aie quelque patience ! Vois comme je vis, et prends au moins la peine de te baisser pour ramasser une fortune. »

Il parlait avec un mépris profond des impatiences d'écolier de son frère. On sentait, dans sa parole rude, des ambitions plus hautes, des désirs de puissance pure ; ce naïf appétit de l'argent devait lui paraître bourgeois et puéril. Il continua d'une voix plus douce, avec un fin sourire :

« Certes, tes dispositions sont excellentes, et je n'ai garde de les contrarier. Les hommes comme toi sont précieux. Nous comptons bien choisir nos bons amis parmi les plus affamés. Va, sois tranquille, nous tiendrons table ouverte, et les plus grosses faims seront satisfaites. C'est encore la méthode la plus commode pour régner… Mais, par grâce, attends que la nappe

1. *Voyer* : chargé des voies publiques.

soit mise, et, si tu m'en crois, donne-toi la peine d'aller chercher toi-même ton couvert à l'office[1]. »

Aristide restait sombre. Les comparaisons aimables de son frère ne le déridaient pas. Alors celui-ci céda de nouveau à la colère :

« Tiens ! s'écria-t-il, j'en reviens à ma première opinion : tu es un sot... Eh ! qu'espérais-tu donc, que croyais-tu donc que j'allais faire de ton illustre personne ? Tu n'as même pas eu le courage de finir ton droit, tu t'es enterré pendant dix ans dans une misérable place de commis de sous-préfecture, tu m'arrives avec une détestable réputation de républicain que le coup d'État a pu seul convertir... Crois-tu qu'il y ait en toi l'étoffe d'un ministre, avec de pareilles notes ? Oh ! je sais, tu as pour toi ton envie farouche d'arriver par tous les moyens possibles. C'est une grande vertu, j'en conviens, et c'est à elle que j'ai eu égard en te faisant entrer à la Ville. »

Et se levant, mettant la nomination dans les mains d'Aristide :

« Prends, continua-t-il, tu me remercieras un jour. C'est moi qui ai choisi la place, je sais ce que tu peux en tirer... Tu n'auras qu'à regarder et à écouter. Si tu es intelligent, tu comprendras et tu agiras... Maintenant retiens bien ce qu'il me reste à te dire. Nous entrons dans un temps où toutes les fortunes sont possibles. Gagne beaucoup d'argent, je te le permets ; seulement pas de bêtise, pas de scandale trop bruyant, ou je te supprime. »

Cette menace produisit l'effet que ses promesses n'avaient pu amener. Toute la fièvre d'Aristide se ralluma à la pensée de cette fortune dont son frère lui parlait. Il lui sembla qu'on le lâchait enfin dans la mêlée, en l'autorisant à égorger les gens,

1. *Office* : pièce attenante à la cuisine dans laquelle on prépare le service de table.

mais légalement, sans trop les faire crier. Eugène lui donna deux cents francs pour attendre la fin du mois. Puis il resta songeur.

« Je compte changer de nom, dit-il enfin, tu devrais en faire autant... Nous nous gênerions moins.

– Comme tu voudras, répondit tranquillement Aristide.

– Tu n'auras à t'occuper de rien, je me charge des formalités... Veux-tu t'appeler Sicardot, du nom de ta femme ? »

Aristide leva les yeux au plafond, répétant, écoutant la musique des syllabes :

« Sicardot..., Aristide Sicardot... Ma foi, non ; c'est ganache[1] et ça sent la faillite.

– Cherche autre chose alors, dit Eugène.

– J'aimerais mieux Sicard tout court, reprit l'autre après un silence ; Aristide Sicard..., pas trop mal..., n'est-ce pas ? peut-être un peu gai... »

Il rêva un instant encore, et, d'un air triomphant :

« J'y suis, j'ai trouvé, cria-t-il... Saccard, Aristide Saccard !... avec deux c... Hein ! Il y a de l'argent dans ce nom-là ; on dirait que l'on compte des pièces de cent sous. »

Eugène avait la plaisanterie féroce. Il congédia son frère en lui disant, avec un sourire :

« Oui, un nom à aller au bagne ou à gagner des millions. »

Quelques jours plus tard, Aristide Saccard était à l'Hôtel-de-Ville. Il apprit que son frère avait dû user d'un grand crédit[2] pour l'y faire admettre sans les examens d'usage.

Alors commença, pour le ménage, la vie monotone des petits employés. Aristide et sa femme reprirent leurs habitudes de Plassans. Seulement, ils tombaient d'un rêve de fortune subite, et leur vie mesquine leur pesait davantage, depuis

1. *Ganache* : bête, incapable (familier). \ 2. *Crédit* : influence.

qu'ils la regardaient comme un temps d'épreuve dont ils ne pouvaient fixer la durée. Être pauvre à Paris, c'est être pauvre deux fois. Angèle acceptait la misère avec sa mollesse de femme chlorotique[1] ; elle passait les journées dans sa cuisine, ou bien couchée à terre, jouant avec sa fille, ne se lamentant qu'à la dernière pièce de vingt sous. Mais Aristide frémissait de rage dans cette pauvreté, dans cette existence étroite, où il tournait comme une bête enfermée. Ce fut pour lui un temps de souffrances indicibles : son orgueil saignait, ses ardeurs inassouvies le fouettaient furieusement. Son frère réussit à se faire envoyer au Corps législatif[2] par l'arrondissement de Plassans, et il souffrit davantage. Il sentait trop la supériorité d'Eugène pour être sottement jaloux ; il l'accusait de ne pas faire pour lui ce qu'il aurait pu faire. À plusieurs reprises, le besoin le força d'aller frapper à sa porte pour lui emprunter quelque argent. Eugène prêta l'argent, mais en lui reprochant avec rudesse de manquer de courage et de volonté. Dès lors, Aristide se roidit encore. Il jura qu'il ne demanderait plus un sou à personne, et il tint parole. Les huit derniers jours du mois, Angèle mangeait du pain sec en soupirant. Cet apprentissage acheva la terrible éducation de Saccard. Ses lèvres devinrent plus minces ; il n'eut plus la sottise de rêver ses millions tout haut ; sa maigre personne se fit muette, n'exprima plus qu'une volonté, qu'une idée fixe caressée à toute heure. Quand il courait de la rue Saint-Jacques à l'Hôtel-de-Ville, ses talons éculés[3] sonnaient aigrement sur les trottoirs, et se boutonnait dans sa redingote râpée comme dans un asile de haine, tandis que son museau de fouine[4] flairait

1. *Chlorotique* : anémique, faible. \ 2. *Corps législatif* : les députés sont élus au suffrage universel (et non pas nommés par l'empereur comme les membres des autres chambres) mais ils n'ont que très peu de pouvoir. \ 3. *Éculés* : usés, déformés. \ 4. *Fouine* : petit animal carnivore au corps mince et au museau allongé.

l'air des rues. Anguleuse figure de la misère jalouse que l'on voit rôder sur le pavé de Paris, promenant son plan de fortune et le rêve de son assouvissement.

Vers le commencement de 1853, Aristide Saccard fut nommé commissaire voyer[1]. Il gagnait quatre mille cinq cents francs. Cette augmentation arrivait à temps ; Angèle dépérissait ; la petite Clotilde était toute pâle. Il garda son étroit logement de deux pièces, la salle à manger meublée de noyer, et la chambre à coucher d'acajou, continuant à mener une existence rigide, évitant la dette, ne voulant mettre les mains dans l'argent des autres que lorsqu'il pourrait les y enfoncer jusqu'aux coudes. Il mentit ainsi à ses instincts, dédaigneux des quelques sous qui lui arrivaient en plus, restant à l'affût. Angèle se trouva parfaitement heureuse. Elle s'acheta quelques nippes[2], mit la broche[3] tous les jours. Elle ne comprenait plus rien aux colères muettes de son mari, à ses mines sombres d'homme qui poursuit la solution de quelque redoutable problème.

Aristide suivait les conseils d'Eugène : il écoutait et il regardait. Quand il alla remercier son frère de son avancement, celui-ci comprit la révolution qui s'était opérée en lui ; il le complimenta sur ce qu'il appela sa bonne tenue. L'employé que l'envie roidissait à l'intérieur, s'était fait souple et insinuant. En quelques mois, il devint un comédien prodigieux. Toute sa verve méridionale s'était éveillée, et il poussait l'art si loin, que ses camarades de l'Hôtel-de-Ville le regardaient comme un bon garçon que sa proche parenté avec un député désignait à l'avance pour quelque gros emploi. Cette parenté lui attirait également la bienveillance de ses chefs. Il vivait ainsi dans une sorte d'autorité supérieure à son emploi,

1. *Voyer* : chargé des voies publiques. \ **2.** *Nippes* : vêtements (populaire). \ **3.** *Mit la broche* : fit rôtir de la viande à la broche.

qui lui permettait d'ouvrir certaines portes et de mettre le nez dans certains cartons, sans que ses indiscrétions parussent coupables. On le vit, pendant deux ans, rôder dans tous les couloirs, s'oublier dans toutes les salles, se lever vingt fois en un jour pour aller causer avec un camarade, porter un ordre, faire un voyage à travers les bureaux, éternelles promenades qui faisaient dire à ses collègues : « Ce diable de Provençal ! il ne peut se tenir en place : il a du vif-argent [1] dans les jambes. » Ses intimes le prenaient pour un paresseux, et le digne homme riait, quand ils l'accusaient de ne chercher qu'à voler quelques minutes à l'administration. Jamais il ne commit la faute d'écouter aux serrures ; mais il avait une façon carrée d'ouvrir les portes, de traverser les pièces, un papier à la main, l'air absorbé, d'un pas si lent et si régulier, qu'il ne perdait pas un mot des conversations. Ce fut une tactique de génie ; on finit par ne plus s'interrompre, au passage de cet employé actif, qui glissait dans l'ombre des bureaux et qui paraissait si préoccupé de sa besogne. Il eut encore une autre méthode ; il était d'une obligeance extrême, il offrait à ses camarades de les aider, dès qu'ils se mettaient en retard dans leur travail, et il étudiait alors les registres, les documents qui lui passaient sous les yeux, avec une tendresse recueillie. Mais un de ses péchés mignons fut de lier amitié avec les garçons du bureau. Il allait jusqu'à leur donner des poignées de main. Pendant des heures, il les faisait causer, entre deux portes, avec de petits rires étouffés, leur contant des histoires, provoquant leurs confidences. Ces braves gens l'adoraient, disaient de lui : « En voilà un qui n'est pas fier ! » Dès qu'il y avait un scandale, il en était informé le premier. C'est ainsi qu'au bout de deux ans, l'Hôtel-de-Ville n'eut plus de mystères pour lui. Il en connaissait le

1. *Vif-argent* : mercure.

personnel jusqu'au dernier des lampistes[1], et les paperasses jusqu'aux notes des blanchisseuses.

À cette heure, Paris offrait, pour un homme comme Aristide Saccard, le plus intéressant des spectacles. L'Empire venait d'être proclamé[2], après ce fameux voyage pendant lequel le prince-président[3] avait réussi à chauffer l'enthousiasme de quelques départements bonapartistes. Le silence s'était fait à la tribune et dans les journaux. La société, sauvée encore une fois, se félicitait, se reposait, faisait la grasse matinée, maintenant qu'un gouvernement fort la protégeait et lui ôtait jusqu'au souci de penser et de régler ses affaires. La grande préoccupation de la société était de savoir à quels amusements elle allait tuer le temps. Selon l'heureuse expression d'Eugène Rougon, Paris se mettait à table et rêvait gaudriole[4] au dessert. La politique épouvantait, comme une drogue dangereuse. Les esprits lassés se tournaient vers les affaires et les plaisirs. Ceux qui possédaient déterraient leur argent, et ceux qui ne possédaient pas cherchaient dans les coins les trésors oubliés. Il y avait, au fond de la cohue, un frémissement sourd, un bruit naissant de pièces de cent sous, des rires clairs de femmes, des tintements encore affaiblis de vaisselle et de baisers. Dans le grand silence de l'ordre, dans la paix aplatie du nouveau règne, montaient toutes sortes de rumeurs aimables, de promesses dorées et voluptueuses. Il semblait qu'on passât devant une de ces petites maisons dont les rideaux soigneusement tirés ne laissent voir que des ombres de femmes, et où l'on entend l'or sonner sur le marbre des cheminées. L'Empire allait faire de Paris le mauvais lieu de

1. *Lampistes* : personnes chargées de l'entretien des lampes, de l'éclairage. \ **2.** *L'Empire venait d'être proclamé* : le 2 décembre 1852, un an après le coup d'État, l'empire est restauré. \ **3.** *Prince-président* : Louis Napoléon Bonaparte, d'abord élu président de la Seconde République, le 10 décembre 1848, puis proclamé empereur, le 2 décembre 1852. \ **4.** *Gaudriole* : débauche.

l'europe. Il fallait à cette poignée d'aventuriers qui venaient de voler un trône, un règne d'aventures, d'affaires véreuses, de consciences vendues, de femmes achetées, de soûlerie furieuse et universelle. Et, dans la ville où le sang de décembre était à peine lavé, grandissait, timide encore, cette folie de jouissance qui devait jeter la patrie au cabanon des nations pourries et déshonorées.

Aristide Saccard, depuis les premiers jours, sentait venir ce flot montant de la spéculation, dont l'écume allait couvrir Paris entier. Il en suivit les progrès avec une attention profonde. Il se trouvait au beau milieu de la pluie chaude d'écus tombant dru sur les toits de la cité. Dans ses courses continuelles à travers l'Hôtel-de-Ville, il avait surpris le vaste projet de la transformation de Paris, le plan de ces démolitions, de ces voies nouvelles et de ces quartiers improvisés, de cet agio[1] formidable sur la vente des terrains et des immeubles, qui allumait aux quatre coins de la ville, la bataille des intérêts et le flamboiement du luxe à outrance. Dès lors, son activité eut un but. Ce fut à cette époque qu'il devint bon enfant. Il engraissa même un peu, il cessa de courir les rues comme un chat maigre en quête d'une proie. Dans son bureau, il était plus causeur, plus obligeant que jamais. Son frère, auquel il allait rendre des visites en quelque sorte officielles, le félicitait de mettre si heureusement ses conseils en pratique. Vers le commencement de 1854, Saccard lui confia qu'il avait en vue plusieurs affaires, mais qu'il lui faudrait d'assez fortes avances.

« On cherche, dit Eugène.

– Tu as raison, je chercherai », répondit-il sans la moindre mauvaise humeur, sans paraître s'apercevoir que son frère refusait de lui fournir les premiers fonds.

1. *Agio* : bénéfice.

C'étaient ces premiers fonds dont la pensée le brûlait maintenant. Son plan était fait ; il le mûrissait chaque jour. Mais les premiers milliers de francs restaient introuvables. Ses volontés se tendirent davantage ; il ne regarda plus les gens que d'une façon nerveuse et profonde, comme s'il eût cherché un prêteur dans le premier passant venu. Au logis, Angèle continuait à mener sa vie effacée et heureuse. Lui, guettait une occasion, et ses rires de bon garçon devenaient plus aigus à mesure que cette occasion tardait à se présenter.

Aristide avait une sœur à Paris. Sidonie Rougon s'était mariée à un clerc d'avoué de Plassans qui était venu tenter avec elle, rue Saint-Honoré, le commerce des fruits du Midi. Quand son frère la retrouva, le mari avait disparu, et le magasin était mangé depuis longtemps. Elle habitait, rue du Faubourg-Poissonnière, un petit entresol [1], composé de trois pièces. Elle louait aussi la boutique du bas, située sous son appartement, une boutique étroite et mystérieuse, dans laquelle elle prétendait tenir un commerce de dentelles ; il y avait effectivement, dans la vitrine, des bouts de guipure [2] et de la valenciennes [3], pendus sur des tringles dorées ; mais, à l'intérieur, on eût dit une antichambre [4], aux boiseries luisantes, sans la moindre apparence de marchandises. La porte et la vitrine étaient garnies de légers rideaux, qui, en mettant le magasin à l'abri des regards de la rue, achevaient de lui donner l'air discret et voilé d'une pièce d'attente, s'ouvrant sur quelque temple inconnu. Il était rare qu'on vît entrer une cliente chez Mme Sidonie ; le plus souvent même, le bouton de la porte était enlevé. Dans le quartier, elle répétait qu'elle allait elle-même offrir ses dentelles aux femmes riches.

1. *Entresol* : demi-étage, entre le rez-de-chaussée et le premier étage. \ 2. *Guipure* : dentelle dont les motifs sont séparés par de grands vides. \ 3. *Valenciennes* : dentelle d'une finesse remarquable, originellement fabriquée à Valenciennes. \ 4. *Antichambre* : pièce située à l'entrée d'un appartement, d'un salon de réception…, où attendent les visiteurs.

L'aménagement de l'appartement lui avait seul fait, disait-elle, louer la boutique et l'entresol qui communiquaient par un escalier caché dans le mur. En effet, la marchande de dentelles était toujours dehors ; on la voyait dix fois en un jour sortir et rentrer, d'un air pressé. D'ailleurs, elle ne s'en tenait pas au commerce des dentelles : elle utilisait son entresol, elle l'emplissait de quelque solde ramassé on ne savait où. Elle y avait vendu des objets en caoutchouc, manteaux, souliers, bretelles, etc. ; puis on y vit successivement une huile nouvelle pour faire pousser les cheveux, des appareils orthopédiques, une cafetière automatique, invention brevetée, dont l'exploitation lui donna bien du mal. Lorsque son frère vint la voir, elle plaçait des pianos, son entresol était encombré de ces instruments ; il y avait des pianos jusque dans sa chambre à coucher, une chambre très coquettement ornée, et qui jurait avec le pêle-mêle boutiquier des deux autres pièces. Elle tenait ses deux commerces avec une méthode parfaite ; les clients qui venaient pour les marchandises de l'entresol, entraient et sortaient par une porte cochère que la maison avait sur la rue Papillon ; il fallait être dans le mystère du petit escalier pour connaître le trafic en partie double de la marchande de dentelles. À l'entresol, elle se nommait Mme Touche, du nom de son mari, tandis qu'elle n'avait mis que son prénom sur la porte du magasin, ce qui la faisait appeler généralement Mme Sidonie.

Mme Sidonie avait trente-cinq ans ; mais elle s'habillait avec une telle insouciance, elle était si peu femme dans ses allures, qu'on l'eût jugée beaucoup plus vieille. À la vérité, elle n'avait pas d'âge. Elle portait une éternelle robe noire, limée[1] aux plis, fripée et blanchie par l'usage, rappelant ces robes

1. *Limée* : usée par le frottement.

d'avocats usées sur la barre. Coiffée d'un chapeau noir qui lui descendait jusqu'au front et lui cachait les cheveux, chaussée de gros souliers, elle trottait par les rues, tenant au bras un petit panier dont les anses étaient raccommodées avec des ficelles. Ce panier, qui ne la quittait jamais, était tout un monde. Quand elle l'entrouvrait, il en sortait des échantillons de toutes sortes, des agendas, des portefeuilles, et surtout des poignées de papiers timbrés [1], dont elle déchiffrait l'écriture illisible avec une dextérité particulière. Il y avait en elle du courtier [2] et de l'huissier [3]. Elle vivait dans les protêts [4], dans les assignations [5], dans les commandements [6]; quand elle avait placé pour dix francs de pommade ou de dentelle, elle s'insinuait dans les bonnes grâces de sa cliente, devenait son homme d'affaires, courait pour elle les avoués, les avocats et les juges. Elle colportait ainsi des dossiers au fond de son panier pendant des semaines, se donnant un mal du diable, allant d'un bout de Paris à l'autre, d'un petit trot égal, sans jamais prendre une voiture. Il eût été difficile de dire quel profit elle tirait d'un pareil métier; elle le faisait d'abord par un goût instinctif des affaires véreuses, un amour de la chicane [7] ; puis elle y réalisait une foule de petits bénéfices : dîners pris à droite et à gauche, pièces de vingt sous ramassées çà et là. Mais le gain le plus clair était encore les confidences qu'elle recevait partout et qui la mettaient sur la piste des bons coups et des bonnes aubaines. Vivant chez les autres, dans les affaires des autres, elle était un véritable répertoire vivant d'offres et de demandes. Elle savait

1. *Papiers timbrés* : papiers émis par le gouvernement, destinés à la rédaction d'actes officiels. \ **2.** *Courtier* : intermédiaire dans des transactions financières. \ **3.** *Huissier* : officier ministériel chargé de la mise à exécution de certaines décisions de justice. \ **4.** *Protêt* : acte par lequel on fait constater qu'un effet de commerce n'a pas été payé. \ **5.** *Assignation* : acte par lequel on reçoit l'ordre de comparaître devant un juge. \ **6.** *Commandement* : acte d'huissier obligeant un débiteur à satisfaire à ses obligations. \ **7.** *Chicane* : difficulté que l'on crée dans un procès, dans l'unique but d'embrouiller l'affaire.

où il y avait une fille à marier tout de suite, une famille qui avait besoin de trois mille francs, un vieux monsieur qui prêterait bien les trois mille francs, mais sur des garanties solides, et à gros intérêts. Elle savait des choses plus délicates encore : les tristesses d'une dame blonde que son mari ne comprenait pas, et qui aspirait à être comprise ; le secret désir d'une bonne mère rêvant de placer sa demoiselle avantageusement ; les goûts d'un baron porté sur les petits soupers et les filles très jeunes. Et elle colportait, avec un sourire pâle, ces demandes et ces offres ; elle faisait deux lieues pour aboucher[1] les gens ; elle envoyait le baron chez la bonne mère, décidait le vieux monsieur à prêter les trois mille francs à la famille gênée, trouvait des consolations pour la dame blonde et un époux peu scrupuleux pour la fille à marier. Elle avait aussi de grandes affaires, des affaires qu'elle pouvait avouer tout haut, et dont elle rebattait les oreilles des gens qui l'approchaient : un long procès qu'une famille noble ruinée l'avait chargée de suivre, et une dette contractée par l'Angleterre vis-à-vis de la France, du temps des Stuarts[2], et dont le chiffre, avec les intérêts composés, montait à près de trois milliards. Cette dette de trois milliards était son dada ; elle expliquait le cas avec un grand luxe de détails, faisait tout un cours d'histoire, et des rougeurs d'enthousiasme montaient à ses joues, molles et jaunes d'ordinaire comme de la cire. Parfois, entre une course chez un huissier et une visite à une amie, elle plaçait une cafetière, un manteau de caoutchouc, elle vendait un coupon de dentelle, elle mettait un piano en location. C'était le moindre de ses soucis. Puis elle accourait vite à son magasin, où une cliente lui avait donné rendez-vous pour voir une pièce de chantilly[3]. La cliente arrivait, se glissait comme une ombre

1. *Aboucher* : mettre en rapport. \ **2.** *Stuarts* : les Stuarts régnèrent sur l'Angleterre et l'Écosse, de 1603 à 1714. \ **3.** *Chantilly* : dentelle le plus souvent noire, réputée pour sa finesse.

dans la boutique discrète et voilée. Et il n'était pas rare qu'un monsieur entrant par la porte cochère[1] de la rue Papillon vînt en même temps voir les pianos de madame Touche, à l'entresol.

Si Mme Sidonie ne faisait pas fortune, c'était qu'elle travaillait souvent par amour de l'art. Aimant la procédure, oubliant ses affaires pour celles des autres, elle se laissait dévorer par les huissiers, ce qui, d'ailleurs, lui procurait des jouissances que connaissent seuls les gens processifs[2]. La femme se mourait en elle; elle n'était plus qu'un agent d'affaires, un placeur battant à toute heure le pavé de Paris, ayant dans son panier légendaire les marchandises les plus équivoques, vendant de tout, rêvant de milliards, et allant plaider à la justice de paix[3], pour une cliente favorite, une contestation de dix francs. Petite, maigre, blafarde, vêtue de cette mince robe noire qu'on eût dit taillée dans la toge d'un plaideur, elle s'était ratatinée, et, à la voir filer le long des maisons, on l'eût prise pour un saute-ruisseau[4] déguisé en fille. Son teint avait la pâleur dolente du papier timbré[5]. Ses lèvres souriaient d'un sourire éteint, tandis que ses yeux semblaient nager dans le tohu-bohu des négoces, des préoccupations de tout genre dont elle se bourrait la cervelle. D'allures timides et discrètes, d'ailleurs, avec une vague senteur de confessionnal et de cabinet de sage-femme, elle se faisait douce et maternelle comme une religieuse qui, ayant renoncé aux affections de ce monde, a pitié des souffrances du cœur. Elle ne parlait jamais de son mari, pas plus qu'elle ne parlait de son enfance, de sa famille, de ses intérêts. Il n'y avait qu'une chose qu'elle ne

1. *Porte cochère* : porte assez grande pour laisser entrer une voiture. \ **2.** *Processif* : qui aime les procès au point d'en intenter et de les prolonger le plus possible. \ **3.** *Justice de paix* : tribunal du juge de paix. \ **4.** *Saute-ruisseau* : jeune clerc d'avoué ou de notaire que l'on charge de toutes les courses. \ **5.** *Papier timbré* : papier émis par le gouvernement, destiné à la rédaction d'actes officiels.

vendait pas, c'était elle ; non qu'elle eût des scrupules, mais parce que l'idée de ce marché ne pouvait lui venir. Elle était sèche comme une facture, froide comme un protêt[1], indifférente et brutale au fond comme un recors[2].

Saccard, tout frais de sa province, ne put d'abord descendre dans les profondeurs délicates des nombreux métiers de Mme Sidonie. Comme il avait fait une année de droit, elle lui parla un jour des trois milliards, d'un air grave, ce qui lui donna une pauvre idée de son intelligence. Elle vint fouiller les coins du logement de la rue Saint-Jacques, pesa Angèle d'un regard, et ne reparut que lorsque ses courses l'appelaient dans le quartier, et qu'elle éprouvait le besoin de remettre les trois milliards sur le tapis. Angèle avait mordu à l'histoire de la dette anglaise. La courtière[3] enfourchait son dada, faisait ruisseler l'or pendant une heure. C'était la fêlure dans cet esprit délié, la folie douce dont elle berçait sa vie perdue en misérables trafics, l'appât magique dont elle grisait avec elle les plus crédules de ses clientes. Très convaincue, du reste, elle finissait par parler des trois milliards comme d'une fortune personnelle, dans laquelle il faudrait bien que les juges la fissent rentrer tôt ou tard, ce qui jetait une merveilleuse auréole autour de son pauvre chapeau noir, où se balançaient quelques violettes pâlies à des tiges de laiton dont on voyait le métal. Angèle ouvrait des yeux énormes. À plusieurs reprises, elle parla avec respect de sa belle-sœur à son mari, disant que Mme Sidonie les enrichirait peut-être un jour. Saccard haussait les épaules ; il était allé visiter la boutique et l'entresol de la rue du Faubourg-Poissonnière, et n'y avait flairé qu'une faillite prochaine. Il voulut connaître l'opinion

1. *Protêt* : acte par lequel on fait constater qu'un effet de commerce n'a pas été payé. \ 2. *Recors* : personne chargée d'accompagner un huissier pour lui servir de témoin et éventuellement lui prêter main-forte. \ 3. *Courtière* : intermédiaire dans des transactions financières.

d'Eugène sur leur sœur ; mais celui-ci devint grave et se contenta de répondre qu'il ne la voyait jamais, qu'il la savait fort intelligente, un peu compromettante peut-être. Cependant, comme Saccard revenait rue de Penthièvre, quelque temps après, il crut voir la robe noire de Mme Sidonie sortir de chez son frère et filer rapidement le long des maisons. Il courut, mais il ne put retrouver la robe noire. La courtière avait une de ces tournures effacées qui se perdent dans la foule. Il resta songeur, et ce fut à partir de ce moment qu'il étudia sa sœur avec plus d'attention. Il ne tarda pas à pénétrer le labeur immense de ce petit être pâle et vague, dont la face entière semblait loucher et se fondre. Il eut du respect pour elle. Elle était bien du sang des Rougon. Il reconnut cet appétit de l'argent, ce besoin de l'intrigue qui caractérisait la famille ; seulement, chez elle, grâce au milieu dans lequel elle avait vieilli, à ce Paris où elle avait dû chercher le matin son pain noir du soir, le tempérament commun s'était déjeté[1] pour produire cet hermaphrodisme étrange de la femme devenue être neutre, homme d'affaires et entremetteuse à la fois.

Quand Saccard, après avoir arrêté son plan, se mit en quête des premiers fonds, il songea naturellement à sa sœur. Elle secoua la tête, soupira en parlant des trois milliards. Mais l'employé ne lui tolérait pas sa folie, il la secouait rudement chaque fois qu'elle revenait à la dette des Stuarts ; ce rêve lui semblait déshonorer une intelligence si pratique. Mme Sidonie, qui essuyait tranquillement les ironies les plus dures sans que ses convictions fussent ébranlées, lui expliqua ensuite avec une grande lucidité qu'il ne trouverait pas un sou, n'ayant à offrir aucune garantie. Cette conversation avait lieu devant la Bourse, où elle devait jouer ses économies. Vers trois heures, on était certain de la trouver appuyée contre la grille, à gauche,

1. *Déjeté* : déformé.

du côté du bureau de poste ; c'était là qu'elle donnait audience à des individus louches et vagues comme elle. Son frère allait la quitter, lorsqu'elle murmura d'un ton désolé : « Ah ! si tu n'étais pas marié !... » Cette réticence, dont il ne voulut pas demander le sens complet et exact, rendit Saccard singulièrement rêveur.

Les mois s'écoulèrent, la guerre de Crimée[1] venait d'être déclarée. Paris, qu'une guerre lointaine n'émouvait pas, se jetait avec plus d'emportement dans la spéculation et les filles. Saccard assistait, en se rongeant les poings, à cette rage croissante qu'il avait prévue. Dans la forge géante, les marteaux qui battaient l'or sur l'enclume lui donnaient des secousses de colère et d'impatience. Il y avait en lui une telle tension de l'intelligence et de la volonté, qu'il vivait dans un songe, en somnambule se promenant au bord des toits sous le fouet d'une idée fixe. Aussi fut-il surpris et irrité de trouver, un soir, Angèle malade et couchée. Sa vie d'intérieur, d'une régularité d'horloge, se dérangeait, ce qui l'exaspéra comme une méchanceté calculée de la destinée. La pauvre Angèle se plaignit doucement ; elle avait pris un froid et chaud. Quand le médecin arriva, il parut très inquiet ; il dit au mari, sur le palier, que sa femme avait une fluxion de poitrine[2] et qu'il ne répondait pas d'elle. Dès lors, l'employé soigna la malade sans colère ; il n'alla plus à son bureau, il resta près d'elle, la regardant avec une expression indéfinissable, lorsqu'elle dormait, rouge de fièvre, haletante. Mme Sidonie, malgré ses travaux écrasants, trouva moyen de venir chaque soir faire des tisanes, qu'elle prétendait souveraines[3]. À tous ses métiers,

1. *Guerre de Crimée* : la France et le Royaume-Uni déclarent la guerre à la Russie le 27 mars 1854 : c'est le début de la guerre de Crimée. Ces puissances se disputent l'exclusivité de la protection des Lieux saints de Jérusalem. La guerre prend fin le 30 mars 1856 avec le traité de Paris. \ **2.** *Fluxion de poitrine* : congestion pulmonaire, pneumonie. \ **3.** *Souveraines* : d'une efficacité absolue.

elle joignait celui d'être garde-malade de vocation, se plaisant à la souffrance, aux remèdes, aux conversations navrées qui s'attardent autour des lits de moribonds. Puis, elle paraissait s'être prise d'une tendre amitié pour Angèle ; elle aimait les femmes d'amour, avec mille chatteries, sans doute pour le plaisir qu'elles donnent aux hommes ; elle les traitait avec les attentions délicates que les marchandes ont pour les choses précieuses de leur étalage, les appelait « ma mignonne, ma toute belle », roucoulait, se pâmait devant elles, comme un amoureux devant une maîtresse. Bien qu'Angèle fût une sorte dont elle n'espérait rien tirer, elle la cajolait comme les autres, par règle de conduite. Quand la jeune femme fut au lit, les effusions de Mme Sidonie devinrent larmoyantes, elle emplit la chambre silencieuse de son dévouement. Son frère la regardait tourner, les lèvres serrées, comme abîmé dans une douleur muette.

Le mal empira. Un soir, le médecin leur avoua que la malade ne passerait pas la nuit. Mme Sidonie était venue de bonne heure, préoccupée, regardant Aristide et Angèle de ses yeux noyés où s'allumaient de courtes flammes. Quand le médecin fut parti, elle baissa la lampe, un grand silence se fit. La mort entrait lentement dans cette chambre chaude et moite, où la respiration irrégulière de la moribonde mettait le tic-tac cassé d'une pendule qui se détraque. Mme Sidonie avait abandonné les potions, laissant le mal faire son œuvre. Elle s'était assise devant la cheminée, auprès de son frère, qui tisonnait[1] d'une main fiévreuse, en jetant sur le lit des coups d'œil involontaires. Puis, comme énervé par cet air lourd, par ce spectacle lamentable, il se retira dans la pièce voisine. On y avait enfermé la petite Clotilde, qui jouait à la poupée, très sagement, sur un bout de tapis. Sa fille lui souriait, lorsque Mme Sidonie,

1. *Tisonnait* : remuait les braises afin de faire tomber la cendre et de raviver le feu.

se glissant derrière lui, l'attira dans un coin, parlant à voix basse. La porte était restée ouverte. On entendait le râle léger d'Angèle.

« Ta pauvre femme…, sanglota la courtière, je crois que tout est bien fini. Tu as entendu le médecin ? »

Saccard se contenta de baisser lugubrement la tête.

« C'était une bonne personne, continua l'autre, parlant comme si Angèle fût déjà morte. Tu pourras trouver des femmes plus riches, plus habituées au monde ; mais tu ne trouveras jamais un pareil cœur. »

Et comme elle s'arrêtait, s'essuyant les yeux, semblant chercher une transition :

« Tu as quelque chose à me dire ? demanda nettement Saccard.

– Oui, je me suis occupée de toi, pour la chose que tu sais, et je crois avoir découvert… Mais, dans un pareil moment… Vois-tu, j'ai le cœur brisé. »

Elle s'essuya encore les yeux. Saccard la laissa faire tranquillement, sans dire un mot. Alors elle se décida.

« C'est une jeune fille qu'on voudrait marier tout de suite, dit-elle. La chère enfant a eu un malheur. Il y a une tante qui ferait un sacrifice… »

Elle s'interrompait, elle geignait toujours, pleurant ses phrases, comme si elle eût continué à plaindre la pauvre Angèle. C'était une façon d'impatienter son frère et de le pousser à la questionner, pour ne pas avoir toute la responsabilité de l'offre qu'elle venait lui faire. L'employé fut pris en effet d'une sourde irritation.

« Voyons, achève ! dit-il. Pourquoi veut-on marier cette jeune fille ?

– Elle sortait de pension, reprit la courtière d'une voix dolente, un homme l'a perdue, à la campagne, chez les parents d'une de ses amies. Le père vient de s'apercevoir de la faute. Il voulait la tuer. La tante, pour sauver la chère enfant, s'est faite complice, et à elles deux, elles ont conté une histoire au père, elles lui ont dit que le coupable était un honnête garçon qui ne demandait qu'à réparer son égarement d'une heure.

– Alors, dit Saccard d'un ton surpris et comme fâché, l'homme de la campagne va épouser la jeune fille ?

– Non, il ne peut pas, il est marié. »

Il y eut un silence. Le râle d'Angèle sonnait plus douloureusement dans l'air frissonnant. La petite Clotilde avait cessé de jouer ; elle regardait Mme Sidonie et son père, de ses grands yeux d'enfant songeur, comme si elle eût compris leurs paroles. Saccard se mit à poser des questions brèves :

« Quel âge a la jeune fille ?

– Dix-neuf ans.

– La grossesse date ?

– De trois mois. Il y aura sans doute une fausse couche.

– Et la famille est riche et honorable ?

– Vieille bourgeoisie. Le père a été magistrat. Fort belle fortune.

– Quel serait le sacrifice de la tante ?

– Cent mille francs. »

Un nouveau silence se fit. Mme Sidonie ne pleurnichait plus ; elle était en affaire, sa voix prenait les notes métalliques d'une revendeuse qui discute un marché. Son frère, la regardant en dessous, ajouta avec quelque hésitation :

« Et toi, que veux-tu ?

– Nous verrons plus tard, répondit-elle. Tu me rendras service à ton tour. »

Elle attendit quelques secondes ; et comme il se taisait, elle lui demanda carrément :

« Eh bien, que décides-tu ? Ces pauvres femmes sont dans la désolation. Elles veulent empêcher un éclat. Elles ont promis de livrer demain au père le nom du coupable… Si tu acceptes, je vais leur envoyer une de tes cartes de visite par un commissionnaire[1]. »

Saccard parut s'éveiller d'un songe ; il tressaillit, il se tourna peureusement du côté de la chambre voisine, où il avait cru entendre un léger bruit.

« Mais je ne puis pas, dit-il avec angoisse, tu sais bien que je ne puis pas... »

Mme Sidonie le regardait fixement, d'un air froid et dédaigneux. Tout le sang des Rougon, toutes ses ardentes convoitises lui remontèrent à la gorge. Il prit une carte de visite dans son portefeuille et la donna à sa sœur, qui la mit vivement sous enveloppe, après avoir raturé l'adresse avec soin. Elle descendit ensuite. Il était à peine neuf heures.

Saccard, resté seul, alla appuyer son front contre les vitres glacées. Il s'oublia jusqu'à battre la retraite sur le verre, du bout des doigts. Mais il faisait une nuit si noire, les ténèbres au-dehors s'entassaient en masses si étranges, qu'il éprouva un malaise, et machinalement il revint dans la pièce où Angèle se mourait. Il l'avait oubliée, il éprouva une secousse terrible en la retrouvant levée à demi sur ses oreillers ; elle avait les yeux grands ouverts, un flot de vie semblait être remonté à ses joues et à ses lèvres. La petite Clotilde, tenant toujours sa poupée, était assise sur le bord de la couche ; dès que son père avait eu le dos tourné, elle s'était vite glissée dans cette chambre, dont on l'avait écartée, et où la ramenaient ses curiosités joyeuses d'enfant. Saccard, la tête pleine de l'histoire de sa sœur, vit son rêve à terre. Une affreuse pensée dut luire dans ses yeux. Angèle, prise d'épouvante, voulut se jeter au fond du lit, contre le mur ; mais la mort venait, ce réveil dans l'agonie était la clarté suprême de la lampe qui s'éteint. La moribonde ne

1. *Commissionnaire* : personne qui fait une commission pour quelqu'un.

put bouger ; elle s'affaissa, elle continua de tenir ses yeux grands ouverts sur son mari, comme pour surveiller ses mouvements. Saccard, qui avait cru à quelque résurrection diabolique, inventée par le destin pour le clouer dans la misère, se rassura en voyant que la malheureuse n'avait pas une heure à vivre. Il n'éprouva plus qu'un malaise intolérable. Les yeux d'Angèle disaient qu'elle avait entendu la conversation de son mari avec Mme Sidonie, et qu'elle craignait qu'il ne l'étranglât, si elle ne mourait pas assez vite. Et il y avait encore, dans ses yeux, l'horrible étonnement d'une nature douce et inoffensive s'apercevant, à la dernière heure, des infamies de ce monde, frissonnant à la pensée des longues années passées côte à côte avec un bandit. Peu à peu, son regard devint plus doux ; elle n'eut plus peur, elle dut excuser ce misérable, en songeant à la lutte acharnée qu'il livrait depuis si longtemps à la fortune. Saccard, poursuivi par ce regard de mourante, où il lisait un si long reproche, s'appuyait aux meubles, cherchait les coins d'ombre. Puis, défaillant, il voulut chasser ce cauchemar qui le rendait fou, il s'avança dans la clarté de la lampe. Mais Angèle lui fit signe de ne pas parler. Et elle le regardait toujours de cet air d'angoisse épouvantée, auquel se mêlait maintenant une promesse de pardon. Alors il se pencha pour prendre Clotilde dans ses bras et l'emporter dans l'autre chambre. Elle le lui défendit encore, d'un mouvement de lèvres. Elle exigeait qu'il restât là. Elle s'éteignit doucement, sans le quitter du regard, et à mesure qu'il pâlissait, ce regard prenait plus de douceur. Elle pardonna au dernier soupir. Elle mourut comme elle avait vécu, mollement, s'effaçant dans la mort, après s'être effacée dans la vie. Saccard demeura frissonnant devant ces yeux de morte, restés ouverts, et qui continuaient à le poursuivre dans leur immobilité. La petite Clotilde berçait sa poupée sur un bord du drap, doucement, pour ne pas réveiller sa mère.

Quand Mme Sidonie remonta, tout était fini. D'un coup de doigt, en femme habituée à cette opération, elle ferma les yeux d'Angèle, ce qui soulagea singulièrement Saccard. Puis, après avoir couché la petite, elle fit, en un tour de main, la toilette de la chambre mortuaire. Lorsqu'elle eut allumé deux bougies sur la commode, et tiré soigneusement le drap jusqu'au menton de la morte, elle jeta autour d'elle un regard de satisfaction, et s'allongea au fond d'un fauteuil, où elle sommeilla jusqu'au petit jour. Saccard passa la nuit dans la pièce voisine, à écrire des lettres de faire-part. Il s'interrompait par moments, s'oubliait, alignait des colonnes de chiffres sur des bouts de papier.

Le soir de l'enterrement, Mme Sidonie emmena Saccard à son entresol. Là furent prises de grandes résolutions. L'employé décida qu'il enverrait la petite Clotilde à un de ses frères, Pascal Rougon, un médecin de Plassans, qui vivait en garçon[1], dans l'amour de la science, et qui plusieurs fois lui avait offert de prendre sa nièce avec lui, pour égayer sa maison silencieuse de savant. Mme Sidonie lui fit ensuite comprendre qu'il ne pouvait habiter plus longtemps la rue Saint-Jacques. Elle lui louerait pour un mois un appartement élégamment meublé, aux environs de l'Hôtel-de-Ville; elle tâcherait de trouver cet appartement dans une maison bourgeoise, pour que les meubles parussent lui appartenir. Quant au mobilier de la rue Saint-Jacques, il serait vendu, afin d'effacer jusqu'aux dernières senteurs du passé. Il en emploierait l'argent à s'acheter un trousseau[2] et des vêtements convenables. Trois jours après, Clotilde était remise entre les mains d'une vieille dame qui se rendait justement dans le Midi. Et Aristide Saccard, triomphant, la joue vermeille, comme engraissé en

1. *En garçon* : en célibataire. \ **2.** *Trousseau* : vêtements et linge de maison.

trois journées par les premiers sourires de la fortune, occupait au Marais, rue Payenne, dans une maison sévère et respectable, un coquet logement de cinq pièces, où il se promenait en pantoufles brodées. C'était le logement d'un jeune abbé, parti subitement pour l'Italie, et dont la servante avait reçu l'ordre de trouver un locataire. Cette servante était une amie de Mme Sidonie, qui donnait un peu dans la calotte[1] ; elle aimait les prêtres, de l'amour dont elle aimait les femmes, par instinct, établissant peut-être certaines parentés nerveuses entre les soutanes et les jupes de soie. Dès lors, Saccard était prêt ; il composa son rôle avec un art exquis ; il attendit sans sourciller les difficultés et les délicatesses de la situation qu'il avait acceptée.

Mme Sidonie, dans l'affreuse nuit de l'agonie d'Angèle, avait fidèlement conté en quelques mots le cas de la famille Béraud. Le chef, M. Béraud Du Châtel, un grand vieillard de soixante ans, était le dernier représentant d'une ancienne famille bourgeoise, dont les titres remontaient plus haut que ceux de certaines familles nobles. Un de ses ancêtres était compagnon d'Étienne Marcel[2]. En 93[3], son père mourait sur l'échafaud, après avoir salué la République de tous ses enthousiasmes de bourgeois de Paris, dans les veines duquel coulait le sang révolutionnaire de la cité. Lui-même était un de ces républicains de Sparte, rêvant un gouvernement d'entière justice et de sage liberté. Vieilli dans la magistrature, où il avait pris une roideur et une sévérité de profession, il donna sa démission de président de chambre, en 1851, lors du coup d'État, après avoir refusé de faire partie d'une de ces

1. *Qui donnait un peu dans la calotte* : qui était un peu bigote, qui faisait preuve d'une dévotion démonstrative. \ **2.** *Étienne Marcel* (v. 1315-1358) : prévôt des marchands de Paris. \ **3.** *En 93* : en 1793, l'une des plus sanglantes années de la Révolution française, en pleine Terreur.

commissions mixtes[1] qui déshonorèrent la justice française. Depuis cette époque, il vivait solitaire et retiré dans son hôtel de l'île Saint-Louis, qui se trouvait à la pointe de l'île, presque en face de l'hôtel Lambert[2]. Sa femme était morte jeune. Quelque drame secret, dont la blessure saignait toujours, dut assombrir encore la figure grave du magistrat. Il avait déjà une fille de huit ans, Renée, lorsque sa femme expira en donnant le jour à une seconde fille. Cette dernière, qu'on nomma Christine, fut recueillie par une sœur de M. Béraud Du Châtel, mariée au notaire Aubertot. Renée alla au couvent. Mme Aubertot, qui n'avait pas d'enfant, se prit d'une tendresse maternelle pour Christine, qu'elle éleva auprès d'elle. Son mari étant mort, elle ramena la petite à son père, et resta entre ce vieillard silencieux et cette blondine souriante. Renée fut oubliée en pension. Aux vacances, elle emplissait l'hôtel d'un tel tapage, que sa tante poussait un grand soupir de soulagement quand elle la reconduisait enfin chez les dames de la Visitation, où elle était pensionnaire depuis l'âge de huit ans. Elle ne sortit du couvent qu'à dix-neuf ans, et ce fut pour aller passer une belle saison chez les parents de sa bonne amie Adeline, qui possédaient, dans le Nivernais, une admirable propriété. Quand elle revint en octobre, la tante Élisabeth s'étonna de la trouver grave, d'une tristesse profonde. Un soir, elle la surprit étouffant ses sanglots dans son oreiller, tordue sur son lit par une crise de douleur folle. Dans l'abandon de son désespoir, l'enfant lui raconta une histoire navrante[3] : un homme de quarante ans, riche, marié, et dont la femme, jeune et charmante, était là, l'avait violentée à la campagne, sans

1. *Commissions mixtes* : instituées en 1851, elles décidaient arbitrairement, sans procès, du sort des opposants au coup d'État. \ **2.** *Hôtel Lambert* : hôtel particulier, construit au milieu du XVIIIe siècle et restauré en 1860, situé au début du quai d'Anjou. \ **3.** *Navrante* : désolante, attristante.

qu'elle sût ni osât se défendre. Cet aveu terrifia la tante Élisabeth ; elle s'accusa, comme si elle s'était sentie complice ; ses préférences pour Christine la désolaient, et elle pensait que, si elle avait également gardé Renée près d'elle, la pauvre enfant n'aurait pas succombé. Dès lors, pour chasser ce remords cuisant, dont sa nature tendre exagérait encore la souffrance, elle soutint la coupable ; elle amortit la colère du père, auquel elles apprirent toutes deux l'horrible vérité par l'excès même de leurs précautions ; elle inventa, dans l'effarement de sa sollicitude[1], cet étrange projet de mariage, qui lui semblait tout arranger, apaiser le père, faire rentrer Renée dans le monde des femmes honnêtes, et dont elle voulait ne pas voir le côté honteux ni les conséquences fatales.

Jamais on ne sut comment Mme Sidonie flaira cette bonne affaire. L'honneur des Béraud avait traîné dans son panier, avec les protêts[2] de toutes les filles de Paris. Quand elle connut l'histoire, elle imposa presque son frère, dont la femme agonisait. La tante Élisabeth finit par croire qu'elle était l'obligée de cette dame si douce, si humble, qui se dévouait à la malheureuse Renée, jusqu'à lui choisir un mari dans sa famille. La première entrevue de la tante et de Saccard eut lieu dans l'entresol de la rue du Faubourg-Poissonnière. L'employé, qui était arrivé par la porte cochère de la rue Papillon, comprit, en voyant venir Mme Aubertot par la boutique et le petit escalier, le mécanisme ingénieux des deux entrées. Il fut plein de tact et de convenance. Il traita le mariage comme une affaire, mais en homme du monde qui réglerait ses dettes de jeu. La tante Élisabeth était beaucoup plus frissonnante que lui ; elle balbutiait, elle n'osait parler des cent mille francs qu'elle avait promis. Ce fut lui qui entama le premier la

1. *Sollicitude* : attention, intérêt que l'on porte à quelqu'un. \ **2.** *Protêt* : acte par lequel on fait constater qu'un effet de commerce n'a pas été payé.

question argent, de l'air d'un avoué discutant le cas d'un client. Selon lui, cent mille francs étaient un apport ridicule pour le mari de mademoiselle Renée. Il appuyait un peu sur ce mot « mademoiselle ». M. Béraud Du Châtel mépriserait davantage un gendre pauvre ; il l'accuserait d'avoir séduit sa fille pour sa fortune, peut-être même aurait-il l'idée de faire secrètement une enquête. Mme Aubertot, effrayée, effarée par la parole calme et polie de Saccard, perdit la tête et consentit à doubler la somme, quand il eut déclaré qu'à moins de deux cent mille francs, il n'oserait jamais demander Renée, ne voulant pas être pris pour un indigne chasseur de dot. La bonne dame partit toute troublée ne sachant plus ce qu'elle devait penser d'un garçon qui avait de telles indignations et qui acceptait un pareil marché.

Cette première entrevue fut suivie d'une visite officielle que la tante Élisabeth fit à Aristide Saccard, à son appartement de la rue Payenne. Cette fois, elle venait au nom de M. Béraud. L'ancien magistrat avait refusé de voir « cet homme », comme il appelait le séducteur de sa fille, tant qu'il ne serait pas marié avec Renée, à laquelle il avait d'ailleurs également défendu sa porte. Mme Aubertot avait de pleins pouvoirs pour traiter. Elle parut heureuse du luxe de l'employé ; elle avait craint que le frère de cette Mme Sidonie, aux jupes fripées, ne fût un goujat[1]. Il la reçut, drapé dans une délicieuse robe de chambre. C'était l'heure où les aventuriers du 2 Décembre, après avoir payé leurs dettes, jetaient dans les égouts leurs bottes éculées, leurs redingotes blanchies aux coutures, rasaient leur barbe de huit jours, et devenaient des hommes comme il faut. Saccard entrait enfin dans la bande, il se nettoyait les ongles et ne se lavait plus qu'avec des poudres et des parfums inestimables.

1. *Goujat* : homme sans savoir-vivre, à la fois indélicat et malhonnête.

Il fut galant ; il changea de tactique, se montra d'un désintéressement prodigieux. Quand la vieille dame parla du contrat, il fit un geste, comme pour dire que peu lui importait. Depuis huit jours, il feuilletait le Code, il méditait sur cette grave question, dont dépendait dans l'avenir sa liberté de tripoteur d'affaires.

« Par grâce, dit-il finissons-en avec cette désagréable question d'argent... Mon avis est que mademoiselle Renée doit rester maîtresse de sa fortune et moi maître de la mienne. Le notaire arrangera cela. »

La tante Élisabeth approuva cette façon de voir ; elle tremblait que ce garçon dont elle sentait vaguement la main de fer, ne voulût mettre les doigts dans la dot de sa nièce. Elle parla ensuite de cette dot.

« Mon frère, dit-elle, a une fortune qui consiste surtout en propriétés et en immeubles. Il n'est pas homme à punir sa fille en rognant la part qu'il lui destinait. Il lui donne une propriété dans la Sologne estimée à trois cent mille francs, ainsi qu'une maison, située à Paris, qu'on évalue environ à deux cent mille francs. »

Saccard fut ébloui ; il ne s'attendait pas à un tel chiffre ; il se tourna à demi pour ne pas laisser voir le flot de sang qui lui montait au visage.

« Cela fait cinq cent mille francs, continua la tante ; mais je ne dois pas vous cacher que la propriété de la Sologne ne rapporte que deux pour cent. »

Il sourit, il répéta son geste de désintéressement, voulant dire que cela ne pouvait le toucher, puisqu'il refusait de s'immiscer dans la fortune de sa femme. Il avait, dans son fauteuil, une attitude d'adorable indifférence, distrait, jouant du pied avec sa pantoufle, paraissant écouter par pure politesse. Mme Aubertot, avec sa bonté d'âme ordinaire, parlait difficilement, choisissait les termes pour ne pas blesser. Elle reprit :

« Enfin, je veux faire un cadeau à Renée. Je n'ai pas d'enfant, ma fortune reviendra un jour à mes nièces, et ce n'est pas parce que l'une d'elles est dans les larmes, que je fermerai aujourd'hui la main. Leurs cadeaux de mariage à toutes deux étaient prêts. Celui de Renée consiste en vastes terrains situés du côté de Charonne, que je crois pouvoir évaluer à deux cent mille francs. Seulement… »

Au mot de terrain, Saccard avait eu un léger tressaillement. Sous son indifférence jouée, il écoutait avec une attention profonde. La tante Élisabeth se troublait, ne trouvait sans doute pas la phrase, et en rougissant :

« Seulement, continua-t-elle, je désire que la propriété de ces terrains soit reportée sur la tête du premier enfant de Renée. Vous comprendrez mon intention, je ne veux pas que cet enfant puisse un jour être à votre charge. Dans le cas où il mourrait, Renée resterait seule propriétaire. »

Il ne broncha pas, mais ses sourcils tendus annonçaient une grande préoccupation intérieure. Les terrains de Charonne éveillaient en lui un monde d'idées. Mme Aubertot crut l'avoir blessé en parlant de l'enfant de Renée, et elle restait interdite, ne sachant comment reprendre l'entretien.

« Vous ne m'avez pas dit dans quelle rue se trouve l'immeuble de deux cent mille francs ? demanda-t-il, en reprenant son ton de bonhomie souriante.

– Rue de la Pépinière, répondit-elle, presque au coin de la rue d'Astorg. »

Cette simple phrase produisit sur lui un effet décisif. Il ne fut plus maître de son ravissement ; il rapprocha son fauteuil, et avec sa volubilité provençale, d'une voix câline :

« Chère dame, est-ce bien fini, parlerons-nous encore de ce maudit argent ?… Tenez, je veux me confesser en toute franchise, car je serais au désespoir si je ne méritais pas votre estime. J'ai perdu ma femme dernièrement, j'ai deux enfants sur les bras, je suis pratique et raisonnable. En épousant votre nièce, je fais une bonne affaire pour tout le monde. S'il vous reste quelques préventions contre moi, vous me pardonnerez plus tard, lorsque j'aurai séché les larmes de chacun et enrichi jusqu'à mes arrière-neveux. Le succès est une flamme dorée qui purifie tout. Je veux que M. Béraud lui-même me tende la main et me remercie… »

Il s'oubliait. Il parla longtemps ainsi avec un cynisme railleur qui perçait par instant sous son air bonhomme. Il mit en avant son frère le député, son père le receveur particulier[1] de Plassans. Il finit par faire la conquête de la tante Élisabeth, qui voyait avec une joie involontaire, sous les doigts de cet habile homme, le drame dont elle souffrait depuis un mois, se terminer en une comédie presque gaie. Il fut convenu qu'on irait chez le notaire le lendemain.

Dès que Mme Aubertot se fut retirée, il se rendit à l'Hôtel-de-Ville, y passa la journée à fouiller certains documents connus de lui. Chez le notaire, il éleva une difficulté, il dit que la dot de Renée ne se composant que de biens-fonds[2], il craignait pour elle beaucoup de tracas, et qu'il croyait sage de vendre au moins l'immeuble de la rue de la Pépinière pour lui constituer une rente sur le grand-livre[3]. Mme Aubertot voulut en référer à M. Béraud Du Châtel, toujours cloîtré dans son appartement. Saccard se remit en course jusqu'au soir. Il alla rue de la Pépinière, il courut Paris de l'air songeur d'un général à la veille d'une bataille décisive. Le lendemain, Mme Aubertot dit que M. Béraud Du Châtel s'en remettait complètement à elle. Le contrat fut rédigé sur les bases déjà débattues. Saccard apportait deux cent mille francs, Renée

1. *Receveur particulier* : voir note 2, p. 60. \ **2.** *Biens-fonds* : biens immobiliers (terre, bâtiment). \ **3.** *Une rente sur le grand-livre* : l'État emprunte une somme, notée sur le grand-livre des dettes, et, en échange, verse un revenu mensuel.

avait en dot la propriété de la Sologne et l'immeuble de la rue de la Pépinière, qu'elle s'engageait à vendre ; en outre, en cas de mort de son premier enfant, elle restait seule propriétaire des terrains de Charonne que lui donnait sa tante. Le contrat fut établi sur le régime de la séparation des biens qui conserve aux époux l'entière administration de leur fortune. La tante Élisabeth qui écoutait attentivement le notaire, parut satisfaite de ce régime dont les dispositions semblaient assurer l'indépendance de sa nièce, en mettant sa fortune à l'abri de toute tentative. Saccard avait un vague sourire, en voyant la bonne dame approuver chaque clause d'un signe de tête. Le mariage fut fixé au terme le plus court.

Quand tout fut réglé, Saccard alla cérémonieusement annoncer à son frère Eugène son union avec Mlle Renée Béraud Du Châtel. Ce coup de maître étonna le député. Comme il laissait voir sa surprise :

« Tu m'as dit de chercher, dit l'employé, j'ai cherché et j'ai trouvé. »

Eugène, dérouté d'abord, entrevit alors la vérité. Et d'une voix charmante :

« Allons, tu es un homme habile… Tu viens me demander pour témoin, n'est-ce pas ? Compte sur moi… S'il le faut, je mènerai à ta noce tout le côté droit du Corps législatif ; ça te poserait joliment… »

Puis, comme il avait ouvert la porte, d'un ton plus bas :

« Dis ?… Je ne veux pas trop me compromettre en ce moment, nous avons une loi fort dure à faire voter… La grossesse, au moins, n'est pas trop avancée ? »

Saccard lui jeta un regard si aigu, qu'Eugène se dit en refermant la porte : « Voilà une plaisanterie qui me coûterait cher, si je n'étais pas un Rougon. »

Le mariage eut lieu dans l'église Saint-Louis-en-l'Île. Saccard et Renée ne se virent que la veille de ce grand jour. La scène se passa le soir, à la tombée de la nuit, dans une salle basse de l'hôtel Béraud. Ils s'examinèrent curieusement. Renée, depuis qu'on négociait son mariage, avait retrouvé son allure d'écervelée, sa tête folle. C'était une grande fille, d'une beauté exquise et turbulente, qui avait poussé librement dans ses caprices de pensionnaire. Elle trouva Saccard petit, laid, mais d'une laideur tourmentée et intelligente qui ne lui déplut pas ; il fut, d'ailleurs, parfait de ton et de manières. Lui, fit une légère grimace en l'apercevant ; elle lui sembla sans doute trop grande, plus grande que lui. Ils échangèrent quelques paroles sans embarras. Si le père s'était trouvé là, il aurait pu croire, en effet, qu'ils se connaissaient depuis longtemps, qu'ils avaient derrière eux quelque faute commune. La tante Élisabeth, présente à l'entrevue, rougissait pour eux.

Le lendemain du mariage, dont la présence d'Eugène Rougon, mis en vue par un récent discours, fit un événement dans l'île Saint-Louis, les deux nouveaux époux furent enfin admis en présence de M. Béraud Du Châtel. Renée pleura en retrouvant son père vieilli, plus grave et plus morne. Saccard, que rien jusque-là n'avait décontenancé, fut glacé par la froideur et le demi-jour de l'appartement, par la sévérité triste de ce grand vieillard, dont l'œil perçant lui sembla fouiller sa conscience jusqu'au fond. L'ancien magistrat baisa lentement sa fille sur le front, comme pour lui dire qu'il lui pardonnait, et se tournant vers son gendre :

« Monsieur, lui dit-il simplement, nous avons beaucoup souffert. Je compte que vous nous ferez oublier vos torts. »

Il lui tendit la main. Mais Saccard resta frissonnant. Il pensait que si M. Béraud Du Châtel n'avait pas plié sous la douleur tragique de la honte de Renée, il aurait d'un regard, d'un effort, mis à néant les manœuvres de Mme Sidonie. Celle-ci, après avoir rapproché son frère de la tante Élisabeth, s'était prudemment effacée. Elle n'était pas même venue au mariage.

Il se montra très rond[1] avec le vieillard, ayant lu dans son regard une surprise à voir le séducteur de sa fille petit, laid, âgé de quarante ans. Les nouveaux mariés furent obligés de passer les premières nuits à l'hôtel Béraud. On avait, depuis deux mois, éloigné Christine, pour que cette enfant de quatorze ans ne soupçonnât rien du drame qui se passait dans cette maison calme et douce comme un cloître. Lorsqu'elle revint, elle resta tout interdite devant le mari de sa sœur, qu'elle trouva, elle aussi, vieux et laid. Renée seule ne paraissait pas trop s'apercevoir de l'âge ni de la figure chafouine[2] de son mari. Elle le traitait sans mépris comme sans tendresse, avec une tranquillité absolue, où perçait seulement parfois une pointe d'ironique dédain. Saccard se carrait, se mettait chez lui, et réellement, par sa verve, par sa rondeur, il gagnait peu à peu l'amitié de tout le monde. Quand ils partirent, pour aller occuper un superbe appartement, dans une maison neuve de la rue de Rivoli, le regard de M. Béraud Du Châtel n'avait déjà plus d'étonnement, et la petite Christine jouait avec son beau-frère comme avec un camarade. Renée était alors enceinte de quatre mois ; son mari allait l'envoyer à la campagne, comptant mentir ensuite sur l'âge de l'enfant, lorsque, selon les prévisions de Mme Sidonie, elle fit une fausse couche. Elle s'était tellement serrée pour dissimuler sa grossesse, qui, d'ailleurs disparaissait sous l'ampleur de ses jupes, qu'elle fut obligée de garder le lit pendant quelques semaines. Il fut ravi de l'aventure ; la fortune lui était enfin fidèle : il avait fait un marché d'or, une dot superbe, une femme belle à le faire décorer en six mois, et pas la moindre charge. On lui avait acheté deux cent mille francs son nom pour un fœtus que la mère ne voulut pas même voir. Dès lors, il songea avec amour aux terrains de Charonne. Mais, pour le moment, il accordait

1. *Rond* : simple, franc. \ **2.** *Chafouine* : sournoise, rusée.

tous ses soins à une spéculation qui devait être la base de sa fortune.

Malgré la grande situation de la famille de sa femme, il ne donna pas immédiatement sa démission d'agent voyer. Il parla de travaux à finir, d'occupations à chercher. En réalité, il voulait rester jusqu'à la fin sur le champ de bataille où il jouait son premier coup de cartes. Il était chez lui, il pouvait tricher plus à son aise.

Le plan de fortune de l'agent voyer était simple et pratique. Maintenant qu'il avait en main plus d'argent qu'il n'en avait jamais rêvé pour commencer ses opérations, il comptait appliquer ses desseins en grand. Il connaissait son Paris sur le bout du doigt; il savait que la pluie d'or qui en battait les murs tomberait plus dru chaque jour. Les gens habiles n'avaient qu'à ouvrir les poches. Lui s'était mis parmi les habiles, en lisant l'avenir dans les bureaux de l'Hôtel-de-Ville. Ses fonctions lui avaient appris ce qu'on peut voler dans l'achat et la vente des immeubles et des terrains. Il était au courant de toutes les escroqueries classiques : il savait comment on revend pour un million ce qui a coûté cinq cent mille francs; comment on paie le droit de crocheter les caisses de l'État, qui sourit et ferme les yeux; comment, en faisant passer un boulevard sur le ventre d'un vieux quartier, on jongle, aux applaudissements de toutes les dupes, avec les maisons à six étages. Et ce qui, à cette heure encore trouble, lorsque le chancre[1] de la spéculation n'en était qu'à la période d'incubation[2], faisait de lui un terrible joueur, c'était qu'il en devinait plus long que ses chefs eux-mêmes sur l'avenir de moellons[3] et de plâtre qui était réservé à Paris. Il avait tant

1. *Chancre* : petit ulcère qui ronge les parties environnantes ; par métaphore, ce qui dévore, détruit. \ **2.** *Incubation* : période qui s'écoule entre la contagion et l'apparition des premiers symptômes d'une maladie. \ **3.** *Moellons* : pierres de construction.

fureté, réuni tant d'indices, qu'il aurait pu prophétiser le spectacle qu'offriraient les nouveaux quartiers en 1870. Dans les rues, parfois, il regardait certaines maisons d'un air singulier, comme des connaissances dont le sort, connu de lui seul, le touchait profondément.

Deux mois avant la mort d'Angèle, il l'avait menée, un dimanche, aux buttes Montmartre. La pauvre femme adorait manger au restaurant ; elle était heureuse, lorsque, après une longue promenade, il l'attablait dans quelque cabaret de la banlieue. Ce jour-là, ils dînèrent au sommet des buttes, dans un restaurant dont les fenêtres s'ouvraient sur Paris, sur cet océan de maisons aux toits bleuâtres, pareils à des flots pressés emplissant l'immense horizon. Leur table était placée devant une des fenêtres. Ce spectacle des toits de Paris égaya Saccard. Au dessert, il fit apporter une bouteille de bourgogne. Il souriait à l'espace, il était d'une galanterie inusitée. Et ses regards, amoureusement, redescendaient toujours sur cette mer vivante et pullulante, d'où sortait la voix profonde des foules. On était à l'automne ; la ville, sous le grand ciel pâle s'alanguissait, d'un gris doux et tendre, piqué çà et là de verdures sombres, qui ressemblaient à de larges feuilles de nénuphars nageant sur un lac ; le soleil se couchait dans un nuage rouge, et, tandis que les fonds s'emplissaient d'une brume légère, une poussière d'or, une rosée d'or tombait sur la rive droite de la ville, du côté de la Madeleine et des Tuileries. C'était comme le coin enchanté d'une cité des *Milles et Une Nuits*, aux arbres d'émeraude, aux toits de saphir, aux girouettes de rubis. Il vint un moment où le rayon qui glissait entre deux nuages, fut si resplendissant, que les maisons semblèrent flamber et se fondre comme un lingot d'or dans un creuset.

« Oh ! vois, dit Saccard, avec un rire d'enfant, il pleut des pièces de vingt francs dans Paris ! »

Angèle se mit à rire à son tour, en accusant ces pièces-là de n'être pas faciles à ramasser. Mais son mari s'était levé, et s'accoudant sur la rampe de la fenêtre :

« C'est la colonne Vendôme, n'est-ce pas, qui brille là-bas ?... Ici, plus à droite, voilà la Madeleine... Un beau quartier, où il y a beaucoup à faire... Ah ! cette fois, tout va brûler ! Vois-tu ?... On dirait que le quartier bout dans l'alambic [1] de quelque chimiste. »

Sa voix devenait grave et émue. La comparaison qu'il avait trouvée parut le frapper beaucoup. Il avait bu du bourgogne, il s'oublia, il continua, étendant le bras pour montrer Paris à Angèle qui s'était également accoudée, à son côté :

« Oui, oui, j'ai bien dit, plus d'un quartier va fondre, et il restera de l'or aux doigts des gens qui chaufferont et remueront la cuve. Ce grand innocent de Paris ! vois donc comme il est immense et comme il s'endort doucement ! C'est bête, ces grandes villes ! Il ne se doute guère de l'armée de pioches qui l'attaquera un de ces beaux matins, et certains hôtels de la rue d'Anjou ne reluiraient pas si fort sous le soleil couchant, s'ils savaient qu'ils n'ont plus que trois ou quatre ans à vivre. »

Angèle croyait que son mari plaisantait. Il avait parfois le goût de la plaisanterie colossale et inquiétante. Elle riait, mais avec un vague effroi, de voir ce petit homme se dresser au-dessus du géant couché à ses pieds, et lui montrer le poing, en pinçant ironiquement les lèvres.

« On a déjà commencé, continua-t-il. Mais ce n'est qu'une misère. Regarde là-bas, du côté des Halles, on a coupé Paris en quatre... »

Et de sa main étendue, ouverte et tranchante comme un coutelas, il fit signe de séparer la ville en quatre parts.

---

1. *Alambic* : appareil servant à la distillation.

« Tu veux parler de la rue de Rivoli et du nouveau boulevard[1] que l'on perce ? demanda sa femme.

– Oui, la grande croisée de Paris, comme ils disent. Ils dégagent le Louvre et l'Hôtel-de-Ville. Jeux d'enfants que cela ! C'est bon pour mettre le public en appétit... Quand le premier réseau sera fini, alors commencera la grande danse. Le second réseau trouera la ville de toutes parts, pour rattacher les faubourgs au premier réseau. Les tronçons agoniseront dans le plâtre... Tiens, suis un peu ma main. Du boulevard du Temple à la barrière du Trône, une entaille ; puis, de ce côté, une autre entaille, de la Madeleine à la plaine Monceau ; et une troisième entaille dans ce sens, une autre dans celui-ci, une entaille là, une entaille plus loin, des entailles partout, Paris haché à coups de sabre, les veines ouvertes, nourrissant cent mille terrassiers et maçons, traversé par d'admirables voies stratégiques qui mettront les forts au cœur des vieux quartiers. »

La nuit venait. Sa main sèche et nerveuse coupait toujours dans le vide. Angèle avait un léger frisson, devant ce couteau vivant, ces doigts de fer qui hachaient sans pitié l'amas sans bornes des toits sombres. Depuis un instant, les brumes de l'horizon roulaient doucement des hauteurs, et elle s'imaginait entendre, sous les ténèbres qui s'amassaient dans les creux, de lointains craquements, comme si la main de son mari eût réellement fait les entailles dont il parlait, crevant Paris d'un bout à l'autre, brisant les poutres, écrasant les moellons, laissant derrière elle de longues et affreuses blessures de murs croulants. La petitesse de cette main, s'acharnant sur une proie géante, finissait par inquiéter ; et, tandis qu'elle déchirait sans effort les entrailles de l'énorme ville, on eût dit

1. *Nouveau boulevard* : boulevard du Centre, appelé plus tard boulevard de Sébastopol.

qu'elle prenait un étrange reflet d'acier, dans le crépuscule bleuâtre.

« Il y aura un troisième réseau, continua Saccard, au bout d'un silence, comme se parlant à lui-même ; celui-là est trop lointain, je le vois moins. Je n'ai trouvé que peu d'indices... Mais ce sera la folie pure, le galop infernal des millions, Paris soûlé et assommé ! »

Il se tut de nouveau, les yeux fixés ardemment sur la ville, où les ombres roulaient de plus en plus épaisses. Il devait interroger cet avenir trop éloigné qui lui échappait. Puis, la nuit se fit, la ville devint confuse, on l'entendit respirer largement, comme une mer dont on ne voit plus que la crête pâle des vagues. Çà et là, quelques murs blanchissaient encore ; et, une à une, les flammes jaunes des becs de gaz piquèrent les ténèbres, pareilles à des étoiles s'allumant dans le noir d'un ciel d'orage.

Angèle secoua son malaise et reprit la plaisanterie que son mari avait faite au dessert.

« Ah bien ! dit-elle avec un sourire, il en est tombé de ces pièces de vingt francs ! Voilà les Parisiens qui les comptent. Regarde donc les belles piles qu'on aligne à nos pieds ! »

Elle montrait les rues qui descendent en face des buttes Montmartre, et dont les becs de gaz semblaient empiler sur deux rangs leurs taches d'or.

« Et là-bas, s'écria-t-elle, en désignant du doigt un fourmillement d'astres, c'est sûrement la Caisse générale. »

Ce mot fit rire Saccard. Ils restèrent encore quelques instants à la fenêtre, ravis de ce ruissellement de « pièces de vingt francs », qui finit par embraser Paris entier. L'agent voyer, en descendant de Montmartre, se repentit sans doute d'avoir tant causé. Il accusa le bourgogne et pria sa femme de ne pas répéter les « bêtises » qu'il avait dites ; il voulait, disait-il, être un homme sérieux.

Saccard, depuis longtemps, avait étudié ces trois réseaux de rues et de boulevards[1], dont il s'était oublié à exposer assez exactement le plan devant Angèle. Quand cette dernière mourut, il ne fut pas fâché qu'elle emportât dans la terre ses bavardages des buttes Montmartre. Là était sa fortune, dans ces fameuses entailles que sa main avait faites au cœur de Paris, et il entendait ne partager son idée avec personne, sachant qu'au jour du butin il y aurait bien assez de corbeaux planant au-dessus de la ville éventrée. Son premier plan était d'acquérir à bon compte quelque immeuble, qu'il saurait à l'avance condamné à une expropriation prochaine, et de réaliser un gros bénéfice, en obtenant une forte indemnité. Il se serait peut-être décidé à tenter l'aventure sans un sou, à acheter l'immeuble à crédit pour ne toucher ensuite qu'une différence, comme à la Bourse, lorsqu'il se remaria, moyennant une prime de deux cent mille francs qui fixa et agrandit son plan. Maintenant, ses calculs étaient faits : il achetait à sa femme, sous le nom d'un intermédiaire, sans paraître aucunement, la maison de la rue de la Pépinière, et triplait sa mise de fonds, grâce à sa science acquise dans les couloirs de l'Hôtel-de-Ville, et à ses bons rapports avec certains personnages influents. S'il avait tressailli, lorsque la tante Élisabeth lui avait indiqué l'endroit où se trouvait la maison, c'est qu'elle était située au beau milieu du tracé d'une voie dont on ne causait encore que dans le cabinet du préfet de la Seine. Cette voie, le boulevard Malesherbes l'emportait tout entière. C'était un ancien projet de Napoléon Ier qu'on songeait à mettre à exécution, « pour donner, disaient les gens graves, un débouché normal à des quartiers perdus derrière un dédale de rues étroites, sur les escarpements de coteaux qui limitaient

1. *Trois réseaux de rues et de boulevards* : voir Dossier, « Les travaux d'Haussmann », p. 380-383.

Paris ». Cette phrase officielle n'avouait naturellement pas l'intérêt que l'Empire avait à la danse des écus, à ces déblais et à ces remblais formidables qui tenaient les ouvriers en haleine. Saccard s'était permis, un jour, de consulter, chez le préfet, ce fameux plan de Paris sur lequel « une main auguste » avait tracé à l'encre rouge les principales voies du deuxième réseau[1]. Ces sanglants traits de plume entaillaient Paris plus profondément encore que la main de l'agent voyer. Le boulevard Malesherbes, qui abattait des hôtels superbes, dans les rues d'Anjou et de la Ville-l'Évêque, et qui nécessitait des travaux de terrassement considérables, devait être troué un des premiers. Quand Saccard alla visiter l'immeuble de la rue de la Pépinière, il songea à cette soirée d'automne, à ce dîner qu'il avait fait avec Angèle sur les buttes Montmartre, et pendant lequel il était tombé, au soleil couchant, une pluie si drue de louis d'or sur le quartier de la Madeleine. Il sourit ; il pensa que le nuage radieux avait crevé chez lui, dans sa cour, et qu'il allait ramasser les pièces de vingt francs.

Tandis que Renée, installée luxueusement dans l'appartement de la rue de Rivoli, au milieu de ce Paris nouveau dont elle allait être une des reines, méditait ses futures toilettes et s'essayait à sa vie de grande mondaine, son mari soignait dévotement sa première grande affaire. Il lui achetait d'abord la maison de la rue de la Pépinière, grâce à l'intermédiaire d'un certain Larsonneau, qu'il avait rencontré furetant comme lui dans les bureaux de l'Hôtel-de-Ville, mais qui avait eu la bêtise de se laisser surprendre, un jour qu'il visitait les tiroirs du préfet. Larsonneau s'était établi agent d'affaires, au fond d'une cour noire et humide du bas de la rue Saint-Jacques.

1. Napoléon III avait remis au baron Haussmann, préfet de la Seine de 1853 à 1870, un plan de Paris sur lequel il avait tracé en différentes couleurs, selon leur ordre de priorité, les voies à percer.

Son orgueil, ses convoitises y souffraient cruellement. Il se trouvait au même point que Saccard avant son mariage ; il avait, disait-il, inventé, lui aussi, « une machine à pièce de cent sous » ; seulement les premières avances lui manquaient pour tirer parti de son invention. Il s'entendit à demi-mot avec son ancien collègue, et il travailla si bien, qu'il eut la maison pour cent cinquante mille francs. Renée, au bout de quelques mois, avait déjà de gros besoins d'argent. Le mari n'intervint que pour autoriser sa femme à vendre. Quand le marché fut conclu, elle le pria de placer en son nom cent mille francs qu'elle lui remit en toute confiance, pour le toucher sans doute et lui faire fermer les yeux sur les cinquante mille francs qu'elle gardait en poche. Il sourit d'un air fin ; il entrait dans ses calculs qu'elle jetât l'argent par les fenêtres ; ces cinquante mille francs, qui allaient disparaître en dentelles et en bijoux, devaient lui rapporter, à lui, le cent pour cent. Il poussa l'honnêteté, tant il était satisfait de sa première affaire, jusqu'à placer réellement les cent mille francs de Renée et à lui remettre les titres de rente. Sa femme ne pouvant les aliéner, il était certain de les retrouver au nid, s'il en avait jamais besoin.

« Ma chère, ce sera pour vos chiffons », dit-il galamment.

Quand il posséda la maison, il eut l'habileté, en un mois, de la faire revendre deux fois à des prête-noms, en grossissant chaque fois le prix d'achat. Le dernier acquéreur ne la paya pas moins de trois cent mille francs. Pendant ce temps, Larsonneau, qui seul paraissait à titre de représentant des propriétaires successifs, travaillait les locataires. Il refusait impitoyablement de renouveler les baux, à moins qu'on ne consentît à des augmentations formidables de loyer. Les locataires, qui avaient vent de l'expropriation prochaine, étaient au désespoir ; ils finissaient par accepter l'augmentation, surtout lorsque Larsonneau ajoutait, d'un air conciliant, que cette augmentation serait fictive pendant les cinq premières années. Quant aux locataires qui firent les méchants, ils furent remplacés par des créatures auxquelles on donna le logement pour rien et qui signèrent tout ce qu'on voulut ; là, il y eut double bénéfice : le loyer fut augmenté, et l'indemnité réservée au locataire pour son bail dut revenir à Saccard. Mme Sidonie voulut aider son frère, en établissant dans une des boutiques du rez-de-chaussée un dépôt de pianos. Ce fut à cette occasion que Saccard et Larsonneau, pris de fièvre, allèrent un peu loin : ils inventèrent des livres de commerce, ils falsifièrent des écritures, pour établir la vente des pianos sur un chiffre énorme. Pendant plusieurs nuits, ils griffonnèrent ensemble. Ainsi travaillée, la maison tripla de valeur. Grâce au dernier acte de vente, grâce aux augmentations de loyer, aux faux locataires et au commerce de Mme Sidonie, elle pouvait être estimée à cinq cent mille francs devant la commission des indemnités.

Les rouages de l'expropriation, de cette machine puissante qui, pendant quinze ans, a bouleversé Paris, soufflant la fortune et la ruine, sont des plus simples. Dès qu'une voie nouvelle est décrétée, les agents voyers dressent le plan parcellaire[1] et évaluent les propriétés. D'ordinaire, pour les immeubles, après enquête, ils capitalisent la location totale et peuvent ainsi donner un chiffre approximatif. La commission des indemnités, composée de membres du conseil municipal, fait toujours une offre inférieure à ce chiffre, sachant que les intéressés réclameront davantage, et qu'il y aura concession mutuelle. Quand ils ne peuvent s'entendre, l'affaire est portée devant un jury qui se prononce souverainement sur l'offre de la Ville et la demande du propriétaire ou du locataire exproprié.

1. *Plan parcellaire* : plan des différentes parcelles qui constituent le terrain.

Saccard, resté à l'Hôtel-de-Ville pour le moment décisif, eut un instant l'impudence de vouloir se faire désigner, lorsque les travaux du boulevard Malesherbes commencèrent, et d'estimer lui-même sa maison. Mais il craignit de paralyser par là son influence sur les membres de la commission des indemnités. Il fit choisir un de ses collègues, un jeune doux et souriant, nommé Michelin, et dont la femme, d'une adorable beauté, venait parfois excuser son mari auprès de ses chefs, lorsqu'il s'absentait pour cause d'indisposition. Il était indisposé très souvent. Saccard avait remarqué que la jolie Mme Michelin qui se glissait si humblement par les portes entrebâillées, était une toute-puissance ; Michelin gagnait de l'avancement à chacune de ses maladies, il faisait son chemin en se mettant au lit. Pendant une de ses absences, comme il envoyait sa femme presque tous les matins donner de ses nouvelles à son bureau, Saccard le rencontra deux fois sur les boulevards extérieurs, fumant un cigare, de l'air tendre et ravi qui ne le quittait jamais. Cela lui inspira de la sympathie pour ce bon jeune homme, pour cet heureux ménage si ingénieux et si pratique. Il avait l'admiration de toutes les « machines à pièces de cent sous » habilement exploitées. Quand il eut fait désigner Michelin, il alla voir sa charmante femme, voulut la présenter à Renée, parla devant elle de son frère le député, l'illustre orateur. Mme Michelin comprit. À partir de ce jour, son mari garda pour son collègue ses sourires les plus recueillis. Celui-ci, qui ne voulait pas mettre le digne garçon dans ses confidences, se contenta de se trouver là, comme par hasard, le jour où il procéda à l'évaluation de l'immeuble de la rue de la Pépinière. Il l'aida. Michelin, la tête la plus nulle et la plus vide qu'on pût imaginer, se conforma aux instructions de sa femme, qui lui avait recommandé de contenter M. Saccard en toutes choses. Il ne soupçonna rien, d'ailleurs ; il crut que l'agent voyer était pressé de lui faire bâcler sa besogne pour l'emmener au café. Les baux, les quittances de loyer, les fameux livres de Mme Sidonie passèrent des mains de son collègue sous ses yeux, sans qu'il eût le temps seulement de vérifier les chiffres, que celui-ci énonçait tout haut. Larsonneau était là qui traitait son complice en étranger.

« Allez, mettez cinq cent mille francs, finit par dire Saccard. La maison vaut davantage… Dépêchons, je crois qu'il va y avoir un mouvement du personnel à l'Hôtel-de-Ville, et je veux vous en parler pour que vous préveniez votre femme. »

L'affaire fut ainsi enlevée. Mais il avait encore des craintes. Il redoutait que ce chiffre de cinq cent mille francs ne parût un peu gros à la commission des indemnités, pour une maison qui n'en valait notoirement que deux cent mille. La hausse formidable sur les immeubles n'avait pas encore eu lieu. Une enquête lui aurait fait courir le risque de sérieux désagréments. Il se rappelait cette phrase de son frère : « Pas de scandale trop bruyant, ou je te supprime » ; et il savait Eugène homme à exécuter sa menace. Il s'agissait de rendre aveugles et bienveillants ces messieurs de la commission. Il jeta les yeux sur deux hommes influents dont il s'était fait des amis par la façon dont il les saluait dans les corridors, lorsqu'il les rencontrait. Les trente-six membres du conseil municipal étaient choisis avec soin de la main même de l'empereur, sur la présentation du préfet, parmi les sénateurs, les députés, les avocats, les médecins, les grands industriels qui s'agenouillaient le plus dévotement devant le pouvoir ; mais, entre tous, le baron Gouraud et M. Toutin-Laroche méritaient la bienveillance des Tuileries[1] par leur ferveur.

Tout le baron Gouraud tenait dans cette courte biographie : fait baron par Napoléon Ier, en récompense de biscuits avariés

1. *Tuileries* : Louis-Napoléon Bonaparte s'y installe dès février 1852. C'est déjà moins le président de la République que l'empereur qui décide, symboliquement, de faire sien l'ancien palais royal.

fournis à la Grande Armée, il avait tour à tour été pair sous Louis XVIII, sous Charles X, sous Louis-Philippe[1], et il était sénateur sous Napoléon III. C'était un adorateur du trône, des quatre planches dorées recouvertes de velours ; peu lui importait l'homme qui s'y trouvait assis. Avec son ventre énorme, sa face de bœuf, son allure d'éléphant, il était d'une coquinerie charmante ; il se vendait avec majesté et commettait les plus grosses infamies au nom du devoir et de la conscience. Mais cet homme étonnait encore plus par ses vices. Il courait sur lui des histoires qu'on ne pouvait raconter qu'à l'oreille. Ses soixante-dix-huit ans fleurissaient en pleine débauche monstrueuse. À deux reprises, on avait dû étouffer de sales aventures, pour qu'il n'allât pas traîner son habit brodé de sénateur sur les bancs de la cour d'assises.

M. Toutin-Laroche, grand et maigre, ancien inventeur d'un mélange de suif et de stéarine pour la fabrication des bougies, rêvait le Sénat. Il s'était fait l'inséparable du baron Gouraud ; il se frottait à lui, avec l'idée vague que cela lui porterait bonheur. Au fond, il était très pratique, et s'il eût trouvé un fauteuil de sénateur à acheter, il en aurait âprement débattu le prix. L'Empire allait mettre en vue cette nullité avide, ce cerveau étroit qui avait le génie des tripotages industriels. Il vendit le premier son nom à une compagnie véreuse, à une de ces sociétés qui poussèrent comme des champignons empoisonnés sur le fumier des spéculations impériales. On put voir collée aux murs, à cette époque, une affiche portant en grosses lettres noires ces mots : *Société générale des ports du Maroc*, et dans laquelle le nom de M. Toutin-Laroche, avec son titre de

1. *Louis XVIII, Charles X, Louis-Philippe* : Louis XVIII (1755-1824) règne en 1814-1815 (première Restauration) et de 1815 à sa mort (deuxième Restauration) ; Charles X (1757-1836), son frère, lui succède, mais il est chassé par la révolution de 1830 ; c'est alors Louis-Philippe (1773-1850) qui devient roi des Français. Il conserve le pouvoir jusqu'à la révolution de 1848 qui rétablit la République.

conseiller municipal, s'étalait, en tête de liste des membres du conseil de surveillance, tous plus inconnus les uns que les autres. Ce procédé, dont on a abusé depuis, fit merveille ; les actionnaires accoururent, bien que la question des ports du Maroc fût peu claire et que les braves gens qui apportaient leur argent ne pussent expliquer eux-mêmes à quelle œuvre on allait l'employer. L'affiche parlait superbement d'établir des stations commerciales le long de la Méditerranée. Depuis deux ans, certains journaux célébraient cette opération grandiose, qu'ils déclaraient plus prospère tous les trois mois. Au conseil municipal, M. Toutin-Laroche passait pour un administrateur de premier mérite ; il était une des fortes têtes de l'endroit, et sa tyrannie aigre sur ses collègues n'avait d'égale que sa platitude dévote devant le préfet. Il travaillait déjà à la création d'une grande compagnie financière, le Crédit viticole[1], une caisse de prêt pour les vignerons, dont il parlait avec des réticences, des attitudes graves qui allumaient autour de lui les convoitises des imbéciles.

Saccard gagna la protection de ces deux personnages, en leur rendant des services, dont il feignit habilement d'ignorer l'importance. Il mit en rapport sa sœur et le baron, alors compromis dans une histoire des moins propres. Il la conduisit chez lui, sous le prétexte de réclamer son appui en faveur de la chère femme, qui pétitionnait[2] depuis longtemps, afin d'obtenir une fourniture de rideaux pour les Tuileries. Mais il advint, quand l'agent voyer les eut laissés ensemble, que ce fut Mme Sidonie qui promit au baron de traiter avec certaines gens, assez maladroits pour ne pas être honorés de l'amitié qu'un sénateur avait daigné témoigner à leur enfant, une

1. *Crédit viticole* : inspiré du Crédit mobilier créé par les frères Pereire en 1852, qui connaît ses premières difficultés financières en 1867 et s'effondre en 1870. \ **2.** *Pétitionnait* : réclamait.

petite fille d'une dizaine d'années. Saccard agit lui-même auprès de M. Toutin-Laroche ; il se ménagea une entrevue avec lui dans un corridor et mit la conversation sur le fameux Crédit viticole. Au bout de cinq minutes, le grand administrateur effaré, stupéfait des choses étonnantes qu'il entendait, prit sans façon l'employé à son bras et le retint pendant une heure dans le couloir. Saccard lui souffla des mécanismes financiers prodigieux d'ingéniosité. Quand M. Toutin-Laroche le quitta, il lui serra la main d'une façon expressive, avec un clignement d'yeux franc-maçonnique[1].

« Vous en serez, murmura-t-il, il faut que vous en soyez. »

Il fut supérieur dans toute cette affaire. Il poussa la prudence jusqu'à ne pas rendre le baron Gouraud et M. Toutin-Laroche complices l'un de l'autre. Il les visita séparément, leur glissa un mot à l'oreille en faveur d'un de ses amis qui allait être exproprié, rue de la Pépinière ; il eut bien soin de dire à chacun des deux compères, qu'il ne parlerait de cette affaire à aucun autre membre de la commission, que c'était une chose en l'air, mais qu'il comptait sur toute sa bienveillance.

L'agent voyer avait eu raison de craindre et de prendre ses précautions. Quand le dossier relatif à son immeuble arriva devant la commission des indemnités, il se trouva justement qu'un des membres habitait la rue d'Astorg et connaissait la maison. Ce membre se récria sur le chiffre de cinq cent mille francs que, selon lui, on devait réduire de plus de moitié. Aristide avait eu l'impudence de faire demander sept cent mille francs. Ce jour-là, M. Toutin-Laroche, d'ordinaire très désagréable pour ses collègues, était d'une humeur plus massacrante encore que de coutume. Il se fâcha, il prit la défense des propriétaires.

1. *Franc-maçonnique* : digne des signes par lesquels se reconnaissent les francs-maçons, membres d'une société internationale, partiellement secrète.

« Nous sommes tous propriétaires, messieurs, criait-il… L'empereur veut faire de grandes choses, ne lésinons pas sur des misères… Cette maison doit valoir les cinq cent mille francs ; c'est un de nos hommes, un employé de la Ville, qui a fixé ce chiffre… Vraiment, on dirait que nous vivons dans la forêt de Bondy ; vous verrez que nous finirons par nous soupçonner entre nous. »

Le baron Gouraud, appesanti sur son siège, regardait du coin de l'œil, d'un air surpris, M. Toutin-Laroche jetant jeu et flamme en faveur du propriétaire de la rue de la Pépinière. Il eut un soupçon. Mais, en somme, comme cette sortie violente le dispensait de prendre la parole, il se mit à hocher doucement la tête, en signe d'approbation absolue. Le membre de la rue d'Astorg résistait, révolté, ne voulant pas plier devant les deux tyrans de la commission, dans une question où il était plus compétent que ces messieurs. Ce fut alors que M. Toutin-Laroche, ayant remarqué les signes approbatifs du baron, s'empara vivement du dossier et dit d'une voix sèche :

« C'est bien. Nous éclaircirons vos doutes… Si vous le permettez, je me charge de l'affaire, et le baron Gouraud fera l'enquête avec moi.

– Oui, oui, dit gravement le baron, rien de louche ne doit entacher nos décisions. »

Le dossier avait déjà disparu dans les vastes poches de M. Toutin-Laroche. La commission dut s'incliner. Sur le quai, comme ils sortaient, les deux compères se regardèrent sans rire. Ils se sentaient complices, ce qui redoublait leur aplomb. Deux esprits vulgaires eussent provoqué une explication ; eux continuèrent à plaider la cause des propriétaires, comme si on eût pu les entendre encore, et à déplorer l'esprit de méfiance qui se glissait partout. Au moment où ils allaient se quitter :

« Ah ! j'oubliais, mon cher collègue, dit le baron avec un sourire, je pars tout à l'heure pour la campagne. Vous seriez bien aimable d'aller faire sans moi cette petite enquête... Et surtout ne me vendez pas, ces messieurs se plaignent de ce que je prends trop de vacances.

– Soyez tranquille, répondit M. Toutin-Laroche, je vais de ce pas rue de la Pépinière. »

Il rentra tranquillement chez lui, avec une pointe d'admiration pour le baron, qui dénouait si joliment les situations délicates. Il garda le dossier dans sa poche, et à la séance suivante, il déclara, d'un ton péremptoire, au nom du baron et au sien, qu'entre l'offre de cinq cent mille francs et la demande de sept cent mille francs, il fallait prendre un moyen terme et accorder six cent mille francs. Il n'y eut pas la moindre opposition. Le membre de la rue d'Astorg, qui avait réfléchi dans le doute, dit avec une grande bonhomie qu'il s'était trompé : il avait cru qu'il s'agissait de la maison voisine.

Ce fut ainsi qu'Aristide Saccard remporta sa première victoire. Il quadrupla sa mise de fonds et gagna deux complices. Une seule chose l'inquiéta ; lorsqu'il voulut anéantir les fameux livres de Mme Sidonie, il ne les trouva plus. Il courut chez Larsonneau, qui lui avoua carrément qu'il les avait, en effet, et qu'il les gardait. L'autre ne se fâcha pas ; il sembla dire qu'il n'avait eu de l'inquiétude que pour ce cher ami, beaucoup plus compromis que lui par ces écritures presque entièrement de sa main, mais qu'il était rassuré, du moment où elles se trouvaient en sa possession. Au fond, il eût volontiers étranglé le « cher ami » ; il se souvenait d'une pièce fort compromettante, d'un inventaire faux, qu'il avait eu la bêtise de dresser, et qui devait être resté dans l'un des registres. Larsonneau, payé grassement, alla monter un cabinet d'affaires rue de Rivoli, où il eut des bureaux meublés avec le luxe d'un appartement de fille[1]. Saccard, après avoir quitté l'Hôtel-de-

1. *Fille* : femme entretenue, qui affiche ses succès dans un luxe tapageur.

Ville, pouvant mettre en branle un roulement de fonds considérable, se lança dans la spéculation à outrance, tandis que Renée, grisée, folle, emplissait Paris du bruit de ses équipages, de l'éclat de ses diamants, du vertige de sa vie adorable et tapageuse.

Parfois, le mari et la femme, ces deux fièvres chaudes de l'argent et du plaisir, allaient dans les brouillards glacés de l'île Saint-Louis. Il leur semblait qu'ils entraient dans une ville morte.

L'hôtel Béraud, bâti vers le commencement du dix-septième siècle, était une de ces constructions carrées, noires et graves, aux étroites et hautes fenêtres, nombreuses au Marais, et qu'on loue à des pensionnats, à des fabricants d'eau de Seltz, à des entrepositaires de vins et d'alcools. Seulement, il était admirablement conservé. Sur la rue Saint-Louis-en-l'Île, il n'avait que trois étages, des étages de quinze à vingt pieds[1] de hauteur. Le rez-de-chaussée, plus écrasé, était percé de fenêtres garnies d'énormes barres de fer, s'enfonçant lugubrement dans la sombre épaisseur des murs, et d'une porte arrondie, presque aussi haute que large, à marteau de fonte, peinte en gros vert et garnie de clous énormes qui dessinaient des étoiles et des losanges sur les deux vantaux[2]. Cette porte était typique, avec les bornes qui la flanquaient, renversées à demi et largement cerclées de fer. On voyait qu'anciennement on avait ménagé le lit d'un ruisseau, au milieu de la porte, entre les pentes légères du cailloutage du porche ; mais M. Béraud s'était décidé à boucher ce ruisseau en faisant bitumer l'entrée ; ce fut, d'ailleurs, le seul sacrifice aux architectes modernes qu'il accepta jamais. Les fenêtres des étages étaient garnies de minces rampes de fer forgé, laissant voir leurs croisées colossales à fortes boiseries brunes et à petits

1. *Pied* : ancienne mesure de longueur valant 32, 4 cm. \ **2.** *Vantaux* : battants de la porte.

carreaux verdâtres. En haut, devant les mansardes, le toit s'interrompait, la gouttière continuait seule son chemin pour conduire les eaux de pluie aux tuyaux de descente. Et ce qui augmentait encore la nudité austère de la façade, c'était l'absence absolue de persiennes [1] et de jalousies [2], le soleil ne venant en aucune saison sur ces pierres pâles et mélancoliques. Cette façade, avec son air vénérable, sa sévérité bourgeoise, dormait solennellement dans le recueillement du quartier, dans le silence de la rue que les voitures ne troublaient guère.

À l'intérieur de l'hôtel, se trouvait une cour carrée, entourée d'arcades, une réduction de la place Royale, dallée d'énormes pavés, ce qui achevait de donner à cette maison morte l'apparence d'un cloître. En face du porche, une fontaine, une tête de lion à demi effacée, et dont on ne voyait plus que la gueule entrouverte, jetait, par un tube de fer, une eau lourde et monotone, dans une auge verte de mousse, polie sur les bords par l'usure. Cette eau était glaciale. Des herbes poussaient entre les pavés. L'été, un mince coin de soleil descendait dans la cour, et cette visite rare avait blanchi un angle de façade, au midi, tandis que les trois autres pans, moroses et noirâtres, étaient marbrés de moisissures. Là, au fond de cette cour fraîche et muette comme un puits, éclairée d'un jour blanc d'hiver, on se serait cru à mille lieues de ce nouveau Paris où flambaient toutes les chaudes jouissances, dans le vacarme des millions.

Les appartements de l'hôtel avaient le calme triste, la solennité froide de la cour. Desservis par un large escalier à rampe de fer, où les pas et la toux des visiteurs sonnaient comme sous une voûte d'église, ils s'étendaient en longues

1. *Persiennes* : volets à claire-voie, qui protègent les fenêtres du soleil ou de la pluie tout en permettant à l'air de pénétrer. \ 2. *Jalousies* : volets composés de lames, à travers lesquelles on peut voir sans être vu.

enfilades de vastes et hautes pièces, dans lesquelles se perdaient de vieux meubles, de bois sombre et trapu ; et le demi-jour n'était peuplé que par les personnages des tapisseries, dont on apercevait vaguement les grands corps blêmes. Tout le luxe de l'ancienne bourgeoisie parisienne était là, un luxe inusable et sans mollesse, des sièges dont le chêne est recouvert à peine d'un peu d'étoupe[1], des lits aux étoffes rigides, des bahuts[2] à linge où la rudesse des planches compromettrait singulièrement la frêle existence des robes modernes. M. Béraud Du Châtel avait choisi son appartement dans la partie la plus noire de l'hôtel, entre la rue et la cour, au premier étage. Il se trouvait là dans un cadre merveilleux de recueillement, de silence et d'ombre. Quand il poussait les portes, traversant la solennité des pièces, de son pas lent et grave, on l'eût pris pour un de ces membres des vieux parlements, dont on voyait les portraits accrochés aux murs, rentrant chez lui tout songeur, après avoir discuté et refusé de signer un édit du roi.

Mais dans cette maison morte, dans ce cloître, il y avait un nid chaud et vibrant, un trou de soleil et de gaieté, un coin d'adorable enfance, de grand air, de lumière large. Il fallait monter une foule de petits escaliers, filer le long de dix à douze corridors, redescendre, remonter encore, faire un véritable voyage, et l'on arrivait enfin à une vaste chambre, à une sorte de belvédère[3] bâti sur le toit, derrière l'hôtel, au-dessus du quai de Béthune. Elle était en plein midi. La fenêtre s'ouvrait si grande, que le ciel, avec tous ses rayons, tout son air, tout son bleu semblait y entrer. Perchée comme un pigeonnier, elle avait de longues caisses de fleurs, une immense volière, et pas

1. *Étoupe* : chanvre ou lin dont la partie la plus grossière est utilisée pour rembourrer un meuble ou boucher un trou. \ **2.** *Bahuts* : coffres recouverts de cuir clouté. \ **3.** *Belvédère* : construction édifiée sur un lieu élevé qui offre une large vue sur l'horizon.

un meuble. On avait simplement étalé une natte sur le carreau. C'était la « chambre des enfants ». Dans tout l'hôtel, on la connaissait, on la désignait sous ce nom. La maison était si froide, la cour si humide, que la tante Élisabeth avait redouté pour Christine et Renée ce souffle frais qui tombait des murs ; maintes fois, elle avait grondé les gamines qui couraient sous les arcades et qui prenaient plaisir à tremper leurs petits bras dans l'eau glacée de la fontaine. Alors, l'idée lui était venue de faire disposer pour elles ce grenier perdu, le seul coin où le soleil entrât et se réjouît, solitaire, depuis bientôt deux siècles, au milieu des toiles d'araignée. Elle leur donna une natte, des oiseaux, des fleurs. Les gamines furent enthousiasmées. Pendant les vacances, Renée vivait là, dans le bain jaune de ce bon soleil, qui semblait heureux de la toilette qu'on avait faite à sa retraite et des deux têtes blondes qu'on lui envoyait. La chambre devint un paradis, toute résonnante du chant des oiseaux et du babil des petites. On la leur avait cédée en toute propriété. Elles disaient « notre chambre » ; elles étaient chez elles ; elles allaient jusqu'à s'y enfermer à clef pour se bien prouver qu'elles en étaient les uniques maîtresses. Quel coin de bonheur ! Un massacre de joujoux râlait sur la natte, dans le soleil clair.

Et la grande joie de la chambre des enfants était encore le vaste horizon. Des autres fenêtres de l'hôtel, on ne voyait, en face de soi, que des murs noirs, à quelques pieds. Mais, de celle-ci, on apercevait tout ce bout de Seine, tout ce bout de Paris qui s'étend de la Cité au pont de Bercy, plat et immense, et qui ressemble à quelque originale cité de Hollande. En bas, sur le quai de Béthune, il y avait des baraques de bois à moitié effondrées, des entassements de poutres et de toits crevés, parmi lesquels les enfants s'amusaient souvent à regarder courir des rats énormes, qu'elles redoutaient vaguement de voir grimper le long des hautes murailles. Mais, au-delà, l'enchantement commençait. L'estacade[1], étageant ses madriers[2], ses contreforts de cathédrale gothique, et le pont de Constantine[3], léger, se balançant comme une dentelle sous les pieds des passants, se coupaient à angle droit, paraissaient barrer et retenir la masse énorme de la rivière. En face, les arbres de la Halle aux vins, et plus loin les massifs du Jardin des plantes, verdissaient, s'étalaient jusqu'à l'horizon : tandis que, de l'autre côté de l'eau, le quai Henri IV et le quai de la Rapée alignaient leurs constructions basses et inégales, leur rangée de maisons qui, de haut, ressemblaient aux petites maisons de bois et de carton que les gamines avaient dans des boîtes. Au fond à droite, le toit ardoisé de la Salpêtrière bleuissait au-dessus des arbres. Puis, au milieu, descendant jusqu'à la Seine, les larges berges pavées faisaient deux longues routes grises que tachait çà et là la marbrure d'une file de tonneaux, d'un chariot attelé, d'un bateau de bois ou de charbon vidé à terre. Mais l'âme de tout cela, l'âme qui emplissait le paysage, c'était la Seine, la rivière vivante ; elle venait de loin, du bord vague et tremblant de l'horizon, elle sortait de là-bas, du rêve, pour couler droit aux enfants, dans sa majesté tranquille, dans son gonflement puissant, qui s'épanouissait, s'élargissait en nappe, à leurs pieds, à la pointe de l'île. Les deux ponts qui la coupaient, le pont de Bercy et le pont d'Austerlitz, semblaient des arrêts nécessaires, chargés de la contenir, de l'empêcher de monter jusque dans la chambre. Les petites aimaient la géante, elles s'emplissaient les yeux de sa coulée colossale, de cet éternel flot grondant qui roulait vers elles, comme pour les atteindre, et qu'elles sentaient se fendre et disparaître à droite et à gauche, dans l'inconnu, avec une

1. *Estacade* : barrage fait par l'assemblages de poutres de bois. \ 2. *Madriers* : planches très épaisses. \ 3. *Pont Constantine* : entre l'île Saint-Louis et le quai Saint-Bernard.

douceur de titan[1] dompté. Par les beaux jours, par les matinées de ciel bleu, elles se trouvaient ravies des belles robes de la Seine ; c'étaient des robes changeantes qui passaient du bleu au vert, avec mille teintes d'une délicatesse infinie ; on aurait dit de la soie mouchetée de flammes blanches, avec des ruches de satin ; et les bateaux qui s'abritaient aux deux rives la bordaient d'un ruban de velours noir. Au loin, surtout, l'étoffe devenait admirable et précieuse, comme la gaze enchantée d'une tunique de fée ; après la bande de satin gros vert, dont l'ombre des ponts serrait la Seine, il y avait des plastrons[2] d'or, des pans d'une étoffe plissée couleur de soleil. Le ciel immense, sur cette eau, ces files basses de maisons, ces verdures des deux parcs, se creusait.

Parfois Renée, lasse de cet horizon sans bornes, grande déjà et rapportant du pensionnat des curiosités charnelles, jetait un regard dans l'école de natation des bains Petit, dont le bateau se trouve amarré à la pointe de l'île. Elle cherchait à voir, entre les linges flottants pendus à des ficelles en guise de plafond, les hommes en caleçon dont on apercevait les ventres nus.

1. *Titan* : géant. \ **2.** *Plastrons* : parties d'un vêtement qui recouvrent la poitrine.

III

Maxime resta au collège de Plassans, jusqu'aux vacances de 1854. Il avait treize ans et quelques mois, et venait d'achever sa cinquième. Ce fut alors que son père se décida à le faire venir à Paris. Il songeait qu'un fils de cet âge le poserait, l'installerait définitivement dans son rôle de veuf remarié, riche et sérieux. Lorsqu'il annonça son projet à Renée, à l'égard de laquelle il se piquait d'une extrême galanterie, elle lui répondit négligemment :

« C'est cela, faites venir le gamin… Il nous amusera un peu. Le matin, on s'ennuie à mourir. »

Le gamin arriva huit jours après. C'était déjà un grand galopin fluet, à figure de fille, l'air délicat et effronté, d'un blond très doux. Mais comme il était fagoté[1], grand Dieu ! Tondu jusqu'aux oreilles, les cheveux si ras que la blancheur du crâne se trouvait à peine couverte d'une ombre légère, il avait un pantalon trop court, des souliers de charretier, une tunique affreusement râpée, trop large, et qui le rendait presque bossu. Dans cet accoutrement, surpris des choses nouvelles qu'il voyait, il regardait autour de lui, sans timidité, d'ailleurs, de l'air sauvage et rusé d'un enfant précoce, hésitant à se livrer du premier coup.

Un domestique venait de l'amener de la gare, et il était dans le grand salon, ravi par l'or de l'ameublement et du plafond,

---

1. *Fagoté* : mal habillé.

profondément heureux de ce luxe au milieu duquel il allait vivre, lorsque Renée, qui revenait de chez son tailleur, entra comme un coup de vent. Elle jeta son chapeau et le burnous [1] blanc qu'elle avait mis sur ses épaules pour se protéger contre le froid déjà vif. Elle apparut à Maxime, stupéfait d'admiration, dans tout l'éclat de son merveilleux costume.

L'enfant la crut déguisée. Elle portait une délicieuse jupe de faille [2] bleue, à grands volants, sur laquelle était jetée une sorte d'habit de garde française de soie gris tendre. Les pans de l'habit, doublé de satin bleu plus foncé que la faille du jupon, étaient galamment relevés et retenus par des nœuds de ruban ; les parements [3] des manches plates, les grands revers du corsage s'élargissaient, garnis du même satin. Et, comme assaisonnement suprême, comme pointe risquée d'originalité, de gros boutons imitant le saphir, pris dans des rosettes azur, descendaient le long de l'habit, sur deux rangées. C'était laid et adorable.

Quand Renée aperçut Maxime :

« C'est le petit, n'est-ce pas ? » demanda-t-elle au domestique, surprise de le voir aussi grand qu'elle.

L'enfant la dévorait du regard. Cette dame si blanche de peau, dont on apercevait la poitrine dans l'entrebâillement d'une chemisette plissée, cette apparition brusque et charmante, avec sa coiffure haute, ses fines mains gantées, ses petites bottes d'homme dont les talons pointus s'enfonçaient dans le tapis, le ravissait, lui semblait la bonne fée de cet appartement tiède et doré. Il se mit à sourire, et il fut tout juste assez gauche pour garder sa grâce de gamin.

« Tiens, il est drôle ! s'écria Renée... Mais, quelle horreur ! comme on lui a coupé les cheveux !... Écoute, mon petit ami,

1. *Burnous* : grand manteau de laine à capuchon et sans manches, porté à l'origine en Afrique du Nord. \ 2. *Faille* : tissu de soie à gros grain. \ 3. *Parements* : revers sur le col ou les manches d'un vêtement.

ton père ne rentrera sans doute que pour le dîner, et je vais être obligée de t'installer… Je suis votre belle-maman, monsieur. Veux-tu m'embrasser ?

– Je veux bien », répondit carrément Maxime.

Et il baisa la jeune femme sur les deux joues, en la prenant par les épaules, ce qui chiffonna un peu l'habit de garde française. Elle se dégagea, riant, disant :

« Mon Dieu ! qu'il est drôle, le petit tondu !… »

Elle revint à lui, plus sérieuse.

« Nous serons amis, n'est-ce pas ?… Je veux être une mère pour vous. Je réfléchissais à cela, en attendant mon tailleur qui était en conférence, et je me disais que je devais me montrer très bonne et vous élever tout à fait bien… Ce sera gentil ! »

Maxime continuait à la regarder, de son regard bleu de fille hardie, et brusquement :

« Quel âge avez-vous ? demanda-t-il.

– Mais on ne demande jamais cela ! s'écria-t-elle en joignant les mains… Il ne sait pas, le petit malheureux ! Il faudra tout lui apprendre… Heureusement que je puis encore dire mon âge. J'ai vingt et un ans.

– Moi, j'en aurai bientôt quatorze… Vous pourriez être ma sœur. »

Il n'acheva pas, mais son regard ajoutait qu'il s'attendait à trouver la seconde femme de son père beaucoup plus vieille. Il était tout près d'elle, il lui regardait le cou avec tant d'attention, qu'elle finit presque par rougir. Sa tête folle, d'ailleurs, tournait, ne pouvant s'arrêter longtemps sur le même sujet ; et elle se mit à marcher, à parler de son tailleur, oubliant qu'elle s'adressait à un enfant.

« J'aurais voulu être là pour vous recevoir. Mais imaginez-vous que Worms m'a apporté ce costume ce matin… Je l'essaie et je le trouve assez réussi. Il a beaucoup de chic, n'est-ce pas ? »

Elle s'était placée devant une glace. Maxime allait et venait derrière elle, pour la voir sur toutes les faces.

« Seulement, continua-t-elle, en mettant l'habit, je me suis aperçue qu'il faisait un gros pli, là, sur l'épaule gauche, vous voyez… C'est très laid, ce pli ; il semble que j'ai une épaule plus haute que l'autre. »

Il s'était approché, il passait son doigt sur le pli, comme pour l'aplatir, et sa main de collégien vicieux paraissait s'oublier en cet endroit avec un certain bien-aise.

« Ma foi, continua-t-elle, je n'ai pu y tenir. J'ai fait atteler et je suis allée dire à Worms ce que je pensais de son inconcevable légèreté… Il m'a promis de réparer cela. »

Puis, elle resta devant la glace, se contemplant toujours, se perdant dans une subite rêverie. Elle finit par poser un doigt sur ses lèvres, d'un air d'impatience méditative. Et, tout bas, comme se parlant à elle-même :

« Il manque quelque chose… Bien sûr qu'il manque quelque chose… »

Alors, d'un mouvement prompt, elle se tourna, se planta devant Maxime, auquel elle demanda :

« Est-ce que c'est vraiment bien ?… Vous ne trouvez pas qu'il manque quelque chose, un rien, un nœud quelque part ?… »

Le collégien, rassuré par la camaraderie de la jeune femme, avait repris tout l'aplomb de sa nature effrontée. Il s'éloigna, se rapprocha, cligna les yeux, en murmurant :

« Non, non, il ne manque rien, c'est très joli, très joli… Je trouve plutôt qu'il y a quelque chose de trop. »

Il rougit un peu, malgré son audace, s'avança encore, et traçant du bout du doigt un angle aigu sur la gorge de Renée :

« Moi, voyez-vous, continua-t-il, j'échancrerais comme ça cette dentelle, et je mettrais un collier avec une grosse croix. »

Elle battit des mains, rayonnante.

« C'est cela, c'est cela, cria-t-elle... J'avais la grosse croix sur le bout de la langue. »

Elle écarta la chemisette, disparut pendant deux minutes, revint avec le collier et la croix. Et se replaçant devant la glace d'un air de triomphe :

« Oh ! complet, tout à fait complet, murmura-t-elle... Mais il n'est pas bête du tout, le petit tondu ! Tu habillais donc les femmes dans ta province ?... Décidément, nous serons bons amis. Mais il faudra m'écouter. D'abord, vous laisserez pousser vos cheveux, et vous ne porterez plus cette affreuse tunique. Puis, vous suivrez fidèlement mes leçons de bonnes manières. Je veux que vous soyez un joli jeune homme.

– Mais bien sûr, dit naïvement l'enfant ; puisque papa est riche maintenant, et que vous êtes sa femme. »

Elle eut un sourire, et avec sa vivacité habituelle :

« Alors commençons par nous tutoyer. Je dis tu, je dis vous. C'est bête... Tu m'aimeras bien ?

– Je t'aimerai de tout mon cœur », répondit-il avec une effusion de galopin en bonne fortune.

Telle fut la première entrevue de Maxime et de Renée. L'enfant n'alla au collège qu'un mois plus tard. Sa belle-mère, les premiers jours, joua avec lui comme avec une poupée ; elle le décrassa de sa province, et il faut dire qu'il y mit une bonne volonté extrême. Quand il parut, habillé de neuf des pieds à la tête par le tailleur de son père, elle poussa un cri de surprise joyeuse : il était joli comme un cœur ; ce fut son expression. Ses cheveux seuls mettaient à pousser une lenteur désespérante. La jeune femme disait d'ordinaire que tout le visage est dans la chevelure. Elle soignait la sienne avec dévotion. Longtemps la couleur l'en avait désolée, cette couleur particulière, d'un jaune tendre, qui rappelait celle du beurre fin. Mais quand la mode des cheveux jaunes arriva, elle fut charmée, et pour faire croire qu'elle ne suivait pas la mode bêtement, elle jura qu'elle se teignait tous les mois.

Les treize ans de Maxime étaient déjà terriblement savants. C'était une de ces natures frêles et hâtives, dans lesquelles les sens poussent de bonne heure. Le vice en lui parut même avant l'éveil des désirs. À deux reprises, il faillit se faire chasser du collège. Renée, avec des yeux habitués aux grâces provinciales, aurait vu que, tout fagoté qu'il était, le petit tondu, comme elle le nommait, souriait, tournait le cou, avançait les bras d'une façon gentille, de cet air féminin des demoiselles de collège. Il se soignait beaucoup les mains, qu'il avait minces et longues; si ses cheveux restaient courts, par ordre du proviseur, ancien colonel du génie[1], il possédait un petit miroir qu'il tirait de sa poche, pendant les classes, qu'il posait entre les pages de son livre, et dans lequel il se regardait des heures entières, s'examinant les yeux, les gencives, se faisant des mines, s'apprenant des coquetteries. Ses camarades se pendaient à sa blouse, comme à une jupe, et il se serrait tellement, qu'il avait la taille mince, le balancement de hanches d'une femme faite. La vérité était qu'il recevait autant de coups que de caresses. Le collège de Plassans, un repaire de petits bandits comme la plupart des collèges de province, fut ainsi un milieu de souillure, dans lequel se développa singulièrement ce tempérament neutre, cette enfance qui apportait le mal, d'on ne savait quel inconnu héréditaire. L'âge allait heureusement le corriger. Mais la marque de ses abandons d'enfant, cette effémination de tout son être, cette heure où il s'était cru fille, devait rester en lui, le frapper à jamais dans sa virilité.

Renée l'appelait « mademoiselle », sans savoir que, six mois auparavant, elle aurait dit juste. Il lui semblait très obéissant,

1. *Génie* : art des constructions (casernes, fortifications, ponts…).

très aimant, et même elle se trouvait souvent gênée par ses caresses. Il avait une façon d'embrasser qui chauffait la peau. Mais ce qui la ravissait c'était son espièglerie ; il était drôle au possible, hardi, parlant déjà des femmes avec des sourires, tenant tête aux amies de Renée, à la chère Adeline qui venait d'épouser M. d'Espanet, et à la grosse Suzanne, mariée tout récemment au grand industriel Haffner. Il eut, à quatorze ans, une passion pour cette dernière. Il avait pris sa belle-mère pour confidente, et celle-ci s'amusait beaucoup.

« Moi, j'aurais préféré Adeline, disait-elle ; elle est plus jolie.

– Peut-être, répondait le galopin, mais Suzanne est bien plus grosse… J'aime les belles femmes… Si tu étais gentille, tu lui parlerais pour moi. »

Renée riait. Sa poupée, ce grand gamin aux mines de fille, lui semblait impayable, depuis qu'elle était amoureuse. Il vint un moment où Mme

Haffner dut se défendre sérieusement. D'ailleurs, ces dames encourageaient Maxime par leurs rires étouffés, leurs demi-mots, les attitudes coquettes qu'elles prenaient devant cet enfant précoce. Il entrait là une pointe de débauche fort aristocratique. Toutes trois, dans leur vie tumultueuse, brûlées par la passion, s'arrêtaient à la dépravation charmante du galopin, comme à un piment original et sans danger qui réveillait leur goût. Elles lui laissaient toucher leur robe, frôler leurs épaules de ses doigts, lorsqu'il les suivait dans l'antichambre, pour jeter sur elles leur sortie de bal [1] ; elles se le passaient de main en main, riant comme des folles, quand il leur baisait les poignets, du côté des veines, à cette place où la peau est si douce ; puis elles se faisaient maternelles et lui enseignaient

1. *Sortie de bal* : vêtement que l'on met sur sa robe de bal pour avoir chaud au moment de sortir.

doctement l'art d'être bel homme et de plaire aux dames. C'était leur joujou, un petit homme d'un mécanisme ingénieux, qui embrassait, qui faisait la cour, qui avait les plus aimables vices du monde, mais qui restait un joujou, un petit homme de carton qu'on ne craignait pas trop, assez cependant pour avoir, sous sa main enfantine, un frisson très doux.

À la rentrée des classes, Maxime alla au lycée Bonaparte [1]. C'est le lycée du beau monde, celui que Saccard devait choisir pour son fils. L'enfant, si mou, si léger qu'il fût, avait alors une intelligence très vive ; mais il s'appliqua à tout autre chose qu'aux études classiques. Il fut cependant un élève correct, qui ne descendit jamais dans la bohème des cancres, et qui demeura parmi les petits messieurs convenables et bien mis dont on ne dit rien. Il ne lui resta de sa jeunesse qu'une véritable religion pour la toilette. Paris lui ouvrit les yeux, en fit un beau jeune homme, pincé dans ses vêtements, suivant les modes. Il était le Brummel [2] de sa classe. Il s'y présentait comme dans un salon, chaussé finement, ganté juste, avec des cravates prodigieuses et des chapeaux ineffables. D'ailleurs ils se trouvaient là une vingtaine, formant une aristocratie, s'offrant à la sortie des havanes dans des porte-cigares à fermoirs d'or, faisant porter leur paquet de livres par un domestique en livrée. Maxime avait déterminé son père à lui acheter un tilbury [3] et un petit cheval noir qui faisaient l'admiration de ses camarades. Il conduisait lui-même, ayant sur le siège de derrière un valet de pied, les bras croisés, qui tenait sur ses genoux le cartable du collégien, un vrai portefeuille de ministre en chagrin [4] marron. Et il fallait voir avec quelle légèreté, quelle science

1. *Lycée Bonaparte* : aujourd'hui, lycée Condorcet. \ **2.** *Brummel* : George Brummel (1778-1840), dandy anglais à l'élégance légendaire. \ **3.** *Tilbury* : voiture à cheval à deux places, découverte et légère. \ **4.** *Chagrin* : cuir grenu fait de peau de mouton, de chèvre ou d'âne.

et quelle correction d'allures, il venait en dix minutes de la rue de Rivoli à la rue du Havre, arrêtait net son cheval devant la porte du lycée, jetait la bride au valet, en disant : « Jacques, à quatre et demie, n'est-ce pas ? » Les boutiquiers voisins étaient ravis de la bonne grâce de ce blondin qu'ils voyaient régulièrement deux fois par jour arriver et repartir dans sa voiture. Au retour, il reconduisait parfois un ami, qu'il mettait à sa porte. Les deux enfants fumaient, regardaient les femmes, éclaboussaient les passants, comme s'ils fussent revenus des courses. Petit monde étonnant, couvée de fats[1] et d'imbéciles, qu'on peut voir chaque jour rue du Havre, correctement habillés, avec leurs vestons de gandins[2], jouer les hommes riches et blasés, tandis que la bohème du lycée, les vrais écoliers, arrivent criant et se poussant, tapant le pavé avec leurs gros souliers, leurs livres pendus derrière le dos, au bout d'une courroie.

Renée, qui voulait prendre au sérieux son rôle de mère et d'institutrice, était enchantée de son élève. Elle ne négligeait rien, il est vrai, pour parfaire son éducation. Elle traversait alors une heure pleine de dépit et de larmes ; un amant l'avait quittée, avec scandale, aux yeux de tout Paris, pour se mettre avec la duchesse de Sternich. Elle rêva que Maxime serait sa consolation, elle se vieillit, s'ingénia pour être maternelle, et devint le mentor[3] le plus original qu'on pût imaginer. Souvent, le tilbury de Maxime restait à la maison ; c'était Renée, avec sa grande calèche, qui venait prendre le collégien. Ils cachaient le portefeuille marron sous la banquette, ils allaient au Bois, alors dans tout son neuf. Là, elle lui faisait un cours de haute élégance. Elle lui nommait le tout-Paris impérial, gras, heureux, encore dans l'extase de ce coup de

1. *Fats* : jeunes gens rendus ridicules par une prétention excessive. \ **2.** *Gandins* : jeunes élégants dont le raffinement frise le ridicule. \ **3.** *Mentor* : conseiller plein de sagesse.

baguette qui changeait les meurt-de-faim et les goujats[1] de la veille en grands seigneurs, en millionnaires soufflant et se pâmant sous le poids de leur caisse. Mais l'enfant la questionnait surtout sur les femmes, et comme elle était très libre avec lui, elle lui donnait des détails précis ; Mme de Guende était bête, mais admirablement faite ; la comtesse Vanska, fort riche, avait chanté dans les cours, avant de se faire épouser par un Polonais, qui la battait, disait-on ; quant à la marquise d'Espanet et à Suzanne Haffner, elles étaient inséparables, et, bien qu'elles fussent ses amies intimes, Renée ajoutait, en pinçant les lèvres, comme pour n'en pas dire davantage, qu'il courait de bien vilaines histoires sur leur compte ; la belle Mme de Lauwerens était aussi horriblement compromettante, mais elle avait de si jolis yeux, et tout le monde, en somme, savait que, quant à elle, elle était irréprochable, bien qu'un peu trop mêlée aux intrigues des pauvres petites femmes qui la fréquentaient, Mme Daste, Mme Teissière, la baronne de Meinhold. Maxime voulut avoir le portrait de ces dames ; il en garnit un album qui resta sur la table du salon. Pour embarrasser sa belle-maman, avec cette ruse vicieuse qui était le trait dominant de son caractère, il lui demandait des détails sur les filles, en feignant de les prendre pour des femmes du vrai monde. Renée, morale et sérieuse, disait que c'était d'affreuses créatures et qu'il devait les éviter avec soin ; puis elle s'oubliait, elle parlait d'elles comme de personnes qu'elle eût connues intimement. Un des grands régals de l'enfant était encore de la mettre sur le chapitre de la duchesse de Sternich. Chaque fois que sa voiture passait, au Bois, à côté de la leur, il ne manquait pas de nommer la duchesse, avec une sournoiserie méchante, un regard en dessous, prouvant qu'il connaissait la dernière aventure de

1. *Goujats* : hommes sans savoir-vivre, à la fois indélicats et malhonnêtes.

Renée. Celle-ci, d'une voix sèche, déchirait sa rivale ; comme elle vieillissait ! la pauvre femme ! elle se maquillait, elle avait des amants cachés au fond de toutes ses armoires, elle s'était donnée à un chambellan[1] pour entrer dans le lit impérial. Et elle ne tarissait pas, tandis que Maxime, pour l'exaspérer, trouvait Mme de Sternich délicieuse. De telles leçons développaient singulièrement l'intelligence du collégien, d'autant plus que la jeune institutrice les répétait partout, au Bois, au théâtre, dans les salons. L'élève devint très fort.

Ce que Maxime adorait, c'était de vivre dans les jupes, dans les chiffons, dans la poudre de riz des femmes. Il restait toujours un peu fille, avec ses mains effilées, son visage imberbe, son cou blanc et potelé. Renée le consultait gravement sur ses toilettes. Il connaissait les bons faiseurs de Paris, jugeait chacun d'eux d'un mot, parlait de la saveur des chapeaux d'un tel et de la logique des robes de tel autre. À dix-sept ans, il n'y avait pas une modiste[2] qu'il n'eût approfondie, pas un bottier dont il n'eût étudié et pénétré le cœur. Cet étrange avorton, qui, pendant les classes d'anglais, lisait les prospectus que son parfumeur lui adressait tous les vendredis, aurait soutenu une thèse brillante sur le tout-Paris mondain, clientèle et fournisseurs compris, à l'âge où les gamins de province n'osent pas encore regarder leur bonne en face. Souvent, quand il revenait du lycée, il rapportait dans son tilbury un chapeau, une boîte de savons, un bijou, commandés la veille par sa belle-mère. Il avait toujours quelque bout de dentelle musquée qui traînait dans ses poches.

Mais sa grande partie était d'accompagner Renée chez l'illustre Worms, le tailleur de génie, devant lequel les reines du Second Empire se tenaient à genoux. Le salon du grand

1. *Chambellan* : gentilhomme de cour, chargé du service de la chambre du souverain.
2. *Modiste* : fabricante et marchande de chapeaux féminins.

homme était vaste, carré, garni de larges divans. Il y entrait avec une émotion religieuse. Les toilettes ont certainement une odeur propre ; la soie, le satin, le velours, les dentelles, avaient marié leurs arômes légers à ceux des chevelures et des épaules ambrées ; et l'air du salon gardait cette tiédeur odorante, cet encens de la chair et du luxe qui changeait la pièce en une chapelle consacrée à quelque secrète divinité. Souvent il fallait que Renée et Maxime fissent antichambre pendant des heures ; il y avait là une vingtaine de solliciteuses, attendant leur tour, trempant des biscuits dans des verres de madère, faisant collation sur la grande table du milieu, où traînaient des bouteilles et des assiettes de petits fours. Ces dames étaient chez elles, parlaient librement, et lorsqu'elles se pelotonnaient autour de la pièce, on aurait dit un vol blanc de lesbiennes qui se serait abattu sur les divans d'un salon parisien. Maxime, qu'elles toléraient et qu'elles aimaient pour son air de fille, était le seul homme admis dans le cénacle. Il y goûtait des jouissances divines ; il glissait le long des divans comme une couleuvre agile ; on le retrouvait sous une jupe, derrière un corsage, entre deux robes, où il se faisait tout petit, se tenant bien tranquille, respirant la chaleur parfumée de ses voisines, avec des mines d'enfant de chœur avalant le bon Dieu.

« Il se fourre partout, ce petit-là, disait la baronne de Meinhold, en lui tapotant les joues. »

Il était si fluet que ces dames ne lui donnaient guère plus de quatorze ans. Elles s'amusèrent à le griser avec le madère de l'illustre Worms. Il leur dit des choses stupéfiantes, qui les firent rire aux larmes. Toutefois, ce fut la marquise d'Espanet qui trouva le mot de la situation. Comme on découvrit un jour Maxime, dans un angle des divans, derrière son dos :

« Voilà un garçon qui aurait dû naître fille », murmura-t-elle, à le voir si rose, si rougissant, si pénétré du bien-être qu'il avait éprouvé dans son voisinage.

Puis, lorsque le grand Worms recevait enfin Renée, Maxime pénétrait avec elle dans le cabinet. Il s'était permis de parler deux ou trois fois, pendant que le maître s'absorbait dans le spectacle de sa cliente, comme les pontifes[1] du beau veulent que Léonard de Vinci[2] l'ait fait devant la Joconde. Le maître avait daigné sourire de la justesse de ses observations. Il faisait mettre Renée debout devant une glace, qui montait du parquet au plafond, se recueillait, avec un froncement de sourcils, pendant que la jeune femme, émue, retenait son haleine, pour ne pas bouger. Et, au bout de quelques minutes, le maître, comme pris et secoué par l'inspiration, peignait à grands traits saccadés le chef-d'œuvre qu'il venait de concevoir, s'écriait en phrases sèches :

« Robe Montespan[3] en faille[4] cendrée..., la traîne dessinant, devant, une basque[5] arrondie..., gros nœuds de satin gris la relevant sur les hanches..., enfin tablier bouillonné[6] de tulle gris perle, les bouillonnés séparés par des bandes de satin gris. »

Il se recueillait encore, paraissait descendre tout au fond de son génie, et, avec une grimace triomphante de pythonisse[7] sur son trépied, il achevait :

« Nous poserons dans les cheveux, sur cette tête rieuse, le papillon rêveur de Psyché aux ailes d'azur changeant. »

Mais, d'autres fois, l'inspiration était rétive. L'illustre Worms l'appelait vainement, concentrait ses facultés en pure perte. Il torturait ses sourcils, devenait livide, prenait entre ses mains sa pauvre tête, qu'il branlait avec désespoir, et vaincu, se jetant dans un fauteuil :

---

1. *Pontifes* : personnes qui se flattent de tout savoir (familier). \ **2.** *Léonard de Vinci* : peintre italien (1452-1519) qui travailla en Italie mais aussi à la cour de France. \ **3.** *Montespan* : la forme de la robe évoque les tenues de madame de Montespan (1640-1707) qui régna sur Versailles en tant que maîtresse du roi Louis XIV dans les années 1670. \ **4.** *Faille* : tissu de soie à gros grain. \ **5.** *Basque* : partie d'une veste qui part de la taille et descend plus ou moins bas sur les hanches. \ **6.** *Bouillonné* : froncé. \ **7.** *Pythonisse* : prophétesse.

« Non, murmurait-il d'une voix dolente, non, pas aujourd'hui…, ce n'est pas possible… ces dames sont indiscrètes. La source est tarie. »

Et il mettait Renée à la porte, en répétant :

« Pas possible, pas possible, chère dame, vous repasserez un autre jour… Je ne vous sens pas ce matin. »

La belle éducation que recevait Maxime eut un premier résultat. À dix-sept ans, le gamin séduisit la femme de chambre de sa belle-mère. Le pis de l'histoire fut que la chambrière devint enceinte. Il fallut l'envoyer à la campagne avec le marmot et lui constituer une petite rente. Renée resta horriblement vexée de l'aventure. Saccard ne s'en occupa que pour régler le côté pécuniaire de la question ; mais la jeune femme gronda vertement son élève. Lui dont elle voulait faire un homme distingué, se compromettre avec une telle fille ! Quel début ridicule et honteux, quelle fredaine[1] inavouable ! Encore s'il s'était lancé avec une de ces dames !

« Pardieu ! répondit-il tranquillement, si ta bonne amie Suzanne avait voulu, c'est elle qui serait allée à la campagne.

– Oh ! le polisson ! » murmura-t-elle, désarmée, égayée par l'idée de voir Suzanne se réfugiant à la campagne avec une rente de douze cents francs.

Puis une pensée plus drôle lui vint, et oubliant son rôle de mère irritée, poussant des rires perlés, qu'elle retenait entre ses doigts, elle balbutia, en le regardant du coin de l'œil :

« Dis donc, c'est Adeline qui t'en aurait voulu, et qui lui aurait fait des scènes. »

Elle n'acheva pas. Maxime riait avec elle. Telle fut la belle chute que fit la morale de Renée en cette aventure.

Cependant Aristide Saccard ne s'inquiétait guère des deux enfants, comme il nommait son fils et sa seconde femme. Il

1. *Fredaine* : écart de conduite sans gravité.

leur laissait une liberté absolue, heureux de les voir bons amis, ce qui emplissait l'appartement d'une gaieté bruyante. Singulier appartement, que ce premier étage de la rue de Rivoli. Les portes y battaient toute la journée ; les domestiques y parlaient haut ; le luxe neuf et éclatant en était traversé continuellement par des courses de jupes énormes et volantes, par des processions de fournisseurs, par le tohu-bohu des amies de Renée, des camarades de Maxime et des visiteurs de Saccard. Ce dernier recevait, de neuf heures à onze heures, le plus étrange monde qu'on pût voir : sénateurs, et clercs d'huissier, duchesses et marchandes à la toilette [1], toute l'écume que les tempêtes de Paris jetaient le matin à sa porte, robes de soie, jupes sales, blouses [2], habits noirs, qu'il accueillait du même ton pressé, des mêmes gestes impatients et nerveux. Il bâclait les affaires en deux paroles, résolvait vingt difficultés à la fois et donnait les solutions en courant. On eût dit que ce petit homme remuant, dont la voix était très forte, se battait dans son cabinet avec les gens, avec les meubles, culbutait, se frappait la tête au plafond, pour en faire jaillir les idées, et retombait toujours victorieux sur ses pieds. Puis, à onze heures, il sortait ; on ne le voyait plus de la journée ; il déjeunait dehors, souvent même il y dînait. Alors la maison appartenait à Renée et à Maxime. Ils s'emparaient du cabinet du père ; ils y déballaient les cartons des fournisseurs, et les chiffons traînaient sur les dossiers. Parfois des gens graves attendaient une heure à la porte du cabinet, pendant que le collégien et la jeune femme discutaient un nœud de ruban, assis aux deux bouts du bureau de Saccard. Renée faisait atteler dix fois par jour. Rarement on mangeait ensemble ; sur les trois, deux couraient, s'oubliaient,

1. *Marchandes à la toilette* : marchandes qui venaient proposer à domicile des vêtements ou des accessoires d'occasion et qui, en même temps, faisaient des affaires avec leurs clients (prêt à intérêt...). \ **2.** *Blouse* : tenue de l'ouvrier, par opposition à l'habit noir du bourgeois.

ne revenaient qu'à minuit. Appartement de tapage, d'affaires et de plaisirs, où la vie moderne, avec son bruit d'or sonnant, de toilettes froissées, s'engouffrait comme un coup de vent.

Aristide Saccard avait enfin trouvé son milieu. Il s'était révélé grand spéculateur, brasseur de millions. Après le coup de maître de la rue de la Pépinière, il se lança hardiment dans la lutte qui commençait à semer Paris d'épaves honteuses et de triomphes fulgurants. D'abord, il joua à coup sûr, répétant son premier succès, achetant les immeubles qu'il savait menacés de la pioche, et employant ses amis pour obtenir de grosses indemnités. Il vint un moment où il eut cinq ou six maisons, ces maisons qu'il regardait si étrangement autrefois, comme des connaissances à lui, lorsqu'il n'était qu'un pauvre agent voyer. Mais c'était là l'enfance de l'art ; quand il avait usé les baux, comploté avec les locataires, volé l'État et les particuliers, la finesse n'était pas grande, et il pensait que le jeu ne valait pas la chandelle. Aussi mit-il bientôt son génie au service de besognes plus compliquées.

Saccard inventa d'abord le tour des achats d'immeubles faits sous le manteau pour le compte de la Ville. Une décision du conseil d'État créait à cette dernière une situation difficile. Elle avait acheté à l'amiable un grand nombre de maisons, espérant user les baux et congédier les locataires sans indemnité. Mais ces acquisitions furent considérées comme de véritables expropriations, et elle dut payer. Ce fut alors que Saccard offrit d'être le prête-nom de la Ville ; il achetait, usait les baux, et, moyennant un pot-de-vin, livrait l'immeuble au moment fixé. Et même, il finit par jouer double jeu ; il achetait pour la Ville et pour le préfet. Quand l'affaire était par trop tentante, il escamotait la maison. L'État payait. On récompensa ses complaisances en lui concédant des bouts de rues, des carrefours projetés, qu'il rétrocédait avant même que la voie nouvelle fut commencée.

C'était un jeu féroce; on jouait sur les quartiers à bâtir comme on joue sur un titre de rente[1]. Certaines dames, de jolies filles, amies intimes de hauts fonctionnaires, étaient de la partie; une d'elles, dont les dents blanches sont célèbres, a croqué, à plusieurs reprises, des rues entières. Saccard s'affamait, sentait ses désirs s'accroître, à voir ce ruissellement d'or qui lui glissait entre les mains. Il lui semblait qu'une mer de pièces de vingt francs s'élargissait autour de lui, de lac devenait océan, emplissait l'immense horizon avec un bruit de vagues étrange, une musique métallique qui lui chatouillait le cœur; et il s'aventurait, nageur plus hardi chaque jour, plongeant, reparaissant, tantôt sur le dos, tantôt sur le ventre, traversant cette immensité par les temps clairs et par les orages, comptant sur ses forces et son adresse pour ne jamais aller au fond.

Paris s'abîmait alors dans un nuage de plâtre. Les temps prédits par Saccard, sur les buttes Montmartre, étaient venus. On taillait la cité à coups de sabre, et il était de toutes les entailles, de toutes les blessures. Il avait des décombres à lui aux quatre coins de la ville. Rue de Rome, il fut mêlé à cette étonnante histoire du trou qu'une compagnie creusa, pour transporter cinq ou six mille mètres cubes de terre et faire croire à des travaux gigantesques, et qu'on dut ensuite reboucher, en rapportant la terre de Saint-Ouen, lorsque la compagnie eut fait faillite. Lui s'en tira la conscience nette, les poches pleines, grâce à son frère Eugène, qui voulut bien intervenir. À Chaillot, il aida à éventrer la butte, à la jeter dans un bas-fond, pour faire passer le boulevard qui va de l'Arc de Triomphe au pont de l'Alma[2]. Du côté de Passy, ce fut lui qui

1. *Titre de rente* : certificat attestant que son propriétaire bénéficie d'une rente, dont le cours peut varier en fonction de la spéculation boursière. \ 2. *Le boulevard qui va de l'Arc de Triomphe au pont de l'Alma* : avenue Joséphine (plus tard avenue Marceau). Les travaux de la butte Chaillot ne commencèrent en réalité qu'en 1866.

eut l'idée de semer les déblais du Trocadéro sur le plateau, de sorte que la bonne terre se trouve aujourd'hui à deux mètres de profondeur, et que l'herbe elle-même refuse de pousser dans ces gravats. On l'aurait retrouvé sur vingt points à la fois, à tous les endroits où il y avait quelque obstacle insurmontable, un déblai dont on ne savait que faire, un remblai qu'on ne pouvait exécuter, un bon amas de terre et de plâtras où s'impatientait la hâte fébrile des ingénieurs, que lui fouillait de ses ongles, et dans lequel il finissait toujours par trouver quelque pot-de-vin ou quelque opération de sa façon. Le même jour, il courait des travaux de l'Arc de Triomphe à ceux du boulevard Saint-Michel, des déblais du boulevard Malesherbes aux remblais de Chaillot, traînant avec lui une armée d'ouvriers, d'huissiers, d'actionnaires, de dupes et de fripons.

Mais sa gloire la plus pure était le Crédit viticole[1], qu'il avait fondé avec Toutin-Laroche. Celui-ci s'en trouvait le directeur officiel ; lui ne paraissait que comme membre du conseil de surveillance. Eugène, en cette circonstance, avait encore donné un bon coup de main à son frère. Grâce à lui, le gouvernement autorisa la compagnie, et la surveilla avec une grande bonhomie. En une délicate circonstance, comme un journal mal pensant se permettait de critiquer une opération de cette compagnie, *Le Moniteur*[2] alla jusqu'à publier une note interdisant toute discussion sur une maison si honorable, et que l'État daignait patronner. Le Crédit viticole s'appuyait sur un excellent système financier : il prêtait aux cultivateurs la moitié du prix d'estimation de leurs biens, garantissait le prêt par une hypothèque, et touchait des emprunteurs les intérêts, augmentés d'un acompte d'amortissement. Jamais mécanisme

1. *Crédit viticole* : inspiré du Crédit mobilier créé par les frères Pereire en 1852, il connaît ses premières difficultés financières en 1867 et s'effondre en 1870. \ **2.** *Le Moniteur* : journal officiel.

ne fut plus digne ni plus sage. Eugène avait déclaré à son frère, avec un fin sourire, que les Tuileries[1] voulaient qu'on fût honnête. M. Toutin-Laroche interpréta ce désir en laissant fonctionner tranquillement la machine des prêts aux cultivateurs, et en établissant à côté une maison de banque qui attirait à elle les capitaux et qui jouait avec fièvre, se lançant dans toutes les aventures. Grâce à l'impulsion formidable que le directeur lui donna, le Crédit viticole eut bientôt une réputation de solidité et de prospérité à toute épreuve. Au début, pour lancer d'un coup, à la Bourse, une masse d'actions fraîchement détachées de la souche, et leur donner l'aspect de titres ayant déjà beaucoup circulé, Saccard eut l'ingéniosité de les faire piétiner et battre, pendant toute une nuit, par les garçons de recette[2] armés de balais de bouleau. On eût dit une succursale de la Banque. L'hôtel, occupé par les bureaux, avec sa cour pleine d'équipages, ses grillages sévères, son large perron et son escalier monumental, ses enfilades de cabinets luxueux, son monde d'employés et de laquais en livrée, semblait être le temple grave et digne de l'argent ; et rien ne frappait le public d'une émotion plus religieuse, que le sanctuaire, que la Caisse, où conduisait un corridor d'une nudité sacrée, et où on apercevait le coffre-fort, le dieu, accroupi, scellé au mur, trapu et dormant, avec ses trois serrures, ses flancs épais, son air de brute divine.

Saccard maquignonna[3] une grosse affaire avec la Ville. Celle-ci, obérée[4], écrasée par sa dette, entraînée dans cette danse des millions qu'elle avait mise en branle, pour plaire à l'empereur et remplir certaines poches, en était réduite aux

1. *Tuileries* : Louis-Napoléon Bonaparte s'y installe dès février 1852. C'est déjà moins le président de la République que l'empereur qui décide, symboliquement, de faire sien l'ancien palais royal. \ **2.** *Garçons de recette* : employés chargés de faire les encaissements. \ **3.** *Maquignonna* : traita une affaire de manière peu scrupuleuse voire malhonnête. \ **4.** *Obérée* : accablée de dettes.

emprunts déguisés, ne voulant pas avouer ses fièvres chaudes, sa folie de la pioche et du moellon[1]. Elle venait de créer alors ce qu'elle nommait des bons de délégation, de véritables lettres de change à longue date, pour payer les entrepreneurs, le jour même de la signature des traités, et leur permettre ainsi de trouver des fonds en négociant les bons. Le Crédit viticole avait gracieusement accepté ce papier de la main des entrepreneurs. Le jour où la Ville manqua d'argent, Saccard alla la tenter. Une somme considérable lui fut avancée, sur une émission de bons de délégation, que M. Toutin-Laroche jura tenir de compagnies concessionnaires, et qu'il traîna dans tous les ruisseaux de la spéculation. Ce Crédit viticole était désormais inattaquable ; il tenait Paris à la gorge. Le directeur ne parlait plus qu'avec un sourire de la fameuse Société générale des ports du Maroc ; elle vivait pourtant toujours, et les journaux continuaient à célébrer régulièrement les grandes stations commerciales. Un jour que M. Toutin-Laroche engageait Saccard à prendre des actions de cette société, celui-ci lui rit au nez, en lui demandant s'il le croyait assez bête pour placer son argent dans la « Compagnie générale des *Mille et Une Nuits* ».

Jusque-là, Saccard avait joué heureusement, à coup sûr, trichant, se vendant, bénéficiant sur les marchés, tirant un gain quelconque de chacune de ses opérations. Bientôt cet agiotage[2] ne lui suffit plus, il dédaigna de glaner, de ramasser l'or que les Toutin-Laroche et les barons Gouraud laissaient tomber derrière eux. Il mit les bras dans le sac jusqu'à l'épaule. Il s'associa avec les Mignon, Charrier et Cie, ces fameux entrepreneurs alors à leurs débuts, et qui devaient réaliser des fortunes colossales. La Ville s'était décidée à ne plus exécuter

1. *Moellon* : pierre de construction. \ **2.** *Agiotage* : spéculation sur le cours des titres boursiers de l'État.

elle-même les travaux, à céder les boulevards à forfait. Les compagnies concessionnaires s'engageaient à lui livrer une voie toute faite, arbres plantés, bancs et becs de gaz posés, moyennant une indemnité convenue ; quelquefois même, elles donnaient la voie pour rien : elles se trouvaient largement payées par les terrains en bordure, qu'elles retenaient et qu'elles frappaient d'une plus-value considérable. La fièvre de spéculation sur les terrains, la hausse furieuse sur les immeubles datent de cette époque. Saccard, par ses attaches, obtint la concession de trois tronçons de boulevard. Il fut l'âme ardente et un peu brouillonne de l'association. Les sieurs Mignon et Charrier, ses créatures dans les commencements, étaient de gros et rusés compères, des maîtres-maçons qui connaissaient le prix de l'argent. Ils riaient en dessous devant les équipages de Saccard ; ils gardaient le plus souvent leurs blouses, ne refusaient pas un coup de main à un ouvrier, rentraient chez eux couverts de plâtre. Ils étaient de Langres tous les deux. Ils apportaient, dans ce Paris brûlant et inassouvi, leur prudence de Champenois, leur cerveau calme, peu ouvert, peu intelligent, mais très apte à profiter des occasions pour s'emplir les poches, quitte à jouir plus tard. Si Saccard lança l'affaire, l'anima de sa flamme, de sa rage d'appétits, les sieurs Mignon et Charrier, par leur terre à terre, leur administration routinière et étroite, l'empêchèrent vingt fois de culbuter dans les imaginations étonnantes de leur associé. Jamais ils ne consentirent à avoir les bureaux superbes, l'hôtel qu'il voulait bâtir pour étonner Paris. Ils refusèrent également les spéculations secondaires qui poussaient chaque matin dans sa tête : construction de salles de concert, de vastes maisons de bains, sur les terrains en bordure ; chemins de fer, suivant la ligne des nouveaux boulevards ; galeries vitrées, décuplant le loyer des boutiques, et permettant de circuler dans Paris sans être mouillé. Les entrepreneurs, pour couper court à ces projets qui les effrayaient, décidèrent que les terrains en bordure seraient partagés entre les trois associés, et que chacun d'eux en ferait ce qu'il voudrait. Eux continuèrent à vendre sagement leurs lots. Lui fit bâtir. Son cerveau bouillait. Il eût proposé sans rire de mettre Paris sous une immense cloche, pour le changer en serre chaude, et y cultiver les ananas et la canne à sucre.

Bientôt, remuant les capitaux à la pelle, il eut huit maisons sur les nouveaux boulevards. Il en avait quatre complètement terminées, deux rue de Marignan, et deux sur le boulevard Haussmann ; les quatre autres, situées sur le boulevard Malesherbes, restaient en construction, et même une d'elles, vaste enclos de planches où devait s'élever un magnifique hôtel, n'avait encore de posé que le plancher du premier étage. À cette époque, ses affaires se compliquèrent tellement, il avait tant de fils attachés à chacun de ses doigts, tant d'intérêts à surveiller et de marionnettes à faire mouvoir, qu'il dormait à peine trois heures par nuit et qu'il lisait sa correspondance dans sa voiture. Le merveilleux était que sa caisse semblait inépuisable. Il était actionnaire de toutes les sociétés, bâtissait avec une sorte de fureur, se mettait de tous les trafics, menaçait d'inonder Paris comme une mer montante, sans qu'on le vît réaliser jamais un bénéfice bien net, empocher une grosse somme luisant au soleil. Ce fleuve d'or, sans sources connues, qui paraissait sortir à flots pressés de son cabinet, étonnait les badauds, et fit de lui, à un moment, l'homme en vue auquel les journaux prêtaient tous les bons mots de la Bourse.

Avec un tel mari, Renée était aussi peu mariée que possible. Elle restait des semaines entières sans presque le voir. D'ailleurs, il était parfait : il ouvrait pour elle sa caisse toute grande. Au fond, elle l'aimait comme un banquier obligeant. Quand elle allait à l'hôtel Béraud, elle faisait un grand éloge de lui devant son père, que la fortune de son gendre laissait sévère et froid. Son mépris s'en était allé ; cet homme semblait si convaincu que la vie n'est qu'une affaire, il était si évidemment né pour battre monnaie avec tout ce qui lui tombait sous les mains, femmes, enfants, pavés, sacs de plâtre, consciences, qu'elle ne pouvait lui reprocher le marché de leur mariage. Depuis ce marché, il la regardait un peu comme une de ces belles maisons qui lui faisaient honneur et dont il espérait tirer de gros profits. Il la voulait bien mise, bruyante, faisant tourner la tête à tout Paris. Cela le posait, doublait le chiffre probable de sa fortune. Il était beau, jeune, amoureux, écervelé, par sa femme. Elle était une associée, une complice sans le savoir. Un nouvel attelage, une toilette de deux mille écus, une complaisance pour quelque amant, facilitèrent, décidèrent souvent ses plus heureuses affaires. Souvent aussi il se prétendait accablé, l'envoyait chez un ministre, chez un fonctionnaire quelconque, pour solliciter une autorisation ou recevoir une réponse. Il lui disait : « Et sois sage ! » d'un ton qui n'appartenait qu'à lui, à la fois railleur et câlin. Et quand elle revenait, qu'elle avait réussi, il se frottait les mains, en répétant son fameux : « Et tu as été sage ! » Renée riait. Il était trop actif pour souhaiter une Mme Michelin. Il aimait simplement les plaisanteries crues, les hypothèses scabreuses [1]. D'ailleurs, si Renée « n'avait pas été sage », il n'aurait éprouvé que le dépit d'avoir réellement payé la complaisance du ministre ou du fonctionnaire. Duper les gens, leur en donner moins que pour leur argent, était un régal. Il disait souvent : « Si j'étais femme, je me vendrais peut-être, mais je ne livrerais jamais la marchandise ; c'est trop bête. »

Cette folle de Renée, qui était apparue une nuit dans le ciel parisien comme la fée excentrique des voluptés mondaines, était la moins analysable des femmes. Élevée au logis, elle eût

1. *Scabreuses* : choquantes, indécentes.

sans doute émoussé par la religion ou par quelque autre satisfaction nerveuse les pointes des désirs dont les piqûres l'affolaient par instants. De tête, elle était bourgeoise ; elle avait une honnêteté absolue, un amour des choses logiques, une crainte du ciel et de l'enfer, une dose énorme de préjugés ; elle appartenait à son père, à cette race calme et prudente où fleurissent les vertus du foyer. Et c'était dans cette nature que germaient, que grandissaient les fantaisies prodigieuses, les curiosités sans cesse renaissantes, les désirs inavouables. Chez les dames de la Visitation, libre, l'esprit vagabondant dans les voluptés mystiques de la chapelle et dans les amitiés charnelles de ses petites amies, elle s'était fait une éducation fantasque[1], apprenant le vice, y mettant la franchise de sa nature, détraquant sa jeune cervelle, au point qu'elle embarrassa singulièrement son confesseur, en lui avouant qu'un jour, pendant la messe, elle avait eu une envie irraisonnée de se lever pour l'embrasser. Puis elle se frappait la poitrine, elle pâlissait à l'idée du diable et de ses chaudières. La faute qui amena plus tard son mariage avec Saccard, ce viol brutal qu'elle subit avec une sorte d'attente épouvantée, la fit ensuite se mépriser, et fut pour beaucoup dans l'abandon de toute sa vie. Elle pensa qu'elle n'avait plus à lutter contre le mal, qu'il était en elle, que la logique l'autorisait à aller jusqu'au bout de la science mauvaise. Elle était plus encore une curiosité qu'un appétit. Jetée dans le monde du Second Empire, abandonnée à ses imaginations, entretenue d'argent, encouragée dans ses excentricités les plus tapageuses, elle se livra, le regretta, puis réussit enfin à tuer son honnêteté expirante, toujours fouettée, toujours poussée en avant par son insatiable[2] besoin de savoir et de sentir.

1. *Fantasque* : bizarre, imprévisible. \ **2.** *Insatiable* : sans cesse insatisfait.

D'ailleurs, elle n'en était qu'à la page commune. Elle causait volontiers, à demi-voix, avec des rires, des cas extraordinaires de la tendre amitié de Suzanne Haffner et d'Adeline d'Espanet, du métier délicat de Mme de Lauwerens, des baisers à prix fixe de la comtesse Vanska ; mais elle regardait encore ces choses de loin, avec la vague idée d'y goûter peut-être, et ce désir indéterminé, qui montait en elle aux heures mauvaises, grandissait encore cette anxiété turbulente, cette recherche effarée d'une jouissance unique, exquise, où elle mordrait toute seule. Ses premiers amants ne l'avaient pas gâtée ; trois fois elle s'était crue prise d'une grande passion ; l'amour éclatait dans sa tête comme un pétard, dont les étincelles n'allaient pas jusqu'au cœur. Elle était folle un mois, s'affichait avec son cher seigneur dans tout Paris, puis, un matin, au milieu du tapage de sa tendresse, elle sentait un silence écrasant, un vide immense. Le premier, le jeune duc de Rozan, ne fut guère qu'un déjeuner de soleil ; Renée, qui l'avait remarqué pour sa douceur et sa tenue excellente, le trouva en tête-à-tête absolument nul, déteint, assommant. M. Simpson, attaché à l'ambassade américaine, qui vint ensuite, faillit la battre, et dut à cela de rester plus d'un an avec elle. Puis, elle accueillit le comte de Chibray, un aide de camp de l'empereur, bel homme vaniteux qui commençait à lui peser singulièrement, lorsque la duchesse de Sternich s'avisa de s'en amouracher et de le lui prendre ; alors elle le pleura, elle fit entendre à ses amies que son cœur était broyé, qu'elle n'aimerait plus. Elle en arriva ainsi à M. de Mussy, l'être le plus insignifiant du monde, un jeune homme qui faisait son chemin dans la diplomatie en conduisant le cotillon [1] avec des grâces particulières ; elle ne sut jamais bien comment elle

1. *Cotillon* : danse collective, composée d'une série de figures ou de jeux.

s'était livrée à lui, et le garda longtemps, prise de paresse, dégoûtée d'un inconnu qu'on découvre en une heure, attendant, pour se donner les soucis d'un changement, de rencontrer quelque aventure extraordinaire. À vingt-huit ans, elle était déjà horriblement lasse. L'ennui lui paraissait d'autant plus insupportable, que ses vertus bourgeoises profitaient des heures où elle s'ennuyait pour se plaindre et l'inquiéter. Elle fermait sa porte, elle avait des migraines affreuses. Puis, quand la porte se rouvrait, c'était un flot de soie et de dentelles qui s'en échappait à grand tapage, une créature de luxe et de joie, sans un souci ni une rougeur au front.

Dans sa vie banale et mondaine, elle avait eu cependant un roman. Un jour, au crépuscule, comme elle était sortie à pied pour aller voir son père, qui n'aimait pas à sa porte le bruit des voitures, elle s'aperçut, au retour, sur le quai Saint-Paul, qu'elle était suivie par un jeune homme. Il faisait chaud ; le jour mourait avec une douceur amoureuse. Elle qu'on ne suivait qu'à cheval, dans les allées du Bois, elle trouva l'aventure piquante, elle en fut flattée comme d'un hommage nouveau, un peu brutal, mais dont la grossièreté même la chatouillait. Au lieu de rentrer chez elle, elle prit la rue du Temple, promenant son galant le long des boulevards. Cependant l'homme s'enhardit, devint si pressant, que Renée, un peu interdite, perdant la tête, suivit la rue du Faubourg-Poissonnière et se réfugia dans la boutique de la sœur de son mari. L'homme entra derrière elle. Mme Sidonie sourit, parut comprendre et les laissa seuls. Et comme Renée voulait la suivre, l'inconnu la retint, lui parla avec une politesse émue, gagna son pardon. C'était un employé qui s'appelait Georges, et auquel elle ne demanda jamais son nom de famille. Elle vint le voir deux fois ; elle entrait par le magasin, il arrivait par la rue Papillon. Cet amour de rencontre, trouvé et accepté dans la rue, fut un de ses plaisirs les plus vifs. Elle y songea toujours, avec quelque honte, mais avec un singulier sourire de regret. Mme Sidonie gagna à l'aventure d'être enfin la complice de la seconde femme de son frère, un rôle qu'elle ambitionnait depuis le jour du mariage.

Cette pauvre Mme Sidonie avait eu un mécompte. Tout en maquignonnant[1] le mariage, elle espérait épouser un peu Renée, elle aussi, en faire une de ses clientes, tirer d'elle une foule de bénéfices. Elle jugeait les femmes au coup d'œil, comme les connaisseurs jugent les chevaux. Aussi sa consternation fut grande, lorsqu'après avoir laissé un mois au ménage pour s'installer, elle comprit qu'elle arrivait déjà trop tard, en apercevant Mme de Lauwerens trônant au milieu du salon. Cette dernière, belle femme de vingt-six ans, faisait métier de lancer les nouvelles venues. Elle appartenait à une très ancienne famille, était mariée à un homme de la haute finance, qui avait le tort de refuser le paiement des mémoires de modiste et de tailleur. La dame, personne fort intelligente, battait monnaie[2], s'entretenait elle-même. Elle avait horreur des hommes, disait-elle ; mais elle en fournissait à toutes ses amies ; il y en avait toujours un achalandage complet dans l'appartement qu'elle occupait rue de Provence, au-dessus des bureaux de son mari. On y faisait de petits goûters. On s'y rencontrait d'une façon imprévue et charmante. Il n'y avait aucun mal à une jeune fille d'aller voir sa chère Mme de Lauwerens, et tant pis si le hasard amenait là des hommes, très respectueux d'ailleurs, et du meilleur monde. La maîtresse de la maison était adorable dans ses grands peignoirs de dentelle. Souvent un visiteur l'aurait choisie de préférence, en dehors de sa collection de blondes et de brunes. Mais la chronique

1. *En maquignonnant* : en traitant une affaire de manière peu scrupuleuse, voire malhonnête. \ 2. *Battait monnaie* : gagnait sa vie (ce qui est inconcevable à cette époque pour une femme issue d'une grande famille, mariée de surcroît. Seules les femmes des classes inférieures de la société, paysannes, ouvrières, marchandes, travaillaient).

assurait qu'elle était d'une sagesse absolue. Tout le secret de l'affaire était là. Elle conservait sa haute situation dans le monde, avait pour amis tous les hommes, gardait son orgueil de femme honnête, goûtait une secrète joie à faire tomber les autres et à tirer profit de leurs chutes. Lorsque Mme Sidonie se fut expliqué le mécanisme de l'invention nouvelle, elle fut navrée. C'était l'école classique, la femme en vieille robe noire portant des billets doux au fond de son cabas, mise en face de l'école moderne, de la grande dame qui vend ses amies dans son boudoir en buvant une tasse de thé. L'école moderne triompha. Mme de Lauwerens eut un regard froid pour la toilette fripée de Mme Sidonie, dans laquelle elle flaira une rivale. Et ce fut de sa main que Renée reçut son premier ennui, le jeune duc de Rozan, que la belle financière plaçait très difficilement. L'école classique ne l'emporta que plus tard, lorsque Mme Sidonie prêta son entresol au caprice de sa belle-sœur pour l'inconnu du quai Saint-Paul. Elle resta sa confidente.

Mais un des fidèles de Mme Sidonie fut Maxime. Dès quinze ans, il allait rôder chez sa tante, flairant les gants oubliés qu'il rencontrait sur les meubles. Celle-ci, qui détestait les situations franches, et qui n'avouait jamais ses complaisances, finit par lui prêter les clefs de son appartement, certains jours, disant qu'elle resterait jusqu'au lendemain à la campagne. Maxime parlait d'amis à recevoir qu'il n'osait faire venir chez son père. Ce fut dans l'entresol de la rue du Faubourg-Poissonnière qu'il passa plusieurs nuits avec cette pauvre fille qu'on dut envoyer à la campagne. Mme Sidonie empruntait de l'argent à son neveu, se pâmait [1] devant lui, en, murmurant de sa voix douce qu'il était « sans un poil, rose comme un Amour ».

Cependant, Maxime avait grandi. C'était, maintenant, un jeune homme mince et joli, qui avait gardé les joues roses et

1. *Se pâmait* : faisait preuve d'une admiration sans borne.

les yeux bleus de l'enfant. Ses cheveux bouclés achevaient de lui donner cet « air fille » qui enchantait les dames. Il ressemblait à la pauvre Angèle, avait sa douceur de regard, sa pâleur blonde. Mais il ne valait pas même cette femme indolente et nulle. La race des Rougon s'affinait en lui, devenait délicate et vicieuse. Né d'une mère trop jeune, apportant un singulier mélange, heurté et comme disséminé, des appétits furieux de son père et des abandons, des mollesses de sa mère, il était un produit défectueux, où les défauts des parents se complétaient et s'empiraient. Cette famille vivait trop vite ; elle se mourait déjà dans cette créature frêle, chez laquelle le sexe avait dû hésiter, et qui n'était plus une volonté âpre au gain et à la jouissance, comme Saccard, mais une lâcheté mangeant les fortunes faites ; hermaphrodite [1] étrange venu à son heure dans une société qui pourrissait. Quand Maxime allait au Bois, pincé [2] à la taille comme une femme, dansant légèrement sur la selle où le balançait le galop léger de son cheval, il était le dieu de cet âge, avec ses hanches développées, ses longues mains fluettes, son air maladif et polisson, son élégance correcte et son argot des petits théâtres. Il se mettait, à vingt ans, au-dessus de toutes les surprises et de tous les dégoûts. Il avait certainement rêvé les ordures les moins usitées. Le vice chez lui n'était pas un abîme, comme chez certains vieillards, mais une floraison naturelle et extérieure. Il ondulait sur ses cheveux blonds, souriait sur ses lèvres, l'habillait avec ses vêtements. Mais ce qu'il avait de caractéristique, c'était surtout les yeux, deux trous bleus, clairs et souriants, des miroirs de coquettes, derrière lesquels on apercevait tout le vide du cerveau. Ces yeux de fille à vendre ne se baissaient jamais ; ils quêtaient le plaisir, un plaisir sans fatigue, qu'on appelle et qu'on reçoit.

1. *Hermaphrodite* : être légendaire auquel on supposait une forme humaine à deux sexes. \ **2.** *Pincé* : serré.

L'éternel coup de vent qui entrait dans l'appartement de la rue de Rivoli et en faisait battre les portes, souffla plus fort, à mesure que Maxime grandit, que Saccard élargit le cercle de ses opérations, et que Renée mit plus de fièvre dans sa recherche d'une jouissance inconnue. Ces trois êtres finirent par y mener une existence étonnante de liberté et de folie. Ce fut le fruit mûr et prodigieux d'une époque. La rue montait dans l'appartement, avec son roulement de voitures, son coudoiement d'inconnus, sa licence de paroles. Le père, la belle-mère, le beau-fils agissaient, parlaient, se mettaient à l'aise, comme si chacun d'eux se fût trouvé seul, vivant en garçon. Trois camarades, trois étudiants, partageant la même chambre garnie, n'auraient pas disposé de cette chambre avec plus de sans-gêne pour y installer leurs vices, leurs amours, leurs joies bruyantes de grands galopins. Ils s'acceptaient avec des poignées de main, ne paraissaient pas se douter des raisons qui les réunissaient sous le même toit, se traitaient cavalièrement, joyeusement, se mettant chacun ainsi dans une indépendance absolue. L'idée de famille était remplacée chez eux par celle d'une sorte de commandite[1] où les bénéfices sont partagés à parts égales ; chacun tirait à lui sa part de plaisir, et il était entendu tacitement que chacun mangerait cette part comme il l'entendrait. Ils en arrivèrent à prendre leurs réjouissances les uns devant les autres, à les étaler, à les raconter, sans éveiller autre chose qu'un peu d'envie et de curiosité.

Maintenant, Maxime instruisait Renée. Quand il allait au Bois avec elle, il lui contait sur les filles des histoires qui les égayaient fort. Il ne pouvait paraître au bord du lac une nouvelle venue, sans qu'il se mît en campagne pour se renseigner sur le nom de son amant, la rente qu'il lui faisait, la façon dont elle vivait. Il connaissait les intérieurs de ces dames, savait des

1. *Commandite* : société dont les associés partagent les bénéfices mais aussi les dettes.

détails intimes, était un véritable catalogue vivant, où toutes les filles de Paris étaient numérotées, avec une notice très complète sur chacune d'elles. Cette gazette scandaleuse faisait la joie de Renée. À Longchamp, les jours de courses, lorsqu'elle passait dans sa calèche, elle écoutait avec âpreté[1], tout en gardant sa hauteur de femme du vrai monde, comment Blanche Muller trompait son attaché d'ambassade avec son coiffeur; ou comment le petit baron avait trouvé le comte en caleçon dans l'alcôve d'une célébrité maigre, rouge de cheveux, qu'on nommait l'Écrevisse. Chaque jour apportait son cancan[2]. Quand l'histoire était par trop crue, Maxime baissait la voix, mais il allait jusqu'au bout. Renée ouvrait de grands yeux d'enfant à qui l'on raconte une bonne farce, retenait ses rires, puis les étouffait dans son mouchoir brodé, qu'elle appuyait délicatement sur ses lèvres.

Maxime apportait aussi les photographies de ces dames. Il avait des portraits d'actrices dans toutes ses poches, et jusque dans son porte-cigares. Parfois il se débarrassait, il mettait ces dames dans l'album qui traînait sur les meubles du salon, et qui contenait déjà les portraits des amies de Renée. Il y avait aussi là des photographies d'hommes, MM. de Rozan, Simpson, de Chibray, de Mussy, ainsi que des acteurs, des écrivains, des députés, qui étaient venus on ne savait comment grossir la collection. Monde singulièrement mêlé, image du tohu-bohu d'idées et de personnages qui traversaient la vie de Renée et de Maxime. Cet album, quand il pleuvait, quand on s'ennuyait, était un grand sujet de conversation. Il finissait toujours par tomber sous la main. La jeune femme l'ouvrait en bâillant, pour la centième fois peut-être. Puis la curiosité se réveillait, et le jeune homme venait s'accouder derrière elle. Alors c'était de longues discussions sur les cheveux de

1. *Âpreté* : intensité, ardeur. \ **2.** *Cancan* : bavardage médisant.

l'Écrevisse, le double menton de Mme de Meinhold, les yeux de Mme de Lauwerens, la gorge de Blanche Muller, le nez de la marquise qui était un peu de travers, la bouche de la petite Sylvia, célèbre par ses lèvres trop fortes. Ils comparaient les femmes entre elles.

« Moi, si j'étais homme, disait Renée, je choisirais Adeline.

– C'est que tu ne connais pas Sylvia, répondait Maxime. Elle est d'un drôle !... Moi, j'aime mieux Sylvia. »

Les pages tournaient ; parfois apparaissait le duc de Rozan, ou M. Simpson, ou le comte de Chibray, et il ajoutait en raillant :

« D'ailleurs, tu as le goût perverti, c'est connu... Peut-on voir quelque chose de plus sot que le visage de ces messieurs ! Rozan et Chibray ressemblent à Gustave, mon perruquier. »

Renée haussait les épaules, comme pour dire que l'ironie ne l'atteignait pas. Elle continuait à s'oublier dans le spectacle des figures blêmes, souriantes ou revêches que contenait l'album ; elle s'arrêtait aux portraits de filles [1] plus longuement, étudiait avec curiosité les détails exacts et microscopiques des photographies, les petites rides, les petits poils. Un jour même, elle se fit apporter une forte loupe, ayant cru apercevoir un poil sur le nez de l'Écrevisse. Et, en effet, la loupe montra un léger fil d'or qui s'était égaré des sourcils et qui était descendu jusqu'au milieu du nez. Ce poil les amusa longtemps. Pendant une semaine, les dames qui vinrent durent s'assurer par elles-mêmes de la présence du poil. La loupe servit dès lors à éplucher les figures des femmes. Renée fit des découvertes étonnantes ; elle trouva des rides inconnues, des peaux rudes, des trous mal bouchés par la poudre de riz. Et Maxime finit par cacher la loupe, en déclarant qu'il ne fallait pas se dégoûter

1. *Filles* : femmes qui ne sont pas mariées et qui sont entretenues par leurs amants.

comme cela de la figure humaine. La vérité était qu'elle soumettait à un examen trop rigoureux les grosses lèvres de Sylvia, pour laquelle il avait une tendresse particulière. Ils inventèrent un nouveau jeu. Ils posaient cette question : « Avec qui passerais-je volontiers la nuit ? » et ils ouvraient l'album qui était chargé de la réponse. Cela donnait lieu à des accouplements très réjouissants. Les amies y jouèrent plusieurs soirées. Renée fut ainsi successivement mariée à l'archevêque de Paris, au baron Gouraud, à M. de Chibray, ce qui fit beaucoup rire, et à son mari lui-même, ce qui la désola. Quant à Maxime, soit hasard, soit malice de Renée qui ouvrait l'album, il tombait toujours sur la marquise. Mais on ne riait jamais autant que lorsque le sort accouplait deux hommes ou deux femmes ensemble.

La camaraderie de Renée et de Maxime alla si loin, qu'elle lui conta ses peines de cœur. Il la consolait, lui donnait des conseils. Son père ne semblait pas exister. Puis, ils en vinrent à se faire des confidences sur leur jeunesse. C'était surtout pendant leurs promenades au Bois qu'ils ressentaient une langueur vague, un besoin de se raconter des choses difficiles à dire, et qu'on ne raconte pas. Cette joie que les enfants éprouvent à causer tout bas des choses défendues, cet attrait qu'il y a pour un jeune homme et une jeune femme à descendre ensemble dans le péché, en paroles seulement, les ramenaient sans cesse aux sujets scabreux. Ils y jouissaient profondément d'une volupté qu'ils ne se reprochaient pas, qu'ils goûtaient, mollement étendus aux deux coins de leur voiture, comme des camarades qui se rappellent leurs premières escapades. Ils finirent par devenir des fanfarons de mauvaises mœurs. Renée avoua qu'au pensionnat les petites filles étaient très polissonnes. Maxime renchérit et osa raconter quelques-unes des hontes du collège de Plassans.

« Ah ! moi, je ne puis pas dire... », murmurait Renée.

Puis elle se penchait à son oreille, comme si le bruit de sa voix l'eût seul fait rougir, et elle lui confiait une de ces histoires de couvent qui traînent dans les chansons ordurières. Lui, avait une trop riche collection d'anecdotes de ce genre, pour rester à court. Il lui chantonnait à l'oreille des couplets très crus. Et ils entraient peu à peu dans un état de béatitude particulier, bercés par toutes ces idées charnelles qu'ils remuaient, chatouillés par de petits désirs qui ne se formulaient pas. La voiture roulait doucement, ils rentraient avec une fatigue délicieuse, plus lassés qu'au matin d'une nuit d'amour. Ils avaient fait le mal, comme deux garçons courant les sentiers sans maîtresse, et qui se contentent avec leurs souvenirs mutuels.

Une familiarité, un abandon plus grand encore, existaient entre le père et le fils. Saccard avait compris qu'un grand financier doit aimer les femmes et faire quelques folies pour elles. Il était d'amour brutal, préférait l'argent ; mais il entra dans son programme de courir les alcôves, de semer les billets de banque sur certaines cheminées, de mettre de temps à autre une fille célèbre comme une enseigne dorée à ses spéculations. Quand Maxime fut sorti du collège, ils se rencontrèrent chez les mêmes dames, et ils en rirent. Ils furent même un peu rivaux. Parfois, lorsque le jeune homme dînait à la Maison-d'Or [1], avec quelque bande tapageuse, il entendait la voix de Saccard dans le cabinet voisin.

« Tiens ! papa qui est à côté ! » s'écriait-il avec la grimace qu'il empruntait aux acteurs en vogue.

Il allait frapper à la porte du cabinet, curieux de voir la conquête de son père.

« Ah ! c'est toi, disait celui-ci d'un ton réjoui. Entre donc.

1. *Maison-d'Or* : restaurant situé sur le boulevard des Italiens, au cœur du Paris nocturne du Second Empire, où se croisent des hommes de diverses classes sociales.

Vous faites un tapage à ne pas s'entendre manger. Avec qui donc êtes-vous là ?

– Mais il y a Laure d'Aurigny, Sylvia, l'Écrevisse, puis deux autres encore, je crois. Elles sont étonnantes : elles mettent les doigts dans les plats et nous jettent des poignées de salade à la tête. J'ai mon habit plein d'huile. »

Le père riait, trouvait cela très drôle.

« Ah ! jeunes gens, jeunes gens, murmurait-il. Ce n'est pas comme nous, n'est-ce pas, mon petit chat ? nous avons mangé bien tranquillement, et nous allons faire dodo. »

Et il prenait le menton de la femme qu'il avait à côté de lui, il roucoulait avec son nasillement provençal, ce qui produisait une étrange musique amoureuse.

« Oh ! le vieux serin[1] !... s'écriait la femme. Bonjour, Maxime. Faut-il que je vous aime, hein ! pour consentir à souper avec votre coquin de père... On ne vous voit plus. Venez après-demain matin de bonne heure... Non, vrai, j'ai quelque chose à vous dire. »

Saccard achevait une glace ou un fruit, à petites bouchées, avec béatitude. Il baisait l'épaule de la femme, en disant plaisamment :

« Vous savez, mes amours, si je vous gêne, je vais m'en aller... vous sonnerez quand on pourra rentrer. »

Puis il emmenait la dame ou parfois allait avec elle se joindre au tapage du salon voisin. Maxime et lui partageaient les mêmes épaules ; leurs mains se rencontraient autour des mêmes tailles. Ils s'appelaient sur les divans, se racontaient tout haut les confidences que les femmes leur faisaient à l'oreille. Et ils poussaient l'intimité jusqu'à conspirer ensemble pour enlever à la société la blonde ou la brune que l'un d'eux avait choisie.

1. *Serin* : petit oiseau au plumage jaune. Le terme est employé métaphoriquement dans le langage familier pour désigner un sot. Les deux sens se rejoignent ici.

Ils étaient bien connus à Mabille[1]. Ils y venaient bras dessus bras dessous, à la suite de quelque dîner fin, faisaient le tour du jardin, saluant les femmes, leur jetant un mot au passage. Ils riaient haut, sans se quitter le bras, se prêtaient main-forte au besoin dans les conversations trop vives. Le père, très fort sur ce point, débattait avantageusement les amours du fils. Parfois, ils s'asseyaient, buvaient avec une bande de filles. Puis ils changeaient de table, ils reprenaient leurs courses. Et, jusqu'à minuit, on les voyait, les bras toujours unis dans leur camaraderie, poursuivre des jupes, le long des allées jaunes, sous la flamme crue des becs de gaz.

Quand ils rentraient, ils rapportaient du dehors, dans leurs habits, un peu des filles qu'ils quittaient. Leurs attitudes déhanchées, le reste de certains mots risqués et de certains gestes canailles, emplissaient l'appartement de la rue de Rivoli d'une senteur d'alcôve suspecte. La façon molle et abandonnée dont le père donnait la main au fils, disait seule d'où ils venaient. C'était dans cet air que Renée respirait ses caprices, ses anxiétés sensuelles. Elle les raillait nerveusement.

« D'où venez-vous donc ? leur disait-elle. Vous sentez la pipe et le musc… C'est sûr, je vais avoir la migraine. »

Et l'odeur étrange, en effet, la troublait profondément. C'était le parfum persistant de ce singulier foyer domestique.

Cependant Maxime se prit d'une belle passion pour la petite Sylvia. Il ennuya sa belle-mère pendant plusieurs mois avec cette fille. Renée la connut bientôt d'un bout à l'autre, de la plante des pieds à la pointe des cheveux. Elle avait un signe bleuâtre sur la hanche ; rien n'était plus adorable que ses genoux ; ses épaules avaient cette particularité que la gauche seulement était trouée d'une fossette. Maxime mettait quelque malice à occuper leurs promenades des perfections de sa maîtresse. Un soir, au retour

1. *Mabille* : bal populaire des Champs-Élysées.

du Bois, les voitures de Renée et de Sylvia, prises dans un embarras, durent s'arrêter côte à côte aux Champs-Élysées. Les deux femmes se regardèrent avec une curiosité aiguë, tandis que Maxime, enchanté de cette situation critique, ricanait en dessous. Quand la calèche se remit à rouler, comme sa belle-mère gardait un silence sombre, il crut qu'elle boudait et s'attendit à une de ces scènes maternelles, une de ces étranges gronderies dont elle occupait encore parfois ses lassitudes.

« Est-ce que tu connais le bijoutier de cette dame ? lui demanda-t-elle brusquement, au moment où ils arrivaient à la place de la Concorde.

– Hélas ! oui, répondit-il avec un sourire ; je lui dois dix mille francs... Pourquoi me demandes-tu cela ?

– Pour rien. »

Puis, au bout d'un nouveau silence :

« Elle avait un bien joli bracelet, celui de la main gauche... J'aurais voulu le voir de près. »

Ils rentraient. Elle n'en dit pas davantage. Seulement, le lendemain, au moment où Maxime et son père allaient sortir ensemble, elle prit le jeune homme à part et lui parla bas, d'un air embarrassé, avec un joli sourire qui demandait grâce. Il parut surpris et s'en alla, en riant de son air mauvais. Le soir, il apporta le bracelet de Sylvia, que sa belle-mère l'avait supplié de lui montrer.

« Voilà la chose, dit-il. On se ferait voleur pour vous, belle-maman.

– Elle ne t'a pas vu le prendre ? demanda Renée, qui examinait avidement le bijou.

– Je ne crois pas... Elle l'a mis hier, elle ne voudra certainement pas le mettre aujourd'hui. »

Cependant la jeune femme s'était approchée de la fenêtre. Elle avait mis le bracelet. Elle tenait son poignet un peu levé, le tournant lentement, ravie, répétant :

« Oh ! très joli, très joli… Il n'y a que les émeraudes qui ne me plaisent pas beaucoup. »

À ce moment, Saccard entra, et comme elle avait toujours le poignet levé, dans la clarté blanche de la fenêtre :

« Tiens, s'écria-t-il avec étonnement, le bracelet de Sylvia !

– Vous connaissez ce bijou ? » dit-elle plus gênée que lui, ne sachant plus que faire de son bras.

Il s'était remis ; il menaça son fils du doigt, en murmurant :

« Ce polisson a toujours du fruit défendu dans les poches !… Un de ces jours il nous apportera le bras de la dame avec le bracelet.

– Eh ! ce n'est pas moi, répondit Maxime avec une lâcheté sournoise. C'est Renée qui a voulu le voir.

– Ah ! » se contenta de dire le mari.

Et il regarda à son tour le bijou, répétant comme sa femme :

« Il est très joli, très joli. »

Puis il s'en alla tranquillement et Renée gronda Maxime de l'avoir ainsi vendue. Mais il affirma que son père se moquait bien de ça ! Alors elle lui rendit le bracelet en ajoutant :

« Tu passeras chez le bijoutier, tu m'en commanderas un tout pareil ; seulement, tu feras remplacer les émeraudes par des saphirs. »

Saccard ne pouvait garder longtemps dans son voisinage une chose ou une personne, sans vouloir la vendre, en tirer un profit quelconque. Son fils n'avait pas vingt ans, qu'il songea à l'utiliser. Un joli garçon, neveu d'un ministre, fils d'un grand financier, devait être d'un bon placement. Il était bien un peu jeune, mais on pouvait toujours lui chercher une femme et une dot, quitte à traîner le mariage en longueur, ou à le précipiter, selon les embarras d'argent de la maison. Il eut la main heureuse. Il trouva, dans un conseil de surveillance dont il faisait partie, un grand bel homme, M. de Mareuil, qui, en deux jours, lui appartint. M. de Mareuil était un ancien raffineur du Havre, du nom de Bonnet. Après avoir amassé une grosse fortune, il avait épousé une jeune fille noble, fort riche également, qui cherchait un imbécile de grande mine. Bonnet obtint de prendre le nom de sa femme, ce qui fut pour lui une première satisfaction d'orgueil ; mais son mariage lui avait donné une ambition folle, il rêvait de payer Hélène de sa noblesse en acquérant une haute situation politique. Dès ce moment, il mit de l'argent dans les nouveaux journaux, il acheta au fond de la Nièvre de grandes propriétés, il se prépara par tous les moyens connus une candidature au Corps législatif[1]. Jusque-là, il avait échoué, sans rien perdre de sa solennité. C'était le cerveau le plus incroyablement vide qu'on pût rencontrer. Il avait une carrure superbe, la face blanche et pensive d'un grand homme d'État ; et, comme il écoutait d'une façon merveilleuse, avec des regards profonds, un calme majestueux du visage, on pouvait croire à un prodigieux travail intérieur de compréhension et de déduction. Sûrement, il ne pensait à rien. Mais il arrivait à troubler les gens, qui ne savaient plus s'ils avaient affaire à un homme supérieur ou à un imbécile. M. de Mareuil s'attacha à Saccard comme à sa planche de salut. Il savait qu'une candidature officielle[2] allait être libre dans la Nièvre, il souhaitait ardemment que le ministre le désignât ; c'était son dernier coup de carte. Aussi se livra-t-il pieds et poings liés au frère du ministre. Saccard, qui flaira une bonne affaire, le poussa à l'idée d'un mariage entre sa fille Louise et Maxime. L'autre se répandit en effusion[3], crut avoir trouvé le premier cette idée de mariage, s'estima fort heureux d'entrer dans la famille d'un ministre et

1. *Corps législatif* : les députés sont élus au suffrage universel (et non pas nommés par l'empereur comme les membres des autres chambres) mais ils n'ont que très peu de pouvoir. \ **2.** *Candidature officielle* : possibilité de se présenter à une élection avec l'appui du gouvernement, ce qui suppose un certain nombre d'avantages (affiches et bulletins de vote distincts...). \ **3.** *Effusion* : manifestation de reconnaissance.

de donner Louise à un jeune homme qui paraissait avoir les plus belles espérances.

Louise aurait, disait son père, un million de dot. Contrefaite, laide et adorable, elle était condamnée à mourir jeune ; une maladie de poitrine la minait sourdement, lui donnait une gaieté nerveuse, une grâce caressante. Les petites filles malades vieillissent vite, deviennent femmes avant l'âge. Elle avait une naïveté sensuelle, elle semblait être née à quinze ans, en pleine puberté. Quand son père, ce colosse sain et abêti, la regardait, il ne pouvait croire qu'elle fût sa fille. Sa mère, de son vivant, était également une femme grande et forte ; mais il courait sur sa mémoire des histoires qui expliquaient le rabougrissement de cette enfant, ses allures de bohémienne millionnaire, sa laideur vicieuse et charmante. On disait qu'Hélène de Mareuil était morte dans les débordements les plus honteux. Les plaisirs l'avaient rongée comme un ulcère, sans que son mari s'aperçût de la folie lucide de sa femme, qu'il aurait dû faire enfermer dans une maison de santé. Portée dans ces flancs malades, Louise en était sortie le sang pauvre, les membres déviés, le cerveau attaqué, la mémoire déjà pleine d'une vie sale. Parfois, elle croyait se souvenir confusément d'une autre existence, elle voyait se dérouler, dans une ombre vague, des scènes bizarres, des hommes et des femmes s'embrassant, tout un drame charnel où s'amusaient ses curiosités d'enfant. C'était sa mère qui parlait en elle. Sa puérilité continuait ce vice. À mesure qu'elle grandissait, rien ne l'étonnait, elle se rappelait tout, ou plutôt elle savait tout, et elle allait aux choses défendues, avec une sûreté de main, qui la faisait ressembler, dans la vie, à une personne rentrant chez elle après une longue absence, et n'ayant qu'à allonger le bras pour se mettre à l'aise et jouir de sa demeure. Cette singulière fillette dont les instincts mauvais flattaient les siens, mais qui avait de plus une innocence d'effronterie, un mélange piquant d'enfantillage et de hardiesse, dans cette seconde vie qu'elle revivait vierge avec sa science et sa honte de femme faite, devait finir par plaire à Maxime et lui paraître beaucoup plus drôle même que Sylvia, un cœur d'usurier[1], fille d'un honnête papetier, et horriblement bourgeoise au fond.

Le mariage fut arrêté en riant, et l'on décida qu'on laisserait grandir les « gamins ». Les deux familles vivaient dans une amitié étroite. M. de Mareuil poussait sa candidature. Saccard guettait sa proie. Il fut entendu que Maxime mettrait, dans la corbeille de noces, sa nomination d'auditeur au Conseil d'État[2].

Cependant la fortune des Saccard semblait à son apogée. Elle brûlait en plein Paris comme un feu de joie colossal. C'était l'heure où la curée[3] ardente emplit un coin de la forêt de l'aboiement des chiens, du claquement des fouets, du flamboiement des torches. Les appétits lâchés se contentaient enfin, dans l'impudence[4] du triomphe, au bruit des quartiers écroulés et des fortunes bâties en six mois. La ville n'était plus qu'une grande débauche de millions et de femmes. Le vice, venu de haut, coulait dans les ruisseaux, s'étalait dans les bassins, remontait dans les jets d'eau des jardins, pour retomber sur les toits, en pluie fine et pénétrante. Et il semblait, la nuit, lorsqu'on passait les ponts, que la Seine charriât, au milieu de la ville endormie, les ordures de la cité, miettes tombées de la table, nœuds de dentelle laissés sur les divans, chevelures oubliées dans les fiacres, billets de banque glissés des corsages, tout ce que la brutalité du désir et le contentement immédiat de l'instinct jettent à la rue, après l'avoir brisé et souillé. Alors, dans le sommeil fiévreux de Paris, et mieux encore que dans

1. *Usurier* : personne qui prête à intérêt. \ **2.** *Auditeur au Conseil d'État* : nommés par l'empereur et révocables par lui, les auditeurs au Conseil d'État traduisent sa volonté. \ **3.** *Curée* : fait de livrer aux chiens de chasse une portion de la bête qui a été prise. \ **4.** *Impudence* : effronterie audacieuse, choquante.

sa quête haletante du grand jour, on sentait le détraquement cérébral, le cauchemar doré et voluptueux d'une ville folle de son or et de sa chair. Jusqu'à minuit, les violons chantaient ; puis les fenêtres s'éteignaient, et les ombres descendaient sur la ville. C'était comme une alcôve colossale où l'on aurait soufflé la dernière bougie, éteint la dernière pudeur. Il n'y avait plus, au fond des ténèbres, qu'un grand râle d'amour furieux et las ; tandis que les Tuileries, au bord de l'eau, allongeaient leurs bras dans le noir, comme pour une embrassade énorme.

Saccard venait de faire bâtir son hôtel du parc Monceau sur un terrain volé à la Ville. Il s'y était réservé, au premier étage, un cabinet superbe, palissandre[1] et or avec de hautes vitrines de bibliothèque, pleines de dossiers, et où l'on ne voyait pas un livre ; le coffre-fort, enfoncé dans le mur, se creusait comme une alcôve de fer, grande à y coucher les amours d'un milliard. Sa fortune s'y épanouissait, s'y étalait insolemment. Tout paraissait lui réussir. Lorsqu'il quitta la rue de Rivoli, agrandissant son train de maison, doublant sa dépense, il parla à ses familiers de gains considérables. Selon lui, son association avec les sieurs Mignon et Charrier lui rapportait d'énormes bénéfices ; ses spéculations sur les immeubles allaient mieux encore ; quant au Crédit viticole, c'était une vache à lait inépuisable. Il avait une façon d'énumérer ses richesses qui étourdissait les auditeurs et les empêchait de voir bien clair. Son nasillement de Provençal redoublait ; il tirait, avec ses phrases courtes et ses gestes nerveux, des feux d'artifice, où les millions montaient en fusée, et qui finissaient par éblouir les plus incrédules. Cette mimique turbulente d'homme riche était pour une bonne part dans la réputation d'heureux joueur qu'il avait acquise. À la vérité, personne ne lui connaissait un

1. *Palissandre* : luxueux bois exotique.

capital net et solide. Ses différents associés, forcément au courant de sa situation vis-à-vis d'eux, s'expliquaient sa fortune colossale en croyant à son bonheur absolu dans les autres spéculations, celles qu'ils ne connaissaient pas. Il dépensait un argent fou ; le ruissellement de sa caisse continuait, sans que les sources de ce fleuve d'or eussent été encore découvertes. C'était la démence pure, la rage de l'argent, les poignées de louis [1] jetées par les fenêtres, le coffre-fort vidé chaque soir jusqu'au dernier sou, se remplissant pendant la nuit on ne savait comment, et ne fournissant jamais d'aussi fortes sommes que lorsque Saccard prétendait en avoir perdu les clefs.

Dans cette fortune, qui avait les clameurs et le débordement d'un torrent d'hiver, la dot de Renée se trouvait secouée, emportée, noyée. La jeune femme, méfiante les premiers jours, voulant gérer ses biens elle-même, se lassa bientôt des affaires ; puis elle se sentit pauvre à côté de son mari, et, la dette l'écrasant, elle dut avoir recours à lui, lui emprunter de l'argent, se mettre à sa discrétion. À chaque nouveau mémoire, qu'il payait avec un sourire d'homme tendre aux faiblesses humaines, elle se livrait un peu plus, lui confiait des titres de rente, l'autorisait à vendre ceci ou cela. Quand ils vinrent habiter l'hôtel du parc Monceau, elle se trouvait déjà presque entièrement dépouillée. Il s'était substitué à l'État et lui servait la rente des cent mille francs provenant de la rue de la Pépinière ; d'autre part, il lui avait fait vendre la propriété de la Sologne, pour en mettre l'argent dans une grande affaire, un placement superbe, disait-il. Elle n'avait donc plus entre les mains que les terrains de Charonne, qu'elle refusait obstinément d'aliéner, pour ne pas attrister l'excellente tante Élisabeth. Et là encore, il préparait un coup de génie, avec l'aide de son ancien complice Larsonneau. D'ailleurs, elle

1. *Louis* : pièces d'or de vingt francs.

restait son obligée ; s'il lui avait pris sa fortune, il lui en payait cinq ou six fois les revenus. La rente des cent mille francs, jointe au produit de l'argent de la Sologne, montait à peine à neuf ou dix mille francs, juste de quoi solder sa lingère et son cordonnier. Il lui donnait ou donnait pour elle quinze et vingt fois cette misère. Il aurait travaillé huit jours pour lui voler cent francs, et il l'entretenait royalement. Aussi, comme tout le monde, elle avait le respect de la caisse monumentale de son mari, sans chercher à pénétrer le néant de fleuve d'or qui lui passait sous les yeux, et dans lequel elle se jetait chaque matin.

Au parc Monceau, ce fut la crise folle, le triomphe fulgurant. Les Saccard doublèrent le nombre de leurs voitures et de leurs attelages ; ils eurent une armée de domestiques, qu'ils habillèrent d'une livrée gros bleu, avec culotte mastic et gilet rayé noir et jaune, couleurs un peu sévères que le financier avait choisies pour paraître tout à fait sérieux, un de ses rêves les plus caressés. Ils mirent leur luxe sur la façade et ouvrirent les rideaux les jours de grands dîner. Le coup de vent de la vie contemporaine, qui avait fait battre les portes du premier étage de la rue de Rivoli, était devenu, dans l'hôtel, un véritable ouragan qui menaçait d'emporter les cloisons. Au milieu de ces appartements princiers, le long des rampes dorées, sur les tapis de haute laine, dans ce palais féerique de parvenu [1], l'odeur de Mabille [2] traînait, les déhanchements des quadrilles [3] à la mode dansaient, toute l'époque passait avec son rire fou et bête, son éternelle faim et son éternelle soif. C'était la maison suspecte du plaisir mondain, du plaisir impudent, qui élargit les fenêtres pour mettre les passants dans la confidence des alcôves. Le mari et la femme y vivaient

1. *Parvenu* : personne qui s'est élevée trop vite dans la hiérarchie sociale et qui n'a pas encore acquis le savoir-vivre de la classe à laquelle elle prétend appartenir. \ **2.** *Mabille* : bal populaire des Champs-Élysées. \ **3.** *Quadrilles* : danses très en vogue sous le Second Empire, dans laquelle les danseurs, placés en vis-à-vis, exécutent des figures.

librement, sous les yeux de leurs domestiques. Ils s'étaient partagé la maison, ils y campaient, n'ayant pas l'air d'être chez eux, comme jetés, au bout d'un voyage tumultueux et étourdissant, dans quelque royal hôtel garni, où ils n'avaient pris que le temps de défaire leurs malles, pour courir plus vite aux jouissances d'une ville nouvelle. Ils y logeaient à la nuit, ne restant chez eux que les jours de grands dîners, emportés par une course continuelle à travers Paris, rentrant parfois pour une heure, comme on rentre dans une chambre d'auberge, entre deux excursions. Renée s'y sentait plus inquiète, plus nerveuse ; ses jupes de soie glissaient avec des sifflements de couleuvre sur les épais tapis, le long du satin des causeuses[1] ; elle était irritée par ces dorures imbéciles qui l'entouraient, par ces hauts plafonds vides où ne restaient, après les nuits de fête, que les rires des jeunes sots et les sentences des vieux fripons ; et elle eût voulu, pour remplir ce luxe, pour habiter ce rayonnement, un amusement suprême que ses curiosités cherchaient en vain dans tous les coins de l'hôtel, dans le petit salon couleur de soleil, dans la serre aux végétations grasses. Quant à Saccard, il touchait à son rêve ; il recevait la haute finance, M. Toutin-Laroche, M. de Lauwerens ; il recevait aussi les grands politiques, le baron Gouraud, le député Haffner ; son frère, le ministre, avait même bien voulu venir deux ou trois fois consolider sa situation par sa présence. Cependant, comme sa femme, il avait des anxiétés nerveuses, une inquiétude qui donnait à son rire un étrange son de vitres brisées. Il devenait si tourbillonnant, si effaré, que ses connaissances disaient de lui : « Ce diable de Saccard ! il gagne trop d'argent, il en deviendra fou ! » En 1860, on l'avait décoré, à la suite d'un service mystérieux qu'il avait rendu au préfet, en servant de prête-nom à une dame dans une vente de terrains.

1. *Causeuses* : canapés à deux places.

Ce fut vers l'époque de leur installation au parc Monceau, qu'une apparition passa dans la vie de Renée, en lui laissant une impression ineffaçable. Jusque-là, le ministre avait résisté aux supplications de sa belle-sœur, qui mourait d'envie d'être invitée aux bals de la cour. Il céda enfin, croyant la fortune de son frère définitivement assise. Pendant un mois, Renée n'en dormit pas. La grande soirée arriva, et elle était toute tremblante, dans la voiture qui la menait aux Tuileries.

Elle avait une toilette prodigieuse de grâce et d'originalité, une vraie trouvaille qu'elle avait faite dans une nuit d'insomnie, et que trois ouvriers de Worms étaient venus exécuter chez elle, sous ses yeux. C'était une simple robe de gaze blanche, mais garnie d'une multitude de petits volants découpés et bordés d'un filet de velours noir. La tunique, de velours noir, était décolletée en carré, très bas sur la gorge, qu'encadrait une dentelle mince, haute à peine d'un doigt. Pas une fleur, pas un bout de ruban ; à ses poignets, des bracelets sans une ciselure, et sur sa tête, un étroit diadème d'or, un cercle uni qui lui mettait comme une auréole.

Quand elle fut dans les salons et que son mari l'eut quittée pour le baron Gouraud, elle éprouva un moment d'embarras. Mais les glaces, où elle se voyait adorable, la rassurèrent vite, et elle s'habituait à l'air chaud, au murmure des voix, à cette cohue d'habits noirs et d'épaules blanches, lorsque l'empereur parut. Il traversait lentement le salon, au bras d'un général gros et court, qui soufflait comme s'il avait eu une digestion difficile. Les épaules se rangèrent sur deux haies, tandis que les habits noirs reculèrent d'un pas, instinctivement, d'un air discret. Renée se trouva poussée au bout de la file des épaules, près de la seconde porte, celle que l'empereur gagnait d'un pas pénible et vacillant. Elle le vit ainsi venir à elle, d'une porte à l'autre.

Il était en habit, avec l'écharpe rouge du grand cordon. Renée, reprise par l'émotion, distinguait mal, et cette tache saignante lui semblait éclabousser toute la poitrine du prince. Elle le trouva petit, les jambes trop courtes, les reins flottants ; mais elle était ravie, et elle le voyait beau, avec son visage blême, sa paupière lourde et plombée qui retombait sur son œil mort. Sous ses moustaches, sa bouche s'ouvrait mollement ; tandis que son nez seul restait osseux dans toute sa face dissoute.

L'empereur et le vieux général continuaient à avancer à petits pas, paraissant se soutenir, alanguis, vaguement souriants. Ils regardaient les dames inclinées, et leurs coups d'œil, jetés à droite et à gauche, glissaient dans les corsages. Le général se penchait, disait un mot au maître, lui serrait le bras d'un air de joyeux compagnon. Et l'empereur, mou et voilé, plus terne encore que de coutume, approchait toujours de sa marche traînante.

Ils étaient au milieu du salon, lorsque Renée sentit leurs regards se fixer sur elle. Le général la regardait avec des yeux ronds, tandis que l'empereur, levant à demi les paupières, avait des lueurs fauves dans l'hésitation grise de ses yeux brouillés. Renée, décontenancée, baissa la tête, s'inclina, ne vit plus que les rosaces du tapis. Mais elle suivait leur ombre, elle comprit qu'ils s'arrêtaient quelques secondes devant elle. Et elle crut entendre l'empereur, ce rêveur équivoque, qui murmurait, en la regardant enfoncée dans sa jupe de mousseline striée de velours :

« Voyez donc, général, une fleur à cueillir, un mystérieux œillet panaché blanc et noir. »

Et le général répondit, d'une voix plus brutale :

« Sire, cet œillet-là irait diantrement bien à nos boutonnières. »

Renée leva la tête. L'apparition avait disparu, un flot de foule encombrait la porte. Depuis cette soirée, elle revint souvent aux Tuileries, elle eut même l'honneur d'être complimentée à voix haute par Sa Majesté, et de devenir un peu son amie ; mais elle se rappela toujours la marche lente et alourdie du prince au milieu du salon, entre les deux rangées d'épaules ; et, quand elle goûtait quelque joie nouvelle dans la fortune grandissante de son mari, elle revoyait l'empereur dominant les gorges inclinées, venant à elle, la comparant à un œillet que le vieux général lui conseillait de mettre à sa boutonnière. C'était, pour elle, la note aiguë de sa vie.

IV

Le désir net et cuisant qui était monté au cœur de Renée, dans les parfums troublants de la serre, tandis que Maxime et Louise riaient sur une causeuse du petit salon bouton d'or, parut s'effacer comme un cauchemar dont il ne reste plus qu'un vague frisson. La jeune femme avait, toute la nuit, gardé aux lèvres l'amertume du Tanghin[1] ; il lui semblait, à sentir cette cuisson de la feuille maudite, qu'une bouche de flamme se posait sur la sienne, lui soufflait un amour dévorant. Puis cette bouche lui échappait, et son rêve se noyait dans de grands flots d'ombre qui roulaient sur elle.

Le matin, elle dormit un peu. Quand elle se réveilla, elle se crut malade. Elle fit fermer les rideaux, parla à son médecin de nausées et de douleurs de tête, refusa absolument de sortir pendant deux jours. Et, comme elle se prétendait assiégée, elle condamna sa porte. Maxime vint inutilement y frapper. Il ne couchait pas à l'hôtel pour disposer plus librement de son appartement ; d'ailleurs, il menait la vie la plus nomade du monde, logeant dans les maisons neuves de son père, choisissant l'étage qui lui plaisait, déménageant tous les mois, souvent par caprice, parfois pour laisser la place à des locataires sérieux. Il essuyait les plâtres en compagnie de quelque maîtresse. Habitué aux caprices de sa belle-mère, il feignit une grande compassion, et monta quatre fois par jour demander de ses

1. *Tanghin* : voir chapitre I, p. 58-59.

nouvelles avec des mines désolées, uniquement pour la taquiner. Le troisième jour, il la trouva dans le petit salon, rose, souriante, l'air calme et reposé.

« Eh bien ! t'es-tu beaucoup amusée avec Céleste ? lui demanda-t-il, faisant allusion au long tête-à-tête qu'elle venait d'avoir avec sa femme de chambre.

– Oui, répondit-elle, c'est une fille précieuse. Elle a toujours les mains glacées ; elle me les posait sur le front et calmait un peu ma pauvre tête.

– Mais, c'est un remède, cette fille-là ! s'écria le jeune homme. Si j'avais le malheur de tomber jamais amoureux, tu me la prêterais, n'est-ce pas ? pour qu'elle mît ses deux mains sur mon cœur. »

Ils plaisantèrent, ils firent au Bois leur promenade accoutumée. Quinze jours se passèrent. Renée s'était jetée plus follement dans sa vie de visites et de bals ; sa tête semblait avoir tourné une fois encore, elle ne se plaignait plus de lassitude et de dégoût. On eût dit seulement qu'elle avait fait quelque chute secrète, dont elle ne parlait pas, mais qu'elle confessait par un mépris plus marqué pour elle-même et par une dépravation plus risquée dans ses caprices de grande mondaine. Un soir, elle avoua à Maxime qu'elle mourait d'envie d'aller à un bal que Blanche Muller, une actrice en vogue, donnait aux princesses de la rampe [1] et aux reines du demi-monde [2]. Cet aveu surprit et embarrassa le jeune homme lui-même, qui n'avait pourtant pas de grands scrupules. Il voulut catéchiser [3] sa belle-mère : vraiment, ce n'était pas là sa place ; elle n'y verrait, d'ailleurs, rien de bien drôle ; puis, si elle était reconnue, cela ferait scandale. À toutes ces

1. *Princesses de la rampe* : la rampe est la rangée de lumières disposées, au théâtre, le long de la scène. Les princesses de la rampe sont donc les comédiennes. \ **2.** *Demi-monde* : société des « filles », des femmes entretenues, et des hommes qui veulent se les offrir. \ **3.** *Catéchiser* : faire la morale.

bonnes raisons, elle répondait, les mains jointes, suppliant et souriant :

« Voyons, mon petit Maxime, sois gentil. Je le veux... Je mettrai un domino [1] bleu sombre, nous ne ferons que traverser les salons. »

Quand Maxime, qui finissait toujours par céder, et qui aurait mené sa belle-mère dans tous les mauvais lieux de Paris, pour peu qu'elle l'en eût prié, eut consenti à la conduire au bal de Blanche Muller, elle battit des mains comme un enfant auquel on accorde une récréation inespérée.

« Ah ! tu es gentil, dit-elle. C'est pour demain, n'est-ce pas ? Viens me chercher, de très bonne heure. Je veux voir arriver ces dames. Tu me les nommeras, et nous nous amuserons joliment... »

Elle réfléchit, puis elle ajouta :

« Non, ne viens pas. Tu m'attendras avec un fiacre [2], sur le boulevard Malesherbes. Je sortirai par le jardin. »

Ce mystère était un piment qu'elle ajoutait à son escapade ; simple raffinement de jouissance, car elle serait sortie à minuit par la grande porte, que son mari n'aurait pas seulement mis la tête à la fenêtre.

Le lendemain, après avoir recommandé à Céleste de l'attendre, elle traversa, avec les frissons d'une peur exquise, les ombres noires du parc Monceau. Saccard avait profité de sa bonne amitié avec l'Hôtel-de-Ville pour se faire donner la clef d'une petite porte du parc, et Renée avait voulu également en avoir une. Elle faillit se perdre, ne trouva le fiacre que grâce aux deux yeux jaunes des lanternes. À cette époque, le boulevard Malesherbes, à peine terminé, était encore, le soir, une véritable solitude. La jeune femme se glissa dans la

1. *Domino* : costume de bal masqué, constitué d'une robe flottante à capuchon. \ **2.** *Fiacre* : Renée ne peut utiliser sa propre voiture : elle compromettrait sa réputation.

voiture, très émue, le cœur battant délicieusement, comme si elle fût allée à quelque rendez-vous d'amour. Maxime, en toute philosophie, fumait, à moitié endormi dans un coin du fiacre. Il voulut jeter son cigare, mais elle l'en empêcha, et comme elle cherchait à lui retenir le bras, dans l'obscurité, elle lui mit la main en plein sur la figure, ce qui les amusa beaucoup tous les deux.

« Je te dis que j'aime l'odeur du tabac, s'écria-t-elle. Garde ton cigare… Puis, nous nous débauchons, ce soir… Je suis un homme, moi. »

Le boulevard n'était pas encore éclairé. Pendant que le fiacre descendait vers la Madeleine, il faisait si nuit dans la voiture qu'ils ne se voyaient pas. Par instants, lorsque le jeune homme portait son cigare aux lèvres, un point rouge trouait les ténèbres épaisses. Ce point rouge intéressait Renée. Maxime, que le flot du domino de satin noir avait couvert à demi, en emplissant l'intérieur du fiacre, continuait à fumer en silence, d'un air d'ennui. La vérité était que le caprice de sa belle-mère venait de l'empêcher de suivre au café Anglais [1] une bande de dames, résolues à commencer et à terminer là le bal de Blanche Muller. Il était maussade, et elle devina sa bouderie dans l'ombre.

« Est-ce que tu es souffrant ? lui demanda-t-elle.

– Non, j'ai froid, répondit-il.

– Tiens ! moi je brûle. Je trouve qu'on étouffe… Mets un coin de mes jupons sur tes genoux.

– Oh ! tes jupons, murmura-t-il avec mauvaise humeur, j'en ai jusqu'aux yeux. »

Mais ce mot le fit rire lui-même, et peu à peu il s'anima.

---

1. *Café Anglais :* sur le boulevard des Italiens, près de l'Opéra-Comique. On y croise donc des comédiens comme des hommes du monde qui cherchent à échapper à leur univers conventionnel.

Elle lui conta la peur qu'elle venait d'avoir dans le parc Monceau. Alors elle lui confessa une de ses autres envies : elle aurait voulu faire, la nuit, sur le petit lac du parc, une promenade dans la barque qu'elle voyait de ses fenêtres, échouée au bord d'une allée. Il trouva qu'elle devenait élégiaque[1]. Le fiacre roulait toujours, les ténèbres restaient profondes, ils se penchaient l'un vers l'autre pour s'entendre dans le bruit des roues, se frôlant du geste, sentant leur haleine tiède, parfois, lorsqu'ils s'approchaient trop. Et, à temps égaux, le cigare de Maxime se ravivait, tachait l'ombre de rouge, en jetant un éclair pâle et rose sur le visage de Renée. Elle était adorable, vue à cette lueur rapide ; si bien que le jeune homme en fut frappé.

« Oh ! oh ! dit-il, nous paraissons bien jolie, ce soir, belle-maman… Voyons un peu. »

Il approcha son cigare, tira précipitamment quelques bouffées, Renée, dans son coin, se trouva éclairée d'une lumière chaude et comme haletante. Elle avait relevé un peu son capuchon. Sa tête nue, couverte d'une pluie de petits frisons, coiffée d'un simple ruban bleu, ressemblait à celle d'un vrai gamin, au-dessus de la grande blouse de satin noir qui lui montait jusqu'au cou. Elle trouva très drôle d'être ainsi regardée et admirée à la clarté d'un cigare. Elle se renversait avec de petits rires, tandis qu'il ajoutait d'un air de gravité comique :

« Diable ! il va falloir que je veille sur toi, si je veux te ramener saine et sauve à mon père. »

Cependant le fiacre tournait la Madeleine et s'engageait sur les boulevards. Là, il s'emplit de clartés dansantes, du reflet des magasins dont les vitrines flambaient. Blanche Muller

1. *Élégiaque* : sentimentale.

habitait, à deux pas, une des maisons neuves qu'on a bâties sur les terrains exhaussés de la rue Basse-du-Rempart [1]. Il n'y avait encore que quelques voitures à la porte. Il n'était guère plus de dix heures. Maxime voulait faire un tour sur les boulevards, attendre une heure ; mais Renée, dont la curiosité s'éveillait, plus vive, lui déclara carrément qu'elle allait monter toute seule, s'il ne l'accompagnait pas. Il la suivit, et fut heureux de trouver en haut plus de monde qu'il ne l'aurait cru. La jeune femme avait mis son masque. Au bras de Maxime, auquel elle donnait à voix basse des ordres sans réplique, et qui lui obéissait docilement, elle fureta dans toutes les pièces, souleva le coin des portières, examina l'ameublement, serait allée jusqu'à fouiller les tiroirs, si elle n'avait pas eu peur d'être vue. L'appartement, très riche, avait des coins de bohème, où l'on retrouvait la cabotine [2]. C'était surtout là que les narines roses de Renée frémissaient, et qu'elle forçait son compagnon à marcher doucement, pour ne rien perdre des choses ni de leur odeur. Elle s'oublia particulièrement dans un cabinet de toilette, laissé grand ouvert par Blanche Muller, qui, lorsqu'elle recevait, livrait à ses convives jusqu'à l'alcôve [3], où l'on poussait un lit pour établir des tables de jeu. Mais le cabinet ne la satisfit pas ; il lui parut commun et même un peu sale, avec son tapis que des bouts de cigarette avaient criblé de petites brûlures rondes, et ses tentures de soie bleue tachées de pommade, piquées par les éclaboussures du savon. Puis, quand elle eut bien inspecté les lieux, mis les moindres détails du logis dans sa mémoire, pour les décrire plus tard à ses intimes, elle passa aux personnages. Les hommes, elle les connaissait ; c'étaient pour la plupart, les mêmes financiers, les mêmes

1. *Rue Basse-du-Rempart* : entre la Chaussée d'Antin et la rue Caumartin. \ 2. *Cabotine* : comédienne. \ 3. *Alcôve* : dans une chambre, renfoncement dans lequel est placé le lit. Par métaphore, lieu des rapports amoureux.

hommes politiques, les mêmes jeunes viveurs qui venaient à ses jeudis[1]. Elle se croyait dans son salon, par moments, lorsqu'elle se trouvait en face d'un groupe d'habits noirs souriants, qui, la veille, avaient, chez elle, le même sourire, en parlant à la marquise d'Espanet ou à la blonde Mme Haffner. Et lorsqu'elle regardait les femmes, l'illusion ne cessait pas complètement. Laure d'Aurigny était en jaune comme Suzanne Haffner, et Blanche Muller avait, comme Adeline d'Espanet, une robe blanche qui la décolletait jusqu'au milieu du dos. Enfin, Maxime demanda grâce, et elle voulut bien s'asseoir avec lui sur une causeuse[2]. Ils restèrent là un instant, le jeune homme bâillant, la jeune femme lui demandant les noms de ces dames, les déshabillant du regard, comptant les mètres de dentelles qu'elles avaient autour de leurs jupes. Comme il la vit plongée dans cette étude grave, il finit par s'échapper, obéissant à un appel que Laure d'Aurigny lui faisait de la main. Elle le plaisanta sur la dame qu'il avait au bras. Puis elle lui fit jurer de venir les rejoindre, vers une heure, au café Anglais[3].

« Ton père en sera », lui cria-t-elle, au moment où il rejoignait Renée.

Celle-ci se trouvait entourée d'un groupe de femmes qui riaient très fort, tandis que M. de Saffré avait profité de la place laissée libre par Maxime, pour se glisser à côté d'elle et lui dire des galanteries de cocher. Puis M. de Saffré et les femmes, tout ce monde s'était mis à crier, à se taper sur les cuisses, si bien que Renée, les oreilles brisées, bâillant à son tour, se leva en disant à son compagnon :

« Allons-nous-en, ils sont trop bêtes ! »

1. *Ses jeudis* : les femmes du monde ont un jour, c'est-à-dire qu'elle reçoivent une fois par semaine leurs amis et connaissances. \ **2.** *Causeuse* : banquette à deux places.. \ **3.** *Café Anglais* : voir ci-dessus, note 1, p. 170.

Comme ils sortaient, M. de Mussy entra. Il parut enchanté de rencontrer Maxime, et sans faire attention à la femme masquée qui était avec lui :

« Ah ! mon ami, murmura-t-il d'un air langoureux, elle me fera mourir. Je sais qu'elle va mieux, et elle me ferme toujours sa porte. Dites-lui bien que vous m'avez vu les larmes aux yeux.

– Soyez tranquille, votre commission sera faite », dit le jeune homme avec un rire singulier.

Et, dans l'escalier :

« Eh bien ! belle-maman, ce pauvre garçon ne t'a pas touchée ? »

Elle haussa les épaules sans répondre. En bas, sur le trottoir, elle s'arrêta avant de monter dans le fiacre qui les avait attendus, regardant d'un air hésitant du côté de la Madeleine et du côté du boulevard des Italiens. Il était à peine onze heures et demie, le boulevard avait encore une grande animation.

« Alors, nous allons rentrer, murmura-t-elle avec regret.

– À moins que tu ne veuilles suivre un instant les boulevards en voiture », répondit Maxime.

Elle accepta. Son régal de femme curieuse tournait mal, et elle se désespérait de rentrer ainsi avec une illusion de moins et un commencement de migraine. Elle avait cru longtemps qu'un bal d'actrices était drôle à mourir. Le printemps, comme il arrive parfois dans les derniers jours d'octobre, semblait être revenu ; la nuit avait des tiédeurs de mai, et les quelques frissons froids qui passaient, mettaient dans l'air une gaieté de plus. Renée, la tête à la portière, resta silencieuse, regardant la foule, les cafés, les restaurants, dont la file interminable courait devant elle. Elle était devenue toute sérieuse, perdue au fond de ces vagues souhaits dont s'emplissent les rêveries de femmes. Ce large trottoir que balayaient les robes des filles, et où les bottes des hommes sonnaient avec des familiarités particulières, cette asphalte grise où lui semblait passer le galop des plaisirs et des amours faciles, réveillaient ses désirs endormis, lui faisaient oublier ce bal idiot dont elle sortait, pour lui laisser entrevoir d'autres joies de plus haut goût. Aux fenêtres des cabinets de Brébant[1], elle aperçut des ombres de femmes sur la blancheur des rideaux. Et Maxime lui conta une histoire très risquée, d'un mari trompé qui avait ainsi surpris, sur un rideau, l'ombre de sa femme en flagrant délit avec l'ombre d'un amant. Elle écoutait à peine. Lui, s'égaya, finit par lui prendre les mains, par la taquiner, en lui parlant de ce pauvre M. de Mussy.

Comme ils revenaient et qu'ils repassaient devant Brébant :

« Sais-tu, dit-elle tout à coup, que M. de Saffré m'a invitée à souper, ce soir ?

– Oh ! tu aurais mal mangé, répliqua-t-il en riant. Saffré n'a pas la moindre imagination culinaire. Il en est encore à la salade de homard.

– Non, non, il parlait d'huîtres et de perdreau froid... Mais il me tutoyait, et cela m'a gênée... »

Elle se tut, regarda encore le boulevard, et ajouta après un silence, d'un air désolé :

« Le pis est que j'ai une faim atroce.

– Comment tu as faim ! s'écria le jeune homme. C'est bien simple, nous allons souper ensemble... veux-tu ? »

Il dit cela tranquillement ; mais elle refusa d'abord, assura que Céleste lui avait préparé une collation à l'hôtel. Cependant, ne voulant pas aller au café Anglais, il avait fait arrêter la voiture au coin de la rue Le Peletier, devant le restaurant du café Riche ; il était même descendu, et comme sa belle-mère hésitait encore :

1. *Brébant* : au café Brébant, boulevard Poissonnière, on pouvait s'isoler avec une femme, dans un cabinet particulier.

« Après ça, dit-il, si tu as peur que je te compromette, dis-le… Je vais monter à côté du cocher et te reconduire à ton mari. »

Elle sourit, elle descendit du fiacre avec des mines d'oiseau qui craint de se mouiller les pattes. Elle était radieuse. Ce trottoir qu'elle sentait sous ses pieds lui chauffait les talons, lui donnait, à fleur de peau, un délicieux frisson de peur et de caprice contenté. Depuis que le fiacre roulait, elle avait une envie folle d'y sauter. Elle le traversa à petits pas, furtivement, comme si elle eût goûté un plaisir plus vif à redouter d'y être vue. Son escapade tournait décidément à l'aventure. Certes, elle ne regrettait pas d'avoir refusé l'invitation brutale de M. de Saffré. Mais elle serait rentrée horriblement maussade, si Maxime n'avait eu l'idée de lui faire goûter au fruit défendu. Celui-ci monta l'escalier vivement, comme s'il était chez lui. Elle le suivit en soufflant un peu. De légers fumets de marée et de gibier traînaient, et le tapis, que des baguettes de cuivre tendaient sur les marches, avait une odeur de poussière qui redoublait son émotion.

Comme ils arrivaient à l'entresol[1], ils rencontrèrent un garçon, à l'air digne, qui se rangea contre le mur pour les laisser passer.

« Charles, lui dit Maxime, vous nous servirez, n'est-ce pas ?… Donnez-nous le salon blanc. »

Charles s'inclina, remonta quelques marches, ouvrit la porte d'un cabinet. Le gaz était baissé, il sembla à Renée qu'elle pénétrait dans le demi-jour d'un lieu suspect et charmant.

Un roulement continu entrait par la fenêtre grande ouverte, et sur le plafond, dans les reflets du café d'en bas, passaient les ombres rapides des promeneurs. Mais, d'un coup de pouce, le garçon haussa le gaz. Les ombres du plafond disparurent, le

1. *Entresol* : demi-étage, entre le rez-de-chaussée et le premier étage.

cabinet s'emplit d'une lumière crue qui tomba en plein sur la tête de la jeune femme. Elle avait déjà rejeté son capuchon en arrière. Les petits frisons s'étaient un peu ébouriffés dans le fiacre, mais le ruban bleu n'avait pas bougé. Elle se mit à marcher, gênée par la façon dont Charles la regardait ; il avait un clignement d'yeux, un pincement de paupières, pour mieux la voir, qui signifiait clairement : « En voilà une que je ne connais pas encore. »

« Que servirai-je à monsieur ? » demanda-t-il à voix haute.

Maxime se tourna vers Renée.

« Le souper de M. de Saffré, n'est-ce pas ? dit-il, des huîtres, un perdreau... »

Et, voyant le jeune homme sourire, Charles l'imita, discrètement, en murmurant :

« Alors, le souper de mercredi, si vous voulez ?

– Le souper de mercredi... », répétait Maxime.

Puis se rappelant :

« Oui, ça m'est égal, donnez-nous le souper de mercredi. »

Quand le garçon fut sorti, Renée prit son binocle et fit curieusement le tour du petit salon. C'était une pièce carrée, blanche et or, meublée avec des coquetteries de boudoir. Outre la table et les chaises, il y avait un meuble bas, une sorte de console[1], où l'on desservait, et un large divan, un véritable lit, qui se trouvait placé entre la cheminée et la fenêtre. Une pendule et deux flambeaux Louis XVI garnissaient la cheminée de marbre blanc. Mais la curiosité du cabinet était la glace, une belle glace trapue que les diamants et ces dames avaient criblée de noms, de dates, de vers estropiés, de pensées prodigieuses et d'aveux étonnants. Renée crut apercevoir une saleté et n'eut pas le courage de satisfaire sa curiosité. Elle regarda le divan, éprouva un nouvel embarras, se mit, afin

1. *Console* : petite table dont les pieds sont en forme de S.

d'avoir une contenance, à regarder le plafond et le lustre de cuivre doré, à cinq becs. Mais la gêne qu'elle ressentait était délicieuse. Pendant qu'elle levait le front, comme pour étudier la corniche, grave et le binocle à la main, elle jouissait profondément de ce mobilier équivoque, qu'elle sentait autour d'elle ; de cette glace claire et cynique, dont la pureté, à peine ridée par ces pattes de mouche ordurières, avait servi à rajuster tant de faux chignons ; de ce divan qui la choquait par sa largeur ; de la table, du tapis lui-même, où elle retrouvait l'odeur de l'escalier, une vague odeur de poussière pénétrante et comme religieuse.

Puis, lorsqu'il lui fallut baisser enfin les yeux :

« Qu'est-ce donc que ce souper de mercredi ? demanda-t-elle à Maxime.

– Rien, répondit-il, un pari qu'un de mes amis a perdu. »

Dans tout autre lieu, il lui aurait dit sans hésiter qu'il avait soupé le mercredi avec une dame, rencontrée sur le boulevard. Mais, depuis qu'il était entré dans le cabinet, il la traitait instinctivement en femme à laquelle il faut plaire et dont on doit ménager la jalousie. Elle n'insista pas, d'ailleurs ; elle alla s'accouder à la rampe de la fenêtre, où il vint la rejoindre. Derrière eux, Charles entrait et sortait, avec un bruit de vaisselle et d'argenterie.

Il n'était pas encore minuit. En bas, sur le boulevard, Paris grondait, prolongeait la journée ardente, avant de se décider à gagner son lit. Les files d'arbres marquaient, d'une ligne confuse, les blancheurs des trottoirs et le noir vague de la chaussée, où passaient le roulement et les lanternes rapides des voitures. Aux deux bords de cette bande obscure, les kiosques des marchands de journaux, de place en place, s'allumaient, pareils à de grandes lanternes vénitiennes, hautes et bizarrement bariolées, posées régulièrement à terre, pour quelque illumination colossale. Mais, à cette heure, leur éclat assourdi se perdait dans le flamboiement des devantures voisines. Pas un volet n'était mis, les trottoirs s'allongeaient sans une raie d'ombre, sous une pluie de rayons qui les éclairait d'une poussière d'or, de la clarté chaude et éclatante du plein jour. Maxime montra à Renée, en face d'eux, le café Anglais, dont les fenêtres luisaient. Les branches hautes des arbres les gênaient un peu, d'ailleurs, pour voir les maisons et le trottoir opposés. Ils se penchèrent, ils regardèrent au-dessous d'eux. C'était un va-et-vient continu ; des promeneurs passaient par groupes, des filles, deux à deux, traînaient leurs jupes, qu'elles relevaient de temps à autre, d'un mouvement alangui, en jetant autour d'elles des regards las et souriants. Sous la fenêtre même, le café Riche avançait ses tables dans le coup de soleil de ses lustres, dont l'éclat s'étendait jusqu'au milieu de la chaussée ; et c'était surtout au centre de cet ardent foyer qu'ils voyaient les faces blêmes et les rires pâles des passants. Autour des petites tables rondes, des femmes, mêlées aux hommes, buvaient. Elles étaient en robes voyantes, les cheveux dans le cou ; elles se dandinaient sur les chaises, avec des paroles hautes que le bruit empêchait d'entendre. Renée en remarqua particulièrement une, seule à une table, vêtue d'un costume bleu dur, garni d'une guipure[1] blanche ; elle achevait, à petits coups, un verre de bière, renversée à demi, les mains sur le ventre, d'un air d'attente lourde et résignée. Celles qui marchaient se perdaient lentement au milieu de la foule, et la jeune femme, qu'elles intéressaient, les suivait du regard, allait d'un bout du boulevard à l'autre, dans les lointains tumultueux et confus de l'avenue, pleins du grouillement noir des promeneurs, et où les clartés n'étaient plus que des étincelles. Et le défilé repassait sans fin, avec une régularité fatigante, monde étrangement mêlé et toujours le même, au milieu

1. *Guipure* : dentelle dont les motifs sont séparés par de grands vides.

des couleurs vives, des trous de ténèbres, dans le tohu-bohu féerique de ces mille flammes dansantes, sortant comme un flot des boutiques, colorant les transparents des croisées et des kiosques, courant sur les façades en baguettes, en lettres, en dessins de feu, piquant l'ombre d'étoiles, filant sur la chaussée, continuellement. Le bruit assourdissant qui montait avait une clameur, un ronflement prolongé, monotone, comme une note d'orgue accompagnant l'éternelle procession de petites poupées mécaniques. Renée crut, un moment, qu'un accident venait d'avoir lieu. Un flot de personnes se mouvait à gauche, un peu au-delà du passage de l'Opéra. Mais, ayant pris son binocle, elle reconnut le bureau des omnibus[1] ; il y avait beaucoup de monde sur le trottoir, debout, attendant, se précipitant dès qu'une voiture arrivait. Elle entendait la voix rude du contrôleur appeler les numéros, puis les tintements du compteur lui arrivaient en sonneries cristallines. Elle s'arrêta aux annonces d'un kiosque, crûment coloriées comme les images d'Épinal ; il y avait, sur un carreau, dans un cadre jaune et vert, une tête de diable ricanant, les cheveux hérissés, réclame d'un chapelier qu'elle ne comprit pas. De cinq minutes en cinq minutes, l'omnibus des Batignolles passait, avec ses lanternes rouges et sa caisse jaune, tournant le coin de la rue Le Peletier, ébranlant la maison de son fracas ; et elle voyait les hommes de l'impériale[2], des visages fatigués qui se levaient et les regardaient, elle et Maxime, du regard curieux des affamés mettant l'œil à une serrure.

« Ah ! dit-elle, le parc Monceau, à cette heure, dort bien tranquillement. »

Ce fut la seule parole qu'elle prononça. Ils restèrent là près de vingt minutes, silencieux, s'abandonnant à la griserie des

1. *Omnibus* : voiture publique. \ **2.** *Impériale* : galerie, couverte ou non, d'une voiture publique.

bruits et des clartés. Puis, la table mise, ils vinrent s'asseoir, et comme elle paraissait gênée par la présence du garçon, il le congédia.

« Laissez-nous... Je sonnerai pour le dessert. »

Elle avait aux joues de petites rougeurs et ses yeux brillaient ; on eût dit qu'elle venait de courir. Elle rapportait de la fenêtre un peu du vacarme et de l'animation du boulevard. Elle ne voulut pas que son compagnon fermât la croisée.

« Eh ! c'est l'orchestre, dit-elle, comme il se plaignait du bruit. Tu ne trouves pas que c'est une drôle de musique ? Cela va très bien accompagner nos huîtres et notre perdreau. »

Ses trente ans se rajeunissaient dans son escapade. Elle avait des mouvements vifs, une pointe de fièvre, et ce cabinet, ce tête-à-tête avec un jeune homme dans le brouhaha de la rue, la fouettaient, lui donnaient un air fille. Ce fut avec décision qu'elle attaqua les huîtres. Maxime n'avait pas faim, il la regarda dévorer en souriant.

« Diable ! murmura-t-il, tu aurais fait une bonne soupeuse. »

Elle s'arrêta, fâchée de manger si vite.

« Tu trouves que j'ai faim. Que veux-tu ? C'est cette heure de bal idiot qui m'a creusée... Ah ! mon pauvre ami, je te plains de vivre dans ce monde-là !

– Tu sais bien, dit-il, que je t'ai promis de lâcher Sylvia et Laure d'Aurigny, le jour où tes amies voudront venir souper avec moi. »

Elle eut un geste superbe.

« Pardieu ! je crois bien. Nous sommes autrement amusantes que ces dames, avoue-le... Si une de nous assommait un amant comme ta Sylvia et ta Laure d'Aurigny doivent vous assommer, mais la pauvre petite femme ne garderait pas cet amant une semaine !... Tu ne veux jamais m'écouter. Essaie, un de ces jours. »

Maxime, pour ne pas appeler le garçon, se leva, enleva les coquilles d'huître et apporta le perdreau qui était sur la console. La table avait le luxe des grands restaurants. Sur la nappe damassée, un souffle d'adorable débauche passait, et c'était avec de petits frémissements d'aise que Renée promenait ses fines mains de sa fourchette à son couteau, de son assiette à son verre. Elle but du vin blanc sans eau, elle qui buvait ordinairement de l'eau à peine rougie. Comme Maxime, debout, sa serviette sur le bras, la servait avec des complaisances comiques, il reprit :

« Qu'est-ce que M. de Saffré a bien pu te dire, pour que tu sois si furieuse ? Est-ce qu'il t'a trouvée laide ?

– Oh ! lui, répondit-elle, c'est un vilain homme. Jamais je n'aurais cru qu'un monsieur si distingué, si poli chez moi, parlât une telle langue. Mais je lui pardonne. Ce sont les femmes qui m'ont agacée. On aurait dit des marchandes de pommes. Il y en avait une qui se plaignait d'avoir un clou à la hanche, et, un peu plus, je crois qu'elle aurait relevé sa jupe pour faire voir son mal à tout le monde. »

Maxime riait aux éclats.

« Non, vrai, continua-t-elle en s'animant, je ne vous comprends pas, elles sont sales et bêtes… Et dire que, lorsque je te voyais aller chez ta Sylvia, je m'imaginais des choses prodigieuses, des festins antiques, comme on en voit dans les tableaux, avec des créatures couronnées de roses, des coupes d'or, des voluptés extraordinaires… Ah ! bien, oui. Tu m'as montré un cabinet de toilette malpropre et des femmes qui juraient comme des charretiers. Ça ne vaut pas la peine de faire le mal. »

Il voulut se récrier, mais elle lui imposa silence, et, tenant du bout des doigts un os de perdreau qu'elle rongeait délicatement, elle ajouta d'une voix plus basse :

« Le mal, ce devrait être quelque chose d'exquis, mon

cher… Moi qui suis une honnête femme, quand je m'ennuie et que je commets le péché de rêver l'impossible, je suis sûre que je trouve des choses beaucoup plus jolies que les Blanche Muller. »

Et, d'un air grave, elle conclut par ce mot profond de cynisme naïf :

« C'est une affaire d'éducation, comprends-tu ? »

Elle déposa doucement le petit os dans son assiette. Le ronflement des voitures continuait, sans qu'une note plus vive s'élevât. Elle était obligée de hausser la voix pour qu'il pût l'entendre, et les rougeurs de ses joues augmentaient. Il y avait encore, sur la console, des truffes, un entremets sucré, des asperges, une curiosité pour la saison. Il apporta le tout, pour ne plus avoir à se déranger, et comme la table était un peu étroite, il plaça à terre, entre elle et lui, un seau d'argent plein de glace, dans lequel se trouvait une bouteille de champagne. L'appétit de la jeune femme finissait par le gagner. Ils touchèrent à tous les plats, ils vidèrent la bouteille de champagne, avec des gaietés brusques, se lançant dans des théories scabreuses[1], s'accoudant comme deux amis qui soulagent leur cœur après boire. Le bruit diminuait sur le boulevard ; mais elle l'entendait au contraire qui grandissait, et toutes ces roues, par instants, semblaient lui tourner la tête.

Quand il parla de sonner pour le dessert, elle se leva, secoua sa longue blouse de satin, pour faire les miettes, en disant :

« C'est cela… Tu sais, tu peux allumer un cigare. »

Elle était un peu étourdie. Elle alla à la fenêtre, attirée par un bruit particulier qu'elle ne s'expliquait pas. On fermait les boutiques.

« Tiens, dit-elle, en se retournant vers Maxime, l'orchestre qui se dégarnit. »

1. *Scabreuses* : indécentes, choquantes.

Elle se pencha de nouveau. Au milieu, sur la chaussée, les fiacres et les omnibus croisaient toujours leurs yeux de couleur, plus rares et plus rapides. Mais, sur les côtés, le long des trottoirs, de grands trous d'ombre s'étaient creusés, devant les boutiques fermées. Les cafés seuls flambaient encore, rayant l'asphalte de nappes lumineuses. De la rue Drouot à la rue du Helder, elle apercevait ainsi une longue file de carrés blancs et de carrés noirs, dans lesquels les derniers promeneurs surgissaient et s'évanouissaient d'une étrange façon. Les filles surtout, avec la traîne de leur robe, tour à tour crûment éclairées et noyées dans l'ombre, prenaient un air d'apparition, de marionnettes blafardes, traversant le rayon électrique de quelque féerie. Elle s'amusa un moment à ce jeu. Il n'y avait plus de lumière épandue ; les becs de gaz s'éteignaient ; les kiosques bariolés tachaient les ténèbres plus durement. Par instants, un flot de foule, la sortie de quelque théâtre, passait. Mais des vides se faisaient bientôt, et il venait, sous la fenêtre, des groupes de deux ou trois hommes qu'une femme abordait. Ils restaient debout, discutant. Dans le tapage affaibli, quelques-unes de leurs paroles montaient ; puis, la femme, le plus souvent, s'en allait au bras d'un des hommes. D'autres filles se rendaient de café en café, faisaient le tour des tables, prenaient le sucre oublié, riaient avec les garçons, regardaient fixement, d'un air d'interrogation et d'offre silencieuses les consommateurs attardés. Et comme Renée venait de suivre des yeux l'impériale presque vide d'un omnibus des Batignolles, elle reconnut, au coin du trottoir, la femme à la robe bleue et aux guipures blanches, droite, tournant la tête, toujours en quête.

Quand Maxime vint la chercher à la fenêtre, où elle s'oubliait, il eut un sourire, en regardant une des croisées entrouvertes du café Anglais ; l'idée que son père y soupait de son côté lui parut comique ; mais il avait, ce soir-là, des pudeurs particulières qui gênaient ses plaisanteries habituelles. Renée ne quitta la rampe qu'à regret. Une ivresse, une langueur montaient des profondeurs plus vagues du boulevard. Dans le ronflement affaibli des voitures, dans l'effacement des clartés vives, il y avait un appel caressant à la volupté et au sommeil. Les chuchotements qui couraient, les groupes arrêtés dans un coin d'ombre, faisaient du trottoir le corridor de quelque grande auberge, à l'heure où les voyageurs gagnent leur lit de rencontre. Les lueurs et les bruits allaient toujours en se mourant, la ville s'endormait, des souffles de tendresse passaient sur les toits.

Lorsque la jeune femme se retourna, la lumière du petit lustre lui fit cligner les paupières. Elle était un peu pâle, maintenant, avec de courts frissons aux coins des lèvres. Charles disposait le dessert ; il sortait, rentrait encore, faisait battre la porte, lentement, avec son flegme d'homme comme il faut.

« Mais je n'ai plus faim ! s'écria Renée, enlevez toutes ces assiettes et donnez-nous le café. »

Le garçon habitué aux caprices de ses clientes, enleva le dessert et versa le café. Il emplissait le cabinet de son importance.

« Je t'en prie, mets-le à la porte », dit à Maxime la jeune femme, dont le cœur tournait.

Maxime le congédia ; mais il avait à peine disparu, qu'il revint une fois encore pour fermer hermétiquement les grands rideaux de la fenêtre, d'un air discret. Quand il se fut enfin retiré, le jeune homme que l'impatience prenait lui aussi, se leva, et allant à la porte :

« Attends, dit-il, j'ai un moyen pour qu'il nous lâche. »

Et il poussa le verrou.

« C'est ça, reprit-elle, nous sommes chez nous, au moins. »

Leurs confidences, leurs bavardages de bons camarades recommencèrent. Maxime avait allumé un cigare. Renée buvait son café à petits coups et se permettait même un verre de chartreuse[1]. La pièce s'échauffait, s'emplissait d'une fumée bleuâtre. Elle finit par mettre les coudes sur la table et par appuyer son menton entre ses deux poings à demi fermés. Dans cette légère étreinte, sa bouche se rapetissait, ses joues remontaient un peu, et ses yeux, plus minces luisaient davantage. Ainsi chiffonnée, sa petite figure était adorable, sous la pluie de frisons dorés qui lui descendaient maintenant jusque dans les sourcils. Maxime la regardait à travers la fumée de son cigare. Il la trouvait originale. Par moments, il n'était plus bien sûr de son sexe ; la grande ride qui lui traversait le front, l'avancement boudeur de ses lèvres, son air indécis de myope, en faisaient un grand jeune homme ; d'autant plus que sa longue blouse de satin noir allait si haut, qu'on voyait à peine, sous le menton, une ligne du cou blanche et grasse. Elle se laissait regarder avec un sourire, ne bougeant plus la tête, le regard perdu, la parole ralentie.

Puis, elle eut un brusque réveil : elle alla regarder la glace, vers laquelle ses yeux vagues se tournaient depuis un instant. Elle se haussa sur la pointe des pieds, appuya ses mains au bord de la cheminée, pour lire ces signatures, ces mots risqués qui l'avaient effarouchée, avant le souper. Elle épelait les syllabes avec quelque difficulté, riait, lisait toujours, comme un collégien qui tourne les pages d'un Piron[2] dans son pupitre.

« "Ernest et Clara", disait-elle, et il y a un cœur dessous qui ressemble à un entonnoir… Ah ! voici qui est mieux : "J'aime les hommes, parce que j'aime les truffes." Signé "Laure." Dis donc, Maxime, est-ce que c'est la d'Aurigny qui a écrit cela ?… Puis voici les armes d'une de ces dames, je crois : une

1. *Chartreuse* : liqueur aux herbes. \ 2. *Piron* : auteur de satires et de chansons légères (1689-1773).

poule fumant une grosse pipe… Toujours des noms, le calendrier des saintes et des saints : Victor, Amélie, Alexandre, Édouard, Marguerite, Paquita, Louise, Renée… Tiens, il y en a une qui se nomme comme moi… »

Maxime voyait dans la glace sa tête ardente. Elle se haussait davantage, et son domino, se tendant par-derrière, dessinait la cambrure de sa taille, le développement de ses hanches. Le jeune homme suivait la ligne du satin qui plaquait comme une chemise. Il se leva à son tour et jeta son cigare. Il était mal à l'aise, inquiet. Quelque chose d'ordinaire et d'accoutumé lui manquait.

« Ah ! voici ton nom, Maxime, s'écria Renée… Écoute… "J'aime…" »

Mais il était assis sur le coin du divan, presque aux pieds de la jeune femme. Il réussit à lui prendre les mains, d'un mouvement prompt ; il la détourna de la glace, en lui disant d'une voix singulière :

« Je t'en prie, ne lis pas cela. »

Elle se débattit en riant nerveusement.

« Pourquoi donc ? Est-ce que je ne suis pas ta confidente ? »

Mais lui, insistant, d'un ton plus étouffé :

« Non, non, pas ce soir. »

Il la tenait toujours, et elle donnait de petites secousses avec ses poignets pour se dégager. Ils avaient des yeux qu'ils ne se connaissaient pas, un long sourire contraint et un peu honteux. Elle tomba sur les genoux, au bout du divan. Ils continuaient à lutter, bien qu'elle ne fît plus un mouvement du côté de la glace et qu'elle s'abandonnât déjà. Et comme le jeune homme la prenait à bras-le-corps, elle dit avec son rire embarrassé et mourant :

« Voyons, laissez-moi… Tu me fais mal. »

Ce fut le seul murmure de ses lèvres. Dans le grand silence du cabinet, où le gaz semblait flamber plus haut, elle sentit le sol trembler et entendit le fracas de l'omnibus des Batignolles qui devait tourner le coin du boulevard. Et tout fut dit. Quand ils se retrouvèrent côte à côte, assis sur le divan, il balbutia, au milieu de leur malaise mutuel :

« Bah ! ça devait arriver un jour ou l'autre. »

Elle ne disait rien. Elle regardait d'un air écrasé les rosaces du tapis.

« Est-ce que tu y songeais, toi ?... continua Maxime, balbutiant davantage. Moi, pas du tout... J'aurais dû me défier du cabinet... »

Mais elle, d'une voix profonde, comme si toute l'honnêteté bourgeoise des Béraud Du Châtel s'éveillait dans cette faute suprême :

« C'est infâme, ce que nous venons de faire là », murmura-t-elle, dégrisée, la face vieillie et toute grave.

Elle étouffait. Elle alla à la fenêtre, tira les rideaux, s'accouda. L'orchestre était mort ; la faute s'était commise dans le dernier frisson des basses et le chant lointain des violons, vague sourdine du boulevard endormi et rêvant d'amour. En bas, la chaussée et les trottoirs s'enfonçaient, s'allongeaient, au milieu d'une solitude grise. Toutes ces roues grondantes de fiacres semblaient s'en être allées, en emportant les clartés de la foule. Sous la fenêtre, le café Riche était fermé, pas un filet de lumière ne glissait des volets. De l'autre côté de l'avenue, des lueurs braisillantes [1] allumaient seules encore la façade du café Anglais, une croisée entre autres, entrouverte, et d'où sortaient des rires affaiblis. Et, tout le long de ce ruban d'ombre, du coude de la rue Drouot à l'autre extrémité, aussi loin que ses regards pouvaient aller, elle ne voyait plus que les taches symétriques des kiosques rougissant et verdissant la nuit, sans l'éclairer, semblables à des veilleuses espacées dans

1. *Braisillantes* : brillantes comme des braises.

un dortoir géant. Elle leva la tête. Les arbres découpaient leurs branches hautes sur un ciel clair, tandis que la ligne irrégulière des maisons se perdait avec les amoncellements d'une côte rocheuse, au bord d'une mer bleuâtre. Mais cette bande de ciel l'attristait davantage, et c'était dans les ténèbres du boulevard qu'elle trouvait quelque consolation. Ce qui restait au ras de l'avenue déserte, du bruit et du vice de la soirée, l'excusait. Elle croyait sentir la chaleur de tous ces pas d'hommes et de femmes monter du trottoir qui se refroidissait. Les hontes qui avaient traîné là, désirs d'une minute, offres faites à voix basse, noces d'une nuit payées à l'avance, s'évaporaient, flottaient en une buée lourde que roulaient les souffles matinaux. Penchée sur l'ombre, elle respira ce silence frissonnant, cette senteur d'alcôve, comme un encouragement qui lui venait d'en bas, comme une assurance de honte partagée et acceptée par une ville complice. Et, lorsque ses yeux se furent accoutumés à l'obscurité, elle aperçut la femme au costume bleu garni de guipure, seule dans la solitude grise, debout à la même place, attendant et s'offrant aux ténèbres vides.

La jeune femme, en se retournant, aperçut Charles, qui regardait autour de lui, flairant. Il finit par apercevoir le ruban bleu de Renée, froissé, oublié sur un coin du divan. Et il s'empressa de le lui apporter, de son air poli. Alors elle sentit toute sa honte. Debout devant la glace, les mains maladroites, elle essaya de renouer le ruban. Mais son chignon était tombé, les petits frisons se trouvaient tout aplatis sur les tempes, elle ne pouvait refaire le nœud. Charles vint à son secours, en disant, comme s'il eût offert une chose accoutumée, un rince-bouche ou des cure-dents :

« Si madame voulait le peigne ?...

– Eh ! non, c'est inutile, interrompit Maxime, qui lança au garçon un regard d'impatience. Allez nous chercher une voiture. »

Renée se décida à rabattre simplement le capuchon de son domino. Et, comme elle allait quitter la glace, elle se haussa légèrement pour retrouver les mots que l'étreinte de Maxime lui avait empêché de lire. Il y avait, montant vers le plafond, et d'une grosse écriture abominable, cette déclaration signée Sylvia : « J'aime Maxime. » Elle pinça les lèvres et rabattit son capuchon un peu plus bas.

Dans la voiture, ils éprouvèrent une gêne horrible. Ils s'étaient placés, comme en descendant du parc Monceau, l'un en face de l'autre. Ils ne trouvaient pas une parole à se dire. Le fiacre était plein d'une ombre opaque, et le cigare de Maxime n'y mettait plus même un point rouge, un éclair de braise rose. Le jeune homme perdu de nouveau dans les jupons, « dont il avait jusqu'aux yeux », souffrait de ces ténèbres, de ce silence, de cette femme muette, qu'il sentait à son côté, et dont il s'imaginait voir les yeux tout grands ouverts sur la nuit. Pour paraître moins bête, il finit par chercher sa main, et quand il la tint dans la sienne, il fut soulagé, il trouva la situation tolérable. Cette main s'abandonnait, molle et rêveuse. Le fiacre traversait la place de la Madeleine. Renée songeait qu'elle n'était pas coupable. Elle n'avait pas voulu l'inceste. Et plus elle descendait en elle, plus elle se trouvait innocente, aux premières heures de son escapade, à sa sortie furtive du parc Monceau, chez Blanche Muller, sur le boulevard, même dans le cabinet du restaurant. Pourquoi donc était-elle tombée à genoux sur le bord de ce divan ? Elle ne savait plus. Elle n'avait certainement pas pensé une seconde à cela. Elle se serait refusée avec colère. C'était pour rire, elle s'amusait, rien de plus. Et elle retrouvait, dans le roulement du fiacre, cet orchestre assourdissant du boulevard, ce va-et-vient d'hommes et de femmes, tandis que des barres de feu brûlaient ses yeux fatigués.

Maxime, dans son coin, rêvait aussi avec quelque ennui. Il était fâché de l'aventure. Il s'en prenait au domino de satin noir.

Avait-on jamais vu une femme se fagoter[1] de la sorte ! On ne lui voyait pas même le cou. Il l'avait prise pour un garçon, il jouait avec elle, et ce n'était pas sa faute, si le jeu était devenu sérieux. Pour sûr, il ne l'aurait pas touchée du bout des doigts, si elle avait seulement montré un coin d'épaule. Il se serait souvenu qu'elle était la femme de son père. Puis, comme il n'aimait pas les réflexions désagréables, il se pardonna. Tant pis, après tout ! Il tâcherait de ne plus recommencer. C'était une bêtise.

Le fiacre s'arrêta, et Maxime descendit le premier pour aider Renée. Mais, à la petite porte du parc, il n'osa pas l'embrasser. Ils se touchèrent la main, comme de coutume. Elle se trouvait déjà de l'autre côté de la grille, lorsque, pour dire quelque chose, avouant sans le vouloir une préoccupation qui tournait vaguement dans sa rêverie depuis le restaurant :

« Qu'est-ce donc, demanda-t-elle, que ce peigne dont a parlé le garçon ?

– Ce peigne, répéta Maxime embarrassé, mais je ne sais pas… »

Renée comprit brusquement. Le cabinet avait sans doute un peigne qui entrait dans le matériel, au même titre que les rideaux, le verrou et le divan. Et, sans attendre une explication qui ne venait pas, elle s'enfonça au milieu des ténèbres du parc Monceau, hâtant le pas, croyant voir derrière elle ces dents d'écaille où Laure d'Aurigny et Sylvia avaient dû laisser des cheveux blonds et des cheveux noirs. Elle avait une grosse fièvre. Il fallut que Céleste la mît au lit et la veillât jusqu'au matin. Maxime, sur le trottoir du boulevard Malesherbes, se consulta un moment, pour savoir s'il rejoindrait la bande joyeuse du café Anglais ; puis, avec l'idée qu'il se punissait, il décida qu'il devait aller se coucher.

1. *Se fagoter* : s'habiller mal.

Le lendemain, Renée s'éveilla tard d'un sommeil lourd et sans rêves. Elle se fit faire un grand feu, elle dit qu'elle passerait la journée dans sa chambre. C'était là son refuge, aux heures graves. Vers midi, son mari ne la voyant pas descendre pour le déjeuner, lui demanda la permission de l'entretenir un instant. Elle refusait déjà avec une pointe d'inquiétude, lorsqu'elle se ravisa. La veille, elle avait remis à Saccard une note de Worms, montant à cent trente-six mille francs, un chiffre un peu gros, et sans doute il voulait se donner la galanterie de lui remettre lui-même la quittance.

La pensée des petits frisons de la veille lui vint. Elle regarda machinalement dans la glace ses cheveux que Céleste avait noués en grosses nattes. Puis elle se pelotonna au coin du feu, s'enfouissant dans les dentelles de son peignoir. Saccard, dont l'appartement se trouvait également au premier étage, faisant pendant à celui de sa femme, vint en pantoufles, en mari. Il mettait à peine une fois par mois les pieds dans la chambre de Renée, et toujours pour quelque délicate question d'argent. Ce matin-là, il avait les yeux rougis, le teint blême d'un homme qui n'a pas dormi. Il baisa la main de la jeune femme, galamment.

« Vous êtes malade, ma chère amie ? dit-il en s'asseyant à l'autre coin de la cheminée. Un peu de migraine, n'est-ce pas ?… Pardonnez-moi de vous casser la tête avec mon galimatias[1] d'homme d'affaires ; mais la chose est assez grave… »

Il tira d'une poche de sa robe de chambre le mémoire de Worms, dont Renée reconnut le papier glacé.

« J'ai trouvé hier ce mémoire sur mon bureau, continua-t-il, et je suis désolé, je ne puis absolument pas le solder[2] en ce moment. »

1. *Galimatias* : discours confus, difficilement compréhensible. \ **2.** *Solder* (un mémoire) : payer une facture, une dette.

Il étudia du coin de l'œil l'effet produit sur elle par ses paroles. Elle parut profondément étonnée. Il reprit avec un sourire :

« Vous savez, ma chère amie, que je n'ai pas l'habitude d'éplucher vos dépenses. Je ne dis pas que certains détails de ce mémoire ne m'aient point un peu surpris. Ainsi, par exemple, je vois ici, à la seconde page : « Robe de bal : étoffe, 70 fr. ; façon, 600 fr. ; argent prêté, 5 000 fr. ; eau du docteur Pierre, 6 fr. ». Voilà une robe de soixante-dix francs qui monte bien haut... Mais vous savez que je comprends toutes les faiblesses. Votre note est de cent trente-six mille francs, et vous avez été presque sage, relativement, je veux dire... Seulement, je le répète, je ne puis payer, je suis gêné. »

Elle tendit la main, d'un geste de dépit contenu.

« C'est bien, dit-elle sèchement, rendez-moi le mémoire. J'aviserai.

– Je vois que vous ne me croyez pas, murmura Saccard, goûtant comme un triomphe l'incrédulité de sa femme au sujet de ses embarras d'argent. Je ne dis pas que ma situation soit menacée, mais les affaires sont bien nerveuses en ce moment... Laissez-moi, quoique je vous importune, vous expliquer notre cas ; vous m'avez confié votre dot, et je vous dois une entière franchise. »

Il posa le mémoire sur la cheminée, prit les pincettes, se mit à tisonner[1]. Cette manie de fouiller les cendres, pendant qu'il causait d'affaires, était chez lui un calcul qui avait fini par devenir une habitude. Quand il arrivait à un chiffre, à une phrase difficile à prononcer, il produisait quelque éboulement qu'il réparait ensuite laborieusement, rapprochant les bûches, ramassant et entassant les petits éclats de bois. D'autres fois,

1. *Tisonner* : remuer la braise pour attiser le feu.

il disparaissait presque dans la cheminée, pour aller chercher un morceau de braise égaré. Sa voix s'assourdissait, on s'impatientait, on s'intéressait à ses savantes constructions de charbons ardents, on ne l'écoutait plus, et généralement on sortait de chez lui battu et content. Même chez les autres, il s'emparait despotiquement des pincettes. L'été, il jouait avec une plume, un couteau à papier, un canif.

« Ma chère amie, dit-il en donnant un grand coup qui mit le feu en déroute, je vous demande encore une fois pardon d'entrer dans ces détails... Je vous ai servi exactement la rente des fonds que vous m'avez remis entre les mains. Je puis même dire, sans vous blesser, que j'ai regardé seulement cette rente comme votre argent de poche, payant vos dépenses, ne vous demandant jamais votre apport de moitié dans les frais communs du ménage. »

Il se tut. Renée souffrait, le regardait faire un grand trou dans la cendre pour enterrer le bout d'une bûche. Il arrivait à un aveu délicat.

« J'ai dû, vous le comprenez, faire produire à votre argent des intérêts considérables. Les capitaux sont entre bonnes mains, soyez tranquille... Quant aux sommes provenant de vos biens de la Sologne, elles ont servi en partie au paiement de l'hôtel que nous habitons ; le reste est placé dans une affaire excellente, la Société générale des ports du Maroc... Nous n'en sommes pas à compter ensemble, n'est-ce pas ? mais je veux vous prouver que les pauvres maris sont parfois bien méconnus. »

Un motif puissant devait le pousser à mentir moins que de coutume. La vérité était que la dot de Renée n'existait plus depuis longtemps ; elle avait passé, dans la caisse de Saccard, à l'état de valeur fictive. S'il en servait les intérêts à plus de deux ou trois cents pour cent, il n'aurait pu représenter le moindre titre ni retrouver la plus petite espèce solide du capital primitif. Comme il l'avouait à moitié, d'ailleurs, les cinq cent mille francs de biens de la Sologne avaient servi à donner un premier acompte sur l'hôtel et le mobilier, qui coûtaient ensemble près de deux millions. Il devait encore un million au tapissier et à l'entrepreneur.

« Je ne vous réclame rien, dit enfin Renée, je sais que je suis très endettée vis-à-vis de vous.

– Oh ! chère amie, s'écria-t-il, en prenant la main de sa femme, sans abandonner les pincettes, quelle vilaine idée vous avez là !... En deux mots, tenez, j'ai été malheureux à la Bourse, Toutin-Laroche a fait des bêtises, les Mignon et Charrier sont des butors[1] qui me mettent dedans. Et voilà pourquoi je ne puis payer votre mémoire. Vous me pardonnez, n'est-ce pas ? »

Il semblait véritablement ému. Il enfonça les pincettes entre les bûches, alluma des fusées d'étincelles. Renée se rappela l'allure inquiète qu'il avait depuis quelque temps. Mais elle ne put descendre dans l'étonnante vérité. Saccard en était arrivé à un tour de force quotidien. Il habitait un hôtel de deux millions, il vivait sur le pied d'une dotation de prince, et certains matins il n'avait pas mille francs dans sa caisse. Ses dépenses ne paraissaient pas diminuer. Il vivait sur la dette, parmi un peuple de créanciers qui engloutissaient au jour le jour les bénéfices scandaleux qu'il réalisait dans certaines affaires. Pendant ce temps, au même moment, des sociétés s'écroulaient sous lui, de nouveaux trous se creusaient plus profonds, par-dessus lesquels il sautait, ne pouvant les combler. Il marchait ainsi sur un terrain miné, dans une crise continuelle, soldant des notes de cinquante mille francs et ne payant pas les gages[2] de son cocher, marchant toujours avec un

1. *Butors* : grossiers personnages. \ 2. *Gages* : salaire d'un domestique.

aplomb de plus en plus royal, vidant avec plus de rage sur Paris sa caisse vide, d'où le fleuve d'or aux sources légendaires continuait à sortir.

La spéculation traversait alors une heure mauvaise. Saccard était un digne enfant de l'Hôtel-de-Ville. Il avait eu la rapidité de transformation, la fièvre de jouissance, l'aveuglement de dépenses qui secouait Paris. À ce moment, comme la Ville, il se trouvait en face d'un formidable déficit qu'il s'agissait de combler secrètement ; car il ne voulait pas entendre parler de sagesse, d'économie, d'existence calme et bourgeoise. Il préférait garder le luxe inutile et la misère réelle de ces voies nouvelles, d'où il avait tiré sa colossale fortune de chaque matin mangée chaque soir. D'aventure en aventure, il n'avait plus que la façade dorée d'un capital absent. À cette heure de folie chaude, Paris lui-même n'engageait pas son avenir avec plus d'emportement et n'allait pas plus droit à toutes les sottises et à toutes les duperies financières. La liquidation menaçait d'être terrible.

Les plus belles spéculations se gâtaient entre les mains de Saccard. Il venait d'essuyer, comme il le disait, des pertes considérables à la Bourse. M. Toutin-Laroche avait failli faire sombrer le Crédit viticole[1] dans un jeu à la hausse qui s'était brusquement tourné contre lui ; heureusement que le gouvernement, intervenant sous le manteau, avait remis debout la fameuse machine du prêt hypothécaire aux cultivateurs. Saccard, ébranlé par cette double secousse, très maltraité par son frère le ministre, pour le risque que venait de courir la solidité des bons de délégation de la Ville, compromise avec celle du Crédit viticole, se trouvait moins heureux encore dans sa spéculation sur les immeubles. Les Mignon et Charrier

1. *Crédit viticole* : inspiré du Crédit mobilier créé par les frères Pereire en 1852, qui connaît ses premières difficultés financières en 1867 et s'effondre en 1870.

avaient complètement rompu avec lui. S'il les accusait, c'était par une rage sourde de s'être trompé, en faisant bâtir sur sa part de terrains, tandis qu'eux vendaient prudemment la leur. Pendant qu'ils réalisaient une fortune, lui restait avec des maisons sur les bras, dont il ne se débarrassait souvent qu'à perte. Entre autres, il vendit trois cent mille francs, rue de Marignan, un hôtel sur lequel il en devait encore trois cent quatre-vingt mille. Il avait bien inventé un tour de sa façon, qui consistait à exiger dix mille francs d'un appartement valant huit mille francs au plus ; le locataire effrayé ne signait un bail que lorsque le propriétaire consentait à lui faire cadeau des deux premières années de loyer ; l'appartement se trouvait de cette façon réduit à son prix réel, mais le bail portait le chiffre de dix mille francs par an, et quand Saccard trouvait un acquéreur et capitalisait les revenus de l'immeuble, il arrivait à une véritable fantasmagorie de calcul. Il ne put appliquer cette duperie en grand ; ses maisons ne se louaient pas ; il les avait bâties trop tôt ; les déblais, au milieu desquels elles se trouvaient perdues, en pleine boue, l'hiver, les isolaient, leur faisaient un tort considérable. L'affaire qui le toucha le plus fut la grosse rouerie[1] des sieurs Mignon et Charrier, qui lui rachetèrent l'hôtel dont il avait dû abandonner la construction, au boulevard Malesherbes. Les entrepreneurs étaient enfin mordus par l'envie d'habiter « leur boulevard ». Comme ils avaient vendu leur part de terrains de plus-value, et qu'ils flairaient la gêne de leur ancien associé, ils lui offrirent de le débarrasser de l'enclos au milieu duquel l'hôtel s'élevait jusqu'au plancher du premier étage, dont l'armature de fer était en partie posée. Seulement ils traitèrent de plâtras inutiles ces solides fondations en pierre de taille, disant qu'ils auraient préféré le sol nu, pour faire construire à

1. *Rouerie* : ruse sans scrupule.

leur guise. Saccard dut vendre, sans tenir compte des cent et quelque mille francs qu'il avait déjà dépensés. Et ce qui l'exaspéra davantage encore, ce fut que jamais les entrepreneurs ne voulurent reprendre le terrain à deux cent cinquante francs le mètre, chiffre fixé lors du partage. Ils lui rabattirent vingt-cinq francs par mètre, comme ces marchandes à la toilette[1] qui ne donnent plus que quatre francs d'un objet qu'elles ont vendu cinq francs la veille. Deux jours après, Saccard eut la douleur de voir une armée de maçons envahir l'enclos de planches et continuer à bâtir sur les « plâtras inutiles ».

Il jouait donc d'autant mieux la gêne devant sa femme, que ses affaires s'embrouillaient davantage. Il n'était pas homme à se confesser par amour de la vérité.

« Mais, monsieur, dit Renée d'un air de doute, si vous vous trouvez embarrassé, pourquoi m'avoir acheté cette aigrette et cette rivière qui vous ont coûté, je crois, soixante-cinq mille francs ?... Je n'ai que faire de ces bijoux ; je vais être obligée de vous demander la permission de m'en défaire pour donner un acompte à Worms.

– Gardez-vous-en bien ! s'écria-t-il avec inquiétude. Si l'on ne vous voyait pas ces bijoux demain au bal du ministère, on ferait des cancans sur ma situation... »

Il était bonhomme, ce matin-là. Il finit par sourire et par murmurer en clignant les yeux :

– Ma chère amie, nous autres spéculateurs, nous sommes comme les jolies femmes, nous avons nos roueries... Conservez, je vous prie, votre aigrette et votre rivière pour l'amour de moi. »

1. *Marchandes à la toilette* : marchandes qui venaient proposer à domicile des vêtements ou des accessoires d'occasion et qui, en même temps, faisaient des affaires avec leurs clients (prêt à intérêt...).

Il ne pouvait conter l'histoire qui était tout à fait jolie, mais un peu risquée. Ce fut à la fin d'un souper que Saccard et Laure d'Aurigny conclurent un traité d'alliance. Laure était criblée de dettes et ne songeait plus qu'à trouver un bon jeune homme qui voulût bien l'enlever et la conduire à Londres. Saccard, de son côté, sentait le sol s'écrouler sous lui ; son imagination aux abois cherchait un expédient qui le montrât au public vautré sur un lit d'or et de billets de banque. La fille et le spéculateur, dans la demi-ivresse du dessert, s'entendirent. Il trouva l'idée de cette vente de diamants qui fit courir tout Paris, et dans laquelle il acheta, à grand tapage, des bijoux pour sa femme. Puis, avec le produit de la vente, quatre cent mille francs environ, il parvint à satisfaire les créanciers de Laure, auxquels elle devait à peu près le double. Il est même à croire qu'il retira du jeu une partie de ses soixante-cinq mille francs. Quand on le vit liquider la situation de la d'Aurigny, il passa pour son amant, on crut qu'il payait la totalité de ses dettes, qu'il faisait des folies pour elle. Toutes les mains se tendirent vers lui, le crédit revint, formidable. Et on le plaisantait à la Bourse, sur sa passion, avec des sourires, des allusions, qui le ravissaient. Pendant ce temps, Laure d'Aurigny, mise en vue par ce vacarme, et chez laquelle il ne passa seulement pas une nuit, feignait de le tromper avec huit à dix imbéciles alléchés par l'idée de la voler à un homme si colossalement riche. En un mois, elle eut deux mobiliers et plus de diamants qu'elle n'en avait vendus. Saccard avait pris l'habitude d'aller fumer un cigare chez elle, l'après-midi, au sortir de la Bourse ; souvent il apercevait des coins de redingote qui fuyaient, effarouchés entre les portes. Quand ils étaient seuls, ils ne pouvaient se regarder sans rire. Il la baisait au front, comme une fille perverse dont la coquinerie l'enthousiasmait. Il ne lui donnait pas un sou, et même une fois elle lui prêta de l'argent, pour une dette de jeu.

Renée voulut insister, parla d'engager[1] au moins les bijoux ; mais son mari lui fit entendre que cela n'était pas possible, que tout Paris s'attendait à les lui voir le lendemain. Alors la jeune femme, que le mémoire de Worms inquiétait beaucoup, chercha un autre expédient[2].

« Mais, s'écria-t-elle tout à coup, mon affaire de Charonne marche bien, n'est-ce pas ? Vous me disiez encore l'autre jour que les bénéfices seraient superbes… Peut-être que Larsonneau m'avancerait les cent trente-six mille francs ? »

Saccard, depuis un instant, oubliait les pincettes entre ses jambes, il les reprit vivement, se pencha, disparut presque dans la cheminée, où la jeune femme entendit sourdement sa voix qui murmurait :

« Oui, oui, Larsonneau pourrait peut-être… »

Elle arrivait enfin, d'elle-même, au point où il l'amenait doucement depuis le commencement de la conversation. Il y avait deux ans déjà qu'il préparait son coup de génie, du côté de Charonne. Jamais sa femme ne voulut aliéner les biens de la tante Élisabeth ; elle avait juré à cette dernière de les garder intacts pour les léguer à son enfant, si elle devenait mère. Devant cet entêtement, l'imagination du spéculateur travailla et finit par bâtir tout un poème. C'était une œuvre de scélératesse exquise, une duperie colossale dont la Ville, l'État, sa femme et jusqu'à Larsonneau, devaient être les victimes. Il ne parla plus de vendre les terrains ; seulement il gémit chaque jour sur la sottise qu'il y avait à les laisser improductifs, à se contenter d'un revenu de deux pour cent. Renée, toujours pressée d'argent, finit par accepter l'idée d'une spéculation quelconque. Il basa son opération sur la certitude d'une expropriation prochaine, pour le percement du boulevard du

1. *Engager* : donner en gage, pour garantir le paiement d'une dette. \ 2. *Expédient* : mesure permettant de se tirer d'affaire provisoirement, sans pour autant régler le problème.

Prince-Eugène[1], dont le tracé n'était pas encore nettement arrêté. Et ce fut alors qu'il amena son ancien complice Larsonneau, comme un associé qui conclut avec sa femme un traité sur les bases suivantes : elle apportait les terrains, représentant une valeur de cinq cent mille francs ; de son côté, Larsonneau s'engageait à bâtir, sur ces terrains, pour une somme égale, une salle de café-concert, accompagnée d'un grand jardin, où l'on établirait des jeux de toutes sortes, des balançoires, des jeux de quilles, des jeux de boules, etc. Les bénéfices devaient naturellement être partagés, de même que les pertes seraient subies par moitié. Dans le cas où l'un des deux associés voudrait se retirer, il le pourrait, en exigeant sa part, selon l'estimation qui interviendrait. Renée parut surprise de ce gros chiffre de cinq cent mille francs, lorsque les terrains en valaient au plus trois cent mille. Mais il lui fit comprendre que c'était une façon habile de lier plus tard les mains de Larsonneau, dont les constructions n'atteindraient jamais une telle somme.

Larsonneau était devenu un viveur élégant, bien ganté, avec du linge éblouissant et des cravates étonnantes. Il avait, pour faire ses courses, un tilbury[2] fin comme une œuvre d'horlogerie, très haut de siège, et qu'il conduisait lui-même. Ses bureaux de la rue de Rivoli étaient une enfilade de pièces somptueuses, où l'on ne voyait pas le moindre carton, la moindre paperasse. Ses employés écrivaient sur des tables de poirier noirci, marquetées, ornées de cuivres ciselés. Il prenait le titre d'agent d'expropriation, un métier nouveau que les travaux de Paris avaient créé. Ses attaches avec l'Hôtel-de-Ville le renseignaient à l'avance sur le percement des voies nouvelles. Quand il était parvenu à se faire communiquer, par

1. *Boulevard du Prince-Eugène* : aujourd'hui, boulevard Voltaire. \ **2.** *Tilbury* : voiture à cheval à deux places, découverte et légère.

un agent voyer, le tracé d'un boulevard, il allait offrir ses services aux propriétaires menacés. Et il faisait valoir ses petits moyens pour grossir l'indemnité, en agissant avant le décret d'utilité publique. Dès qu'un propriétaire acceptait ses offres, il prenait tous les frais à sa charge, dressait un plan de la propriété, écrivait un mémoire, suivait l'affaire devant le tribunal, payait un avocat, moyennant un tant pour cent sur la différence entre l'offre de la Ville et l'indemnité accordée par le jury. Mais à cette besogne à peu près avouable, il en joignait plusieurs autres. Il prêtait surtout à usure. Ce n'était plus l'usurier[1] de la vieille école, déguenillé, malpropre, aux yeux blancs et muets comme des pièces de cent sous, aux lèvres pâles et serrées comme les cordons d'une bourse. Lui, souriait, avait des œillades charmantes, se faisait habiller chez Dusautoy, allait déjeuner chez Brébant[2] avec sa victime, qu'il appelait « Mon bon », en lui offrant des havanes au dessert. Au fond, dans ses gilets qui le pinçaient[3] à la taille, Larsonneau était un terrible monsieur qui aurait poursuivi le paiement d'un billet jusqu'au suicide du signataire, sans rien perdre de son amabilité.

Saccard eût volontiers cherché un autre associé. Mais il avait toujours des inquiétudes au sujet de l'inventaire faux que Larsonneau gardait précieusement. Il préféra le mettre dans l'affaire, comptant profiter de quelque circonstance pour rentrer en possession de cette pièce compromettante. Larsonneau bâtit le café-concert, une construction en planches et en plâtras, surmontée de clochetons de fer-blanc, qu'il fit peinturlurer en jaune et rouge. Le jardin et les jeux eurent du succès dans le quartier populeux de Charonne. Au bout de deux ans, la spéculation paraissait prospère, bien que les bénéfices

1. *Usurier* : personne qui prête à intérêt. \ **2.** *Brébant* : voir ci-dessus, note 1, p. 175. \ **3.** *Pinçaient* : serraient fortement.

fussent réellement très faibles. Saccard, jusqu'alors, n'avait parlé qu'avec enthousiasme à sa femme de l'avenir d'une si belle idée.

Renée, voyant que son mari ne se décidait pas à sortir de la cheminée, où sa voix s'étouffait de plus en plus :

« J'irai voir Larsonneau aujourd'hui, dit-elle. C'est ma seule ressource. »

Alors il abandonna la bûche avec laquelle il luttait.

« La course est faite, chère amie, répondit-il en souriant. Est-ce que je ne préviens pas tous vos désirs ?... J'ai vu Larsonneau hier soir.

– Et il vous a promis les cent trente-six mille francs ? » demanda-t-elle avec anxiété.

Il faisait, entre les deux bûches qui flambaient, une petite montagne de braise, ramassant délicatement, du bout des pincettes, les plus minces fragments de charbon, regardant d'un air satisfait s'élever cette butte qu'il construisait avec un art infini.

« Oh ! comme vous y allez !... murmura-t-il. C'est une grosse somme que cent trente-six mille francs... Larsonneau est un bon garçon, mais sa caisse est encore modeste. Il est tout prêt à vous obliger... »

Il s'attardait, clignant les yeux, rebâtissant un coin de la butte qui venait de s'écrouler. Ce jeu commençait à brouiller les idées de la jeune femme. Elle suivait malgré elle le travail de son mari, dont la maladresse augmentait. Elle était tentée de lui donner des conseils. Oubliant Worms, le mémoire, le manque d'argent, elle finit par dire :

« Mais placez donc ce gros morceau-là dessous ; les autres tiendront. »

Son mari lui obéit docilement, en ajoutant :

« Il ne peut trouver que cinquante mille francs. C'est toujours un joli acompte... Seulement, il ne veut pas mêler cette affaire avec celle de Charonne. Il n'est qu'intermédiaire, vous comprenez, chère amie ? La personne qui prête l'argent demande des intérêts énormes. Elle voudrait un billet de quatre-vingt mille francs, à six mois de date. »

Et, ayant couronné la butte par un morceau de braise pointu, il croisa les mains sur les pincettes en regardant fixement sa femme.

« Quatre-vingt mille francs ! s'écria-t-elle, mais c'est un vol !... Est-ce que vous me conseillez une pareille folie ?

– Non, dit-il nettement. Mais, si vous avez absolument besoin d'argent, je ne vous la défends pas. »

Il se leva comme pour se retirer. Renée, dans une indécision cruelle, regarda son mari et le mémoire qu'il laissait sur la cheminée. Elle finit par prendre sa pauvre tête entre ses mains, en murmurant :

« Oh ! ces affaires !... J'ai la tête brisée, ce matin... Allez, je vais signer ce billet de quatre-vingt mille francs. Si je ne le faisais pas, ça me rendrait tout à fait malade. Je me connais, je passerais la journée dans un combat affreux... J'aime mieux faire les bêtises tout de suite. Ça me soulage. »

Et elle parla de sonner pour qu'on allât lui chercher du papier timbré[1]. Mais il voulut lui rendre ce service lui-même. Il avait sans doute le papier timbré dans sa poche, car son absence dura à peine deux minutes. Pendant qu'elle écrivait sur une petite table qu'il avait poussée au coin du feu, il l'examinait avec des yeux où s'allumait un désir étonné. Il faisait très chaud dans la chambre, pleine encore du lever de la jeune femme, des senteurs de sa première toilette. Tout en causant, elle avait laissé glisser les pans du peignoir dans lequel elle s'était pelotonnée, et le regard de son mari, debout devant elle, glissait sur sa

1. *Papier timbré* : papier émis par le gouvernement, destiné à la rédaction d'actes officiels.

tête inclinée, parmi l'or de ses cheveux, très loin, jusqu'aux blancheurs de son cou et de sa poitrine. Il souriait d'un air singulier ; ce feu ardent qui lui avait brûlé la face, cette chambre close où l'air alourdi gardait une odeur d'amour, ces cheveux jaunes et cette peau blanche qui le tentaient avec une sorte de dédain conjugal, le rendaient rêveur, élargissaient le drame dont il venait de jouer une scène, faisaient naître quelque secret et voluptueux calcul dans sa chair brutale d'agioteur.

Quand sa femme lui tendit le billet, en le priant de terminer l'affaire, il le prit, la regardant toujours.

« Vous êtes belle à ravir… », murmura-t-il.

Et comme elle se penchait pour repousser la table, il la baisa rudement sur le cou. Elle jeta un petit cri. Puis elle se leva, frémissante, tâchant de rire, songeant invinciblement aux baisers de l'autre, la veille. Mais il eut regret de ce baiser de cocher. Il la quitta, en lui serrant amicalement la main, et en lui promettant qu'elle aurait les cinquante mille francs le soir même.

Renée sommeilla toute la journée devant le feu. Aux heures de crise, elle avait des langueurs[1] de créole. Alors, toute sa turbulence devenait paresseuse, frileuse, endormie. Elle grelottait, il lui fallait des brasiers ardents, une chaleur suffocante qui lui mettait au front de petites gouttes de sueur, et qui l'assoupissait. Dans cet air brûlant, dans ce bain de flammes, elle ne souffrait presque plus ; sa douleur devenait comme un songe léger, un vague oppressement, dont l'indécision même finissait par être voluptueuse. Ce fut ainsi qu'elle berça jusqu'au soir ses remords de la veille, dans la clarté rouge du foyer, en face d'un terrible feu qui faisait craquer les meubles autour d'elle, et lui ôtait, par instants, la conscience

1. *Langueur* : mollesse rêveuse.

de son être. Elle put songer à Maxime, comme à une jouissance enflammée dont les rayons la brûlaient ; elle eut un cauchemar d'étranges amours, au milieu de bûchers, sur des lits chauffés à blanc. Céleste allait et venait, dans la chambre, avec sa figure calme de servante au sang glacé. Elle avait l'ordre de ne laisser entrer personne ; elle congédia même les inséparables, Adeline d'Espanet et Suzanne Haffner, de retour d'un déjeuner qu'elles venaient de faire ensemble dans un pavillon loué par elles à Saint-Germain. Cependant, vers le soir, Céleste étant venue dire à sa maîtresse que Mme Sidonie, la sœur de monsieur, voulait lui parler, elle reçut l'ordre de l'introduire.

Mme Sidonie ne venait généralement qu'à la nuit tombée. Son frère avait pourtant obtenu qu'elle mit des robes de soie. Mais, on ne savait comment, la soie qu'elle portait avait beau sortir du magasin, elle ne paraissait jamais neuve ; elle se fripait, perdait son luisant, ressemblait à une loque. Elle avait consenti à ne pas apporter son panier chez les Saccard. En revanche, ses poches débordaient de paperasses. Renée, dont elle ne pouvait faire une cliente raisonnable, résignée aux nécessités de la vie, l'intéressait. Elle la visitait régulièrement, avec des sourires discrets de médecin qui ne veut pas effrayer un malade en lui apprenant le nom de son mal. Elle s'apitoyait sur ses petites misères, comme sur des bobos qu'elle guérirait immédiatement, si la jeune femme voulait. Cette dernière, qui était dans une de ces heures où l'on a besoin d'être plaint, la faisait uniquement entrer pour lui dire qu'elle avait des douleurs de tête intolérables.

« Eh ! ma toute belle, murmura Mme Sidonie en se glissant dans l'ombre de la pièce, mais vous étouffez, ici !... Toujours vos douleurs névralgiques[1], n'est-ce pas ? C'est le chagrin. Vous prenez la vie trop à cœur.

1. *Névralgiques* : nerveuses.

– Oui, j'ai bien des soucis », répondit languissamment Renée.

La nuit tombait. Elle n'avait pas voulu que Céleste allumât une lampe. Le brasier seul jetait une grande lueur rouge, qui l'éclairait en plein, allongée, dans son peignoir blanc dont les dentelles devenaient roses. Au bord de l'ombre, on ne voyait qu'un bout de la robe noire de Mme Sidonie et ses deux mains croisées, couvertes de gants de coton gris. Sa voix tendre sortait des ténèbres.

« Encore des peines d'argent ! » dit-elle, comme si elle avait dit : des peines de cœur, d'un ton plein de douceur et de pitié.

Renée abaissa les paupières, fit un geste d'aveu.

« Ah ! si mes frères m'écoutaient, nous serions tous riches. Mais ils lèvent les épaules quand je leur parle de cette dette de trois milliards, vous savez ?... J'ai bon espoir, pourtant. Il y a dix ans que je veux faire un voyage en Angleterre. J'ai si peu de temps à moi !... Enfin je me suis décidée à écrire à Londres, et j'attends la réponse. »

Et comme la jeune femme souriait :

« Je sais, vous êtes une incrédule, vous aussi. Cependant vous seriez bien contente, si je vous faisais cadeau, un de ces jours, d'un joli petit million... Allez, l'histoire est toute simple : c'est un banquier de Paris qui prêta l'argent au fils du roi d'Angleterre, et comme le banquier mourut sans héritier naturel, l'État peut aujourd'hui exiger le remboursement de la dette, avec les intérêts composés. J'ai fait le calcul, ça monte à deux milliards neuf cent quarante-trois millions deux cent dix mille francs... N'ayez pas peur, ça viendra, ça viendra.

– En attendant, dit la jeune femme avec une pointe d'ironie, vous devriez bien me prêter cent mille francs... Je pourrais payer mon tailleur qui me tourmente beaucoup.

– Cent mille francs se trouvent, répondit tranquillement Mme Sidonie. Il ne s'agit que d'y mettre le prix. »

Le brasier luisait ; Renée, plus languissante, allongeait ses jambes, montrait le bout de ses pantoufles, au bord de son peignoir. La courtière [1] reprit sa voix apitoyée.

« Pauvre chère, vous n'êtes vraiment pas raisonnable… Je connais beaucoup de femmes, mais je n'en ai jamais vu une aussi peu soucieuse de sa santé. Tenez, cette petite Michelin, c'est elle qui sait s'arranger ! Je songe à vous, malgré moi, quand je la vois heureuse et bien portante… Savez-vous que M. de Saffré en est amoureux fou et qu'il lui a déjà donné pour près de dix mille francs de cadeaux ?… Je crois que son rêve est d'avoir une maison de campagne. »

Elle s'animait, elle cherchait sa poche.

« J'ai là encore une lettre d'une pauvre jeune femme… Si nous avions de la lumière, je vous la ferais lire… Imaginez-vous que son mari ne s'occupe pas d'elle. Elle avait signé des billets, elle a été obligée d'emprunter à un monsieur que je connais. C'est moi qui ai retiré les billets des griffes des huissiers, et ça n'a pas été sans peine… Ces pauvres enfants, croyez-vous qu'ils font le mal ? Je les reçois chez moi, comme s'ils étaient mon fils et ma fille.

– Vous connaissez un prêteur ? demanda négligemment Renée.

– J'en connais dix… Vous êtes trop bonne. Entre femmes, n'est-ce pas ? on peut se dire bien des choses, et ce n'est pas parce que votre mari est mon frère, que je l'excuserai de courir les gueuses et de laisser se morfondre au coin du feu un amour de femme comme vous… Cette Laure d'Aurigny lui coûte les yeux de la tête. Ça ne m'étonnerait pas qu'il vous eût refusé de l'argent. Il vous en a refusé, n'est-ce pas ?… Ô le malheureux ! »

1. *Courtière* : intermédiaire dans des transactions financières.

Renée écoutait complaisamment cette voix molle qui sortait de l'ombre, comme l'écho encore vague de ses propres songeries. Les paupières demi-closes, presque couchée dans son fauteuil, elle ne savait plus que Mme Sidonie était là, elle croyait rêver que de mauvaises pensées lui venaient et la tentaient avec une grande douceur. La courtière parla longtemps, pareille à une eau tiède et monotone.

« C'est madame de Lauwerens qui a gâté votre existence. Vous n'avez jamais voulu me croire. Ah ! vous n'en seriez pas à pleurer au coin de votre cheminée, si vous ne vous étiez pas défiée de moi... Et je vous aime comme mes yeux, ma toute belle. Vous avez un pied ravissant. Vous allez vous moquer de moi, mais je veux vous conter mes folies : quand il y a trois jours que je ne vous ai vue, il faut absolument que je vienne pour vous admirer ; oui, il me manque quelque chose ; j'ai besoin de me rassasier de vos beaux cheveux, de votre visage si blanc et si délicat, de votre taille mince... Vrai, je n'ai jamais vu de taille pareille. »

Renée finit par sourire. Ses amants n'avaient pas eux-mêmes cette chaleur, cette extase recueillie, en lui parlant de sa beauté. Mme Sidonie vit ce sourire.

« Allons, c'est convenu, dit-elle en se levant vivement... Je bavarde, je bavarde, et j'oublie que je vous casse la tête... Vous viendrez demain n'est-ce pas ? Nous causerons argent, nous chercherons un prêteur... Entendez-vous, je veux que vous soyez heureuse. »

La jeune femme, sans bouger, pâmée par la chaleur, répondit après un silence, comme s'il lui avait fallu un travail laborieux pour comprendre ce qu'on disait autour d'elle :

« Oui, j'irai, c'est convenu, et nous causerons ; mais pas demain... Worms se contentera d'un acompte. Quand il me tourmentera encore, nous verrons... Ne me parlez plus de tout cela. J'ai la tête brisée par les affaires. »

Mme Sidonie parut très contrariée. Elle allait se rasseoir, reprendre son monologue caressant ; mais l'attitude lasse de Renée lui fit remettre son attaque à plus tard. Elle tira de sa poche une poignée de paperasses, où elle chercha et finit par trouver un objet renfermé dans une sorte de boîte rose.

« J'étais venue pour vous recommander un nouveau savon, dit-elle en reprenant sa voix de courtière. Je m'intéresse beaucoup à l'inventeur, qui est un charmant jeune homme. C'est un savon très doux, très bon pour la peau. Vous l'essaierez, n'est-ce pas ? et vous en parlerez à vos amies... Je le laisse là, sur votre cheminée. »

Elle était à la porte, lorsqu'elle revint encore, et, droite dans la lueur rose du brasier, avec sa face de cire, elle se mit à faire l'éloge d'une ceinture élastique, une invention destinée à remplacer les corsets.

« Ça vous donne une taille absolument ronde, une vraie taille de guêpe, disait-elle... J'ai sauvé ça d'une faillite. Quand vous viendrez, vous essaierez les spécimens, si vous voulez... J'ai dû courir les avoués pendant une semaine. Le dossier est dans ma poche, et je vais de ce pas chez mon huissier pour lever une dernière opposition... À bientôt ma mignonne. Vous savez que je vous attends et que je veux sécher vos beaux yeux. »

Elle glissa, elle disparut. Renée ne l'entendit même pas fermer la porte. Elle resta là, devant le feu qui mourait, continuant le rêve de la journée, la tête pleine de chiffres dansants, entendant au loin les voix de Saccard et de Mme Sidonie dialoguer, lui offrir des sommes considérables, du ton dont un commissaire-priseur met un mobilier aux enchères. Elle sentait sur son cou le baiser brutal de son mari, et quand elle se retournait, c'était la courtière qu'elle trouvait à ses pieds, avec sa robe noire, son visage mou, lui tenant des discours passionnés, lui vantant ses perfections, implorant un rendez-vous d'amour, avec l'attitude d'un amant à bout de résignation. Cela la faisait sourire. La chaleur, dans la pièce, devenait de plus en plus étouffante. Et la stupeur de la jeune femme, les rêves bizarres qu'elle faisait, n'étaient qu'un sommeil léger, un sommeil artificiel, au fond duquel elle revoyait toujours le petit cabinet du boulevard, le large divan où elle était tombée à genoux. Elle ne souffrait plus du tout. Quand elle ouvrait les paupières, Maxime passait dans le brasier rose.

Le lendemain, au bal du ministère, la belle Mme Saccard fut merveilleuse. Worms avait accepté l'acompte de cinquante mille francs ; elle sortait de cet embarras d'argent, avec des rires de convalescente. Quand elle traversa les salons, dans sa grande robe de faille[1] rose à longue traîne Louis XIV, encadrée de hautes dentelles blanches, il y eut un murmure, les hommes se bousculèrent pour la voir. Et les intimes s'inclinaient, avec un discret sourire d'intelligence, rendant hommage à ces belles épaules, si connues du tout-Paris officiel, et qui étaient les fermes colonnes de l'Empire. Elle s'était décolletée avec un tel mépris des regards, elle marchait si calme et si tendre dans sa nudité, que cela n'était presque plus indécent. Eugène Rougon, le grand homme politique, qui sentait cette gorge nue plus éloquente encore que sa parole à la Chambre, plus douce et plus persuasive pour faire goûter les charmes du règne et convaincre les sceptiques, alla complimenter sa belle-sœur sur son heureux coup d'audace d'avoir échancré son corsage de deux doigts de plus. Presque tout le Corps législatif[2] était là, et à la façon dont les députés regardaient la jeune femme, le ministre se promettait un beau succès, le lendemain, dans la question délicate des emprunts de la Ville

1. *Faille* : soie à gros grain. \ **2.** *Corps législatif* : les députés sont élus au suffrage universel (et non pas nommés par l'empereur comme les membres des autres chambres) mais ils n'ont que très peu de pouvoir

de Paris. On ne pouvait voter contre un pouvoir qui faisait pousser, dans le terreau des millions, une fleur comme cette Renée, une si étrange fleur de volupté, à la chair de soie, aux nudités de statue, vivante jouissance qui laissait derrière elle une odeur de plaisir tiède. Mais ce qui fit chuchoter le bal entier, ce fut la rivière et l'aigrette. Les hommes reconnaissaient les bijoux. Les femmes se les désignaient du regard, furtivement. On ne parla que de ça toute la soirée. Et les salons allongeaient leur enfilade, dans la lumière blanche des lustres, emplis d'une cohue resplendissante, comme un fouillis d'astres tombés dans un coin trop étroit.

Vers une heure, Saccard disparut. Il avait goûté le succès de sa femme en homme dont le coup de théâtre réussit. Il venait encore de consolider son crédit. Une affaire l'appelait chez Laure d'Aurigny ; il se sauva en priant Maxime de reconduire Renée à l'hôtel, après le bal.

Maxime passa la soirée, sagement, à côté de Louise de Mareuil, très occupés tous les deux à dire un mal affreux des femmes qui allaient et venaient. Et quand ils avaient trouvé quelque folie plus grosse que les autres, ils étouffaient leurs rires dans leur mouchoir. Il fallut que Renée vînt demander son bras au jeune homme, pour sortir des salons. Dans la voiture, elle fut d'une gaieté nerveuse ; elle était encore toute vibrante de l'ivresse de lumière, de parfums et de bruits, qu'elle venait de traverser. Elle semblait, d'ailleurs, avoir oublié leur « bêtise » du boulevard, comme disait Maxime. Elle lui demanda seulement, d'un ton de voix singulier :

« Elle est donc très drôle, cette petite bossue de Louise ?

– Oh ! très drôle…, répondit le jeune homme en riant encore. Tu as vu la duchesse de Sternich, avec un oiseau jaune dans les cheveux, n'est-ce pas ?… Est-ce que Louise ne prétend pas que c'est un oiseau mécanique qui bat des ailles et qui crie : Coucou ! coucou ! au pauvre duc, toutes les heures. »

Renée trouva très comique cette plaisanterie de pensionnaire émancipée. Quand ils furent arrivés, comme Maxime allait prendre congé d'elle, elle lui dit :

« Tu ne montes pas ? Céleste m'a sans doute préparé une collation. »

Il monta, avec son abandon ordinaire. En haut, il n'y avait pas de collation, et Céleste était couchée. Il fallut que Renée allumât les bougies d'un petit candélabre à trois branches. Sa main tremblait un peu.

« Cette sotte, disait-elle en parlant de sa femme de chambre, elle aura mal compris mes ordres... Jamais je ne vais pouvoir me déshabiller toute seule. »

Elle passa dans son cabinet de toilette. Maxime la suivit, pour lui raconter un nouveau mot de Louise qui lui revenait à la mémoire, tranquille comme s'il se fût attardé chez un ami, cherchant déjà son porte-cigare pour allumer un havane. Mais là, lorsqu'elle eut posé le candélabre, elle se tourna et tomba dans les bras du jeune homme, muette et inquiétante, collant sa bouche sur sa bouche.

L'appartement particulier de Renée était un nid de soie et de dentelle, une merveille de luxe coquet. Un boudoir très petit précédait la chambre à coucher. Les deux pièces n'en faisaient qu'une, ou du moins le boudoir n'était guère que le seuil de la chambre, une grande alcôve, garnie de chaises longues, sans porte pleine, fermée par une double portière. Les murs, dans l'une et l'autre pièces, se trouvaient également tendus d'une étoffe de soie mate gris de lin, brochée d'énormes bouquets de roses, de lilas blancs et de boutons d'or. Les rideaux et les portières étaient en guipure de Venise, posée sur une doublure de soie, faite de bandes alternativement grises et roses. Dans la chambre à coucher, la cheminée en marbre blanc, un véritable joyau, étalait, comme une corbeille de fleurs, ses incrustations de lapis et de mosaïques précieuses, reproduisant les roses, les lilas blancs et les boutons d'or de la tenture. Un grand lit gris et rose, dont on ne voyait pas le bois recouvert d'étoffe et capitonné, et dont le chevet s'appuyait au mur, emplissait toute une moitié de la chambre avec son flot de draperies, ses guipures et sa soie brochée de bouquets, tombant du plafond jusqu'au tapis. On aurait dit une toilette de femme, arrondie, découpée, accompagnée de poufs, de nœuds, de volants ; et ce large rideau qui se gonflait, pareil à une jupe, faisait rêver à quelque grande amoureuse, penchée, se pâmant, près de choir sur les oreillers. Sous les rideaux, c'était un sanctuaire, des batistes[1] plissées à petits plis, une neige de dentelles, toutes sortes de choses délicates et transparentes, qui se noyaient dans un demi-jour religieux. À côté du lit, de ce monument dont l'ampleur dévote rappelait une chapelle ornée pour quelque fête, les autres meubles disparaissaient : des sièges bas, une psyché[2] de deux mètres, des meubles pourvus d'une infinité de tiroirs. À terre, le tapis, d'un gris bleuâtre, était semé de roses pâles effeuillées. Et, aux deux côtés du lit, il y avait deux grandes peaux d'ours noir, garnies de velours rose, aux ongles d'argent, et dont les têtes, tournées vers la fenêtre, regardaient fixement le ciel vide de leurs yeux de verre.

Cette chambre avait une harmonie douce, un silence étouffé. Aucune note trop aiguë, reflet de métal, dorure claire, ne chantait dans la phrase rêveuse du rose et du gris. La garniture de la cheminée elle-même, le cadre de la glace, la pendule, les petits candélabres, étaient faits de pièces de vieux Sèvres, laissant à peine voir le cuivre doré des montures. Une merveille, cette garniture, la pendule surtout, avec sa ronde d'Amours joufflus, qui descendaient, se penchaient autour du

1. *Batistes* : toiles de lin très fines. \ **2.** *Psyché* : grande glace mobile dans laquelle on peut se regarder en pied et que l'on peut incliner à volonté.

cadran, comme une bande de gamins tout nus se moquant de la marche rapide des heures. Ce luxe adouci, ces couleurs et ces objets que le goût de Renée avait voulu tendres et souriants, mettaient là un crépuscule, un jour d'alcôve dont on a tiré les rideaux. Il semblait que le lit se continuât, que la pièce entière fût un lit immense, avec ses tapis, ses peaux d'ours, ses sièges capitonnés, ses tentures matelassées qui continuaient la mollesse du sol le long des murs, jusqu'au plafond. Et, comme dans un lit, la jeune femme laissait là, sur toutes ces choses, l'empreinte, la tiédeur, le parfum de son corps. Quand on écartait la double portière du boudoir, il semblait qu'on soulevât une courtepointe de soie, qu'on entrât dans quelque grande couche encore chaude et moite, où l'on retrouvait, sur les toiles fines, les formes adorables, le sommeil et les rêves d'une Parisienne de trente ans.

Une pièce voisine, la garde-robe, grande chambre tendue de vieille perse [1], était simplement entourée de hautes armoires en bois de rose, où se trouvait pendue l'armée des robes. Céleste, très méthodique, rangeait les robes par ordre d'ancienneté, les étiquetait, mettait de l'arithmétique au milieu des caprices jaunes ou bleus de sa maîtresse, tenait la garde-robe dans un recueillement de sacristie et une propreté de grande écurie. Il n'y avait pas un meuble, et pas un chiffon ne traînait ; les panneaux des armoires luisaient, froids et nets, comme les panneaux vernis d'un coupé [2].

Mais la merveille de l'appartement, la pièce dont parlait tout Paris, c'était le cabinet de toilette. On disait : « Le cabinet de toilette de la belle madame Saccard », comme on dit : « La galerie des glaces, à Versailles ». Ce cabinet se trouvait dans une des tourelles de l'hôtel, juste au-dessus du petit salon bouton d'or. On songeait, en y entrant, à une large tente

1. *Perse* : tissu d'ameublement. \ **2.** *Coupé* : voiture fermée à deux places.

ronde, une tente de féerie, dressée en plein rêve par quelque guerrière amoureuse. Au centre du plafond, une couronne d'argent ciselé retenait les pans de la tente qui venaient, en s'arrondissant, s'attacher aux murs, d'où ils tombaient droits jusqu'au plancher. Ces pans, cette tenture riche, étaient faits d'un dessous de soie rose recouvert d'une mousseline très claire, plissée à grands plis de distance en distance ; une applique de guipure séparait les plis, et des baguettes d'argent guillochées[1] descendaient de la couronne, filaient le long de la tenture, aux deux bords de chaque applique. Le gris rose de la chambre à coucher s'éclairait ici, devenait un blanc rose, une chair nue. Et, sous ce berceau de dentelles, sous ces rideaux qui ne laissaient voir du plafond, par le vide étroit de la couronne, qu'un trou bleuâtre, où Chaplin[2] avait peint un Amour rieur, regardant et apprêtant sa flèche, on se serait cru au fond d'un drageoir, dans quelque précieuse boîte à bijoux, grandie, non plus faite pour l'éclat d'un diamant, mais pour la nudité d'une femme. Le tapis, d'une blancheur de neige, s'étalait sans le moindre semis de fleurs. Une armoire à glace, dont les deux panneaux étaient incrustés d'argent ; une chaise longue, deux poufs, des tabourets de satin blanc ; une grande table de toilette, à plaque de marbre rose, et dont les pieds disparaissaient sous des volants de mousseline et de guipure, meublaient la pièce. Les cristaux de la table de toilette, les verres, les vases, la cuvette, étaient en vieux bohême[3] veiné de rose et de blanc. Et il y avait encore une autre table incrustée d'argent comme l'armoire à glace, où se trouvait rangé l'outillage, les engins de toilette, trousse bizarre qui étalait un nombre considérable de petits instruments dont l'usage échappait, les gratte-dos, les

1. *Guillochées* : ornées d'un croisillon de traits sculptés. \ **2.** *Chaplin* : peintre français (1825-1891) qui s'est particulièrement illustré dans la décoration des boudoirs. \ **3.** *Bohême* : cristal réputé pour sa pureté.

polissoirs, les limes de toutes les grandeurs et de toutes les formes, les ciseaux droits et recourbés, toutes les variétés des pinces et des épingles. Chacun de ces objets, en argent et ivoire, était marqué au chiffre de Renée.

Mais le cabinet avait un coin délicieux, et ce coin-là surtout le rendait célèbre. En face de la fenêtre, les pans de la tente s'ouvraient et découvraient, au fond d'une sorte d'alcôve longue et peu profonde, une baignoire, une vasque de marbre rose, enfoncée dans le plancher, et dont les bords cannelés comme ceux d'une grande coquille, arrivaient au ras du tapis. On descendait dans la baignoire par des marches en marbre. Au-dessus des robinets d'argent, au col de cygne, une glace de Venise, découpée, sans cadre, avec des dessins dépolis dans le cristal, occupait le fond de l'alcôve. Chaque matin, Renée prenait un bain de quelques minutes. Ce bain emplissait pour la journée le cabinet d'une moiteur, d'une odeur de chair fraîche et mouillée. Parfois, un flacon débouché, un savon resté hors de sa boîte, mettaient une pointe plus violente dans cette langueur un peu fade. La jeune femme aimait à rester là, jusqu'à midi, presque nue. La tente ronde, elle aussi, était nue. Cette baignoire rose, ces tables et ces cuvettes roses, cette mousseline du plafond et des murs, sous laquelle on croyait voir couler un sang rose, prenaient des rondeurs de chair, des rondeurs d'épaules et de seins ; et, selon l'heure de la journée, on eût dit la peau neigeuse d'une enfant ou la peau chaude d'une femme. C'était une grande nudité. Quand Renée sortait du bain, son corps blond n'ajoutait qu'un peu de rose à toute cette chair rose de la pièce.

Ce fut Maxime qui déshabilla Renée. Il s'entendait à ces choses, et ses mains agiles devinaient les épingles, couraient autour de sa taille avec une science native. Il la décoiffa, lui enleva ses diamants, la recoiffa pour la nuit. Et comme il mêlait à son office de chambrière et de coiffeur des plaisanteries et des caresses, Renée riait, d'un rire gras et étouffé, tandis que la soie de son corsage craquait et que ses jupes se dénouaient une à une. Quand elle se vit nue, elle souffla les bougies du candélabre, prit Maxime à bras-le-corps et l'emporta presque dans la chambre à coucher. Ce bal avait achevé de la griser. Dans sa fièvre, elle avait conscience de la journée passée au coin de son feu, de cette journée de stupeur ardente, de rêves vagues et souriants. Elle entendait toujours dialoguer les voix sèches de Saccard et de Mme Sidonie, criant des chiffres, avec des nasillements d'huissier. C'étaient ces gens qui l'assommaient, qui la poussaient au crime. Et même, à cette heure, lorsqu'elle cherchait ses lèvres, au fond du grand lit obscur, elle voyait toujours Maxime au milieu du brasier de la veille, la regardant avec des yeux qui la brûlaient.

Le jeune homme ne se retira qu'à six heures du matin. Elle lui donna la clef de la petite porte du parc Monceau, en lui faisant jurer de revenir tous les soirs. Le cabinet de toilette communiquait avec le salon bouton d'or, par un escalier de service caché dans le mur, et qui desservait toutes les pièces de la tourelle. Du salon il était facile de passer dans la serre et de gagner le parc.

En sortant au petit jour, par un brouillard épais, Maxime était un peu étourdi de sa bonne fortune. Il l'accepta, d'ailleurs, avec ses complaisances d'être neutre.

« Tant pis ! pensait-il, c'est elle qui le veut, après tout... Elle est diablement bien faite ; et elle avait raison, elle deux fois plus drôle au lit que Sylvia. »

Ils avaient glissé à l'inceste, dès le jour où Maxime dans sa tunique râpée de collégien, s'était pendu au cou de Renée, en chiffonnant son habit de garde française. Ce fut, dès lors, entre eux, une longue perversion de tous les instants. L'étrange éducation que la jeune femme donnait à l'enfant ; les familiarités qui firent d'eux des camarades ; plus tard, l'audace rieuse de leurs confidences ; toute cette promiscuité périlleuse finit par les attacher d'un singulier lien, où les joies de l'amitié devenaient presque des satisfactions charnelles. Ils s'étaient livrés l'un à l'autre depuis des années ; l'acte brutal ne fut que la crise aiguë de cette inconsciente maladie d'amour. Dans le monde affolé où ils vivaient, leur faute avait poussé comme sur un fumier gras de sucs[1] équivoques ; elle s'était développée avec d'étranges raffinements, au milieu de particulières conditions de débauche.

Lorsque la grande calèche les emportait au Bois et les roulait mollement le long des allées, se contant des gravelures[2] à l'oreille, cherchant dans leur enfance les polissonneries de l'instinct, ce n'était là qu'une déviation et qu'un contentement inavoué de leurs désirs. Ils se sentaient vaguement coupables, comme s'ils s'étaient effleurés d'un attouchement ; et même ce péché originel, cette langueur des conversations ordurières qui les lassait d'une fatigue voluptueuse, les chatouillait plus doucement encore que des baisers nets et positifs. Leur camaraderie fut ainsi la marche lente de deux amoureux, qui devait fatalement un jour les mener au cabinet du café Riche et au grand lit gris et rose de Renée. Quand ils se trouvèrent aux bras l'un de l'autre, ils n'eurent pas la secousse de la faute. On eût dit de vieux amants, dons les baisers avaient des ressouvenirs. Et ils venaient de perdre tant d'heures dans un contact de tout leur être, qu'ils parlaient malgré eux de ce passé plein de leurs tendresses ignorantes.

« Tu te souviens, le jour où je suis arrivé à Paris, disait Maxime ; tu avais un drôle de costume ; et, avec mon doigt, j'ai tracé un angle sur ta poitrine, je t'ai conseillé de te décolleter en pointe… Je sentais ta peau sous la chemisette, et mon doigt enfonçait un peu… C'était très bon… »

1. *Sucs* : liquides considérés comme la partie la plus substantielle de certaines structures organiques. \ **2.** *Gravelures* : anecdotes grivoises, obscènes.

Renée riait, le baisant, murmurant :

« Tu étais déjà joliment vicieux… Nous as-tu amusées, chez Worms, tu te rappelles ! Nous t'appelions “notre petit homme”. Moi j'ai toujours cru que la grosse Suzanne se serait parfaitement laissé faire, si la marquise ne l'avait surveillée avec des yeux furibonds.

– Ah ! oui, nous avons bien ri…, murmurait le jeune homme. L'album de photographies, n'est-ce pas ? et tout le reste, nos courses dans Paris, nos goûters chez le pâtissier du boulevard ; tu sais, ces petits gâteaux aux fraises que tu adorais ?… Moi, je me souviendrai toujours de cette après-midi où tu m'as conté l'aventure d'Adeline, au couvent, quand elle écrivait des lettres à Suzanne, et qu'elle signait comme un homme : Arthur d'Espanet, en lui proposant de l'enlever… »

Les amants s'égayaient encore de cette bonne histoire ; puis Maxime continuait de sa voix câline :

« Quand tu venais me chercher au collège dans ta voiture, nous devions être drôles tous les deux… Je disparaissais sous tes jupons, tant j'étais petit.

– Oui, oui, balbutiait-elle, prise de frissons, attirant le jeune homme à elle, c'était très bon, comme tu dis… Nous nous aimions sans le savoir, n'est-ce pas ? Moi je l'ai su avant toi. L'autre jour, en revenant du Bois, j'ai frôlé ta jambe, et j'ai tressailli… Mais tu ne t'es aperçu de rien. Hein ? tu ne songeais pas à moi ?

– Oh ! si, répondait-il un peu embarrassé. Seulement, je ne savais pas, tu comprends… Je n'osais pas. »

Il mentait. L'idée de posséder Renée ne lui était jamais nettement venue. Il l'avait effleurée de tout son vice sans la désirer réellement. Il était trop mou pour cet effort. Il accepta Renée parce qu'elle s'imposa à lui, et qu'il glissa jusqu'à sa couche, sans le vouloir, sans le prévoir. Quand il y eut roulé, il y resta, parce qu'il y faisait chaud, et qu'il s'oubliait au fond de tous les trous où il tombait. Dans les commencements, il goûta même des satisfactions d'amour-propre. C'était la première femme mariée qu'il possédait. Il ne songeait pas que le mari était son père.

Mais Renée apportait dans la faute toutes ces ardeurs de cœur déclassé. Elle aussi avait glissé sur la pente. Seulement, elle n'avait pas roulé jusqu'au bout comme une chair inerte. Le désir s'était éveillé en elle trop tard pour le combattre, lorsque la chute devenait fatale. Cette chute lui apparut brusquement comme une nécessité de son ennui, comme une jouissance rare et extrême qui seule pouvait réveiller ses sens lassés, son cœur meurtri. Ce fut pendant cette promenade d'automne, au crépuscule, quand le Bois s'endormait, que l'idée vague de l'inceste lui vint, pareille à un chatouillement qui lui mit à fleur de peau un frisson inconnu ; et, le soir, dans la demi-ivresse du dîner, sous le fouet de la jalousie, cette idée se précisa, se dressa ardemment devant elle, au milieu des flammes de la serre, en face de Maxime et de Louise. À cette heure, elle voulut le mal, le mal que personne ne commet, le mal qui allait emplir son existence vide et la mettre enfin dans cet enfer, dont elle avait toujours peur, comme au temps où elle était petite fille. Puis, le lendemain, elle ne voulut plus, par un étrange sentiment de remords et de lassitude. Il lui semblait qu'elle avait déjà péché, que ce n'était pas si bon qu'elle pensait, et que ce serait vraiment trop sale. La crise devait être fatale, venir d'elle-même, en dehors de ces deux êtres, de ces camarades qui étaient destinés à se tromper un beau soir, à s'accoupler, en croyant se donner une poignée de main. Mais, après cette chute bête, elle se remit à son rêve d'un plaisir sans nom, et alors elle reprit Maxime dans ses bras, curieuse de lui, curieuse des joies cruelles d'un amour qu'elle regardait comme un crime. Sa volonté accepta l'inceste, l'exigea, entendit le goûter jusqu'au bout, jusqu'aux remords, s'ils venaient jamais. Elle fut active, consciente. Elle aima avec son emportement de grande mondaine, ses préjugés inquiets de bourgeoise, tous ses combats, ses joies et ses dégoûts de femme qui se noie dans son propre mépris.

Maxime revint chaque nuit. Il arrivait par le jardin, vers une heure. Le plus souvent, Renée l'attendait dans la serre, qu'il devait traverser pour gagner le petit salon. Ils étaient, d'ailleurs, d'une impudence[1] parfaite, se cachant à peine, oubliant les précautions les plus classiques de l'adultère. Ce coin de l'hôtel, il est vrai, leur appartenait. Baptiste, le valet de chambre du mari, avait seul le droit d'y pénétrer, et Baptiste, en homme grave, disparaissait aussitôt que son service était fini. Maxime prétendait même en riant qu'il se retirait pour écrire ses Mémoires. Une nuit, cependant, comme il venait d'arriver, Renée le lui montra qui traversait solennellement le salon, tenant un bougeoir à la main. Le grand valet, avec sa carrure de ministre, éclairé par la lumière jaune de la cire, avait, cette nuit-là, un visage plus correct et plus sévère encore que de coutume. En se penchant, les amants le virent souffler sa bougie et se diriger vers les écuries, où dormaient les chevaux et les palefreniers.

« Il fait sa ronde », dit Maxime.

Renée resta frissonnante. Baptiste l'inquiétait d'ordinaire. Il lui arrivait de dire qu'il était le seul honnête homme de l'hôtel, avec sa froideur, ses regards clairs qui ne s'arrêtaient jamais aux épaules des femmes.

Ils mirent alors quelque prudence à se voir. Ils fermaient les portes du petit salon, et pouvaient ainsi jouir en toute tranquillité de salon, de la serre et de l'appartement de Renée. C'était tout un monde. Ils y goûtèrent, pendant les premiers mois, les joies les plus raffinées, les plus délicatement cherchées.

1. *Impudence* : effronterie audacieuse, choquante.

Ils promenèrent leurs amours du grand lit gris et rose de la chambre à coucher, dans la nudité rose et blanche du cabinet de toilette, et dans la symphonie en jaune mineur du petit salon. Chaque pièce, avec son odeur particulière, ses tentures, sa vie propre, leur donnait une tendresse différente, faisait de Renée une autre amoureuse : elle fut délicate et jolie dans sa couche capitonnée de grande dame, au milieu de cette chambre tiède et aristocratique, où l'amour prenait un effacement de bon goût ; sous la tente couleur de chair, au milieu des parfums et de la langueur humide de la baignoire, elle se montra fille capricieuse et charnelle, se livrant au sortir du bain, et ce fut là que Maxime la préféra ; puis en bas, au clair lever du soleil du petit salon, au milieu de cette aurore jaunissante qui dorait ses cheveux, elle devint déesse, avec sa tête de Diane[1] blonde, ses bras nus qui avaient des poses chastes, son corps pur, dont les attitudes, sur les causeuses, trouvaient des lignes nobles, d'une grâce antique. Mais il était un lieu dont Maxime avait presque peur, et où Renée ne l'entraînait que les jours mauvais, les jours où elle avait besoin d'une ivresse plus âcre. Alors ils aimaient dans la serre. C'était là qu'ils goûtaient l'inceste.

Une nuit, dans une heure d'angoisse, la jeune femme avait voulu que son amant allât chercher une des peaux d'ours noir. Puis ils s'étaient couchés sur cette fourrure d'encre, au bord d'un bassin, dans la grande allée circulaire. Au-dehors, il gelait terriblement, par un clair de lune limpide. Maxime était arrivé frissonnant, les oreilles et les doigts glacés. La serre se trouvait chauffée à un tel point, qu'il eut une défaillance, sur la peau de bête. Il entrait dans une flamme si lourde, au sortir des piqûres sèches du froid, qu'il éprouvait des cuissons, comme

1. *Diane* : Artémis dans la mythologie grecque, Diane dans la mythologie latine, déesse de la nature sauvage et de la chasse.

si on l'eût battu de verges[1]. Quand il revint à lui, il vit Renée agenouillée, penchée, avec des yeux fixes, une attitude brutale qui lui fit peur. Les cheveux tombés, les épaules nues, elle s'appuyait sur ses poings, l'échine allongée, pareille à une grande chatte aux yeux phosphorescents. Le jeune homme, couché sur le dos, aperçut, au-dessus des épaules de cette adorable bête amoureuse qui le regardait, le sphinx de marbre, dont la lune éclairait les cuisses luisantes. Renée avait la pose et le sourire du monstre à tête de femme, et, dans ses jupons dénoués, elle semblait la sœur blanche de ce dieu noir.

Maxime resta languissant. La chaleur était suffocante, une chaleur sombre, qui ne tombait pas du ciel en pluie de feu, mais qui traînait à terre, ainsi qu'une exhalaison malsaine, dont la buée montait, pareille à un nuage chargé d'orage. Une humidité chaude couvrait les amants d'une rosée, d'une sueur ardente. Longtemps ils demeurèrent sans gestes et sans paroles, dans ce bain de flammes, Maxime terrassé et inerte, Renée frémissante sur ses poignets comme sur des jarrets souples et nerveux. Au-dehors, par les petites vitres de la serre, on voyait des échappées du parc Monceau, des bouquets d'arbres aux fines découpures noires, des pelouses de gazon blanches comme des lacs glacés, tout un paysage mort, dont les délicatesses et les teintes claires et unies rappelaient des coins de gravures japonaises. Et ce bout de terre brûlante, cette couche enflammée où les amants s'allongeaient, bouillait étrangement au milieu de ce grand froid muet.

Ils eurent une nuit d'amour fou. Renée était l'homme, la volonté passionnée et agissante. Maxime subissait. Cet être neutre, blond et joli, frappé dès l'enfance dans sa virilité, devenait, aux bras curieux de la jeune femme, une grande fille,

1. *Verges* : baguettes de bois ou de métal.

avec ses membres épilés, ses maigreurs gracieuses d'éphèbe[1] romain. Il semblait né et grandi pour une perversion de la volupté. Renée jouissait de ses dominations, elle pliait sous sa passion cette créature où le sexe hésitait toujours. C'était pour elle un continuel étonnement du désir, une surprise des sens, une bizarre sensation de malaise et de plaisir aigu. Elle ne savait plus ; elle revenait avec des doutes à sa peau fine, à son cou potelé, à ses abandons et à ses évanouissements. Elle éprouva alors une heure de plénitude. Maxime, en lui révélant un frisson nouveau, compléta ses toilettes folles, son luxe prodigieux, sa vie à outrance. Il mit dans sa chair la note excessive qui chantait déjà autour d'elle. Il fut l'amant assorti aux modes et aux folies de l'époque. Ce joli jeune homme, dont les vestons montraient les formes grêles, cette fille manquée, qui se promenait sur les boulevards, la raie au milieu de la tête, avec de petits rires et des sourires ennuyés, se trouva être, aux mains de Renée, une de ces débauches de décadence qui, à certaines heures, dans une nation pourrie, épuise une chair et détraque une intelligence.

Et c'était surtout dans la serre que Renée était l'homme. La nuit ardente qu'ils y passèrent fut suivie de plusieurs autres. La serre aimait, brûlait avec eux. Dans l'air alourdi, dans la clarté blanchâtre de la lune, ils voyaient le monde étrange des plantes qui les entouraient se mouvoir confusément, échanger des étreintes. La peau d'ours noir tenait toute l'allée. À leurs pieds, le bassin fumait, plein d'un grouillement, d'un entrelacement épais de racines, tandis que l'étoile rose des Nymphéa s'ouvrait, à fleur d'eau, comme un corsage de vierge, et que les Tornélia laissaient pendre leurs broussailles, pareilles à des chevelures de Néréides[2] pâmées. Puis, autour d'eux, les Palmiers, les grands Bambous de l'Inde, se haussaient, allaient

1. *Éphèbe* : adolescent. \ **2.** *Néréides* : nymphes de la mer.

dans le cintre, où ils se penchaient et mêlaient leurs feuilles, avec des attitudes chancelantes d'amants lassés. Plus bas, les Fougères, les Ptérides, les Alsophila, étaient comme des dames vertes, avec leurs larges jupes garnies de volants réguliers, qui, muettes et immobiles aux bords de l'allée, attendaient l'amour. À côté d'elles, les feuilles torses, tachées de rouge, des Bégonia, et les feuilles blanches, en fer de lance, des Caladium, mettaient une suite vague de meurtrissures et de pâleurs, que les amants ne s'expliquaient pas, et où ils retrouvaient parfois des rondeurs de hanches et de genoux, vautrés à terre, sous la brutalité de caresses sanglantes. Et les Bananiers, pliants sous les grappes de leurs fruits, leur parlaient des fertilités grasses du sol, pendant que les Euphorbes d'Abyssinie, dont ils entrevoyaient dans l'ombre les cierges épineux, contrefaits, pleins de bosses honteuses, leur semblaient suer la sève, le flux débordant de cette génération de flamme. Mais, à mesure que leurs regards s'enfonçaient dans les coins de la serre, l'obscurité s'emplissait d'une débauche de feuilles et de tiges plus furieuse ; ils ne distinguaient plus, sur les gradins, les Maranta douces comme du velours, les Gloxinia aux cloches violettes, les Dracena semblables à des lames de vieille laque vernie ; c'était une ronde d'herbes vivantes qui se poursuivait d'une tendresse inassouvie. Aux quatre angles, à l'endroit où des rideaux de lianes ménageaient des berceaux, leur rêve charnel s'affolait encore, et les jets souples des Vanilles, des Coques du Levant, des Quisqualus, des Bauhinia, étaient les bras interminables d'amoureux qu'on ne voyait pas, et qui allongeaient éperdument leur étreinte, pour amener à eux toutes les joies éparses. Ces bras sans fin pendaient de lassitude, se nouaient dans un spasme d'amour, se cherchaient, s'enroulaient, comme pour le rut d'une foule. C'était le rut immense de la serre, de ce coin de forêt vierge où flambaient les verdures et les floraisons des tropiques.

Maxime et Renée, les sens faussés, se sentaient emportés dans ces noces puissantes de la terre. Le sol, à travers la peau d'ours, leur brûlait le dos, et, des hautes palmes, tombaient sur eux des gouttes de chaleur. La sève qui montait aux flancs des arbres les pénétrait, eux aussi, leur donnait des désirs fous de croissance immédiate, de reproduction gigantesque. Ils entraient dans le rut de la serre. C'était alors, au milieu de la lueur pâle, que des visions les hébétaient, des cauchemars dans lesquels ils assistaient longuement aux amours des Palmiers et des Fougères ; les feuillages prenaient des apparences confuses et équivoques, que leurs désirs fixaient en images sensuelles ; des murmures, des chuchotements leur venaient des massifs, voix pâmées, soupirs d'extase, cris étouffés de douleur, rires lointains, tout ce que leurs propres baisers avaient de bavard, et que l'écho leur renvoyait. Parfois ils se croyaient secoués par un tremblement du sol, comme si la terre elle-même, dans une crise d'assouvissement, eût éclaté en sanglots voluptueux.

S'ils avaient fermé les yeux, si la chaleur suffocante et la lumière pâle n'avaient pas mis en eux une dépravation de tous les sens, les odeurs eussent suffi à les jeter dans un éréthisme [1] nerveux extraordinaire. Le bassin les mouillait d'une senteur âcre, profonde, où passaient les mille parfums des fleurs et des verdures. Par instants, la Vanille chantait avec des roucoulements de ramier ; puis arrivaient les notes rudes des Stanhopéa, dont les bouches tigrées ont une haleine forte et amère de convalescent. Les Orchidées, dans leurs corbeilles que retenaient des chaînettes, exhalaient leurs souffles, semblables à des encensoirs vivants. Mais l'odeur qui dominait, l'odeur où se fondaient tous ces vagues soupirs, c'était une odeur humaine, une odeur d'amour, que Maxime reconnaissait,

1. *Éréthisme* : excitation violente.

quand il baisait la nuque de Renée, quand il enfouissait sa tête au milieu de ses cheveux dénoués. Et ils restaient ivres de cette odeur de femme amoureuse, qui traînait dans la serre, comme dans une alcôve où la terre enfantait.

D'habitude, les amants se couchaient sous le Tanghin de Madagascar, sous cet arbuste empoisonné dont la jeune femme avait mordu une feuille. Autour d'eux, des blancheurs de statues riaient, en regardant l'accouplement énorme des verdures. La lune, qui tournait, déplaçait les groupes, animait le drame de sa lumière changeante. Et ils étaient à mille lieues de Paris, en dehors de la vie facile du Bois et des salons officiels, dans le coin d'une forêt de l'Inde, de quelque temple monstrueux, dont le sphinx de marbre noir devenait le dieu. Ils se sentaient rouler au crime, à l'amour maudit, à une tendresse de bêtes farouches. Tout ce pullulement qui les entourait, ce grouillement sourd du bassin, cette impudicité nue des feuillages, les jetaient en plein enfer dantesque[1] de la passion. C'était alors au fond de cette cage de verre, toute bouillante des flammes de l'été, perdue dans le froid clair de décembre, qu'ils goûtaient l'inceste, comme le fruit criminel d'une terre trop chauffée, avec la peur sourde de leur couche terrifiante.

Et, au milieu de la peau noire, le corps de Renée blanchissait, dans sa pose de grande chatte accroupie, l'échine allongée, les poignets tendus, comme des jarrets souples et nerveux. Elle était toute gonflée de volupté, et les lignes claires de ses épaules et de ses reins se détachaient avec des sécheresses félines sur la tache d'encre dont la fourrure noircissait le sable jaune de l'allée. Elle guettait Maxime, cette proie renversée sous elle, qui s'abandonnait, qu'elle possédait tout entière. Et,

1. *Dantesque* : qui évoque Dante, poète italien (1265-1321), auteur de *La Divine Comédie*, dans laquelle le narrateur descend aux Enfers.

de temps à autre, elle se penchait brusquement, elle le baisait de sa bouche irritée. Sa bouche s'ouvrait alors avec l'éclat avide et saignant de l'Hibiscus de la Chine, dont la nappe couvrait le flanc de l'hôtel. Elle n'était plus qu'une fille brûlante de la serre. Ses baisers fleurissaient et se fanaient, comme les fleurs rouges de la grande mauve, qui durent à peine quelques heures, et qui renaissent sans cesse, pareilles aux lèvres meurtries et insatiables d'une Messaline[1] géante.

1. *Messaline* : impératrice romaine du Ier siècle après J.-C., dont les débauches sont restées célèbres.

V

Le baiser qu'il avait mis sur le cou de sa femme préoccupait Saccard. Il n'usait plus de ses droits de mari depuis longtemps ; la rupture était venue naturellement, ni l'un ni l'autre ne se souciant d'une liaison qui les dérangeait. Pour qu'il songeât à rentrer dans la chambre de Renée, il fallait qu'il y eût quelque bonne affaire au bout de ses tendresses conjugales.

Le coup de fortune de Charonne marchait bien, tout en lui laissant des inquiétudes sur le dénouement. Larsonneau, avec son linge éblouissant, avait des sourires qui lui déplaisaient. Il n'était qu'un pur intermédiaire, qu'un prête-nom dont il payait les complaisances par un intérêt de dix pour cent sur les bénéfices futurs. Mais, bien que l'agent d'expropriation n'eût pas mis un sou dans l'affaire, et que Saccard, après avoir fourni les fonds du café-concert, eût pris toutes ses précautions, contrevente, lettres dont la date restait en blanc, quittances données à l'avance, ce dernier n'en éprouvait pas moins une peur sourde, un pressentiment de quelque traîtrise. Il flairait, chez son complice, l'intention de le faire chanter, à l'aide de cet inventaire faux que celui-ci gardait précieusement, et auquel il devait uniquement d'être de l'affaire.

Aussi les deux compères se serraient-ils vigoureusement la main. Larsonneau traitait Saccard de « cher maître ». Il avait au fond, une véritable admiration pour cet équilibriste, dont il suivait en amateur les exercices sur la corde roide de la spéculation. L'idée de le duper le chatouillait comme une volupté rare et piquante. Il caressait un plan encore vague, ne sachant trop comment employer l'arme qu'il possédait, et à laquelle il craignait de se couper lui-même. Il se sentait, d'ailleurs, à la merci de son ancien collègue. Les terrains et les constructions que des inventaires savamment calculés estimaient déjà à près de deux millions, et qui ne valaient pas le quart de cette somme, devaient finir par s'abîmer dans une faillite colossale, si la fée de l'expropriation ne les touchait pas de sa baguette d'or. D'après les plans primitifs qu'ils avaient pu consulter, le nouveau boulevard, ouvert pour relier le parc d'artillerie de Vincennes à la caserne du Prince-Eugène, et mettre ce parc au cœur de Paris en tournant le faubourg Saint-Antoine, emportait une partie des terrains; mais il restait à craindre qu'ils ne fussent qu'à peine écornés et que l'ingénieuse spéculation du café-concert n'échouât par son impudence même. Dans ce cas, Larsonneau demeurait avec une aventure délicate sur les bras. Ce péril, toutefois, ne l'empêchait pas, malgré son rôle forcément secondaire, d'être navré, lorsqu'il songeait aux maigres dix pour cent qu'il toucherait dans un vol si colossal de millions. Et c'était alors qu'il ne pouvait résister à la démangeaison furieuse d'allonger la main, de se tailler sa part.

Saccard n'avait pas même voulu qu'il prêtât de l'argent à sa femme, s'amusant lui-même à cette grosse ficelle de mélodrame, où se plaisait son amour des trafics compliqués.

« Non, non, mon cher, disait-il avec son accent provençal, qu'il exagérait encore quand il voulait donner du sel à une plaisanterie, n'embrouillons pas nos comptes… Vous êtes le seul homme à Paris auquel j'ai juré de ne jamais rien devoir. »

Larsonneau se contentait de lui insinuer que sa femme était un gouffre. Il lui conseillait de ne plus lui donner un sou, pour qu'elle leur cédât immédiatement sa part de propriété. Il aurait préféré n'avoir affaire qu'à lui. Il le tâtait parfois, il poussait les choses jusqu'à dire, de son air las et indifférent de viveur :

« Il faudra pourtant que je mette un peu d'ordre dans mes papiers… Votre femme m'épouvante, mon bon. Je ne veux pas qu'on pose chez moi les scellés sur certaines pièces. »

Saccard n'était pas homme à supporter patiemment de pareilles allusions, quand il savait surtout à quoi s'en tenir sur l'ordre froid et méticuleux qui régnait dans les bureaux du personnage. Toute sa petite personne rusée et active se révoltait contre les peurs que cherchait à lui faire ce grand bellâtre d'usurier en gants jaunes. Le pis était qu'il se sentait pris de frissons, quand il pensait à un scandale possible ; et il se voyait exilé brutalement par son frère, vivant en Belgique de quelque négoce inavouable. Un jour, il se fâcha, il alla jusqu'à tutoyer Larsonneau.

« Écoute, mon petit, lui dit-il, tu es un gentil garçon, mais tu ferais bien de me rendre la pièce que tu sais. Tu verras que ce bout de papier finira par nous fâcher. »

L'autre fit l'étonné, serra les mains de son « cher maître », en l'assurant de son dévouement. Saccard regretta son impatience d'une minute. Ce fut à cette époque qu'il songea sérieusement à se rapprocher de sa femme ; il pouvait avoir besoin d'elle contre son complice, et il se disait encore que les affaires se traitent merveilleusement sur l'oreiller. Le baiser sur le cou devint peu à peu la révélation de toute une nouvelle tactique.

D'ailleurs, il n'était pas pressé, il ménageait ses moyens. Il mit tout l'hiver à mûrir son plan, tiraillé par cent affaires plus embrouillées les unes que les autres. Ce fut pour lui un hiver terrible, plein de secousses, une campagne prodigieuse, pendant laquelle il lui fallut chaque jour vaincre la faillite. Loin de restreindre son train de maison, il donna fête sur fête. Mais, s'il parvint à faire face à tout, il dut négliger Renée, qu'il réservait pour son coup de triomphe, lorsque l'opération de Charonne serait mûre. Il se contenta de préparer le dénouement, en continuant à ne plus lui donner de l'argent que par l'entremise de Larsonneau. Quand il pouvait disposer de quelques milliers de francs, et qu'elle criait misère, il les lui apportait, en disant que les hommes à Larsonneau exigeaient un billet du double de la somme. Cette comédie l'amusait énormément, l'histoire de ces billets le ravissait par le roman qu'ils mettaient dans l'affaire. Même au temps de ses bénéfices les plus nets, il avait servi la pension de sa femme d'une façon très irrégulière, lui faisant des cadeaux princiers, lui abandonnant des poignées de billets de banque, puis la laissant aux abois pour une misère pendant des semaines. Maintenant qu'il se trouvait sérieusement embarrassé, il parlait des charges de la maison, il la traitait en créancier, auquel on ne veut pas avouer sa ruine, et qu'on fait patienter avec des histoires. Elle l'écoutait à peine ; elle signait tout ce qu'il voulait ; elle se plaignait seulement de ne pouvoir signer davantage.

Il avait déjà, cependant, pour deux cent mille francs de billets signés d'elle, qui lui coûtaient à peine cent dix mille francs. Après les avoir fait endosser par Larsonneau, au nom duquel ils étaient souscrits, il faisait voyager ces billets d'une façon prudente, comptant s'en servir plus tard comme d'armes décisives. Jamais il n'aurait pu aller jusqu'au bout de ce terrible hiver, prêter à usure à sa femme et maintenir son train de maison, sans la vente de son terrain du boulevard Malesherbes, que les sieurs Mignon et Charrier lui payèrent argent comptant, mais en retenant un escompte formidable.

Cet hiver fut pour Renée une longue joie. Elle ne souffrait que du besoin d'argent. Maxime lui coûtait très cher ; il la traitait toujours en belle-maman, la laissait payer partout. Mais cette misère cachée était pour elle une volupté de plus. Elle s'ingéniait, se cassait la tête, pour que « son cher enfant » ne manquât de rien ; et quand elle avait décidé son mari à lui trouver quelques milliers de francs, elle les mangeait avec son amant, en folies coûteuses, comme deux écoliers lâchés dans leur première escapade. Lorsqu'ils n'avaient pas le sou, ils restaient à l'hôtel, ils jouissaient de cette grande bâtisse, d'un luxe si neuf et si insolemment bête. Le père n'était jamais là. Les amoureux gardaient le coin du feu plus souvent qu'autrefois. C'est que Renée avait enfin empli d'une jouissance chaude le vide glacial de ces plafonds dorés. Cette maison suspecte du plaisir mondain était devenue une chapelle où elle pratiquait à l'écart une nouvelle religion. Maxime ne mettait pas seulement en elle la note aiguë qui s'accordait avec ses toilettes folles ; il était l'amant fait pour cet hôtel, aux larges vitrines de magasin, et qu'un ruissellement de sculptures inondait des greniers aux caves ; il animait ces plâtras, depuis les deux Amours joufflus qui, dans la cour, laissaient tomber de leur coquille un filet d'eau, jusqu'aux grandes femmes nues soutenant les balcons et jouant au milieu des frontons avec des épis et des pommes ; il expliquait le vestibule trop riche, le jardin trop étroit, les pièces éclatantes où l'on voyait trop de fauteuils et pas un objet d'art. La jeune femme, qui s'y était mortellement ennuyée, s'y amusa tout d'un coup, en usa comme d'une chose dont elle n'avait pas d'abord compris l'emploi. Et ce ne fut pas seulement dans son appartement, dans le salon bouton d'or et dans la serre, qu'elle promena son amour, mais dans l'hôtel entier. Elle finit par se plaire même sur le divan du fumoir ; elle s'oubliait là, elle disait que cette pièce avait une vague odeur de tabac, très agréable.

Elle prit deux jours de réception au lieu d'un. Le jeudi, tous les intrus venaient. Mais le lundi était réservé aux amies intimes. Les hommes n'étaient pas admis. Maxime seul assistait à ces parties fines qui avaient lieu dans le petit salon. Un soir, elle eut l'étonnante idée de l'habiller en femme et de le présenter comme une de ses cousines. Adeline, Suzanne, la baronne de Meinhold, et les autres amies qui étaient là, se levèrent, saluèrent, étonnées par cette figure qu'elles reconnaissaient vaguement. Puis lorsqu'elles comprirent, elles rirent beaucoup, elles ne voulurent absolument pas que le jeune homme allât se déshabiller. Elles le regardèrent avec ses jupes, le taquinant, se prêtant à des plaisanteries équivoques. Quand il avait reconduit ces dames par la grande porte, il faisait le tour du parc et revenait par la serre. Jamais les bonnes amies n'eurent le moindre soupçon. Les amants ne pouvaient être plus familiers qu'ils ne l'étaient déjà, lorsqu'ils se disaient bons camarades. Et s'il arrivait qu'un domestique les vît se serrer d'un peu près, entre deux portes, il n'éprouvait aucune surprise, étant habitué aux plaisanteries de madame et du fils de monsieur.

Cette liberté entière, cette impunité les enhardissaient encore. S'ils poussaient les verrous la nuit, ils s'embrassaient le jour dans toutes les pièces de l'hôtel. Ils inventèrent mille petits jeux, par les temps de pluie. Mais le grand régal de Renée était toujours de faire un feu terrible et de s'assoupir devant le brasier. Elle eut, cet hiver-là, un luxe de linge merveilleux. Elle porta des chemises et des peignoirs d'un prix fou, dont les entre-deux[1] et la batiste[2] la couvraient à peine d'une fumée blanche. Et, dans la lueur rouge du brasier, elle restait, comme nue, les dentelles et la peau roses, la chair baignée par la flamme à travers l'étoffe mince. Maxime, accroupi à ses pieds lui baisait les genoux, sans même sentir le linge, qui avait la tiédeur et la couleur de ce beau corps. Le jour était bas, il tombait pareil à un crépuscule dans la chambre de soie grise, tandis que Céleste allait et venait derrière eux, de son pas tranquille. Elle était devenue leur

1. *Entre-deux* : bande de tulle ou de dentelle qui coupe un tissu. \ 2. *Batiste* : toile de lin très fine.

complice, naturellement. Un matin qu'ils s'étaient oubliés au lit, elle les y trouva, et garda son flegme de servante au sang glacé. Ils ne se gênaient plus, elle entrait à toute heure, sans que le bruit de leurs baisers lui fît tourner la tête. Ils comptaient sur elle pour les prévenir en cas d'alerte. Ils n'achetaient pas son silence. C'était une fille très économe, très honnête, et à laquelle on ne connaissait pas d'amant.

Cependant, Renée ne s'était pas cloîtrée. Elle courait le monde, y menait Maxime à sa suite, comme un page blond en habit noir, y goûtait même des plaisirs plus vifs. La saison fut pour elle un long triomphe. Jamais elle n'avait eu des imaginations plus hardies de toilettes et de coiffures. Ce fut alors qu'elle risqua cette fameuse robe de satin couleur buisson, sur laquelle était brodée toute une chasse au cerf, avec des attributs, des poires à poudre, des cors de chasse, des couteaux à larges lames. Ce fut alors aussi qu'elle mit à la mode les coiffures antiques que Maxime dut aller dessiner pour elle au musée Campana[1], récemment ouvert. Elle rajeunissait, elle était dans la plénitude de sa beauté turbulente. L'inceste mettait en elle une flamme qui luisait au fond de ses yeux et chauffait ses rires. Son binocle prenait des insolences suprêmes sur le bout de son nez, et elle regardait les autres femmes, les bonnes amies étalées dans l'énormité de quelque vice, d'un air d'adolescent vantard, d'un sourire fixe signifiant : « J'ai mon crime ».

Maxime, lui, trouvait le monde assommant. C'était par « chic » qu'il prétendait s'y ennuyer, car il ne s'amusait réellement nulle part. Aux Tuileries[2], chez les ministres, il

1. *Musée Campana* : il rassemble des pièces grecques, étrusques et romaines, ainsi que des toiles de primitifs. Cette collection, acquise en 1861, devait prendre place dans un grand musée Napoléon III qui ne vit jamais le jour. \ **2.** *Tuileries* : Louis-Napoléon Bonaparte s'y installe dès février 1852. C'est déjà moins le président de la République que l'empereur qui décide, symboliquement, de faire sien l'ancien palais royal.

disparaissait dans les jupons de Renée. Mais il redevenait le maître, dès qu'il s'agissait de quelque escapade. Renée voulut revoir le cabinet du boulevard, et la largeur du divan la fit sourire. Puis, il la mena un peu partout, chez les filles [1], au bal de l'Opéra, dans les avant-scènes des petits théâtres, dans tous les endroits équivoques où ils pouvaient coudoyer le vice brutal, en goûtant les joies de l'incognito. Quand ils rentraient furtivement à l'hôtel, brisés de fatigue, ils s'endormaient aux bras l'un de l'autre, cuvant l'ivresse du Paris ordurier, avec des lambeaux de couplets grivois chantant encore à leurs oreilles. Le lendemain, Maxime imitait les acteurs, et Renée, sur le piano du petit salon, cherchait à retrouver la voix rauque et les déhanchements de Blanche Muller, dans son rôle de la Belle Hélène [2]. Ses leçons de musique du couvent ne lui servaient plus qu'à écorcher les couplets de bouffonneries nouvelles. Elle avait une horreur sainte pour les airs sérieux. Maxime « blaguait » avec elle la musique allemande, et il crut devoir aller siffler le *Tannhäuser* [3] par conviction, et pour défendre les refrains égrillards de sa belle-mère.

Une de leurs grandes parties fut de patiner ; cet hiver-là, le patin était à la mode, l'empereur étant allé un des premiers essayer la glace du lac, au bois de Boulogne. Renée commanda à Worms un costume complet de Polonaise, velours et fourrure ; elle voulut que Maxime eût des bottes molles et un bonnet de renard. Ils arrivaient au Bois, par des froids de loup qui leur piquaient le nez et les lèvres, comme si le vent leur eût soufflé du sable fin au visage. Cela les amusait d'avoir froid. Le Bois était tout gris, avec des filets de neige, semblables, le

1. *Filles* : femmes entretenues par leurs amants. \ **2.** *La Belle Hélène* : opérette d'Offenbach, créée aux Variétés en décembre 1864. Le rôle fut en réalité créé par Hortense Schneider. \ **3.** *Tannhäuser* : opéra de Wagner, représenté à l'Opéra de Paris en mars 1861.

long des branches, à de minces guipures[1]. Et, sous le ciel pâle, au-dessus du lac figé et terni, il n'y avait que les sapins des îles qui missent encore, au bord de l'horizon, leurs draperies théâtrales, où la neige cousait aussi de hautes dentelles. Ils filaient tous deux dans l'air glacé, du vol rapide des hirondelles qui rasent le sol. Ils mettaient un poing derrière le dos, et se posant mutuellement l'autre main sur l'épaule, ils allaient droits, souriants, côte à côte, tournant sur eux-mêmes, dans le large espace que marquaient de grosses cordes. Du haut de la grande allée, les badauds les regardaient. Parfois ils venaient se chauffer aux brasiers allumés sur le bord du lac. Et ils repartaient. Ils arrondissaient largement leur vol, les yeux pleurant de plaisir et de froid.

Puis, quand vint le printemps, Renée se rappela son ancienne élégie[2]. Elle voulut que Maxime se promenât avec elle dans le parc Monceau, la nuit, au clair de lune. Ils allèrent dans la grotte, s'assirent sur l'herbe, devant la colonnade. Mais lorsqu'elle témoigna le désir de faire une promenade sur le petit lac, ils s'aperçurent que la barque qu'on voyait de l'hôtel, attachée au bord d'une allée, n'avait pas de rames. On devait les retirer le soir. Ce fut une désillusion. D'ailleurs, les grandes ombres du parc inquiétaient les amants. Ils auraient souhaité qu'on y donnât une fête vénitienne, avec des ballons rouges et un orchestre. Ils le préféraient, le jour, l'après-midi, et souvent ils se mettaient alors à une des fenêtres de l'hôtel, pour voir les équipages qui suivaient la courbe savante de la grande allée. Ils se plaisaient à ce coin charmant du nouveau Paris, à cette nature aimable et propre, à ces pelouses pareilles à des pans de velours, coupées de corbeilles, d'arbustes choisis, et bordées de magnifiques roses blanches. Les voitures se croisaient là,

1. *Guipures* : dentelle dont les motifs sont séparés par de grands vides. \ 2. *Élégie* : poème lyrique dans lequel s'expriment des sentiments mélancoliques.

aussi nombreuses que sur un boulevard ; les promeneuses y traînaient leurs jupes, mollement, comme si elles n'eussent pas quitté du pied les tapis de leurs salons. Et, à travers les feuillages, ils critiquaient les toilettes, se montraient les attelages, goûtaient de véritables douceurs aux couleurs tendres de ce grand jardin. Un bout de grille dorée brillait entre deux arbres, une file de canards passait sur le lac, le petit pont Renaissance blanchissait, tout neuf dans les verdures, tandis qu'aux deux bords de la grande allée, sur des chaises jaunes, les mères oubliaient en causant les petits garçons et les petites filles qui se regardaient d'un air joli, avec des moues d'enfants précoces.

Les amants avaient l'amour du nouveau Paris. Ils couraient souvent la ville en voiture, faisaient un détour, pour passer par certains boulevards qu'ils aimaient d'une tendresse personnelle. Les maisons, hautes, à grandes portes sculptées, chargées de balcons, où luisaient, en grandes lettres d'or, des noms, des enseignes, des raisons sociales, les ravissaient. Pendant que le coupé filait, ils suivaient, d'un regard ami, les bandes grises des trottoirs, larges, interminables, avec leurs bancs, leurs colonnes bariolées, leurs arbres maigres. Cette trouée claire qui allait au bout de l'horizon, se rapetissant et s'ouvrant sur un carré bleuâtre du vide, cette double rangée ininterrompue de grands magasins, où des commis souriaient aux clientes, ces courants de foule piétinant et bourdonnant, les emplissaient peu à peu d'une satisfaction absolue et entière, d'une sensation de perfection dans la vie de la rue. Ils aimaient jusqu'aux jets des lances d'arrosage, qui passaient comme une fumée blanche, devant leurs chevaux, s'étalaient, s'abattaient en pluie fine sous les roues du coupé, brunissant le sol, soulevant un léger flot de poussière. Ils roulaient toujours, et il leur semblait que la voiture roulait sur des tapis, le long de cette chaussée droite et sans fin, qu'on avait faite uniquement pour leur éviter les ruelles noires. Chaque boulevard devenait un couloir de leur hôtel. Les gaietés du soleil riaient sur les façades neuves, allumaient les vitres, battaient les tentes des boutiques et des cafés, chauffaient l'asphalte sous les pas affairés de la foule. Et quand ils rentraient, un peu étourdis par le tohu-bohu éclatant de ces longs bazars, ils se plaisaient au parc Monceau, comme à la plate-bande nécessaire de ce Paris nouveau, étalant son luxe aux premières tiédeurs du printemps.

Lorsque la mode les força absolument de quitter Paris, ils allèrent aux bains de mer, mais à regret, pensant sur les plages de l'Océan aux trottoirs des boulevards. Leur amour lui-même s'y ennuya. C'était une fleur de la serre qui avait besoin du grand lit gris et rose, de la chair nue du cabinet, de l'aube dorée du petit salon. Depuis qu'ils étaient seuls, le soir, en face de la mer, ils ne trouvaient plus rien à se dire. Elle essaya de chanter son répertoire du théâtre des Variétés sur un vieux piano qui agonisait dans un coin de sa chambre, à l'hôtel ; mais l'instrument, tout humide des vents du large, avait les voix mélancoliques des grandes eaux. *La Belle Hélène* y fut lugubre et fantastique. Pour se consoler, la jeune femme étonna la plage par des costumes prodigieux. Toute la bande de ces dames était là, à bâiller, à attendre l'hiver, en cherchant avec désespoir un costume de bain qui ne les rendît pas trop laides. Jamais Renée ne put décider Maxime à se baigner. Il avait une peur abominable de l'eau, devenait tout pâle, quand le flot arrivait jusqu'à ses bottines, ne se serait pour rien au monde approché du bord d'une falaise ; il marchait loin des trous, faisant de longs détours pour éviter la moindre côte un peu roide.

Saccard vint à deux ou trois reprises voir « les enfants ». Il était écrasé de soucis, disait-il. Ce ne fut que vers octobre, lorsqu'ils se retrouvèrent tous les trois à Paris, qu'il songea sérieusement à se rapprocher de sa femme. L'affaire de Charonne mûrissait. Son plan fut net et brutal. Il comptait prendre Renée au jeu qu'il aurait joué avec une fille. Elle vivait dans des besoins d'argent grandissants, et, par fierté, ne s'adressait à son mari qu'à la dernière extrémité. Ce dernier se promit de profiter de sa première demande pour être galant, et renouer des rapports depuis longtemps rompus, dans la joie de quelque grosse dette payée.

Des embarras terribles attendaient Renée et Maxime à Paris. Plusieurs des billets souscrits à Larsonneau étaient échus ; mais, comme Saccard les laissait naturellement dormir chez l'huissier, ces billets inquiétaient peu la jeune femme. Elle se trouvait bien autrement effrayée par sa dette chez Worms qui montait maintenant à près de deux cent mille francs. Le tailleur exigeait un acompte, en menaçant de suspendre tout crédit. Elle avait de brusques frissons, quand elle songeait au scandale d'un procès et surtout à une fâcherie avec l'illustre couturier. Puis il lui fallait de l'argent de poche. Ils allaient s'ennuyer à mourir, elle et Maxime, s'ils n'avaient pas quelques louis à dépenser par jour. Le cher enfant était à sec, depuis qu'il fouillait vainement les tiroirs de son père. Sa fidélité, sa sagesse exemplaire, pendant sept à huit mois, tenaient beaucoup au vide absolu de sa bourse. Il n'avait pas toujours vingt francs pour inviter quelque coureuse à souper. Aussi revenait-il philosophiquement à l'hôtel. La jeune femme, à chacune de leurs escapades, lui remettait son porte-monnaie pour qu'il payât dans les restaurants, dans les bals, dans les petits théâtres. Elle continuait à le traiter maternellement ; et même c'était elle qui payait, du bout de ses doigts gantés, chez le pâtissier où ils s'arrêtaient presque chaque après-midi, pour manger des petits pâtés aux huîtres. Souvent, il trouvait, le matin, dans son gilet, des louis qu'il ne savait pas là, et qu'elle y avait mis, comme une mère qui garnit la poche d'un collégien. Et cette belle existence de goûters, de caprices satisfaits, de plaisirs faciles, allait cesser ! Mais une crainte plus grave encore vint les consterner. Le bijoutier de Sylvia, auquel il devait dix mille francs, se fâchait, parlait de Clichy[1]. Les billets qu'il avait en main, protestés depuis longtemps, étaient couverts de tels frais, que la dette se trouvait grossie de trois ou quatre milliers de francs. Saccard déclara nettement qu'il ne pouvait rien. Son fils à Clichy le poserait, et quand il l'en retirerait, il ferait grand bruit de cette largesse paternelle. Renée était au désespoir ; elle voyait son cher enfant en prison, mais dans un véritable cachot, couché sur de la paille humide. Un soir, elle lui proposa sérieusement de ne plus sortir de chez elle, d'y vivre ignoré de tous, à l'abri des recors[2]. Puis elle jura qu'elle trouverait l'argent. Jamais elle ne parlait de l'origine de la dette, de cette Sylvia qui confiait ses amours aux glaces des cabinets particuliers. C'était une cinquantaine de mille francs qu'il lui fallait : quinze mille pour Maxime, trente mille pour Worms, et cinq mille francs d'argent de poche. Ils auraient devant eux quinze grands jours de bonheur. Elle se mit en campagne.

Sa première idée fut de demander les cinquante mille francs à son mari. Elle ne s'y décida qu'avec des répugnances. Les dernières fois qu'il était entré dans sa chambre pour lui apporter de l'argent, il lui avait mis de nouveaux baisers dans le cou, en lui prenant les mains, en parlant de sa tendresse. Les femmes ont un sens très délicat pour deviner les hommes. Aussi s'attendait-elle à une exigence, à un marché tacite et conclu en souriant. En effet, quand elle lui demanda les cinquante mille francs, il se récria, dit que Larsonneau ne prêterait jamais cette somme, que lui-même était encore trop

1. *Clichy* : on enfermait à la prison de Clichy ceux qui ne pouvaient pas payer leurs dettes. \ **2.** *Recors* : personne chargée d'accompagner un huissier pour lui servir de témoin et éventuellement lui prêter main-forte.

gêné. Puis, changeant de voix, comme vaincu et pris d'une émotion subite :

« On ne peut rien vous refuser, murmura-t-il. Je vais courir Paris, faire l'impossible... Je veux, chère amie, que vous soyez contente. »

Et mettant les lèvres à son oreille, lui baisant les cheveux, la voix un peu tremblante :

« Je te les porterai demain soir, dans ta chambre... sans billet... »

Mais elle dit vivement qu'elle n'était pas pressée, qu'elle ne voulait pas le déranger à ce point. Lui qui venait de mettre tout son cœur dans ce dangereux « sans billet », qu'il avait laissé échapper et qu'il regrettait, ne parut pas avoir essuyé un refus désagréable. Il se releva en disant :

« Eh bien, à votre disposition... Je vous trouverai la somme, quand le moment sera venu. Larsonneau n'y sera pour rien, entendez-vous. C'est un cadeau que j'entends vous faire. »

Il souriait d'un air bonhomme. Elle resta dans une cruelle angoisse. Elle sentait qu'elle perdrait le peu d'équilibre qui lui restait, si elle se livrait à son mari. Son dernier orgueil était d'être mariée au père, mais de n'être que la femme du fils. Souvent Maxime lui semblait froid, elle essayait de lui faire comprendre cette situation par des allusions fort claires ; il est vrai que le jeune homme, qu'elle s'attendait à voir tomber à ses pieds, après cette confidence, demeurait parfaitement indifférent, croyant sans doute qu'elle voulait le rassurer sur la possibilité d'une rencontre entre son père et lui, dans la chambre de soie grise.

Quand Saccard l'eut quittée, elle s'habilla précipitamment et fit atteler. Pendant que son coupé[1] l'emportait vers l'île

1. *Coupé* : voiture fermée à deux places.

Saint-Louis, elle préparait la façon dont elle allait demander les cinquante mille francs à son père. Elle se jetait dans cette idée brusque, sans vouloir la discuter, se sentant très lâche au fond, et prise d'une épouvante invincible devant une pareille démarche. Lorsqu'elle arriva, la cour de l'hôtel Béraud la glaça, de son humidité morne de cloître, et ce fut avec des envies de se sauver, qu'elle monta le large escalier de pierre, où ses petites bottes à hauts talons sonnaient terriblement. Elle avait eu la sottise, dans sa hâte, de choisir un costume de soie feuille morte à longs volants de dentelles blanches, orné de nœuds de satin, coupé par une ceinture plissée comme une écharpe. Cette toilette, que complétait une petite toque, à grande voilette blanche, mettait une note si singulière dans l'ennui sombre de l'escalier, qu'elle eut elle-même conscience de l'étrange figure qu'elle y faisait. Elle tremblait en traversant l'enfilade austère des vastes pièces, où les personnages vagues des tapisseries semblaient surpris par ce flot de jupes passant au milieu du demi-jour de leur solitude.

Elle trouva son père dans un salon donnant sur la cour, où il se tenait d'habitude. Il lisait un grand livre placé sur un pupitre adapté aux bras de son fauteuil. Devant une des fenêtres, la tante Élisabeth tricotait avec de longues aiguilles de bois ; et, dans le silence de la pièce, on n'entendait que le tic-tac de ces aiguilles.

Renée s'assit, gênée, ne pouvant faire un mouvement sans troubler la sévérité du haut plafond par un bruit d'étoffes froissées. Ses dentelles étaient d'une blancheur crue, sur le fond noir des tapisseries et des vieux meubles. M. Béraud Du Châtel, les mains posées au bord du pupitre, la regardait. La tante Élisabeth parla du mariage prochain de Christine, qui devait épouser le fils d'un avoué fort riche ; la jeune fille était sortie avec une vieille domestique de la famille, pour aller chez un fournisseur ; et la bonne tante causait toute seule, de sa voix placide, sans cesser de tricoter, bavardant sur les affaires du ménage, jetant des regards souriants à Renée par-dessus ses lunettes.

Mais la jeune femme se troublait de plus en plus. Tout le silence de l'hôtel lui pesait sur les épaules, et elle eût donné beaucoup pour que les dentelles de sa robe fussent noires. Le regard de son père l'embarrassait au point qu'elle trouva Worms vraiment ridicule d'avoir imaginé de si grands volants.

« Comme tu es belle, ma fille ! » dit tout à coup la tante Élisabeth, qui n'avait pas même encore vu les dentelles de sa nièce.

Elle arrêta ses aiguilles, elle assujettit ses lunettes, pour mieux voir. M. Béraud Du Châtel eut un pâle sourire.

« C'est un peu blanc, dit-il. Une femme doit être bien embarrassée avec ça sur les trottoirs.

– Mais, mon père, on ne sort pas à pied ! » s'écria Renée, qui regretta ensuite ce mot du cœur.

Le vieillard allait répondre. Puis il se leva, redressa sa haute taille, et marcha lentement, sans regarder sa fille davantage. Celle-ci restait toute pâle d'émotion. Chaque fois qu'elle s'exhortait à avoir du courage et qu'elle cherchait une transition pour arriver à la demande d'argent, elle éprouvait un élancement au cœur.

« On ne vous voit plus, mon père, murmura-t-elle.

– Oh ! répondit la tante, sans laisser à son frère le temps d'ouvrir les lèvres, ton père ne sort guère que pour aller de loin en loin au Jardin des plantes. Et encore faut-il que je me fâche ! Il prétend qu'il se perd dans Paris, que la ville n'est plus faite pour lui... Va, tu peux le gronder !

– Mon mari serait si heureux de vous voir venir de temps à autre à nos jeudis ! » continua la jeune femme.

M. Béraud Du Châtel fit quelques pas en silence. Puis, d'une voix tranquille :

« Tu remercieras ton mari, dit-il. C'est un garçon actif, paraît-il, et je souhaite pour toi qu'il mène honnêtement ses affaires. Mais nous n'avons pas les mêmes idées, et je suis mal à l'aise dans votre belle maison du parc Monceau. »

La tante Élisabeth parut chagrine de cette réponse.

« Que les hommes sont donc méchants avec leur politique ! dit-elle gaiement. Veux-tu savoir la vérité ? Ton père est furieux contre vous, parce que vous allez aux Tuileries. »

Mais le vieillard haussa les épaules, comme pour dire que son mécontentement avait des causes beaucoup plus graves. Il se remit à marcher lentement, songeur. Renée resta un instant silencieuse, ayant au bord des lèvres la demande des cinquante mille francs. Puis, une lâcheté plus grande la prit, elle embrassa son père, elle s'en alla.

La tante Élisabeth voulut l'accompagner jusqu'à l'escalier. En traversant l'enfilade des pièces, elle continuait à bavarder de sa petite voix de vieille :

« Tu es heureuse, chère enfant. Ça me fait bien plaisir de te voir belle et bien portante ; car, si ton mariage avait mal tourné, sais-tu que je me serais crue coupable ?...

– Mais oui, répondit Renée », s'efforçant de sourire, la mort dans le cœur.

La tante la retint encore, la main sur la rampe de l'escalier.

« Vois-tu, je n'ai qu'une crainte, c'est que tu ne te grises avec tout ton bonheur. Sois prudente, et surtout ne vends rien... Si un jour tu avais un enfant, tu trouverais pour lui une petite fortune toute prête. »

Quand Renée fut dans son coupé, elle poussa un soupir de soulagement. Elle avait des gouttes de sueur froide aux tempes ; elle les essuya, en pensant à l'humidité glaciale de l'hôtel Béraud. Puis, lorsque le coupé roula au soleil clair du quai Saint-Paul, elle se souvint des cinquante mille francs, et toute sa douleur s'éveilla, plus vive. Elle qu'on croyait si hardie, comme elle venait d'être lâche ! Et pourtant c'était de Maxime qu'il s'agissait, de sa liberté, de leurs joies à tous deux ! Au milieu des reproches amers qu'elle s'adressait, une idée surgit tout à coup, qui mit son désespoir au comble : elle aurait dû parler des cinquante mille francs à la tante Élisabeth, dans l'escalier. Où avait-elle eu la tête ? La bonne femme lui aurait peut-être prêté la somme, ou tout au moins l'aurait aidée. Elle se penchait déjà pour dire à son cocher de retourner rue Saint-Louis-en-l'Île, lorsqu'elle crut revoir l'image de son père traversant lentement l'ombre solennelle du grand salon. Jamais elle n'aurait le courage de rentrer tout de suite dans cette pièce. Que dirait-elle pour expliquer cette deuxième visite ? Et, au fond d'elle, elle ne trouvait même plus le courage de parler de l'affaire à la tante Élisabeth. Elle dit à son cocher de la conduire rue du Faubourg-Poissonnière.

Mme Sidonie eut un cri de ravissement, lorsqu'elle la vit pousser la porte discrètement voilée de la boutique. Elle était là par hasard, elle allait sortir pour courir chez le juge de paix, où elle citait une cliente. Mais elle ferait défaut, ça serait pour un autre jour ; elle était trop heureuse que sa belle-sœur eût l'amabilité de lui rendre enfin une petite visite. Renée souriait, d'un air embarrassé. Mme Sidonie ne voulut absolument pas qu'elle restât en bas ; elle la fit monter dans sa chambre, par le petit escalier, après avoir retiré le bouton de cuivre du magasin. Elle ôtait ainsi et remettait vingt fois par jour ce bouton qui tenait par un simple clou.

« Là, ma toute belle, dit-elle en la faisant asseoir sur une chaise longue, nous allons pouvoir causer gentiment... Imaginez-vous que vous arrivez comme mars en carême [1]. Je serais allée ce soir chez vous. »

1. *Comme mars en carême* : au moment opportun (le carême, entre le mercredi des cendres et Pâques, occupe tout le mois de mars).

Renée, qui connaissait la chambre, y éprouvait cette vague sensation de malaise que procure à un promeneur un coin de forêt coupé dans un paysage aimé.

« Ah ! dit-elle enfin, vous avez changé le lit de place, n'est-ce pas ?

– Oui, répondit tranquillement la marchande de dentelles, c'est une de mes clientes qui le trouve beaucoup mieux en face de la cheminée. Elle m'a conseillé aussi des rideaux rouges.

– C'est ce que je me disais, les rideaux n'étaient pas de cette couleur… Une couleur bien commune, le rouge. »

Et elle mit son binocle, regarda cette pièce qui avait un luxe de grand hôtel garni. Elle vit sur la cheminée de longues épingles à cheveux qui ne venaient certainement pas du maigre chignon de Mme Sidonie. À l'ancienne place où se trouvait le lit, le papier peint se montrait tout éraflé, déteint et sali par les matelas. La courtière[1] avait bien essayé de cacher cette plaie, derrière les dossiers de deux fauteuils ; mais ces dossiers étaient un peu bas, et Renée s'arrêta à cette bande usée.

« Vous avez quelque chose à me dire ? demanda-t-elle enfin.

– Oui, c'est toute une histoire, dit Mme Sidonie, joignant les mains avec des mines de gourmande qui va conter ce qu'elle a mangé à son dîner. Imaginez-vous que M. de Saffré est amoureux de la belle madame Saccard… Oui, de vous-même, ma mignonne. »

Elle n'eut pas même un mouvement de coquetterie.

« Tiens ! dit-elle, vous le disiez si épris de Mme Michelin.

– Oh ! c'est fini, tout à fait fini… Je puis vous en donner la preuve, si vous voulez… Vous ne savez donc pas que la petite Michelin a plu au baron Gouraud ? C'est à n'y rien comprendre. Tous ceux qui connaissent le baron en sont stupé-

1. *Courtière* : intermédiaire dans des transactions financières.

faits… Et savez-vous qu'elle est en train d'obtenir le ruban rouge[1] pour son mari !… Allez, c'est une gaillarde. Elle n'a pas froid aux yeux, elle n'a besoin de personne pour conduire sa barque. »

Elle dit cela avec quelque regret mêlé d'admiration.

« Mais revenons à M. de Saffré… Il vous aurait rencontrée à un bal d'actrices, enfouie dans un domino, et même il s'accuse de vous avoir offert un peu cavalièrement à souper… Est-ce vrai ? »

La jeune femme restait toute surprise.

« Parfaitement vrai, murmura-t-elle ; mais qui a pu lui dire ?…

– Attendez, il prétend qu'il vous a reconnue plus tard, quand vous n'avez plus été dans le salon, et qu'il s'est rappelé vous avoir vue sortir au bras de Maxime… C'est depuis ce temps-là qu'il est amoureux fou. Ça lui a poussé au cœur, vous comprenez ? un caprice… Il est venu me voir pour me supplier de vous présenter ses excuses.

– Eh bien, dites-lui que je lui pardonne », interrompit négligemment Renée.

Puis, continuant, retrouvant ses angoisses :

« Ah ! ma bonne Sidonie, je suis bien tourmentée. Il me faut absolument cinquante mille francs demain matin. J'étais venue pour vous parler de cette affaire. Vous connaissez des prêteurs, m'avez-vous dit ? »

La courtière, piquée de la façon brusque dont sa belle-sœur coupait son histoire, lui fit attendre quelque temps sa réponse.

« Oui, certes ; seulement, je vous conseille, avant tout, de chercher chez des amis… Moi, à votre place, je sais bien ce que je ferais… Je m'adresserais à M. de Saffré, tout simplement. »

1. *Ruban rouge* : la Légion d'honneur.

Renée eut un sourire contraint.

« Mais, reprit-elle, ce serait peu convenable, puisque vous le prétendez si amoureux. »

La vieille la regardait d'un œil fixe ; puis son visage mou se fondit doucement dans un sourire de pitié attendrie.

« Pauvre chère, murmura-t-elle, vous avez pleuré ; ne niez pas, je le vois à vos yeux. Soyez donc forte, acceptez la vie… Voyons, laissez-moi arranger la petite affaire en question. »

Renée se leva, torturant ses doigts, faisant craquer ses gants. Et elle resta debout, toute secouée par une cruelle lutte intérieure. Elle ouvrait les lèvres pour accepter peut-être, lorsqu'un léger coup de sonnette retentit dans la pièce voisine. Mme Sidonie sortit vivement, en entrebâillant une porte qui laissa voir une double rangée de pianos. La jeune femme entendit ensuite un pas d'homme et le bruit étouffé d'une conversation à voix basse. Machinalement, elle alla examiner de plus près la tache jaunâtre dont les matelas avaient barré le mur. Cette tache l'inquiétait, la gênait. Oubliant tout, Maxime, les cinquante mille francs, M. de Saffré, elle revint devant le lit, songeuse : ce lit était bien mieux à l'endroit où il se trouvait auparavant ; il y avait des femmes qui manquaient vraiment de goût ; pour sûr, quand on était couché, on devait avoir la lumière dans les yeux. Et elle vit vaguement se lever, au fond de son souvenir, l'image de l'inconnu du quai Saint-Paul, son roman en deux rendez-vous, cet amour de hasard qu'elle avait goûté là, à cette autre place. Il n'en restait que cette usure du papier peint. Alors cette chambre l'emplit de malaise, et elle s'impatienta de ce bourdonnement de voix qui continuait, dans la pièce voisine.

Quand Mme Sidonie revint, ouvrant et fermant la porte avec précaution, elle fit des signes répétés du bout des doigts, pour lui recommander de parler tout bas. Puis, à son oreille :

« Vous ne savez pas, l'aventure est bonne : c'est M. de Saffré qui est là.

– Vous ne lui avez pas dit au moins que j'étais ici ? » demanda la jeune femme inquiète.

La courtière sembla surprise, et très naïvement :

« Mais si… Il attend que je lui dise d'entrer. Bien entendu, je ne lui ai pas parlé des cinquante mille francs… »

Renée, toute pâle, s'était redressée comme sous un coup de fouet. Une immense fierté lui remontait au cœur. Ce bruit de bottes, qu'elle entendait plus brutal dans la chambre d'à côté, l'exaspérait.

« Je m'en vais, dit-elle d'une voix brève. Venez m'ouvrir la porte. »

Mme Sidonie essaya de sourire.

« Ne faites pas l'enfant… Je ne puis pas rester avec ce garçon sur les bras, maintenant que je lui ai dit que vous étiez ici… Vous me compromettez, vraiment… »

Mais la jeune femme avait déjà descendu le petit escalier. Elle répétait, devant la porte fermée de la boutique :

« Ouvrez-moi, ouvrez-moi. »

La marchande de dentelles, quand elle retirait le bouton de cuivre, avait l'habitude de le mettre dans sa poche. Elle voulut encore parlementer. Enfin, prise de colère elle-même, laissant voir au fond de ses yeux gris la sécheresse aigre de sa nature, elle s'écria :

– Mais enfin que voulez-vous que je lui dise à cet homme ?

– Que je ne suis pas à vendre », répondit Renée, qui avait un pied sur le trottoir.

Et il lui sembla entendre Mme Sidonie murmurer en refermant violemment la porte : « Eh ! va donc, grue[1] ! tu me paieras ça. »

1. *Grue* : prostituée (insulte familière).

« Pardieu ! pensait-elle en remontant dans son coupé, j'aime encore mieux mon mari. »

Elle retourna droit à l'hôtel. Le soir, elle dit à Maxime de ne pas venir ; elle était souffrante, elle avait besoin de repos. Et le lendemain, lorsqu'elle lui remit les quinze mille francs pour le bijoutier de Sylvia, elle resta embarrassée devant sa surprise et ses questions. C'était son mari, dit-elle, qui avait fait une bonne affaire. Mais à partir de ce jour, elle fut plus fantasque, elle changeait souvent les heures des rendez-vous qu'elle donnait au jeune homme, et souvent même elle le guettait dans la serre pour le renvoyer. Lui, s'inquiétait peu de ces changements d'humeur ; il se plaisait à être une chose obéissante aux mains des femmes. Ce qui l'ennuya davantage, ce fut la tournure morale que prenaient parfois leurs tête-à-tête d'amoureux. Elle devenait toute triste ; même il lui arrivait d'avoir de grosses larmes dans les yeux. Elle interrompait son refrain sur « le beau jeune homme » de *La Belle Hélène*, jouait les cantiques du pensionnat, demandait à son amant s'il ne croyait pas que le mal fût puni tôt ou tard.

« Décidément, elle vieillit, pensait-il. C'est tout le plus si elle est drôle encore un an ou deux. »

La vérité était qu'elle souffrait cruellement. Maintenant, elle aurait mieux aimé tromper Maxime avec M. de Saffré. Chez Mme Sidonie, elle s'était révoltée, elle avait cédé à une fierté instinctive, au dégoût de ce marché grossier. Mais, les jours suivants, quand elle endura les angoisses de l'adultère, tout sombra en elle, et elle se sentit si méprisable, qu'elle se serait livrée au premier homme qui aurait poussé la porte de la chambre aux pianos. Si, jusque-là, la pensée de son mari était passée parfois dans l'inceste, comme une pointe d'horreur voluptueuse, le mari, l'homme lui-même, y entra dès lors avec une brutalité qui tourna ses sensations les plus délicates en douleurs intolérables. Elle qui se plaisait aux raffinements de sa faute et qui rêvait volontiers un coin de paradis surhumain, où les dieux goûtent leurs amours en famille, elle roulait à la débauche vulgaire, au partage de deux hommes. Elle avait encore les lèvres chaudes des baisers de Saccard, lorsqu'elle les offrait aux baisers de Maxime. Ses curiosités descendirent au fond de ces voluptés maudites ; elle alla jusqu'à mêler ces deux tendresses, jusqu'à chercher le fils dans les étreintes du père. Et elle sortait plus effarée, plus meurtrie de ce voyage dans l'inconnu du mal, de ces ténèbres ardentes où elle confondait son double amant, avec des terreurs qui donnaient un râle à ses joies.

Elle garda ce drame pour elle seule, en doubla la souffrance par les fièvres de son imagination. Elle eût préféré mourir que d'avouer la vérité à Maxime. C'était une peur sourde que le jeune homme ne se révoltât, ne la quittât ; c'était surtout une croyance si absolue de péché monstrueux et de damnation éternelle, qu'elle aurait plus volontiers traversé nue le parc Monceau, que de confesser sa honte à voix basse. Elle restait, d'ailleurs, l'étourdie qui étonnait Paris par ses extravagances. Des gaietés nerveuses la prenaient, des caprices prodigieux, dont s'entretenaient les journaux, en la désignant par ses initiales. Ce fut à cette époque qu'elle voulut sérieusement se battre en duel, au pistolet, avec la duchesse de Sternich, qui avait, méchamment, disait-elle, renversé un verre de punch sur sa robe ; il fallut que son beau-frère le ministre sa fâchât. Une autre fois, elle paria avec Mme de Lauwerens qu'elle ferait le tour de la piste de Longchamp en moins de dix minutes, et ce ne fut qu'une question de costume qui la retint. Maxime lui-même commençait à être effrayé par cette tête où la folie montait, où il croyait entendre, la nuit, sur l'oreiller, tout le tapage d'une ville en rut de plaisirs.

Un soir, ils allèrent ensemble au Théâtre-Italien. Ils n'avaient seulement pas regardé l'affiche. Ils voulaient voir une grande tragédienne italienne, la Ristori [1], qui faisait alors courir tout Paris, et à laquelle la mode leur commandait de s'intéresser. On donnait *Phèdre*. Il se rappelait assez son répertoire classique, elle savait assez d'italien pour suivre la pièce. Et même ce drame leur causa une émotion particulière, dans cette langue étrangère dont les sonorités leur semblaient, par moments, un simple accompagnement d'orchestre soutenant la mimique des acteurs. Hippolyte était un grand garçon pâle, très médiocre, qui pleurait son rôle.

« Quel godiche ! » murmurait Maxime.

Mais la Ristori, avec ses fortes épaules secouées par les sanglots, avec sa face tragique et ses gros bras, remuait profondément Renée. Phèdre était du sang de Pasiphaé [2], et elle se demandait de quel sang elle pouvait être, elle, l'incestueuse des temps nouveaux. Elle ne voyait de la pièce que cette grande femme traînant sur les planches le crime antique. Au premier acte, quand Phèdre fait à Œnone la confidence de sa tendresse criminelle [3] ; au second, lorsqu'elle se déclare, toute brûlante, à Hippolyte ; et, plus tard, au quatrième, lorsque le retour de Thésée l'accable, et qu'elle se maudit, dans une crise de fureur sombre, elle emplissait la salle d'un tel cri de passion fauve, d'un tel besoin de volupté surhumaine, que la jeune femme sentait passer sur sa chair chaque frisson de son désir et de ses remords.

« Attends, murmurait Maxime à son oreille, tu vas entendre le récit de Théramène [4]. Il a une bonne tête, le vieux ! »

---

1. *La Ristori* : Adélaïde Ristori, comédienne italienne, joua la traduction de *Phèdre*, tragédie de Racine, à Paris, en 1858, 1861 et 1867. \ **2.** *Pasiphaé* : mère de Phèdre, célèbre pour avoir aimé un taureau et enfanté le Minotaure. \ **3.** Phèdre confie à Œnone qu'elle aime Hippolyte, le fils de son mari Thésée. Croyant ce dernier décédé, elle déclare sa flamme au jeune homme, qui la repousse. C'est alors que Thésée revient : Phèdre prend peur et dénonce Hippolyte, que son père livre à la colère du dieu Neptune. Phèdre avoue enfin la vérité à son mari, au moment même où elle se donne la mort. \ **4.** *Théramène* : confident d'Hippolyte, il raconte à Thésée comment son fils a succombé après avoir mené un vaillant combat contre le monstre envoyé par Neptune.

Et il murmura d'une voix creuse :

À peine nous sortions des portes de Trézène,
Il était sur son char…

Mais Renée, quand le vieux parla, ne regarda plus, n'écouta plus. Le lustre[1] l'aveuglait, des chaleurs étouffantes lui venaient de toutes ces faces pâles tendues vers la scène. Le monologue continuait, interminable. Elle était dans la serre, sous les feuillages ardents, et elle rêvait que son mari entrait, la surprenait aux bras de son fils. Elle souffrait horriblement, elle perdait connaissance, quand le dernier râle de Phèdre, repentante et mourant dans les convulsions du poison, lui fit rouvrir les yeux. La toile tombait. Aurait-elle la force de s'empoisonner, un jour ? Comme son drame était mesquin et honteux, à côté de l'épopée antique ! Et tandis que Maxime lui nouait sous le menton sa sortie de théâtre, elle entendait encore gronder derrière elle cette rude voix de la Ristori, à laquelle répondait le murmure complaisant d'Œnone.

Dans le coupé, le jeune homme causa tout seul, il trouvait en général la tragédie « assommante », et préférait les pièces des Bouffes[2]. Cependant *Phèdre* était « corsée ». Il s'y était intéressé, parce que… Et il serra la main de Renée, pour compléter sa pensée. Puis une idée drôle lui passa par la tête, il céda à l'envie de faire un mot :

« C'est moi, murmura-t-il, qui avais raison de ne pas m'approcher de la mer, à Trouville. »

Renée, perdue au fond de son rêve douloureux, se taisait. Il fallut qu'il répétât sa phrase.

1. À cette époque, la salle restait allumée pendant tout le spectacle. \ **2.** *Bouffes* : aux Bouffes parisiens, théâtre inauguré en 1856, on joue principalement les opéras bouffes d'Offenbach, comme *La Belle Hélène.*

« Pourquoi ? » demanda-t-elle étonnée, ne comprenant pas. « Mais le monstre… »

Et il eut un petit ricanement. Cette plaisanterie glaça la jeune femme. Tout se détraqua dans sa tête. La Ristori n'était plus qu'un gros pantin qui retroussait son péplum[1] et montrait sa langue au public comme Blanche Muller, au troisième acte de *La Belle Hélène* ; Théramène dansait le cancan, et Hippolyte mangeait des tartines de confiture en se fourrant les doigts dans le nez.

Quand un remord plus cuisant faisait frissonner Renée, elle avait des rébellions superbes. Quel était donc son crime, et pourquoi aurait-elle rougi ? Est-ce qu'elle ne marchait pas chaque jour sur des infamies plus grandes ? est-ce qu'elle ne coudoyait pas, chez les ministres, aux Tuileries, partout, des misérables comme elle, qui avaient sur leur chair des millions et qu'on adorait à deux genoux ! Et elle songeait à l'amitié honteuse d'Adeline d'Espanet et de Suzanne Haffner, dont on souriait parfois aux lundis de l'impératrice. Elle se rappelait le négoce de Mme de Lauwerens, que les maris célébraient pour sa bonne conduite, son ordre, son exactitude à payer ses fournisseurs. Elle nommait Mme Daste, Mme Teissière, la baronne de Meinhold, ces créatures dont les amants payaient le luxe, et qui étaient cotées dans le beau monde comme des valeurs à la Bourse. Mme de Guende était tellement bête et tellement bien faite, qu'elle avait pour amants trois officiers supérieurs à la fois, sans pouvoir les distinguer, à cause de leur uniforme ; ce qui faisait dire à ce démon de Louise qu'elle les forçait d'abord à se mettre en chemise, pour savoir auquel des trois elle parlait. La comtesse Vanska, elle, se souvenait des cours où elle avait chanté, des trottoirs le long desquels on

1. *Péplum* : vêtement antique qui s'agrafait sur l'épaule.

prétendait l'avoir revue, vêtue d'indienne[1], rôdant comme une louve. Chacune de ces femmes avait sa honte, sa plaie étalée et triomphante. Puis, les dominant toutes, la duchesse de Sternich se dressait, laide, vieillie, lassée, avec la gloire d'avoir passé une nuit dans le lit impérial ; c'était le vice officiel, elle en gardait comme une majesté de la débauche et une souveraineté sur cette bande d'illustres coureuses.

Alors, l'incestueuse s'habituait à sa faute, comme à une robe de gala, dont les roideurs l'auraient d'abord gênée. Elle suivait les modes de l'époque, elle s'habillait et se déshabillait à l'exemple des autres. Elle finissait par croire qu'elle vivait au milieu d'un monde supérieur à la morale commune, où les sens s'affinaient et se développaient, où il était permis de se mettre nue pour la joie de l'Olympe[2] entier. Le mal devenait un luxe, une fleur piquée dans les cheveux, un diamant attaché sur le front. Et elle revoyait, comme une justification et une rédemption, l'empereur, au bras du général, passer entre les deux files d'épaules inclinées.

Un seul homme, Baptiste, le valet de chambre de son mari, continuait à l'inquiéter. Depuis que Saccard se montrait galant, ce grand valet pâle et digne lui semblait marcher autour d'elle, avec la solennité d'un blâme muet. Il ne la regardait pas, ses regards froids passaient plus haut, par-dessus son chignon, avec des pudeurs de bedeau[3] refusant de souiller ses yeux sur la chevelure d'une pécheresse. Elle s'imaginait qu'il savait tout, elle aurait acheté son silence, si elle eût osé. Puis des malaises la prenaient, elle éprouvait une sorte de respect confus, quand elle rencontrait Baptiste, se disant que toute l'honnêteté de son entourage s'était retirée et cachée sous l'habit noir de ce laquais.

1. *Indienne* : tissu de coton, peint ou imprimé. \ **2.** *Olympe* : séjour des dieux selon la mythologie grecque. \ **3.** *Bedeau* : responsable du matériel et de l'ordre dans une église.

Elle demanda un jour à Céleste :

« Est-ce que Baptiste plaisante à l'office ? Lui connaissez-vous quelque aventure, quelque maîtresse ?

– Ah bien ! oui ! se contenta de répondre la femme de chambre.

– Voyons, il a dû vous faire la cour ?

– Eh ! il ne regarde jamais les femmes. C'est à peine si nous l'apercevons... Il est toujours chez monsieur ou dans les écuries. Il dit qu'il aime beaucoup les chevaux. »

Renée s'irritait de cette honnêteté, insistait, aurait voulu pouvoir mépriser ses gens. Bien qu'elle se fût prise d'affection pour Céleste, elle se serait réjouie de lui savoir des amants.

« Mais vous, Céleste, ne trouvez-vous pas que Baptiste est beau garçon ?

– Moi, madame ! s'écria la chambrière, de l'air stupéfait d'une personne qui vient d'entendre une chose prodigieuse, oh ! j'ai bien d'autres idées en tête. Je ne veux pas d'un homme. J'ai mon plan, vous verrez plus tard. Je ne suis pas une bête, allez. »

Renée ne put en tirer une parole plus claire. Ses soucis, d'ailleurs, grandissaient. Sa vie tapageuse, ses courses folles, rencontraient des obstacles nombreux qu'il lui fallait franchir, et contre lesquels elle se meurtrissait parfois. Ce fut ainsi que Louise de Mareuil se dressa un jour entre elle et Maxime. Elle n'était pas jalouse de « la bossue », comme elle la nommait dédaigneusement ; elle la savait condamnée par les médecins, et ne pouvait croire que Maxime épousât jamais un pareil laideron, même au prix d'un million de dot. Dans ses chutes, elle avait conservé une naïveté bourgeoise à l'égard des gens qu'elle aimait ; si elle se méprisait elle-même, elle les croyait volontiers supérieurs et très estimables. Mais, tout en rejetant la possibilité d'un mariage qui lui eût paru une débauche sinistre et un vol, elle souffrait des familiarités, de la camaraderie des jeunes gens. Quand elle parlait de Louise à Maxime, il riait d'aise, il lui racontait les mots de l'enfant, il lui disait :

« Elle m'appelle son petit homme, tu sais, cette gamine ? »

Et il montrait une telle liberté d'esprit, qu'elle n'osait lui faire entendre que cette gamine avait dix-sept ans, et que leurs jeux de mains, leur empressement, dans les salons, à chercher les coins d'ombre pour se moquer de tout le monde, la chagrinaient, lui gâtaient les plus belles soirées.

Un fait vint donner à la situation un caractère singulier. Renée avait souvent des besoins de fanfaronnade, des caprices de hardiesse brutale. Elle entraînait Maxime derrière un rideau, derrière une porte, et l'embrassait, au risque d'être vue. Un jeudi soir, comme le salon bouton d'or était plein de monde, il lui poussa la belle idée d'appeler le jeune homme qui causait avec Louise ; elle s'avança à sa rencontre, du fond de la serre où elle se trouvait, et le baisa brusquement sur la bouche, entre deux massifs, se croyant suffisamment cachée. Mais Louise avait suivi Maxime. Quand les amants levèrent la tête, ils la virent, à quelques pas, qui les regardait avec un étrange sourire, sans une rougeur ni un étonnement, de l'air tranquillement amical d'un compagnon de vice, assez savant pour comprendre et goûter un tel baiser.

Ce jour-là Maxime se sentit réellement épouvanté, et ce fut Renée qui se montra indifférente et même joyeuse. C'était fini. Il devenait impossible que la bossue lui prît son amant. Elle pensait :

« J'aurais dû le faire exprès. Elle sait maintenant que "son petit homme" est à moi. »

Maxime la rassura, en retrouvant Louise aussi rieuse, aussi drôle, qu'auparavant. Il la jugea « très forte, très bonne fille ». Et ce fut tout.

Renée s'inquiétait avec raison. Saccard, depuis quelque temps, songeait au mariage de son fils avec mademoiselle de

Mareuil. Il y avait là une dot d'un million qu'il ne voulait pas laisser échapper, comptant plus tard mettre les mains dans cet argent. Louise, vers le commencement de l'hiver, étant restée au lit pendant près de trois semaines, il eut une telle peur de la voir mourir avant l'union projetée, qu'il se décida à marier les enfants tout de suite. Il les trouvait bien un peu jeunes ; mais les médecins redoutaient le mois de mars pour la poitrinaire. De son côté, M. de Mareuil était dans une situation délicate. Au dernier scrutin, il avait enfin réussi à se faire nommer député. Seulement, le Corps législatif venait de casser son élection, qui fut le scandale de la révision des pouvoirs. Cette élection était tout un poème héroï-comique, sur lequel les journaux vécurent pendant un mois. M. Hupel de la Noue, le préfet du département, avait déployé une telle vigueur, que les autres candidats ne purent même afficher leur profession de foi ni distribuer leurs bulletins. Sur ses conseils, M. de Mareuil couvrit la circonscription de tables où les paysans burent et mangèrent pendant une semaine. Il promit, en outre, un chemin de fer, la construction d'un pont et de trois églises, et adressa, la veille du scrutin, aux électeurs influents, les portraits de l'empereur et de l'impératrice, deux grandes gravures recouvertes d'une vitre et encadrées d'une baguette d'or. Cet envoi eut un succès fou, la majorité fut écrasante. Mais quand la Chambre, devant l'éclat de rire de la France entière, se trouva forcée de renvoyer M. de Mareuil à ses électeurs, le ministre entra dans une colère terrible contre le préfet et le malheureux candidat, qui s'étaient montrés vraiment trop « roides ». Il parla même de mettre la candidature officielle sur un autre nom. M. de Mareuil fut épouvanté, il avait dépensé trois cent mille francs dans le département, il y possédait de grandes propriétés où il s'ennuyait, et qu'il lui faudrait revendre à perte. Aussi vint-il supplier son cher collègue d'apaiser son frère, de lui promettre, en son nom, une élection tout à fait convenable. Ce fut en cette circonstance que Saccard reparla du mariage des enfants, et que les deux pères l'arrêtèrent définitivement.

Quand Maxime fut tâté à ce sujet, il éprouva un embarras. Louise l'amusait, la dot le tentait plus encore. Il dit oui, il accepta toutes les dates que Saccard voulut, pour s'éviter l'ennui d'une discussion. Mais au fond, il s'avouait que, malheureusement, les choses ne s'arrangeraient pas avec une si belle facilité. Renée ne voudrait jamais ; elle pleurerait, elle lui ferait des scènes, elle était capable de commettre quelque gros scandale pour étonner Paris. C'était bien désagréable. Maintenant, elle lui faisait peur. Elle le couvait avec des yeux inquiétants, elle le possédait si despotiquement, qu'il croyait sentir des griffes s'enfoncer dans son épaule, quand elle posait là sa main blanche. Sa turbulence devenait de la brusquerie, et il y avait des sons brisés au fond de ses rires. Il craignait réellement qu'elle ne devînt folle, une nuit, entre ses bras. Chez elle le remords, la crainte d'être surprise, les joies cruelles de l'adultère, ne se traduisaient pas comme chez les autres femmes, par des larmes et des accablements, mais par une extravagance plus haute, par un besoin de tapage plus irrésistible. Et, au milieu de son effarement grandissant, on commençait à entendre un râle, le détraquement de cette adorable et étonnante machine qui se cassait.

Maxime attendait passivement une occasion qui le débarrassât de cette maîtresse gênante. Il disait de nouveau qu'ils avaient fait une bêtise. Si leur camaraderie avait d'abord mis dans leurs rapports d'amoureux une volupté de plus, elle lui empêchait aujourd'hui de rompre, comme il l'aurait certainement fait avec une autre femme. Il ne serait plus revenu ; c'était sa façon de dénouer ses amours, pour éviter tout effort et toute querelle. Mais il se sentait incapable d'un éclat, et s'oubliait même volontiers encore dans les caresses de Renée ; elle était maternelle, elle payait pour lui, elle le tirerait d'embarras, si quelque créancier se fâchait. Puis l'idée de Louise, l'idée du million de dot revenait, lui faisait penser, jusque sous les baisers de la jeune femme, « que tout cela était bel et bon, mais que ce n'était pas sérieux, et qu'il faudrait bien que ça finît ».

Une nuit, Maxime fut si rapidement décavé[1] chez une dame où l'on jouait souvent jusqu'au jour, qu'il éprouva une de ces colères muettes de joueur dont les poches sont vides. Il eût donné tout au monde pour pouvoir jeter encore quelques louis sur la table. Il prit son chapeau, et du pas machinal d'un homme poussé par une idée fixe, il alla au parc Monceau, ouvrit la petite grille, se trouva dans la serre. Il était plus de minuit. Renée lui avait défendu de venir, ce soir-là. Maintenant, quand elle lui fermait sa porte, elle ne cherchait même plus à trouver une explication, et lui ne songeait qu'à profiter de son jour de congé. Il ne se souvint nettement de la défense de la jeune femme que devant la porte-fenêtre du petit salon, qui était fermée. D'ordinaire, quand il devait venir, Renée tournait à l'avance l'espagnolette[2] de cette porte.

« Bah ! pensa-t-il, en voyant la fenêtre du cabinet de toilette éclairée, je vais siffler, et elle descendra. Je ne la dérangerai pas ; si elle a quelques louis, je m'en irai tout de suite. »

Et il siffla doucement. Souvent, d'ailleurs, il employait ce signal pour lui annoncer son arrivée. Mais, ce soir-là, il siffla inutilement à plusieurs reprises. Il s'acharna, haussant le ton, ne voulant pas lâcher son idée d'emprunt immédiat. Enfin, il vit la porte-fenêtre s'ouvrir avec des précautions infinies, sans qu'il eût entendu le moindre bruit de pas. Dans le demi-jour de la serre, Renée lui apparut, les cheveux dénoués, à peine vêtue, comme si elle allait se mettre au lit. Elle était nu-pieds.

1. *Décavé* : ruiné. \ 2. *Espagnolette* : poignée en fer forgé qui sert à fermer ou à ouvrir une fenêtre ou une porte.

Elle le poussa vers un des berceaux[1], descendant les marches, marchant sur le sable des allées, sans paraître sentir le froid ni la rudesse du sol.

« C'est bête de siffler si fort que ça, murmura-t-elle avec une colère contenue… Je t'avais dit de ne pas venir. Que me veux-tu ?

– Eh ! montons, dit Maxime surpris de cet accueil. Je te dirai ça là-haut. Tu vas prendre froid. »

Mais, comme il faisait un pas, elle le retint, et il s'aperçut alors qu'elle était horriblement pâle. Une épouvante muette la courbait. Ses derniers vêtements, les dentelles de son linge, pendaient comme des lambeaux tragiques, sur sa peau frissonnante.

Il l'examinait avec un étonnement croissant.

« Qu'as-tu donc ? tu es malade ? »

Et, instinctivement, il leva les yeux, il regarda, à travers les vitres de la serre, cette fenêtre du cabinet de toilette où il avait vu de la lumière.

« Mais il y a un homme chez toi, dit-il tout à coup.

– Non, non, ce n'est pas vrai, balbutia-t-elle, suppliante, affolée.

– Allons donc, ma chère, je vois l'ombre. »

Alors ils restèrent là un instant, face à face, ne sachant que se dire. Les dents de Renée claquaient de terreur, et il lui semblait qu'on jetait des seaux d'eau glacée sur ses pieds nus. Maxime éprouvait plus d'irritation qu'il n'aurait cru ; mais il demeurait encore assez désintéressé, pour réfléchir, pour se dire que l'occasion était bonne, et qu'il allait rompre.

« Tu ne me feras pas croire que c'est Céleste qui porte un paletot, continua-t-il. Si les vitres de la serre n'étaient pas si épaisses, je reconnaîtrais peut-être le monsieur. »

1. *Berceaux* : constructions circulaires recouvertes d'une voûte de feuillage.

Elle le poussa plus profondément dans le noir des feuillages, en disant, les mains jointes, prise d'une terreur croissante :

« Je t'en prie, Maxime… »

Mais toute la taquinerie du jeune homme se réveillait, une taquinerie féroce qui cherchait à se venger. Il était trop frêle pour se soulager par la colère. Le dépit pinça ses lèvres ; et, au lieu de la battre, comme il en avait d'abord eu l'envie, il aiguisa sa voix, il reprit :

« Tu aurais dû me le dire, je ne serais pas venu vous déranger… Ça se voit tous les jours, qu'on ne s'aime plus. Moi-même, je commençais à en avoir assez… Voyons, ne t'impatiente pas. Je vais te laisser remonter ; mais pas avant que tu m'aies dit le nom du monsieur…

– Jamais, jamais ! murmura la jeune femme, qui étouffait ses larmes.

– Ce n'est pas pour le provoquer, c'est pour savoir… Le nom, dis vite le nom, et je pars. »

Il lui avait pris les poignets, il la regardait, de son rire mauvais. Et elle se débattait, éperdue, ne voulant plus ouvrir les lèvres, pour que le nom qu'il lui demandait ne pût s'en échapper.

« Nous allons faire du bruit, tu seras bien avancée. Qu'as-tu peur ? ne sommes-nous pas de bons amis ?… Je veux savoir qui me remplace, c'est légitime… Attends, je t'aiderai. C'est M. de Mussy, dont la douleur t'a touchée. »

Elle ne répondit pas. Elle baissait la tête sous un pareil interrogatoire.

« Ce n'est pas M. de Mussy ?… Alors le duc de Rozan ? vrai, non plus ?… Peut-être le comte de Chibray ? pas davantage ?… »

Il s'arrêta, il chercha.

« Diable, c'est que je ne vois personne.. Ce n'est pas mon père, après ce que tu m'as dit… »

Renée tressaillit, comme sous une brûlure, et sourdement :

« Non, tu sais bien qu'il ne vient plus. Je n'aurais pas accepté, ce serait ignoble.

– Qui alors ?

Et il lui serrait plus fort les poignets. La pauvre femme lutta encore quelques instants.

« Oh ! Maxime, si tu savais !... Je ne puis pourtant pas dire... »

Puis, vaincue, anéantie, regardant avec effroi la fenêtre éclairée :

« C'est M. de Saffré », balbutia-t-elle très bas.

Maxime, que son jeu cruel amusait, pâlit extrêmement devant cet aveu qu'il sollicitait avec tant d'insistance. Il fut irrité de la douleur inattendue que lui causait ce nom d'homme. Il rejeta violemment les poignets de Renée, s'approchant, lui disant en plein visage, les dents serrées :

« Tiens, veux-tu savoir, tu es une... ! »

Il dit le mot. Et il s'en allait, lorsqu'elle courut à lui, sanglotante, le prenant dans ses bras, murmurant des mots de tendresse, des demandes de pardon, lui jurant qu'elle l'adorait toujours, et que le lendemain elle lui expliquerait tout. Mais il se dégagea, il ferma violemment la porte de la serre, en répondant :

« Eh non ! c'est fini, j'en ai plein le dos. »

Elle resta écrasée. Elle le regarda traverser le jardin. Il lui semblait que les arbres de la serre tournaient autour d'elle. Puis, lentement, elle traîna ses pieds nus sur le sable des allées, elle remonta les marches du perron, la peau marbrée par le froid, plus tragique dans le désordre de ses dentelles. En haut, elle répondit aux questions de son mari, qui l'attendait, qu'elle avait cru se rappeler l'endroit où pouvait être tombé un petit carnet perdu depuis le matin. Et quand elle fut couchée, elle éprouva tout à coup un désespoir immense, en réfléchissant qu'elle aurait dû dire à Maxime que son père, rentré avec elle, l'avait suivie dans sa chambre pour l'entretenir d'une question d'argent quelconque.

Ce fut le lendemain que Saccard se décida à brusquer le dénouement de l'affaire de Charonne. Sa femme lui appartenait ; il venait de la sentir douce et inerte entre ses mains, comme une chose qui s'abandonne. D'autre part, le tracé du boulevard du Prince-Eugène allait être arrêté, il fallait que Renée fût dépouillée avant que l'expropriation prochaine s'ébruitât. Saccard montrait, dans toute cette affaire, un amour d'artiste ; il regardait mûrir son plan avec dévotion, tendait ses pièges avec les raffinements d'un chasseur qui met de la coquetterie à prendre galamment le gibier. C'était, chez lui, une simple satisfaction de joueur adroit, d'homme goûtant une volupté particulière au gain volé ; il voulait avoir les terrains pour un morceau de pain, quitte à donner cent mille francs de bijoux à sa femme, dans la joie du triomphe. Les opérations les plus simples se compliquaient, dès qu'il s'en occupait, devenaient des drames noirs ; il se passionnait, il aurait battu son père pour une pièce de cent sous. Et il semait ensuite l'or royalement.

Mais, avant d'obtenir de Renée la cession de sa part de propriété, il eut la prudence d'aller tâter Larsonneau sur les intentions de chantage qu'il avait flairées en lui. Son instinct le sauva, en cette circonstance. L'agent d'expropriation avait cru, de son côté, que le fruit était mûr et qu'il pouvait le cueillir. Lorsque Saccard entra dans le cabinet de la rue de Rivoli, il trouva son compère bouleversé, donnant des signes du plus violent désespoir.

« Ah ! mon ami, murmura celui-ci, en lui prenant les mains, nous sommes perdus… J'allais courir chez vous pour nous concerter, pour nous sortir de cette horrible aventure… »

Tandis qu'il se tordait les bras et essayait un sanglot,

Saccard remarquait qu'il était en train de signer des lettres, au moment de son entrée, et que les signatures avaient une netteté admirable. Il le regarda tranquillement, en disant :

« Bah ! qu'est-ce qui nous arrive donc ? »

Mais l'autre ne répondit pas tout de suite ; il s'était jeté dans son fauteuil, devant son bureau, et là, les coudes sur le buvard, le front entre les mains, il se branlait furieusement la tête. Enfin, d'une voix étouffée :

« On m'a volé le registre, vous savez… »

Et il conta qu'un de ses commis, un gueux digne du bagne, lui avait soustrait un grand nombre de dossiers, parmi lesquels se trouvait le fameux registre. Le pis était que le voleur avait compris le parti qu'il pouvait tirer de cette pièce, et qu'il voulait se le faire racheter cent mille francs.

Saccard réfléchissait. Le conte lui parut par trop grossier. Évidemment, Larsonneau se souciait peu, au fond, d'être cru. Il cherchait un simple prétexte pour lui faire entendre qu'il voulait cent mille francs dans l'affaire de Charonne ; et même, à cette condition, il rendrait les papiers compromettants qu'il avait entre les mains. Le marché parut trop lourd à Saccard. Il aurait volontiers fait la part de son ancien collègue ; mais cette embûche tendue, cette vanité de le prendre pour dupe, l'irritaient. D'ailleurs, il n'était pas sans inquiétude ; il connaissait le personnage, il le savait très capable de porter les papiers à son frère le ministre, qui aurait certainement payé pour étouffer tout scandale.

« Diable ! murmura-t-il, en s'asseyant à son tour, voilà une vilaine histoire… Et pourrait-on voir le gueux en question ?

– Je vais l'envoyer chercher, dit Larsonneau. Il demeure à côté, rue Jean Lantier. »

Dix minutes ne s'étaient pas écoulées, qu'un petit jeune homme, louche, les cheveux pâles, la face couverte de taches de rousseur, entra doucement, en évitant que la porte fît du bruit. Il était vêtu d'une mauvaise redingote noire trop grande et horriblement râpée. Il se tint debout, à distance respectueuse, regardant Saccard du coin de l'œil, tranquillement. Larsonneau, qui l'appelait Baptistin, lui fit subir un interrogatoire, auquel il répondit par des monosyllabes, sans se troubler le moins du monde ; et il recevait en toute indifférence les noms de voleur, d'escroc, de scélérat, dont son patron croyait devoir accompagner chacune de ses demandes.

Saccard admira le sang-froid de ce malheureux. À un moment, l'agent d'expropriation s'élança de son fauteuil comme pour le battre ; et il se contenta de reculer d'un pas, en louchant avec plus d'humilité.

« C'est bien, laissez-le, dit le financier… Alors, monsieur, vous demandez cent mille francs pour rendre les papiers ?

– Oui, cent mille francs », répondit le jeune homme.

Et il s'en alla. Larsonneau paraissait ne pouvoir se calmer.

« Hein ! quelle crapule ! balbutia-t-il. Avez-vous vu ses regards faux ?… Ces gaillards-là vous ont l'air timides et vous assassineraient un homme pour vingt francs. »

Mais Saccard l'interrompit en disant :

« Bah ! il n'est pas terrible. Je crois qu'on pourra s'arranger avec lui… Je venais pour une affaire beaucoup plus inquiétante… Vous aviez raison de vous défier de ma femme, mon cher ami. Imaginez-vous qu'elle vend sa part de propriété à M. Haffner. Elle a besoin d'argent dit-elle. C'est son amie Suzanne qui a dû la pousser. »

L'autre cessa brusquement de se désespérer ; il écoutait, un peu pâle, rajustant son col droit, qui avait tourné dans sa colère.

« Cette cession, continua Saccard est la ruine de nos espérances. Si M. Haffner devient votre coassocié, non seulement nos profits sont compromis, mais j'ai une peur affreuse de nous trouver dans une situation très désagréable vis-à-vis de cet homme méticuleux qui voudra éplucher les comptes. »

L'agent d'expropriation se mit à marcher d'un pas agité, faisant craquer ses bottines vernies sur le tapis.

« Voyez, murmura-t-il, dans quelle situation on se met pour rendre service aux gens !... Mais, mon cher, à votre place, j'empêcherais absolument ma femme de faire une pareille sottise. Je la battrais plutôt.

– Ah ! mon ami !... dit le financier avec un fin sourire. Je n'ai pas plus d'action sur ma femme que vous ne paraissez en avoir sur cette canaille de Baptistin. »

Larsonneau s'arrêta net devant Saccard, qui souriait toujours, et le regarda d'un air profond. Puis il reprit sa marche de long en large, mais d'un pas lent et mesuré. Il s'approcha d'une glace, remonta son nœud de cravate, marcha encore, retrouvant son élégance. Et tout d'un coup :

« Baptistin ! » cria-t-il.

Le petit jeune homme louche entra, mais par une autre porte. Il n'avait plus son chapeau et roulait une plume entre ses doigts.

« Va chercher le registre », lui dit Larsonneau.

Et quand il ne fut plus là, il débattit la somme qu'on devait lui donner.

« Faites cela pour moi », finit-il par dire carrément.

Alors Saccard consentit à donner trente mille francs sur les bénéfices futurs de l'affaire de Charonne. Il estimait qu'il se tirait encore à bon marché de la main gantée de l'usurier. Ce dernier fit mettre la promesse à son nom, continuant la comédie jusqu'au bout, disant qu'il tiendrait compte des trente mille francs au jeune homme. Ce fut avec des rires de soulagement que Saccard brûla le registre à la flamme de la cheminée, feuille à feuille. Puis, cette opération terminée, il échangea de vigoureuses poignées de mains avec Larsonneau, et le quitta, en lui disant :

« Vous allez ce soir chez Laure, n'est-ce pas ?… Attendez-moi. J'aurai tout arrangé avec ma femme, nous prendrons nos dernières dispositions. »

Laure d'Aurigny, qui déménageait souvent, habitait alors un grand appartement du boulevard Haussmann, en face de la Chapelle expiatoire. Elle venait de prendre un jour par semaine [1], comme les dames du vrai monde. C'était une façon de réunir à la fois les hommes qui la voyaient, un par un, dans la semaine. Aristide Saccard triomphait, les mardis soir ; il était l'amant en titre ; et il tournait la tête, avec un rire vague, quand la maîtresse de la maison le trahissait entre deux portes, en accordant pour le soir même un rendez-vous à un de ces messieurs. Lorsqu'il était resté le dernier de la bande, il allumait encore un cigare, causait affaires, plaisantait un instant sur le monsieur qui se morfondait dans la rue en attendant qu'il sortît ; puis, après avoir appelé Laure sa « chère enfant », et lui avoir donné une petite tape sur la joue, il s'en allait tranquillement par une porte, tandis que le monsieur entrait par une autre. Le secret traité d'alliance qui avait consolidé le crédit de Saccard et fait trouver à la d'Aurigny deux mobiliers en un mois, continuait à les amuser. Mais Laure voulait un dénouement à cette comédie. Ce dénouement, arrêté à l'avance, devait consister dans une rupture publique, au profit de quelque imbécile qui paierait cher le droit d'être l'entreteneur sérieux et connu de tout Paris. L'imbécile était trouvé. Le duc de Rozan, las d'assommer inutilement les femmes de son monde, rêvait une réputation de débauché, pour accentuer d'un relief sa figure fade. Il était très assidu aux mardis de Laure, dont il avait fait la conquête par sa naïveté absolue. Malheureusement, à trente-cinq ans, il se trouvait

1. *Prendre un jour par semaine* : les femmes du monde ont un jour, c'est-à-dire qu'elles reçoivent une fois par semaine leurs amis et connaissances.

encore sous la dépendance de sa mère, à tel point qu'il pouvait disposer au plus d'une dizaine de louis à la fois. Les soirs où Laure daignait lui prendre ses dix louis, en se plaignant, et en parlant des cent mille francs dont elle aurait besoin, il soupirait, il lui promettait la somme pour le jour où il serait le maître. Ce fut alors qu'elle eut l'idée de lui faire lier amitié avec Larsonneau, un des bons amis de la maison. Les deux hommes allèrent déjeuner ensemble chez Tortoni[1] ; et, au dessert, Larsonneau, en contant ses amours avec une Espagnole délicieuse, prétendit connaître des prêteurs ; mais il conseilla vivement à Rozan de ne jamais passer par leurs mains. Cette confidence endiabla le duc, qui finit par arracher à son bon ami la promesse de s'occuper de « sa petite affaire ». Il s'en occupa si bien qu'il devait porter l'argent le soir même où Saccard lui avait donné rendez-vous chez Laure.

Lorsque Larsonneau arriva, il n'y avait encore dans le grand salon blanc et or de la d'Aurigny que cinq ou six femmes, qui lui prirent les mains, lui sautèrent au cou, avec une fureur de tendresse. Elles l'appelaient « ce grand Lar ! » un diminutif caressant que Laure avait inventé. Et lui, d'une voix flûtée :

« Là, là, mes petites chattes ; vous allez écraser mon chapeau. »

Elles se calmèrent, elles l'entourèrent étroitement sur une causeuse, tandis qu'il leur contait une indigestion de Sylvia, avec laquelle il avait soupé la veille. Puis, tirant un drageoir de la poche de son habit, il leur offrit des pralines. Mais Laure sortit de sa chambre à coucher, et comme plusieurs messieurs arrivaient, elle entraîna Larsonneau dans un boudoir, situé à l'un des bouts du salon, dont une double portière le séparait.

« As-tu l'argent ? » lui demanda-t-elle, quand ils furent seuls.

1. *Tortoni* : café situé à l'angle de la rue Taitbout et du boulevard des Italiens, où se retrouvaient hommes politiques et gens de lettres.

Elle le tutoyait, dans les grandes circonstances. Larsonneau, sans répondre, s'inclina plaisamment, en frappant sur la poche intérieure de son habit.

« Oh ! ce grand Lar ! » murmura la jeune femme ravie.

Elle le prit par la taille et l'embrassa.

« Attends, dit-elle, je veux tout de suite les chiffons... Rozan est dans ma chambre ; je vais le chercher. »

Mais il la retint, et lui baisant à son tour les épaules :

« Tu sais quelle commission je t'ai demandée, à toi ?

– Eh ! oui, grande bête, c'est convenu. »

Elle revint, amenant Rozan. Larsonneau était mis plus correctement que le duc, ganté plus juste, cravaté avec plus d'art. Ils se touchèrent négligemment la main, et parlèrent des courses de l'avant-veille, où un de leurs amis avait eu un cheval battu. Laure piétinait.

« Voyons, ce n'est pas tout ça, mon chéri, dit-elle à Rozan ; le grand Lar a l'argent, tu sais. Il faudrait terminer. »

Larsonneau parut se souvenir.

« Ah ! oui, c'est vrai, dit-il, j'ai la somme... Mais que vous auriez bien fait de m'écouter, mon bon ! Est-ce que ces gueux ne m'ont pas demandé le cinquante pour cent ?... Enfin, j'ai accepté quand même, vous m'aviez dit que ça ne faisait rien... »

Laure d'Aurigny s'était procuré des feuilles de papier timbré dans la journée. Mais quand il fut question d'une plume et d'un encrier, elle regarda les deux hommes d'un air consterné, doutant de trouver chez elle ces objets. Elle voulait aller voir à la cuisine, lorsque Larsonneau tira de sa poche, de la poche où était le drageoir, deux merveilles, un porte-plume en argent, qui s'allongeait à l'aide d'une vis, et un encrier, acier et ébène, d'un fini et d'une délicatesse de bijou. Et comme Rozan s'asseyait :

« Faites les billets à mon nom. Vous comprenez, je n'ai pas

voulu vous compromettre. Nous nous arrangerons ensemble… Six effets de vingt-cinq mille francs chacun, n'est-ce pas ? »

Laure comptait sur un coin de la table les « chiffons ». Rozan ne les vit même pas. Quand il eut signé et qu'il leva la tête, ils avaient disparu dans la poche de la jeune femme. Mais elle vint à lui, et l'embrassa sur les deux joues, ce qui parut le ravir. Larsonneau les regardait philosophiquement, en pliant les effets, et en remettant l'écritoire et le porte-plume dans sa poche.

La jeune femme était encore au cou de Rozan, lorsque Aristide Saccard souleva un coin de la portière :

« Eh bien, ne vous gênez pas », dit-il en riant.

Le duc rougit. Mais Laure alla secouer la main du financier, en échangeant avec lui un clignement d'yeux d'intelligence. Elle était radieuse.

« C'est fait, mon cher, dit-elle ; je vous avais prévenu. Vous ne m'en voulez pas trop ? »

Saccard haussa les épaules d'un air bonhomme. Il écarta la portière, et s'effaçant pour livrer passage à Laure et au duc, il cria, d'une voix glapissante d'huissier :

« Monsieur le duc, madame la duchesse ! »

Cette plaisanterie eut un succès fou. Le lendemain, les journaux la contèrent, en nommant crûment Laure d'Aurigny, et en désignant les deux hommes par des initiales très transparentes. La rupture d'Aristide Saccard et de la grosse Laure fit plus de bruit encore que leurs prétendues amours.

Cependant, Saccard avait laissé retomber la portière sur l'éclat de gaieté que sa plaisanterie avait soulevé dans le salon.

« Hein ! quelle bonne fille ! dit-il en se tournant vers Larsonneau. Elle est d'un vice !… c'est vous le gredin, qui devez bénéficier dans tout ceci. Qu'est-ce qu'on vous donne ? »

Mais il se défendit, avec des sourires ; et il tirait ses manchettes qui remontaient. Il vint enfin s'asseoir, près de la porte, sur une causeuse où Saccard l'appelait d'un geste.

« Venez là, je ne veux pas vous confesser, que diable !... Aux affaires sérieuses maintenant, mon bon. J'ai eu, ce soir, une longue conversation avec ma femme... Tout est conclu.

– Elle consent à céder sa part ? demanda Larsonneau.

– Oui, mais ça na pas été sans peine... Les femmes sont d'un entêtement ! Vous savez, la mienne avait promis de ne pas vendre à une vieille tante. C'étaient des scrupules à n'en plus finir... Heureusement que j'avais préparé une histoire tout à fait décisive. »

Il se leva pour allumer un cigare au candélabre que Laure avait laissé sur la table, et revenant s'allonger mollement au fond de la causeuse :

« J'ai dit à ma femme, continua-t-il, que vous étiez tout à fait ruiné... Vous avez joué à la Bourse, mangé votre argent avec des filles, tripoté dans de mauvaises spéculations ; enfin vous êtes sur le point de faire une faillite épouvantable... J'ai même donné à entendre que je ne vous croyais pas d'une parfaite honnêteté... Alors je lui ai expliqué que l'affaire de Charonne allait sombrer dans votre désastre, et que le mieux serait d'accepter la proposition que vous m'aviez faite de la dégager, en lui achetant sa part, pour un morceau de pain, il est vrai.

– Ce n'est pas fort, murmura l'agent d'expropriation. Et vous vous imaginez que votre femme va croire de pareilles bourdes ? »

Saccard eut un sourire. Il était dans une heure d'épanchement.

« Vous êtes naïf, mon cher, reprit-il. Le fond de l'histoire importe peu ; ce sont les détails, les gestes et l'accent qui sont tout. Appelez Rozan, et je parie que je lui persuade qu'il fait grand jour. Et ma femme n'a guère plus de tête que Rozan... Je lui ai laissé entrevoir des abîmes. Elle ne se doute pas même de l'expropriation prochaine. Comme elle s'étonnait que, en pleine catastrophe, vous pussiez songer à prendre une plus lourde charge, je lui ai dit que sans doute elle vous gênait dans quelque mauvais coup ménagé à vos créanciers… Enfin, je lui ai conseillé l'affaire comme l'unique moyen de ne pas se trouver mêlée à des procès interminables et de tirer quelque argent des terrains. »

Larsonneau continuait à trouver l'histoire un peu brutale. Il était de méthode moins dramatique ; chacune de ses opérations se nouait et se dénouait avec des élégances de comédie de salon.

« Moi, j'aurais imaginé autre chose, dit-il. Enfin, chacun son système… Il ne nous reste alors qu'à payer.

– C'est à ce sujet, répondit Saccard, que je veux m'entendre avec vous… Demain, je porterai l'acte de cession à ma femme, et elle aura simplement à vous faire remettre cet acte pour toucher le prix convenu… Je préfère éviter toute entrevue. »

Jamais il n'avait voulu, en effet, que Larsonneau vînt chez eux sur un pied d'intimité. Il ne l'invitait pas, l'accompagnait chez Renée, les jours où il fallait absolument que les deux associés se rencontrassent ; cela était arrivé trois fois. Presque toujours, il traitait avec des procurations de sa femme, pensant qu'il était inutile de lui laisser voir ses affaires de près.

Il ouvrit son portefeuille, en ajoutant :

« Voici les deux cent mille francs de billets souscrits par ma femme ; vous les lui donnerez en paiement, et vous ajouterez cent mille francs que je vous porterai demain dans la matinée… Je me saigne, mon cher ami. Cette affaire me coûte les yeux de la tête.

– Mais, fit remarquer l'agent d'expropriation, cela ne va faire que trois cent mille francs… Est-ce que le reçu sera de cette somme ?

– Un reçu de trois cent mille francs ! reprit Saccard en riant, ah, bien ! nous serions propres plus tard. Il faut, d'après nos inventaires, que la propriété soit estimée aujourd'hui à deux millions cinq cent mille francs. Le reçu sera de la moitié, naturellement.

– Jamais votre femme ne voudra le signer.

– Eh si ! Je vous dis que tout est convenu… Parbleu ! je lui ai dit que c'était votre première condition. Vous nous mettez le pistolet sous la gorge avec votre faillite, comprenez-vous ? Et c'est là que j'ai paru douter de votre honnêteté et que je vous ai accusé de vouloir duper vos créanciers… Est-ce que ma femme comprend quelque chose à tout cela ! »

Larsonneau hochait la tête, en murmurant :

« N'importe, vous auriez dû chercher quelque chose de plus simple.

– Mais mon histoire est la simplicité même ! dit Saccard très étonné. Où diable voyez-vous qu'elle se complique ? »

Il n'avait pas conscience du nombre incroyable de ficelles qu'il ajoutait à l'affaire la plus ordinaire. Il goûtait une vraie joie dans ce conte à dormir debout qu'il venait de faire à Renée ; et ce qui le ravissait, c'était l'impudence du mensonge, l'entassement des impossibilités, la complication étonnante de l'intrigue. Depuis longtemps, il aurait eu les terrains, s'il n'avait pas imaginé tout ce drame ; mais il aurait éprouvé moins de jouissance à les avoir aisément. D'ailleurs, il mettait la plus grande naïveté à faire de la spéculation de Charonne tout un mélodrame financier.

Il se leva, et prenant le bras de Larsonneau, se dirigeant vers le salon :

« Vous m'avez bien compris, n'est-ce pas ? Contentez-vous de suivre mes instructions, et vous m'applaudirez après… Voyez-vous, mon cher, vous avez tort de porter des gants jaunes, c'est ce qui vous gâte la main. »

L'agent d'expropriation se contenta de sourire, en murmurant :

« Oh ! les gants ont du bon, cher maître : on touche à tout sans se salir. »

Comme ils rentraient dans le salon, Saccard fut surpris et quelque peu inquiet de trouver Maxime de l'autre côté de la portière. Le jeune homme était assis sur une causeuse, à côté d'une dame blonde, qui lui racontait d'une voix monotone une longue histoire, la sienne sans aucun doute. Il avait, en effet, entendu la conversation de son père et de Larsonneau. Les deux complices lui paraissaient de rudes gaillards. Encore vexé de la trahison de Renée, il goûtait une joie lâche à apprendre le vol dont elle allait être la victime. Ça le vengeait un peu. Son père vint lui serrer la main d'un air soupçonneux ; mais Maxime lui dit à l'oreille, en lui montrant la dame blonde :

« Elle n'est pas mal, n'est-ce pas ? Je veux la "faire" pour ce soir. »

Alors Saccard se dandina, fut galant. Laure d'Aurigny vint les rejoindre un moment ; elle se plaignait de ce que Maxime lui rendît à peine visite une fois par mois. Mais il prétendit avoir été très occupé, ce qui fit rire tout le monde. Il ajouta que désormais on ne verrait plus que lui.

« J'ai écrit une tragédie, dit-il, et j'ai trouvé le cinquième acte hier seulement… Je compte me reposer chez toutes les belles femmes de Paris. »

Il riait, il goûtait ses allusions, que lui seul pouvait comprendre. Cependant, il ne restait plus dans le salon, aux deux coins de la cheminée, que Rozan et Larsonneau. Les Saccard se levèrent, ainsi que la dame blonde, qui demeurait dans la maison. Alors la d'Aurigny alla parler bas au duc. Il parut surpris et contrarié. Voyant qu'il ne se décidait pas à quitter son fauteuil :

« Non, vrai, pas ce soir, dit-elle à demi-voix. J'ai une migraine !… Demain, je vous le promets. »

Rozan dut obéir. Laure attendit qu'il fût sur le palier pour dire vivement à l'oreille de Larsonneau :

« Hein ! grand Lar, je suis de parole... Fourre-le dans sa voiture. »

Quand la dame blonde prit congé de ces messieurs, pour remonter à son appartement qui était à l'étage supérieur, Saccard fut étonné de ce que Maxime ne la suivait pas.

« Eh bien ? lui demanda-t-il.

– Ma foi, non, répondit le jeune homme. J'ai réfléchi... »

Puis il eut une idée qu'il crut très drôle :

« Je te cède la place si tu veux. Dépêche-toi, elle n'a pas encore fermé sa porte. »

Mais le père haussa doucement les épaules, en disant :

« Merci, j'ai mieux que cela pour l'instant, mon petit. »

Les quatre hommes descendirent. En bas, le duc voulait absolument prendre Larsonneau dans sa voiture ; sa mère demeurait au Marais, il aurait laissé l'agent d'expropriation à sa porte, rue de Rivoli. Celui-ci refusa, ferma la portière lui-même, dit au cocher de partir. Et il resta sur le trottoir du boulevard Haussmann avec les deux autres, causant, ne s'éloignant pas.

« Ah ! ce pauvre Rozan ! dit Saccard, qui comprit tout à coup. »

Larsonneau jura que non, qu'il se moquait pas mal de ça, qu'il était un homme pratique. Et comme les deux autres continuaient à plaisanter et que le froid était très vif, il finit par s'écrier :

« Ma foi, tant pis, je sonne !... Vous êtes des indiscrets, messieurs.

– Bonne nuit ! » lui cria Maxime, lorsque la porte se referma.

Et prenant le bras de son père, il remonta avec lui le boulevard. Il faisait une de ces claires nuits de gelée, où il est si bon de marcher sur la terre dure, dans l'air glacé. Saccard disait que Larsonneau avait tort, qu'il fallait être simplement le camarade de la d'Aurigny. Il partit de là pour déclarer que l'amour de ces filles était vraiment mauvais. Il se montrait moral, il trouvait des sentences, des conseils étonnants de sagesse.

« Vois-tu, dit-il à son fils, ça n'a qu'un temps, mon petit… On y perd sa santé, et l'on n'y goûte pas le vrai bonheur. Tu sais que je ne suis pas un bourgeois. Eh bien, j'en ai assez, je me range. »

Maxime ricanait ; il arrêta son père, le contempla au clair de lune, en déclarant qu'il avait « une bonne tête ». Mais Saccard se dit plus grave encore.

« Plaisante tant que tu voudras. Je te répète qu'il n'y a rien de tel que le mariage pour conserver un homme et le rendre heureux. »

Alors il lui parla de Louise. Et il marcha plus doucement, pour terminer cette affaire, disait-il, puisqu'ils en causaient. La chose était complètement arrangée. Il lui apprit même qu'il avait fixé avec M. de Mareuil la date de la signature du contrat au dimanche qui suivrait le jeudi de la mi-carême. Ce jeudi-là, il devait y avoir une grande soirée à l'hôtel du parc Monceau, et il en profiterait pour annoncer publiquement le mariage. Maxime trouva tout cela très bien. Il était débarrassé de Renée, il ne voyait plus d'obstacle, il se livrait à son père comme il s'était livré à sa belle-mère.

« Eh bien, c'est entendu, dit-il. Seulement n'en parle pas à Renée. Ses amies me plaisanteraient, me taquineraient, et j'aime mieux qu'elles sachent la chose en même temps que tout le monde. »

Saccard lui promit le silence. Puis, comme ils arrivaient vers le haut du boulevard Malesherbes, il lui donna de nouveau une foule d'excellents conseils. Il lui apprenait comment il devait s'y prendre pour faire un paradis de son ménage.

« Surtout, ne romps jamais avec ta femme. C'est une bêtise. Une femme avec laquelle on n'a plus de rapports vous coûte les yeux de la tête… D'abord, il faut payer quelque fille, n'est-ce pas ? Puis, la dépense est bien plus grande à la maison : c'est la toilette, c'est les plaisirs particuliers de madame, les bonnes amies, tout le diable et son train. »

Il était dans une heure de vertu extraordinaire. Le succès de son affaire de Charonne lui mettait au cœur des tendresses d'idylle.

« Moi, continua-t-il, j'étais né pour vivre heureux et ignoré au fond de quelque village, avec toute ma famille à mes côtés… On ne me connaît pas, mon petit… J'ai l'air comme ça très en l'air. Eh bien, pas du tout, j'adorerais rester près de ma femme, je lâcherais volontiers mes affaires pour une rente modeste qui me permettrait de me retirer à Plassans… Tu vas être riche, fais-toi avec Louise un intérieur où vous vivrez comme deux tourtereaux. C'est si bon ! J'irai vous voir. Ça me fera du bien. »

Il finissait par avoir des larmes dans la voix. Cependant, ils étaient arrivés devant la grille de l'hôtel, et ils causaient, debout au bord du trottoir. Sur ces hauteurs de Paris, une bise soufflait. Pas un bruit ne montait dans la nuit pâle d'une blancheur de gelée. Maxime, surpris des attendrissements de son père, avait depuis un instant une question sur les lèvres.

« Mais toi, dit-il enfin, il me semble…

– Quoi ?

– Avec ta femme ? »

Saccard haussa les épaules.

« Eh ! parfaitement. J'étais un imbécile. C'est pourquoi je te parle en toute expérience. Mais nous nous sommes remis ensemble, oh ! tout à fait. Il y a bientôt six semaines. Je vais la retrouver le soir, quand je ne rentre pas trop tard. Aujourd'hui, la pauvre bichette se passera de moi ; j'ai à travailler jusqu'au jour. C'est qu'elle est joliment faite !… »

Comme Maxime lui tendait la main, il le retint, il ajouta, à voix plus basse, d'un ton de confidence :

« Tu sais, la taille de Blanche Muller, eh bien, c'est ça, mais dix fois plus souple. Et les hanches donc ! elles sont d'un dessin, d'une délicatesse… »

Et il conclut en disant au jeune homme qui s'en allait :

« Tu es comme moi, tu as du cœur, ta femme sera heureuse… Au revoir mon petit ! »

Quand Maxime fut enfin débarrassé de son père, il fit rapidement le tour du parc. Ce qu'il venait d'entendre le surprenait si fort, qu'il éprouvait l'irrésistible besoin de voir Renée. Il voulait lui demander pardon de sa brutalité, savoir pourquoi elle avait menti en lui nommant M. de Saffré, connaître l'histoire des tendresses de son mari. Mais tout cela confusément, avec le seul désir net de fumer chez elle un cigare et de renouer leur camaraderie. Si elle était bien disposée, il comptait même lui annoncer son mariage, pour lui faire entendre que leurs amours devaient rester mortes et enterrées. Quand il eut ouvert la petite porte, dont il avait heureusement gardé la clef, il finit par se dire que sa visite, après la confidence de son père, était nécessaire et tout à fait convenable.

Dans la serre, il siffla comme la veille ; mais il n'attendit pas. Renée vint lui ouvrir la porte-fenêtre du petit salon, et monta devant lui sans parler. Elle rentrait à peine d'un bal de l'Hôtel-de-Ville. Elle était encore vêtue d'une robe blanche de tulle bouillonné[1], semée de nœuds de satin ; les basques[2] du corsage de satin se trouvaient encadrées d'une large dentelle de jais blanc, que la lumière des candélabres moirait de bleu et de rose. Quand Maxime la regarda, en haut, il fut touché de sa pâleur, de l'émotion profonde qui lui coupait la voix. Elle

1. *Bouillonné* : froncé. \ **2.** *Basques* : parties d'une veste qui partent de la taille et descendent plus ou moins bas sur les hanches.

ne devait pas l'attendre, elle était toute frissonnante de le voir arriver comme à l'ordinaire, tranquillement, de son air câlin. Céleste revint de la garde-robe, où elle était allée chercher une chemise de nuit, et les amants continuèrent à garder le silence, attendant que cette fille ne fût plus là. Ils ne se gênaient pas d'habitude devant elle ; mais des pudeurs leur venaient pour les choses qu'ils se sentaient sur les lèvres. Renée voulut que Céleste la déshabillât dans la chambre à coucher, où il y avait un grand feu. La chambrière ôtait les épingles, enlevait les chiffons un à un, sans se presser. Et Maxime, ennuyé, prit machinalement la chemise, qui se trouvait à côté de lui sur une chaise, et la fit chauffer devant la flamme, penché, les bras élargis. C'était lui qui, aux jours heureux, rendait ce petit service à Renée. Elle eut un attendrissement, à le voir présenter délicatement la chemise au feu. Puis comme Céleste n'en finissait pas :

« Tu t'es bien amusée à ce bal ? demanda-t-il.

– Oh ! non, tu sais, toujours la même chose, répondit-elle. Beaucoup trop de monde, une véritable cohue. »

Il retourna la chemise qui se trouvait chaude d'un côté.

« Quelle toilette avait Adeline ?

– Une robe mauve, assez mal comprise... Elle est petite, et elle a la rage des volants. »

Ils parlèrent des autres femmes. Maintenant Maxime se brûlait les doigts avec la chemise.

« Mais tu vas la roussir, dit Renée dont la voix avait des caresses maternelles. »

Céleste prit la chemise des mains du jeune homme. Il se leva, alla regarder le grand lit gris et rose, s'arrêta à un des bouquets brochés de la tenture, pour tourner la tête, pour ne pas voir les seins nus de Renée. C'était instinctif. Il ne se croyait plus son amant, il n'avait plus le droit de voir. Puis il tira un cigare de sa poche et l'alluma. Renée lui avait permis de fumer chez elle. Enfin, Céleste se retira, laissant la jeune femme au coin du feu, toute blanche dans son vêtement de nuit.

Maxime marcha encore quelques instants, silencieux, regardant du coin de l'œil Renée, qu'un frisson semblait reprendre. Et, se plantant devant la cheminée, le cigare aux dents, il demanda d'une voix brusque :

« Pourquoi ne m'as-tu pas dit que c'était mon père qui se trouvait avec toi, hier soir ? »

Elle leva la tête, les yeux tout grands, avec un regard de suprême angoisse ; puis un flot de sang lui empourpra la face, et, anéantie de honte, elle se cacha dans ses mains, elle balbutia :

« Tu sais cela ? tu sais cela ?… »

Elle se reprit, elle essaya de mentir.

« Ce n'est pas vrai… Qui te l'a dit ? »

Maxime haussa les épaules.

« Pardieu ! mon père lui-même, qui te trouve joliment faite et qui m'a parlé de tes hanches. »

Il avait laissé percer un léger dépit. Mais il se remit à marcher, continuant d'une voix grondeuse et amicale, entre deux bouffées de cigare :

« Vraiment, je ne te comprends pas. Tu es une singulière femme. Hier, c'est ta faute, si j'ai été grossier. Tu m'aurais dis que c'était mon père, je m'en serais allé tranquillement, tu comprends ? Moi, je n'ai pas de droit… Mais tu vas me nommer M. de Saffré ! »

Elle sanglotait, les mains sur son visage. Il s'approcha, s'agenouilla devant elle, lui écarta les mains de force.

« Voyons, dis-moi pourquoi tu m'as nommé M. de Saffré. »

Alors, détournant encore la tête, elle répondit, au milieu de ses larmes, à voix basse :

« Je croyais que tu me quitterais, si tu savais que ton père… »

Il se releva, reprit son cigare qu'il avait posé sur un coin de la cheminée, et se contenta de murmurer :

« Tu es bien drôle, va !… »

Elle ne pleurait plus. Les flammes de la cheminée et le feu de ses joues séchaient ses larmes. L'étonnement de voir Maxime si calme devant une révélation qu'elle croyait devoir l'écraser lui faisait oublier sa honte. Elle le regardait marcher, elle l'écoutait parler comme dans un rêve. Il lui répétait, sans quitter son cigare, qu'elle n'était pas raisonnable, qu'il était tout naturel qu'elle eût des rapports avec son mari, qu'il ne pouvait vraiment songer à s'en fâcher. Mais aller avouer un amant quand ce n'était pas vrai ! Et il revenait toujours à cela, à cette chose qu'il ne pouvait comprendre, et qui lui semblait réellement monstrueuse. Il parla des « imaginations folles » des femmes.

« Tu es un peu fêlée, ma chère, il faut soigner ça. »

Il finit par demander curieusement :

« Mais pourquoi M. de Saffré plutôt qu'un autre ?

– Il me fait la cour », dit Renée.

Maxime retint une impertinence ; il allait dire qu'elle s'était sans doute crue plus vieille d'un mois, en avouant M. de Saffré pour amant. Il n'eut que le sourire mauvais de cette méchanceté, et, jetant son cigare dans le feu, il vint s'asseoir de l'autre côté de la cheminée. Là, il parla raison, il donna à entendre à Renée qu'ils devaient rester bons camarades. Les regards fixes de la jeune femme l'embarrassaient un peu, pourtant ; il n'osa pas lui annoncer son mariage. Elle le contemplait longuement, les yeux encore gonflés par les larmes. Elle le trouvait pauvre, étroit, méprisable, et l'aimait toujours, de cette tendresse qu'elle avait pour ses dentelles. Il était joli sous la lumière du candélabre, placé au bord de la cheminée, à côté de lui. Comme il renversait la tête, la lueur des bougies lui dorait les cheveux, lui glissait sur la face, dans le duvet léger des joues, avec des blondeurs charmantes.

« Il faut pourtant que je m'en aille », dit-il à plusieurs reprises.

Il était bien décidé à ne pas rester. Renée ne l'aurait pas voulu, d'ailleurs. Tous deux le pensaient, le disaient : ils n'étaient plus que deux amis. Et quand Maxime eut enfin serré la main de la jeune femme et qu'il fut sur le point de quitter la chambre, elle le retint encore un instant, en lui parlant de son père. Elle en faisait un grand éloge.

« Vois-tu, j'avais trop de remords. Je préfère que ça soit arrivé... Tu ne connais pas ton père ; j'ai été étonnée de le trouver si bon, si désintéressé. Le pauvre homme a de si gros soucis en ce moment ! »

Maxime regardait la pointe de ses bottines, sans répondre, d'un air gêné. Elle insistait.

« Tant qu'il ne venait pas dans cette chambre, ça m'était égal. Mais après... Quand je le voyais ici, affectueux, m'apportant un argent qu'il avait dû ramasser dans tous les coins de Paris, se ruinant pour moi sans une plainte, j'en devenais malade... Si tu savais avec quel soin il a veillé à mes intérêts ! »

Le jeune homme revint doucement à la cheminée, contre laquelle il s'adossa. Il restait embarrassé, la tête basse, avec un sourire qui montait peu à peu à ses lèvres.

« Oui, murmura-t-il, mon père est très fort pour veiller aux intérêts des gens. »

Le son de sa voix étonna Renée. Elle le regarda, et lui, comme pour se défendre :

« Oh ! je ne sais rien... Je dis seulement que mon père est un habile homme.

– Tu aurais tort d'en mal parler, reprit-elle. Tu dois le juger un peu en l'air... Si je te faisais connaître tous ses embarras, si je te répétais ce qu'il me confiait encore ce soir, tu verrais comme on se trompe, quand on croit qu'il tient à l'argent... »

Maxime ne put retenir un haussement d'épaule. Il interrompit sa belle-mère, d'un rire d'ironie.

« Va, je le connais, je le connais beaucoup… Il a dû te dire de bien jolies choses. Conte-moi donc ça. »

Ce ton railleur la blessait. Alors elle renchérit encore sur ses éloges, elle trouva son mari tout à fait grand, elle parla de l'affaire de Charonne, de ce tripotage où elle n'avait rien compris, comme d'une catastrophe dans laquelle s'étaient révélées à elle l'intelligence et la bonté de Saccard. Elle ajouta qu'elle signerait l'acte de cession le lendemain, et que si c'était réellement là un désastre, elle acceptait ce désastre en punition de ses fautes. Maxime la laissait aller, ricanant, la regardant en dessous ; puis il dit à demi-voix :

« C'est ça, c'est bien ça… »

Et, plus haut, mettant la main sur l'épaule de Renée :

« Ma mère, je te remercie, mais je savais l'histoire… C'est toi qui es d'une bonne pâte ! »

Il fit de nouveau mine de s'en aller. Il éprouvait une démangeaison furieuse de tout conter. Elle l'avait exaspéré, avec ses éloges sur son mari, et il oubliait qu'il s'était promis de ne pas parler, pour s'éviter tout désagrément.

« Quoi ! que veux-tu dire ? demanda-t-elle.

– Eh ! pardieu ! que mon père te met dedans de la plus jolie façon du monde… Tu me fais de la peine, vrai ; tu es trop godiche ! »

Et il lui conta ce qu'il avait entendu chez Laure, lâchement, sournoisement, goûtant une secrète joie à descendre dans ces infamies. Il lui semblait qu'il se vengeait d'une injure vague qu'on venait de lui faire. Son tempérament de fille s'attardait béatement à cette dénonciation, à ce bavardage cruel, surpris derrière une porte. Il n'épargna rien à Renée, ni l'argent que son mari lui avait prêté à usure, ni celui qu'il comptait lui voler, à l'aide d'histoires ridicules, bonnes à endormir les enfants. La jeune femme l'écoutait, très pâle, les lèvres serrées. Debout devant la cheminée, elle baissait un peu la tête, elle regardait le feu. Sa toilette de nuit, cette chemise que Maxime avait fait chauffer, s'écartait, laissait voir des blancheurs immobiles de statue.

« Je te dis tout cela, conclut le jeune homme, pour que tu n'aies pas l'air d'une sotte… Mais tu aurais tort d'en vouloir à mon père. Il n'est pas méchant. Il a ses défauts comme tout le monde… À demain, n'est-ce pas ? »

Il s'avançait toujours vers la porte. Renée l'arrêta, d'un geste brusque.

« Reste ! » cria-t-elle impérieusement.

Et le prenant, l'attirant à elle, l'asseyant presque sur ses genoux, devant le feu, elle le baisa sur les lèvres, en disant :

« Ah, bien ! ce serait trop bête de nous gêner, maintenant… Tu ne sais donc pas que, depuis hier, depuis que tu as voulu rompre, je n'ai plus la tête à moi. Je suis comme une imbécile. Ce soir, au bal, j'avais un brouillard devant les yeux. C'est qu'à présent, j'ai besoin de toi pour vivre. Quand tu t'en iras, je serai vidée… Ne ris pas, je te dis ce que je sens. »

Elle le regardait avec une tendresse infinie, comme si elle ne l'eût pas vu depuis longtemps.

« Tu as trouvé le mot, j'étais godiche, ton père m'aurait fait voir aujourd'hui des étoiles en plein midi. Est-ce que je savais ! Pendant qu'il me contait son histoire, je n'entendais qu'un grand bourdonnement, et j'étais tellement anéantie, qu'il m'aurait fait mettre à genoux, s'il avait voulu, pour signer ses paperasses. Et je m'imaginais que j'avais des remords !… Vrai, j'étais bête à ce point !… »

Elle éclata de rire, des lueurs de folie luisaient dans ses yeux. Elle continua, en serrant plus étroitement son amant :

« Est-ce que nous faisons le mal, nous autres ! Nous nous aimons, nous nous amusons comme il nous plaît. Tout le monde en est là, n'est-ce pas ?... Vois, ton père ne se gêne guère. Il aime l'argent et il en prend où il en trouve. Il a raison, ça met à l'aise... D'abord, je ne signerai rien, et puis tu reviendras tous les soirs. J'avais peur que tu ne veuilles plus, tu sais, pour ce que je t'ai dit... Mais puisque ça ne te fait rien... D'ailleurs, je lui fermerai ma porte, tu comprends, maintenant. »

Elle se leva, elle alluma la veilleuse. Maxime hésitait, désespéré. Il voyait la sottise qu'il avait commise, il se reprochait durement d'avoir trop causé. Comment annoncer son mariage maintenant ! C'était sa faute, la rupture était faite, il n'avait pas besoin de remonter dans cette chambre, ni surtout d'aller prouver à la jeune femme que son mari la dupait. Et il ne savait plus à quel sentiment il venait d'obéir, ce qui redoublait sa colère contre lui-même. Mais, s'il eut la pensée un instant d'être brutal une seconde fois, de s'en aller, la vue de Renée qui laissait tomber ses pantoufles, lui donna une lâcheté invincible. Il eut peur. Il resta.

Le lendemain, quand Saccard vint chez sa femme pour lui faire signer l'acte de cession, elle lui répondit tranquillement qu'elle n'en ferait rien, qu'elle avait réfléchi. D'ailleurs, elle ne se permit pas même une allusion ; elle s'était juré d'être discrète, ne voulant pas se créer des ennuis, désirant goûter en paix le renouveau de ses amours. L'affaire de Charonne s'arrangerait comme elle pourrait ; son refus de signer n'était qu'une vengeance ; elle se moquait bien du reste. Saccard fut sur le point de s'emporter. Tout son rêve croulait. Ses autres affaires allaient de mal en pis. Il se trouvait à bout de ressources, se soutenant par un miracle d'équilibre ; le matin même, il n'avait pu payer la note de son boulanger. Cela ne l'empêchait pas de préparer une fête splendide pour le jeudi de la mi-carême. Il éprouva, devant le refus de Renée, cette colère blanche d'un homme vigoureux arrêté dans son œuvre par le caprice d'un enfant. Avec l'acte de cession en poche, il comptait bien battre monnaie, en attendant l'indemnité. Puis, quand il se fut un peu calmé et qu'il eut l'intelligence nette, il s'étonna du brusque revirement de sa femme ; à coup sûr, elle avait dû être conseillée. Il flaira un amant. Ce fut un pressentiment si net, qu'il courut chez sa sœur pour l'interroger, lui demander si elle ne savait rien sur la vie cachée de Renée. Sidonie se montra très aigre. Elle ne pardonnait pas à sa belle-sœur l'affront qu'elle lui avait fait en refusant de voir M. de Saffré. Aussi, quand elle comprit, aux questions de son frère, que celui-ci accusait sa femme d'avoir un amant, s'écria-t-elle qu'elle en était certaine. Et elle s'offrit d'elle-même pour espionner « les tourtereaux ». Cette pimbêche verrait comme cela de quel bois elle se chauffait. Saccard, d'habitude, ne cherchait pas les vérités désagréables ; son intérêt seul le forçait à ouvrir des yeux qu'il tenait sagement fermés. Il accepta l'offre de sa sœur.

« Va, sois tranquille, je saurai tout, lui dit-elle, d'une voix pleine de compassion… Ah ! mon pauvre frère, ce n'est pas Angèle qui t'aurait trahi ! Un mari si bon, si généreux ! Ces poupées parisiennes n'ont pas de cœur… Et moi qui ne cesse de lui donner de bons conseils ! »

VI

Il y avait un bal travesti[1], chez les Saccard, le jeudi de la mi-carême. Mais la grande curiosité était le poème des *Amours du beau Narcisse et de la nymphe Écho*[2], en trois tableaux, que ces dames devaient représenter. L'auteur de ce poème, M. Hupel de la Noue, voyageait depuis plus d'un mois, de sa préfecture à l'hôtel du parc Monceau, afin de surveiller les répétitions et de donner son avis sur les costumes. Il avait d'abord songé à écrire son œuvre en vers; puis il s'était décidé pour des tableaux vivants; c'était plus noble, disait-il, plus près du beau antique.

Ces dames n'en dormaient plus. Certaines d'entre elles changeaient jusqu'à trois fois de costume. Il y eut des conférences interminables que le préfet présidait. On discuta longuement d'abord le personnage de Narcisse. Serait-ce une femme ou un homme qui le représenterait? Enfin, sur les instances de Renée, il fut décidé qu'on confierait le rôle à Maxime; mais il serait le seul homme, et encore Mme de Lauwerens disait-elle qu'elle ne consentirait jamais à cela, si « le petit Maxime ne ressemblait pas à une vraie fille ». Renée devait être la nymphe Écho. La question des costumes fut beaucoup plus laborieuse. Maxime donna un bon coup de

1. *Travesti* : costumé. \ 2. Écho est amoureuse de Narcisse, mais le jeune homme, fasciné par sa propre image, n'aime que lui. Il finit par dépérir au bord de la source dans l'eau de laquelle il se contemple. Naît alors une fleur qui porte son nom. L'histoire de ces deux personnages mythologiques est racontée dans les *Métamorphoses* d'Ovide.

main au préfet, qui se trouvait sur les dents, au milieu de neuf femmes, dont l'imagination folle menaçait de compromettre gravement la pureté des lignes de son œuvre. S'il les avait écoutées, son Olympe[1] aurait porté de la poudre. Mme d'Espanet voulait absolument avoir une robe à traîne pour cacher ses pieds un peu forts, tandis que Mme Haffner rêvait de s'habiller avec une peau de bête. M. Hupel de la Noue fut énergique; il se fâcha même une fois; il était convaincu, il disait que s'il avait renoncé aux vers, c'était pour écrire son poème « avec des étoffes savamment combinées et des attitudes choisies parmi les plus belles ».

« L'ensemble, mesdames, répétait-il à chaque nouvelle exigence, vous oubliez l'ensemble... Je ne puis cependant pas sacrifier l'œuvre entière aux volants que vous me demandez. »

Les conciliabules se tenaient dans le salon bouton d'or. On y passa des après-midi entières à arrêter la forme d'une jupe. Worms fut convoqué plusieurs fois. Enfin tout fut réglé, les costumes arrêtés, les poses apprises, et M. Hupel de la Noue se déclara satisfait.

Les Amours du beau Narcisse et de la nymphe Écho devaient commencer à onze heures. Dès dix heures et demie, le grand salon se trouvait plein, et comme il y avait bal ensuite, les femmes étaient là, costumées, assises sur des fauteuils rangés en demi-cercle devant le théâtre improvisé, une estrade que cachaient deux larges rideaux de velours rouge à franges d'or, glissant sur des tringles. Les hommes, derrière, se tenaient debout, allaient et venaient. Les tapissiers avaient donné à dix heures les derniers coups de marteau. L'estrade s'élevait au fond du salon, tenant tout un bout de cette longue galerie. On montait sur le théâtre par le fumoir, converti en foyer pour les

1. *Olympe* : séjour des dieux selon la mythologie grecque.

artistes. En outre, au premier étage, ces dames avaient à leur disposition plusieurs pièces, où une armée de femmes de chambre préparaient les toilettes des différents tableaux.

Il était onze heures et demie, et les rideaux ne s'ouvraient pas. Un grand murmure emplissait le salon. Les rangées de fauteuils offraient la plus étonnante cohue de marquises, de châtelaines, de laitières, d'Espagnoles, de bergères, de sultanes ; tandis que la masse compacte des habits noirs mettait une grande tache sombre, à côté de cette moire d'étoffes claires et d'épaules nues, toutes braisillantes[1] des étincelles vives des bijoux. Les femmes étaient seules travesties. Il faisait déjà chaud. Les trois lustres allumaient le ruissellement d'or du salon.

On vit enfin M. Hupel de la Noue sortir par une ouverture ménagée à gauche de l'estrade. Depuis huit heures du soir, il aidait ces dames. Son habit avait, sur la manche gauche, trois doigts marqués en blanc, une petite main de femme qui s'était posée là, après s'être oubliée dans une boîte de poudre de riz. Mais le préfet songeait bien aux misères de sa toilette ! Il avait les yeux énormes, la face bouffie et un peu pâle. Il parut ne voir personne. Et, s'avançant vers Saccard, qu'il reconnut au milieu d'un groupe d'hommes graves, il lui dit à demi-voix :

« Sacrebleu ! votre femme a perdu sa ceinture de feuillage... Nous voilà propres ! »

Il jurait, il aurait battu les gens. Puis sans attendre de réponse, sans rien regarder, il tourna le dos, replongea sous les draperies, disparut. Les dames sourirent de la singulière apparition de ce monsieur.

Le groupe au milieu duquel se trouvait Saccard s'était formé derrière les derniers fauteuils. On avait même tiré un fauteuil

1. *Braisillantes* : brillantes comme des braises.

hors du rang, pour le baron Gouraud, dont les jambes enflaient depuis quelque temps. Il y avait là M. Toutin-Laroche, que l'empereur venait d'appeler au Sénat ; M. de Mareuil, dont la Chambre avait bien voulu valider la deuxième élection ; M. Michelin, décoré de la ville ; et, un peu en arrière, les Mignon et Charrier, dont l'un avait un gros diamant à sa cravate, tandis que l'autre en montrait un plus gros encore à son doigt. Ces messieurs causaient. Saccard les quitta un instant pour aller échanger une parole à voix basse avec sa sœur qui venait d'entrer et de s'asseoir entre Louise de Mareuil et Mme Michelin. Mme Sidonie était en magicienne ; Louise portait crânement un costume de page, qui lui donnait tout à fait l'air d'un gamin ; la petite Michelin, en almée[1], souriait amoureusement, dans ses voiles brodés de fils d'or.

« Sais-tu quelque chose ? demanda doucement Saccard à sa sœur.

– Non, rien encore, répondit-elle. Mais le galant doit être ici. Je les pincerai ce soir, sois tranquille.

– Préviens-moi tout de suite, n'est-ce pas ? »

Et Saccard, se tournant à droite et à gauche, complimenta Louise et Mme Michelin. Il compara l'une à une houri[2] de Mahomet, l'autre à un mignon d'Henri III. Son accent provençal semblait faire chanter de ravissement toute sa personne grêle et stridente. Quand il revint au groupe des hommes graves, M. de Mareuil le prit à l'écart et lui parla du mariage de leurs enfants. Rien n'était changé, c'était toujours le dimanche suivant qu'on devait signer le contrat.

« Parfaitement, dit Saccard. Je compte même annoncer ce soir le mariage à nos amis, si vous n'y voyez aucun inconvé-

1. *Almée* : danseuse égyptienne. \ **2.** *Houri* : beauté céleste promise aux musulmans fidèles dans le paradis d'Allah.

nient… J'attends pour cela mon frère le ministre qui m'a promis de venir. »

Le nouveau député fut ravi. Cependant M. Toutin-Laroche élevait la voix, comme en proie à une vive indignation.

« Oui, messieurs, disait-il à M. Michelin et aux deux entrepreneurs qui se rapprochaient, j'avais eu la bonhomie de laisser mêler mon nom à une telle affaire. »

Et comme Saccard et Mareuil les rejoignaient :

« Je racontais à ces messieurs la déplorable aventure de la Société générale des ports du Maroc, vous savez, Saccard ? »

Celui-ci ne broncha pas. La société en question venait de crouler avec un effroyable scandale. Des actionnaires trop curieux avaient voulu savoir où en était l'établissement des fameuses stations commerciales sur le littoral de la Méditerranée, et une enquête judiciaire avait démontré que les ports du Maroc n'existaient que sur les plans des ingénieurs, de fort beaux plans, pendus aux murs des bureaux de la Société. Depuis ce moment, M. Toutin-Laroche criait plus fort que les actionnaires, s'indignant, voulant qu'on lui rendît son nom pur de toute tache. Et il fit tant de bruit, que le gouvernement, pour calmer et réhabiliter devant l'opinion cet homme utile, se décida à l'envoyer au Sénat. Ce fut ainsi qu'il pêcha le siège tant ambitionné dans une affaire qui avait failli le conduire en police correctionnelle.

« Vous êtes bien bon de vous occuper de cela, dit Saccard. Vous pouvez montrer votre grande œuvre, le Crédit viticole, cette maison qui est sortie victorieuse de toutes les crises.

– Oui, murmura Mareuil, cela répond à tout. »

Le Crédit viticole, en effet, venait de sortir de gros embarras, soigneusement cachés. Un ministre très tendre pour cette institution financière, qui tenait la Ville de Paris à la gorge, avait inventé un coup de hausse dont M. Toutin-Laroche s'était merveilleusement servi. Rien ne le chatouillait davantage que les éloges donnés à la prospérité du Crédit viticole. Ils les provoquaient d'ordinaire. Il remercia M. de Mareuil d'un regard, et, se penchant vers le baron Gouraud, sur le fauteuil duquel il s'appuyait familièrement, il lui demanda :

« Vous êtes bien ? vous n'avez pas trop chaud ? »

Le baron eut un léger grognement.

« Il baisse, il baisse tous les jours », ajouta M. Toutin-Laroche à demi-voix, en se tournant vers ces messieurs.

M. Michelin souriait, fermait de temps à autre les paupières, d'un mouvement doux, pour voir son ruban rouge. Les Mignon et Charrier, plantés carrément sur leurs grands pieds, semblaient beaucoup plus à l'aise dans leur habit depuis qu'ils portaient des brillants. Cependant il était près de minuit, l'assemblée s'impatientait ; elle ne se permettait pas de murmurer, mais les éventails battaient plus nerveusement, et le bruit des conversations grandissait.

Enfin M. Hupel de la Noue reparut. Il avait passé une épaule par l'étroite ouverture, lorsqu'il aperçut Mme d'Espanet qui montait enfin sur l'estrade ; ces dames, déjà en place pour le premier tableau, n'attendaient plus qu'elle. Le préfet se tourna, montrant son dos aux spectateurs, et l'on put le voir causant avec la marquise, que les rideaux cachaient. Il étouffa sa voix, disant, avec des saluts lancés du bout des doigts :

« Mes compliments, marquise. Votre costume est délicieux.

– J'en ai un bien plus joli dessous ! » répliqua cavalièrement la jeune femme, qui lui éclata de rire au nez, tant elle le trouvait drôle, enfoui de la sorte dans les draperies.

L'audace de cette plaisanterie étonna un instant le galant M. Hupel de la Noue ; mais il se remit, et goûtant de plus en plus le mot, à mesure qu'il l'approfondissait :

« Ah ! charmant ! charmant ! » murmura-t-il d'un air ravi.

Il laissa retomber le coin du rideau, il vint se joindre au groupe des hommes graves, voulant jouir de son œuvre. Ce n'était plus l'homme effaré courant après la ceinture de feuillage de la nymphe Écho. Il était radieux, soufflant, s'essuyant le front. Il avait toujours la petite main blanche sur la manche de son habit ; et, de plus, le gant de sa main droite était taché de rouge, au bout du pouce ; sans doute il avait trempé ce doigt dans le pot de fard d'une de ces dames. Il souriait, il s'éventait, il balbutiait :

« Elle est adorable, ravissante, stupéfiante.

– Qui donc ? demanda Saccard.

– La marquise. Imaginez-vous qu'elle vient de me dire… »

Et il raconta le mot. On le trouva tout à fait réussi. Ces messieurs se le répétèrent. Le digne M. Haffner, qui s'était approché, ne put lui-même s'empêcher d'applaudir. Cependant, un piano que peu de personnes avaient vu, se mit à jouer une valse. Il se fit alors un grand silence. La valse avait des enroulements capricieux, interminables ; et toujours une phrase très douce montait le clavier, se perdait dans un trille de rossignol ; puis des voix sourdes reprenaient, plus lentement. C'était très voluptueux. Les dames, la tête un peu inclinée, souriaient. Le piano avait, au contraire, fait tomber brusquement la gaieté de M. Hupel de la Noue. Il regardait les rideaux de velours rouge d'un air anxieux, il se disait qu'il aurait dû placer lui-même Mme d'Espanet comme il avait placé les autres.

Les rideaux s'ouvrirent doucement, le piano reprit en sourdine la valse sensuelle. Un murmure courut dans le salon, les dames se penchaient, les hommes allongeaient la tête, tandis que l'admiration se traduisait çà et là par une parole dite trop haut, un soupir inconscient, un rire étouffé. Cela dura cinq grandes minutes, sous le flamboiement des trois lustres.

M. Hupel de la Noue, rassuré, souriait béatement à son poème. Il ne put résister à la tentation de répéter aux personnes qui l'entouraient, ce qu'il disait depuis un mois :

« J'avais songé à faire ça en vers... Mais, n'est-ce pas ? c'est plus noble de lignes. »

Puis, pendant que la valse allait et venait dans un bercement sans fin, il donna des explications. Les Mignon et Charrier s'étaient approchés et l'écoutaient attentivement.

« Vous connaissez le sujet, n'est-ce pas ? Le beau Narcisse, fils du fleuve Céphise et de la nymphe Liriope, méprise l'amour de la nymphe Écho... Écho était de la suite de Junon, qu'elle amusait par ses discours pendant que Jupiter courait le monde... Écho, fille de l'Air et de la Terre, comme vous savez... »

Et il se pâmait devant la poésie de la Fable. Puis, d'un ton plus intime :

« J'ai cru pouvoir donner carrière à mon imagination... La nymphe Écho conduit le beau Narcisse chez Vénus, dans une grotte marine, pour que la déesse l'enflamme de ses feux. Mais la déesse reste impuissante. Le jeune homme témoigne par son attitude qu'il n'est pas touché. »

L'explication n'était pas inutile, car peu de spectateurs, dans le salon, comprenaient le sens exact des groupes. Quand le préfet eut nommé ses personnages à demi-voix, on admira davantage. Les Mignon et Charrier continuaient à ouvrir des yeux énormes. Ils n'avaient pas compris.

Sur l'estrade, entre les rideaux de velours rouge, une grotte se creusait. Le décor était fait d'une soie tendue à grands plis cassés, imitant des anfractuosités de rocher, et sur laquelle étaient peints des coquillages, des poissons, de grandes herbes marines. Le plancher, accidenté, montant en forme de tertre, se trouvait recouvert de la même soie, où le décorateur avait représenté un sable fin constellé de perles et de paillettes d'argent. C'était un réduit de déesse. Là, sur le sommet du tertre, Mme de Lauwerens, en Vénus, se tenait debout ; un peu forte, portant son maillot rose avec la dignité d'une duchesse de l'Olympe, elle avait compris son personnage en souveraine de l'amour, avec de grands yeux sévères et dévorants. Derrière elle, ne montrant que sa tête malicieuse, ses ailes et son carquois, la petite Mme Daste donnait son sourire au personnage aimable de Cupidon. Puis, d'un côté du tertre, les trois Grâces, Mmes de Guende, Teissière, de Meinhold, tout en mousseline, se souriaient, s'enlaçaient, comme dans le groupe de Pradier ; tandis que, de l'autre côté, la marquise d'Espanet et Mme Haffner, enveloppées du même flot de dentelles, les bras à la taille, les cheveux mêlés, mettaient un coin risqué dans le tableau, un souvenir de Lesbos [1], que M. Hupel de la Noue expliquait à voix plus basse, pour les hommes seulement, en disant qu'il avait voulu montrer par là la puissance de Vénus. En bas du tertre, la comtesse Vanska faisait la Volupté ; elle s'allongeait, tordue par un dernier spasme, les yeux entrouverts et mourants, comme lasse ; très brune, elle avait dénoué sa chevelure noire, et sa tunique striée de flammes fauves montrait des bouts de sa peau ardente. La gamme des costumes, du blanc de neige du voile de Vénus au rouge sombre de la tunique de la Volupté, était douce, d'un rose général, d'un ton de chair. Et sous le rayon électrique, ingénieusement dirigé sur la scène par une des fenêtres du jardin, la gaze, les dentelles, toutes ces étoffes légères et transparentes se fondaient si bien avec les épaules et les maillots, que ces blancheurs rosées vivaient, et qu'on ne savait plus si ces dames n'avaient pas poussé la vérité plastique jusqu'à se mettre toutes nues. Ce n'était là que l'apothéose [2] ; le drame se passait au premier plan. À gauche, Renée, la nymphe Écho, tendait les bras vers la grande déesse, la tête à demi tournée du côté de Narcisse, suppliante, comme pour l'inviter à

1. *Lesbos* : île de la mer Égée, qui abrita, selon la tradition, les amours homosexuelles de la poétesse Sappho et de ses compagnes. \ **2.** *Apothéose* : il s'agit au départ de la déification des héros après leur mort. Le terme sert ensuite à désigner tout ce qui semble sublime, divin.

regarder Vénus, dont la vue seule allume de terribles feux; mais Narcisse, à droite, faisait un geste de refus, il se cachait les yeux de la main, et restait d'une froideur de glace. Les costumes de ces deux personnages avaient surtout coûté une peine infinie à l'imagination de M. Hupel de la Noue. Narcisse, en demi-dieu rôdeur de forêts, portait un costume de chasseur idéal : maillot verdâtre, courte veste collante, rameau de chêne dans les cheveux. La robe de la nymphe Écho était, à elle seule, toute une allégorie [1] ; elle tenait des grands arbres et des grands monts, des lieux retentissants où les voix de la Terre et de l'Air se répondent; elle était rocher par le satin blanc de la jupe, taillis par les feuillages de la ceinture, ciel pur par la nuée de gaze bleue du corsage. Et les groupes gardaient une immobilité de statue, la note charnelle de l'Olympe chantait dans l'éblouissement du large rayon, pendant que le piano continuait sa plainte d'amour aiguë, coupée de profonds soupirs.

On trouva généralement que Maxime était admirablement fait. Dans son geste de refus, il développait sa hanche gauche, qu'on remarqua beaucoup. Mais tous les éloges furent pour l'expression de visage de Renée. Selon le mot de M. Hupel de la Noue, elle était « la douleur du désir inassouvi ». Elle avait un sourire aigu qui cherchait à se faire humble, elle quêtait sa proie avec des supplications de louve affamée qui ne cache ses dents qu'à demi. Le premier tableau marcha bien, sauf cette folle d'Adeline qui bougeait et qui retenait à grand-peine une irrésistible envie de rire. Puis, les rideaux se refermèrent, le piano se tut.

Alors, on applaudit discrètement, et les conversations reprirent. Un grand souffle d'amour, de désir contenu, était venu des nudités de l'estrade, courait le salon, où les

1. *Allégorie* : symbole.

femmes s'alanguissaient davantage sur leurs sièges, tandis que les hommes, à l'oreille, se parlaient bas, avec des sourires. C'était un chuchotement d'alcôve, un demi-silence de bonne compagnie, un souhait de volupté à peine formulé par un frémissement de lèvres; et, dans les regards muets, se rencontrant au milieu de ce ravissement de bon ton, il y avait la hardiesse brutale d'amours offertes et acceptées d'un coup d'œil.

On jugeait sans fin les perfections de ces dames. Leurs costumes prenaient une importance presque aussi grande que leurs épaules. Quand les Mignon et Charrier voulurent questionner M. Hupel de la Noue, ils furent tout surpris de ne plus le voir à côté d'eux; il avait déjà plongé derrière l'estrade.

« Je vous racontais donc, ma toute belle, dit Mme Sidonie, en reprenant une conversation interrompue par le premier tableau, que j'avais reçu une lettre de Londres, vous savez? pour l'affaire des trois milliards... La personne que j'ai chargée de faire des recherches m'écrit qu'elle croit avoir trouvé le reçu du banquier. L'Angleterre aurait payé... J'en suis malade depuis ce matin. »

Elle était en effet plus jaune que de coutume, dans sa robe de magicienne semée d'étoiles. Et, comme Mme Michelin ne l'écoutait pas, elle continua à voix plus basse, murmurant que l'Angleterre ne pouvait avoir payé et que décidément elle irait à Londres elle-même.

« Le costume de Narcisse était bien joli, n'est-ce pas? » demanda Louise à Mme Michelin.

Celle-ci sourit. Elle regardait le baron Gouraud, qui semblait tout ragaillardi dans son fauteuil. Mme Sidonie, voyant où allait son regard, se pencha, lui chuchota à l'oreille, pour que l'enfant n'entendît pas :

« Est-ce qu'il s'est exécuté?

– Oui, répondit la jeune femme, languissante, jouant à ravir son rôle d'almée. J'ai choisi la maison de Louveciennes, et j'en ai reçu les actes de propriété par son homme d'affaires… Mais nous avons rompu, je ne le vois plus.

Louise avait une finesse d'oreille particulière pour saisir ce qu'on voulait lui cacher. Elle regarda le baron Gouraud avec sa hardiesse de page, et dit tranquillement à Mme Michelin :

« Vous ne trouvez pas qu'il est affreux, le baron ? »

Puis elle ajouta, en éclatant de rire :

« Dites ! on aurait dû lui confier le rôle de Narcisse. Il serait délicieux en maillot vert pomme. »

La vue de Vénus, de ce coin voluptueux de l'Olympe, avait en effet ranimé le vieux sénateur. Il roulait des yeux charmés, se tournait à demi pour complimenter Saccard. Dans le brouhaha qui emplissait le salon, le groupe des hommes graves continuait à causer affaires, politique. M. Haffner dit qu'il venait d'être nommé président d'un jury chargé de régler des questions d'indemnités. Alors la conversation s'engagea sur les travaux de Paris, sur le boulevard du Prince-Eugène, dont on commençait à causer sérieusement dans le public. Saccard saisit l'occasion, parla d'une personne qu'il connaissait, d'un propriétaire qu'on allait sans doute exproprier. Et il regardait en face ces messieurs. Le baron hocha doucement la tête ; M. Toutin-Laroche poussa les choses jusqu'à déclarer que rien n'était plus désagréable que d'être exproprié ; M. Michelin approuvait, louchait davantage, en regardant sa décoration.

« Les indemnités ne sauraient jamais être trop fortes », conclut doctement M. de Mareuil, qui voulait être agréable à Saccard.

Ils s'étaient compris. Mais les Mignon et Charrier mirent en avant leurs propres affaires. Ils comptaient se retirer prochainement, sans doute à Langres, disaient-ils, en gardant un pied-à-terre à Paris. Ils firent sourire ces messieurs, lorsqu'ils racontèrent qu'après avoir achevé la construction de leur magnifique hôtel du boulevard Malesherbes, ils l'avaient trouvé si beau, qu'ils n'avaient pu résister à l'envie de le vendre. Leurs brillants devaient être une consolation qu'ils s'étaient offerte. Saccard riait de mauvaise grâce ; ses anciens associés venaient de réaliser des bénéfices énormes dans une affaire où il avait joué un rôle de dupe. Et, comme l'entracte s'allongeait, des phrases d'éloges sur la gorge de Vénus et sur la robe de la nymphe Écho coupaient la conversation des hommes graves.

Au bout d'une grande demi-heure, M. Hupel de la Noue reparut. Il marchait en plein succès, et le désordre de sa toilette croissait. En regagnant sa place, il rencontra M. de Mussy. Il lui serra la main en passant ; puis il revint sur ses pas pour lui demander :

« Vous ne connaissez pas le mot de la marquise ? »

Et il le lui conta, sans attendre la réponse. Il le pénétrait de plus en plus, il le commentait, il finissait par le trouver exquis de naïveté. « J'en ai un bien plus joli dessous ! » C'était un cri du cœur.

Mais M. de Mussy ne fut pas de cet avis. Il jugea le mot indécent. Il venait d'être attaché à l'ambassade d'Angleterre, où le ministre lui avait dit qu'une tenue sévère était de rigueur. Il refusait de conduire le cotillon[1], se vieillissait, ne parlait plus de son amour pour Renée, qu'il saluait gravement quand il la rencontrait.

M. Hupel de la Noue rejoignait le groupe formé derrière le fauteuil du baron, lorsque le piano entama une marche triomphale. De grands placages d'accords, frappés d'aplomb sur les touches, ouvraient un chant large, où, par instants, sonnaient des éclats métalliques. Après chaque phrase, une

1. *Cotillon* : danse collective, composée d'une série de figures ou de jeux.

voix plus haute reprenait, en accentuant le rythme. C'était brutal et joyeux.

« Vous allez voir, murmura M. Hupel de la Noue ; j'ai poussé peut-être un peu loin la licence poétique ; mais je crois que l'audace m'a réussi... La nymphe Écho, voyant que Vénus est sans puissance sur le beau Narcisse, le conduit chez Plutus, dieu des richesses et des métaux précieux... Après la tentation de la chair, la tentation de l'or.

– C'est classique, répondit le sec M. Toutin-Laroche, avec un sourire aimable. Vous connaissez votre temps, monsieur le préfet. »

Les rideaux s'ouvraient, le piano jouait plus fort. Ce fut un éblouissement. Le rayon électrique tombait sur une splendeur flambante, dans laquelle les spectateurs ne virent d'abord qu'un brasier, où des lingots d'or et des pierres précieuses semblaient se fondre. Une nouvelle grotte se creusait ; mais celle-là n'était pas le frais réduit de Vénus, baigné par le flot mourant sur un sable fin semé de perles ; elle devait se trouver au centre de la terre, dans une couche ardente et profonde, fissure de l'enfer antique, crevasse d'une mine de métaux en fusion habitée par Plutus. La soie imitant le roc montrait de larges filons métalliques, des coulées qui étaient comme les veines du vieux monde, charriant les richesses incalculables et la vie éternelle du sol. À terre, par un anachronisme hardi de M. Hupel de la Noue, il y avait un écroulement de pièces de vingt francs ; des louis étalés, des louis entassés, un pullulement de louis qui montait. Au sommet de ce tas d'or, Mme de Guende, en Plutus, était assise, Plutus femme, Plutus montrant sa gorge, dans les grandes lames de sa robe, prises à tous les métaux. Autour du dieu, se groupaient, debout, à demi couchées, unies en grappe, ou fleurissant à l'écart, les efflorescences féeriques de cette grotte, où les califes des *Mille et Une Nuits* avaient vidé leur trésor : Mme Haffner en Or, avec une jupe roide et resplendissante d'évêque ; Mme d'Espanet en Argent, luisante comme un clair de lune ; Mme de Lauwerens, d'un bleu ardent, en Saphir, ayant à son côté la petite Mme Daste, une Turquoise souriante, qui bleuissait tendrement ; puis s'égrenaient l'Émeraude, Mme de Meinhold, et la Topaze, Mme Teissière ; et, plus bas, la comtesse Vanska donnait son ardeur sombre au Corail, allongée, les bras levés, chargés de pendeloques rouges, pareille à un polype[1] monstrueux et adorable, qui montrait des chairs de femme dans des nacres roses et entrebâillées de coquillages. Ces dames avaient des colliers, des bracelets, des parures complètes, faites chacune de la pierre précieuse que le personnage représentait. On remarqua beaucoup les bijoux originaux de Mmes d'Espanet et Haffner, composés uniquement de petites pièces d'or et de petites pièces d'argent neuves. Puis, au premier plan, le drame restait le même : la nymphe Écho tentait le beau Narcisse, qui refusait encore du geste. Et les yeux des spectateurs s'accoutumaient avec ravissement à ce trou béant ouvert sur les entrailles enflammées du globe, à ce tas d'or sur lequel se vautrait la richesse d'un monde.

Ce second tableau eut encore plus de succès que le premier. L'idée en parut particulièrement ingénieuse. La hardiesse des pièces de vingt francs, ce ruissellement de coffre-fort moderne tombé dans un coin de la mythologie grecque, enchanta l'imagination des dames et des financiers qui étaient là. Les mots : « Que de pièces ! que d'argent ! » couraient, avec des sourires, de longs frémissements d'aise ; et sûrement chacune de ces dames, chacun de ces messieurs faisait le rêve d'avoir tout ça à lui, dans une cave.

« L'Angleterre a payé, ce sont vos milliards », murmura malicieusement Louise à l'oreille de Mme Sidonie.

1. *Polype* : excroissance qui rappelle les tentacules de certains animaux marins.

Et Mme Michelin, la bouche un peu ouverte par un désir ravi, écartait son voile d'almée, caressait l'or d'un regard luisant, tandis que le groupe des hommes graves se pâmait. M. Toutin-Laroche, tout épanoui, murmura quelques mots à l'oreille du baron, dont la face se marbrait de taches jaunes. Mais les Mignon et Charrier, moins discrets, dirent avec une naïveté brutale :

« Sacrebleu ! il y aurait là de quoi démolir Paris et le rebâtir. »

Le mot parut profond à Saccard, qui commençait à croire que les Mignon et Charrier se moquaient du monde en faisant les imbéciles. Quand les rideaux se refermèrent, et que le piano termina la marche triomphale par un grand bruit de notes jetées les unes sur les autres, comme de dernières pelletées d'écus, les applaudissements éclatèrent, plus vifs, plus prolongés.

Cependant, au milieu du tableau, le ministre, accompagné de son secrétaire, M. de Saffré, avait paru à la porte du salon. Saccard, qui guettait impatiemment son frère, voulut se précipiter à sa rencontre. Mais celui-ci, d'un geste, le pria de ne pas bouger. Et il vint doucement jusqu'au groupe des hommes graves. Quand les rideaux se furent refermés et qu'on l'eut aperçu, un long chuchotement courut le salon, les têtes se retournèrent : le ministre balançait[1] le succès des *Amours du beau Narcisse et de la nymphe Écho*.

« Vous êtes un poète, monsieur le préfet, dit-il en souriant à M. Hupel de la Noue. Vous avez publié autrefois un volume de vers, *Les Volubilis*, je crois ?... Je vois que les soucis de l'administration n'ont pas tari votre imagination. »

1. *Balançait* : contrebalançait, faisait concurrence.

Le préfet sentit, dans ce compliment, la pointe d'une épigramme[1]. La présence brusque de son chef le décontenança d'autant plus, qu'en examinant d'un coup d'œil pour voir si sa tenue était correcte, il aperçut sur la manche de son habit, la petite main blanche, qu'il n'osa pas essuyer. Il s'inclina, balbutia.

« Vraiment, continua le ministre, en s'adressant à M. Toutin-Laroche, au baron Gouraud, aux personnages qui se trouvaient là, tout cet or était un merveilleux spectacle... Nous ferions de grandes choses, si M. Hupel de la Noue battait monnaie pour nous. »

C'était, en langue ministérielle, le même mot que celui des Mignon et Charrier. Alors M. Toutin-Laroche et les autres firent leur cour, jouèrent sur la dernière phrase du ministre : l'Empire avait déjà fait des merveilles ; ce n'était pas l'or qui manquait, grâce à la haute expérience du pouvoir ; jamais la France n'avait eu une situation aussi belle devant l'Europe ; et ces messieurs finirent par devenir si plats, que le ministre changea lui-même la conversation. Il les écoutait, la tête haute, les coins de la bouche un peu relevés, ce qui donnait à sa grosse face blanche, soigneusement rasée, un air de doute et de dédain souriant.

Saccard, qui voulait amener l'annonce du mariage de Maxime et de Louise, manœuvrait pour trouver une transition habile. Il affectait une grande familiarité, et son frère faisait le bonhomme, consentait à lui rendre le service de paraître l'aimer beaucoup. Il était réellement supérieur, avec son regard clair, son visible mépris des coquineries mesquines, ses larges épaules qui, d'un haussement, auraient culbuté tout ce monde-là. Quand il fut enfin question du mariage, il se

1. *Épigramme* : petit poème satirique.

montra charmant, il laissa entendre qu'il tenait prêt son cadeau de noces ; il voulait parler de la nomination de Maxime, comme auditeur au Conseil d'État[1]. Il alla jusqu'à répéter deux fois à son frère, d'un ton tout à fait bon garçon :

« Dis bien à ton fils que je veux être son témoin. »

M. de Mareuil rougissait d'aise. On complimenta Saccard. M. Toutin-Laroche s'offrit comme second témoin. Puis, brusquement, on arriva à parler du divorce. Un membre de l'opposition venait d'avoir « le triste courage », disait M. Haffner, de défendre cette honte sociale. Et tous se récrièrent. Leur pudeur trouva des mots profonds. M. Michelin souriait délicatement au ministre, pendant que les Mignon et Charrier remarquaient avec étonnement que le collet de son habit était usé.

Pendant ce temps M. Hupel de la Noue restait embarrassé, s'appuyant au fauteuil du baron Gouraud, qui s'était contenté d'échanger avec le ministre une poignée de mains silencieuse. Le poète n'osait quitter la place. Un sentiment indéfinissable, la crainte de paraître ridicule, la peur de perdre les bonnes grâces de son chef, le retenaient, malgré l'envie furieuse qu'il avait d'aller placer ces dames sur l'estrade, pour le dernier tableau. Il attendait qu'un mot heureux lui vînt et le fît rentrer en faveur. Mais il ne trouvait rien. Il se sentait de plus en plus gêné, lorsqu'il aperçut M. de Saffré ; il lui prit le bras, s'accrocha à lui comme à une planche de salut. Le jeune homme entrait, c'était une victime toute fraîche.

« Vous ne connaissez pas le mot de la marquise ? » lui demanda le préfet.

Mais il était si troublé, qu'il ne savait plus présenter la chose d'une façon piquante. Il pataugeait.

---

1. *Auditeur au Conseil d'État* : nommés par l'empereur et révocables par lui, les auditeurs au Conseil d'État traduisent sa volonté.

« Je lui ai dit : "Vous avez un charmant costume" ; et elle m'a répondu...

– "J'en ai un bien plus joli dessous", ajouta tranquillement M. de Saffré. C'est vieux, mon cher, très vieux. »

M. Hupel de la Noue le regarda, consterné. Le mot était vieux, et lui qui allait approfondir encore son commentaire sur la naïveté de ce cri du cœur !

« Vieux, vieux comme le monde, répétait le secrétaire, Mme d'Espanet l'a déjà dit deux fois aux Tuileries [1]. »

Ce fut le dernier coup. Le préfet se moqua alors du ministre, du salon entier. Il se dirigeait vers l'estrade, lorsque le piano préluda, d'une voix attristée, avec des tremblements de notes qui pleuraient ; puis la plainte s'élargit, traîna longuement, et les rideaux s'ouvrirent. M. Hupel de la Noue, qui avait déjà disparu à moitié, rentra dans le salon, en entendant le léger grincement des anneaux. Il était pâle, exaspéré ; il faisait un violent effort sur lui-même pour ne pas apostropher ces dames. Elles s'étaient placées toutes seules ! Ce devait être cette petite d'Espanet qui avait monté le complot de hâter les changements de costumes, et de se passer de lui. Ça n'était pas ça, ça ne valait rien !

Il revint, mâchant de sourdes paroles. Il regardait sur l'estrade, avec des haussements d'épaules, murmurant :

« La nymphe Écho est trop au bord... Et cette jambe du beau Narcisse, pas de noblesse, pas de noblesse du tout... »

Les Mignon et Charrier, qui s'étaient approchés pour entendre « l'explication », se hasardèrent à lui demander « ce que le jeune homme et la jeune fille faisaient, couchés par terre ». Mais il ne répondit pas, il refusait d'expliquer davantage son poème ; et comme les entrepreneurs insistaient :

1. *Tuileries* : Louis-Napoléon Bonaparte s'y installe dès février 1852. C'est déjà moins le président de la République que l'empereur qui décide, symboliquement, de faire sien l'ancien palais royal.

« Eh ! ça ne me regarde plus, du moment que ces dames se placent sans moi ! »

Le piano sanglotait mollement. Sur l'estrade, une clairière, où le rayon électrique mettait une nappe de soleil, ouvrait un horizon de feuilles. C'était une clairière idéale, avec des arbres bleus, de grandes fleurs jaunes et rouges, qui montaient aussi haut que les chênes. Là, sur une butte de gazon, Vénus et Plutus se tenaient côte à côte, entourés de nymphes accourues des taillis voisins pour leur faire escorte. Il y avait les filles des arbres, les filles des sources, les filles des monts, toutes les divinités rieuses et nues de la forêt. Et le dieu et la déesse triomphaient, punissaient les froideurs de l'orgueilleux qui les avait méprisés, tandis que le groupe des nymphes regardaient curieusement, avec un effroi sacré, la vengeance de l'Olympe, au premier plan. Le drame s'y dénouait. Le beau Narcisse, couché sur le bord d'un ruisseau, qui descendait du lointain de la scène, se regardait dans le clair miroir ; et l'on avait poussé la vérité jusqu'à mettre une lame de vraie glace au fond du ruisseau. Mais ce n'était déjà plus le jeune homme libre, le rôdeur de forêts ; la mort le surprenait au milieu de l'admiration ravie de son image, la mort l'alanguissait, et Vénus, de son doigt tendu, comme une fée d'apothéose, lui jetait le sort fatal. Il devenait fleur. Ses membres verdissaient, s'allongeaient, dans son costume collant de satin vert ; la tige flexible, les jambes légèrement recourbées, allaient s'enfoncer en terre, prendre racine, pendant que le buste, orné de larges pans de satin blanc, s'épanouissait en une corolle merveilleuse. La chevelure blonde de Maxime complétait l'illusion, mettait, avec ses longues frisures, des pistils jaunes au milieu de la blancheur des pétales. Et la grande fleur naissante, humaine encore, penchait la tête vers la source, les yeux noyés, le visage souriant d'une extase voluptueuse, comme si le beau Narcisse eût enfin contenté dans la mort les désirs qu'il s'était inspirés à lui-même. À quelques pas, la nymphe Écho se mourait aussi, se mourait de désirs inassouvis ; elle se trouvait peu à peu prise dans la raideur du sol, elle sentait ses membres brûlants se glacer et se durcir. Elle n'était pas rocher vulgaire, sali de mousse, mais marbre blanc, par ses épaules et ses bras, par sa grande robe de neige, dont la ceinture de feuillages et l'écharpe bleue avaient glissé. Affaissée au milieu du satin de sa jupe, qui se cassait à larges plis, pareil à un bloc de Paros[1], elle se renversait, n'ayant plus de vivant, dans son corps figé de statue, que ses yeux de femme, des yeux qui luisaient, fixés sur la fleur des eaux, penchée languissamment sur le miroir de la source. Et il semblait déjà que tous les bruits d'amour de la forêt, les voix prolongées des taillis, les frissons mystérieux des feuilles, les soupirs profonds des grands chênes, venaient battre sur la chair de marbre de la nymphe Écho, dont le cœur, saignant toujours dans le bloc, résonnait longuement, répétait au loin les moindres plaintes de la Terre et de l'Air.

« Oh ! l'ont-ils affublé, ce pauvre Maxime ! murmura Louise. Et madame Saccard, on dirait une morte.

– Elle est couverte de poudre de riz », dit Mme Michelin.

D'autres mots peu obligeants couraient. Ce troisième tableau n'eut pas le succès franc des deux autres. C'était pourtant ce dénouement tragique qui enthousiasmait M. Hupel de la Noue sur son propre talent. Il s'y admirait, comme son Narcisse dans sa lame de glace. Il y avait mis une foule d'intentions poétiques et philosophiques. Quand les rideaux se furent refermés pour la dernière fois, et que les spectateurs eurent applaudi en gens bien élevés, il éprouva un regret mortel d'avoir cédé à la colère en n'expliquant pas la dernière page de son poème. Il voulut donner alors au personnes qui

1. *Paros* : île des Cyclades, réputée pour la blancheur du marbre qu'on y trouve.

l'entouraient la clef des choses charmantes, grandioses ou simplement polissonnes, que représentaient le beau Narcisse et la nymphe Écho, et il essaya même de dire ce que Vénus et Plutus faisaient au fond de la clairière ; mais ces messieurs et ces dames, dont les esprits nets et pratiques avaient compris la grotte de la chair et la grotte de l'or, ne se souciaient pas de descendre dans les complications mythologiques du préfet. Seuls, les Mignon et Charrier, qui voulaient absolument savoir, eurent la bonhomie de l'interroger. Il s'empara d'eux, il les tint debout, dans l'embrasure de la fenêtre, pendant près de deux heures, à leur raconter les *Métamorphoses* d'Ovide.

Cependant le ministre se retirait. Il s'excusa de ne pouvoir attendre la belle Mme Saccard pour la complimenter sur la grâce parfaite de la nymphe Écho. Il venait de faire trois ou quatre fois le tour du salon au bras de son frère, donnant quelques poignées de mains, saluant les dames. Jamais il ne s'était tant compromis pour Saccard. Il le laissa radieux, lorsque, sur le seuil de la porte, il lui dit, à voix haute :

« Je t'attends demain matin. Viens déjeuner avec moi. »

Le bal allait commencer. Les domestiques avaient rangé le long des murs les fauteuils des dames. Le grand salon allongeait maintenant, du petit salon jaune à l'estrade, son tapis nu, dont les grandes fleurs de pourpre s'ouvraient, sous l'égouttement de lumière tombant du cristal des lustres. La chaleur croissait, les tentures rouges brunissaient de leurs reflets l'or des meubles et du plafond. On attendait pour ouvrir le bal que ces dames, la nymphe Écho, Vénus, Plutus et les autres, eussent changé de costumes.

Mme d'Espanet et Mme Haffner parurent les premières. Elles avaient remis leurs costumes du second tableau ; l'une était en Or, l'autre en Argent. On les entoura, on les félicita ; et elles racontaient leurs émotions.

« C'est moi qui ai failli m'éclater, disait la marquise, quand j'ai vu de loin le grand nez de M. Toutin-Laroche qui me regardait !

– Je crois que j'ai un torticolis, reprenait languissamment la blonde Suzanne. Non, vrai, si ça avait duré une minute de plus, j'aurais remis ma tête d'une façon naturelle, tant j'avais mal au cou. »

M. Hupel de la Noue, de l'embrasure où il avait poussé les Mignon et Charrier, jetait des coups d'œil inquiets sur le groupe formé autour des deux jeunes femmes ; il craignait qu'on ne s'y moquât de lui. Les autres nymphes arrivèrent les unes après les autres ; toutes avaient repris leurs costumes de pierres précieuses ; la comtesse Vanska, en Corail, eut un succès fou, lorsqu'on put examiner de près les ingénieux détails de sa robe. Puis Maxime entra, correct dans son habit noir, l'air souriant ; et un flot de femmes l'enveloppa, on le mit au centre du cercle, on le plaisanta sur son rôle de fleur, sur sa passion des miroirs ; lui, sans un embarras, comme charmé de son personnage, continuait à sourire, répondait aux plaisanteries, avouait qu'il s'adorait et qu'il était assez guéri des femmes pour se préférer à elles. On riait plus haut, le groupe grandissait, tenait tout le milieu du salon, tandis que le jeune homme, noyé dans ce peuple d'épaules, dans ce tohu-bohu de costumes éclatants, gardait son parfum d'amour monstrueux, sa douceur vicieuse de fleur blonde.

Mais lorsque Renée descendit enfin, il se fit un demi-silence. Elle avait mis un nouveau costume, d'une grâce si originale et d'une telle audace, que ces messieurs et ces dames, habitués pourtant aux excentricités de la jeune femme, eurent un premier mouvement de surprise. Elle était en Otaïtienne[1]. Ce

1. *Otaïtienne* : tahitienne.

costume, paraît-il, est des plus primitifs : un maillot couleur tendre, qui lui montait des pieds jusqu'aux seins, en lui laissant les épaules et les bras nus ; et, sur ce maillot, une simple blouse de mousseline [1], courte et garnie de deux volants, pour cacher un peu les hanches. Dans les cheveux, une couronne de fleurs des champs ; aux chevilles et aux poignets, des cercles d'or. Et rien d'autre. Elle était nue. Le maillot avait des souplesses de chair, sous la pâleur de la blouse ; la ligne pure de cette nudité se retrouvait, des genoux aux aisselles, vaguement effacée par les volants, mais s'accentuant et reparaissant entre les mailles de la dentelle, au moindre mouvement. C'était une sauvagesse adorable, une fille barbare et voluptueuse, à peine cachée dans une vapeur blanche, dans un pan de brume marine, où tout son corps se devinait.

Renée, les joues roses, avançait d'un pas vif. Céleste avait fait craquer un premier maillot ; heureusement que la jeune femme, prévoyant le cas, s'était précautionnée. Ce maillot déchiré l'avait mise en retard. Elle parut se soucier peu de son triomphe. Ses mains brûlaient, ses yeux brillaient de fièvre. Elle souriait pourtant, répondait par de petites phrases aux hommes qui l'arrêtaient, qui la complimentaient sur sa pureté d'attitudes, dans les tableaux vivants. Elle laissait derrière elle un sillage d'habits noirs étonnés et charmés de la transparence de sa blouse de mousseline. Quand elle fut arrivée au groupe de femmes qui entouraient Maxime, elle souleva de courtes exclamations, et la marquise se mit à la regarder de la tête aux pieds, d'un air tendre, en murmurant :

« Elle est adorablement faite. »

Mme Michelin, dont le costume d'almée devenait horriblement lourd à côté de ce simple voile, pinçait les lèvres,

1. *Mousseline* : tissu, de coton, de soie ou de laine, qui se caractérise par sa finesse et sa légèreté.

tandis que Mme Sidonie, ratatinée dans sa robe noire de magicienne, murmurait à son oreille :

« C'est de la dernière indécence, n'est-ce pas, ma toute belle ?

– Ah, bien ! dit enfin la jolie brune. C'est M. Michelin qui se fâcherait, si je me déshabillais comme ça !

– Et il aurait raison », conclut la courtière[1].

La bande des hommes graves n'était pas de cet avis. Ils s'extasiaient de loin. M. Michelin, que sa femme mettait si mal à propos en cause, se pâmait, pour faire plaisir à M. Toutin-Laroche et au baron Gouraud, que la vue de Renée ravissait. On complimenta fortement Saccard sur la perfection des formes de sa femme. Il s'inclinait, se montrait très touché. La soirée était bonne pour lui, et sans une préoccupation qui passait par instants dans ses yeux, lorsqu'il jetait un regard rapide sur sa sœur, il eût paru parfaitement heureux.

« Dites, elle ne nous en avait jamais autant montré », dit plaisamment Louise à l'oreille de Maxime, en lui désignant Renée du coin de l'œil.

Elle se reprit, et avec un sourire indéfinissable :

« À moi, du moins. »

Le jeune homme la regarda, d'un air inquiet ; mais elle continuait à sourire, drôlement, comme un écolier enchanté d'une plaisanterie un peu forte.

Le bal fut ouvert. On avait utilisé l'estrade des tableaux vivants en y plaçant un petit orchestre, où les cuivres dominaient ; et les bugles, les cornets à pistons, jetaient leurs notes claires dans la forêt idéale, aux arbres bleus. Ce fut d'abord un quadrille[2] : *Ah ! il a des bottes, il des bottes, Bastien !*

1. *Courtière* : intermédiaire dans des transactions financières. \ **2.** *Quadrille* : danse très en vogue sous le Second Empire, dans laquelle les danseurs, placés en vis-à-vis, exécutent des figures.

qui faisait alors les délices des bastringues[1]. Ces dames dansèrent. Les polkas, les valses, les mazurkas, alternèrent avec les quadrilles. Le large balancement des couples allait et venait, emplissait la longue galerie, sautant sous le fouet des cuivres, se balançant au bercement des violons. Les costumes, ce flot de femmes de tous les pays et de toutes les époques, roulait avec un fourmillement, une bigarrure d'étoffes vives. Le rythme, après avoir mêlé et emporté les couleurs, dans un tohu-bohu cadencé, ramenait brusquement, à certains coups d'archet, la même tunique de satin rose, le même corsage de velours bleu, à côté du même habit noir. Puis un autre coup d'archet, une sonnerie de cornets à pistons[2], poussaient les couples, les faisaient voyager à la file autour du salon, avec des mouvements balancés de nacelle[3] s'en allant à la dérive, sous un souffle de vent qui a brisé l'amarre. Et toujours, sans fin, pendant des heures. Parfois, entre deux danses, une dame approchait d'une fenêtre, étouffant, respirant un peu d'air glacé; un couple se reposait sur une causeuse du petit salon bouton d'or, ou descendait dans la serre, faisant doucement le tour des allées. Sous les berceaux de lianes, au fond de l'ombre tiède, où arrivaient les *forte* des cornets à pistons, dans les quadrilles d'*Ohé! les p'tits agneaux* et de *J'ai un pied qui r'mue*, des jupes, dont on ne voyait que le bord, avaient des rires languissants.

Quand on ouvrit la porte de la salle à manger, transformée en buffet, avec des dressoirs contre les murs et une longue table au milieu, chargée de viandes froides, ce fut une poussée, un écrasement. Un grand bel homme qui avait eu la timidité de garder son chapeau à la main, fut si violemment collé contre le mur, que le malheureux chapeau creva avec une plainte sourde. Cela fit rire. On se ruait sur les pâtisseries et

1. *Bastringues* : bals populaires. \ 2. *Cornet à pistons* : sorte de petite trompette. \ 3. *Nacelle* : petit bateau à voile, sans rame.

les volailles truffées, en s'enfonçant les coudes dans les côtes, brutalement. C'était un pillage, les mains se rencontraient au milieu des viandes, et les laquais ne savaient à qui répondre, au milieu de cette bande d'hommes comme il faut, dont les bras tendus exprimaient la seule crainte d'arriver trop tard et de trouver les plats vides. Un vieux monsieur se fâcha, parce qu'il n'y avait pas de bordeaux, et que le champagne, assurait-il, l'empêchait de dormir.

« Doucement, messieurs, doucement, disait Baptiste de sa voix grave. Il y en aura pour tout le monde. »

Mais on ne l'écoutait pas. La salle à manger était pleine, et des habits noirs inquiets se haussaient à la porte. Devant les dressoirs, des groupes stationnaient, mangeant vite, se serrant. Beaucoup avalaient sans boire, n'ayant pu mettre la main sur un verre. D'autres, au contraire, buvaient, en courant inutilement après un morceau de pain.

« Écoutez, dit M. Hupel de la Noue, que les Mignon et Charrier, las de mythologie, avaient entraîné au buffet, nous n'aurons rien, si nous ne faisons pas cause commune… c'est bien pis aux Tuileries, et j'y ai acquis quelque expérience… Chargez-vous du vin, je me charge de la viande. »

Le préfet guettait un gigot. Il allongea la main, au bon moment, dans une éclaircie d'épaules, et l'emporta tranquillement, après s'être bourré les poches de petits pains. Les entrepreneurs revinrent de leur côté, Mignon avec une bouteille, Charrier avec deux bouteilles de champagne ; mais ils n'avaient pu trouver que deux verres ; ils dirent que ça ne faisait rien, qu'ils boiraient dans le même. Et ces messieurs soupèrent sur le coin d'une jardinière, au fond de la pièce. Ils ne retirèrent pas même leurs gants, mettant les tranches toutes détachées du gigot dans leur pain, gardant les bouteilles sous leur bras. Et, debout, ils causaient, la bouche pleine, écartant leur menton de leur gilet, pour que le jus tombât sur le tapis.

Charrier, ayant fini son vin avant son pain, demanda à un domestique s'il ne pourrait avoir un verre de champagne.

« Il faut attendre, monsieur ! répondit avec colère le domestique effaré, perdant la tête, oubliant qu'il n'était pas à l'office[1]. On a déjà bu trois cents bouteilles. »

Cependant, on entendait les voix de l'orchestre qui grandissaient, par souffles brusques. On dansait la polka des *Baisers*, célèbre dans les bals publics, et dont chaque danseur devait marquer le rythme en embrassant sa danseuse. Mme d'Espanet parut à la porte de la salle à manger, rouge, un peu décoiffée, traînant, avec une lassitude charmante, sa grande robe d'argent. On s'écartait à peine, elle était obligée d'insister du coude pour s'ouvrir un passage. Elle fit le tour de la table, hésitante, une moue aux lèvres. Puis elle vint droit à M. Hupel de la Noue, qui avait fini et qui s'essuyait la bouche avec son mouchoir.

« Que vous seriez aimable, monsieur, lui dit-elle avec un adorable sourire, de me trouver une chaise ! j'ai fait le tour de la table inutilement… »

Le préfet avait une rancune contre la marquise, mais sa galanterie n'hésita pas ; il s'empressa, trouva la chaise, installa Mme d'Espanet, et resta derrière son dos, à la servir. Elle ne voulut que quelques crevettes, avec un peu de beurre, et deux doigts de champagne. Elle mangeait avec des mines délicates, au milieu de la gloutonnerie des hommes. La table et les chaises étaient exclusivement réservées aux dames. Mais on faisait toujours une exception en faveur du baron Gouraud. Il était là, carrément assis, devant un morceau de pâté, dont ses mâchoires broyaient la croûte avec lenteur. La marquise reconquit le préfet en lui disant qu'elle n'oublierait jamais ses

1. *Office* : pièce attenante à la cuisine dans laquelle on prépare le service de table.

émotions d'artiste, dans *Les Amours du beau Narcisse et de la nymphe Écho*. Elle lui expliqua même pourquoi on ne l'avait pas attendu, d'une façon qui le consola complètement : ces dames, en apprenant que le ministre était là, avaient pensé qu'il serait peu convenable de prolonger l'entracte. Elle finit par le prier d'aller chercher Mme Haffner, qui dansait avec M. Simpson, un homme brutal, disait-elle, et qui lui déplaisait. Et quand Suzanne fut là, elle ne regarda plus M. Hupel de la Noue.

Saccard, suivi de MM. Toutin-Laroche, de Mareuil, Haffner, avait pris possession d'un dressoir. Comme la table était pleine, et que M. de Saffré passait avec Mme Michelin au bras, il les retint, voulut que la jolie brune partageât avec eux. Elle croqua des pâtisseries, souriante, levant ses yeux clairs sur les cinq hommes qui l'entouraient. Ils se penchaient vers elle, touchaient ses voiles d'almée brodés de fil d'or, l'acculaient contre le dressoir, où elle finit par s'adosser, prenant des petits fours de toutes les mains, très douce et très caressante, avec la docilité amoureuse d'une esclave au milieu de ses seigneurs. M. Michelin achevait tout seul, à l'autre bout de la pièce, une terrine de foie gras dont il avait réussi à s'emparer.

Cependant, Mme Sidonie, qui rôdait dans le bal depuis les premiers coups d'archet, entra dans la salle à manger, et appela Saccard du coin de l'œil.

« Elle ne danse pas, lui dit-elle à voix basse. Elle paraît inquiète. Je crois qu'elle médite quelque coup de tête… Mais je n'ai pu encore découvrir le damoiseau… Je vais manger quelque chose et me remettre à l'affût. »

Et elle mangea debout, comme un homme, une aile de volaille qu'elle se fit donner par M. Michelin, qui avait fini sa terrine, elle se versa du malaga[25] dans une grande coupe à

1. *Malaga* : vin doux d'Espagne.

champagne ; puis, après s'être essuyé les lèvres du bout des doigts, elle retourna dans le salon. La traîne de sa robe de magicienne semblait avoir déjà ramassé toute la poussière des tapis.

Le bal languissait, l'orchestre avait des essoufflements, lorsqu'un murmure courut : « Le cotillon[1] ! le cotillon ! » qui ranima les danseurs et les cuivres. Il vint des couples de tous les massifs de la serre ; le grand salon s'emplit, comme pour le premier quadrille ; et, dans la cohue réveillée, on discutait. C'était la dernière flamme du bal. Les hommes qui ne dansaient pas regardaient, du fond des embrasures, avec des bienveillances molles, le groupe bavard grandissant au milieu de la pièce ; tandis que les soupeurs du buffet, sans lâcher leur pain, allongeaient la tête, pour voir.

« M. de Mussy ne veut pas, disait une dame. Il jure qu'il ne le conduit plus… Voyons, une fois encore, monsieur de Mussy, rien qu'une petite fois. Faites cela pour nous. »

Mais le jeune attaché d'ambassade restait gourmé[2] dans son col cassé. C'était vraiment impossible, il avait juré. Il y eut un désappointement. Maxime refusa aussi, disant qu'il ne pourrait, qu'il était brisé. M. Hupel de la Noue n'osa s'offrir ; il ne descendait que jusqu'à la poésie. Une dame ayant parlé de M. Simpson, on la fit taire ; M. Simpson était le plus étrange conducteur de cotillon qu'on pût voir ; il se livrait à des imaginations fantasques et malicieuses ; dans le salon où l'on avait eu l'imprudence de le choisir, on racontait qu'il avait forcé les dames à sauter par-dessus des chaises, et qu'une de ses figures favorites était de faire marcher tout le monde à quatre pattes autour de la pièce.

---

1. *Cotillon* : danse collective, composée d'une série de figures ou de jeux. \ **2.** *Gourmé* : qui prend l'air grave, prétentieux.

« Est-ce que M. de Saffré est parti ? » demanda une voix d'enfant.

Il partait, il faisait ses adieux à la belle Mme Saccard, avec laquelle il était au mieux, depuis qu'elle ne voulait pas de lui. Ce sceptique aimable avait l'admiration des caprices des autres. On le ramena triomphalement du vestibule. Il se défendait, il disait avec un sourire qu'on le compromettait, et qu'il était un homme sérieux. Puis, devant toutes les mains blanches qui se tendaient vers lui :

« Allons, dit-il, prenez vos places... Mais je vous préviens que je suis classique. Je n'ai pas pour deux liards[1] d'imagination. »

Les couples s'assirent autour du salon, sur tous les sièges qu'on put réunir ; des jeunes gens allèrent chercher jusqu'aux chaises de fonte de la serre. C'était un cotillon monstre. M. de Saffré, qui avait l'air recueilli d'un prêtre officiant, choisit pour dame la comtesse Vanska, dont le costume de Corail le préoccupait. Quand tout le monde fut en place, il jeta un long regard sur cette file circulaire de jupes flanquées chacune d'un habit noir. Et il fit signe à l'orchestre, dont les cuivres sonnèrent. Des têtes se penchaient le long du cordon souriant des visages.

Renée avait refusé de prendre part au cotillon. Elle était d'une gaieté nerveuse, depuis le commencement du bal, dansant à peine, se mêlant aux groupes, ne pouvant rester en place. Ses amies la trouvaient singulière. Elle avait parlé, dans la soirée, de faire un voyage en ballon avec un célèbre aéronaute dont tout Paris s'occupait. Quand le cotillon commença, elle fut ennuyée de ne plus marcher à l'aise, elle se

1. *Liards* : ancienne monnaie de cuivre, qui valait le quart du sous. L'expression est ici métaphorique : M. de Saffré prétend n'avoir aucune imagination.

tint à la porte du vestibule, donnant des poignées de mains aux hommes qui se retiraient, causant avec les intimes de son mari. Le baron Gouraud, qu'un laquais emportait dans sa pelisse de fourrure, trouva un dernier éloge sur son costume d'Otaïtienne.

Cependant M. Toutin-Laroche serrait la main de Saccard.

« Maxime compte sur vous, dit ce dernier.

– Parfaitement », répondit le nouveau sénateur.

Et se tournant vers Renée :

« Madame, je ne vous ai pas complimentée... Voilà donc le cher enfant casé ! »

Et comme elle avait un sourire étonné :

« Ma femme ne sait pas encore, reprit Saccard... Nous avons arrêté ce soir le mariage de Mlle de Mareuil et de Maxime. »

Elle continua de sourire, s'inclinant devant M. Toutin-Laroche, qui partait en disant :

« Vous signez le contrat dimanche, n'est-ce pas ? Je vais à Nevers pour une affaire de mines, mais je serai de retour. »

Elle resta un instant seule au milieu du vestibule. Elle ne souriait plus ; et, à mesure qu'elle descendait dans ce qu'elle venait d'apprendre, elle était prise d'un grand frisson. Elle regarda les tentures de velours rouge, les plantes rares, les pots de majolique[1], d'un regard fixe. Puis elle dit tout haut :

« Il faut que je lui parle. »

Et elle revint dans le salon. Mais elle dut rester à l'entrée. Une figure du cotillon obstruait le passage. L'orchestre jouait en sourdine une phrase de valse. Les dames, se tenant par la main, formaient un rond, un de ces ronds de petites filles chantant *Giroflé girofla* ; et elles tournaient le plus vite possible, tirant sur leurs bras, riant, glissant. Au milieu, un cavalier. –

1. *Majolique* : faïence italienne.

c'était le malicieux M. Simpson –, avait à la main une longue écharpe rose ; il l'élevait, avec le geste d'un pêcheur qui va jeter un coup d'épervier ; mais il ne se pressait pas, il trouvait drôle, sans doute, de laisser tourner ces dames, de les fatiguer. Elles soufflaient, elles demandaient grâce. Alors il lança l'écharpe, et il la lança avec tant d'adresse, qu'elle alla s'enrouler autour des épaules de Mme d'Espanet et de Mme Haffner, tournant côte à côte. C'était une plaisanterie de l'Américain. Il voulut ensuite valser avec les deux dames à la fois, et il les avait déjà prises à la taille toutes deux, l'une de son bras gauche, l'autre de son bras droit, lorsque M. de Saffré dit, de sa voix sévère de roi du cotillon :

« On ne danse pas avec deux dames. »

Mais M. Simpson ne voulait pas lâcher les deux tailles. Adeline et Suzanne se renversaient dans ses bras avec des rires. On jugeait le coup, les dames se fâchaient, le tapage se prolongeait, et les habits noirs, dans les embrasures des fenêtres, se demandaient comment Saffré allait sortir à sa gloire de ce cas délicat. Il parut, en effet, perplexe un moment, cherchant par quel raffinement de grâce il mettrait les rieurs de son côté. Puis il eut un sourire, il prit Mme d'Espanet et Mme Haffner, chacune d'une main, leur posa une question à l'oreille, reçut leur réponse, et s'adressant ensuite à M. Simpson :

« Cueillez-vous la verveine ou cueillez-vous la pervenche ? »

M. Simpson, un peu sot, dit qu'il cueillait la verveine. Alors M. de Saffré lui donna la marquise, en disant :

« Voici la verveine. »

On applaudit discrètement. Cela fut trouvé très joli. M. de Saffré était un conducteur de cotillon « qui ne restait jamais à court » ; telle fut l'expression de ces dames. Pendant ce temps, l'orchestre avait repris de toutes ses voix la phrase de valse, et M. Simpson, après avoir fait le tour du salon en valsant avec Mme d'Espanet, la reconduisait à sa place.

Renée put passer. Elle s'était mordu les lèvres au sang, devant toutes « ces bêtises ». Elle trouvait ces femmes et ces hommes stupides de lancer des écharpes et de prendre des noms de fleurs. Ses oreilles bourdonnaient, une furie d'impatience lui donnait des envies brusques de se jeter la tête en avant et de s'ouvrir un chemin. Elle traversa le salon d'un pas rapide, heurtant les couples attardés qui regagnaient leurs sièges. Elle alla droit à la serre. Elle n'avait vu ni Louise ni Maxime parmi les danseurs, elle se disait qu'ils devaient être là, dans quelque trou des feuillages, réunis par cet instinct des drôleries et des polissonneries, qui leur faisait chercher les petits coins, dès qu'ils se trouvaient ensemble quelque part. Mais elle visita inutilement le demi-jour de la serre. Elle n'aperçut, au fond d'un berceau, qu'un grand jeune homme qui baisait dévotement les mains de la petite Mme Daste, en murmurant :

« Mme de Lauwerens me l'avait bien dit : vous êtes un ange ! »

Cette déclaration, chez elle, dans sa serre, la choqua. Vraiment Mme de Lauwerens aurait dû porter son commerce ailleurs ! Et Renée se serait soulagée à chasser de ses appartements tout ce monde qui criait si fort. Debout devant le bassin, elle regardait l'eau, elle se demandait où Louise et Maxime avaient pu se cacher. L'orchestre jouait toujours cette valse dont le bercement ralenti lui tournait le cœur. C'était insupportable, on ne pouvait réfléchir chez soi. Elle ne savait plus. Elle oubliait que les jeunes gens n'étaient pas encore mariés, et elle se disait que c'était bien simple, qu'ils étaient allés se coucher. Puis elle songea à la salle à manger, elle remonta vivement l'escalier de la serre. Mais, à la porte du grand salon, elle fut arrêtée une seconde fois par une figure du cotillon.

« Ce sont les "Points noirs [1]", mesdames, disait galamment M. de Saffré. Ceci est de mon invention, et je vous en donne la primeur. »

On riait beaucoup. Les hommes expliquaient l'allusion aux jeunes femmes. L'empereur venait de prononcer un discours qui constatait, à l'horizon politique, la présence de certains « points noirs ». Ces points noirs, on ne savait pourquoi, avaient fait fortune. L'esprit de Paris s'était emparé de cette expression, au point que, depuis huit jours, on accommodait tout aux points noirs. M. de Saffré plaça les cavaliers à l'un des bouts du salon, en leur faisant tourner le dos aux dames, laissées à l'autre bout. Puis il leur commanda de relever leurs habits, de façon à s'en cacher le derrière de la tête. Cette opération s'accomplit au milieu d'une gaieté folle. Bossus, les épaules serrées, avec les pans des habits qui ne leur tombaient plus qu'à la taille, les cavaliers étaient vraiment affreux.

« Ne riez pas, mesdames, criait M. de Saffré avec un sérieux des plus comiques, ou je vous fais mettre vos dentelles sur la tête. »

La gaieté redoubla. Il usa énergiquement de sa souveraineté vis-à-vis de quelques-uns de ces messieurs, qui ne voulaient pas cacher leur nuque.

« Vous êtes les "points noirs", disait-il ; masquez vos têtes, ne montrez que le dos, il faut que ces dames ne voient plus que du noir… Maintenant, marchez, mêlez-vous les unes aux autres, pour qu'on ne vous reconnaisse pas. »

L'hilarité était à son comble. Les « points noirs » allaient et venaient, sur leurs jambes grêles, avec des balancements de corbeaux sans tête. On vit la chemise d'un monsieur, avec le

1. *Points noirs* : il s'agit d'une référence anachronique à un discours que prononça Napoléon III en août 1867 pour évoquer la situation de la France, à la suite du krach du Crédit mobilier et de sa défaite au Mexique.

coin de la bretelle. Alors ces dames demandèrent grâce, elles étouffaient, et M. de Saffré voulut bien leur ordonner d'aller chercher les « points noirs ». Elles partirent, comme un vol de jeunes perdrix, avec un grand bruit de jupes. Puis, au bout de sa course, chacune saisit le cavalier qui lui tomba sous la main. Ce fut un tohu-bohu inexprimable. Et à la file, les couples improvisés se dégageaient, faisaient le tour du salon en valsant, dans le chant plus haut de l'orchestre.

Renée s'était appuyée au mur. Elle regardait, pâles, les lèvres serrées. Un vieux monsieur vint lui demander galamment pourquoi elle ne dansait pas. Elle dut sourire, répondre quelque chose. Elle s'échappa, elle entra dans la salle à manger. La pièce était vide. Au milieu des dressoirs pillés, des bouteilles et des assiettes qui traînaient, Maxime et Louise soupaient tranquillement à un bout de la table, côte à côte, sur une serviette qu'ils avaient étalée. Ils paraissaient à l'aise, ils riaient, dans ce désordre, ces verres sales, ces plats tachés de graisse, ces débris encore tièdes de la gloutonnerie des soupeurs en gants blancs. Ils s'étaient contentés d'épousseter les miettes autour d'eux. Baptiste se promenait gravement le long de la table, sans un regard pour cette pièce, qu'une bande de loups semblait avoir traversée ; il attendait que les domestiques vinssent remettre un peu d'ordre sur les dressoirs.

Maxime avait encore pu réunir un souper très confortable. Louise adorait les nougats aux pistaches, dont une assiette pleine était restée sur le haut d'un buffet. Ils avaient devant eux trois bouteilles de champagne entamées.

« Papa est peut-être parti, dit la jeune fille.

– Tant mieux ! répondit Maxime, je vous reconduirai. »

Et comme elle riait :

« Vous savez que, décidément, on veut que je vous épouse. Ce n'est plus une farce, c'est sérieux… Qu'est-ce que nous ferons donc, quand nous allons être mariés ?

– Nous ferons ce que font les autres, donc ! »

Cette drôlerie lui avait échappé un peu vite ; elle reprit vivement, comme pour la retirer :

« Nous irons en Italie. Ça me fera du bien à la poitrine. Je suis très malade… Ah ! mon pauvre Maxime, la drôle de femme que vous allez avoir ! Je ne suis pas plus grosse que deux sous de beurre. »

Elle souriait, avec une pointe de tristesse, dans son costume de page. Une toux sèche fit monter des lueurs rouges à ses joues.

« C'est le nougat, dit-elle. À la maison, on me défend d'en manger… Passez-moi l'assiette, je vais fourrer le reste dans ma poche. »

Et elle vidait l'assiette, quand Renée entra. Elle vint droit à Maxime, en faisant des efforts inouïs pour ne pas jurer, pour ne pas battre cette bossue qu'elle trouvait là, attablée avec son amant.

« Je veux te parler », bégaya-t-elle d'une voix sourde.

Il hésitait, pris de peur, redoutant un tête-à-tête.

« À toi seul, tout de suite, répétait Renée.

– Allez donc, Maxime, dit Louise avec son regard indéfinissable. Vous tâcherez, en même temps, de retrouver mon père. Je l'égare à chaque soirée. »

Il se leva, il essaya d'arrêter la jeune femme au milieu de la salle à manger, en lui demandant ce qu'elle avait de si pressé à lui dire. Mais elle reprit entre ses dents :

« Suis-moi, ou je dis tout devant le monde ! »

Il devint très pâle, il la suivit avec une obéissance d'animal battu. Elle crut que Baptiste la regardait ; mais, à cette heure, elle se souciait bien des regards clairs de ce valet ! À la porte, le cotillon la retint une troisième fois.

« Attends, murmura-t-elle. Ces imbéciles n'en finiront pas. »

Et elle lui prit la main, pour qu'il n'essayât pas de s'échapper.

M. de Saffré plaçait le duc de Rozan, le dos contre le mur, dans un angle du salon, à côté de la porte de la salle à manger. Il mit une dame devant lui, puis un cavalier dos à dos avec la dame, puis une autre dame devant le cavalier, et cela à la file, couple par couple, en long serpent. Comme des danseuses causaient, s'attardaient :

« Voyons, mesdames, cria-t-il, en place pour les “Colonnes” ».

Elles vinrent, les « colonnes » furent formées. L'indécence qu'il y avait à se trouver ainsi prise, serrée entre deux hommes, appuyée contre le dos de l'un, ayant devant soi la poitrine de l'autre, égayait beaucoup les dames. Les pointes des seins touchaient les parements[1] des habits, les jambes des cavaliers disparaissaient dans les jupes des danseuses, et quand une gaieté brusque faisait pencher une tête, les moustaches d'en face étaient obligées de s'écarter, pour ne pas pousser les choses jusqu'au baiser. Un farceur, à un moment, dut donner une légère poussée ; la file se raccourcit, les habits entrèrent plus profondément dans les jupes ; il y eut de petits cris, et des rires, des rires qui n'en finissaient plus. On entendit la baronne de Meinhold dire : « Mais, monsieur, vous m'étouffez, ne me serrez pas si fort ! » ce qui parut si drôle, ce qui donna à toute la file un accès d'hilarité si fou, que les « colonnes », ébranlées, chancelaient, s'entrechoquaient, s'appuyaient les unes sur les autres, pour ne pas tomber. M. de Saffré, les mains levées, prêt à frapper, attendait. Puis il frappa. À ce signal, tout d'un coup, chacun se retourna. Les couples qui étaient face à face, se prirent à la taille, et la file égrena dans le salon son chapelet de valseurs. Il n'y eut que le pauvre duc de Rozan qui, en se tournant, se trouva le nez contre le mur. On se moqua de lui.

1. *Parements* : riche tissu qui orne un vêtement (cols, revers…).

« Viens », dit Renée à Maxime.

L'orchestre jouait toujours la valse. Cette musique molle, dont le rythme monotone s'affadissait à la longue, redoublait l'exaspération de la jeune femme. Elle gagna le petit salon, tenant Maxime par la main ; et, le poussant dans l'escalier qui allait au cabinet de toilette :

« Monte », lui ordonna-t-elle.

Elle le suivit. À ce moment, Mme Sidonie, qui avait rôdé toute la soirée autour de sa belle-sœur, étonnée de ses promenades continuelles à travers les pièces, arrivait justement sur le perron de la serre. Elle vit les jambes d'un homme s'enfoncer au milieu des ténèbres du petit escalier. Un sourire pâle éclaira son visage de cire, et, retroussant sa jupe de magicienne pour aller plus vite, elle chercha son frère, bouleversant une figure du cotillon, s'adressant aux domestiques qu'elle rencontrait. Elle trouva enfin Saccard avec M. de Mareuil, dans une pièce contiguë à la salle à manger, et que l'on avait transformée provisoirement en fumoir. Les deux pères parlaient de dot, de contrat. Mais quand sa sœur lui dit un mot à l'oreille, Saccard se leva, s'excusa, disparut.

En haut, le cabinet de toilette était en plein désordre. Sur les sièges traînaient le costume de la nymphe Écho, le maillot déchiré, des bouts de dentelle froissés, des linges jetés en paquet, tout ce que la hâte d'une femme attendue laisse derrière elle. Les petits outils d'ivoire et d'argent gisaient un peu partout ; il y avait des brosses, des limes tombées sur le tapis ; et les serviettes encore humides, les savons oubliés sur le marbre, les flacons laissés débouchés, mettaient, dans la tente couleur de chair, une odeur forte, pénétrante. La jeune femme, pour enlever le blanc de ses bras et de ses épaules, s'était trempée dans la baignoire de marbre rose, après les tableaux vivants. Des plaques irisées s'arrondissaient sur la nappe d'eau refroidie.

Maxime marcha sur un corset, faillit tomber, essaya de rire. Mais il grelottait devant le visage dur de Renée. Elle s'approcha de lui, le poussant, disant à voix basse :

« Alors tu vas épouser la bossue ?

– Mais pas le moins du monde, murmura-t-il. Qui t'a dit cela ?

– Eh ! ne mens pas, c'est inutile… »

Il eut une révolte. Elle l'inquiétait, il voulait en finir avec elle.

« Eh bien, oui, je l'épouse. Après ?… Est-ce que je ne suis pas le maître ? »

Elle vint à lui, la tête un peu baissée, avec un rire mauvais, et lui prenant les poignets :

« Le maître ! toi, le maître !… Tu sais bien que non. C'est moi qui suis le maître. Je te casserais les bras, si j'étais méchante ; tu n'as pas plus de force qu'une fille. »

Et comme il se débattait, elle lui tordit les bras, de toute la violence nerveuse que lui donnait la colère. Il poussa un faible cri. Alors elle le lâcha, en reprenant :

« Ne nous battons pas, vois-tu ; je serais la plus forte. »

Il resta blême, avec la honte de cette douleur qu'il sentait à ses poignets. Il la regardait aller et venir dans le cabinet. Elle repoussait les meubles, réfléchissant, arrêtant le plan qui tournait dans sa tête, depuis que son mari lui avait appris le mariage.

« Je vais t'enfermer ici, dit-elle enfin ; et quand il fera jour, nous partirons pour Le Havre. »

Il blêmit encore d'inquiétude et de stupeur.

« Mais c'est une folie ! s'écria-t-il. Nous ne pouvons pas nous en aller ensemble. Tu perds la tête…

– C'est possible. En tout cas, c'est toi et ton père qui me l'avez fait perdre… J'ai besoin de toi et je te prends. Tant pis pour les imbéciles ! »

Des lueurs rouges luisaient dans ses yeux. Elle continua, s'approchant de nouveau de Maxime, lui brûlant le visage de son haleine :

« Qu'est-ce que je deviendrais donc, si tu épousais la bossue ! Vous vous moqueriez de moi, je serais peut-être forcée de reprendre ce grand dadais de Mussy, qui ne me réchaufferait pas même les pieds… Quand on a fait ce que nous avons fait, on reste ensemble. D'ailleurs, c'est bien clair, je m'ennuie lorsque tu n'es pas là, et comme je m'en vais, je t'emmène… Tu peux dire à Céleste ce que tu veux qu'elle aille chercher chez toi. »

Le malheureux tendis les mains, supplia :

« Voyons, ma petite Renée, ne fais pas de bêtise. Reviens à toi… Pense un peu au scandale.

– Je m'en moque du scandale ! Si tu refuses, je descends dans le salon et je crie que j'ai couché avec toi et que tu es assez lâche pour vouloir maintenant épouser la bossue. »

Il plia la tête, l'écouta, cédant déjà, acceptant cette volonté qui s'imposait si rudement à lui.

« Nous irons au Havre, reprit-elle plus bas, caressant son rêve, et de là nous gagnerons l'Angleterre. Personne ne nous embêtera plus. Si nous ne sommes pas assez loin, nous partirons pour l'Amérique. Moi qui ai toujours froid, je serai bien là-bas. J'ai souvent envié les créoles… »

Mais à mesure qu'elle agrandissait son projet, la terreur reprenait Maxime. Quitter Paris, aller si loin avec une femme qui était folle assurément, laisser derrière lui une histoire dont le côté honteux l'exilait à jamais ! c'était comme un cauchemar atroce qui l'étouffait. Il cherchait avec désespoir un moyen pour sortir de ce cabinet de toilette, de ce réduit rose où battait le glas[1] de Charenton. Il crut avoir trouvé.

1. *Glas* : sonnerie qui annonce l'agonie ou la mort de quelqu'un.

« C'est que je n'ai pas d'argent, dit-il avec douceur, afin de ne pas l'exaspérer. Si tu m'enfermes, je ne pourrai pas m'en procurer.

– J'en ai, moi, répondit-elle d'un air de triomphe. J'ai cent mille francs. Tout s'arrange très bien… »

Elle prit, dans l'armoire à glace, l'acte de cession que son mari lui avait laissé, avec le vague espoir que sa tête tournerait. Elle l'apporta sur la table de toilette, força Maxime à lui donner une plume et un encrier qui se trouvaient dans la chambre à coucher, et repoussant les savons, signant l'acte :

« Voilà, dit-elle, la bêtise est faite. Si je suis volée, c'est que je le veux bien… Nous passerons chez Larsonneau, avant d'aller à la gare… Maintenant, mon petit Maxime, je vais t'enfermer, et nous nous sauverons par le jardin, quand j'aurai mis tout ce monde à la porte. Nous n'avons même pas besoin d'emporter des malles. »

Elle redevenait gaie. Ce coup de tête la ravissait. C'était une excentricité suprême, une fin qui, dans cette crise de fièvre chaude, lui semblait tout à fait originale. Ça dépassait de beaucoup son désir de voyage en ballon. Elle vint prendre Maxime dans ses bras, en murmurant :

« Je t'ai fait mal tout à l'heure mon pauvre chéri ! Aussi tu refusais… Tu verras comme ce sera gentil. Est-ce que ta bossue t'aimerait comme je t'aime ?… Ce n'est pas une femme, ce petit moricaud-là [1]… »

Elle riait, elle l'attirait à elle, le baisait sur les lèvres, lorsqu'un bruit leur fit tourner la tête. Saccard était debout sur le seuil de la porte.

Un silence terrible se fit. Lentement, Renée détacha ses bras du cou de Maxime ; et elle ne baissait pas le front, elle continuait

1. *Moricaud* : personne qui a la peau foncée (terme familier et péjoratif).

à regarder son mari de ses grands yeux fixes de morte ; tandis que le jeune homme, écrasé, terrifié, chancelait, la tête basse, maintenant qu'il n'était plus soutenu par son étreinte. Saccard, foudroyé par ce coup suprême qui faisait enfin crier en lui l'époux et le père, n'avançait pas, livide, les brûlant de loin du feu de ses regards. Dans l'air moite et odorant de la pièce, les trois bougies flambaient très haut, la flamme droite, avec l'immobilité d'une larme ardente. Et, coupant seul le silence, le terrible silence, par l'étroit escalier un souffle de musique montait ; la valse, avec ses enroulements de couleuvre, se glissait, se nouait, s'endormait sur le tapis de neige, au milieu du maillot déchiré et des jupes tombées à terre.

Puis le mari avança. Un besoin de brutalité marbrait sa face, il serrait les poings pour assommer les coupables. La colère, dans ce petit homme remuant, éclatait avec des bruits de coups de feu. Il eut un ricanement étranglé, et, s'approchant toujours :

« Tu lui annonçais ton mariage, n'est-ce pas ? »

Maxime recula, s'adossa au mur :

« Écoute, balbutia-t-il, c'est elle… »

Il allait l'accuser lâchement, rejeter sur elle le crime, dire qu'elle voulait l'enlever, se défendre avec l'humilité et les frissons d'un enfant pris en faute. Mais il n'eut pas la force, les mots se séchaient dans sa gorge. Renée gardait sa roideur de statue, son défi muet. Alors Saccard, sans doute pour trouver une arme, jeta un coup d'œil rapide autour de lui. Et, sur le coin de la table de toilette, au milieu des peignes et des brosses à ongles, il aperçut l'acte de cession, dont le papier timbré jaunissait le marbre. Il regarda l'acte, regarda les coupables. Puis, se penchant, il vit que l'acte était signé. Ses yeux allèrent de l'encrier ouvert à la plume encore humide, laissée au pied du candélabre. Il resta droit devant cette signature, réfléchissant.

Le silence semblait grandir, les flammes des bougies s'allongeaient, la valse se berçait le long des tentures avec plus de mollesse. Saccard eut un imperceptible mouvement d'épaule. Il regarda encore sa femme et son fils d'un air profond, comme pour arracher à leur visage une explication qu'il ne trouvait pas. Puis il plia lentement l'acte, le mit dans la poche de son habit. Ses joues étaient devenues toutes pâles.

« Vous avez bien fait de signer, ma chère amie, dit-il doucement à sa femme... C'est cent mille francs que vous gagnez. Ce soir, je vous remettrai l'argent. »

Il souriait presque, et ses mains seules gardaient un tremblement. Il fit quelques pas, en ajoutant :

« On étouffe ici. Quelle idée de venir comploter quelqu'une de vos farces dans ce bain de vapeur !... »

Et s'adressant à Maxime, qui avait relevé la tête, surpris de la voix apaisée de son père :

« Allons, viens, toi ! reprit-il. Je t'avais vu monter, je te cherchais pour que tu fisses tes adieux à M. de Mareuil et à sa fille. »

Les deux hommes descendirent, causant ensemble. Renée resta seule, debout au milieu du cabinet de toilette, regardant le trou béant du petit escalier, dans lequel elle venait de voir disparaître les épaules du père et du fils. Elle ne pouvait détourner les yeux de ce trou. Eh quoi ! ils étaient partis tranquillement, amicalement. Ces deux hommes ne s'étaient pas écrasés. Elle prêtait l'oreille, elle écoutait si quelque lutte atroce ne faisait pas rouler les corps le long des marches. Rien. Dans les ténèbres tièdes, rien qu'un bruit de danse, un long bercement. Elle crut entendre, au loin, les rires de la marquise, la voix claire de M. de Saffré. Alors le drame était fini ? Son crime, les baisers dans le grand lit gris et rose, les nuits farouches de la serre, tout cet amour maudit qui l'avait brûlée pendant des mois, aboutissait à cette fin plate et ignoble. Son mari savait tout et ne la battait même pas. Et le silence autour d'elle, ce silence où traînait la valse sans fin, l'épouvantait plus que le bruit d'un meurtre. Elle avait peur de cette paix, peur de ce cabinet tendre et discret, empli d'une odeur d'amour.

Elle s'aperçut dans la haute glace de l'armoire. Elle s'approcha, étonnée de se voir, oubliant son mari, oubliant Maxime, toute préoccupée par l'étrange femme qu'elle avait devant elle. La folie montait. Ses cheveux jaunes, relevés sur les tempes et sur la nuque, lui parurent une nudité, une obscénité. La ride de son front se creusait si profondément, qu'elle mettait une barre sombre au-dessus des yeux, la meurtrissure mince et bleuâtre d'un coup de fouet. Qui donc l'avait marquée ainsi ? Son mari n'avait pas levé la main, pourtant. Et ses lèvres l'étonnaient par leur pâleur, ses yeux de myope lui semblaient morts. Comme elle était vieille ! Elle pencha le front, et quand elle se vit dans son maillot, dans sa légère blouse de gaze, elle se contempla, les cils baissés, avec des rougeurs subites. Qui l'avait mise nue ? Que faisait-elle dans ce débraillé de fille qui se découvre jusqu'au ventre ? Elle ne savait plus. Elle regardait ses cuisses que le maillot arrondissait, ses hanches dont elle suivait les lignes souples sous la gaze, son buste largement ouvert ; et elle avait honte d'elle, et un mépris de sa chair l'emplissait d'une colère sourde contre ceux qui la laissaient ainsi, avec de simples cercles d'or aux chevilles et aux poignets pour lui cacher la peau.

Alors, cherchant, avec l'idée fixe d'une intelligence qui se noie, ce qu'elle faisait là, toute nue, devant cette glace, elle remonta d'un saut brusque à son enfance, elle se revit à sept ans, dans l'ombre grave de l'hôtel Béraud. Elle se souvint d'un jour où la tante Élisabeth les avait habillées, elle et Christine, de robes de laine grise à petits carreaux rouges. On était à la Noël. Comme elles étaient contentes de ces deux robes semblables ! La tante les gâtait, et elle poussa les choses jusqu'à leur donner à chacune un bracelet et un collier de corail. Les manches étaient longues, le corsage montait jusqu'au menton, les bijoux s'étalaient sur l'étoffe, ce qui leur semblait bien joli. Renée se rappelait encore que son père était là, qu'il souriait de son air triste. Ce jour-là, sa sœur et elle, dans la chambre des enfants, s'étaient promenées comme de grandes personnes, sans jouer, pour ne pas se salir. Puis, chez les dames de la Visitation, ses camarades l'avaient plaisantée sur « sa robe de Pierrot », qui lui allait au bout des doigts et qui lui montait par-dessus les oreilles. Elle s'était mise à pleurer pendant la classe. À la récréation, pour qu'on ne se moquât plus d'elle, elle avait retroussé les manches et rentré le tour de cou du corsage. Et le collier et le bracelet de corail lui semblaient plus jolis sur la peau de son cou et de son bras. Était-ce ce jour-là qu'elle avait commencé à se mettre nue ?

Sa vie se déroulait devant elle. Elle assistait à son long effarement, à ce tapage de l'or et de la chair qui était monté en elle, dont elle avait eu jusqu'aux genoux, jusqu'au ventre, puis jusqu'aux lèvres, et dont elle sentait maintenant le flot passer sur sa tête, en lui battant le crâne à coups pressés. C'était comme une sève mauvaise ; elle lui avait lassé les membres, mis au cœur des excroissances de honteuses tendresses, fait pousser au cerveau des caprices de malade et de bête. Cette sève, la plante de ses pieds l'avait prise sur le tapis de sa calèche, sur d'autres tapis encore, sur toute cette soie et tout ce velours, où elle marchait depuis son mariage. Les pas des autres devaient avoir laissé là ces germes de poison, éclos à cette heure dans son sang, et que ses veines charriaient. Elle se rappelait bien son enfance. Lorsqu'elle était petite, elle n'avait que des curiosités. Même plus tard, après ce viol qui l'avait jetée au mal, elle ne voulait pas tant de honte. Certes, elle serait devenue meilleure, si elle était restée à tricoter auprès de la tante Élisabeth. Et elle entendait le tic-tac régulier des aiguilles de la tante, tandis qu'elle regardait fixement dans la glace pour lire cet avenir de paix qui lui avait échappé. Mais elle ne voyait que ses cuisses roses, ses hanches roses, cette étrange femme de soie rose qu'elle avait devant elle, et dont la peau de fine étoffe, aux mailles serrées, semblait faite pour des amours de pantins et de poupées. Elle en était arrivée à cela, à être une grande poupée dont la poitrine déchirée ne laisse échapper qu'un filet de son. Alors devant les énormités de sa vie, le sang de son père, ce sang bourgeois, qui la tourmentait aux heures de crise, cria en elle, se révolta. Elle qui avait toujours tremblé à la pensée de l'enfer, elle aurait dû vivre au fond de la sévérité noire de l'hôtel Béraud. Qui dont l'avait mise nue ?

Et, dans l'ombre bleuâtre de la glace, elle crut voir se lever les figures de Saccard et de Maxime. Saccard, noirâtre, ricanant, avait une couleur de fer, un rire de tenaille, sur ses jambes grêles. Cet homme était une volonté. Depuis dix ans, elle le voyait dans la forge, dans les éclats du métal rougi, la chair brûlée, haletant, tapant toujours, soulevant des marteaux vingt fois trop lourds pour ses bras, au risque de s'écraser lui-même. Elle le comprenait maintenant ; il lui apparaissait grandi par cet effort surhumain, par cette coquinerie énorme, cette idée fixe d'une immense fortune immédiate. Elle se le rappelait sautant les obstacles, roulant en pleine boue, et ne prenant pas le temps de s'essuyer pour arriver avant l'heure, ne s'arrêtant même pas pour jouir en chemin, mâchant ses pièces d'or en courant. Puis la tête blonde et jolie de Maxime apparaissait derrière l'épaule rude de son père ; il avait son clair sourire de fille, ses yeux vides de catin qui ne se baissaient jamais, sa raie au milieu du front, montrant la blancheur du crâne. Il se moquait de Saccard, il le trouvait bourgeois de se donner tant de peine pour gagner un argent qu'il mangeait, lui, avec une si adorable paresse. Il était entretenu. Ses mains longues et molles contaient ses vices. Son corps épilé avait une pose lassée de femme assouvie. Dans tout cet être lâche et mou, où le vice coulait avec la douceur d'une eau tiède, ne luisait seulement pas l'éclair de la curiosité du mal. Il subissait. Et Renée, en regardant les deux apparitions sortir des ombres légères de la glace, recula d'un pas, vit que Saccard l'avait jetée comme un enjeu, comme une mise de fonds, et que Maxime s'était trouvé là, pour ramasser ce louis tombé de la poche du spéculateur. Elle restait une valeur dans le portefeuille de son mari ; il la poussait aux toilettes d'une nuit, aux amants d'une saison ; il la tordait dans les flammes de sa forge, se servant d'elle, ainsi que d'un métal précieux, pour dorer le fer de ses mains. Peu à peu, le père l'avait ainsi rendue assez folle, assez misérable, pour les baisers du fils. Si Maxime était le sang appauvri de Saccard, elle se sentait, elle, le produit, le fruit véreux de ces deux hommes, l'infamie qu'ils avaient creusée entre eux, et dans laquelle ils roulaient l'un et l'autre

Elle savait maintenant. C'étaient ces gens qui l'avaient mise nue. Saccard avait dégrafé le corsage, et Maxime avait fait tomber la jupe. Puis, à eux deux, ils venaient d'arracher la chemise. À présent, elle se trouvait sans un lambeau, avec des cercles d'or, comme une esclave. Ils la regardaient tout à l'heure, ils ne lui disaient pas : « Tu es nue[1]. » Le fils tremblait comme un lâche, frissonnait à la pensée d'aller jusqu'au bout de son crime, refusait de la suivre dans sa passion. Le père, au lieu de la tuer, l'avait volée ; cet homme punissait les gens en vidant leurs poches ; une signature tombait comme un rayon de soleil au milieu de la brutalité de sa colère, et pour

1. Allusion au récit de la Genèse. Adam et Ève vivent nus dans le jardin d'Éden sans avoir conscience de leur nudité, jusqu'au jour où Ève croque le fruit défendu, la pomme de la connaissance. Le couple éprouve alors de la honte.

vengeance, il emportait la signature. Puis elle avait vu leurs épaules qui s'enfonçaient dans les ténèbres. Pas de sang sur le tapis, pas un cri, pas une plainte. C'étaient des lâches. Ils l'avaient mise nue.

Et elle se dit qu'une seule fois elle avait lu l'avenir, le jour où, devant les ombres murmurantes du parc Monceau, la pensée que son mari la salirait et la jetterait un jour à la folie, était venue effrayer ses désirs grandissants. Ah ! que sa pauvre tête souffrait ! comme elle sentait, à cette heure, la fausseté de cette imagination, qui lui faisait croire qu'elle vivait dans une sphère bienheureuse de jouissance et d'impunité divines ! Elle avait vécu au pays de la honte, et elle était châtiée [1] par l'abandon de tout son corps, par la mort de son être qui agonisait. Elle pleurait de ne pas avoir écouté les grandes voix des arbres.

Sa nudité l'irritait. Elle tourna la tête, elle regarda autour d'elle. Le cabinet de toilette gardait sa lourdeur musquée, son silence chaud, où les phrases de la valse arrivaient toujours, comme les derniers cercles mourants sur une nappe d'eau. Ce rire affaibli de lointaine volupté passait sur elle avec des railleries intolérables. Elle se boucha les oreilles pour ne plus entendre. Alors elle vit le luxe du cabinet. Elle leva les yeux sur la tente rose, jusqu'à la couronne d'argent qui laissait apercevoir un Amour joufflu apprêtant sa flèche ; elle s'arrêta aux meubles, au marbre de la table de toilette, encombré de pots et d'outils qu'elle ne reconnaissait plus ; elle alla à la baignoire, pleine encore, et dont l'eau dormait ; elle repoussa du pied les étoffes traînant sur le satin blanc des fauteuils, le costume de la nymphe Écho, les jupons, les serviettes oubliées. Et de toutes ces choses montaient des voix de honte : la robe de la nymphe Écho lui parlait de ce jeu qu'elle avait accepté,

1. *Châtiée* : punie.

pour l'originalité de s'offrir à Maxime en public ; la baignoire exhalait l'odeur de son corps, l'eau où elle s'était trempée, mettait, dans la pièce, sa fièvre de femme malade ; la table, avec ses savons et ses huiles, les meubles, avec leurs rondeurs de lit, lui parlaient brutalement de sa chair, de ses amours, de toutes ces ordures qu'elle voulait oublier. Elle revint au milieu du cabinet, le visage pourpre, ne sachant où fuir ce parfum d'alcôve, ce luxe qui se décolletait avec une impudeur de fille, qui étalait tout ce rose. La pièce était nue comme elle ; la baignoire rose, la peau rose des tentures, les marbres roses des deux tables s'animaient, s'étiraient, se pelotonnaient, l'entouraient d'une telle débauche de voluptés vivantes, qu'elle ferma les yeux, baissant le front, s'abîmant sous les dentelles du plafond et des murs qui l'écrasaient.

Mais, dans le noir, elle revit la tache de chair du cabinet de toilette, et elle aperçut en outre la douceur grise de la chambre à coucher, l'or tendre du petit salon, le vert cru de la serre, toutes ces richesses complices. C'était là où ses pieds avaient pris la sève mauvaise. Elle n'aurait pas dormi avec Maxime sur un grabat[1], au fond d'une mansarde. C'eût été trop ignoble. La soie avait fait son crime coquet. Et elle rêvait d'arracher ces dentelles, de cracher sur cette soie, de briser son grand lit à coups de pieds, de traîner son luxe dans quelque ruisseau d'où il sortirait usé et sali comme elle.

Quand elle rouvrit les yeux, elle s'approcha de la glace, se regarda encore, s'examina de près. Elle était finie. Elle se vit morte. Toute sa face lui disait que le craquement cérébral s'achevait. Maxime, cette perversion dernière de ses sens, avait terminé son œuvre, épuisé sa chair, détraqué son intelligence. Elle n'avait plus de joies à goûter, plus d'espérances de réveil.

1. *Grabat* : lit misérable.

À cette pensée, une colère fauve se ralluma en elle. Et, dans une crise dernière de désir, elle rêva de reprendre sa proie, d'agoniser aux bras de Maxime et de l'emporter avec elle. Louise ne pouvait l'épouser ; Louise savait bien qu'il n'était pas à elle, puisqu'elle les avait vus s'embrasser sur les lèvres. Alors, elle jeta sur ses épaules une pelisse de fourrure, pour ne pas traverser le bal toute nue. Elle descendit.

Dans le petit salon, elle se rencontra face à face avec Mme Sidonie. Celle-ci, pour jouir du drame, s'était postée de nouveau sur le perron de la serre. Mais elle ne sut plus que penser, quand Saccard reparut avec Maxime, et qu'il répondit brutalement à ses questions faites à voix basse, qu'elle rêvait, qu'il n'y avait « rien du tout ». Puis elle flaira la vérité. Sa face jaune blêmit, elle trouvait la chose vraiment forte. Et, doucement, elle vint coller son oreille à la porte de l'escalier, espérant qu'elle entendrait Renée pleurer, en haut. Lorsque la jeune femme ouvrit la porte, le battant souffleta[1] presque sa belle-sœur.

« Vous m'espionnez ! » lui dit-elle avec colère.

Mais Mme Sidonie répondit avec un beau dédain :

« Est-ce que je m'occupe de vos saletés ! »

Et retroussant sa robe de magicienne, se retirant avec un regard majestueux :

« Ma petite, ce n'est pas ma faute s'il vous arrive des accidents. Mais je n'ai pas de rancune, entendez-vous ? Et sachez bien que vous auriez trouvé et que vous trouveriez encore en moi une seconde mère. Je vous attends chez moi, quand il vous plaira. »

Renée ne l'écoutait pas. Elle entra dans le grand salon, elle traversa une figure très compliquée du cotillon, sans même

1. *Souffleta* : gifla.

voir la surprise que causait sa pelisse de fourrure. Il y avait, au milieu de la pièce, des groupes de dames et de cavaliers qui se mêlaient, en agitant des banderoles, et la voix flûtée de M. de Saffré disait :

« Allons, mesdames, “La Guerre du Mexique[1]...” Il faut que les dames qui font les broussailles, étalent leurs jupes en rond et restent par terre... Maintenant, les cavaliers tournent autour des broussailles... Puis, quand je taperai dans mes mains, chacun d'eux valsera avec sa broussaille. »

Il tapa dans ses mains. Les cuivres sonnèrent, la valse déroula une fois encore les couples autour du salon. La figure avait eu peu de succès. Deux dames étaient demeurées sur le tapis, empêtrées dans leurs jupons. Mme Daste déclara que ce qui l'amusait, dans « la Guerre du Mexique », c'était seulement de faire « un fromage » avec sa robe, comme au pensionnat.

Renée, arrivée au vestibule, trouva Louise et son père, que Saccard et Maxime accompagnaient. Le baron Gouraud était parti. Mme Sidonie se retirait avec les Mignon et Charrier, tandis que M. Hupel de la Noue reconduisait Mme Michelin, que son mari suivait discrètement. Le préfet avait employé le reste de la soirée à faire la cour à la jolie brune. Il venait de la déterminer à passer un mois de la belle saison dans son chef-lieu, « où l'on voyait des antiquités vraiment curieuses ».

Louise, qui croquait en cachette le nougat qu'elle avait dans la poche, fut prise d'un accès de toux, au moment de sortir.

« Couvre-toi bien », dit le père.

Et Maxime s'empressa de serrer davantage le lacet du capuchon de sa sortie de bal. Elle levait le menton, elle se

1. *Guerre du Mexique* : la France est en guerre contre le Mexique de 1861 à 1867. La campagne est victorieuse et populaire. Mais, progressivement, la situation de la France se dégrade et, finalement, Maximilien, nommé empereur du Mexique par Napoléon III, est massacré. C'est un grave échec diplomatique pour l'empereur.

laissait emmailloter. Mais quand Mme Saccard parut, M. de Mareuil revint, lui fit ses adieux. Ils restèrent tous là à causer un instant. Elle dit, voulant expliquer sa pâleur, son frissonnement, qu'elle avait eu froid, qu'elle était montée chez elle pour jeter cette fourrure sur ses épaules. Et elle épiait l'instant où elle pourrait parler bas à Louise, qui la regardait avec sa tranquillité curieuse. Comme les hommes se serraient encore la main, elle se pencha, elle murmura :

« Vous ne l'épouserez pas, dites ? Ce n'est pas possible. Vous savez bien... »

Mais l'enfant l'interrompit, se haussant, lui disant à l'oreille :

« Oh ! soyez tranquille, je l'emmène... Ça ne fait rien, puisque nous partons pour l'Italie. »

Et elle souriait, de son sourire vague de sphinx vicieux. Renée resta balbutiante. Elle ne comprenait pas, elle s'imagina que la bossue se moquait d'elle. Puis, quand les Mareuil furent partis, en répétant à plusieurs reprises : « À dimanche ! » elle regarda son mari, elle regarda Maxime, de ses yeux épouvantés, et, les voyant la chair tranquille, l'attitude satisfaite, elle se cacha la face dans les mains, elle s'enfuit, se réfugia au fond de la serre.

Les allées étaient désertes. Les grands feuillages dormaient, et, sur la nappe lourde du bassin, deux boutons de nymphéa s'épanouissaient lentement. Renée aurait voulu pleurer ; mais cette chaleur humide, cette odeur forte qu'elle reconnaissait, la prenait à la gorge, étranglait son désespoir. Elle regardait à ses pieds, au bord du bassin, à cette place du sable jaune, où elle étalait la peau d'ours, l'autre hiver. Et quand elle leva les yeux, elle vit encore une figure du cotillon, tout au fond, par les deux portes laissées ouvertes.

C'était un bruit assourdissant, une mêlée confuse où elle ne distingua d'abord que des jupes volantes et des jambes noires piétinant et tournant. La voix de M. de Saffré criait : « Le

Changement de dames ! Le Changement de dames ! » Et les couples passaient au milieu d'une fine poussière jaune ; chaque cavalier, après avoir fait trois ou quatre tours de valse, jetait sa dame aux bras de son voisin, qui lui jetait la sienne. La baronne de Meinhold, dans son costume d'Émeraude, tombait des mains du comte de Chibray aux mains de M. Simpson ; il la rattrapait au petit bonheur, par une épaule, tandis que le bout de ses gants glissait sous le corsage. La comtesse Vanska, rouge, faisant sonner ses pendeloques de corail, allait d'un bond, de la poitrine de M. de Saffré, sur la poitrine du duc de Rozan, qu'elle enlaçait, qu'elle forçait à pirouetter pendant cinq mesures, pour se pendre ensuite à la hanche de M. Simpson, qui venait de lancer l'Émeraude au conducteur du cotillon. Et Mme Teissière, Mme Daste, Mme de Lauwerens, luisaient, comme de grands joyaux vivants, avec la pâleur blonde de la Topaze, le bleu tendre de la Turquoise, le bleu ardent du Saphir, s'abandonnaient un instant, se cambraient sous le poignet tendu d'un valseur, puis repartaient, arrivaient de dos ou de face dans une nouvelle étreinte, visitaient à la file toutes les embrassades d'homme du salon. Cependant, Mme d'Espanet, devant l'orchestre, avait réussi à saisir Mme Haffner au passage, et valsait avec elle, sans vouloir la lâcher. L'Or et l'Argent dansaient ensemble, amoureusement.

Renée comprit alors ce tourbillonnement des jupes, ce piétinement des jambes. Elle était placée en contrebas, elle voyait la furie des pieds, le pêle-mêle des bottes vernies et des chevilles blanches. Par moments, il lui semblait qu'un souffle de vent allait enlever les robes. Ces épaules nues, ces bras nus, ces chevelures nues qui volaient, qui tourbillonnaient, prises, jetées et reprises, au fond de cette galerie, où la valse de l'orchestre s'affolait, où les tentures rouges se pâmaient sous les fièvres dernières du bal, lui apparurent comme l'image tumultueuse de sa vie à elle, de ses nudités, de ses abandons.

Et elle éprouva une telle douleur, en pensant que Maxime, pour prendre la bossue entre ses bras, venait de la jeter là, à cette place où ils s'étaient aimés, qu'elle rêva d'arracher une tige du Tanghin[1] qui lui frôlait la joue, de la mâcher jusqu'au bois. Mais elle était lâche, elle resta devant l'arbuste à grelotter sous la fourrure que ses bras ramenaient, serraient étroitement, avec un grand geste de honte terrifiée.

1. *Tanghin* : voir chapitre I, p. 58-59.

VII

Trois mois plus tard, par une de ces tristes matinées de printemps qui ramènent dans Paris le jour bas et l'humidité sale de l'hiver, Aristide Saccard descendait de voiture, place du Château-d'Eau, et s'engageait, avec quatre autres messieurs, dans la trouée de démolitions que creusait le futur boulevard du Prince-Eugène [1]. C'était une commission d'enquête que le jury des indemnités envoyait sur les lieux pour estimer certains immeubles, dont les propriétaires n'avaient pu s'entendre à l'amiable avec la Ville.

Saccard renouvelait le coup de fortune de la rue de la Pépinière. Pour que le nom de sa femme disparût complètement, il imagina d'abord une vente des terrains et du café-concert. Larsonneau céda le tout à un créancier supposé. L'acte de vente portait le chiffre colossal de trois millions. Ce chiffre était tellement exorbitant que la commission de l'Hôtel-de-Ville, lorsque l'agent d'expropriation, au nom du propriétaire imaginaire, réclama le prix d'achat pour indemnité, ne voulut jamais accorder plus de deux millions cinq cent mille francs, malgré le sourd travail de M. Michelin et les plaidoyers de M. Toutin-Laroche et du baron Gouraud. Saccard s'attendait à cet échec ; il refusa l'offre, il laissa le dossier aller devant le jury, dont il faisait justement partie avec M. de Mareuil, par un hasard qu'il devait avoir aidé. Et c'était ainsi qu'il se

1. *Boulevard du Prince-Eugène* : aujourd'hui boulevard Voltaire.

trouvait chargé, avec quatre de ses collègues, de faire une enquête sur ses propres terrains.

M. de Mareuil l'accompagnait. Sur les trois autres jurés, il y avait un médecin qui fumait un cigare, sans se soucier le moins du monde des plâtras qu'il enjambait, et deux industriels, dont l'un, fabricant d'instruments de chirurgie, avait anciennement tourné la meule dans les rues[1].

Le chemin où ces messieurs s'engagèrent était affreux. Il avait plu toute la nuit. Le sol détrempé devenait un fleuve de boue, entre les maisons écroulées, sur cette route tracée en pleines terres molles, où les tombereaux[2] de transport entraient jusqu'aux moyeux[3]. Aux deux côtés des pans de murs, crevés par la pioche, restaient debout ; de hautes bâtisses éventrées, montrant leurs entrailles blafardes, ouvraient en l'air leurs cages d'escalier vides, leurs chambres béantes, suspendues, pareilles aux tiroirs brisés de quelque grand vilain meuble. Rien n'était plus lamentable que les papiers peints de ces chambres, des carrés jaunes ou bleus qui s'en allaient en lambeaux, indiquant, à une hauteur de cinq et six étages, jusque sous les toits, de pauvres petits cabinets, des trous étroits, où toute une existence d'homme avait peut-être tenu. Sur les murailles dénudées, les rubans des cheminées montaient côte à côte, avec des coudes brusques, d'un noir lugubre. Une girouette oubliée grinçait au bord d'une toiture, tandis que des gouttières à demi détachées pendaient, pareilles à des guenilles[4]. Et la trouée s'enfonçait toujours, au milieu de ces ruines, pareille à une brèche que le canon aurait ouverte ; la chaussée, encore à peine indiquée, emplie de décombres,

1. Il était rémouleur, c'est-à-dire qu'il allait de chantier en chantier pour aiguiser les outils. \ **2.** *Tombereaux* : voitures destinées à transporter des charges importantes, qui sont placées dans une caisse montée sur deux roues et peuvent être déchargées grâce au basculement de la caisse. \ **3.** *Moyeux* : pièces centrales des roues. \ **4.** *Guenilles* : vêtements en lambeaux.

avait des bosses de terre, des flaques d'eau profondes, s'allongeait sous le ciel gris, dans la pâleur sinistre de la poussière de plâtre qui tombait, et comme bordée de filets de deuil par les rubans noirs des cheminées.

Ces messieurs, avec leurs bottes bien cirées, leurs redingotes et leurs chapeaux de haute forme, mettaient une singulière note dans ce paysage boueux, d'un jaune sale, où ne passaient que des ouvriers blêmes, des chevaux crottés jusqu'à l'échine, des chariots dont le bois disparaissait sous une croûte de poussière. Ils se suivaient à la file, sautaient de pierre en pierre, évitant les mares de fange[1] coulante, parfois enfonçaient jusqu'aux chevilles et juraient alors en secouant les pieds. Saccard avait parlé d'aller prendre la rue de Charonne, ce qui leur aurait évité cette promenade dans ces terres défoncées ; mais ils avaient malheureusement plusieurs immeubles à visiter sur la longue ligne du boulevard ; la curiosité les poussant, ils s'étaient décidés à passer au beau milieu des travaux. D'ailleurs, ça les intéressait beaucoup. Ils s'arrêtaient parfois en équilibre sur un plâtras roulé au fond d'une ornière[2], levaient le nez, s'appelaient pour se montrer un plancher béant, un tuyau de cheminée resté en l'air, une solive[3] tombée sur le toit voisin. Ce coin de ville détruite, au sortir de la rue du Temple, leur semblait tout à fait drôle.

« C'est vraiment curieux, disait M. de Mareuil. Tenez, Saccard, regardez donc cette cuisine, là-haut ; il y reste une vieille poêle pendue au-dessus du fourneau... Je la vois parfaitement. »

Mais le médecin, le cigare aux dents, s'était planté devant une maison démolie, et dont il ne restait que les pièces du rez-de-chaussée, emplie des gravats des autres étages. Un seul pan

1. *Fange* : boue liquide et souillée. \ **2.** *Ornière* : sillon creusé par les roues des voitures. \ **3.** *Solive* : pièce de charpente.

de mur se dressait du tas des décombres ; pour le renverser d'un coup, on l'avait entouré d'une corde, sur laquelle tiraient une trentaine d'ouvriers.

« Ils ne l'auront pas, murmura le médecin. Ils tirent trop à gauche. »

Les quatre autres étaient revenus sur leurs pas, pour voir tomber le mur. Et tous les cinq, les yeux tendus, la respiration coupée, attendaient la chute avec un frémissement de jouissance. Les ouvriers, lâchant, puis se roidissant brusquement, criaient : « Ohé ! hisse ! »

« Ils ne l'auront pas », répétait le médecin.

Puis, au bout de quelques secondes d'anxiété :

« Il remue, il remue », dit joyeusement un des industriels.

Et quand le mur céda enfin, s'abattit avec un fracas épouvantable, en soulevant un nuage de plâtre, ces messieurs se regardèrent avec des sourires. Ils étaient enchantés. Leurs redingotes se couvrirent d'une poussière fine, qui leur blanchit les bras et les épaules.

Maintenant, ils parlaient des ouvriers, en reprenant leur marche prudente au milieu des flaques. Il n'y en avait pas beaucoup de bons. C'étaient tous des fainéants, des mange-tout [1], et entêtés avec cela, ne rêvant que la ruine des patrons. M. de Mareuil, qui, depuis un instant, regardait avec un frisson deux pauvres diables perchés au coin d'un toit, attaquant une muraille à coups de pioche, émit cette idée que ces hommes-là avaient pourtant un fier courage. Les autres s'arrêtèrent de nouveau, levèrent les yeux vers les démolisseurs en équilibre, courbés, tapant à toute volée ; ils poussaient les pierres du pied et les regardaient tranquillement s'écraser en bas ; si leur pioche avait porté à faux, le seul élan de leurs bras les aurait précipités.

1. *Mange-tout* : dépensiers, incapables de la moindre économie.

« Bah ! c'est l'habitude, dit le médecin en reportant son cigare à ses lèvres. Ce sont des brutes. »

Cependant, ils étaient arrivés à un des immeubles qu'ils devaient voir. Ils bâclèrent leur travail en un quart d'heure, et reprirent leur promenade. Peu à peu, ils n'avaient plus tant d'horreur pour la boue ; ils marchaient au milieu des mares, abandonnant l'espoir de préserver leurs bottes. Comme ils avaient dépassé la rue Ménilmontant, l'un des industriels, l'ancien rémouleur[1], devint inquiet. Il examinait les ruines autour de lui, ne reconnaissait plus le quartier. Il disait qu'il était demeuré par-là, il y avait plus de trente ans, à son arrivée à Paris, et que ça lui ferait bien plaisir de retrouver l'endroit. Il furetait toujours du regard, lorsque la vue d'une maison que la pioche des démolisseurs avait déjà coupée en deux, l'arrêta net au milieu du chemin. Il en étudia la porte, les fenêtres. Puis, montrant du doigt un coin de la démolition, tout en haut :

« La voilà, s'écria-t-il, je la reconnais !

– Quoi donc ? demanda le médecin.

– Ma chambre, parbleu ! C'est elle ! »

C'était, au cinquième, une petite chambre qui devait anciennement donner sur une cour. Une muraille ouverte la montrait toute nue, déjà entamée d'un côté, avec son papier à grands ramages[2] jaunes, dont une large déchirure tremblait au vent. On voyait encore le creux d'une armoire, à gauche, tapissé de papier bleu. Et il y avait, à côté, le trou d'un poêle, où se trouvait un bout de tuyau.

L'émotion prenait l'ancien ouvrier.

« J'y ai passé cinq ans, murmura-t-il. Ça n'allait pas fort, dans ce temps-là, mais, c'est égal, j'étais jeune… Vous voyez bien l'armoire ; c'est là que j'ai économisé trois cents francs,

1. *Rémouleur* : voir ci-dessus, note 1, p. 346. \ 2. *Ramages* : décors de fleurs et de feuilles.

sou à sou. Et le trou du poêle, je me rappelle encore le jour où je l'ai creusé. La chambre n'avait pas de cheminée, il faisait un froid de loup, d'autant plus que nous n'étions pas souvent deux.

– Allons, interrompit le médecin en plaisantant, on ne vous demande pas des confidences. Vous avez fait vos farces comme les autres.

– Ça, c'est vrai, continua naïvement le digne homme. Je me souviens encore d'une repasseuse de la maison d'en face… Voyez-vous, le lit était à droite, près de la fenêtre… Ah ! ma pauvre chambre, comme ils me l'ont arrangée ! »

Il était vraiment très triste.

« Allez donc, dit Saccard, ce n'est pas un mal qu'on jette ces vieilles cambuses-là [1] par terre. On va bâtir à la place de belles maisons de pierres de taille… Est-ce que vous habiteriez encore un pareil taudis ? Tandis que vous pourriez très bien vous loger sur le nouveau boulevard.

– Ça c'est vrai », répondit de nouveau le fabricant, qui parut tout consolé.

La commission d'enquête s'arrêta encore dans deux immeubles. Le médecin restait à la porte, fumant, regardant le ciel. Quand ils arrivèrent à la rue des Amandiers, les maisons se firent rares, ils ne traversaient plus que de grands enclos, des terrains vagues, où traînaient quelques masures à demi écroulées. Saccard semblait réjoui par cette promenade à travers des ruines. Il venait de se rappeler le dîner qu'il avait fait jadis, avec sa première femme, sur les buttes Montmartre, et il se souvenait parfaitement d'avoir indiqué, du tranchant de sa main, l'entaille qui coupait Paris de la place du Château-d'Eau à la barrière du Trône [2]. La réalisation de cette prédiction

1. *Cambuses* : habitations mal entretenues. \ **2.** Voir chapitre II, p. 100-101.

lointaine l'enchantait. Il suivait l'entaille, avec des joies secrètes d'auteur, comme s'il eût donné lui-même les premiers coups de pioche, de ses doigts de fer. Et il sautait les flaques, en songeant que trois millions l'attendaient sous des décombres, au bout de ce fleuve de fange grasse.

Cependant, ces messieurs se croyaient à la campagne. La voie passait au milieu de jardins, dont elle avait abattu les murs de clôture. Il y avait de grands massifs de lilas en boutons. Les verdures étaient d'un vert tendre très délicat. Chacun de ces jardins se creusait, comme un réduit tendu du feuillage des arbustes, avec un bassin étroit, une cascade en miniature, des coins de muraille où étaient peints des trompe-l'œil, des tonnelles[1], en raccourci, des fonds bleuâtres de paysage. Les habitations, éparses et discrètement cachées, ressemblaient à des pavillons italiens, à des temples grecs ; et des mousses rongeaient le pied des colonnes de plâtre, tandis que des herbes folles avaient disjoint la chaux des frontons.

« Ce sont des petites maisons », dit le médecin, avec un clignement d'œil.

Mais comme il vit que ces messieurs ne comprenaient pas, il leur expliqua que les marquis, sous Louis XV, avaient des retraites pour leurs parties fines. C'était la mode. Et il reprit :

« On appelait ça des petites maisons. Ce quartier en était plein... Il s'y en est passé de fortes, allez ! »

La commission d'enquête était devenue très attentive. Les deux industriels avaient des yeux luisants, souriaient, regardaient avec un vif intérêt ces jardins, ces pavillons, auxquels ils ne donnaient pas un coup d'œil avant les explications de leur collègue. Une grotte les retint longtemps. Mais lorsque le médecin eut dit, en voyant une habitation déjà touchée par

1. *Tonnelles* : constructions circulaires sur lesquelles on fait grimper des plantes afin de former un abri ombragé.

la pioche, qu'il reconnaissait la petite maison du comte de Savigny, bien connue par les orgies de ce gentilhomme, toute la commission quitta le boulevard pour aller visiter la ruine. Ils montèrent sur les décombres, entrèrent par les fenêtres dans les pièces du rez-de-chaussée ; et, comme les ouvriers étaient à déjeuner, ils purent s'oublier là, tout à leur aise. Ils y restèrent une grande demi-heure, examinant les rosaces du plafond, les peintures des dessus de porte, les moulures tourmentées de ces plâtras jaunis par l'âge. Le médecin reconstruisait le logis.

« Voyez-vous, disait-il, cette pièce doit être la salle des festins. Là, dans cet enfoncement du mur, il y avait certainement un immense divan. Et tenez, je suis même certain qu'une glace surmontait ce divan ; voilà les pattes de la glace... Oh ! c'étaient des coquins qui savaient joliment jouir de la vie ! »

Ils n'auraient pas quitté ces vieilles pierres qui chatouillaient leur curiosité, si Aristide Saccard, pris d'impatience, ne leur avait dit en riant :

« Vous aurez beau chercher, ces dames n'y sont plus... Allons à nos affaires. »

Mais avant de s'éloigner, le médecin monta sur une cheminée pour détacher délicatement, d'un coup de pioche, une petite tête d'Amour peinte, qu'il mit dans la poche de sa redingote.

Ils arrivèrent enfin au terme de leur course. Les anciens terrains de Mme Aubertot étaient très vastes ; le café-concert et le jardin n'en occupaient guère que la moitié ; le reste se trouvait semé de quelques maisons, sans importance. Le nouveau boulevard prenait ce grand parallélogramme en écharpe, ce qui avait calmé une des craintes de Saccard ; il s'était imaginé pendant longtemps que le café-concert seul serait écorné. Aussi Larsonneau avait-il l'ordre de parler très haut, les bordures de plus-value devant au moins quintupler de valeur. Il menaçait déjà la Ville de se servir d'un récent décret autorisant les propriétaires à ne livrer que le sol nécessaire aux travaux d'utilité publique.

Ce fut l'agent d'expropriation qui reçut ces messieurs. Il les promena dans le jardin, leur fit visiter le café-concert, leur montra un dossier énorme. Mais les deux industriels étaient redescendus, accompagnés du médecin, le questionnant encore sur cette petite maison du comte de Savigny, dont ils avaient plein l'imagination. Ils l'écoutaient, la bouche ouverte, plantés tous les trois à côté d'un jeu de tonneau[1]. Et il leur parlait de la Pompadour[2], leur racontait les amours de Louis XV, pendant que M. de Mareuil et Saccard continuaient seuls l'enquête.

« Voilà qui est fait, dit ce dernier en revenant dans le jardin. Si vous le permettez, messieurs, je me chargerai de rédiger le rapport. »

Le fabricant d'instruments de chirurgie n'entendit même pas. Il était en pleine Régence[3].

« Quels drôles de temps, tout de même ! » murmura-t-il.

Puis ils trouvèrent un fiacre[4], rue de Charonne, et ils s'en allèrent, crottés jusqu'aux genoux, satisfaits de leur promenade comme d'une partie de campagne. Dans le fiacre, la conversation tourna, ils parlèrent politique, ils dirent que l'empereur faisait de grandes choses. On n'avait jamais rien vu de pareil à ce qu'ils venaient de voir. Cette grande rue toute droite serait superbe, quand on aurait bâti les maisons.

---

1. *Jeu de tonneau* : jeu consistant à lancer un palet métallique dans les trous d'un coffre (le « tonneau »). \ **2.** *La Pompadour* : Antoinette Poisson, marquise de Pompadour (1721-1764), favorite de Louis XV. \ **3.** *Régence* : à la mort de Louis XIV, Louis XV n'a que cinq ans et ne peut donc gouverner. Philippe d'Orléans assure la régence de 1715 à 1723. Cette période se caractérise par une certaine libération des mœurs. \ **4.** *Fiacre* : voiture à cheval que l'on loue pour une course. Y recourent ceux qui n'ont pas les moyens de posséder une voiture.

Ce fut Saccard qui rédigea le rapport, et le jury accorda trois millions. Le spéculateur était aux abois, il n'aurait pu attendre un mois de plus. Cet argent le sauvait de la ruine, et même un peu de la cour d'assises. Il donna cinq cent mille francs sur le million qu'il devait à son tapissier et à son entrepreneur, pour l'hôtel du parc Monceau. Il combla d'autres trous, se lança dans des sociétés nouvelles, assourdit Paris du bruit de ces vrais écus qu'il jetait à la pelle sur les tablettes de son armoire de fer. Le fleuve d'or avait enfin des sources. Mais ce n'était pas encore là une fortune solide, endiguée, coulant d'un jet égal et continu. Saccard, sauvé d'une crise, se trouvait misérable avec les miettes de ses trois millions, disait naïvement qu'il était encore trop pauvre, qu'il ne pouvait s'arrêter. Et, bientôt, le sol craqua de nouveau sous ses pieds.

Larsonneau s'était si admirablement conduit dans l'affaire de Charonne, que Saccard, après une courte hésitation, poussa l'honnêteté jusqu'à lui donner ses dix pour cent et son pot-de-vin de trente mille francs. L'agent d'expropriation ouvrit alors une maison de banque. Quand son complice, d'un ton bourru, l'accusait d'être plus riche que lui, le bellâtre à gants jaunes répondait en riant :

« Voyez-vous, cher maître, vous êtes très fort pour faire pleuvoir les pièces de cent sous, mais vous ne savez pas les ramasser. »

Mme Sidonie profita du coup de fortune de son frère pour lui emprunter dix mille francs, avec lesquels elle alla passer deux mois à Londres. Elle revint sans un sou. On ne sut jamais où les dix mille francs étaient passés.

« Dame, ça coûte, répondait-elle, quand on l'interrogeait. J'ai fouillé toutes les bibliothèques. J'avais trois secrétaires pour mes recherches. »

Et lorsqu'on lui demandait si elle avait enfin des données

certaines sur ses trois milliards, elle souriait d'abord d'un air mystérieux, puis elle finissait par murmurer :

« Vous êtes tous des incrédules... Je n'ai rien trouvé, mais ça ne fait rien. Vous verrez, vous verrez un jour. »

Elle n'avait cependant pas perdu tout son temps en Angleterre. Son frère le ministre profita de son voyage pour la charger d'une commission délicate. Quant elle revint, elle obtint de grandes commandes du ministère. Ce fut une nouvelle incarnation. Elle passait des marchés avec le gouvernement, se chargeait de toutes les fournitures imaginables. Elle lui vendait des vivres et des armes pour les troupes, des ameublements pour les préfectures et les administrations publiques, du bois de chauffage pour les bureaux et les musées. L'argent qu'elle gagnait ne put la décider à changer ses éternelles robes noires, et elle garda sa face jaune et dolente. Saccard pensa alors que c'était bien elle qu'il avait vue jadis sortir furtivement de chez leur frère Eugène. Elle devait avoir entretenu de tous temps de secrètes relations avec lui, pour des besognes que personne au monde ne connaissait.

Au milieu de ces intérêts, de ces soifs ardentes qui ne pouvaient se satisfaire, Renée agonisait. La tante Élisabeth était morte ; sa sœur, mariée, avait quitté l'hôtel Béraud, où son père seul restait debout, dans l'ombre grave des grandes pièces. Elle mangea en une saison l'héritage de la tante. Elle jouait, maintenant. Elle avait trouvé un salon où les dames s'attablaient jusqu'à trois heures du matin, perdant des centaines de mille francs par nuit. Elle dut essayer de boire ; mais elle ne put pas, elle avait des soulèvements de dégoût invincibles. Depuis qu'elle s'était retrouvée seule, livrée à ce flot mondain qui l'emportait, elle s'abandonnait davantage, ne sachant à quoi tuer le temps. Elle acheva de goûter à tout. Et rien ne la touchait, dans l'ennui immense qui l'écrasait. Elle vieillissait, ses yeux se cerclaient de bleu, son nez s'amincissait, la moue de ses lèvres avait des rires brusques, sans cause. C'était la fin d'une femme.

Quand Maxime eut épousé Louise, et que les jeunes gens furent partis pour l'Italie, elle ne s'inquiéta plus de son amant, elle parut même l'oublier tout à fait. Et quand, au bout de six mois, Maxime revint seul, ayant enterré « la bossue » dans le cimetière d'une petite ville de la Lombardie, ce fut de la haine qu'elle montra pour lui. Elle se rappela *Phèdre*, elle se souvint sans doute de cet amour empoisonné auquel elle avait entendu la Ristori [1] prêter ses sanglots. Alors, pour ne plus rencontrer chez elle le jeune homme, pour creuser à jamais un abîme de honte entre le père et le fils, elle força son mari à connaître l'inceste, elle lui raconta que, le jour où il l'avait surprise avec Maxime, c'était celui-ci qui la poursuivait depuis longtemps, qui cherchait à la violenter. Saccard fut horriblement contrarié de l'insistance qu'elle mit à vouloir lui ouvrir les yeux. Il dut se fâcher avec son fils, cesser de le voir. Le jeune veuf, riche de la dot de sa femme, alla vivre en garçon dans un petit hôtel de l'avenue de l'Impératrice [2]. Il avait renoncé au Conseil d'État [3], il faisait courir. Renée goûta là une de ses dernières satisfactions. Elle se vengeait, elle jetait à la face de ces deux hommes l'infamie qu'ils avaient mise en elle; elle se disait que, maintenant, elle ne les verrait plus se moquer d'elle, au bras l'un de l'autre, comme des camarades.

Dans l'écroulement de ses tendresses, il vint un moment où Renée n'eut plus que sa femme de chambre à aimer. Elle s'était prise peu à peu d'une affection maternelle pour Céleste. Peut-être cette fille, qui était tout ce qu'il restait autour d'elle de

1. *La Ristori* : Adélaïde Ristori, comédienne italienne, joua la traduction de *Phèdre*, tragédie de Racine, à Paris, en 1858, 1861 et 1867. \ **2.** *Avenue de l'Impératrice* : aujourd'hui avenue Foch. \ **3.** *Conseil d'État* : on se souvient que Maxime devait être nommé auditeur au Conseil d'État.

l'amour de Maxime, lui rappelait-elle des heures de jouissance mortes à jamais. Peut-être se trouvait-elle simplement touchée par la fidélité de cette servante, de ce brave cœur dont rien ne semblait ébranler la tranquille sollicitude. Elle la remerciait, au fond de ses remords, d'avoir assisté à ses hontes, sans la quitter de dégoût ; elle s'imaginait des abnégations, toute une vie de renoncement, pour arriver à comprendre le calme de la chambrière devant l'inceste, ses mains glacées, ses soins respectueux et tranquilles. Et elle se trouvait d'autant plus heureuse de son dévouement, qu'elle la savait honnête et économe, sans amant, sans vices.

Elle lui disait parfois, dans ses heures tristes :

« Va, ma fille, c'est toi qui me fermeras les yeux. »

Céleste ne répondait pas, avait un singulier sourire. Un matin, elle lui apprit tranquillement qu'elle s'en allait, qu'elle retournait au pays. Renée en resta toute tremblante, comme si quelque grand malheur lui arrivait. Elle se récria, la pressa de questions. Pourquoi l'abandonnait-elle, lorsqu'elles s'entendaient si bien ensemble ? Et elle lui offrit de doubler ses gages [1].

Mais la femme de chambre, à toutes ses bonnes paroles, disait non du geste, d'une façon paisible et têtue.

« Voyez-vous, madame, finit-elle par répondre, vous m'offririez tout l'or du Pérou, que je ne resterais pas une semaine de plus. Vous ne me connaissez pas, allez !... Il y a huit ans que je suis avec vous, n'est-ce pas ? Eh bien, dès le premier jour, je me suis dit : “Dès que j'aurais amassé cinq mille francs, je m'en retournerai là-bas ; j'achèterai la maison à Lagache, et je vivrai bien heureuse...” C'est une promesse que je me suis faite, vous comprenez. Et j'ai les cinq mille francs d'hier, quand vous m'avez payé mes gages. »

1. *Gages* : salaire d'un domestique.

Renée eut froid au cœur. Elle voyait Céleste passer derrière elle et Maxime, pendant qu'ils s'embrassaient, et elle la voyait avec son indifférence, son parfait détachement, songeant à ses cinq mille francs. Elle essaya pourtant encore de la retenir, épouvantée du vide où elle allait vivre, rêvant malgré tout de garder auprès d'elle cette bête entêtée qu'elle avait crue dévouée, et qui n'était qu'égoïste. L'autre souriait, branlait toujours la tête, en murmurant :

« Non, non, ce n'est pas possible. Ce serait ma mère, que je refuserais… J'achèterai deux vaches. Je monterai peut-être un petit commerce de mercerie… C'est très gentil chez nous. Ah ! pour ça, je veux bien que vous veniez me voir. C'est près de Caen. Je vous laisserai l'adresse. »

Alors Renée n'insista plus. Elle pleura à chaudes larmes, quand elle fut seule. Le lendemain, par un caprice de malade, elle voulut accompagner Céleste à la gare de l'Ouest, dans son propre coupé[1]. Elle lui donna une de ses couvertures de voyage, lui fit un cadeau d'argent, s'empressa autour d'elle comme une mère dont la fille entreprend quelque pénible et long voyage. Dans le coupé, elle la regardait avec des yeux humides. Céleste causait, disait combien elle était contente de s'en aller. Puis, enhardie, elle s'épancha, elle donna des conseils à sa maîtresse.

« Moi, madame, je n'aurais pas compris la vie comme vous. Je me le suis dit bien souvent, quand je vous trouvais avec M. Maxime : "Est-il possible qu'on soit si bête pour les hommes !" Ça finit toujours mal… Ah, bien ! c'est moi qui me suis toujours méfiée ! »

Elle riait, elle se renversait dans le coin du coupé.

« C'est mes écus qui auraient dansé ! continua-t-elle, et aujourd'hui, je m'abîmerais les yeux à pleurer. Aussi, dès que je voyais un homme, je prenais un manche à balai… Je n'ai

1. *Coupé* : voiture fermée à deux places.

jamais osé vous dire tout ça. D'ailleurs, ça ne me regardait pas. Vous étiez bien libre, et moi je n'avais qu'à gagner honnêtement mon argent. »

À la gare, Renée voulut payer pour elle et lui prit une place de première. Comme elles étaient arrivées en avance, elle la retint, lui serrant les mains, lui répétant :

« Et prenez bien garde à vous, soignez-vous bien, ma bonne Céleste. »

Celle-ci se laissait caresser. Elle restait heureuse sous les yeux noyés de sa maîtresse, le visage frais et souriant. Renée parla encore du passé. Et, brusquement, l'autre s'écria :

« J'oubliais : je ne vous ai pas conté l'histoire de Baptiste, le valet de chambre de monsieur... On n'aura pas voulu vous dire... »

La jeune femme avoua qu'en effet elle ne savait rien.

« Eh bien, vous vous rappelez ses grands airs de dignité, ses regards dédaigneux, vous m'en parliez vous-même... Tout ça, c'était de la comédie. Il n'aimait pas les femmes, il ne descendait jamais à l'office[1], quand nous y étions ; et même, je puis le répéter maintenant, il prétendait que c'était dégoûtant au salon, à cause des robes décolletées. Je le crois bien, qu'il n'aimait pas les femmes ! »

Et elle se pencha à l'oreille de Renée ; elle la fit rougir, tout en gardant elle-même son honnête placidité.

« Quand le nouveau garçon d'écurie, continua-t-elle, eut tout appris à monsieur, monsieur préféra chasser Baptiste que de l'envoyer en justice. Il paraît que ces vilaines choses se passaient depuis des années dans les écuries... Et dire que ce grand escogriffe[2] avait l'air d'aimer les chevaux ! C'était les palefreniers qu'il aimait. »

1. *Office* : pièce attenante à la cuisine dans laquelle on prépare le service de table. \ **2.** *Escogriffe* : homme grand et maladroit.

La cloche l'interrompit. Elle prit à la hâte les huit ou dix paquets dont elle n'avait pas voulu se séparer. Elle se laissa embrasser. Puis elle s'en alla, sans se retourner.

Renée resta dans la gare jusqu'au coup de sifflet de la locomotive. Et, quand le train fut parti, désespérée, elle ne sut plus que faire ; ses journées lui semblaient s'étendre devant elle, vides comme cette grande salle, où elle était demeurée seule. Elle remonta dans son coupé, elle dit au cocher de retourner à l'hôtel. Mais en chemin elle se ravisa ; elle eut peur de sa chambre, de l'ennui qui l'attendait ; elle ne se sentait pas même le courage de rentrer changer de toilette, pour son tour de lac habituel. Elle avait un besoin de soleil, un besoin de foule.

Elle ordonna au cocher d'aller au Bois.

Il était quatre heures. Le Bois s'éveillait des lourdeurs de la chaude après-midi. Le long de l'avenue de l'Impératrice, des fumées de poussière volaient, et l'on voyait, au loin, les nappes étalées des verdures, que bornaient les coteaux de Saint-Cloud et de Suresnes, couronnés par la grisaille du Mont-Valérien. Le soleil, haut sur l'horizon, coulait, emplissait d'une poussière d'or les creux des feuillages, allumait les branches hautes, changeait cet océan de feuilles en un océan de lumière. Mais, après les fortifications, dans l'allée du Bois qui conduit au lac, on venait d'arroser ; les voitures roulaient sur la terre brune, comme sur la laine d'une moquette, au milieu d'une fraîcheur, d'une senteur de terre mouillée qui montait. Aux deux côtés, les petits arbres des taillis enfonçaient, parmi les broussailles basses, la foule de leurs jeunes troncs, se perdant au fond d'un demi-jour verdâtre, que des coups de lumière trouaient, çà et là, de clairières jaunes ; et, à mesure qu'on approchait du lac, les chaises des trottoirs étaient plus nombreuses, des familles assises regardaient, de leur visage tranquille et silencieux, l'interminable défilé des roues. Puis, en arrivant au carrefour, devant le lac, c'était un éblouissement ; le soleil oblique faisait de la rondeur de l'eau un grand miroir d'argent poli, reflétant la face éclatante de l'astre. Les yeux battaient, on ne distinguait, à gauche, près de la rive, que la tache sombre de la barque de promenade. Les ombrelles des voitures s'inclinaient, d'un mouvement doux et uniforme, vers cette splendeur, et ne se relevaient que dans l'allée, le long de la nappe d'eau, qui, du haut de la berge, prenait alors des noirs de métal rayés par des brunissures d'or. À droite, les bouquets de conifères alignaient leurs colonnades, tiges frêles et droites, dont les flammes du ciel rougissaient le violet tendre ; à gauche, les pelouses s'étendaient, noyées de clarté, pareilles à des champs d'émeraudes, jusqu'à la dentelle lointaine de la porte de la Muette. Et, en approchant de la cascade, tandis que, d'un côté, le demi-jour des taillis recommençait, les îles, au-delà du lac, se dressaient dans l'air bleu, avec les coups de soleil de leurs rives, les ombres énergiques de leurs sapins, au pied desquels le Chalet ressemblait à un jouet d'enfant perdu au coin d'une forêt vierge. Tout le Bois frissonnait et riait sous le soleil.

Renée eut honte de son coupé, de son costume de soie puce [1], par cette admirable journée. Elle se renfonça un peu, les glaces ouvertes, regardant ce ruissellement de lumière sous l'eau et sur les verdures. Aux coudes des allées, elle apercevait la file des roues qui tournaient comme des étoiles d'or, dans une longue traînée de lueurs aveuglantes. Les panneaux vernis, les éclairs des pièces de cuivre et d'acier, les couleurs vives des toilettes, s'en allaient, au trot régulier des chevaux, mettaient, sur les fonds du Bois, une large barre mouvante, un rayon tombé du ciel, s'allongeant et suivant les courbes de la chaussée. Et, dans ce rayon, la jeune femme, clignant les yeux,

1. *Puce* : de couleur brune.

voyait par instants se détacher le chignon blond d'une femme, le dos noir d'un laquais, la crinière blanche d'un cheval. Les rondeurs moirées des ombrelles miroitaient comme des lunes de métal.

Alors, en face de ce grand jour, de ces nappes de soleil, elle songea à la cendre fine du crépuscule qu'elle avait vue tomber un soir sur les feuillages jaunis. Maxime l'accompagnait. C'était à l'époque où le désir de cet enfant s'éveillait en elle. Et elle revoyait les pelouses trempées par l'air du soir, les taillis assombris, les allées désertes. La file des voitures passait avec un bruit triste, le long des chaises vides, tandis qu'aujourd'hui le roulement des roues, le trot des chevaux, sonnaient avec des joies de fanfare. Puis toutes ses promenades au Bois lui revinrent. Elle y avait vécu, Maxime avait grandi là, à côté d'elle, sur le coussin de sa voiture. C'était leur jardin. La pluie les y surprenait, le soleil les y ramenait, la nuit ne les en chassait pas toujours. Ils s'y promenaient par tous les temps, ils y goûtaient les ennuis et les joies de leur vie. Dans le vide de son être, dans la mélancolie du départ de Céleste, ces souvenirs lui causaient une joie amère. Son cœur disait : Jamais plus ! jamais plus ! Et elle resta glacée, quand elle évoqua ce paysage d'hiver, ce lac figé et terni, sur lequel ils avaient patiné ; le ciel était couleur de suie, la neige cousait aux arbres des guipures blanches, la bise leur jetait aux yeux et aux lèvres un sable fin.

Cependant, à gauche, sur la voie réservée aux cavaliers, elle avait reconnu le duc de Rozan, M. de Mussy et M. de Saffré. Larsonneau avait tué la mère du duc, en lui présentant, à l'échéance, les cent cinquante mille francs de billets signés par son fils, et le duc mangeait son deuxième demi-million avec Blanche Muller, après avoir laissé les premiers cinq cent mille francs aux mains de Laure d'Aurigny. M. de Mussy, qui avait quitté l'ambassade d'Angleterre pour l'ambassade d'Italie, était redevenu galant ; il conduisait le cotillon[1] avec de nouvelles grâces. Quant à M. de Saffré, il restait sceptique et le viveur le plus aimable du monde. Renée le vit qui poussait son cheval vers la portière de la comtesse Vanska, dont il était amoureux fou, disait-on, depuis le jour où il l'avait vue en Corail, chez les Saccard.

Toutes ces dames se trouvaient là, d'ailleurs : la duchesse de Sternich, dans son éternel huit-ressorts[2] ; Mme de Lauwerens, ayant devant elle la baronne de Meinhold et la petite Mme Daste, dans un landau[3] ; Mme Teissière et Mme de Guende, en victoria[4]. Au milieu de ces dames, Sylvia et Laure d'Aurigny s'étalaient, sur les coussins d'une magnifique calèche[5]. Mme Michelin passa même, au fond d'un coupé ; la jolie brune était allée visiter le chef-lieu de M. Hupel de la Noue ; et, à son retour, on l'avait vue au Bois dans ce coupé, auquel elle espérait bientôt ajouter une voiture découverte. Renée aperçut aussi la marquise d'Espanet et Mme Haffner, les inséparables, cachées sous leurs ombrelles, qui riaient tendrement, les yeux dans les yeux, étendues côte à côte.

Puis passaient ces messieurs : M. de Chibray, en mail[6] ; M. Simpson, en dog-cart[7] ; les sieurs Mignon et Charrier, plus âpres à la besogne, malgré leur rêve de retraite prochaine, dans un coupé qu'ils laissaient au coin des allées, pour faire un bout de chemin à pied ; M. de Mareuil, encore en deuil de sa fille, quêtant des saluts pour sa première interruption lancée la veille au Corps législatif, promenant son importance politique

1. *Cotillon* : danse collective, composée d'une série de figures ou de jeux. \ **2.** *Huits-ressorts* : voiture suspendue sur huit ressorts. \ **3.** *Landau* : voiture dont la capote est composée de deux parties se repliant derrière les deux banquettes qui se font face. \ **4.** *Victoria* : voiture découverte à quatre roues. \ **5.** *Calèche* : voiture à cheval, découverte et à quatre roues, munie à l'arrière d'une capote à soufflet et à l'avant d'un siège à dossier, tous deux mobiles. \ **6.** *Mail* : berline à quatre chevaux, comportant des banquettes sur le toit. \ **7.** *Dog-cart* : voiture dont les deux roues élevées permettaient d'aménager la caisse pour y loger des chiens de chasse.

dans la voiture de M. Toutin-Laroche, qui venait une fois de plus de sauver le Crédit viticole[1], après l'avoir mis à deux doigts de sa perte, et que le Sénat maigrissait et rendait plus considérable encore.

Et pour clore ce défilé, comme majesté dernière, le baron Gouraud s'appesantissait au soleil, sur les doubles oreillers dont on garnissait sa voiture. Renée eut une surprise, un dégoût, en reconnaissant Baptiste à côté du cocher, la face blanche, l'air solennel. Le grand laquais était entré au service du baron.

Les taillis fuyaient toujours, l'eau du lac s'irisait sous les rayons plus obliques, la file des voitures allongeait ses lueurs dansantes. Et la jeune femme, prise elle-même et emportée dans cette jouissance, avait la vague conscience de tous ces appétits qui roulaient au milieu du soleil. Elle ne se sentait pas d'indignation contre ces mangeurs de curée[2]. Mais elle les haïssait, pour leur joie, pour ce triomphe qui les lui montrait en pleine poussière d'or du ciel. Ils étaient superbes et souriants ; les femmes s'étalaient, blanches et grasses ; les hommes avaient des regards vifs, des allures charmées d'amants heureux. Et elle, au fond de son cœur vide, ne trouvait plus qu'une lassitude, qu'une envie sourde. Était-elle donc meilleure que les autres, pour plier ainsi sous les plaisirs ? ou était-ce les autres qui étaient louables d'avoir les reins plus forts que les siens ? Elle ne savait pas, elle souhaitait de nouveaux désirs pour recommencer la vie, lorsque, en tournant la tête, elle aperçut, à côté d'elle, sur le trottoir longeant le taillis, un spectacle qui la déchira d'un coup suprême.

1. *Crédit viticole* : inspiré du Crédit mobilier créé par les frères Pereire en 1852, qui connaît ses premières difficultés financières en 1867 et s'effondre en 1870. \ **2.** *Curée* : fait de livrer aux chiens de chasse une portion de la bête qui a été prise.

Saccard et Maxime marchaient à petits pas, au bras l'un de l'autre. Le père avait dû rendre visite au fils, et tous deux étaient descendus de l'avenue de l'Impératrice jusqu'au lac, en causant.

« Tu m'entends, répétait Saccard, tu es un nigaud... Quand on a de l'argent comme toi, on ne le laisse pas dormir au fond de ses tiroirs. Il y a cent pour cent à gagner dans l'affaire dont je te parle. C'est un placement sûr. Tu sais bien que je ne voudrais pas te mettre dedans ! »

Mais le jeune homme semblait ennuyé de cette insistance. Il souriait de son air joli, il regardait les voitures.

« Vois donc cette petite femme là-bas, la femme en violet, dit-il tout à coup. C'est une blanchisseuse que cet animal de Mussy a lancée. »

Ils regardèrent la femme en violet. Puis Saccard tira un cigare de sa poche, et s'adressant à Maxime qui fumait :

« Donne-moi du feu. »

Alors ils s'arrêtèrent un instant, face à face, rapprochant leurs visages. Quand le cigare fut allumé :

« Vois-tu, continua le père en reprenant le bras du fils, en le serrant étroitement sous le sien, tu serais un imbécile, si tu ne m'écoutais pas. Hein ! est-ce entendu ? M'apporteras-tu demain les cent mille francs ?

– Tu sais bien que je ne vais plus chez toi, répondit Maxime en pinçant les lèvres.

– Bah ! des bêtises ! il faut que ça finisse, à la fin ! »

Et comme ils faisaient quelques pas en silence, au moment où Renée, se sentant défaillir, enfonçait la tête dans le capiton [1] du coupé, pour ne pas être vue, une rumeur grandit, courut le long de la file des voitures. Sur les trottoirs, les

1. *Capiton* : rembourrage.

piétons s'arrêtaient, se retournaient, la bouche ouverte, suivant des yeux quelque chose qui approchait. Il y eut un bruit de roues plus vif, les équipages s'écartèrent respectueusement, et deux piqueurs [1] parurent, vêtus de vert, avec des calottes rondes sur lesquelles sautaient des glands d'or, dont les fils retombaient en nappe. Ils couraient, un peu penchés, au trot de leurs grands chevaux bais. Derrière eux, ils laissaient un vide. Alors, dans ce vide, l'empereur parut.

Il était au fond d'un landau, seul sur la banquette. Vêtu de noir, avec sa redingote boutonnée jusqu'au menton, il avait un chapeau très haut de forme, légèrement incliné, et dont la soie luisait. En face de lui, occupant l'autre banquette, deux messieurs, mis avec cette élégance correcte qui était bien vue aux Tuileries [2], restaient graves, les mains sur les genoux, de l'air muet de deux invités de noce promenés au milieu de la curiosité d'une foule.

Renée trouva l'empereur vieilli. Sous les grosses moustaches cirées, la bouche s'ouvrait plus mollement. Les paupières s'alourdissaient au point de couvrir à demi l'œil éteint, dont le gris jaune se brouillait davantage. Et le nez seul gardait toujours son arête sèche, dans le visage vague.

Cependant, tandis que les dames des voitures souriaient discrètement, les piétons se montraient le prince. Un gros homme affirmait que l'empereur était le monsieur qui tournait le dos au cocher, à gauche. Quelques mains se levèrent pour saluer. Mais Saccard, qui avait retiré son chapeau, avant même que les piqueurs eussent passé, attendit que la voiture impériale se trouvât juste en face de lui, et alors il cria de sa grosse voix provençale :

1. *Piqueurs* : écuyers chargés d'ouvrir la voie à l'empereur. \ **2.** *Tuileries* : Louis-Napoléon Bonaparte s'y installe dès février 1852. C'est déjà moins le président de la République que l'empereur qui décide, symboliquement, de faire sien l'ancien palais royal.

« Vive l'empereur ! »

L'empereur, surpris, se tourna, reconnut sans doute l'enthousiaste, rendit le salut en souriant. Et tout disparut dans le soleil, les équipages se refermèrent, Renée n'aperçut plus, au-dessus des crinières, entre les dos des laquais, que les calottes vertes des piqueurs, qui sautaient avec leurs glands d'or.

Elle resta un moment les yeux grands ouverts, pleins de cette apparition, qui lui rappelait une autre heure de sa vie. Il lui semblait que l'empereur, en se mêlant à la file des voitures, venait d'y mettre le dernier rayon nécessaire, et de donner un sens à ce défilé triomphal. Maintenant, c'était une gloire. Toutes ces roues, tous ces hommes décorés, toutes ces femmes étalées languissamment, s'en allaient dans l'éclair et le roulement du landau impérial. Cette sensation devint si aiguë et si douloureuse, que la jeune femme éprouva l'impérieux besoin d'échapper à ce triomphe, à ce cri de Saccard qui lui sonnait encore aux oreilles, à cette vue du père et du fils, les bras unis, causant et marchant à petits pas. Elle chercha, les mains sur la poitrine, comme brûlée par un feu intérieur ; et ce fut avec une soudaine espérance de soulagement, de fraîcheur salutaire, qu'elle se pencha et dit au cocher :

« À l'hôtel Béraud ! »

La cour avait sa froideur de cloître. Renée fit le tour des arcades, heureuse de l'humidité qui lui tombait sur les épaules. Elle s'approcha de l'auge verte de mousse, polie sur les bords par l'usure ; elle regarda la tête de lion à demi effacée, la gueule entrouverte, qui jetait un filet d'eau par un tube de fer. Que de fois elle et Christine avait pris cette tête entre leur bras de gamines, pour se pencher, pour arriver jusqu'au filet d'eau, dont elles aimaient à sentir le jaillissement glacé sur leurs petites mains. Puis elle monta le grand escalier silencieux, elle aperçut son père au fond de l'enfilade des vastes pièces ; il redressait sa haute taille, il s'enfonçait lentement dans l'ombre de la vieille demeure, de cette solitude hautaine où il s'était absolument cloîtré depuis la mort de sa sœur ; et elle songea aux hommes du Bois, à cet autre vieillard, au baron Gouraud, qui faisait rouler sa chair au soleil sur des oreillers. Elle monta encore, elle prit les corridors, les escaliers de service, elle fit le voyage de la chambre des enfants. Quand elle arriva tout en haut, elle trouva la clef au clou habituel, une grosse clef rouillée, où les araignées avaient filé leur toile. La serrure jeta un cri plaintif. Que la chambre des enfants était triste ! Elle eut un serrement de cœur à la retrouver si vide, si grise, si muette. Elle referma la porte de la volière laissée ouverte, avec la vague idée que ce devait être par cette porte que s'étaient envolées les joies de son enfance. Devant les jardinières, pleines encore d'une terre durcie et fendillée comme de la fange sèche, elle s'arrêta, elle cassa de ses doigts une tige de rhododendron ; ce squelette de plante, maigre et blanc de poussière, était tout ce qu'il restait de leurs vivantes corbeilles de verdure. Et la natte, la natte elle-même, déteinte, mangée par les rats, s'étalait avec une mélancolie de linceul qui attend depuis des années la morte promise. Dans un coin, au milieu de ce désespoir muet, de cet abandon dont le silence pleurait, elle retrouva une de ses anciennes poupées ; tout le son avait coulé par un trou, et la tête de porcelaine continuait à sourire de ses lèvres d'émail, au-dessus de ce corps mou, que des folies de poupée semblaient avoir épuisé.

Renée étouffait, au milieu de cet air gâté de son premier âge. Elle ouvrit la fenêtre, elle regarda l'immense paysage. Là rien n'était sali. Elle retrouvait les éternelles joies, les éternelles jeunesses du grand air. Derrière elle, le soleil devait baisser ; elle ne voyait que les rayons de l'astre à son coucher jaunissant avec des douceurs infinies ce bout de ville qu'elle connaissait si bien. C'était comme une chanson dernière du jour, un refrain de gaieté qui s'endormait lentement sur toutes choses. En bas, l'estacade[1] avait des luisants de flammes fauves, tandis que le pont de Constantine détachait la dentelle noire de ses cordages de fer sur la blancheur de ses piliers. Puis, à droite, les ombrages de la Halle aux vins et du Jardin des plantes faisaient une grande mare, aux eaux stagnantes et moussues, dont la surface verdâtre allait se noyer dans les brumes du ciel. À gauche, le quai Henri-IV et le quai de la Rapée alignaient la même rangée de maisons, ces maisons que les gamines, vingt ans auparavant, avaient vues là, avec les mêmes taches brunes de hangars, les mêmes cheminées rougeâtres d'usines. Et, au-dessus des arbres, le toit ardoisé de la Salpêtrière, bleui par l'adieu du soleil, lui apparut tout d'un coup comme un vieil ami. Mais ce qui la calmait, ce qui mettait de la fraîcheur dans sa poitrine, c'étaient les longues berges grises, c'était surtout la Seine, la géante, qu'elle regardait venir du bout de l'horizon, droit à elle, comme en ces heureux temps où elle avait peur de la voir grossir et monter jusqu'à la fenêtre. Elle se souvenait de leurs tendresses pour la rivière, de leur amour de sa coulée colossale, de ce frisson de l'eau grondante, s'étalant en nappe à leurs pieds, s'ouvrant autour d'elles, derrière elles, en deux bras qu'elles ne voyaient plus, et dont elles sentaient encore la grande et pure caresse. Elles étaient coquettes déjà, et elles disaient, les jours de ciel clair, que la Seine avait passé sa belle robe de soie verte mouchetée de flammes blanches ; et les courants où l'eau frisait mettaient à la robe des ruches de satin, pendant qu'au loin, au-delà de la ceinture des ponts, des plaques de lumière étalaient des pans d'étoffe couleur de soleil.

Et Renée, levant les yeux, regarda le vaste ciel qui se creusait, d'un bleu tendre, peu à peu fondu dans l'effacement du

1. *Estacade* : barrage fait par l'assemblages de poutres de bois.

crépuscule. Elle songeait à la ville complice, au flamboiement des nuits du boulevard, aux après-midi ardentes du Bois, aux journées blafardes et crues des grands hôtels neufs. Puis, quand elle baissa la tête, qu'elle revit d'un regard le paisible horizon de son enfance, ce coin de cité bourgeoise et ouvrière où elle rêvait une vie de paix, une amertume dernière lui vint aux lèvres. Les mains jointes, elle sanglota dans la nuit tombante.

L'hiver suivant, lorsque Renée mourut d'une méningite aiguë, ce fut son père qui paya ses dettes. La note de Worms se montait à deux cent cinquante-sept mille francs.

DOSSIER

LIRE L'ŒUVRE

QUESTIONNAIRE DE LECTURE

LE TITRE

1. Quel est l'horizon d'attente évoqué par le titre qu'a choisi Zola ?

Pour répondre

L'horizon d'attente est l'image que le lecteur se fait du roman, à partir du titre (ou des premiers chapitres). Commencez d'abord par chercher le sens précis du mot « curée » dans un dictionnaire, puis relevez et commentez les trois occurrences du terme dans le roman : « Ses narines battaient, son instinct de bête affamée saisissait merveilleusement au passage les moindres indices de la curée chaude dont la ville allait être le théâtre » (chap. II) ; « c'était l'heure de la curée ardente » (chap. IV) ; « elle ne se sentait pas d'indignation pour les mangeurs de curée » (chap. VI).

2. Quels autres titres pourrait-on donner au roman ?

Pour répondre

Comparez le titre de ce roman avec celui d'autres œuvres de Zola comme *Nana*, *Thérèse Raquin* ou encore *L'Argent*, ou de ses contemporains, comme *Madame Bovary* de Gustave Flaubert, *Germinie Lacerteux* des frères Goncourt, ou *Pierre et Jean* de Guy de Maupassant.

LA STRUCTURE

3. En quoi la composition du roman peut-elle évoquer la structure d'une pièce classique ?

Pour répondre

Notez que le roman est composé de sept chapitres. Les chapitres II et III sont des retours en arrière qui expliquent la situation des personnages. L'intrigue à proprement parler occupe donc cinq chapitres. Faites un parallèle entre chacun d'eux et les cinq actes d'une pièce classique.

4. Quelles sont les scènes qui se font écho ? Quel est l'intérêt de ce système de répétition ?

Pour répondre

Certaines scènes se font écho dans le roman. Ainsi, la promenade finale au bois de Boulogne (chap. VII) répond à la scène d'ouverture (chap. I). Repérez les ressemblances et les différences entre ces deux scènes. Relevez dans le roman d'autres scènes qui se répondent (les repas, la serre) et comparez-les.

L'ESPACE ET LE TEMPS

5. Comparez l'hôtel Saccard et l'hôtel Béraud du Châtel.

Pour répondre

Ces deux pôles de la vie de Renée sont décrits respectivement aux chapitres I et II. Quelles sont les couleurs qui caractérisent les deux hôtels ? Où se situent-ils ? Quelles oppositions pouvez-vous établir entre Béraud et Saccard (statut social, mœurs, engagement politique) ?

6. Quelle est la durée de l'intrigue ? Appuyez-vous sur des indices textuels précis pour la déterminer.

Pour répondre

À quelle époque le roman commence-t-il (chap. I) ? Combien de temps s'écoule entre la promenade de Renée et Maxime au Bois et l'épisode du café Riche (chap. IV) ? À quelle saison Renée et Maxime se rendent-ils à Trouville (chap. V) ? En quel honneur est donné le bal travesti chez les Saccard (chap. VI) ? Combien de temps le mariage de Maxime dure-t-il (chap. VII) ? À quelle saison Renée meurt-elle (chap. VII) ?

LES PERSONNAGES

7. En quoi Saccard peut-il apparaître comme le symbole du Second Empire ?

8. Quel est le point commun entre « les inséparables » (la marquise d'Espanet et Mme Haffner), Mme Sidonie, Céleste, Renée, Louise, c'est-à-dire presque tous les personnages féminins du roman ?

9. Faites le portrait physique et moral de Maxime. Quel est le rôle de ce personnage dans le roman ?

Pour répondre

Relisez le chapitre III, le récit de l'étrange éducation que Renée donne à Maxime, analysez les relations de Renée et Maxime (chap. IV et V, en particulier), et celles de Maxime et son père (chap. VI et VII, en particulier).

LES TECHNIQUES NARRATIVES

10. Les descriptions, notamment les descriptions de lieux, sont nombreuses dans le roman. Comment s'y insèrent-elles ? Constituent-elles une pause dans la narration ? Quelle est leur fonction ? Vous appuierez votre réponse sur un exemple précis.

Pour répondre

Vous pouvez, par exemple, construire votre réponse à partir de la description de l'hôtel Saccard (chap. I).

11. L'auteur rapporte au discours direct les discussions des hommes d'affaires ou des hommes politiques : quel est l'intérêt de cette forme de discours rapporté ?

■ Pour répondre

Vous pouvez vous interroger sur l'intérêt du dialogue des invités des Saccard, rapporté au discours direct, au chapitre I, ou sur celui des convives du bal travesti, au chapitre VI.

LES THÈMES PRINCIPAUX

12. Quelle est la principale préoccupation de Renée ? Pourquoi Zola y accorde-t-il une telle importance ?

■ Pour répondre

Décryptez le sens des différentes tenues de Renée : « une sorte d'habit de garde française » (chap. III), la robe « œillet » (chap. III) ou encore le costume d'Otaïtienne (chap. VI). Vous pourrez de plus vous appuyer sur deux passages : la description des cérémonies chez Worms (chap. III) et le monologue intérieur de Renée, qui prend conscience d'avoir été « mise à nu » (chap. VI).

13. Quelle vision Zola donne-t-il du Second Empire ? Napoléon III lui-même intervient à deux reprises dans le roman : à quelles occasions ? Comment qualifieriez vous le portrait de l'empereur ?

■ Pour répondre

Relisez la scène du dîner chez les Saccard (chap. I) et l'épisode du bal travesti (chap. VI) qui mettent en scène la société impériale. Les deux portraits de l'empereur sont situés au chapitre III (invitation de Renée aux Tuileries) et au chapitre VII (promenade au Bois).

L'ŒUVRE DANS L'HISTOIRE

Zola envisage d'écrire un roman sur « les spéculations véreuses et effrénées du Second Empire » dès mars 1869. Le plan détaillé de *La Curée* est établi en mai 1870 ; il entreprend alors la rédaction du roman. Sa publication en épisodes dans le journal *La Cloche* est interrompue le 5 novembre 1870, sur décision du parquet qui juge inconvenante la scène de l'inceste au café Riche. À la suite des événements politiques qui bouleversent la France – chute de l'Empire, Commune – la première publication en volume n'a lieu que le 30 janvier 1872. *La Curée* est donc un roman sur le Second Empire, écrit sous le Second Empire. Il n'est toutefois pas exempt d'anachronismes. En effet, l'auteur est parfois influencé par son engagement politique et par les crises qui marquent la fin de l'Empire dans le récit d'une intrigue pourtant située en 1862-1863.

LE CONTEXTE POLITIQUE ET SOCIAL

LE SECOND EMPIRE

La politique et le personnel politique

À la suite du coup d'état du 2 décembre 1851, le président de la République s'empare du pouvoir et se fait proclamer empereur sous le nom de Napoléon III, le 2 décembre 1852. Le Second Empire met ainsi fin à la Deuxième République. C'est alors qu'« Aristide Rougon s'abat [...] sur Paris » (chap. II). L'empereur jouit d'un pouvoir immense. D'après l'article 3 de la Constitution, il gouverne au moyen des ministres, des conseillers d'État, des sénateurs et des députés. Les ministres eux-mêmes ne sont que « les instruments de [la politique] de l'empereur ». Pourtant, celui-ci est moqué par nombre de ses contemporains. Si l'on adresse parfois des critiques fondées à sa politique, on aime surtout à se moquer des lacunes de sa formation (il n'a pas fait ses humanités, ni étudié les classiques) et de son manque de prestance oratoire. Quand *La Curée* met en scène l'empereur, Zola se fait l'écho de ces moqueries. C'est une véritable caricature qu'il nous est donné de découvrir au chapitre III. Le physique de Napoléon III, dans sa laideur, suggère la plus grande bêtise (« sa paupière lourde et plombée qui retombait sur son œil mort », chap. III). Quant aux quelques mots prononcés par ce personnage, ils traduisent sa concupiscence (« Voyez donc, général, une fleur à cueillir, un mystérieux œillet panaché blanc et noir », *ibid.*) et non sa grandeur politique.

Zola n'épargne pas non plus le personnel de l'Empire. Tout d'abord, il attaque les députés, en la personne de M. de Mareuil, et dénonce la mascarade des élections. Les députés qui siègent au Corps législatif sont en effet élus au suffrage universel. Mais ce dernier est faussé par le principe de la « candidature officielle » maintenu jusqu'en 1869. Sous prétexte de venir en aide aux électeurs encore novices, le gouvernement désigne le candidat qui lui semble le plus apte. Zola évoque cette pratique de manière caricaturale. Non seulement M. de Mareuil bénéficie des avantages légaux du candidat officiel, mais il achète ses électeurs en « couvr [ant] la circonscription de tables où les paysans b [oivent] et mang [ent] pendant une semaine » (chap. V) et en promettant « un chemin de fer, la construction d'un pont et [...] trois églises » (*ibid.*) !

De plus, Zola dénonce la dépravation des hommes politiques. Le préfet est chargé de l'ordre et de l'exécution des lois au niveau du département, mais M. Hupel de La Noue s'illustre davantage par ses récits grivois (chap. I) ou ses recueils de poèmes (chap. VI). Enfin, Zola stigmatise la confusion des pouvoirs financier et politique. En effet, la présentation de Toutin-Laroche montre à la fois son engagement politique et son rôle financier, et l'ordre de la description suggère, par un système de causalité implicite, que c'est parce qu'il était « fabricant de bougies » qu'il est devenu « conseiller municipal », ce qui en fait un personnage recherché pour devenir « membre du conseil de surveillance de la Société générale des ports du Maroc » (chap. I). Ainsi, si Zola brosse un portrait à charge de l'empereur, il n'en critique pas moins tout le personnel politique du Second Empire.

L'économie et ses conséquences sociales

• Le culte de l'argent

Le Second Empire est le premier régime à s'être fixé des objectifs d'ordre économique. Napoléon III ne cesse d'affirmer la nécessité de relancer le commerce et l'industrie, ce qui implique la modernisation de l'outillage et la transformation des réseaux de communication qui doivent devenir plus performants (c'est sous le Second Empire que le réseau ferroviaire français se développe). L'État ne recule, pour servir les objectifs de l'empereur, devant aucune dépense et recourt largement au crédit, invoquant des « dépenses productives ». La politique de l'État est souvent critiquée et son bilan s'avère mitigé. Il est toutefois incontestable que cette politique économique appelle la mise en place de nouveaux rouages de crédit, de nouveaux établissements bancaires. Sur le plan économique, le Second Empire apparaît comme une période innovatrice et dynamique. Zola, dans *La Curée*, évoque de façon polémique ces mutations.

Sous l'Empire, apparaissent en effet des possibilités nouvelles de s'enrichir très vite. Zola se moque du « tout-Paris impérial, gras, heureux, encore dans l'extase de ce coup de baguette qui changeait les meurt-de-faim et les goujats de la veille en grands seigneurs » (chap. III). Parmi ces « baguettes magiques » susceptibles d'enrichir ceux qui savent les manier, il faut mentionner la Bourse. Paris devient en effet, sous le Second Empire, une place financière importante (le nombre de valeurs cotées triple entre 1850 et 1869). Pour Alexandre Dumas fils, « la Bourse devint pour cette génération ce qu'était la cathédrale au Moyen Âge », métaphore religieuse reprise par Zola décrivant la caisse du Crédit viticole coté en Bourse (« la Caisse, où conduisait un corridor d'une nudité sacrée, et où l'on apercevait le coffre-fort, le dieu », *ibid.*). Saccard connaît les rouages de la Bourse et n'hésite pas à manipuler les actionnaires, transformant par exemple des « actions fraîchement détachées de la souche » en « titres ayant déjà beaucoup circulé » (*ibid.*).

Cette nouvelle circulation de l'argent occasionne également la création de nouvelles banques, établissements par actions. La plus célèbre d'entre elle est le Crédit mobilier des frères Pereire. Zola s'en est inspiré pour créer le Crédit viticole. Notons ici, cependant, un léger anachronisme de la part du romancier : Zola situe en effet les difficultés du Crédit viticole dès 1862 ou 1863 (chap. IV). Or, c'est en 1866-1867 que le Crédit mobilier eut à faire face à une grande crise. On se doute que ce nouveau secteur des finances est le lieu d'une concurrence acharnée et chacun essaie d'obtenir l'appui de l'administration ou d'un ministre pour accaparer les secteurs les plus dynamiques de l'économie. Saccard fait ainsi appel à son frère (« Eugène, en cette circonstance, avait encore donné un bon coup de main à son frère », chap. III).

- Le triomphe de la bourgeoisie

La Bourse, les nouveaux établissements bancaires, les spéculations, une conjoncture économique favorable, contribuent à l'émergence d'une nouvelle bourgeoisie, mais surtout permettent à de vieilles dynasties d'accroître considérablement leur fortune. Si les nouveaux riches tendent à dépenser leur argent sans retenue en se lançant dans la fête impériale chantée par Offenbach (« Du plaisir à perdre haleine,/Oui, voilà la vie parisienne », *La Vie parisienne*, 1866), les bourgeois bien établis se montrent beaucoup plus parcimonieux. Il s'agit toutefois, pour les uns comme pour les autres, de se démarquer du peuple et d'affirmer leur puissance. Ils affichent d'abord leur richesse dans des logements somptueux : l'hôtel Monceau est sans doute un exemple extrême de ce « grand luxe » (chap. I). Les tables bourgeoises sont ensuite abondamment garnies et l'on aime à recevoir pour faire montre de son opulence. À la table des Saccard, « les rôtis et les entremets » prennent la place des « relevés et des entrées », et s'accompagnent de « grands vins de Bourgogne, le pommard, le chambertin ». Les vêtements et les parures sont également un signe extérieur de richesse. C'est pourquoi il est impensable, pour Saccard, que Renée vende les bijoux qu'il lui a offerts : ce serait afficher aux yeux du monde ses difficultés financières (« Si l'on ne vous voyait pas ces bijoux demain au bal du ministère, on ferait des cancans sur ma situation », chap. IV). Enfin, pour affirmer leur puissance financière, les familles bourgeoises envoient leurs fils au lycée, bien trop coûteux pour les classes inférieures. C'est ainsi que Maxime va « au lycée Bonaparte », « le lycée du beau monde, celui que Saccard devait choisir pour son fils » (chap. III). Souvent, cette éducation traduit non pas une quête de savoir mais un simple désir d'afficher ses bénéfices et ses recettes. On sait d'ailleurs que Saccard dédaigne la culture puisque, alors que l'hôtel Monceau ruisselle d'or, il a « reculé devant une dépense purement artistique » (chap. I) et n'a pas fait peindre les panneaux de la salle à manger.

Les dépenses de la grande bourgeoisie, souvent stratégiques, n'impliquent pas toujours – loin de là – une vie de débauche. Au contraire, cette riche bourgeoisie est souvent très conservatrice, s'offusquant à la lecture des *Fleurs du mal*, recueil poétique de Baudelaire, ou de *Madame Bovary*, roman de Flaubert, tous deux condamnés en 1857, ou à la vue du tableau de Manet, *Olympia* (1863). La censure est en effet rétablie dès le 30 décembre 1852. *La Curée* y fait allusion (« le *Moniteur* alla jusqu'à publier une note interdisant toute discussion sur une maison si honorable, et que l'État daignait patronner », chap. III).

LES TRAVAUX D'HAUSSMANN

Un projet d'urbanisme

Au cours de la seconde moitié du XIXe siècle, la population urbaine, et plus précisément la population des grandes villes, augmente. Des travaux d'urbanisation deviennent nécessaires. Napoléon III prend l'initiative d'une politique de grands travaux dans Paris. Il a alors plusieurs objectifs. Il s'agit d'abord de favoriser la circulation et l'échange, de façon à adapter la ville au nouvel ordre économique : c'est pourquoi il souhaite la percée de larges avenues, qui rendent en outre plus difficile la construction de barricades et amenuisent les risques de révolte populaire. Il s'agit ensuite d'améliorer l'hygiène, notamment par des parcs et des jardins et par l'installation d'un réseau de distribution et d'évacuation des eaux efficace. Il s'agit enfin de créer une capitale européenne susceptible d'éblouir les pays voisins (Louis Napoléon a été très impressionné par Londres lors de son séjour en Angleterre et c'est avec elle qu'il entend rivaliser).

Entre 1852 et 1853, Berger, préfet de la Seine, procède à des travaux de première nécessité, mais il refuse d'endetter la ville. Napoléon III le remplace donc par Haussmann le 23 juin 1853. Le nouveau préfet accepte d'emblée le plan que lui remet l'empereur. Les travaux s'organisent en effet selon différents réseaux. Comme l'explique Saccard à Angèle lors de leur dîner à Montmartre, le premier réseau est consacré à « la grande croisée de Paris » (chap. II) : le boulevard de Sébastopol, inauguré par l'empereur en 1858, prolongé par le boulevard de Strasbourg au nord et le boulevard Saint-Michel au sud, constitue l'axe nord-sud ; quant à la rue de Rivoli, elle constitue l'axe est-ouest. Saccard annonce ensuite : « Le second réseau trouera la ville de toutes parts » (chap. II) et « entaille[ra] » Paris de part en part. On perce alors le boulevard Haussmann, l'avenue de l'Impératrice, qu'empruntent Renée et Maxime au retour du bois de Boulogne, création toute nouvelle (chap. I), l'avenue Victoria, le boulevard du Temple, la rue Turbigo…

Le 1er janvier 1860, la surface de Paris double, grâce à l'annexion de dix-huit communes de la « petite banlieue » et la ville passe de douze arrondissements à vingt. Mais les travaux ne s'arrêtent pas là. Saccard, de manière quasi visionnaire, entrevoit, dès 1854, « un troisième réseau », qu'il qualifie de « pure folie ». Entre 1859 et 1867, on rase la butte Chaillot, on construit la place du Château-d'eau (aujourd'hui place de la République) et la place de l'Alma, on perce le boulevard du Prince-Eugène, auquel Saccard se montre particulièrement attentif puisqu'il passe sur les terrains que Renée possède à Charonne (« le tracé du boulevard du Prince-Eugène allait être arrêté, il fallait que Renée fût dépouillée avant que l'expropriation prochaine s'ébruitât », chap. V), on bâtit la gare du Nord, les deux théâtres de la place du Châtelet, l'Opéra Garnier, et on aménage les Buttes-Chaumont. Le long de ces nouvelles avenues se dressent des hôtels particuliers ou des maisons de quatre étages. Renée et Maxime aiment à s'y promener (chap. V).

Dans *La Curée,* Zola rend donc compte de manière assez fidèle de la métamorphose de Paris même si l'on relève ici et là quelques anachronismes, dont il a lui-même conscience. Ainsi, on note qu'au chapitre premier le boulevard Malesherbes est déjà ouvert (« La calèche prit l'avenue de la Reine-Hortense, et vint s'arrêter au bout de la rue Monceau, à quelques pas du boulevard Malesherbes », chap. I). Or ce boulevard a été inauguré en août 1861. Le boulevard du Prince-Eugène (boulevard Voltaire aujourd'hui) est, pour sa part, inauguré le 7 décembre 1862, soit un an et demi plus tard. La chronologie interne du roman indique que deux ans au moins s'écoulent entre le chapitre premier et le chapitre VII, au cours duquel on prépare la percée du boulevard du Prince-Eugène. Et Zola de conclure : « Il faudra absolument mentir sur les dates ». Le romancier s'attache également à décrire les mécanismes de financement de ces grands travaux qui coûtèrent deux millions et demi de francs en dix-sept ans. Les grands emprunts publics et la création de banques nouvelles, à l'instar du Crédit viticole de Saccard, participent au renouveau urbain.

Une politique critiquée

Les travaux d'Haussmann sont critiqués. Certains Parisiens sont dérangés dans leurs habitudes. Ainsi, dans le roman, M. Béraud du Châtel « prétend qu'il se perd dans Paris, que la ville n'est plus faite pour lui » (chap. V) et M. Hupel de La Noue lui-même doit avouer qu'il ne « recon-na[ît] plus [s]on Paris » (chap. I). Les plus démunis sont d'ailleurs contraints de quitter la ville et de se réfugier en proche banlieue. Les députés de province attaquent également les travaux d'Haussmann qui centralisent toutes les dépenses de l'État au détriment de la province. La Cour des comptes et le Conseil d'État, soutenus par les représentants de la haute banque, critiquent les irrégularités de gestion. Les critiques deviennent plus vives à partir de 1863, quand sont élus une trentaine de députés d'opposition. Le 23 février 1869, au Corps législatif, Thiers s'oppose au projet de loi qui a pour objet d'approuver les traités passés entre la Ville de Paris et le Crédit foncier. Les débats se prolongent jusqu'au 6 mars. Haussmann est démis de ses fonctions le 10 janvier 1870.

L'œuvre journalistique de Zola manifeste son regard critique sur les travaux d'Haussmann. Il qualifie l'Opéra de « grande et laide bâtisse », juge les nouveaux boulevards construits en « carton-pierre et en similimarbre »... Dans *La Curée*, la critique de Zola réside d'abord dans l'insistance sur la spéculation, qui lui permet de condamner à la fois le régime impérial qui l'autorise, la suscite même, et la haute société qui la pratique. Le roman met en scène deux types de spéculations. D'une part, on peut extorquer à la ville une indemnité excessive en faisant surévaluer la valeur d'un immeuble exproprié. C'est ce que fait Saccard. Par l'intermédiaire de Larsonneau, il augmente considérablement le loyer des locataires (chap. II). Larsonneau et Saccard inventent même une boutique et falsifient « des écritures pour établir la vente des pianos sur un chiffre énorme » (*ibid.*) Ensuite, Saccard fait en sorte de s'accorder les faveurs de membres du conseil municipal chargé de l'évaluation de l'indemnité. D'autre part, on peut spéculer sur la hausse de la valeur marchande des terrains et des immeubles. Saccard pratique également cette forme de spéculation, mais avec moins de succès (chap. IV). Zola anticipe ici les difficultés qui ne surgirent qu'en 1866, avec la rupture de la hausse du marché immobilier. Ainsi, le roman est une évocation polémique des grands travaux parisiens du Second Empire et Zola n'a pas besoin de mettre en scène Haussmann pour dresser de lui un portrait à charge.

LA FIN DE L'EMPIRE ET LES DÉBUTS DE LA IIIe RÉPUBLIQUE

À partir de 1866, le régime impérial traverse une période de crise. Les difficultés se multiplient tant sur le plan intérieur que sur le plan extérieur. À l'intérieur, l'empereur doit faire face à une opposition grandissante, qui lui arrache des réformes une à une : liberté de la presse, liberté de réunion... À l'extérieur, la situation est trouble. L'alliance entre la Prusse et l'Italie laisse présager l'intervention de la France dans un grand conflit européen. La situation devient plus problématique encore quand les Prussiens l'emportent sur les Autrichiens à Sadowa (3 juillet 1866), sans que l'empereur ait pu imposer une médiation armée. Se pose alors la question des compensations réclamées au vainqueur, laquelle ne sera réglée qu'avec la guerre contre la Prusse dans laquelle s'engage la France le 19 juillet 1870. *La Curée*, située pourtant entre 1862 et 1865, rend compte de cette situation troublée. En effet, c'est en faisant allusion à cette conjonction de difficultés politiques, économiques et diplomatiques, que l'empereur fait un discours sur les « points noirs » en août 1867. Ce discours inspire à M. de Saffré une des figures du cotillon du bal de la mi-carême chez les Saccard (chap. VI).

À la suite de la défaite militaire contre la Prusse, le 2 septembre 1870, à Sedan, la France connaît une période de troubles marquée notamment par la proclamation de la Commune de Paris (18 mars-29 mai 1871), au cours de laquelle les ouvriers et les artisans s'emparent du pouvoir. La Commune ne parvient pas s'étendre au-delà de Paris, et cet épisode révolutionnaire s'achève dans le sang. Durant ces bouleversements, Zola cherche à obtenir un poste de sous-préfet avant de devenir chroniqueur parlementaire pour divers journaux, ce qui retarde la publication en volume de *La Curée*. Thiers est chargé de signer le traité de paix avec la Prusse, selon lequel l'Alsace et la Lorraine deviennent des territoires prussiens. Thiers prend la tête du pays et organise la reconstruction jusqu'en 1873. Il est alors remplacé par le général Mac-Mahon, qui veut favoriser la restauration de la monarchie avec l'appui de l'Église et déclare, dans un discours à l'Assemblée nationale : « Avec l'aide de Dieu, nous continuerons le rétablissement de l'ordre moral dans notre pays ».

La tentative de restauration monarchique échoue et la constitution de la Troisième République est finalement votée en 1875. Dès lors, le régime républicain tend à s'affermir.

LE CONTEXTE LITTÉRAIRE ET CULTUREL

RÉALISME ET NATURALISME : HISTOIRE DU MOUVEMENT

Le contexte historique

La révolution de février 1848 inaugure l'âge d'or du socialisme utopique en France. On conçoit de nouvelles sociétés, fondées sur des principes de justice et d'égalité. Mais cet enthousiasme est de courte durée. Très vite les poètes romantiques qui avaient participé au gouvernement, à l'instar de Lamartine, sont évincés. Dès 1850, des lois viennent restaurer la toute-puissance des notables. On ne croit plus désormais à la possibilité de gouverner par de belles paroles. Zola, dans *La Fortune des Rougon*, s'en prend à ceux qui bercent le peuple du « rêve cher aux malheureux du bonheur universel ». Désormais, les artistes, s'ils ne choisissent pas de se réfugier dans une tour d'ivoire, estiment devoir asseoir la littérature sur l'observation du réel.

Progrès et développement scientifique

La seconde moitié du XIXe siècle est marquée par des découvertes scientifiques fondamentales. Parallèlement, la diffusion du savoir scientifique connaît un essor spectaculaire, grâce au développement de la presse à grand tirage, du livre à bon marché ou encore au succès des expositions universelles qui se tiennent à Londres en 1851, à Paris en 1855 et 1867. Parmi les innovations qui influencent le plus les auteurs naturalistes, on peut mentionner le positivisme et la physiologie. Dans son *Cours de philosophie positive* (1830-1842), Auguste Comte souligne le rôle du progrès de la raison dans l'histoire de l'humanité et propose d'appliquer les méthodes des sciences expérimentales à un objet pourtant complexe et mouvant : la société humaine. Cette idée est reprise par Zola dans son *Roman expérimental* (1880). Pour ce qui est de la physiologie, les naturalistes s'intéressent surtout aux théories sur l'hérédité forgées après la publication de l'ouvrage de Darwin, *De l'origine des espèces* (1859). Dans sa lignée, des médecins, comme le docteur Lucas (*Traité philosophique et physiologique de l'hérédité naturelle*, 1868), mettent en évidence l'influence du milieu et la transmission héréditaire de caractères acquis. C'est à partir de ces travaux que Zola construit l'arbre généalogique des *Rougon-Macquart*. Dans *La Curée*, Maxime est la preuve de la dégénérescence de la famille depuis les dérèglements de la tante Dide ; il incarne l'« épuisement prématuré d'une race » (Préface). Renée, pour sa part, symbolise l'influence du milieu, puisqu'elle souffre du « détraquement nerveux d'une femme dont un milieu de luxe et de honte décuple les appétits natifs » (Préface).

Les temps forts du mouvement

En 1849, *L'Après-dînée à Ornans*, tableau de Courbet, dont le mot d'ordre était « Fais ce que tu vois, ce que tu sens, ce que tu voudras », fait scandale. Il représente en effet une scène de la vie quotidienne des paysans, sans chercher à lui donner un sens symbolique. On qualifie alors son œuvre de « réaliste », terme très vite repris pour qualifier certaines œuvres littéraires. Duranty crée une revue intitulée *Réalisme* (novembre 1856-mai 1857) pour défendre les artistes réalistes.

1857 est un autre temps fort du mouvement. Le procès intenté au roman de Flaubert, *Madame Bovary*, est l'occasion de nouvelles réflexions et de nouveaux débats. *Madame Bovary* ne fait d'ailleurs pas l'unanimité dans les rangs réalistes. En effet, si l'on s'accorde pour proscrire les envolées lyriques et les débordements d'imagination de la génération romantique, on hésite encore sur la place à donner au corps et sur la possibilité de substituer la sensation au sentiment. Le terme de réalisme a alors une axiologie très négative et on l'associe souvent à la grossièreté. Ainsi, en 1863, le critique Castagnery lui préfère le terme de naturalisme : « L'école naturaliste affirme que l'art est l'expression de la vie sous tous ses modes et à tous ses degrés, et que son but unique est de reproduire la nature en l'amenant à son maximum de puissance et d'intensité. »

1865 marque une nouvelle étape dans l'histoire du mouvement réaliste. Claude Bernard publie l'*Introduction à la médecine expérimentale* que les romanciers lisent comme une invitation à appliquer les découvertes et les méthodes de la médecine. Les frères Goncourt publient *Germinie*

Lacerteux, roman qui met en scène une domestique, et affirment la possibilité de faire entrer toutes les classes sociales en littérature. Ce sont alors les grandes années du naturalisme. Zola apparaît souvent comme le chef de ce mouvement parce qu'il en est le théoricien principal. Les dissensions entre les auteurs naturalistes deviennent importantes après 1880.

L'ÉCRITURE NATURALISTE

De la représentation du réel à l'illusion du réel

Le romancier naturaliste « prétend nous donner une image exacte de la vie », « nous forcer à penser, à comprendre le sens profond et caché des événements » (Maupassant, *Pierre et Jean*, Préface). Il s'inspire donc du réel et son travail de composition commence par une véritable enquête. Ainsi, nous avons conservé les dossiers préparatoires des romans de Zola : on y trouve le récit de ses voyages, de ses rencontres, des coupures de presse, des commentaires sur l'actualité... Le romancier a même la folle ambition de l'exhaustivité : il aimerait tout voir pour ensuite tout montrer. Sa description de l'hôtel Monceau (chap. I) est à cet égard remarquable.

Pourtant la littérature ne peut pas rendre compte exactement de la réalité : les romanciers ne sont pas des photographes. Tout d'abord, le romancier voit « à travers un tempérament » : il ne peut voir et analyser le réel qui l'entoure en éludant son origine sociale, sa culture, ses goûts, ses passions... Zola formule ce principe dans sa « Lettre à la jeunesse » : « On nous répète cet argument stupide que nous ne reproduisons pas la nature dans son exactitude. Eh ! sans doute, nous y mêlerons toujours notre humanité, notre façon de rendre ». De plus, le romancier n'est pas seulement un « observateur », il est aussi un « expérimentateur », c'est-à-dire qu'il doit faire « mouvoir les personnages dans une histoire particulière, pour y montrer que la succession des faits y sera telle que l'exige le déterminisme des phénomènes mis à l'étude ». Autrement dit, le romancier invente une histoire, même s'il cache cette dernière sous le réel. Les auteurs naturalistes sont donc des « illusionnistes » (Maupassant), qui donnent l'illusion de la réalité.

Quelques thèmes privilégiés

On rencontre dans *La Curée* les principaux thèmes privilégiés par les auteurs naturalistes. La critique de la bourgeoisie et de son culte de l'or est présente dans le personnage de Saccard, avec « cette idée fixe d'une immense fortune immédiate » (chap. VI) ; la mise en lumière d'une humanité dégénérée se retrouve dans le personnage de Maxime, « garçon qui aurait dû naître fille » (chap. III) ; les dangers de l'amour et les pouvoirs maléfiques de la femme se lisent dans les portraits féminins ambigus des deux inséparables, de Laure d'Aurigny ou encore de Renée... En revanche, on notera que ce roman ne fait aucune place à la misère sociale, thème pourtant caractéristique de l'écriture naturaliste. D'autres romans, comme *L'Assommoir*, s'y consacreront.

LA CURÉE : L'ŒUVRE FACE À LA THÉORIE

Le naturalisme du roman

Par bien des aspects, *La Curée* se conforme aux principes naturalistes énoncés par Zola. Tout d'abord il s'inscrit dans une actualité connue du lecteur ; on y rencontre même des personnages réels comme l'empereur Napoléon III (chap. III et VII). De plus, l'illusion de réalité est sans cesse entretenue. Ainsi, les restrictions de champ permettent au lecteur de s'identifier au personnage et de découvrir l'univers qui l'entoure par ses yeux : « le salon blanc » du café Riche est vu selon le point de vue de Renée, qui découvre, comme le lecteur, un lieu qui lui est inconnu (« Quand le garçon fut sorti, Renée prit son binocle et fit curieusement le tour du petit salon », chap. IV). Autre procédé destiné à entretenir l'illusion de réalité, le début *in medias* res : le roman s'ouvre sur un retour de promenade (« Au retour », chap. I), sur une action en train de se faire, comme si les personnages préexistaient à l'écriture. Enfin, est caractéristique de l'écriture naturaliste la précision des descriptions. Le regard s'arrête ainsi un instant sur la main du baron Gouraud, « une main de vieillard sensuel, courte, épaisse, tachée de plaques violettes et couverte de poils roux » (chap. I). Cette description, qui associe la vue et le toucher, est à la fois très précise et tout à fait inutile pour la suite de l'intrigue, mais elle donne l'impression au lecteur que son regard vagabonde dans le salon des Saccard, en toute liberté.

Mythes et images

Pourtant, par certains aspects, le roman quitte le réel et s'empare de mythes. Ainsi, la serre, lieux des amours incestueuses, est tour à tour paradis et enfer. Le paradis est suggéré par la vitalité de la végétation. Les énumérations de termes pluriels, dans de très longues phrases, suggèrent l'abondance et la force (« ils ne distinguaient plus, sur les gradins, les Maranta douces comme du velours, les Gloxinia aux cloches violettes, les Dracena semblables à des lames de vieille laque vernie ; c'était une ronde d'herbes vivantes qui se poursuivaient d'une tendresse inassouvie », chap. IV). Les métaphores et les comparaisons qui assimilent les plantes à des ailes prêtes à s'envoler participent à cette image paradisiaque (« éternel voyage dans le bleu de l'air », « larges ailes de papillon », « ailes de libellules », chap. I). Mais cette végétation luxuriante, chargée d'une énergie positive, devient aussitôt démoniaque. Comme l'enfer, elle est associée à la chaleur et aux flammes (« toutes brûlantes des entrailles qui les nourrissaient », chap. I ; « ce bout de terre brûlante, cette couche enflammée », chap. IV). La serre devient alors mortifère et les plantes ne sont que poisons (« suant le poison », « lait empoisonné », chap. I) ou maladies (« lépreuses », « gorges amères de convalescent », *ibid.*). On comprend dès lors que la serre soit le lieu de prédilection de ceux qui s'adonnent à la luxure, l'un des sept péchés capitaux.

D'autres mythes traversent le roman. Ainsi, Saccard, dans une série d'images associant l'or et le feu, est peint en alchimiste (« On dirait que le quartier bout dans l'alambic de quelque chimiste », chap. II) ou en dieu de la forge (« elle le voyait dans la forge, dans les éclats du métal rougi, la chair brûlée, haletant, tapant toujours, soulevant des marteaux vingt fois trop lourds pour ses bras », chap. VI). Les références mythologiques et la récurrence des images semblent aller à l'encontre des principes naturalistes. Zola s'en défend : « J'ai l'hypertrophie du détail vrai, le saut dans les étoiles sur le tremplin de l'observation exacte. La vérité monte d'un coup d'aile jusqu'au symbole » (lettre à Henri Céard, 22 mars 1885). Le mythe s'apparente en effet à la vérité. D'une part, il pallie les faiblesses de la raison, il exprime les arcanes d'un monde qu'on ne peut pas toujours comprendre ou expliquer. D'autre part, il s'imprime avec force dans l'imagination du lecteur, avec bien plus d'efficacité qu'un discours explicatif.

LE CONTEXTE BIOGRAPHIQUE

L'ENFANCE ET L'ADOLESCENCE (1840-1860)

Émile Zola naît à Paris le 2 avril 1840. Son père, François Zola, ingénieur d'origine italienne, est un fervent défenseur du progrès, qu'il sert en participant à l'élaboration du réseau ferré européen et en construisant des barrages pour approvisionner les villes en eau. Il transmet son culte du progrès à son fils. En 1843, la famille emménage à Aix-en-Provence, où François Zola est chargé de construire un barrage. Il meurt d'une pneumonie le 25 mars 1847, laissant sa famille dans un grand dénuement.

Émile Zola est élevé par sa mère et par sa grand-mère. Il entre comme boursier au collège Bourbon d'Aix-en-Provence en octobre 1852, mais les études ne l'intéressent guère. Comme Maxime, il s'intéresse « à tout autre chose qu'aux études classiques » (chap. III). En 1858, la mère de Zola décide de retourner à Paris. Zola garde de son enfance provençale un accent que l'on retrouve dans « la verve méridionale » de Saccard. À Paris, la famille, comme Saccard à son arrivée de Plassans, s'installe « dans un étroit logement de la rue Saint-Jacques ». Mais les difficultés financières sont importantes et Zola, par deux fois, échoue au baccalauréat. Il arrête alors ses études et commence à travailler.

À PARIS : DES DÉBUTS LABORIEUX (1860-1870)

Dans un premier temps, Zola a du mal à trouver sa voie : ses premiers essais littéraires ne sont pas concluants, le pénible travail d'employé aux docks qu'il exerce pendant deux mois ne lui rapporte que 60 francs par mois, la vie de bohème le séduit mais ne le nourrit pas. Finalement, il entre à la maison Hachette en février 1862. Si son salaire est modeste (100 francs par mois quand Renée doit deux cent cinquante-sept mille francs à son tailleur !), cet emploi lui offre de nombreuses opportunités : il lit beaucoup, découvre par exemple le *Traité philosophique et physiologique de l'hérédité* du docteur Lucas, et fait des rencontres.

Il publie, en 1864, les *Contes à Ninon* et entreprend une carrière de journaliste en collaborant à diverses revues. Il quitte la maison Hachette en 1866 pour se consacrer à l'écriture : journaliste, il écrit de nombreux articles en faveur des peintres impressionnistes (les descriptions de

La Curée, toujours attentives aux jeux de lumière et de couleurs, trahissent l'intérêt de Zola pour la technique impressionniste ; romancier, il publie, le 7 décembre 1867, *Thérèse Raquin*, « roman historique contemporain », qui lui vaut la reconnaissance des Goncourt, et la haine des défenseurs de l'ordre moral.

LES ROUGON-MACQUART (1871-1893)

Dès 1868, Zola envisage d'écrire une série de romans qui raconterait l'histoire d'une famille sous le Second Empire. Dans cette optique, il multiplie les lectures, de *La Comédie humaine* de Balzac aux traités sur l'hérédité. En 1869, il signe un contrat avec l'éditeur Lacroix, à qui il a présenté le plan de ses dix premiers romans. En juin 1870, le journal *Le Siècle* entreprend la publication du premier volume, *La Fortune des Rougon*. Ce grand œuvre littéraire ne l'empêche pas de poursuivre son activité journalistique : nombreux sont les articles dans lesquels il en appelle à une plus grande justice sociale. *La Curée* garde trace de cet engagement. On y croise des hommes dont l'« idée fixe » est « une immense fortune immédiate », des hommes que la fortune, honteusement acquise, par des malversations et des escroqueries, rend criminels.

En septembre 1870, Zola, qui vient de se marier, part pour Marseille, puis pour Bordeaux, où se tient le gouvernement de Défense nationale, et essaie d'obtenir un poste de sous-préfet. Il devient chroniqueur parlementaire. En mars 1871, il rentre à Paris et s'occupe de la publication de *La Fortune des Rougon* en volume. Parallèlement, le journal *La Cloche* entreprend la publication de *La Curée*, mais le parquet l'interrompt pour immoralité. La Commune de Paris retarde les travaux du romancier. *La Curée* paraît à son tour en volume le 30 janvier 1872. Zola écrit alors chaque jour et publie, à un rythme soutenu, les romans qui constituent le cycle des *Rougon-Macquart*. La plupart de ces publications sont attaquées mais le plus grand scandale éclate avec *L'Assommoir* en 1877. C'est à cette époque que Zola achète une maison à Médan, dans laquelle il réunit régulièrement les auteurs naturalistes qui font parti de son cercle : Alexis, Maupassant, Céard, Huysmans s'y retrouvent régulièrement. Le romancier se fait alors théoricien et publie notamment, en 1880, *Le Roman expérimental* et, en 1881, *Les Romanciers naturalistes*.

La mort de Flaubert, en 1880, qui coïncide avec celle de la mère de Zola, plonge le romancier dans une période de trouble au cours de laquelle il est tenté par le pessimisme de Schopenhauer. Au même moment, le cercle des soirées de Médan se disloque, certains auteurs naturalistes aspirant à une nouvelle forme d'écriture, d'autres jalousant la gloire de Zola. Pourtant, dès 1882, il reprend son cycle romanesque avec *Pot-Bouille*. En 1893, le cycle s'achève avec la publication du *Docteur Pascal*.

LE TEMPS DES UTOPIES (1894-1902)

Afin de saisir « l'âme de la société moderne », Zola entreprend la trilogie des *Trois Villes* (Lourdes, Rome et Paris), qui affirme à nouveau la foi de l'auteur dans le progrès et dans la science. Dès 1898, il conçoit une cité idéale, dont les quatre piliers sont : *Fécondité, Travail, Vérité, Justice*, c'est-à-dire les quatre Évangiles selon Zola, qui n'a le temps de composer que les trois premiers.

Alors qu'il rédige son œuvre utopique, Zola est brutalement ramené au journalisme par l'affaire Dreyfus. Ce dernier est arrêté, jugé pour espionnage et condamné le 22 décembre 1894 à la dégradation militaire et à la déportation à vie. Zola est persuadé que Dreyfus a été condamné par antisémitisme et il prend la plume pour le défendre (trois articles sont publiés dans *Le Figaro*). En 1897, convaincu de l'innocence du capitaine et de la culpabilité d'Esterhazy, Zola écrit une lettre ouverte au président Félix Faure, dans *L'Aurore*. Les conséquences de ce « J'accuse » sont très lourdes : condamné à une peine de prison et à une très lourde amende, le romancier est contraint à l'exil enAngleterre, dont il ne rentre qu'en juin 1899.

Le 29 septembre 1902, Zola meurt de façon mystérieuse, asphyxié par une cheminée qui tire mal : s'agit-il d'un accident ? d'un acte de malveillance ? Il est enterré le 5 octobre 1902 au cimetière Montmartre et 50 000 personnes suivent son cortège funèbre.

LA RÉCEPTION DE *LA CURÉE*

À LA PARUTION

Les étapes de la publication

Le roman paraît d'abord sous forme de feuilleton dans le journal *La Cloche*, le 29 septembre 1871. Le 5 novembre, après vingt-sept livraisons, la publication est interrompue. Le parquet suspend en effet la parution pour raisons morales. Dès lors, Zola envisage la publication en volume du second volet des *Rougon-Macquart*, et *La Curée* paraît chez l'éditeur Albert Lacroix, comme le prévoyait le contrat signé avec ce dernier en 1869. Malheureusement, l'éditeur est au bord de la faillite et le roman ne bénéficie pas du lancement publicitaire habituel. Un autre éditeur, Jacques Charpentier, rachète *La Fortune des Rougon* et *La Curée*. C'est donc dans de meilleures conditions que paraît la seconde édition de *La Curée*, le 24 octobre 1872.

Un roman passé inaperçu

Le manque de publicité mais surtout le contexte politique font passer le deuxième roman du cycle des *Rougon-Macquart* assez inaperçu. En effet, la France connaît une période troublée depuis sa défaite contre la Prusse et la chute de l'Empire. De plus, après la défaite de la Commune, les voix conservatrices de l'ordre moral se font entendre et l'on s'inquiète des audaces satiriques du romancier. Enfin, certains des plus fidèles admirateurs de Zola sont emprisonnés ou contraints à l'exil. La polémique autour du roman est d'ailleurs essentiellement politique. Ainsi, un critique, sous le pseudonyme de Covielle, écrit dans *Le Figaro*, le 9 novembre 1871 : « J'ai dû reconnaître qu'il fallait vivre en république pour qu'on tolérât une publication qui, sous un gouvernement régulier, eût certainement conduit son auteur sur les bancs de la correctionnelle ». Si des condamnations politiques entourent la seconde publication de l'ouvrage, elles laissent toutefois la place à quelques critiques morales (Barbey d'Aurevilly s'insurge par exemple contre « l'indécence voluptueuse, l'indécence polissonne ») et surtout à des éloges. Camille Pelletan, dans *Le Rappel*, le 8 novembre 1872, admire « la minutie qui n'a rien de mesquin, et qui n'est que l'acharnement d'un observateur sans pitié ». Quelques années plus tard, en 1883, Maupassant fait à son tour l'éloge de ce roman :

> *La Curée* est un des plus remarquables romans du maître naturaliste, éclatant et fouillé, empoignant et vrai, écrit avec emportement, dans une langue colorée et forte, un peu surchargée d'images répétées, mais d'une incontestable énergie et d'une indiscutable beauté. C'est un vigoureux tableau des mœurs et des vices de l'Empire depuis le bas jusqu'au haut de ce que l'on appelle l'échelle sociale, depuis les valets jusqu'aux grandes dames (*Émile Zola*, éd. A. Quantin).

LA POSTÉRITÉ

Zola donne une seconde vie à son roman en 1887 : il en signe une adaptation théâtrale, dont le succès est médiocre. Le roman n'a pas eu non plus beaucoup de chance au cinéma. La principale adaptation, signée Roger Vadim, date de 1966. Elle met en scène Michel Piccoli (Saccard) et Jane Fonda (Renée) dans des costumes et des décors contemporains. Le film renonce donc au regard du romancier sur le Second Empire et s'attache davantage, avec une certaine maladresse, à peindre les relations entre les personnages. En revanche, le roman a fini par gagner ses lettres de noblesses auprès de la critique, qui admire à la fois sa dimension historique et sociologique, et sa dimension psychanalytique.

GROUPEMENT DE TEXTES : REGARDS SUR PARIS

Après avoir lu l'ensemble des textes ci-dessous, vous répondrez aux questions suivantes, en prenant soin de justifier précisément vos réponses par des citations.

1. Parmi les textes suivants, lesquels sont des éloges ? lesquels sont des blâmes ?

2. Les différents blâmes s'accordent sur un même grief. Lequel ? Zola partage-t-il ce sentiment ?

3. Dans les textes 1 et 4, montrez comment la forme sert la visée argumentative de l'auteur.

TEXTE 1 • Nicolas Boileau, « Les embarras de Paris », *Satire VI* (1660)

En quelque endroit que j'aille, il faut fendre la presse[1]
D'un peuple d'importuns qui fourmillent sans cesse.
L'un me heurte d'un ais[2] dont je suis tout froissé ;
Je vois d'un autre coup mon chapeau renversé.
Là, d'un enterrement la funèbre ordonnance
D'un pas lugubre et lent vers l'église s'avance ;
Et plus loin des laquais l'un l'autre s'agaçant,
Font aboyer les chiens et jurer les passants.
Des paveurs en ce lieu me bouchent le passage ;
Là, je trouve une croix de funeste présage,
Et des couvreurs grimpés au toit d'une maison
En font pleuvoir l'ardoise et la tuile à foison.
Là, sur une charrette une poutre branlante
Vient menaçant de loin la foule qu'elle augmente ;
Six chevaux attelés à ce fardeau pesant
Ont peine à l'émouvoir[3] sur le pavé glissant.
D'un carrosse en tournant il accroche une roue,
Et du choc le renverse en un grand tas de boue :
Quand un autre à l'instant s'efforçant de passer,
Dans le même embarras se vient embarrasser.
Vingt carrosses bientôt arrivant à la file
Y sont en moins de rien suivis de plus de mille ;
Et, pour surcroît de maux, un sort malencontreux
Conduit en cet endroit un grand troupeau de bœufs ;
Chacun prétend passer ; l'un mugit, l'autre jure.
Des mulets en sonnant augmentent le murmure.
Aussitôt cent chevaux dans la foule appelés
De l'embarras qui croît ferment les défilés,
Et partout les passants, enchaînant les brigades,
Au milieu de la paix font voir les barricades.
On n'entend que des cris poussés confusément :
Dieu, pour s'y faire ouïr, tonnerait vainement.

---

1. *La presse :* la foule. \ **2.** *Un ais :* une planche. \ **3.** *L'émouvoir :* le faire bouger.

TEXTE 2 • Victor Hugo, *Notre-Dame de Paris* (1831)

Et si vous voulez recevoir de la vieille ville une impression que la moderne ne saurait plus vous donner, montez, un matin de grande fête, au soleil levant de Pâques ou de la Pentecôte, montez sur quelque point élevé d'où vous dominez la capitale entière, et assistez à l'éveil des carillons. Voyez à un signal parti du ciel, car c'est le soleil qui le donne, ces mille églises tressaillir à la fois. Ce sont d'abord des tintements épars, allant d'une église à l'autre, comme lorsque des musiciens s'avertissent qu'on va commencer ; puis tout à coup voyez, car il semble qu'en certains instants l'oreille aussi a sa vue, voyez s'élever au même moment de chaque clocher comme une colonne de bruit, comme une fumée d'harmonie. D'abord, la vibration de chaque cloche monte droite, pure et pour ainsi dire isolée des autres, dans le ciel splendide du matin. Puis, peu à peu, en grossissant, elles se fondent, elles se mêlent, elles s'effacent l'une dans l'autre, elles s'amalgament dans un magnifique concert. Ce n'est plus qu'une masse de vibrations sonores qui se dégage sans cesse des innombrables cloches, qui flotte, ondule, bondit, tourbillonne sur la ville, et prolonge bien au-delà de l'horizon le cercle assourdissant de ses oscillations. Cependant cette mer d'harmonie n'est point un chaos. Si grosse et si profonde qu'elle soit, elle n'a point perdu sa transparence.

TEXTE 3 • Honoré de Balzac, *La Fille aux yeux d'or* (1834-1835)

Un des spectacles où se rencontre le plus d'épouvantement est certes l'aspect général de la population parisienne, peuple horrible à voir, hâve[1], jaune, tanné. Paris n'est-il pas un vaste champ incessamment remué par une tempête d'intérêts sous laquelle tourbillonne une moisson d'hommes que la mort fauche plus souvent qu'ailleurs et qui renaissent toujours aussi serrés, dont les visages contournés, tordus, rendent par tous les pores l'esprit, les désirs, les poisons dont sont engrossés leurs cerveaux ; non pas des visages, mais bien des masques : masques de faiblesse, masques de force, masques de

1. *Hâve* : amaigri par la faim, la fatigue et la souffrance.

misère, masques de joie, masques d'hypocrisie ; tous exténués, tous empreints des signes ineffaçables d'une haletante avidité ? Que veulent-ils ? De l'or, ou du plaisir ?

Quelques observations sur l'âme de Paris peuvent expliquer les causes de sa physionomie cadavéreuse qui n'a que deux âges, ou la jeunesse ou la caducité [1] : jeunesse blafarde et sans couleur, caducité fardée qui veut paraître jeune. En voyant ce peuple exhumé, les étrangers, qui ne sont pas tenus de réfléchir, éprouvent tout d'abord un mouvement de dégoût pour cette capitale, vaste atelier de jouissance, d'où bientôt eux-mêmes ils ne peuvent sortir et restent à s'y déformer volontiers. Peu de mots suffiront pour justifier physiologiquement la teinte presque infernale des figures parisiennes, car ce n'est pas seulement par plaisanterie que Paris a été nommé un enfer. Tenez ce mot pour vrai. Là, tout fume, tout brûle, tout brille, tout bouillonne, tout flambe, s'évapore, s'éteint, se rallume, étincelle, pétille et se consume. Jamais vie en aucun pays ne fut plus ardente, ni plus cuisante. Cette nature sociale toujours en fusion semble se dire après chaque œuvre finie : – À une autre ! comme se le dit la nature elle-même. Comme la nature, cette nature sociale s'occupe d'insectes, de fleurs d'un jour, de bagatelles, d'éphémères, et jette aussi feu et flamme par son éternel cratère. Peut-être avant d'analyser les causes qui font une physionomie spéciale à chaque tribu de cette nation intelligente et mouvante, doit-on signaler la cause générale qui en décolore, blêmit, bleuit et brunit plus ou moins les individus.

TEXTE 4 • Guillaume Apollinaire, « Zone », *Alcools* (1913)

Voici les vingt et un premiers vers de ce long poème qui ouvre *Alcools*.

À la fin tu es las de ce monde ancien

Bergère ô tour Eiffel le troupeau des ponts bêle ce matin

Tu en as assez de vivre dans l'antiquité grecque et romaine

Ici même les automobiles ont l'air d'être anciennes
La religion seule est restée toute neuve la religion
Est restée simple comme les hangars de Port-Aviation

1. *La caducité* : la vieillesse.

Seul en Europe tu n'es pas antique ô Christianisme
L'Européen le plus moderne c'est vous Pape Pie X
Et toi que les fenêtres observent la honte te retient
D'entrer dans une église et de t'y confesser ce matin
Tu lis les prospectus les catalogues les affiches qui chantent tout haut
Voilà la poésie ce matin et pour la prose il y a les journaux
Il y a les livraisons à 25 centimes pleines d'aventures policières
Portraits des grands hommes et mille titres divers

J'ai vu ce matin une jolie rue dont j'ai oublié le nom
Neuve et propre du soleil elle était le clairon
Les directeurs les ouvriers et les belles sténo-dactylographes
Du lundi matin au samedi soir quatre fois par jour y passent
Le matin par trois fois la sirène y gémit
Une cloche rageuse y aboie vers midi
Les inscriptions des enseignes et des murailles
Les plaques les avis à la façon des perroquets criaillent
J'aime la grâce de cette rue industrielle
Située à Paris entre la rue Aumont-Thiéville et l'avenue des Ternes
[...]

TEXTE 5 • Louis-Ferdinand Céline, *Voyage au bout de la nuit* (1952)

La lumière du ciel à Rancy, c'est la même qu'à Détroit, du jus de fumée qui trempe la plaine depuis Levallois. Un rebut de bâtisses tenues par des gadoues noires au sol. Les cheminées, des petites et des hautes, ça fait pareil au loin qu'au bord de la mer les gros piquets dans la vase. Là-dedans, c'est nous.

Faut avoir le courage des crabes aussi, à Rancy, surtout quand on prend de l'âge et qu'on est bien certain d'en sortir jamais plus. Au bout du tramway voici le pont poisseux qui se lance au-dessus de la Seine, ce gros égout qui montre tout. Au long des berges, le dimanche et la nuit les gens grimpent sur les tas pour faire pipi. Les hommes ça les rend méditatifs de se sentir devant l'eau qui passe. Ils urinent avec un sentiment d'éternité, comme des marins. Les femmes, ça ne médite jamais. Seine ou pas. Au matin donc le tramway emporte sa foule se faire comprimer dans le métro. On dirait à les voir tous s'enfuir de ce côté-là, qu'il leur est arrivé une catastrophe du côté d'Argenteuil, que c'est leur pays qui brûle. Après chaque aurore, ça les prend, ils s'accrochent par grappes aux portières, aux rambardes. Grande déroute. C'est pourtant qu'un patron qu'ils vont chercher dans Paris, celui qui vous sauve de crever de faim, ils ont énormément peur de le perdre, les lâches. Il vous la fait transpirer pourtant la pitance. On en pue pendant dix ans, vingt ans et davantage. C'est pas donné.

L'ŒUVRE DANS UN GENRE

LA CURÉE, SECOND VOLET DES *ROUGON-MACQUART*

Un roman est une œuvre d'imagination en prose, assez longue, qui met en scène dans un cadre spatiotemporel précisément esquissé des personnages donnés pour vrais. *La Curée* est donc bien un roman. Zola fait l'éloge de ce genre qui lui semble s'imposer aux naturalistes : « Aujourd'hui, le roman s'est emparé de toute la place, il a absorbé tous les genres. Son cadre si simple embrasse l'universalité des connaissances. Il est la poésie et il est la science » (« Les romanciers contemporains », *Le Messager de l'Europe*, 1878).

Toutefois, ce roman doit être situé dans un contexte plus large. En effet, il s'agit du second volet du cycle des *Rougon-Macquart*, « Histoire naturelle et sociale d'une famille sous le Second Empire ». Dans ce vaste ensemble, qui compte vingt romans, Zola fait le récit de la vie des descendants d'Adélaïde Fouque, la tante Dide. Chaque roman est centré autour d'un de ses descendants. Eugène, auquel sera consacré *Son Excellence Eugène Rougon*, Sidonie et Aristide, également personnage principal de *L'Argent*, sont des petits-enfants d'Adélaïde Fouque. À travers l'histoire de cette famille, le romancier entend faire la peinture de son temps : « La caractéristique du mouvement moderne est la bousculade de toutes les ambitions, l'élan démocratique, l'avènement de toutes les classes (de là, la familiarité des pères et des fils, le mélange et le côtoiement de tous les individus) » (*Notes générales sur la marche de l'œuvre*).

Zola situe explicitement *La Curée* dans cet ensemble : « Dans l'histoire naturelle et sociale d'une famille sous le Second Empire, *La Curée* est la note de l'or et de la chair » (Préface). La note de l'or, c'est Saccard ; la note de la chair, c'est Renée. Il faut noter que le projet du romancier a évolué pour accorder progressivement davantage de place à Renée. En effet, quand, en mars 1869, Zola remet le plan de son œuvre à l'éditeur Albert Lacroix, il songe à deux romans, l'un autour de Maxime (« la vie sotte et élégamment crapuleuse de notre jeunesse dorée ») et l'autre autour de Saccard (« la terrible comédie des vols contemporains »). Il fond ensuite ces deux projets en un et accentue la critique morale de l'Empire à travers le personnage de Renée. Le brouillon de la Préface du roman garde trace de cet infléchissement vers un sens moral. En effet, Zola évoque dans un premier temps « cet éclat des millions débauchés et des fortunes scandaleuses » avant de rayer, pour écrire « cet éclat de la vie à outrance », expression plus ambiguë qui peut à la fois évoquer les spéculations et la débauche caractérisant, selon le romancier, le règne de Napoléon III. De même, il situe d'abord Renée « dans un milieu de luxe à outrance », puis de « luxe effréné », avant de parler d'un « milieu de luxe et de honte », qui allie les deux aspects de sa critique. *La Curée* est donc un épisode polémique de l'histoire du Second Empire conçu par Zola, auteur engagé.

LA POÉTIQUE DU ROMAN DANS *LA CURÉE* : CONSTANTES ET SPÉCIFICITÉS

LE NARRATEUR

Narrateur interne ou externe

Dans un roman, le narrateur raconte l'histoire. Deux cas de figure peuvent se présenter : il peut être un personnage de l'histoire et participer, de près ou de loin, à l'action. Il peut aussi être externe à l'histoire : dans ce cas, le narrateur n'est pas un personnage et il ne participe pas à l'action. Il s'exprime alors de manière anonyme à la troisième personne. Il ne doit toutefois pas être confondu avec le romancier, celui qui écrit. Zola rappelle d'ailleurs : « Le romancier naturaliste affecte de disparaître complètement derrière l'action qu'il raconte » (*Les Romanciers naturalistes*, 1881).

Dans *La Curée*, le narrateur est externe, il ne se confond avec aucun des personnages. Ce choix narratif peut s'expliquer par la volonté de prendre de la distance par rapport au sujet traité. Zola, auteur naturaliste, se veut « observateur » et « expérimentateur » (« L'observateur établit le terrain solide sur lequel vont marcher les personnages et se développer les phénomènes. Puis l'expérimentateur paraît et institue l'expérience, je veux dire fait mouvoir les personnages dans une histoire particulière, pour y montrer que la succession des faits y sera telle que l'exige le déterminisme des phénomènes mis à l'étude », *Le Roman expérimental*, 1880). Ainsi, tel le scientifique, il prend note des résultats de ses recherches expérimentales. Le narrateur ne souhaite pas s'impliquer dans ce projet, mais présenter les différentes pièces d'un dossier, les phases successives d'une expérience qui étudie les conséquences concrètes de l'hérédité (Maxime incarne « l'épuisement prématuré d'une race qui a vécu trop vite », Préface) et du milieu (Renée est progressivement gagnée par la folie parce qu'elle vit dans un « milieu de luxe et de honte », Préface). Il s'agit également de prévenir l'identification irraisonnée du lecteur au personnage principal telle que l'engendre la narration à la première personne, pour lui permettre à son tour d'adopter un regard objectif, voire scientifique, sur l'univers décrit. Ce parti pris d'investigation quasi scientifique explique sans doute que le récit ait recours à un narrateur externe.

On peut aussi trouver dans *La Curée* certains récits pris en charge par un narrateur interne. C'est le cas, par exemple, lorsque Saccard fait le récit de ses prétendus déboires financiers à Renée. Il s'agit d'un récit à la première personne (« Je vous ai servi [...] », « J'ai dû [...] », chap. v). On voit bien alors que Saccard ne prétend pas observer le réel mais au contraire le modeler grâce à son imagination, le métamorphoser afin qu'il serve son objectif : convaincre sa femme de céder ses terrains de Charonne. En retour, il ne faudrait surtout pas permettre à Renée de devenir un juge lucide ; il faut au contraire endormir son jugement critique : le récit à la première personne et l'implication du locuteur y contribuent.

Les focalisations

Le narrateur externe peut adopter différents points de vue ou focalisations. La *focalisation zéro* lui permet d'afficher sa maîtrise de la matière narrative : disposant d'un savoir exhaustif sur ses personnages, le narrateur en explicite les comportements à l'usage du lecteur, il conduit une expérience dont il organise et détaille les phases successives. La *focalisation interne* lui permet d'épouser le point de vue d'un personnage. La *focalisation externe*, enfin, lui permet de prendre ses distances vis-à-vis d'événements rapportés avec la sécheresse et l'absence d'apprêt d'un témoignage extérieur.

La position du narrateur évolue donc sans cesse, et le jeu avec les focalisations, dont nous donnons ci-dessous quelques exemples, est un élément de la variété esthétique du roman.

• La focalisation zéro

On parle de focalisation zéro quand le narrateur est omniscient, c'est-à-dire lorsqu'il sait tout sur tous les personnages : leur passé, leur présent, leur avenir, leurs rêves, leurs pensées, etc. Il peut alors expliquer le comportement des personnages, expliciter leurs motivations secrètes, mais également juger du bien-fondé de leurs actions.

C'est un narrateur omniscient qui prend en charge le récit de l'arrivée de Saccard à Paris et de ses débuts difficiles :

> Saccard, tout frais de sa province, ne put d'abord descendre dans les profondeurs délicates des nombreux métiers de Mme Sidonie. Comme il avait fait une année de droit, elle lui parla un jour des trois milliards, d'un air grave, ce qui lui donna une pauvre idée de son intelligence (chap. II).

Le narrateur explique ici à la fois le comportement de Saccard (il vient d'arriver de Plassans, une petite ville dans laquelle tous les habitants connaissent parfaitement leurs voisins) et de Mme Sidonie (elle pense que son frère va la comprendre parce qu'il a fait des études de droit). De plus, il annonce la suite de l'intrigue. L'adverbe de temps « d'abord » suggère que par la suite Aristide, qui aura appris à connaître les arcanes de la vie parisienne, saura percer les secrets de sa sœur. Enfin, il juge son personnage, qui ne comprend pas bien sa sœur et ce qu'il pourrait en tirer (« une bien pauvre idée », *ibid.*), et manifeste une meilleure connaissance que lui de Mme Sidonie (« profondeurs délicates », *ibid.*).

La focalisation zéro permet au narrateur d'être le plus exhaustif possible dans la présentation de ses personnages. Ce désir d'exhaustivité participe du projet naturaliste : il s'agit de donner le plus de détails possibles au lecteur afin qu'il puisse pleinement comprendre ce qui se joue sous ses yeux.

• La focalisation interne

Lorsqu'il adopte une focalisation interne, le narrateur anonyme adopte le point de vue d'un personnage. Il rapporte alors sa version des événements de manière subjective. Rien n'interdit au narrateur d'adopter successivement le point de vue de plusieurs personnages.

C'est le cas après la scène du café Riche. Renée et Maxime sont côte à côte dans le fiacre, mais ils sont trop honteux pour parler. Le narrateur dévoile alors successivement les pensées de Renée et celles de Maxime, leur lecture des événements de la soirée. Renée cherche à se disculper (« Renée songeait qu'elle n'était pas coupable. Elle n'avait pas voulu l'inceste », chap. IV). Maxime lui-même refuse toute culpabilité, mais il relit les événements de la soirée avec la lâcheté qui le caractérise et préfère songer que sa belle-mère est la plus coupable (« Avait-on jamais vu une femme se fagoter de la sorte ! », chap. IV). Cette confrontation des deux points de vue laisse présager la rupture des deux personnages : Renée, qui ne peut oublier l'éducation religieuse qu'elle a reçue dans son enfance, pense en termes moraux, tandis que Maxime, dont la seule religion est le plaisir, cherche à épurer cette relation de tout ce qui pourrait être « désagréable ».

La focalisation interne plonge dans le cœur même des personnages, laisse entendre leurs pensées, dévoile leurs motivations, sans qu'on puisse soupçonner le romancier-observateur de quelque manipulation malhonnête. Elle est donc prisée par un romancier naturaliste comme Zola. Cependant, il n'est pas toujours facile de s'en tenir à la vision d'un personnage. Ainsi, le narrateur semble adopter le point de vue de Renée, dans le premier chapitre pour faire découvrir au lecteur l'hôtel Saccard et le milieu dans lequel évoluent les personnages principaux. La description s'attarde sur l'extérieur quand la « calèche entr[e] et v[ie]nt s'arrêter devant le perron », puis elle donne à voir le vestibule quand « Renée mont[e] lentement l'escalier ». Pourtant, Renée est myope, elle ne pourrait donc livrer les détails de la description ; de plus, elle est songeuse lorsqu'elle rentre chez elle. Enfin, c'est bien la voix du narrateur qui commente le style de l'hôtel avec un regard critique (« C'était une réduction du nouveau Louvre, un des échantillons les plus caractéristiques du style Napoléon III, ce bâtard opulent de tous les styles », chap. I). Le romancier feint donc parfois d'adopter une focalisation interne, sans pour autant respecter tout à fait le point de vue des personnages.

• La focalisation externe

Le narrateur, lorsqu'il adopte une focalisation externe, essaie d'être le plus objectif possible. Il décrit la scène comme le ferait un témoin extérieur, comme s'il ne connaissait rien des personnages, de leurs sentiments ou motivations. C'est au lecteur d'interpréter ce qui lui est présenté. Cette focalisation, qui interdit tout jugement, toute explication, n'est pas facile à tenir pour un auteur aussi engagé que l'est Zola. Toutefois, certains brefs passages relèvent bien d'une focalisation externe.

Le narrateur y recourt principalement pour évoquer les personnages qui évoluent en marge du Second Empire, et refusent la corruption des mœurs. Il s'agit en quelque sorte de les protéger, de respecter leur isolement, de suggérer aussi l'incompréhension dont ils sont victimes. Ainsi, les pensées de M. Béraud du Châtel ne sont jamais explicitées : « Le vieillard allait répondre. Puis, il se leva, redressa sa haute taille, et marcha lentement, sans regarder sa fille davantage » (chap. v). Ce silence est-il signe de mépris ? du regret d'avoir renoncé à la vie et de s'être coupé de ses enfants ? d'indifférence ? Le narrateur ne tranche pas.

LES DESCRIPTIONS ET LEURS FONCTIONS

Narration et description

Narration et description sont deux formes différentes du discours : la narration se caractérise par des verbes d'action, l'emploi des temps du récit (passé simple et présent de narration en particulier) et des connecteurs de temps. La description se reconnaît pour sa part à l'emploi des verbes d'état, de l'imparfait et des connecteurs de lieu.

Ces deux formes du discours se mêlent constamment dans le roman en général et dans *La Curée* en particulier, qui insère les descriptions dans la narration sans effet de rupture. La description intervient le plus souvent lorsqu'un personnage fait une pause pour contempler ce qui l'entoure. Elle rend alors compte de sa vision. Ainsi, la description initiale du Bois et des promeneurs est parcourue par le champ lexical du regard (« Vois », « cligna des yeux », « vue », « binocle d'homme », « examina », « suivant des yeux », chap. I) qui indique que Maxime et Renée, pris dans un embouteillage (« l'embarras devint tel, qu'il lui [la calèche] fallut même s'arrêter », *ibid.*), ont tout le loisir d'observer ceux qui les entourent. De même, les descriptions des diverses tenues de Renée sont associées à un regard (« Quand Renée entra, il y eut un murmure d'admiration », *ibid.*). C'est donc la narration, le regard d'un personnage qui appelle la description.

Les descriptions, qui donnent à voir le milieu dans lequel évoluent les personnages, ont plusieurs fonctions.

Une fonction réaliste

Elles ont tout d'abord une fonction réaliste, c'est-à-dire qu'elles ancrent la narration dans le réel. Elles mettent alors en jeu tous les sens, de manière à donner l'impression au lecteur de pénétrer dans l'espace décrit.

Ainsi, la description de la chambre à coucher et du boudoir de Renée (chap. V) fait appel à tous les sens : la vue, par le jeu des couleurs (« gris », « rose », « blanc », « or »), le toucher, par l'évocation des matières (« ses tapis, ses peaux d'ours, ses sièges capitonnés, ses tentures matelassées »), l'odorat (« la jeune femme laissait là [...] le parfum de son corps »), l'ouïe, à travers l'évocation de la pendule qui marque « la marche rapide des heures ». La précision de la description est essentielle pour que le lecteur comprenne « le milieu de luxe » dans lequel évolue Renée.

Une fonction symbolique

La description a une fonction symbolique lorsqu'elle dévoile, à travers l'évocation d'un paysage ou d'un objet, un élément du caractère ou des émotions du personnage. Ainsi, au lieu d'énoncer les traits de caractère de ce personnage dans une énumération arbitraire, le narrateur les fait comprendre au lecteur en lui faisant partager sa vision des choses : c'est à travers le regard du personnage sur les objets, les paysages ou les êtres que l'on apprend à mieux le connaître.

Ainsi, la description du trottoir devant le café Riche (chap. IV) éclaire le lecteur sur l'état d'esprit de Renée. On remarque sa grande confusion, qui lui fait confondre le jour avec la nuit (« Pas un volet n'était mis, les trottoirs s'allongeaient sans une raie d'ombre, sous une pluie de rayons qui les éclairait d'une poussière d'or, de la clarté chaude et éclatante du plein jour »). De même, elle est incapable d'interpréter ce qu'elle voit (« réclame d'un chapelier qu'elle ne comprit pas »). Cette perte des repères atteint également ses perceptions sonores (« Le bruit assourdissant qui montait avait une clameur [...]. Renée crut, un moment, qu'un accident venait d'avoir lieu »). Zola suggère ainsi que Renée a perdu toutes ses capacités d'analyse. Cette confusion gagne ensuite le domaine moral, et Renée est prête pour l'inceste qui va se produire quelques pages plus loin.

Une fonction narrative

Les descriptions ont une fonction narrative lorsqu'elles sont chargées d'annoncer la suite du récit. Les connotations des termes employés, les images utilisées dans la description font alors pressentir au lecteur la suite de l'intrigue. La fonction narrative de la description est couramment utilisée dans le genre romanesque, et il ne faut pas s'étonner d'en relever des exemples dans *La Curée*.

Ainsi, les images envahissent la description de Paris (chap. II) pour annoncer l'enrichissement de Saccard par les spéculations immobilières. Alors que la description s'amorce de manière réaliste, par des détails précis (« grand ciel pâle », « verdure sombre »), elle prend progressivement la forme d'une évocation digne des *Mille et Une Nuits.* « Or », « émeraude », « saphir », « rubis », inondent les toits de la capitale. La description a alors une vision prophétique : Saccard réussira.

Une fonction esthétique

Enfin, les descriptions peuvent avoir une fonction esthétique : il s'agit alors d'embellir le réel, de le transformer en une véritable œuvre d'art. Il est bon dans cette optique de rappeler que Zola entretenait des relations d'amitié avec les peintres impressionnistes. En effet, à partir de 1866 – il se fait alors le héraut des tableaux très controversés de Manet, *Déjeuner sur l'herbe* et *Olympia* – et jusqu'en 1880, il fait des comptes rendus des Salons de peinture et construit une œuvre critique importante dans laquelle il fait la louange du modernisme en peinture. Il partage un certain nombre de principes avec les impressionnistes : l'attirance pour la ville moderne, la volonté d'observation, qui pousse les artistes en dehors de leurs ateliers, en plein air, le goût pour les séries, qui traduisent la variété des points de vue (n'oublions pas que Zola affirme que les réalistes doivent voir le monde « à travers un tempérament »).

Ainsi, la peinture que Zola fait de la Seine (chap. II) pourrait s'apparenter à un véritable tableau impressionniste. Il y attache une attention toute particulière aux reflets changeants de la lumière (« mouchetée de flammes blanches », « ombre », « plastrons d'or », « couleur de soleil »), à l'harmonie des couleurs (« robes changeantes qui passaient du bleu au vert, avec mille teintes »), mais également aux textures, comme s'il choisissait d'étaler la couleur sur la toile (« gaze enchantée ») ou de la déposer en couches plus épaisses (« ruban de velours », « satin gros vert »). Dans sa dimension artistique, la description prend donc une valeur esthétique.

LES FORMES DU DISCOURS ET LEUR EMPLOI DANS LE ROMAN

Le discours direct

Le narrateur laisse la parole aux personnages, dont il rapporte les paroles exactement, entre guillemets : c'est le discours direct. Le lecteur est alors témoin direct du dialogue entre les personnages, sans médiateur. Zola recourt très souvent à cette forme de discours rapporté.

Le discours direct a plusieurs fonctions dans le roman. Tout d'abord, il permet de mettre en évidence une réplique importante. Ainsi, le discours direct tranche sur le résumé d'une conversation, pour attirer l'attention du lecteur. Tel est le cas, par exemple, lors d'une conversation entre Aristide et Sidonie : le début de la conversation, les élucubrations de Sidonie sur les trois milliards sont presque passées sous silence (« Elle secoua la tête, soupira en parlant des trois milliards. [...] Mme Sidonie [...] lui expliqua ensuite avec une grande lucidité qu'il ne trouverait pas un sou, n'ayant à offrir aucune garantie », chap. II). Se fait alors entendre une réplique au discours direct, décisive pour la suite du roman (« Ah ! si tu n'étais pas marié !... »). Alors même qu'Angèle est vivante, Sidonie suggère un mariage avec une femme riche.

Le discours direct a ensuite pour fonction de suspendre le jugement du narrateur. Aucune interprétation ne nous est imposée : c'est à nous, lecteurs, d'entendre et de comprendre les répliques des personnages. C'est un moyen de rendre la satire du Second Empire plus subtile. L'auteur rapporte donc au discours direct les discussions des hommes d'affaires ou des hommes politiques. Ces paroles, Zola, journaliste engagé et observateur attentif de son temps, les a parfois entendues prononcer par ses contemporains. Ainsi, Haussmann affirme le 6 juin 1861 : « La transformation de Paris, qui sera une des gloires du règne de l'empereur », phrase reprise par Toutin-Laroche : « La transformation de Paris sera la gloire du règne ». De même, le préfet pense que les travaux feront de « Paris une capitale digne de la France, j'ai presque dit du monde civilisé », et Saccard d'affirmer : « Paris est devenue la capitale du monde ». Ainsi, en laissant parler ses personnages Zola fait entendre la voix d'un certain nombre d'hommes historiques, celle d'Haussmann en particulier, grand absent de ce roman pourtant consacré à son œuvre. Les propos des personnages fictifs créés par Zola, mais aussi des personnages réels qui se cachent derrière eux, sont discrédités tout d'abord par le contexte. Ainsi, au milieu des commentaires sur les emprunts de la ville de Paris, se fait entendre une anecdote grivoise (« Elle ne veut pas qu'un homme autre que son mari puisse se flatter d'avoir vu certain signe noir placé au-dessus de son genou », chap. I). Les grands travaux sont de cette façon ramenés au rang de farce. De plus, le romancier fait prendre en charge par ses personnages la critique des travaux haussmanniens. L'un évoque l'énormité des emprunts contractés par la Ville (« On accuse le Conseil de conduire la Ville à sa ruine », chap. I), l'autre le désarroi des Parisiens dérangés dans leurs habitudes (« Imaginez-vous que moi, qui suis un vieux Parisien, je ne reconnais plus mon Paris », *ibid.*). Enfin, le vin aidant, les personnages, après avoir hypocritement relayé le discours officiel (Paris acquerra par ces travaux une renommée mondiale, Paris s'embellit...), en viennent à avouer leur véritable intérêt : l'argent (« J'en connais plus d'un qui ont joliment arrondi leur fortune », *ibid.*). Le narrateur n'a donc pas besoin d'intervenir directement pour faire une satire de l'Empire.

Enfin, le discours direct met en évidence l'hypocrisie des personnages, qui jouent tous un rôle afin de manipuler les autres. Ainsi, le contraste entre les paroles de Saccard et ses pensées est flagrant lorsqu'il essaie de manipuler Renée. Au moment où la jeune femme, ignorant tout de son plan machiavélique, lui demande s'il lui conseille de signer des billets pour des sommes si importantes, c'est au discours direct que Saccard répond : « Non [...]. Mais, si vous avez absolument besoin d'argent, je ne vous la [cette folie] défend pas ». Le discours direct dit son sang-froid dans le mensonge : il a en effet le billet dans sa poche et vient juste d'obtenir de Renée ce qu'il attendait. Le discours direct a donc de nombreuses fonctions dans le roman.

Le discours indirect

Le narrateur peut aussi inclure les paroles des personnages dans son propre discours, grâce à l'emploi du discours indirect. Dans ce cas, les paroles ne sont pas placées entre guillemets, elles sont subordonnées à un verbe de parole, ce qui entraîne un certain nombre de modifications grammaticales[1]. Le narrateur peut aussi avoir recours au discours indirect libre : dans ce cas, les paroles des personnages subissent les mêmes modifications grammaticales que dans le discours indirect, mais elles ne sont plus subordonnées à un verbe de parole[2].

Le discours indirect, peut-être en raison de sa lourdeur grammaticale, est rarement employé dans *La Curée* et chacune de ses occurrences est très brève. Les passages au discours indirect libre sont au contraire plus nombreux et plus longs. D'ailleurs, ils prolongent parfois le discours indirect (« Il disait de nouveau qu'ils avaient fait une bêtise. Si leur camaraderie avait d'abord mis dans leurs rapports d'amoureux une volupté de plus, elle lui empêchait aujourd'hui de rompre, comme il l'aurait certainement fait avec une autre femme », chap. V).

Le discours indirect libre a deux fonctions principales dans le roman : d'une part, il sert à rapporter une conversation ; d'autre part, il permet de retranscrire les pensées d'un personnage. Lorsque le discours indirect libre est employé pour rapporter un dialogue, il manifeste la distance qui s'installe entre les personnages, comme si l'un d'entre eux entendait les paroles sans réellement les comprendre, à travers un filtre ou un écran. Ainsi, c'est le discours indirect libre qui est employé pour rapporter la conversation entre Saccard et la tante Élizabeth, conversation au cours de laquelle Saccard parvient à annihiler toutes ses facultés de jugement (« Selon lui, cent mille francs étaient un apport ridicule pour le mari de Mlle Renée », chap. II). C'est encore le discours indirect libre qui est employé lorsque Renée, à bout de ressources, rend visite à

---

1. *Discours direct* : Le message disait : « Je te retrouverai demain ». *Discours indirect* : Le message disait qu'il le retrouverait le lendemain. \ **2.** *Discours indirect libre* : Il le retrouverait le lendemain.

Mme Sidonie pour lui emprunter de l'argent. La confusion de Renée se lit dans cette forme de discours rapporté : elle est incapable de comprendre le sens des paroles de son interlocutrice (« Mais elle ferait défaut, ça serait pour un autre jour ; elle était trop heureuse que sa belle-sœur eût l'amabilité de lui rendre enfin une petite visite. Renée souriait, d'un air embarrassé », chap. V).

Le discours indirect libre permet également de faire entendre les pensées intimes, secrètes des personnages. Renée est l'un des seuls personnages dont on connaît les pensées : Maxime est trop insignifiant pour prendre réellement conscience de sa faute ; quant à Saccard et à Sidonie, ils sont presque trop machiavéliques pour se formuler à eux-mêmes leurs réflexions. Renée, en revanche, prend conscience de sa faute et le discours indirect libre traduit sa descente progressive dans la folie (« Quel était son crime et pourquoi aurait-elle rougi ? Est-ce qu'elle ne marchait pas chaque jour sur des infamies plus grandes ? », chap. V ; « Qui donc l'avait marquée ainsi ? », chap. VI). La récurrence de la modalité interrogative dit le trouble de Renée, la perte de tous ses repères.

LES PERSONNAGES

Les personnages de roman prennent corps grâce aux indications directement fournies par le narrateur (identité, portrait physique ou moral), mais aussi grâce au récit qui les met en scène et permet au lecteur de se familiariser avec eux au travers de leurs actions. Souvent, la cohérence entre les informations directes et les informations indirectes contribue à faire du personnage un type psychologique ou social.

Pour Zola, le personnage ne doit pas être un héros, un personnage d'exception, mais au contraire quelqu'un dans lequel le lecteur puisse se reconnaître : « Le premier homme qui passe est un héros suffisant ; fouillez en lui et vous trouverez certainement un drame simple, qui met en jeu tous les rouages des sentiments et des passions » (*Deux Définitions du roman*, 1866).

Saccard, « un nom à aller au bagne ou à gagner des millions » (chap. II)

• Le symbole du Second Empire

Présent dans tous les chapitres, Aristide Saccard est l'un des personnages principaux du roman. Pourtant, son portrait physique est succinct (« petit, laid, noirâtre » ; « mine chafouine », « jambes grêles », chap. I) et l'on connaît peu de choses de ses sentiments réels. Qu'éprouve-t-il, par exemple, lorsqu'il attend la mort d'Angèle, alors qu'il a déjà planifié son mariage avec Renée (« Saccard, resté seul, alla appuyer son front contre les vitres glacées », chap. II) : s'agit-il de la fièvre de la conquête ? du remords ?

Si le personnage semble parfois mystérieux, c'est qu'il est tout entier réduit à la « note de l'or » : il incarne le « grand spéculateur, brasseur de millions » (chap. III) qui caractérise, pour Zola, le Second Empire. Son personnage est d'ailleurs inspiré de personnages réels comme les frères Pereire, fondateurs du Crédit mobilier, ou Mirès, directeur de la Caisse nationale des chemins de fer. Saccard change de nom en fonction de son objectif unique : faire fortune (« Saccard, Aristide Saccard !... Avec deux c... Hein ! Il y a de l'argent sous ce nom-là ; on dirait que l'on compte les pièces de cent sous », chap. II). Rien n'arrête alors Aristide, qui perd tout sens moral, et ne recule devant aucune tromperie, aucun mensonge. C'est une chasse féroce qu'il mène (« appétits de loup », « oiseaux de proie », « bête affamée », chap. II). Après avoir dépouillé Renée (« Le père, au lieu de la tuer, l'avait volée », chap. VI), c'est son fils qu'il cherche à voler (« M'apporteras-tu demain les cent mille francs ? », chap. VII). Zola traduit en images cette obsession de l'or : Saccard est peint en alchimiste, qui fait bouillir « le quartier », « dans l'alambic de quelque chimiste » (chap. II), ou il prend la stature d'Héphaïstos (« Depuis dix ans, elle le voyait dans la forge, dans les éclats de métal rougi, la chair brûlée, haletant, tapant toujours, soulevant des marteaux vingt fois trop lourds pour ses bras, au risque de s'écraser lui-même », chap. VI). Mais à cette folie de l'argent Saccard allie l'autre vice du Second Empire : la perversité morale. Il ne joue pas son rôle de mari, laissant Renée dans une « liberté entière », une « impunité » (chap. V) qui la pousse au crime. Il ne joue pas davantage son rôle de père (« Une familiarité, un abandon plus grand encore, existaient entre le père et le fils », chap. III). La perversité du personnage se lit ostensiblement lorsqu'il choisit d'ignorer l'inceste pour empocher l'acte de cession des terrains de Charonne. Ainsi Saccard apparaît bien, pour l'auteur critique, comme le symbole du Second Empire.

• Le véritable héros du roman ?

Pourtant, malgré ce portrait à charge, Zola écrit dans la Préface de *Renée*, pièce qu'il a tirée de son roman : « Ce Saccard, j'avoue qu'il me tient au cœur. Je suis furieusement tenté de le défendre ». En effet, Saccard apparaît positif par son dynamisme. C'est un être conquérant. Le chapitre II relate son irrésistible ascension, depuis son arrivée à Paris, pauvre et presque sans appui, jusqu'à sa gloire. Dès le premier jour, il marche en conquérant (« Ce fut une véritable prise de position », chap. II) et il ne renonce jamais malgré les obstacles qui se dressent sur son chemin (« Ses volontés se tendirent davantage », *ibid.*). Ainsi, Zola brosse le portrait d'un être conquérant, qui veut échapper à son destin, mû par une force que rien ne peut arrêter. Le dynamisme du personnage se voit également dans la fonction narrative qu'il occupe dans le roman. Être manipulateur, c'est lui qui déclenche les principaux événements narratifs : rencontre de Maxime et Renée (« Ce fut alors que son père se décida à le faire venir à Paris », chap. III), mariage de Maxime et de Louise (« Ce fut en cette circonstance que Saccard reparla du mariage des enfants, et que les deux pères l'arrêtèrent définitivement », chap. VI). Enfin, Saccard apparaît parfois comme le double du romancier. Il prend plaisir à concevoir des « mélodrame[s] financier[s] », des « conte[s] à dormir debout » (chap. V). C'est même ce qui lui plaît le plus dans les affaires (« ce qui le ravissait, c'était l'impudence du mensonge, l'entassement des impossibilités, la complication étonnante de l'intrigue », chap. V). Dynamique, acteur, inventif, Saccard est donc un personnage créatif dans le roman, susceptible d'attirer les sympathies, malgré sa férocité et son égoïsme. Pourtant, il n'est pas dénué de faiblesses et il ne parvient pas à accéder à la grandeur des héros balzaciens.

Tout d'abord, il est soumis à des forces qui le dominent. Il subit l'influence de l'hérédité (« Tout le sang des Rougon, toutes ses ardentes convoitises lui montèrent à la gorge », chap. II), du milieu (« Aristide Saccard avait enfin trouvé son milieu », chap. II). De plus, il est manipulé par son frère qui lui donne des ordres (« Tu m'obligeras en ne battant pas le pavé et en attendant tranquillement chez toi l'emploi que je te promets », chap. II) et le menace (« pas de scandale trop bruyant, ou je te supprime », chap. II). Enfin, et surtout, Saccard, habile spéculateur, est un homme trop passionné pour s'enrichir. Il se berce lui-même des contes qui ne devraient servir qu'à tromper les autres et « [d]'aventure en aventure, il n'[a] plus que la façade dorée d'un capital absent » (chap. IV). Ainsi, si Saccard a parfois une grandeur qui force l'admiration, au-delà de la condamnation morale, il a cependant trop de faiblesses pour accéder au statut de héros.

Renée, « la fée excentrique des voluptés mondaines » (chap. III)

- « La belle Mme Saccard » (chap. I)

Renée apparaît d'abord comme une femme attirante. Elle est d'une beauté hors normes, qui surprend et fascine à la fois (« C'était une grande fille, d'une beauté exquise et turbulente », chap. II). Ses cheveux attirent le regard (« Ses étranges cheveux fauve pâle, dont la couleur rappelait celle du beurre fin », chap. I), tout comme son regard de myope, « qui était chez elle une grâce » (*ibid.*). Son corps parfait est également l'objet de toutes les convoitises. Elle n'hésite pas à le montrer, à l'offrir aux regards, chaque robe le dévoilant plus audacieusement que la précédente (« Décolletée jusqu'à la pointe des seins, les bras découverts », *ibid.* ; « La tunique, de velours noir, était décolletée en carré, très bas sur la gorge », chap. III ; « elle était nue », chap. VI). Ainsi, « les femmes [la] jalousent, les hommes donneraient dix ans de leur vie pour [lui] baiser le bout des doigts » (chap. I). L'empereur lui-même ne peut s'empêcher de jeter sur elle un regard concupiscent (chap. III).

- L'influence du milieu

Si Renée a d'abord été conditionnée par une enfance malheureuse (« Il [M. Béraud du Châtel] avait déjà une fille de huit ans, Renée, lorsque sa femme expira en donnant le jour à une seconde fille. [...] Renée fut oubliée en pension », chap. II), elle subit surtout ensuite l'influence néfaste d'un « milieu de luxe et de honte » (Préface du roman). Renée vit en effet aux côtés d'un mari pour qui elle reste « une valeur dans un portefeuille » (chap. VI), dans un monde où l'argent est la seule référence. Elle fréquente des êtres dépravés (« des cas extraordinaires de la tendre amitié de Suzanne Haffner et d'Adeline d'Espanet, du métier délicat de Mme de Lauwerens, des baisers à prix fixe de la comtesse Vanska », chap. III). On comprend ainsi la métaphore florale qui revient à plusieurs reprises à son sujet (« elle ressemblait à une grande fleur, rose et verte, à un des Nymphéas du bassin », chap. I ; « une fleur à cueillir », chap. III). De même que les plantes poussent dans la serre, en dépit de la nature, des saisons, des climats, avec une force inaccoutumée (« C'était le rut immense de la serre, de ce coin de forêt vierge où flambaient les verdures et les floraisons des tropiques », chap. IV), Renée pousse sur le terreau du Second Empire, en dépit de la morale et de la raison (« Dans le monde affolé où ils [Renée et Maxime] vivaient, leur faute avait poussé comme sur un fumier gras de sucs équivoques, chap. IV).

• « Une nouvelle Phèdre » (dossier préparatoire)

Lorsque Renée assiste à la représentation de *Phèdre*, au Théâtre-Italien, elle ne peut que se reconnaître dans le personnage interprété par la Ristori (« Elle souffrait horriblement, elle perdait connaissance, quand le dernier râle de Phèdre, repentante et mourant dans les convulsions du poison, lui fit rouvrir les yeux », chap. V). Pourtant, elle a bien conscience que « son drame [est] mesquin et honteux, à côté de l'épopée antique » (chap. V).

En réalité, Renée s'apparente bien à un personnage tragique dans sa conscience de la faute, dans son déchirement intérieur. Elle est en effet sans cesse partagée entre morale bourgeoise (« une honnêteté absolue, un amour des choses logiques, une crainte du ciel et de l'enfer, une dose énorme de préjugés », chap. II) et désirs sensuels (« les fantaisies prodigieuses, les curiosités sans cesse renaissantes, les désirs inavouables », « son insatiable besoin de savoir et de sentir », chap. II), entre culpabilité (« C'est infâme ce que nous venons de faire là », chap. IV) et innocence (« Renée songeait qu'elle n'était pas coupable », chap. IV ; « C'étaient ces gens qui l'assommaient, qui la poussaient au crime », chap. IV). Renée, « ni tout à fait innocente, ni tout à fait coupable », dans sa folie grandissante, est ainsi le seul personnage émouvant du roman.

Maxime, du « miroir de coquette » au « vide du cerveau »

• Narcisse

Dans le spectacle conçu par M. Hupel de la Noue, *Les Amours du beau Narcisse et de la nymphe Écho*, Maxime incarne Narcisse et tous les spectateurs admirent la remarquable beauté du jeune homme (« On trouva généralement que Maxime était admirablement fait », chap. VI). En effet, le personnage se caractérise à la fois par sa beauté mais aussi par l'admiration qu'il porte à celle-ci. À quatorze ans déjà, quand il arrive à Paris, il est « joli comme un cœur » (chap. III), selon l'expression de Renée. Cette beauté se parfait ensuite par des soins constants (« Il se soignait beaucoup les mains, qu'il avait minces et longues », « véritable religion pour la toilette », chap. III). Toutefois, cette beauté n'est pas canonique. Elle est toute féminine (« effémination de tout son être », « balancement des hanches d'une femme faite », chap. III). Cela n'empêche pas Maxime d'en être le principal admirateur (« il possédait un petit miroir qu'il tirait de sa poche pendant les classes, qu'il posait entre les pages de son livre et dans lequel il se regardait des heures entières », chap. III). Mais à cette beauté extérieure ne répond aucune grandeur morale.

• Un être dégénéré

Maxime est le symbole de la dégénérescence morale et intellectuelle de l'Empire. Il subit ainsi l'hérédité familiale (« un singulier mélange, heurté et comme disséminé, des appétits furieux de son père et des abandons, des mollesses de sa mère », chap. III) et l'influence du milieu, celle de « Paris [qui] se mettait à table et rêvait gaudriole au dessert ». Il allie ainsi bêtise (« deux trous bleus, clairs et souriants, des miroirs de coquette, derrière lesquels on apercevait tout le vide du cerveau », *ibid.*), paresse (« Il se moquait de Saccard, il le trouvait très bourgeois de se donner autant de peine pour gagner un argent qu'il mangeait, lui, avec une si adorable paresse », *ibid.*), et débauche (« Le vice en lui parut même avant l'éveil des désirs », *ibid.*).

• L'antithèse de Saccard

Si Saccard est un être dynamique et conquérant, décidé à construire son destin, Maxime est la faiblesse même. Il ne décide rien, ne construit rien et ne cherche que des « plaisir[s] sans fatigue » (chap. III). On peut donc s'interroger sur le rôle que joue dans le roman un personnage aussi médiocre. Il sert principalement de faire-valoir aux autres personnages. Il met ainsi en évidence les ruses et les manipulations de Saccard, qui lui impose son mariage avec Louise (« Il dit oui, il accepta toutes les dates que Saccard voulut, pour s'éviter l'ennui d'une discussion », chap. v). Maxime est aussi le moyen de mettre en valeur l'esprit détraqué de Renée, qui guette « cette proie renversée sous elle, qui s'abandonnait, qu'elle possédait tout entière » (chap. iv). Victime de l'hérédité familiale, Maxime est un personnage peu attachant, passif.

LE TRAITEMENT DU TEMPS

Chronologie du roman

Alors que Zola joue avec les références historiques et multiplie les anachronismes, la chronologie de *La Curée* est assez facile à repérer.

Après un premier chapitre situé en 1862 (voir dossier préparatoire), à l'automne, les deux chapitres suivants constituent des analepses, des retours en arrière. Le chapitre ii fait le récit de l'arrivée de Saccard à Paris, fin 1851 (« Aristide Rougon s'abattit sur Paris, au lendemain du 2 décembre », chap. ii), et de ses débuts à l'Hôtel-de-Ville (« Vers le commencement de 1853, Aristide Saccard fut nommé commissaire voyer » ; « Vers le commencement de 1854, Saccard lui confia qu'il avait en vue plusieurs affaires », *ibid.*). Le chapitre iii relate l'arrivée de Maxime à Paris (« Maxime resta au collège de Plassans, jusqu'au vacances de 1854 », chap. iii) et passe brièvement sur ses années d'apprentissage (« Cependant Maxime avait grandi », *ibid.*). Ainsi, la fin du chapitre iii nous ramène au moment de l'intrigue.

Après ces deux chapitres, la chronologie n'est quasiment plus perturbée. L'inceste a lieu environ une quinzaine de jours après la promenade qui ouvre le roman (« Quinze jours passèrent », chap. iv). La relation amoureuse entre Maxime et Renée dure un hiver (« cet hiver-là, le patin était à la mode », chap. vi), un printemps (« Puis, quand vint le printemps, Renée [...] voulut que Maxime se promenât avec elle dans le parc Monceau », *ibid.*) et un été, à l'occasion duquel ils se rendent à Trouville. À l'automne suivant, Saccard se rapproche de sa femme. Il découvre et met fin à la relation incestueuse de Renée et son fils en mars (« Il y avait bal travesti, chez les Saccard, le jeudi de la mi-carême », *ibid.*). Renée meurt l'« hiver suivant ».

L'intrigue s'étend donc sur une durée relativement brève. Les analepses (si l'on excepte les chapitres ii et iii) sont brèves et rares. Elles interviennent pour éclairer le plan machiavélique de Saccard pour extorquer à Renée les terrains de Charonne (« Il y avait deux ans déjà qu'il préparait son coup de génie, du côté de Charonne », chap. IV). De même, aucun épisode n'est narré à l'avance : le travail d'anticipation relève de la lecture. Ainsi, le lecteur ne peut que deviner les pensées de Renée, « l'autre chose » qu'elle convoite au chapitre I : l'inceste, n'est pas annoncée prématurément.

Cette apparente simplicité dans la chronologie ne doit pas faire oublier certaines distorsions dont le sens est symbolique. Ainsi, au chapitre I, Renée compte dix ans de mariage. Or, elle n'est mariée que depuis huit ans (son mariage a lieu en 1854). On peut voir dans cet écart une approximation, qui trahirait l'ennui de la jeune femme, mais on peut aussi noter que Renée date son mariage de 1852, du coup d'État de Louis Napoléon Bonaparte. Elle associe ainsi symboliquement son mariage désastreux et la prise du pouvoir de la France par l'empereur.

Scènes, sommaires, ellipses

Après avoir étudié l'ordre de la narration, il convient de considérer le rapport entre le temps de la narration et celui du récit. Tantôt le temps de la narration semble coïncider avec celui du récit : le lecteur a alors l'impression que l'épisode se déroule sous ses yeux et qu'il le suit en temps réel : c'est ce qu'on appelle une *scène*. Tantôt le temps de la narration est plus bref que celui du récit. Deux cas de figure sont alors envisageables : soit le narrateur résume une série d'épisodes, et on parle alors de *sommaire* ; soit il en passe certains sous silence, et c'est alors le procédé de *l'ellipse*.

Dans le roman, scènes et sommaires alternent. Les sommaires visent à souligner l'importance des scènes, qui apparaissent comme des temps forts dans la vie des personnages principaux, comme des paliers dans leur décadence. Le chapitre IV est à cet égard remarquable. Il commence par une scène au cours de laquelle Renée et Maxime se rendent au bal de Blanche Müller puis au café Riche. On suit leur expédition presque minute par minute.

Puis vient l'inceste, remarquable ellipse. Zola le dit en quatre mots : « Et tout fut dit ». Il suggère ainsi que l'inceste n'est que la conséquence logique de tout ce qui précède : les chapitres précédents lui ont permis d'établir un portrait assez précis de Renée et de Maxime, et de l'influence funeste de l'Empire, pour que l'inceste apparaisse comme inévitable. De plus, le refus du récit est aussi un refus de suivre les personnages sur la pente de la dépravation. Le lendemain matin, nouvelle scène, au cours de laquelle Saccard tend un piège à sa femme, interrompue par une brève analepse. Ainsi les deux scènes nouent les deux fils de l'intrigue, l'intrigue amoureuse et l'intrigue financière. Cela étant fait, il faut laisser s'envenimer la situation et le chapitre se termine sur une série de sommaires (« Maxime revint chaque nuit »). La scène a donc d'autant plus de valeur qu'elle émerge de l'ombre des sommaires.

L'ÉCRITURE DE *LA CURÉE* : UNE ÉCRITURE DU CONTRASTE

UNE EXIGENCE RÉALISTE

Une série d'antithèses organise *La Curée*, tant au niveau de la construction d'ensemble (opposition entre scènes de groupes et dialogues intimes, entre scènes et sommaires...) que de la construction de certaines scènes (oppositions sensorielles) ou même de certains personnages (ambiguïté sexuelle de Maxime, par exemple). Pour Zola, il s'agit tout d'abord d'une exigence réaliste : « Le tableau de la vie elle-même ; ici les pleurs, là le rire ; ici le terrible, là le grotesque » (lettre de Zola à Baille).

L'écriture du contraste serait donc dictée par l'observation du réel. En effet, un certain nombre d'oppositions dans *La Curée* sont au service du tableau que Zola peint du Second Empire, à partir de ses observations. Le romancier oppose, dans la dernière page du roman, le vieux Paris, épargné par les travaux d'Haussmann (« À gauche, le quai Henri-IV et le quai de la Râpée alignaient la même rangée de maisons, ces maisons que les gamines, vingt ans auparavant, avaient vues là, avec les mêmes taches brunes de hangars, les mêmes cheminées rougeâtres d'usines », chap. VII) et le nouveau Paris (« Elle songeait à la ville complice, au flamboiement des nuits du boulevard, aux après-midi ardentes du Bois, aux journées blafardes et crues des grands hôtels neufs », *ibid.*). Des couleurs chaudes d'une part, des couleurs agressives de l'autre, des lieux qui suggèrent le travail et le labeur d'une part, des lieux de loisir et de parade de l'autre... Ces oppositions disent les mutations rapides que connaît la capitale.

UNE POÉTIQUE PARTICULIÈRE

Pourtant, cette écriture du contraste ne répond pas seulement à un impératif réaliste. Elle sert également des objectifs narratifs et constitue une véritable poétique du récit.

La dynamique du récit

Le jeu des contrastes a d'abord pour but d'intriguer le lecteur, de le surprendre, et donc d'éveiller son attention. L'antithèse est une arme contre l'ennui et la monotonie. Le début du chapitre VI est à cet égard remarquable. Le chapitre s'ouvre sur une scène de groupe, sur les conversations échangées par les spectateurs des *Amours du beau Narcisse et de la nymphe Écho*, lors de la fête de la mi-carême chez les Saccard (« Les conciliabules se tenaient dans le salon bouton d'or », chap. VI). L'attention se porte ensuite sur un bref dialogue entre Saccard et sa sœur (« Saccard les quitta un instant pour aller échanger une parole à voix basse avec sa sœur qui venait d'entrer », *ibid.*). Le contraste entre l'insignifiance des conversations mondaines et la précision de ce dialogue attire l'attention sur ce dernier et en dit l'importance. L'alternance entre scènes de groupe et duos se poursuit : à peine Saccard est-il revenu « au groupe des hommes graves » qu'il s'isole à nouveau (« Monsieur de Mareuil le prit à l'écart », *ibid.*) pour préparer l'annonce du mariage entre Maxime et Louise.

On voit donc les prémices du drame qui va se jouer à la fin du chapitre – la folie jalouse de Renée et la découverte de l'inceste par Saccard – éclairées ici par la lumière du contraste. Le lecteur pressent les épisodes à venir et son attention est soutenue durant tout le chapitre. Parce qu'il est dans l'expectative, il guette les signaux du drame dans le récit de la soirée mondaine.

La mise en valeur

Le jeu des contrastes a ensuite pour but de mettre en valeur les épisodes centraux du roman. Ainsi, dans la seconde partie du chapitre VI, la folie grandissante de Renée est suggérée par son isolement, mis en évidence par l'antithèse entre la solitude du personnage et le cotillon. Renée apparaît comme solitaire dans la foule (« Elle traversa le salon d'un pas rapide, heurtant les couples attardés qui regagnaient leur siège », chap. VI). Aux scènes de liesse engendrées par le cotillon s'opposent la solitude et l'angoisse de la jeune femme, qui ne parvient plus à tenir son rang social. Ces oppositions attirent l'attention du lecteur sur le malaise du personnage en train de sombrer dans la folie.

GROUPEMENT DE TEXTES : L'ÉCRITURE ROMANESQUE DANS *LA CURÉE*

TEXTE 6 • *La Curée*, chapitre I

Au retour, dans [...] d'un air parfaitement calme.

> PAGES 7-8, LIGNES 1-46

L'incipit

Il s'agit de l'incipit (c'est-à-dire du début) du roman. L'incipit, comme la scène d'exposition au théâtre, doit informer le lecteur (présenter le cadre spatiotemporel, les personnages, l'intrigue ; présenter le genre, le style de l'œuvre) et le séduire, lui donner envie de lire la suite (créer une attente, suggérer un conflit à venir).

1. Qu'apprend le lecteur dans cet incipit ? Relevez et classez les informations. Quelles hypothèses le lecteur peut-il formuler pour la suite du roman ?

2. Quelle vision l'auteur donne-t-il de la société mondaine du Second Empire ?

3. Quelles sont les fonctions de la description ?

TEXTE 7 • *La Curée*, chapitre I

C'était un étalage, [...] ce bâtard opulent de tous les styles.

> PAGES 23-24, LIGNES 481-518

Une description

1. Quelles sont les fonctions de la description dans ce passage ?

2. Comparez cette description avec celle de l'hôtel Béraud (« L'hôtel Béraud, bâti vers le commencement du dix-septième siècle [...] un édit du roi », p. 113-115, l. 1600-1668). Commentez.

TEXTE 8 • *La Curée*, chapitre II

Mme Sidonie avait trente-cinq ans [...] comme un recors.

> PAGES 74-78, LIGNES 426-518

Un portrait

1. Analysez la construction du portrait (ordre de la description ? portrait physique ? portrait moral ?).

2. Quelles sont les contradictions du personnage ? En quoi est-il mystérieux ?

TEXTE 9 • *La Curée*, chapitre IV

Maxime voyait dans la glace [...] la face vieillie et toute grave.

> PAGES 187-188, LIGNES 616-659

Une scène

1. Faites un plan du passage. Quel est l'effet produit par l'ellipse centrale ?

2. Comment l'inceste s'explique-t-il ? Quelles en sont les causes ?

3. Quelle est la réaction de chacun des personnages après l'inceste ? Quel trait de caractère révèle-t-elle en chacun d'eux ?

TEXTE 10 • ***La Curée*, chapitre** VI

Et, dans l'ombre bleuâtre de la glace [...] Ils l'avaient mise nue.

> PAGES 336-338, LIGNES 1440-1492

Une focalisation interne

1. Comment la folie de Renée s'exprime-t-elle ?

2. À quels mythes l'auteur fait-il référence ? Comment les traite-t-il ? Quels rôles jouent-ils dans l'extrait ?

TEXTE 11 • ***La Curée*, chapitre** VII

Renée étouffait [...] deux cent cinquante-sept mille francs.

> PAGES 368-370, LIGNES 716-764

Le dénouement

C'est la fin du roman. Il peut se présenter sous la forme d'une clôture (le sort des personnages est réglé, le nœud de l'intrigue est dénoué) ou, au contraire, sous la forme d'une ouverture (le nœud principal est réglé, mais les personnages voient s'ouvrir devant eux de nouvelles perspectives que l'imagination du lecteur est invitée à explorer). La qualité principale d'un dénouement est de laisser une impression forte dans l'esprit du lecteur quand il referme le livre.

1. Quel est l'objet de la description ? En quoi peut-il sembler paradoxal pour clore le roman ?

2. Commentez la dernière phrase. Quelle est sa signification ?

VERS L'ÉPREUVE

ARGUMENTER, COMMENTER, RÉDIGER

L'ARGUMENTATION DANS L'ŒUVRE

L'étude de l'argumentation dans l'œuvre intégrale privilégie deux objets.

■ L'argumentation dans l'œuvre. *Chaque genre littéraire, chaque œuvre intégrale exprime un point de vue sur le monde. Un roman, une pièce de théâtre, un recueil de poésies peuvent défendre des thèses à caractère esthétique, politique, social, philosophique, religieux, etc. Ordonner les épisodes d'une œuvre intégrale, élaborer le système des personnages, recourir à tel ou tel procédé de style, c'est aussi, pour un auteur, se donner les moyens d'imposer un point de vue ou d'en combattre d'autres. Ce premier aspect est étudié dans une présentation synthétique, adaptée à la particularité de l'œuvre considérée.*

■ L'argumentation sur l'œuvre. *Après publication, les œuvres suscitent des sentiments qui s'expriment dans des lettres, des articles de presse, des ouvrages savants… Chaque réaction exprime donc un point de vue sur l'œuvre, loue ses qualités, blâme ses défauts ou ses excès, éclaire ses enjeux. Une série d'exercices permet d'analyser des réactions publiées à différentes époques, dans lesquelles les lecteurs de l'œuvre, à leur tour, entendent faire partager leurs enthousiasmes, leurs doutes ou leurs réserves.*

Quelle vision du monde, quelles valeurs une œuvre véhicule-t-elle, et comment se donne-t-elle les moyens de les diffuser ? Quelles réactions a-t-elle suscitées, et comment les lecteurs successifs ont-ils voulu imposer leurs points de vue ? L'étude de l'argumentation dans l'œuvre et à propos de l'œuvre permet de répondre à cette double série de questions.

L'ARGUMENTATION DANS *LA CURÉE*

LA SATIRE D'UNE SOCIÉTÉ

Les premiers commentaires, lors de la publication du roman en feuilleton, s'attaquent à l'audace critique de l'œuvre. En effet, Zola peint un portrait à charge de la société impériale.

Masque et hypocrisie

La société impériale est avant tout une société d'acteurs. Chacun y joue un rôle et dissimule ses véritables sentiments. Notons l'antithèse entre l'attitude joviale, la « verve méridionale » (chap. II) de Saccard à l'Hôtel-de-Ville et ses ambitions froides (« il se boutonnait dans sa redingote râpée comme dans un asile de haine, tandis que son museau de fouine flairait l'air des rues », *ibid.*). Antithèse entre haine et jovialité qui dit que, pour réussir, il faut devenir « un comédien prodigieux » (*ibid.*). Renée elle aussi est comparée à une actrice (« elle se demandait, avec ce doute des actrices les plus applaudies, si elle était vraiment délicieuse, comme on le lui disait », chap. I). L'hôtel Monceau fait d'ailleurs penser à une scène de théâtre derrière ses « rideaux de soie rouge » (*ibid.*). Sous le Second Empire, réussissent ceux qui portent un masque.

L'argent, une fausse valeur

L'argent est la seule valeur reconnue par la société impériale. Ainsi, tout un chacun semble lancé dans la course pour l'or (« Ceux qui possédaient déterraient leur argent, et ceux qui ne possédaient pas cherchaient dans les coins les trésors oubliés », chap. II). En tête, Saccard, qui vit avec cette seule obsession, cette « idée fixe » (*ibid.*). Les hommes sont évalués en fonction de ce seul critère. Ainsi, si l'on reçoit Mignon et Charrier, alors qu'ils choquent par leurs paroles crues et leur ignorance, c'est parce que l'un a « un gros diamant à sa cravate, tandis que l'autre en montr[e] un plus gros encore à son doigt » (chap. VI). De même, les femmes sont « cotées dans le beau monde comme des valeurs à la Bourse » (chap. V) et Renée a conscience de n'être qu'une « valeur dans le portefeuille de son mari » (chap. VI).

Pourtant, ce critère d'évaluation des individus manque de fiabilité. Saccard, par exemple, se donne de la valeur en affichant une richesse qu'il n'a pas. Il n'a « plus que la façade dorée d'un capital absent » (chap. IV). Les bijoux de Laure d'Aurigny achetés pour Renée suggèrent une fortune colossale et dissimulent le vide. Ils remplissent leur fonction quand ils suscitent l'admiration de Mignon et Charrier (chap. I).

Enfin, le culte de l'argent, traité en « dieu » (chap. III), dénonce une société de l'artifice, privée de valeurs morales ou spirituelles. Alors que la description de l'hôtel Monceau est très longue et très détaillée, que d'hyperbole en hyperbole (« armée », « ouragan », « princier », « féerique »), le narrateur souligne le luxe et l'abondance qui y règnent, Renée éprouve un sentiment de vide (« elle eût voulu, pour remplir ce luxe, pour habiter ce rayonnement », *ibid.*). Antithèse du vide et du plein suggérant une société qui se repaît de l'artifice, incapable de trouver de vraies valeurs, de combler un vide existentiel.

Une société sans morale

Si l'or triomphe dans le Paris impérial, c'est au côté du plaisir (« un règne d'aventures, d'affaires véreuses, de consciences vendues, de femmes achetées, de soûlerie furieuse et universelle », chap. II). Ainsi, l'amour s'achète, les femmes se vendent (« Mme Daste, Mme Teissière, la baronne de Meinhold, ces créatures dont les amants payaient le luxe », chap. V). Le vice exerce un pouvoir d'attraction sur le monde : les « honnêtes femmes » rêvent « de sentir sur leur peau nue un de ces bijoux que tout Paris avait vus aux épaules d'une impure illustre » (chap. I) ; Renée « m[eurt] d'envie d'aller à un bal que Blanche Muller, une actrice en vogue, donn[e] aux princesses de la rampe et aux reines du demi-monde » (chap. IV). Si Renée est déchirée, tiraillée entre ses « instincts de vieille et honnête bourgeoisie », venus de « cet hôtel silencieux de l'île Saint-Louis », et son désir d'« autre chose », né dans « le grand luxe », elle ne parvient plus toutefois à opposer le bien au mal.

Ainsi, Zola brosse un tableau très critique de la société du Second Empire, qui joue chaque jour la comédie de l'argent, sans aucune conscience.

UNE CRITIQUE DE L'ÉDUCATION

Si la question de l'éducation n'est pas centrale dans le roman, elle transparaît toutefois à plusieurs reprises. On sait par ailleurs que Zola a écrit de nombreux articles pour condamner l'éducation des filles. Dans un article, la serre, qui occupe une grande place dans le roman, symbolise cette mauvaise éducation : « Il serait temps de les [les filles] cultiver en plantes utiles, et non plus en fleurs de serre chaude n'ayant pour elles que l'éclat d'une matinée » (*Œuvres complètes*, XIII, Gallimard, « Bibliothèque de la Pléiade », 1960). Que ce soit au collège de Plassans ou chez les dames de la Visitation, dans *La Curée*, l'éducation est associée à la découverte du vice.

Au collège de Plassans, Maxime est une fille (« il se serrait tellement, qu'il avait la taille mince, le balancement de hanches d'une femme faite », chap. III). Le collège, la promiscuité avec « les petits bandits » ne transforment pas Maxime, mais ils constituent le terreau sur lequel se développent les mauvais penchants héréditaires (« un milieu de souillure, dans lequel se développa singulièrement ce tempérament neutre », *ibid.*). Zola rend sa critique plus générale en faisant de ce collège non pas une exception mais un exemple représentatif (« comme la plupart des collèges de province », *ibid.*). Quand Maxime se rend ensuite au prestigieux lycée Bonaparte, il se met peut-être à l'abri du vice, mais force est de constater qu'il n'apprend rien (« il s'appliqua à tout autre chose qu'aux études classiques », *ibid.*).

Le romancier ne s'en prend pas seulement aux écoles de garçons, il attaque également les pensions religieuses dans lesquelles sont placées les jeunes filles. En effet, Renée, Suzanne Haffner et Adeline d'Espanet sont pensionnaires chez les dames de la Visitation. Elles y découvrent le vice. Les deux inséparables y découvrent les plaisirs d'une relation homosexuelle (« l'aventure d'Adeline, au couvent, quand elle écrivait des lettres à Suzanne, et qu'elle signait comme un homme : Arthur d'Espanet, en lui proposant de l'enlever », chap. IV). Quant à Renée, elle y fait l'apprentissage de la sensualité (« dans les amitiés charnelles de ses petites amies, elle s'était fait une éducation fantasque, apprenant le vice », chap. II). D'ailleurs, Renée affirme avec sérieux que si, dans ses rêves érotiques, elle « trouve des choses plus jolies que les Blanche Muller », c'est « une affaire d'éducation » (chap. IV).

Dans le roman, l'éducation, pour les filles comme pour les garçons, va donc de pair avec l'apprentissage du vice.

LA CONDAMNATION DU MARIAGE

Les modalités du mariage sont elles aussi critiquées par Zola. Dans le roman, le mariage n'est jamais une affaire de sentiment. C'est tout d'abord une sorte de trompe-l'œil social, un moyen de dissimuler ses vices ou ses erreurs. Ainsi, le mariage de Renée doit occulter aux yeux du monde le viol qu'elle a subi (« elle [la tante Élizabeth] inventa, dans l'effarement de sa sollicitude, cet étrange projet de mariage, qui lui semblait tout arranger, apaiser le père, faire rentrer Renée dans le monde des honnêtes femmes », chap. II). De même, les deux inséparables ne font partie du « monde des honnêtes femmes » que parce qu'elles sont mariées. Grâce au mariage, même s'il court « de bien vilaines histoires sur leur compte », elles sont reçues dans le monde.

Ensuite, le mariage est une affaire d'argent. Ainsi, Saccard, lors de son entrevue avec la tante Élizabeth, « trait[e] le mariage comme une affaire » (*ibid.*). Son mariage avec Renée est d'ailleurs l'une de ses plus belles réussites (« il avait fait un marché d'or », *ibid.*). On remarquera que Saccard, faisant le bilan de son mariage, estime la dot avant la femme. Le mariage est avant tout une affaire de négociation. Il se plaît donc à négocier le mariage de son fils (« Un joli garçon, neveu d'un ministre, fils d'un grand financier, devait être un bon placement », chap. III). C'est ainsi que Saccard vend le soutien politique de son frère, qui peut soutenir la candidature de M. de Mareuil dans la Nièvre, au prix de la dot de Louise : un million. Il va de soi que ni l'un ni l'autre des futurs mariés ne sont consultés.

Ainsi, le mariage, comme toute autre chose sous le Second Empire, est une affaire d'argent. Il a de plus partie liée avec le vice puisqu'il le rend respectable.

GROUPEMENT DE TEXTES : JUGEMENTS CRITIQUES

TEXTE 12 • Émile Zola, *Lettre à Louis Ulbach*, 6 novembre 1871

Lorsque le procureur de la République demande l'interruption de la publication de *La Curée* dans le journal *La Cloche*, le 5 novembre 1871, Zola éprouve le besoin de s'expliquer auprès du directeur du journal. Il lui adresse donc cette lettre.

La Curée n'est pas une œuvre isolée, elle tient à un grand ensemble, elle n'est qu'une phrase musicale de la vaste symphonie que je rêve. Je veux écrire l'Histoire naturelle et sociale d'une famille sous le Second Empire. Le premier épisode, *La Fortune des Rougon*, qui vient de paraître en volume, raconte le coup d'État, le viol brutal de la France. Les autres épisodes seront des tableaux de mœurs pris dans tous les mondes, racontant la politique du règne, ses finances, ses tribunaux, ses casernes, ses églises, ses institutions de corruption publique. Je tiens à constater, d'ailleurs, que le premier épisode a été publié par *Le Siècle* sous l'Empire, et que je ne me doutais guère alors d'être un jour entravé dans mon œuvre par un procureur de la République. Pendant trois années, j'avais rassemblé des documents, et ce qui dominait, ce que je trouvais sans cesse devant moi, c'étaient les faits orduriers, les aventures incroyables de honte et de folie, l'argent volé et les femmes vendues. Cette note de l'or et de la chair, cette note du ruissellement des millions et du bruit grandissant des orgies, sonnait si haut et si continuellement que je me décidai à la donner. J'écrivis *La Curée.* Devais-je me taire, pouvais-je laisser dans l'ombre cet éclat de débauche qui éclaire le Second Empire d'un jour suspect de mauvais lieu ? L'histoire que je veux écrire en serait obscure.

Il faut bien que je le dise, puisqu'on ne m'a pas compris, et puisque je ne puis achever ma pensée : *La Curée*, c'est la plante malsaine poussée sur le fumier impérial, c'est l'inceste grandi dans le terreau des millions. J'ai voulu, dans cette nouvelle *Phèdre*, montrer à quel effroyable écroulement on en arrive, lorsque les mœurs sont pourries et que les liens de la famille n'existent plus. Ma Renée, c'est la Parisienne affolée, jetée au crime par le luxe et la vie à outrance ; mon Maxime, c'est le produit d'une société épuisée, l'homme-femme, la chair inerte qui accepte les dernières infamies ; mon Aristide, c'est le spéculateur né des bouleversements de Paris, l'enrichi impudent qui joue à la Bourse avec tout ce qui lui tombe sous la main, femmes, enfants, honneur, pavés, conscience. Et j'ai essayé, avec ces trois monstruosités sociales, de donner une idée de l'effroyable bourbier dans lequel la France se noyait.

1. Analysez la métaphore filée par laquelle Zola définit *La Curée*. Quels échos rencontre-t-elle dans le roman ?

2. Quels sont les arguments avancés par le romancier pour sa défense ?

TEXTE 13 • Jules Lemaitre, *Les Contemporains. Première série* (1886)

Jules Lemaitre se montre le plus souvent hostile à l'écriture naturaliste. Il sait toutefois apprécier certains aspects de l'écriture zolienne.

L'histoire des *Rougon-Macquart* est donc, ainsi qu'un poème épique, l'histoire ramassée de toute une époque. Les personnages, dans l'épopée, ne sont pas moins généraux que le sujet et, comme ils représentent de vastes groupes, ils apparaissent plus grands que nature. Ainsi les personnages de M. Zola, bien que par des procédés contraires : tandis que les vieux poètes tâchent à diviniser leurs figures, on a vu qu'il animalise les siennes. Mais cela même ajoute à l'air d'épopée ; car il arrive, par le mensonge de cette réduction, à rendre à des figures modernes une simplicité de types primitifs. Il meut des masses, comme dans l'épopée. Et *Les Rougon-Macquart* ont aussi leur merveilleux. Les dieux, dans l'épopée, ont été à l'origine les personnifications des forces naturelles : M. Zola prête à ces forces, librement déchaînées ou disciplinées par l'industrie humaine, une vie effrayante, un commencement d'âme, une volonté obscure de monstres.

1. Qu'est-ce qui, selon le critique, permet de rapprocher les *Rougon-Macquart* de l'épopée ?

2. Relevez des exemples précis qui, dans *La Curée*, pourraient illustrer les propos de Jules Lemaitre.

TEXTE 14 • J.-K. Huysmans, *À rebours*, préface écrite vingt ans après le roman (1903)

La somme des observations que chacun [des auteurs naturalistes] avait emmagasinée, en les prenant sur soi-même ou sur les autres, commençait à s'épuiser. Zola, qui était un beau décorateur de théâtre, s'en tirait en brossant des toiles plus ou moins précises ; il suggérait très bien l'illusion du mouvement de la vie ; ses héros étaient dénués d'âme, régis tout bonnement par des impulsions et des instincts, ce qui simplifiait le travail de l'analyse. Ils remuaient, accomplissaient quelques actes sommaires, peuplaient d'assez franches silhouettes des décors qui devenaient les personnages principaux de ses drames. Il célébrait de la sorte les halles [1], les magasins de nouveauté [2], les chemins de fer [3], les mines [4], et les êtres humais égarés dans ces milieux n'y jouaient plus que le rôle d'utilités [5] et de figurants ; mais Zola était Zola, c'est-à-dire un artiste, un peu massif, mais doué de puissants poumons et de gros poings.

1. Quels sont les reproches adressés à Zola dans cette préface ?

2. Ces arguments vous semblent-ils applicables à *La Curée* ?

TEXTE 15 • Jean Borie, préface à *La Curée* (1981)

Pour le critique, *La Curée* est « la tragédie du vide ».

Renée n'est pas tuée par son péché, ni par son « sang », ni par Vénus. Elle est tuée parce qu'elle comprend soudain qu'une histoire, son histoire, lourde pour elle de sens, de responsabilités, de sentiments, de plaisirs, d'engagements, de culpabilité, est en vérité toute vide, creuse, inerte, solitaire. Les autres, sur qui elle comptait comme témoins, comme amants, comme maris, comme amis ou ennemis et, suprêmement, comme *juges*, n'ont rien vu car il n'y a jamais eu pour eux rien à voir. La preuve la plus convaincante est fournie par Baptiste, le maître d'hôtel. Tout au long de son adultère, Renée a redouté particulièrement le regard *sévère* de cet impeccable servi-

1. *Le Ventre de Paris* (1873). \ **2.** *Au Bonheur des dames* (1883). \ **3.** *La Bête humaine* (1890). \ **4.** *Germinal* (1885). \ **5.** Rôle subalterne au théâtre.

teur. Elle apprend après la catastrophe que ce regard n'était qu'absent, distrait, indifférent, attentif seulement aux fessiers musclés des garçons d'écurie. Renée se reposait sur les autres – avec crainte et humilité – pour qu'ils lui garantissent *au moins* la réalité de ses fautes. Sans doute, cette étrange dépendance prouve-t-elle que le vide commun l'avait déjà gagnée. Peut-être aussi sa faute n'avait-elle si peu de réalité que parce que son amour n'existait guère. En tout cas dans cette histoire, très moderne, il n'y a vraiment plus matière à ricaner, et Zola réussit un grand roman, en dépit de son attirail absurde et inutile, Moreau de Tours et Racine[1].

1. Pourquoi le mot« sang » (l. 1) est-il placé entre guillemets ?

2. Expliquez l'emploi des italiques.

3. Quelle est la thèse de Jean Borie sur le personnage de Renée ?

4. Pourquoi qualifie-t-il les références à Moreau de Tours et à Racine d'« attirail absurde et inutile » ?

TEXTE 16 • J.-P. Leduc-Adine, « Architecture et écriture dans *La Curée* » (1987)

La Curée de Zola ou la Vie à outrance, Paris, SEDES.

Zola est un novateur dans sa représentation de l'espace urbain. Ce n'est pas, bien sûr, parce qu'il est un des premiers romanciers à mettre en scène le « nouveau Paris » du Second Empire, les opérations administratives et financières et frauduleuses qui vont permettre les travaux haussmanniens et l'édification de « fortunes colossales ». Mais c'est pour deux raisons essentielles : d'abord parce qu'il a observé avec une acuité et une perspicacité quasi ethnographique la haute société du Second Empire, et en particulier ses lieux de vie, de loisirs, ensuite parce que le Paris de *La Curée* n'est pas un simple décor en harmonie avec les différents thèmes descriptifs indispensables au roman. En effet, l'espace que construit l'architecture parisienne, l'espace mimétique, devient espace mythologique, dans la mesure où l'écriture lui fait perdre sa localisation, le transforme en un système

1. Moreau de Tours (1804-1884), médecin aliéniste, est l'auteur de *Psychologie morbide dans ses rapports avec la philosophie de l'histoire*, ouvrage qui met en évidence le rôle de l'hérédité dans les maladies mentales ; Racine est l'auteur de *Phèdre* (1677).

organisé de corrélations : l'espace des riches, parfaitement conforme dans sa représentation à une réalité aujourd'hui encore visible, est investi de valeurs narratives et de valeurs connotatives qui lui sont sans aucun doute étrangères. L'hôtel Saccard et surtout la serre ont ainsi valeur de contrepoint par rapport au « drame » de Renée.

1. Relevez les connecteurs logiques dans le premier paragraphe. Analysez le mouvement de l'argumentation.

2. Quelle est la phrase qui vous semble résumer le mieux la thèse de l'auteur ?

3. Expliquez les expressions « valeurs narratives » (l. 16) et « valeurs connotatives » (l. 17). Donnez des exemples précis, tirés du roman.

SUJETS

INVENTION ET ARGUMENTATION

Sujet 1

En vous inspirant des deux caricatures de Zola par Gill (p. 433 et 435)[1], écrivez un discours dans lequel vous fustigerez le naturalisme.

■ Indications pour traiter le sujet

Pour mener à bien un sujet d'invention, il convient de prendre conscience des contraintes imposées par le sujet. Elles sont de plusieurs ordres :
– la forme : un discours ;
– le registre : le registre de votre écrit n'est pas précisé explicitement mais, dans la mesure où l'on vous demande de vous inspirer des caricatures de Gill, vous devez comprendre qu'il faut employer le registre satirique (antiphrases et ironie, hyperboles…) ;
– l'argumentation : recensez d'abord tous les arguments que les caricatures vous suggèrent (les naturalistes veulent mettre à bas la littérature antérieure ; or, les romans de Victor Hugo nous ont émus. Ils n'écrivent pas avec leur cœur et leurs sentiments mais avec leur raison : or, nous voulons de la littérature et non de la science. Ils observent l'humanité en ce qu'elle a de plus bas et de plus vulgaire : nous voulons nous identifier à des héros et non reconnaître nos faiblesses), puis classez-les, du moins important au plus important, et illustrez chacun d'eux par un exemple.

---

1. Élève et ami de Daumier, André Gill se fit une réputation grâce à ses portraits-charges des personnalités de son temps. La première caricature (ci-contre) montre Zola au moment de la parution de *Son Excellence Eugène Rougon*, sixième volume des *Rougon-Macquart*, examinant à la loupe le personnage qu'il prend avec des pincettes. La seconde caricature (p. 435) montre les attaques du jeune romancier Zola contre Hugo, devenu une institution de la République. En effet, après avoir admiré Hugo et les romantiques dans sa jeunesse, l'auteur de *La Curée* ne cessera plus de critiquer ce qu'il considère comme de l'outrance et du sentimentalisme.

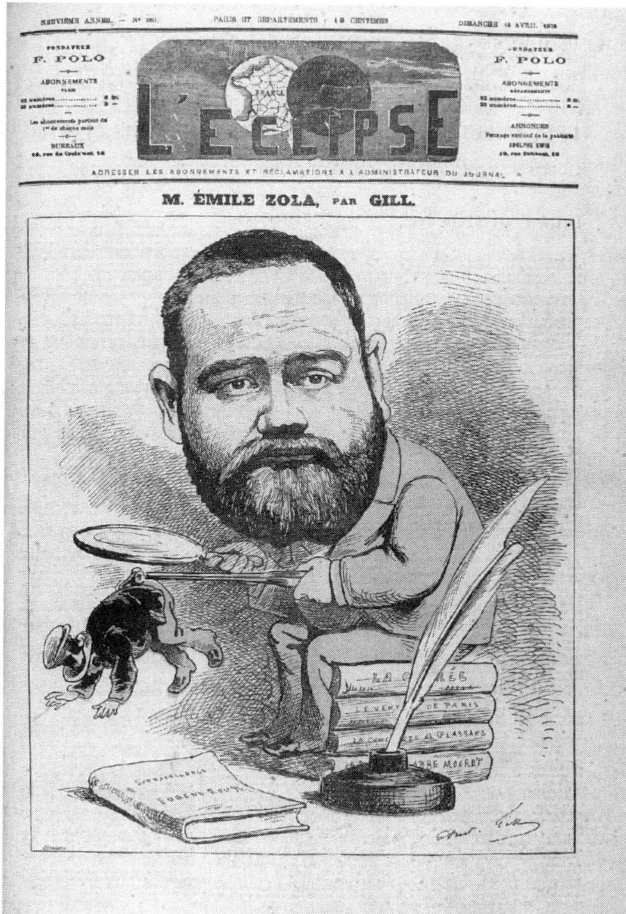

Couverture de *L'Eclipse* (1876) : portrait-charge d'Émile Zola assis sur ses œuvres, examinant à la loupe le personnage qu'il va disséquer pour en faire un « document humain », par André Gill (1840-1885).
ph © collection Kharbine-Tapabor.

Sujet 2

Imaginez le monologue intérieur du père de Renée lorsque cette dernière lui rend visite pour lui emprunter de l'argent (« Le vieillard allait répondre. Puis il se leva, redressa sa haute taille, et marcha lentement, sans regarder sa fille davantage », chap. V). Vous respecterez les indications fournies par le roman sur M. Béraud du Châtel.

■ Indications pour traiter le sujet

Les contraintes imposées par le sujet sont :

– la forme : un monologue intérieur. Il peut être rapporté au discours direct (le discours est rapporté exactement, entre guillemets et accompagné d'un verbe de parole en incise) ou au discours indirect libre (le discours subit alors un certain nombre de transformations grammaticales : la première et la deuxième personne disparaissent, remplacées par la troisième personne ; le présent est exprimé par l'imparfait, ce qui implique une nouvelle concordance des temps) ;

– la situation d'énonciation : M. Béraud du Châtel se parle à lui-même (première et deuxième personne du singulier, niveau de langue courant). Votre écrit doit respecter le caractère du père de Renée : on sait que c'est un homme droit mais sévère, qui n'a pas hésité à démissionner de son poste de président de chambre en 1851. Opposé au Second Empire, il ne s'est laissé aller à aucune compromission. Il méprise également les travaux haussmanniens et se refuse à quitter son hôtel, ne reconnaissant plus Paris ;

– le registre : il doit être en accord avec les sentiments suggérés : on peut imaginer M. Béraud du Châtel en colère contre le luxe et l'artifice dans lesquels se vautre sa fille (registre polémique), ou triste de réaliser le fossé qui le sépare désormais de sa fille (registre pathétique)...

Sujet 3

Imaginez le dialogue entre un réalisateur de cinéma qui souhaite adapter *La Curée*, mais en transposant l'intrigue à l'époque contemporaine, et un producteur qui ne comprend pas ce parti pris et exige que soit représenté le Second Empire.

■ Indications pour traiter le sujet

Les contraintes du sujet sont :

– la forme : un dialogue. On ne vous précise pas s'il s'agit d'un dialogue romanesque ou d'un dialogue théâtral ; vous êtes donc libre de votre choix. Attention à la présentation de ces deux formes de dialogue (pour le dialogue romanesque : guillemets au début et à la fin, tiret à chaque réplique, propositions en incise ; pour le dialogue théâtral : pas de guillemets, nom du personnage qui s'exprime en majuscules avant chaque réplique, pas de verbe de parole) ;

– le registre : plusieurs registres peuvent apparaître dans votre écrit : quand l'un des deux interlocuteurs attaque la thèse de son adversaire, il peut employer le registre polémique, qui permet une attaque frontale, violente (apostrophe, vocabulaire dépréciatif, exclamatives qui traduisent le mépris), ou le registre satirique, qui permet une attaque détournée, mais non moins efficace. Quand, au contraire, il défend son point de vue, il recourt au registre lyrique, qui manifeste son enthousiasme (première personne, vocabulaire des sentiments, exclamatives).

– les arguments : il faut trouver des arguments pour étayer les deux points de vue et les organiser ensuite de manière à ce que chaque interlocuteur réponde à son adversaire avant d'avancer un argument. Ce ne doit pas être un dialogue de sourds !

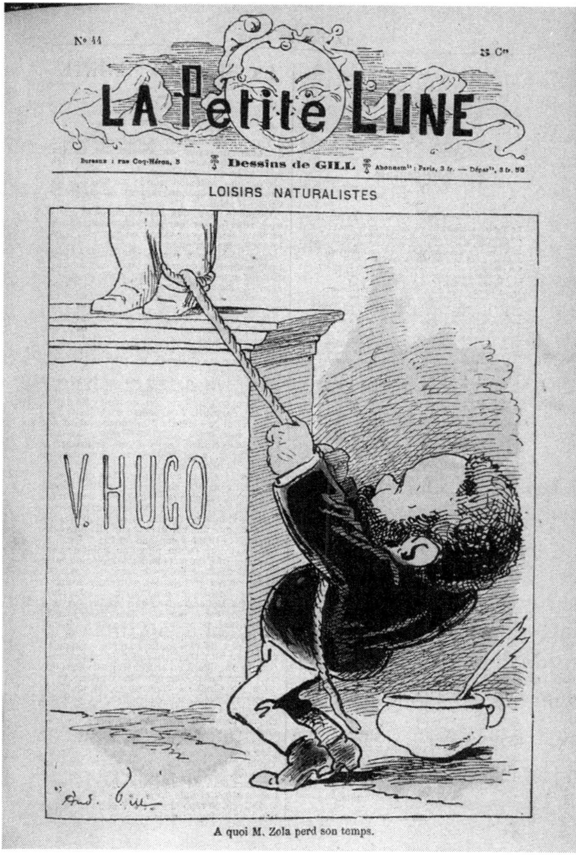

Couverture de *La Petite Lune* (n° 44, 1879) : « Loisirs naturalistes »
(Émile Zola tâchant de faire basculer la statue de Victor Hugo de son socle)
par André Gill (1840-1885).
ph © collection Dixmier Kharbine-Tapabor.

COMMENTAIRES

Sujet 4

TEXTE 17 • *La Curée*, chapitre I

Et, sous la lumière vive, René [...] les mains dans les mains.

> PAGES 56-58, LIGNES 1477-1528

Après avoir répondu aux questions suivantes, vous rédigerez un commentaire de cet extrait. Vous pourrez, par exemple, étudier comment la description de la serre quitte progressivement la dimension réaliste pour prendre une dimension symbolique et comment Renée s'inscrit dans cet univers.

1. À quels sens la description de la serre fait-elle appel ?

2. Analysez la métaphore filée du feu. Quel est son rôle ?

Sujet 5

TEXTE 18 • *La Curée*, chapitre II

On était à l'automne [...] au cœur des vieux quartiers.

> PAGES 98-100, LIGNES 1148-1209

Après avoir répondu aux questions suivantes, vous rédigerez un commentaire de cet extrait. Vous pourrez notamment mettre en évidence sa dimension épique.

1. Quelles sont les fonctions de la description dans cet extrait ?

2. Quelle est la métaphore dominante dans le texte ? Commentez-la.

3. Quels sont les procédés qui grandissent Saccard ?

Sujet 6

TEXTE 19 • *La Curée*, chapitre III

Cette folle de Renée [...] besoin de savoir et de sentir.

> PAGES 141-142, LIGNES 695-727

Après avoir répondu aux questions suivantes, vous rédigerez un commentaire de cet extrait, dans lequel vous pourrez, par exemple, montrer comment Renée, déchirée entre des instincts contradictoires, devient émouvante.

1. Commentez le terme de « faute ».
2. Quelle est la figure de style récurrente dans cet extrait ? Analysez-la.
3. Quelles sont les deux forces qui agissent sur Renée ?

Sujet 7

TEXTE 20 • *La Curée*, chapitre v

Un soir, ils allèrent ensemble [...] les doigts dans le nez.

> PAGES 253-256, LIGNES 750-812

Après avoir répondu aux questions suivantes, vous rédigerez un commentaire de cet extrait. Vous pourrez étudier, par exemple, quel rapport Renée entretient avec son modèle antique, Phèdre.

1. Qualifiez la représentation à laquelle assistent Renée et Maxime.
2. Relevez les points communs et les différences entre Renée et Phèdre d'une part, Maxime et Hippolyte d'autre part.

DISSERTATIONS

Sujet 8

Les frères Goncourt définissent ainsi les romans naturalistes : « Le roman depuis Balzac n'a plus rien de commun avec ce que nos pères entendaient par roman. Le roman actuel se fait avec des documents, racontés ou relevés d'après nature, comme l'histoire se fait avec des documents écrits » (*Journal*, 24 octobre 1864).
Vous discuterez cette affirmation en vous appuyant sur des exemples précis tirés de *La Curée* ou de vos lectures personnelles.

Indications pour traiter le sujet

– Analyse des mots clés : « Le roman depuis Balzac », repris par « roman actuel » : globalement, il s'agit du roman naturaliste ; le champ d'application du sujet est donc relativement restreint (il ne faut pas prendre d'exemple dans les nouvelles naturalistes) et exige un certain nombre de connaissances d'histoire littéraire ; « racontés ou relevés d'après nature » : le roman tendrait à la reproduction de la vie, exacte, scientifique et fondée sur des preuves, ce qui implique le registre réaliste, des descriptions qui font appel aux cinq sens, la mise en scène de personnages ayant leur langue et leurs activités, des personnages appartenant à toutes les classes sociales ; « comme l'histoire » : cette comparaison insiste sur la dimension scientifique du roman naturaliste.
– Type de sujet : il s'agit de commenter une affirmation.
– Reformulation de la thèse contenue dans le sujet : les romanciers réalistes n'inventent rien, ce sont des observateurs.

– Formulation de la problématique : les romanciers naturalistes sont-ils des observateurs ou des créateurs ? Une œuvre d'art peut-elle se contenter de reproduire la réalité ?

Sujet 9

Zola, en 1866, dans *Deux Définitions du roman*, définit ainsi le personnage romanesque : « Le premier homme qui passe est un héros suffisant. » Vous discuterez cette affirmation en vous appuyant sur vos lectures personnelles et sur plus particulièrement sur *La Curée*.

■ Indications pour traiter le sujet

– Analyse des mots clés : « premier homme qui passe » : n'importe qui, l'homme le plus banal ; « héros » : terme ambigu, il désigne à la fois le personnage principal d'un roman et quelqu'un qui se distingue du commun par des capacités extraordinaires. Zola joue sur l'ambiguïté du terme. C'est parce qu'un personnage banal est en réalité passionnant qu'il peut devenir le personnage principal d'un roman.

– Type de sujet : il s'agit de commenter une affirmation.

– Reformulation de la thèse contenue dans le sujet : le personnage principal d'un roman n'est pas nécessairement un être doué de qualités supérieures.

– Formulation de la problématique : le personnage principal d'un roman est-il nécessairement doué de qualités supérieures ou peut-il être banal et faible ?

Sujet 10

Une héroïne d'un roman de Zola s'en prend aux écrivains naturalistes, et s'insurge « contre cette littérature immonde dont la prétention [est] de rendre la nature ; comme si l'on pouvait tout montrer ! Comme si un roman ne devait pas être écrit pour passer une heure agréable ! »

Vous discuterez cette opinion en vous appuyant sur votre lecture de *La Curée*, mais aussi sur d'autres romans naturalistes que vous avez pu lire.

■ Indications pour traiter le sujet

– Analyse des mots clés : ils s'organisent en deux séries antithétiques. On a d'une part « littérature immonde », « rendre la nature » et « tout montrer », qui font référence à l'esthétique naturaliste, donc aux principes de Zola lui-même, pour qui tout a droit de cité en littérature, la mort comme la vie, la classe ouvrière comme l'aristocratie ou la bourgeoisie. On a d'autre part « passer une heure agréable », qui renvoie à une littérature de délassement, de repos, d'évasion.

– Type de sujet : il s'agit de commenter une affirmation.

– Reformulation de la thèse contenue dans le sujet : les livres doivent distraire le lecteur de sa vie quotidienne.

– Formulation de la problématique : la littérature doit-elle distraire le lecteur de sa vie quotidienne ou au contraire porter un regard sans complaisance sur le réel ?

BIBLIOGRAPHIE

Éditions de La Curée

ZOLA Émile, *La Curée, in Les Rougon-Macquart*, édition dirigée par Armand Lanoux, Gallimard, coll. « Bibliothèque la Pléiade, t. I.

ZOLA Émile, *La Curée*, édition de Henri Mitterand, préfacée par Jean Borie, Gallimard, coll. « Folio », 1981.

Sur Zola et le naturalisme

BECKER Colette, *Lire le réalisme et le naturalisme*, Dunod, 1992.

BORIE Jean, *Zola et les mythes*, Le Seuil, coll. « Pierres vives », 1971.

DE LANGENHAGEN M.-A., GUISLAIN G., *Zola*, Studyrama, 2005.

GENGEMBRE Gérard, *Réalisme et naturalisme*, Le Seuil, coll. « Mémo », 1997.

HAMON Pierre, *Le Personnel du roman. Le système des personnages dans les Rougon-Macquart*, Droz, 1993.

MITTERAND Henri, *Zola et le naturalisme*, PUF, « Que sais-je ? », 1986.

Sur le contexte historique

PLESSIS A., *De la fête impériale au mur des fédérés, 1852-1871*, Points Seuil, « Nouvelle Histoire de la France contemporaine », 1979.

Sur La Curée

MITTERAND Henri, BECKER Colette, LEDUC-ADINE Jean-Pierre, *Genèse, structures et style de La Curée*, SEDES, 1987.

La Curée de Zola ou « la vie à outrance », ouvrage collectif, Société des études romantiques, SEDES, 1987.

Adaptation cinématographique

La Curée, film de Roger Vadim, 1966.

Site internet

On consultera avec profit le site de la Bibliothèque nationale de France (www.bnf.fr) sur lequel on peut effectuer une visite virtuelle de l'exposition consacrée à Zola en 2002 pour le centenaire de sa mort : de très nombreux documents iconographiques sont disponibles (voir en particulier le Paris de Zola).

Collection Classiques & Cie

6 Abbé Prévost
Manon Lescaut

41 Balzac
Le Chef-d'œuvre inconnu
Sarrasine

47 Balzac
Le Colonel Chabert

11 Balzac
Histoire des Treize
(Ferragus - La Duchesse de Langeais - La Fille aux yeux d'or)

3 Balzac
La Peau de chagrin

34 Balzac
Le Père Goriot

42 Barbey d'Aurevilly
Les Diaboliques

20 Baudelaire
Les Fleurs du mal

15 Beaumarchais
Le Mariage de Figaro

51 Corneille
Le Cid

2 Corneille
L'Illusion comique

38 Diderot
Jacques le Fataliste

17 Flaubert
Madame Bovary

44 Flaubert
Trois Contes

4 Hugo
Le Dernier Jour d'un condamné

21 Hugo
Ruy Blas

8 Jarry
Ubu roi

36 La Bruyère
Les Caractères
(De la ville - De la cour
Des grands - Du souverain
ou de la république)

5 Laclos
Les Liaisons dangereuses

14 Lafayette (Mme de)
La Princesse de Clèves

50 Marivaux
La Double Inconstance

46 Marivaux
L'Île des Esclaves

12 Marivaux
Le Jeu de l'amour et du hasard

30 Maupassant
Bel-Ami

52 Maupassant
Le Horla et autres nouvelles fantastiques

18 Maupassant
Nouvelles

27 Maupassant
Pierre et Jean

40 Maupassant
Une vie

48 Mérimée
Carmen - Les Âmes du purgatoire

1 Molière
Dom Juan

19 Molière
L'École des femmes

25 Molière
Le Misanthrope

9 Molière
Le Tartuffe

45 Montesquieu
Lettres persanes

10 Musset
Lorenzaccio

35 **La poésie française au XIXe siècle**

26 Rabelais
Pantagruel - Gargantua

31 Racine
Andromaque

22 Racine
Bérénice

23 Racine
Britannicus

7 Racine
Phèdre

37 Rostand
Cyrano de Bergerac

16 Rousseau
Les Confessions

32 Stendhal
Le Rouge et le Noir

39 Verne
Le Château des Carpathes

13 Voltaire
Candide

24 Voltaire
L'Ingénu

33 Voltaire
Zadig

10 Zola
L'Assommoir

49 Zola
La Curée

28 Zola
Germinal

43 Zola
Thérèse Raquin

PAPIER À BASE DE FIBRES CERTIFIÉES

Hatier s'engage pour l'environnement en réduisant l'empreinte carbone de ses livres. Celle de cet exemplaire est de :
1.4 kg éq. CO_2
Rendez-vous sur www.hatier-durable.fr

IMPRIM'VERT

Achevé d'imprimer par Grafica Veneta à Trebaseleghe - Italie
Dépôt légal : 95884-7/05 - Septembre 2015